THE 姊妹 HELP

凱瑟琳・史托基特 Kathryn Stockett　著
王娟娟　譯

愛比琳

第一章

一九六二年八月

梅茉莉出生在一九六〇年的一個週日清晨。教堂寶寶，我們都這麼喊週日出生的寶寶。照顧白人寶寶，這就是我的工作，煮飯打掃也一起全包了。我這輩子共帶大了十七個孩子。我知道怎麼哄他們睡、哄他們別哭，一早還會在媽咪下床前就打點他們蹲完廁所。

可這梅茉莉．李佛，我還沒見過哪個寶寶哭嚎成這德行的。我到的第一天，才進門，只見她肚疼在那漲紅了臉哭得死去活來，把奶瓶當成顆爛菁蕪拚了命閃躲。而李佛太太，一臉給自己親生孩子嚇壞的模樣，說道：「我到底是哪裡做錯了？爲什麼它就是要哭？」

它？這是我得到的第一個線索：這事不對勁。

我趕緊把哭得滿臉通紅的寶寶接過手來。頂著腰上下晃啊搖，沒兩分鐘，腸裡的氣通了，小女娃也不哭了，瞪著眼對我笑哪。可李佛太太，之後整天再沒抱過寶寶。產後憂鬱我見多了，想來當時也以爲就這了吧。

李佛太太是這樣的：她不但整天皺著眉頭，而且還瘦得不得了。那兩條腿細得讓人當是上星期才長出來的。都二十三歲了，卻還乾癟得活似個十四歲男孩。連一頭棕髮也是，又稀又疏，看得見頭皮；她也不是沒試著把頭髮挑蓬點，只是愈試愈糟。至於她的臉型，則像極大紅糖果盒上印的赤臉小鬼，下巴又尖又長。說白了，她渾身稜稜角角，難怪怎麼哄寶寶都不成。寶寶就愛肥。愛把臉埋在肥軟的胳肢窩裡才好睡。他們也愛肥壯的腿，這我可清楚了。

一歲生日還沒過，梅茉莉就黏我黏得緊了。五點鐘一到，她便要牢牢攀住我腳上那雙舒爾大夫牌便鞋，隨我拖著走，當我再不回來似地放聲大哭。李佛太太這時就會瞇眼瞅我，像是我做錯了事，然後硬生生把淚人兒從我腳上掰開帶走。想這也是讓人給妳帶孩子難免要付出的代價吧。

梅茉莉這會兩歲了。她有雙棕眼珠的大眼和蜂蜜色的捲髮。只可惜後腦杓上有塊禿，壞了事。不開心時，她眉心那道紋路還眞跟她媽咪一個樣；其實這對母女模樣挺像的，就是梅茉莉胖嘟嘟點。她不是什麼選美皇后的料。看得出李佛太太挺介意這事，可我不管，梅茉莉是我特別的寶寶。

開始給李佛太太看孩子理家，是在我親兒子崔洛剛走沒多久的時候。他走時才二十四歲，正値黃金年華。走得太早，實在太早了。

他那時給自己在傅利街租了間小公寓，還有個女朋友，是個名叫法蘭西絲的好女孩；我當他倆結婚是遲早的事，只是崔洛想得多，也不急。也不是騎驢找馬，眞是這孩子凡事想得多。他鼻樑上掛了副眼鏡，隨時都捧著書在讀；他甚至開始動筆寫書，寫身爲黑人在密西西比工作生活的事。老天，我還眞以這孩子爲榮！可那晚，他在史坎隆．泰勒鋸木廠加班，把一塊塊兩呎乘四呎的建築木料扛上卡車，手套都給木片刺穿了。他身子單薄，根本不是做粗活的料，只是需要這份活。他人累，天又下雨，一恍神就從貨台上摔了下去。在車道上，還來不及起身，便讓大卡車從胸口輾了過去。就這樣，連最後一面也沒讓我見著，就過去了。

我的世界在那天翻了黑。空氣黑，太陽黑。我躺在床上，盯著屋裡四面黑牆。米妮天天過來給我送吃的，確定我還有一口氣。過了三個月我才終於有力氣往窗外看，看外頭的世界是不是還在。我很驚訝，原來世界不會因爲我兒子死了而停下來。

葬禮過後五個月，我把自己從床上硬拖起來。穿上我的白制服，把我那串小小的十字架金鍊掛回脖子上，然後出門給李佛太太看她那才出生的小女娃去。可要不了多久，我便發現自己已經變了。我心裡給種下了一顆苦籽。我就是不像從前那樣打心底逆來順受了。

「先把屋裡撿拾撿拾，然後趕緊去弄些雞肉沙拉，」李佛太太說道。

今天是橋牌聚會日，就每個月的第四個星期三。我當然老早把事情都打理妥當了——一早做了雞肉沙拉，桌布則是昨天就先熨過。李佛太太當然都看在眼裡，可她不過二十三歲，就愛聽自己給我交代事情。

她已經換上我今早才熨過的藍洋裝。那洋裝！腰上打了**六十五個**細褶，非要我戴上眼鏡瞇著眼看才熨得工整。我這人很少同啥過不去的，可我跟這洋裝就是**不對盤**。

「還有，千萬看好梅茉莉，別讓她進來煩我們。我告訴妳，我眞是讓她煩死了——把我那些上好信紙撕成碎片，而我可是還有十五封給小聯誼會的謝函要寫哪……」

我來來回回，爲她那群女朋友把事情都打點妥當了。水晶杯排好，銀餐具也拿了出來。李佛太太可不像其他人，拿張小牌桌打發事情。我們騰出大餐桌，鋪上桌布蓋掉桌面那個L形的大裂縫，然後把桌上原本擺飾的紅花挪到矮櫃上，剛好也遮掉木頭櫃面上那堆刮痕。李佛太太辦午餐會，總要漂漂亮亮的，不隨便。也許是爲彌補房子嫌小的缺點吧。他們不是什麼闊綽人家，這點我看得清楚。闊綽人家不爲小事這麼費力張羅。

我的雇主向來多是年輕夫妻，可這屋子還眞是我待過最小的一間。就一層樓，李佛太太和先生的主臥房在後頭，還算寬敞，梅茱莉的房間就小多了。餐廳和客廳幾乎算是連在一起。廁所只兩間，這對我來說是好事一樁；以前待的大屋裡少說五六間，光刷馬桶便要耗去一整天。李佛太太一小時算我九十五分錢，比我過去幾年拿的都少。可崔洛走後，我也不計較了。房東可沒打算再等我下去。而且這屋子雖小，李佛太太倒是盡力打點得不錯。她挺會踩縫紉機。什麼東西買不起新的，她便裁塊藍布車個罩子蓋住。

門鈴響了，我前去開門。

「嘿，愛比琳，」史基特小姐說道，她是那種會同幫傭說話的人。「妳好嗎？」

「嗨，史基特小姐。我很好。老天，外頭眞是熱啊！」

史基特小姐身形又高又瘦，一頭黃髮因爲不分季節的毛燥，索性就剪成齊肩短髮。她今年也是二十三歲上下，同李佛太太與其他幾位小姐一樣。她把皮包擱在椅子上，身子不安地扭捏了一下。她穿了件白色蕾絲上衣，長排釦子像修女似的全扣上了；至於腳上則是雙平底鞋，想是因爲不想給自己再添高度了吧。她的藍裙腰扣沒扣好。史基特小姐一身打扮總像是別人給的主意。

我聽見希莉小姐和她母親瓦特太太的座車開上了車道再摁了聲喇叭。希莉小姐家離這不過十呎，她卻總是開了車來。我給她開門，她同我錯身一逕往屋裡走。這下我該可以去把梅茉莉叫醒來了。

我一走進房裡，梅茉莉就衝著我笑，朝著我伸出一雙肥嫩嫩的小手臂。

「妳醒來啦，小寶貝？怎沒叫我呢？」

她笑了，等著我抱的身子興奮地扭跳了幾下。我緊緊抱住她。我猜我每天回家後，她就等不到什麼人來抱她了。一陣子總會一次，我一早進門就聽到她在嬰兒床裡哭得悽慘，而李佛太太卻還是坐在縫紉機前，不時翻白眼，像讓隻卡在紗門裡的野貓吵煩了。你瞧，這李佛太太，天天都打扮得漂亮得體；總是化著妝，家門前有停車棚，廚房裡有富及第牌附製冰器的雙門大冰箱。你在吉尼十四雜貨店裡看見她，絕對想不到她會任自己的寶寶在嬰兒床裡哭到這般不管。可我們幫傭總是知道。

今天倒好。小女娃只是咧嘴笑得開心。

我說，「愛比琳。」

她說，「愛—比。」

我說，「愛。」

她說，「愛。」

我說，「梅茉莉。」

她說，「愛—比。」然後她便呵呵笑開了。她邊笑邊說，而我說也該是時候了。崔洛也是到兩歲才肯開口說話。可還不到三年級，他話就說得比咱美國總統還好了，開口閉口什麼**詞形變化**還是**議會政體**的。他唸初中的時候，我們母子常玩一個遊戲，就我先起頭說個簡單的字，然後由他換個更花俏的說法。我說**家貓**，他說**馴化貓科動物**，我說**攪拌器**，他說**馬達制動渦轉機**。有一天，我說**科瑞牌酥油**。他抓抓頭，不敢相信我竟然用**科瑞牌酥油**這麼簡單的字贏了這場遊戲。這字後來成了我倆間的祕密笑話，指的就是那些你無論如何也沒法美化的東西。我們開始管他爹叫**科瑞牌酥油**，因為一個拋家棄子的男人，你怎麼說也沒法讓他聽起來好些。何況，他還真是你見過最油膩膩的混帳沒錯。

我抱著梅茉莉往廚房走，一邊把她放在餐椅上坐定、一邊掛念著今天得趕在李佛太太發脾氣前做好的兩件事：把那些開始毛了邊的餐巾分開來放、整理櫃子裡的銀具。老天，看來我不能等到打牌的太太小姐們都走了才進去做我的事了。

我端著那盤魔鬼蛋進到餐廳。李佛太太坐在桌首，左手邊坐著希莉．哈布克太太和她母親瓦特太太。這希莉小姐從來沒把自己的老媽媽放在眼裡。李佛太太的右手邊坐著史基特小姐。

我端著蛋開始繞桌。瓦特太太年紀最大，所以我從她那開始。屋裡暖，她卻還穿著一件過大的棕色毛衣。她拿起一個蛋，不聽使喚的手卻差點把蛋抖落在地上。接著是希莉小姐，她微笑著拿了兩個。希莉小姐有張圓臉，深棕色的頭髮在頭頂刮蓬堆高成個蜂窩頭。她一身橄欖色肌膚，上頭又是雀斑又是痣的。她最愛紅色格子的衣料。她的身材漸漸走樣，尤其是下半身；今天天氣熱，她穿了件沒腰身的紅色無袖洋裝。她是那種愛把自己打扮成小女孩模樣的女人，大大的蝴蝶結和成套的衣帽之類的。我不怎麼喜歡她。

接下來輪到史基特小姐，可她對我皺皺鼻子，說道，「我不用，謝謝，」——因為她從來不吃雞蛋的。每次橋牌聚會我都這麼同李佛太太說，只是她每次還是讓我做蛋。她可不想讓希莉小姐失望。最後終於輪到李佛太太。她是主人，所以壓後。正要撤走的時候，希莉小姐說道：「我倒可以再來一點，」接著伸手又拿了兩個蛋。我可也不意外。

「猜我今天在美容院裡遇上了誰！」希莉小姐對著眾人說道。

「誰？」李佛太太問道。

「西麗亞．傅堤。妳們知道她竟然問我什麼問題嗎？她問我今年的募款餐會有沒有她幫得上忙的地方。」

「那好呀，」史基特小姐說道。「我們是需要幫忙。」

「沒那麼需要。我告訴她，『西麗亞，妳必須是聯誼會會員或是支持者才能幫忙。』她當傑克森聯誼會是啥？就這麼來者不拒？」

「我以為我們今年接受非會員參加幫忙，不是嗎？因為募款餐會規模擴張了？」史基特小姐問道。

「嗯，是這樣沒錯，」希莉小姐說道。「不過我可沒打算跟**她**這麼說。」

「我眞不敢相信強尼會娶個像她這麼不入流的女孩，」李佛太太說道，希莉小姐點點頭。她開始發牌。

我開始上沙拉和火腿三明治，一邊沒法不去聽她們的拉雜閒聊。這群太太小姐就聊三件事：孩子，衣服，還有她們的朋友。聽到**甘迺迪**三字，想也知道她們不是在聊政治。一定又是在電視上看到賈姬夫人穿了啥新行頭了。

我來到瓦特太太身旁，她給自己拿了半個三明治。

「媽！」希莉小姐對著瓦特太太吼，「再多拿一個三明治。妳乾癟得活像根電線桿。」希莉小姐目光回到牌桌上。「我一直同她說，那米妮不會做菜，就該要她走人了事。」

我耳朵一下豎起來。她們在聊女傭。米妮是我最好的朋友。

「米妮做菜沒問題，」瓦特太太說道。「是我自己，胃口不像從前了。」

米妮很可能是漢茲郡——說不定還是全密西西比州——最棒的廚子。每年秋天小聯誼會的募款餐會，她們總要米妮烤上十來個焦糖蛋糕拍賣。她本該是全州最搶手的女傭。問題出在米妮那張嘴。她總要回嘴。不是同吉尼雜貨店的白人經理，便是同自己的丈夫；可最常發生的，還是同雇她的白人太太。她能跟著瓦特太太這麼久，只因爲老瓦特太太聾得像個門把。

「妳就是營養不良，媽，」希莉小姐吼道。「那米妮故意餓妳，就等著偷走該我的傳家珠寶！」希利小姐氣呼呼推開椅子。「我去一下洗手間。妳們幫我看著她，別讓她餓得昏死過去。」

希莉小姐走後，瓦特太太低聲說道，「那不正如了妳的意。」大家假裝沒聽到。看我今晚得給米妮撥通電話，同她說希莉小姐的話。

回到廚房，梅茉莉站在餐椅裡，一臉紫色的果汁。我一走進來，她就笑了。她乖，自己待在廚房裡也不吵不鬧，可我就是不願離開太久。我知道我一走，她便靜靜盯著門看，直到我回來爲止。

我輕輕拍拍她的頭，然後回到餐廳倒冰茶。希莉小姐已經回到座位上，不知又是什麼事，一副蓄勢待發模樣。

「噢，希莉，妳剛剛還是沒用客用洗手間吧，」李佛太太一邊洗牌說道。「愛比琳要午餐後才開始打掃後頭。」

希莉揚起下巴。接著是她那聲著名的「啊—咳」。她就是有辦法，技巧地清清喉嚨，所有人便不知不覺都往她那看去。

「客用洗手間是給女傭上的，」希莉小姐說道。

好一晌沒人說話。然後，瓦特太太點點頭，開始解釋。「她在不開心黑鬼跟我們一樣都用室內廁所啦。」

老天，又是這。她們目光一轉，全落到正在整理矮櫃抽屜裡的銀器的我身上。我知道我該走開。

可我還來不及放下最後一根湯匙，李佛太太便瞅了我一眼，說道，「再去拿點茶來，愛比琳。」

我照她的話往廚房走去，雖然所有人杯裡都還有滿滿的茶。

我在廚房裡站了一會，廚房我都打點好了，無事可做。我得待在餐廳裡才能整理銀器。另一件今天得完成的事是整理餐巾，可餐巾櫃就在餐廳旁的走廊裡。我並不想爲了李佛太太要打牌而加班。

我等了幾分鐘，隨手擦過流理台面。我又遞了幾片火腿給梅茉莉，她狼吞虎嚥吃掉了。最後，我溜到走廊裡，暗自祈禱不要被看到。

這會她們四人都點了菸，另一手則拿牌。「伊麗莎白，如果可以的話，」我聽見希莉小姐說道，「妳難道不希望她們把事情帶到外頭解決嗎？」

我小心翼翼拉開餐巾抽屜，就怕李佛太太看見我，倒沒太留心聽她們說話。也不是什麼新鮮事了。城裡到處都有黑人專用廁所，連大部分的房子也有。我往餐廳看去，卻看到史基特小姐正盯著我瞧，我愣住，想這下麻煩大了。

「一墩紅心，」瓦特太太開始叫牌。

「我不知道，」李佛太太說道，對著一手牌皺眉。「羅理剛剛自己創業，現在離報稅季節又還有六個月……欸，我們手頭眞的有些緊。」

希莉小姐慢慢說，像給蛋糕灑糖霜似的。「妳就同羅理說，你們現在花的每一分錢，將來賣房就全收回來了。」她點點頭，像在贊同自己的話。「外頭正在蓋的那些沒有傭人房的房子有沒有？眞是冒險。眾所皆知她們身上帶了很多和我們不同的病菌啊。我加倍。」

我拿起一疊餐巾。不知爲何，我突然很想聽聽李佛太太怎麼說。她是我雇主。我想大家都好奇雇主是怎麼想自己的吧。

「是不錯，」李佛太太說道，吸了一口菸。「如果屋裡廁所可以少她一個人用的話。三墩黑桃。」

「這也正是我起草『家事幫手衛生計畫』的理由，」希莉小姐說道。「爲了預防疾病。」

我的喉頭一縮，緊得出乎意料。我氣我自己在很久以前便學會呑忍一切。

史基特小姐一臉不解。「家事……什麼跟什麼？」

「一個草案，要求所有白人家庭都必須備有黑人家事幫手專用廁所。我已經聯絡了密西西比州衛生署署長，徵詢他公開支持這計畫的意願。過牌。」

史基特小姐對著希莉小姐皺眉。她面朝上放下一手牌，冷靜地說道，「或許我們該給妳在外頭蓋間廁所就行了，希莉。」

老天，屋裡霎時靜的。

希莉小姐說道，「我不覺得這事該妳拿來開玩笑，史基特．菲蘭。除非聯誼會編輯一職妳不想幹了。」

史基特小姐乾笑一聲，可我聽得出她一點不覺這事好笑。「怎麼，妳這是……趕我走？就爲我不同意妳的看法？」

希莉小姐挑著一邊眉，說道，「爲了捍衛家園，該做的事我就會去做。該妳了，媽。」

我回到廚房待著，直到聽見大門在希莉小姐身後關上了。

確定希莉小姐走了後，我讓梅茉莉在遊戲床裡待著，動手把大垃圾桶拖到街上，垃圾車待會就來。就在車道頂，希莉小姐和她那瘋癲的老媽媽差點倒車輾過我，她倆還頂友善地嚷嚷說抱歉。我踱回屋裡，慶幸自己雙腿健在。

我回到廚房，發現史基特小姐也在。她頂著流理台站著，看來甚至比平日還嚴肅。「嘿，史基特小姐，要我給妳弄點什麼嗎？」

她目光飄向外頭車道，李佛太太正隔著車門同希莉小姐聊天。「不用了，我只是在……等。」我拿來抹布擦乾托盤。偷瞅一眼，她還是滿臉愁容地望著那扇窗。她高，看來跟其他太太小姐都不同。她顴骨也高，藍眼珠的眼角微微下垂，讓她看來總帶點害羞味兒。廚房裡靜悄悄的，就流理台上那台小收音機，播放著福音電台。

「現在播的是葛林牧師的講道嗎？」她問道。

「是的，小姐。沒錯。」

史基特小姐淺淺一笑。「這讓我想起我家以前的女傭。」

「喔，我認識康絲坦丁，」我說。

史基特小姐目光從窗外挪到我身上。「我是她帶大的，這妳知道嗎？」

我點點頭，眞希望自己沒多嘴。這事我知道太多了。

「我一直在找她家人在芝加哥的地址，」她說，「但沒人知道。」

「我也沒她地址，史基特小姐。」

史基特小姐目光再度飄向窗外，落在希莉小姐的別克轎車上。她輕輕搖搖頭。「愛比琳，剛剛那段話……我是說，希莉說的那段話……」

我抓起一個咖啡杯，揣起抹布使勁地擦。

「妳曾不曾希望過……希望自己可以改變一些事情？」她問。

然後我再忍不住了。我抬頭正眼看著她。因爲這是我聽過最蠢的問題。她臉上有困惑、有嫌惡，像她剛剛不小心往自己咖啡裡把糖加成了鹽。

我低頭繼續洗碗，不想讓她看到我的表情。「喔不，史基特小姐，一切都很好。」

「可剛剛那段話，那段有關廁所——」話聲未落，李佛太太便踱進了廚房。

「噢，妳在這呀，史基特。」她表情怪怪地看著我倆。「不好意思，我……我打擾妳們聊天了嗎？」我倆光站著，不敢確定她剛聽到了哪些。

「我得走了，」史基特小姐說道。「明天見，伊麗莎白。」她推開後門。「謝啦，愛比琳，謝謝妳的午餐，」說完她便走了。

我走進餐廳，開始清理牌桌。不出所料，李佛太太就跟在我身後，臉上掛著她那不頂開心的微笑。她頭子挺得筆直，看似鐵了心有事要問我。她向來不喜歡我私下同她朋友說話，事後也總是追問我們說了些什麼。我直直同她錯身又回到廚房。我把梅茉莉放進餐椅裡，然後開始清理烤箱。

李佛太太跟著我也進了廚房，對著一桶科瑞牌酥油打量，拿起又放下。梅茉莉伸長了手，要媽咪抱她，可李佛太太打開櫃子，假裝沒看見。接著她用力關上櫃子門，再打開另一扇。最後她終於放棄，只是站在那裡。我趕緊蹲下，整個上半身像企圖毒死自己似往烤箱深處鑽去。

「妳同史基特小姐聊得挺認眞，什麼事這麼嚴肅？」

「沒事，李佛太太，她只是……有些舊衣服問我要不要，」我說道，聲音像從井裡傳上來的。我兩條胳臂上這會沾得全是油了。這裡頭聞起來像胳肢窩。不消時，我已經一臉的汗，而每再刮一下，臉上就多給砸來一塊油垢。這烤箱裡，定是世上最糟的地方。往裡頭來，不是爲了清理，就是等著給烤熟上桌。我知道今晚逃不掉，又要作那個給卡在開了瓦斯的烤箱裡的惡夢。可我還是堅持把頭埋在這可怕的洞裡——哪都好，只要別讓我回答李佛太太的問題。問我史基特小姐同我說了什麼。啥我想不想**改變**事情的。

一會，李佛太太終於悻悻然往車棚踱去。盤算該往哪加蓋我的黑人專用廁所去了吧。

第二章

在密西西比州的傑克森市過活，你絕想像不到，原來這裡住了二十萬人。這數字我打報上看來的，一看我不禁開始想，這麼多人都打哪去了？地底下嗎？因爲橋這邊的鄰居我全認識，也認識不少白人家庭，這怎麼加也不到二十萬人呀。

一週六天，我搭公車過了伍卓·威爾森橋，去到李佛太太和她那群白人朋友住的貝海文區。貝海文再過去便是市中心與州府。從外頭看來，州政府眞是漂亮又氣派，裡頭我倒沒進去過。那地方不知拿多少錢請人打掃。

貝海文一條路再往下，是同樣白人區的伍蘭丘，然後是雪伍森林。雪伍森林就成排掛著苔蘚的大橡樹，綿延好幾哩長。現在還沒人住那，不過也只等哪天哪個白人起了興，便往那遷去了。雪伍森林再過去就是城外的鄉下。史基特小姐家的長葉棉花園就在那裡。她不知道的是，我一九三一年在那採過棉花。那是大蕭條年代，除了州政府發的乳酪外，我們啥也沒得吃。

說來傑克森市就是一區接著一區的白人住宅區，一路這麼下去；我們黑人區可不同，像個大蟻丘，讓州政府所有、不給買賣的土地圈了起來。我們人愈來愈多，也沒地方伸展，只是愈來愈擠罷了。

那天下午，我搭上往來貝海文與法立胥街間的六號公車。今天巴士上沒別人，就我們一群穿著白制服往回家方向的女傭。我們隨興閒聊、彼此點頭微笑——倒不是因爲車上碰巧沒白人，托帕克女士的福，我們現在愛坐哪就坐哪了——我們只是喜歡那種和樂的感覺。

我瞥見米妮坐在後排中央的位子上。米妮身材矮胖，一頭油亮的黑色捲髮。她跨著兩腿，粗壯的雙臂抱胸坐著。她足足比我小了十七歲。我猜只要她想，米妮絕對可以把整輛巴士高舉過頭。像我這種老太太，有她當朋友算我走運。

我走到她前方的座位坐下，轉頭聽她說話。大家都喜歡聽米妮說話。

「……然後我就說，瓦特太太，這世上沒人想看妳光溜溜的白屁股，就像沒人想看我的黑屁股一樣。我看妳還是趕緊進屋裡來，穿上內褲再加點衣服。」

「在前廊上？光溜溜一身？」琪琪·布朗問道。

「屁股都垂到膝蓋上囉。」

巴士上的人全笑開了，咯咯邊笑邊搖頭。

「老天，那女人還眞瘋，」琪琪說道。「怎麼瘋子全叫妳碰上了，米妮。」

「是嗎？妳那派特森太太還不叫瘋嗎？」米妮對著琪琪說道。「眞是，瘋太太俱樂部班長就她了咧。」大夥這下笑得更開心了，因爲米妮不喜歡別人說她白人雇主的壞話。只有她能說，那是她的差事，是該她的權利。

巴士過橋，在黑人區的第一站停了車。十多個女傭下了車。我換到米妮身旁空出來的位子上。她對我一笑，頂頂肘子算打過招呼。然後她便放鬆身子，往椅背靠坐下去。我是自己人，她也省了作戲。

「妳怎樣？今早又熨裙褶啦？」

我笑了，點點頭。「折騰了我一個半小時。」

「今天橋牌聚會，妳午餐餵了瓦特太太啥？我花一早上功夫給她烤了個焦糖蛋糕，那老傻子，一口不肯吃。」

這讓我想起了希莉小姐今天在牌桌上說的話。換作其他白人太太大概沒人掛心，可大家會想知道，希莉小姐是不是卯上了自己。我只是不知該怎麼開口。

我看向窗外，看著黑人醫院過去。然後是水果攤。「我今天好像有聽到希莉小姐提到這事，就她媽媽愈來愈瘦的事。」我儘量小心挑著話說。「說她營養不良什麼的。」

米妮看著我。「她這麼說，是吧？」光聽這名字米妮的眼睛便眯成了一線。「希莉小姐還說了什麼？」

我最好還是直說了。「我覺得她盯上妳了，米妮。妳……有她在的場合妳還是小心點吧。」

「是有**我**在的場合她才該小心點吧。她說啥？我不會做菜？說那老糊塗不吃是因爲我菜做不好？」米妮霍地起身，皮包往肩上一甩。

「對不起，米妮，我只是想警告妳要防著——」

「她有種對我直說，保證讓她吃不完兜著走。」她氣沖沖下了車。

我隔著車窗望著她，看她踏重步往家門走去。希莉小姐並不好惹。老天，也許我剛不該多嘴的。

幾天後的早上，我下了巴士，走一小段路往李佛家去。一輛舊卡車停在門前。車裡兩個黑人，一個端杯咖啡，一個坐直了在打盹。我走過去，進了廚房。

今早希罕，羅理．李佛先生竟還在家裡。每回就算他在，也是頻頻看錶，像等不及要回他的會計師辦公室去。連週六也不例外。今天倒不知什麼事把他留在了家裡。

「這他媽的是我的房子，裡頭他媽的要裝要改，買單全要看我！」李佛先生吼道。

李佛太太追著跟上他的腳步，臉上掛著不悅的微笑。我閃進盥洗室裡避著。說到廁所已經是兩天前的事，我還希望事情已經過去了。李佛先生打開後門，看看外頭那輛卡車，砰一聲又摔上門。

「買衣服我讓妳買，跟妳那些姊妹會的姊妹淘一趟趟進城去紐奧良，我他媽的也讓妳去，可這眞是他媽的太超過了！」

「但是這會增加房子的價值啊，希莉是這麼說的！」我還躲在盥洗室裡，可我幾乎聽得到，李佛太太努力維持著臉上的微笑。

「我們就是付不起！還有，我們犯不著聽哈布克家人的使喚！」

外頭安靜了一分鐘。接著我便聽到踩著連腳睡衣的啪噠腳步聲。

「達—地？」

我趕緊離開盥洗室往廚房去。梅茉莉可就是我的事了。

李佛先生已經早一步蹲下身迎上她。他臉上掛著橡膠臉皮似的假笑。「妳猜怎麼了，小蜜糖？」

她報以微笑。她期待著意外的驚喜。

「爲了讓妳媽咪的朋友不必和女傭上同一間廁所，妳這會上不成大學了！」

他轉身大步離去，摔門聲讓梅茉莉不住眨了眼睛。

李佛太太低頭瞅她，衝著她搖搖手指。「梅茉莉，妳知道妳不該爬出嬰兒床的！」

這小女娃，轉頭看看剛剛讓爹地摔上的門，再看看媽咪皺著眉頭的臉。她嚥了嚥口水，像在努力忍哭。

我擠過李佛太太，一把抱起梅茉莉。我低聲說道，「我們一起去客廳玩那個會說話的玩具吧。小毛驢說什麼來著？」

「她一直爬起來。光今早我便把她送回床上三次。」

「那是因爲有人得換尿布啦。來吧——」

李佛太太嘖的一聲，說道，「這我倒沒想到……」可話沒說完，她的目光便又落到窗外的卡車上頭去了。

我往屋後走去，氣得踏重步。梅茉莉昨晚八點就上床了，當然需要換尿布！李佛太太自己倒試試，裹著積了十二小時的屎尿，看是坐不坐得住！

我讓梅茉莉躺平在尿布台上，一邊努力嚥下那口氣。我幫她把髒尿布脫下來時，她只睜睜看著我。然後她伸長小手，輕輕碰碰我的嘴巴。

「梅寶不乖，」她說。

「才沒有，小寶貝，妳才沒有不乖，」我說，伸手順順她的頭髮。「妳乖。妳最乖了。」

我住在葛桑街，打一九四二年起就在這租房子住。這葛桑街可性格了。雖然房子都一般小，前院倒各有千秋——有光禿禿的不毛之地，也有種了杜鵑與玫瑰的綠油油草坪。至於我自己的前院，約莫在這兩者之間吧。

我屋前種了幾株紅色山茶花，草坪則多少有些坑疤，還有當初崔洛出事後，他的卡車在前院一停三個月，在草皮上留下那一大塊枯黃的印子。我沒種樹。我的後院可精采，活像個伊甸園。我讓我隔壁鄰居艾達·匹克在那闢了菜園。

艾達沒後院。原來有的，只是讓她先生堆滿了垃圾——汽車引擎、舊冰箱、廢輪胎。一堆他宣稱要修卻從沒碰過的垃圾。所以我就讓艾達過來我這邊種。這一來我也省了割草，而她也讓我缺菜就自己動手摘，一星期省我兩三塊菜錢。她還把吃不完的做成一罐罐醃菜讓我冬天吃。綠油油的蕪菁葉、茄子、一大叢秋葵、各式各樣的葫蘆瓜。我不知道她怎麼讓番茄不長蟲的。可她就是有辦法，而且種得漂亮又好吃。

那晚外頭雨大。我找出一罐艾達醃的番茄高麗菜，配著剩下的最後一片玉米麵包吃了。然後我坐定在桌前開始盤算錢的事。最近出了兩件事：公車票價漲到單程十五分錢，我每月的房租也給漲成了二十九塊錢。我每週到李佛太太家上工六天，週六休假，每天都是早上八點到下午五點。我每週五領四十三塊錢，一個月就是一百七十二元。算來，在付過電費、水費、瓦斯費還有電話費後，我每週只剩十三塊半得用來買菜、買衣服、做頭髮、奉獻教會。更別提寄那些帳單的郵資也漲到了五分錢。還有，我那雙便鞋已經給磨得薄得不像話。新鞋一雙要七塊錢，看來我得靠番茄高麗菜度日直到把自己吃成隻兔老兄為止。感謝老天有還有艾達．匹克，不然我就得喝西北風了。

電話突然響起，嚇我一大跳。還來不及招呼，我就先聽到了米妮的聲音。她還在瓦特太太家。

「希莉小姐決定把瓦特太太送到養老院去了。我得給自己找份新差事。可妳知道她啥時走嗎？就**下禮拜**！」

「噢，**不**，米妮！」

「我打了一天電話，問過十個白太太，沒人感興趣。」

怎說呢，我其實並不意外。「我明早頭一件事就問李佛太太知不知道哪家缺人的。」

「妳先別掛，」米妮說道。我聽到瓦特太太說了些什麼，然後是米妮：「妳當我誰啊？妳私人司機是吧？下這麼大雨，我才不載妳去啥牢什子鄉村俱樂部咧。」

當個女傭，除了手腳不乾淨，最糟就是有張不饒人的利嘴。還好米妮燒得一手好菜，總算還彌補了些。

「妳別擔心，米妮。我們會給妳找個像瓦特太太一樣、聾得像門把的新頭家。」

「希莉小姐一直在暗示我，要我過去給她做事。」

「什麼？」我儘可能斬釘截鐵地說道：「妳給我聽清楚了，米妮，我寧可養妳，也不會讓妳去給那邪惡的女人做事。」

「妳當妳同誰說話啊，愛比琳？蠢猴崽嗎？我不如去給三K黨做事算了。何況我怎可能搶亞玟的差事。」

「算我說錯話，對不起。」事情一扯到希莉小姐，我就緊張得糊塗起來。「我會給忍冬街的卡洛琳小姐打電話，問她知不知道有哪裡缺人的。我也會找露絲小姐，她人好得不得了。以前給她做事時，她老趁一早把屋裡都打掃妥當，好讓我啥事都不必多做，只管給她作陪。她丈夫染上猩紅熱過世了，唉。」

「謝謝妳，愛比。好啦，瓦特太太，來，咱再多吃點青豆。」米妮道過再見，掛上電話。

第二天早上，那輛綠色卡車又來了。工人開始敲敲打打，李佛先生倒不見蹤影。想是心裡也有底，遇上希莉小姐，他打開始就沒了贏面。

李佛太太穿著她的藍色鋪棉睡袍，坐在廚房桌前講電話。梅茉莉沾了一臉紅色黏呼呼的東西，攀在她媽咪腿邊要她看她。

「早安，小寶貝，」我說。

「媽咪！媽咪！」她說，一邊試著爬上李佛太太的大腿。

「不行，梅茉莉。」李佛太太推了推。「妳讓媽咪講電話。」

「媽咪抱抱，」梅茉莉嚶嚶哀求道，對著她媽咪伸長了雙臂。「媽咪抱抱梅寶。」

「噓，」李佛太太低聲說道。

我趕緊抱起梅茉莉，帶她往水槽邊去，可她還是頻頻回頭，「媽咪！媽咪！」哀求著，央著要媽咪看她。

「就照妳教的說了，」李佛太太對著話筒點頭道。「等以後要轉手了，這可是會提高房子的價值。」

「聽話呀，小寶貝。手放這裡，在水下面。」

梅茉莉還是掙扎得厲害。我試著在她手上打肥皂，可她又扭又甩，像條蛇似地一滑、溜走了。她跑回她媽咪身邊，仰起下巴，一把揪住電話線，再用力一扯。話筒鏗的一聲從李佛太太手中直直掉落到地上。

「梅茉莉！」我說道。

我還是晚了李佛太太一步。她齜牙露出叫人害怕的微笑，朝梅茉莉光溜溜的大腿背狠狠拍下去，那狠勁要我也跟著一跳。

接著，她抓住梅茉莉的手臂，說一字便用力扯一下。「我不准妳再碰這電話一下，梅茉莉！」她說道。「愛比琳，要我說多少次，我講電話時別讓她來煩我！」

「對不起，」我說道，然後抱起梅茉莉，試著摟她入懷，可她只是放聲大哭，小臉紅咚咚的，就是不依我。

「乖，小寶貝，沒關係的，沒事——」

梅茉莉給我扮了個兇臉，接著啪一聲，一拳正中我的耳朵。

李佛太太指著門，大叫道，「愛比琳，妳倆通通給我出去！」

我抱著她匆匆出了廚房。我氣極了李佛太太，強忍著不回嘴。那傻子只要肯多關心自己孩子一點，這一切便不會發生！回到梅茉莉房裡，我坐在搖椅上，摟著她。她頭埋在我肩上嚶嚶啜泣，而我輕輕拍揉著她的背，很高興她看不到我臉上的憤怒。我不要她以爲一切都是她的錯。

「妳還好嗎，小寶貝？」我低聲說道。剛讓她揮中的耳朵還疼得厲害。我很高興她打中了我，而不是她媽咪，因爲我可拿不定那女人會怎麼對付她。我低頭，看到她腿背上的紅掌印。

「我在這裡，小寶貝，愛比在這裡，」我搖啊搖，搖啊搖。

可梅茉莉，她只是哭，只是哭。

午餐時間，差不多是我開電視看戲的時候，車棚那邊也靜了下來。梅茉莉坐在我腿上，陪著我撿豆子。她還沒完全從早上那一頓脾氣裡恢復過來。我猜我也是，不過我已經嚥下了那口氣，暫時不去想它了。

梅茉莉同我一起進廚房，讓我給她做了燻腸三明治。外頭車道上，那兩個工人坐在卡車裡，也在吃午餐。這樣平平靜靜的，多好。我衝著梅茉莉一笑，給她遞了顆草莓。我很高興早上那幕我正好也在。我不敢多想如果我不在，事情又會怎麼收場。她把草莓塞進嘴裡，回我一笑。我想她該也感覺得到。

李佛太太不在，我盤算著要給瓦特太太家的米妮撥通電話，看是有著落了沒。才正要動手，後門就有人敲門。我開了門，看到其中一個工人站在門外。他看來很有些歲數了，連身工作褲底下穿了件有領的白衫。

「午安，女士。可以麻煩妳給點水喝嗎？」他問道。我沒見過他，可能是南邊那些小鎮的人吧。

「沒問題，」我說。

我從櫃子裡拿了一個紙杯。紙杯上頭印了生日氣球，是梅茉莉兩歲生日會上剩的。我知道李佛太太不會要我拿玻璃杯給他。

他一口氣喝完了，把紙杯遞還給我。他滿臉疲倦，眼神有些落寞。

「你們事情進行得如何？」我問道。

「就幹活吧，」他說。「水還沒接上。可能要從更遠那頭接管子過來。」

「你朋友也來點水嗎？」我問道。

「那也好。」他點點頭，我轉身又拿了彩色紙杯，往水槽裝了一滿杯。

他接過水杯，卻沒急著走。

「對不起，」他說，「可哪裡……」他站了一會，低頭直瞅著自己雙腳。「哪裡可以讓我解個手嗎？」

他抬頭，而我也看著他，我倆就這麼面面相覷了好一會。這事好笑，不是那種叫人哈哈笑出來的好笑，而是叫你在心裡想著，啊，的那種。我倆在這杵著，屋裡明明就有兩間廁所，屋外還正在加蓋一間，而這男人卻連個解手的地方都沒有。

「呃……」我還眞沒遇過這場面。兩星期過來給我們整理一次院子的年輕人，羅伯，我猜他上工前就先解決掉這事。可眼前這男人，年紀大了。一雙手上盡是深深的皺紋。七十年的操勞在他臉上留下數不清的紋路，像張地圖。

「我想你就上屋後樹叢解決吧，」我聽到自己說道。我眞希望說話的不是我。「那邊有狗，不過不咬人。」

「好的，」他說。「謝謝妳了。」

我看著他捧著一杯水，慢慢往回走去。

後來這一下午，就在敲敲打打間過去了。

第二天，他們繼續在前院裡又敲又鑽的弄了一天。我沒開口問，而李佛太太也沒主動解釋。她只是每隔一小時就望窗外探，查看進度。

下午三點，敲打聲停了下來，兩個工人回到車上，今天算下工了。李佛太太看著他們開車離去，長長吐了口氣。後院沒了兩個黑人，她終於也可以跳上車揚長而去，做她想做的事。

又一會，電話響了。

「李佛太——」

「她到處同人說我偷東西！難怪我找不到差事！那巫婆把我說成了漢茲郡第一壞嘴兼三隻手的超級惡傭！」

「慢點，米妮，妳先喘口——」

「今早上工前，我先繞過去梧桐街的侖弗家，結果侖弗太太差點沒拿掃帚趕我，說啥希莉小姐全跟她說啦，這會大家都已經知道我偷走瓦特太太銀燭臺的事了！」

我在這頭都聽得到她緊握話筒的聲音，恨不得捏碎似的。我聽到琴卓在她後頭哀嚎的聲音，才覺得奇怪，怎麼米妮已經在家了。她通常要四點以後才離開的。

「我做了啥？我做好菜餵那老女人、照顧她，就這樣！」

「米妮，我知道妳不可能偷東西。上帝知道妳不可能偷東西。」

她聲音猛地一沉，像巢裡的蜜蜂。「等我又走到瓦特太太家時，希莉小姐人就在那，出手就要給我二十塊錢。她說，『拿去，我知道妳缺錢，』我差點啐了她一臉。不過我沒有。才不。」她開始發出某種又像喘息的聲音，繼續說道，「我做了**更糟**的事。」

「妳做了什麼事？」

「我不說。那派的事我誰也不說。反正她活該！」她這話幾乎是吼著說的，而我感到心底一股冰涼眞切的恐懼。希莉小姐不是任何人招惹得起的。「找差的事我這輩子別想了，里洛這下非宰了我……」

琴卓終於放聲大哭了起來。米妮連再見都沒說便急匆匆掛了電話。我不知道她說啥派的是怎麼回事。可老天，以我對米妮的了解，絕不可能是好事。

那晚，我在艾達的菜園裡給自己摘了些萵陸葉和番茄。我煎了火腿，還給我的比斯吉做了些淋醬。我的假髮梳好也放好，上了粉紅色髮捲，也噴了古拿牌髮膠。我一下午都在想米妮的事，愈想愈擔心。今晚還想睡的話，我最好得想點別的。

我把晚餐端上桌坐定了，然後扭開收音機。是小史蒂夫．汪達的〈指尖〉（*Fingertips*）。生做黑人對那男孩算啥。他才十二歲，還瞎了眼，卻已經唱紅了一首歌。聽完歌，我跳過葛林牧師的講道，停在專放酒館藍調的WBLA電台。

晚上聽歌，我就愛那種霧濛濛、喝多了酒的沙啞歌聲。讓我感覺像屋裡擠滿了人。我幾乎看得到，就在這廚房裡，人們隨著藍調音樂搖擺起舞。我關上大燈，假裝我們置身雷文酒館。一張張小桌上有一盞盞蓋著紅罩的小燈。那是五月還是六月，天很暖。我的克萊德對著我微笑，露出他那口漂亮白牙，說道，**親愛的，喝點什麼嗎？**而我說，**黑瑪莉，不加冰**，然後我便忍不住笑了出來——瞧我，坐在廚房裡做著白日夢，天知道我喝過最刺激的飲料不過是紫色的尼海牌（Nehi）可樂。

這會輪到曼菲絲·蜜妮（Memphis Minnie）高唱著爲什麼瘦肉煎不香（*Lean Meat Won't Fry*），而這歌說的其實是，爲什麼愛總不持久。偶爾，我也會想，也許該再給自己找個男人，從我們教會裡找。問題是，我愛天主，可那些乖乖上教堂的男人，卻從沒讓我碰上個好東西。我喜歡的男人，偏偏都不是會在花光妳積蓄後還繼續留下來的類型。我二十年前就犯過這種錯。那年，克萊德丟下我，同法立胥街那個名叫可可的騷貨跑了。我那時就決定，這輩子最好別再對這檔事有啥指望了。

外頭一記尖銳的貓叫把我拉回到現實。我關掉收音機，開了燈，從皮包裡找出我的禱詞簿。我的禱詞簿其實只是本藍皮筆記本，打法蘭克林商店買來的。我通常用鉛筆寫，好方便塗改。我打初中起就有寫禱詞的習慣。我去同我七年級老師羅絲小姐說我得幫媽媽的忙、以後不回來上課了時，她差點哭了。

「妳是班上最聰明的學生，愛比琳，」她說。「記住，不讓自己退步的方法只有一個，就是讀與**寫**，每天都寫！」

從此我禱詞不說了，就用寫的。只是，從此也再沒人說過我聰明了。

我翻開禱詞簿，看看今晚名單上有誰。這星期好幾次，我考慮也把史基特小姐放到我的名單上。我也不是很確定是爲什麼。每回在李佛太太家見到她，她人都很好。想來很教我不安，可我忍不住還是想，那天在李佛太太的廚房裡，她問我想不想改變事情，到底是什麼意思。更別提她還問了我知不知道康絲坦丁的下落。我確實知道康絲坦丁和史基特小姐的母親之間那件事，可我絕不可能同她說。

事情是，如果我開始爲史基特小姐禱告，那麼，下回再見到她時，我們的對話就會繼續下去。再下回再下下回也是。因爲禱告就是這麼回事。像電流，讓事情不斷繼續下去。而廁所的事，我一點也不想再去多談。

我檢查我的代禱名單。我的梅茉莉佔第一位，然後是教會的芬妮露，她讓風濕折騰得緊。再來是我那對住在吉卜森港的妹妹伊奈與美寶，她倆的十八個孩子裡有六個傷了風。有時，名單上人不多，我也會加上住在飼料店後頭那個臭兮兮的白人老頭，貪杯連鞋油都喝，把腦袋給喝壞了。不過今晚名單差不多也滿了。

瞧瞧我這會名單上還加了誰。不是別人，正是柏翠娜．比塞莫！任誰都知道，自從多年前柏翠娜聽說我要嫁給克萊德、直叫我是個蠢黑鬼後，我同她使再沒說過一句話了。

「米妮，」我上星期天問道，「爲啥柏翠娜會指定要**我**代禱？」我們那時剛結束下午一點的禮拜，正往家裡走。米妮說道，「大家都說，妳的代禱有神奇力量，比一般人的都有效。」

「啥呀？」

「就說尤朵拉．格林，她那時跌壞髖骨，上了妳代禱名單，不消一週就站起來走路。以賽亞打棉花卡車上摔下來，當晚上了妳名單，隔天就照常上工。」

聽她這麼說，我不住想，怎麼我甚至沒機會爲崔洛禱告。也許正因爲這樣，上帝才匆匆把他帶走。因爲祂不想同我吵。

「史納・華盛頓，」米妮說道，「蘿莉・傑克森——欸，那蘿莉上了妳名單，才兩天，就從輪椅上跳起來走，像給耶穌碰過了似。這事在咱漢茲郡可出名，無人不知。」

「可那也不是我啊，」我說。「是禱告生了效。」

「是柏翠娜——」米妮停下來笑了一陣，繼續說道，「妳記得可可，就同克萊德跑了的那個？」

「欸，我怎麼可能忘記她。」

「他倆跑了一星期後，我聽說那可可一早起床，發現自己下面腫爛得像顆爛牡蠣。足足治了三個月才好。柏翠娜和可可是好朋友。她可**清楚**妳的禱告最有效了。」

我不住張了嘴。怎麼她之前從沒跟我提過？「所以妳是說，大家覺得我會巫術？」

「就知道同妳說了也只是讓妳煩心。他們只是認定妳同天主關係特別好。大家都有線路直撥，可妳就湊在祂耳邊說了呀。」

爐上的茶壺響了，把我拉回現實裡。老天，我想我就把史基特小姐放到我名單上吧，可理由，連我自己也不清楚。這也讓我想起了我不願想起的事：李佛太太正在給我蓋廁所，當我身上帶病。而史基特小姐問我想不想改變事情，好似改變咱密西西比州的傑克森市同換燈泡一般簡單。

電話響起的時候，我正在李佛太太的廚房裡撿豆子。希望是米妮打來告訴我她找到新差了。我已經給我認識的人家都去過了電話，得到的回答也都一樣：「我們不缺人。」可其實，她們的意思是：「我們不缺**米妮**。」

米妮三天前就算辭了工，可瓦特太太昨晚偷偷給米妮撥電話，要她今天過去陪她；說是一屋家具都讓希莉小姐搬走了，屋裡空得嚇人。我還是不知道米妮和希莉小姐是怎回事，可我猜我也不眞想知道。

「李佛公館。」

「呃，嗨。我是……」電話裡的女聲停下來，清清喉嚨。「哈囉，請問……請問可以請伊麗莎白‧李佛接電話嗎？」

「李佛太太不在家。需要我留話嗎？」

「喔，」她說道，感覺突然興奮了起來。

「請問是哪裡找？」

「我……我是西麗亞‧傅堤。這號碼是我先生給我的，我不認識伊麗莎白，可是……欸，他說她知道所有有關兒童募款餐會和婦女聯誼會的事。」這名字我聽過，只是一時想不起來。這女人聽起來像打很偏僻的鄉下來的，偏僻得連她鞋裡都長玉米那種。她的嗓音甜，又尖又高。總之聽來不像這裡人。

「我會轉告她，」我說。「請問妳電話幾號？」

「我算是新來的，呃，其實也不算。我來這好一陣了，天，一年有了吧。我只是沒啥眞的熟人。我……我很少出門。」

她再次清清喉嚨，而我不住開始想，她做什麼同我說這麼多。我是幫傭，她同我多聊也交不成朋友。

「我在想，看我能不能從家裡就能幫著給募款餐會出點力，」她說。

我想起來她是誰了。希莉小姐和李佛太太成天說她壞話，因爲她嫁了希莉小姐的前男友。

「我會幫妳傳話。妳電話號碼是？」

「可我待會就出門買菜了……喔，也許我就待著等她電話吧。」

「她找不著妳，會同妳家女傭留話。」

「我沒請女傭。說到這，我本來也是想請她幫忙，看看有啥好人選推薦的。」

「妳在找女傭？」

「找好一陣了，可我住麥迪生郡，大老遠的。」

欸，誰想得到呢。「我倒知道個不錯的人選。她燒了手好菜，也照顧孩子。她甚至有車，開趟路過去不成問題。」

「嗯，這……我還是想跟伊麗莎白先談過。我讓妳留我的號碼了嗎？」

「還沒有，」我嘆氣道。「請說。」聽了希莉小姐扯的謊，李佛太太哪還推薦米妮。

她說道，「我是強尼·傅堤太太，號碼是愛默生二六零六零九。」

我忍不住還是說道，「我說那人名叫米妮，號碼是雷伍八四四三二。妳寫下了嗎？」

梅茉莉拉拉我的裙角，說道，「肚子痛痛，」一邊揉著自己的小肚肚。

我心生一計。我說，「妳先別掛。妳說啥，李佛太太？嗯，好，我同她說去。」我把話筒放回嘴邊，說道，「西麗亞小姐，李佛太太剛到家，她說她人不舒服先不同妳聊，可她要妳直接給米妮撥電話。她說她會再同妳聯絡募款餐會的事。」

「噢，妳幫我跟她說謝謝。希望她早日康復。還有就是，請她隨時打電話給我。」

「是米妮·傑克森，雷伍八四四三二。妳再等等。又什麼事？」我遞塊餅乾給梅茉莉，為自己的小奸小惡得意不已。我漫天扯謊，可一點不在乎。

我告訴西麗亞·傅堤太太：「李佛太太要我同妳說，米妮的事妳別跟人提；她好多朋友搶著要米妮，讓人知道她把消息先給了妳，那可擺不平。」

「她別跟人說我的祕密，我也不跟人說她的。我請幫傭的事得瞞著我先生。」

這不叫天賜良機叫什麼。

我電話一掛，馬上又撥了米妮的號碼。偏偏，李佛太太就在這結骨眼上進了門。

這下糟了。瞧，我給了這位西麗亞小姐米妮家裡的電話，可米妮今天去陪了瓦特太太。西麗亞小姐去了電話，里洛這傻子一接，定就給了瓦特太太家的號碼。而只要讓瓦特太太接到西麗亞小姐的電話，一切就毀了。瓦特太太一定會同她說那堆希莉小姐扯的謊。我得在這之前先找到米妮或里洛。

李佛太太進了房，接著不出我所料，直接拿起了電話。她先找了希莉小姐。然後是美容院，再來又給商店去電話商量啥結婚禮物的事，講講講，沒完沒了。掛了電話，她緊接出房門，問我要這星期的晚餐菜單。我找出筆記本，陪她看過菜單。不，她不要豬排。她正打算讓她先生減點重。她想要煎牛排和生菜沙拉。還有那糖霜蛋白大概多少卡路里我清楚嗎？還有別再拿餅乾給梅茉莉、她已經太胖啦，還有——還有——還有——

老天！這女人平日不是要我做這做那、就是指定要我上哪間廁所；怎麼今天卯起來同我說不停，當我是她手帕交不成！梅茉莉在旁跳腳，想要她媽咪注意她，可正當她幾乎彎下腰去稍微哄哄小女娃時，唉呀！李佛太太一跳腳，嚷嚷說啥事忘了辦、轉身一陣風似又出了門。整整一小時就這麼給拖拉掉了。

恨我手指在撥號盤上不能轉得更快。

「米妮！我給妳找了個差，等會電話響妳可要——」

「電話已經來過了。」米妮的聲音平淡得出奇。「里洛給的號碼。」

「所以是瓦特太太接了電話，」我說。

「平日聾得像門把，今天倒像天主顯神跡，電話鈴響聽得可清楚。我廚房裡外忙著，沒留意，就最後聽到她提了我的名字。後來里洛電話也來了，我心裡也有譜了。」米妮聽來像累壞了，而她可是從來不累的人啊。

「嗯，說不定瓦特太太沒同她提希莉小姐那番鬼話。誰知道呢。」可這話畢竟連我自己都不信。

「就算她沒說，我怎麼報復希莉小姐的事，瓦特太太也清楚得很。妳不知道我幹的**那件可怕的事**有多可怕。我一點也不想妳知道。我很確定瓦特太太一定同她說了我是何等邪惡的大魔王。」米妮的聲音怪極了，像放慢了轉速的唱機。

「我很抱歉。我要能早點打給妳，妳也不會漏了那通電話。」

「妳已經盡力了。這會任誰也幫不了我了。」

「我會爲妳禱告。」

「謝謝妳，」她說，接著她的聲音便不住抖了起來。「謝謝妳這麼努力試著幫我。」

掛上電話，我開始拖地。米妮的聲音嚇壞我了。

她一直是個強悍的女人，從來不認命低頭。崔洛走後，她每晚給我送吃的，整整三個月沒停。她每天同我提一遍，「欸，妳想都別想把我留在這倒楣的爛地球上自己先走，」可老實說，我確實打過這主意。

讓米妮逮到的時候，我繩結都打好了。繩子是崔洛當年科學課做滑輪車留下的。我也不知道自己下不下得了手，那畢竟是違悖上帝的罪，當時我腦裡只一團亂。可這米妮，她啥也沒說，只是把東西從床底下搜出來，扔進垃圾筒裡再搬到大路邊放著。又回到屋裡來時，她抹抹手，當是尋常剛掃完地。光做事不廢話的，這米妮。可現在，她聽來糟透了。今晚我得記得檢查過她床底下。

我放下那桶電視廣告裡讓一群太太贊不絕口的陽光牌清潔劑。我找張椅子坐了下來。梅茉莉捧著肚子走過來，說道，「不要肚子痛痛。」

她把臉輕靠在我腿上。我一遍遍順過她的頭髮，直到她舒服得像隻小貓呼嚕作聲、感受到我手心傳去的愛意。然後我想到我所有的朋友。想到她們為我做過的事。想到她們每天為那些白人太太做的事。我想到米妮聲音裡的痛苦。我想到入土的崔洛。我低頭看著梅茉莉，在心底最深處，我知道，總有一天她也要變得像她媽咪一樣，這事我怎麼也阻擋不了。一大堆事情湧上心頭，沉沉壓著我。我閉上眼睛，默默開始禱告。可我心頭沉重依然。

老天幫幫忙，事情不該再這樣下去了。

梅茉莉一下午抱著我的腿，好幾次差點把我給絆倒了。可我也不覺煩。李佛太太一早到現在，還沒同我和梅茉莉開過口。關在主臥房裡一個勁踩她的裁縫機，又是看屋裡啥東西不順眼了吧。

一會，我帶著梅茉莉一起進了客廳。還有一疊李佛先生的襯衫等著我熨，之後我打算開始弄鍋燉肉。我已經打掃過廁所、換過床單，也吸過了地毯。我就是盡量趕，把事情早早做完了，留下的時間就可以好好陪梅茉莉玩。

李佛太太走進來，看著我熨衣服。她有時就這樣，皺著眉看我做事；可等我偶然抬頭，她又匆匆擠出個微笑。她攏攏後腦杓的頭髮，試著弄得蓬鬆點。

「愛比琳，我有個驚喜要給妳。」

她笑得挺開，卻不露齒，只是拉高兩邊嘴角，要人不住警覺起來。「李佛先生和我決定給妳蓋間專用廁所。」她雙手一拍，下巴朝著我一收。「就在外頭，在車棚裡。」
「是的，太太。」她當這幾天我去了哪啦？
「所以呢，從現在起，妳就有自己的專用廁所，不必再使用客用洗手間啦。這眞是太好了，不是嗎？」
「是的，太太。」我繼續熨衣服。電視開著，我的節目一會要播了。可她還杵著，逕瞅著我瞧。
「所以從現在開始，妳就用車棚那間廁所了，了解嗎？」
我沒看她。也不是故意想惹事，可她話說得這麼清楚，夠了。
「妳不想去拿幾張紙、到外頭試用看看嗎？」
「李佛太太，我現在眞的沒那需要。」
梅茉莉從遊戲床裡伸出小手指著我，說道，「梅寶果汁？」
「我這就去給妳倒些果汁，小寶貝，」我說。
「噢。」李佛太太舔舔嘴唇。「可等會妳有需要時，妳會去用外頭那間廁所，我是說……只能用那間了，知道吧？」
李佛太太妝很濃，厚厚一層粉底。偏黃的粉底顏色擴散到嘴唇上，這會你甚至拿不定她是不是眞有張嘴了。我開口說出我知道她想聽的話：「我從現在起就用我的黑人專用廁所。等會我會拿漂白水，去把客用廁所徹底再消毒一遍。」
「嗯，也不急。今天之內做好就好。」
可照她那還不走、站著把玩婚戒的模樣看來，她其實想我現在動手。
我慢慢放下熨斗，感覺那顆苦籽，那顆崔洛死後給種下的苦籽，在我胸中發芽。我的臉發燙，我的舌頭刺痛。我不知道要跟她說什麼。我只知道，我不打算說。我還知道她也不打算說出她想說的話。怪啊，這情景，沒人開口，可我倆確實想辦法對過了話。

米妮

第三章

站在那白太太的後門廊上，我同我自己說，**塞回去，米妮**。啥話嘴裡關不住的，通通塞回去。上頭下頭都一樣，夾牢塞緊了。作樣也要像個聽話做事的好女傭。事實也是，我緊張的，眞讓我拿到這差事，我再不頂嘴了。

我把鬆脫擠在腳踝上的絲襪——全世界矮胖女人都得忍受的麻煩——猛一扯拉高了，然後心裡再想過一遍，啥該說啥不該說的。我上前，用力拍下門鈴。

門鈴聲是一記長長的**叮—咚**，漂漂亮亮的，同這鄉間的大宅一樣。看來像座城堡，灰磚往右往左，還往上入雲霄。四邊草坪再過去都是樹林。如果這地方出現在故事書裡，那林子裡就該住著巫婆。吃小孩那種。

後門開了，而站在那的呢，是瑪麗蓮．夢露小姐本人。不然至少也是她親戚。

「嘿，妳準時到了。我是西麗亞。西麗亞．蕾．傅堤。」

這白太太朝我伸出手，而我只打量著她。她樣子像瑪麗蓮，可這會絕不是試鏡的好時機。她讓人做過的黃頭髮上都是麵粉。假睫毛上也是。那一身俗氣的粉紅色連身褲裝上也全是。她站在一團麵粉雲裡，身上的褲裝緊得叫我懷疑她怎麼呼吸。

「妳好，太太。我是米妮·傑克森。」我沒握上她的手，只是順順自己一身白制服。我可不想沾來一手麵粉。「妳正做菜?」

「就雜誌上看來的那種倒扣蛋糕啊，」她嘆口氣。「只是進行得不怎麼順利。」

我跟在她身後進了門，才明白，原來咱西麗亞·蕾·傅堤小姐在這場麵粉戰裡受的還算小傷。廚房的災情才叫慘重。流理台、雙門冰箱、還有廚幫牌（Kitchen-Aid）攪拌機旁全積著少說四分之一吋厚的麵粉雪。這亂子叫我看了氣血直往腦門衝。差事還沒說定咧，我已經往水槽那望、找起抹布來了。

西麗亞小姐說道，「我猜我要學的還很多。」

「是沒錯，」我說。我狠狠咬住自己的舌頭。**妳可別再拿妳這張利嘴對付這位白太太，像妳對付上一個那樣，一路把人鬥進養老院裡去了。**

可這西麗亞小姐，她只微微笑，然後往堆滿碗盤的水槽洗手去。我不住想，難不成我又給自己找到了個聾太太，像瓦特太太一樣。最好是這樣。

「廚房裡的事，我怎麼都學不來，」她說道，連聲音都是一派瑪麗蓮的好萊塢式呢喃。聽她說話，我一下明白，她眞是打**很偏僻**的鄉下來的。我低頭看，她果然沒穿鞋，像那些白垃圾一樣。好人家的白太太從來不打赤腳。

她約莫比我小上十來歲，就二十二、三左右吧。是個美人胚，可臉上那層厚粉和五顏六色又是怎回事？我猜她臉上的妝大約有其他白太太的兩倍厚。她胸部也大。事實上，差不多有我大，只是身上其他地方，我還是肉呼呼，她可瘦巴巴。我只希望她胃口不差。我是個好廚子，雇我就該為這個。

「要不要來杯涼的？」她問道。「妳坐下，我給妳張羅點喝的。」

我這下有點眉目了：這事不對勁。

「里洛，她八成腦筋有問題，」三天前我接到她的電話、說讓我過來面試看看時，我這麼說道，「因為全市的人都當我偷了瓦特太太的銀器。我確定她也知道，因為她給瓦特太太去電話時，我人就在那。」

「白人哪個正常，」里洛說道。「誰知道，那老婆娘說了妳好話也不定。」

我認真打量眼前這西麗亞・蕾・傅提小姐。一輩子還沒遇過這場面——白太太要我坐下、好讓她給我張羅涼水。該死，我這下開始懷疑，這傻子是真要找幫傭，還只是讓我大老遠跑一趟、尋我開心的。

「呃，我說我們還是看看環境先吧，太太。」

她笑得像她那顆髮膠頭裡從沒有過這念頭一樣——讓我先看過這屋子裡外環境。

「喔，當然。來，跟我走，美心。我就先帶妳瞧瞧這豪華餐廳。」

「我的名字，」我說，「是米妮。」

也許她不聾也沒瘋。也許她只是蠢。我心底再度閃起一絲希望。

她這麼邊走邊說，帶我逛過這豪華氣派的老式大宅。光樓下就十間廳房，其中一間還杵了隻肚裡塞了棉花的美洲棕熊，看似剛把上個女傭吞下肚，正等著下一個上門。一面燒過的邦聯旗（Confederate flag）給裝了框，掛在牆上；而桌上則放了把舊式銀手槍，槍身上還刻有「邦聯將軍約翰・傅堤」字樣。我猜當年傅堤老爺爺就拿這傢伙嚇唬過不少黑奴隸。

我們繼續走，屋裡其他地方就同一般闊綽的白人家沒兩樣了。就是大。這是我見過最大的宅子，到處是髒兮兮的地板和灰撲撲的地毯；那地毯，叫沒見過世面的人看了當是破毯子，可古董叫我遇上了，我倒也還認得出。我算待過一些好人家。我只希望這鄉巴佬可別連個吸塵器都沒有。

「強尼的媽媽不讓我動這屋子。眞讓我主意，我就讓人鋪上一屋框金邊的白地毯，才不要這些舊東西咧。」

「妳老家在哪？」我問她。

「我，呃……我打甜糖溝來的。」她聲音低了下來。甜糖溝是全密西西比，說不定還是全美國，最窮最破落的地方。它在北邊的圖尼卡郡，離曼菲斯不遠。我曾在報上看過那邊的照片，就拍一堆出租棚屋。那裡連白種孩子看來都副一星期沒吃過一餐的模樣。

西麗亞小姐擠出個微笑，說道，「這是我第一次雇人。」

「欸，妳確實很有這需要。」**夠了，米妮——**

「我好高興聽到瓦特太太直推薦妳。她同我說了妳好多事。她說妳是全市最棒的廚子。」

這事完全說不通。在我對希莉小姐做了那檔事後？而且就在瓦特太太的眼前？「她……她還說了我別的嗎？」

可西麗亞小姐已顧自往那座巨大的迴旋樓梯走去了。我趕緊也跟上去。一上樓是條長長的走廊，陽光透過窗戶映照進來。我看到兩間黃色的女孩房、一間藍色與一間綠色的男孩房，可顯然這些房裡都沒住人。光是灰塵。

「主屋這邊一共有五間房和五間廁所。」她手往窗外指，我看到一個很大的藍色泳池，而泳池再過去，則是**又一幢**屋子。我的心砰砰跳得兇。

「那邊還有間池畔小屋，」她嘆氣道。

都到這步田地了，啥活我都幹；可這屋子這麼大，工錢也不該少算。我不嫌忙，也不怕幹活。

「你們打算啥時生幾個崽子、塡塡那幾張空床？」我端出張友善的笑臉。

「喔，我們是有這打算。」她清清喉嚨，身子不安地扭了扭。「我是說，孩子是唯一值得我們活下去的東西。」她低頭瞅著自己雙腳。又一會，她才轉身往樓梯去。我跟在她後頭，留意到她下樓一路緊抓扶手，深怕跌倒似的。

回到餐廳裡，西麗亞小姐開始喃喃搖頭。「事情多得嚇人，」她說道。「那些房間還有地板……」

「是的，太太，這地方是大，」我說，邊想，要讓她看到我家就一間房、一間廁所給六口人用，她難不嚇得拔腿跑。「可我氣力也不小。」

「……然後還有這堆擦不完的銀器。」

她打開一座約莫我客廳大小的銀器櫃。一個大燭臺上還歪歪扭扭插著根燒剩的蠟燭，她伸手扶了扶。我當下明白她爲啥猶豫起來了。

希莉小姐扯的那堆謊傳開來後，連著三個白人太太才聽我名字便掛電話。**妳就說吧，太太。說妳怎麼想我還有妳這堆銀器的**。想到這差事有多適合我、再想到希莉小姐怎麼造謠擋我活路，我只想哭。我兩眼瞪著窗，心裡祈禱一切可別到此爲止。

「我知道，那些窗子高得嚇人。我試都沒試，從來沒擦過。」

我吐出一口氣。比起銀器，窗戶是個好太多的話題。「我才不怕窗子咧。給瓦特太太做事時，全屋上下所有窗子，我每四個星期清一遍。」

「她屋子就一層樓還兩層樓？」

「嗯，就一層樓……可也不輕鬆。老房子嘛，奇奇怪怪的角落特別多。」

終於，我們回到了廚房裡。我倆低頭盯著早餐桌瞧，誰也沒坐下。不知她心裡打什麼主意，我緊張得滿頭冒汗。

「妳這宅子又大又氣派，」我說。「在這鄉下，離城裡好一趟路。打掃起來挺費工夫的。」

她開始把玩婚戒。「我猜妳在瓦特太太家的工作輕鬆多了吧。我是說，現在只我們夫妻倆，可等將來有了孩子……」

「妳，呃，還有別的人選在考慮嗎？」

她嘆了口氣。「好些人來看過了。我只是……只是還沒找到恰當的人選。」她咬起手指頭，移開了目光。

我等著她開口說我也不是恰當的人選，可我倆只是站著，呼吸還飄著麵粉的空氣。終於，我決定亮出最後一張牌。我說得小聲，因為除了這外，我就沒別的了。

「妳知道的，我離開瓦特太太是因為她要去養老院了。她並沒炒我魷魚。」

可她還是只顧盯著自己那雙赤腳瞧。那雙赤腳腳底一片黑，因為打她搬進這又大又髒的老宅子那天起，地板就沒再讓人刷過了。情勢已經很清楚，她就是不要我。

「嗯，」她說道，「我很感謝妳大老遠開車跑這一趟。可以讓我至少補貼妳些油錢嗎？」

我抓起皮包往胳肢窩一夾。她勉力朝我友善地微笑，我一手就可以從她臉上抹掉。那**該死的**希莉・哈布克！

「不，太太，不用了。」

「我知道找人不容易，可是……」

我站在那裡，看她一臉遺憾，可我心裡只想，**有話就快說完吧，這位小姐，我好回家同里洛說，我們得搬去北極同聖誕老人做鄰居，只有那裡才沒人聽說希莉造的謠。**

「……換作我是妳，我也不想打理這麼大一間房子。」

我瞪大眼睛正眼對著她瞧。她愈撇愈清，竟賴到我頭上、怪我米妮**不肯**接這活來了。

「妳啥時聽我說我不想打掃這房子了？」

「妳不直說也沒關係，已經有五個人說過這房子太大、她們做不來了。」

我低頭打量我這五呎高、一百六十五磅、幾乎要從白制服裡蹦出來的身子。「我？做不來？」

她對著我眨了眨眼。「妳……妳願意接下這差事？」

「不然妳當我開這一趟車，大老遠跑來這海角一樂園，怎麼，就爲了燒汽油嗎？」我猛地住嘴。**別壞了事，她這會可是要給妳個差事呀。**「西麗亞小姐，我很高興能爲妳效勞。」

她笑了，接著這瘋女人竟試圖摟我，可我往後稍退一步，讓她知道我不來這套。

「等等，我們還有些事得先談過。妳得讓我知道妳一星期想要我來幾天，還有……之類的事。」**還有妳打算付我多少錢的事。**

「我想……妳想來幾天就幾天吧，」她說道。

「我之前跟瓦特太太時就做週日到週五。」

西麗亞小姐咬了咬她那塗著粉紅色指甲油的小指。「妳週末不可以來。」

「好。」我當然想多領一天工錢，可也許將來她會讓我兼點宴會端菜的差什麼的。「那就週一到週五。接下來的問題是，妳要我早上幾點鐘過來？」

「妳想幾點鐘過來？」

還得選呢，這可新鮮。我的眼睛不住瞇成了一線。「那就八點吧。以前跟瓦特太太就這時間。」

「好，八點很好。」她說完站著沒動，像在等我下一步棋。

「妳接下來得跟我說我幾點可以走。」

「妳想幾點？」西麗亞問道。

我朝她翻了個白眼。「西麗亞小姐，這得讓妳來告訴我。事情就該這樣進行才對。」

她吞了口口水，像努力要把我剛最後一句話吞下肚。而我只想趕緊把事情談定了，免得她又改變主意。

「四點如何？」我說。「就八點到四點，中間我還可以有點時間吃午餐什麼的。」

「沒問題。」

「接下來……我們得談談工錢的事，」我說，鞋裡的腳趾頭不住蠕動了起來。都讓五個人拒絕過了，一定不多。

我倆沒人開口。

「妳就說吧，西麗亞小姐，妳先生讓妳出多少錢雇人？」

她望向那個我猜她根本不會用的蔬果處理器，說道，「強尼不知道這件事。」

「好吧。那妳今晚問他去，看打算用多少錢請人。」

「不是這樣的。強尼根本不知道我打算雇人幫忙。」

我的下巴一下掉到胸口。「啥叫做他根本不知道？」

「我**不**打算告訴強尼。」她睜大一雙藍眼，怕他怕得要死的模樣。

「好，要是哪天強尼先生回到家，看到廚房裡站了個黑女人，他又會怎麼做？」

「對不起，我就是不——」

「我來告訴妳他會怎麼做。他會拿來那把銀手槍，當場一槍斃了米妮我。」

西麗亞小姐搖搖頭。「我就是不打算告訴他。」

「那我只好走人了，」我說。**該死。我就知道。我一進門就知道她腦袋有問題**——

「又不是說我打算騙他什麼的。我只是需要個幫傭——」

「妳當然需要啦。因爲上一個剛中彈嗝屁了。」

「他白天從來不回家。妳就幫我做些粗重的打掃、教我做晚餐，要不了幾個月的——」

哪裡來的燒焦味刺得我鼻子癢。我看到烤箱裡冒出一陣白煙。「然後怎樣？然後幾個月後，妳就要我走人了是嗎？」

「然後……然後我就會告訴他，」她說道，可又對這主意蹙起了眉頭。「拜託妳，我想要他以爲我做得到的。我想要他以爲我……值得當初那堆麻煩。」

「西麗亞小姐……」我搖搖頭，不敢相信自己才讓她雇了兩分鐘，就已經同她爭起來了。「我猜妳蛋糕烤焦了。」

她抓了塊抹布，衝到烤箱前，猛地把蛋糕抽了出來。「噢！該死！」

我放下皮包，示意要她讓一邊去。「熱鍋不能用濕布拿。」

我抓來一塊乾抹布，把焦黑的蛋糕端到門外，放在水泥階梯上。

西麗亞小姐低頭看著自己燙紅的手。「瓦特太太說妳燒了手好菜。」

「那老女人吃兩顆白豆就說飽了。我怎麼都說不動她多吃。」

「她付妳多少工錢？」

「一小時一塊錢，」我說，心裡覺得有些丟臉。五年了，卻連基本工資都不到。

「那我付妳兩塊錢。」

我一下像讓人抽光了身體裡的空氣。

「強尼先生早上幾點出門？」我問道，一邊動手清掉流理台上一條半溶化的奶油。眞是，甚至沒墊個盤子。

「六點。他這人受不了一早在這拖拖拉拉的。他下午五點左右離開他的房地產公司。」

我算了一下，在這即使工時少了，工錢卻還更多。可要吃顆子彈就啥都沒了。「那我三點走。留個兩小時，夠我避開他的了。」

「很好。」她點點頭。「還是小心點好。」

在後門台階上，西麗亞小姐拿來紙袋，把蛋糕扔了進去。「我得把這埋在垃圾桶裡，才不會讓他發現我又烤焦了東西。」

我從她手裡拿來紙袋。「強尼先生啥都不會發現。這我帶回我家扔。」

「噢，**謝謝**妳！」西麗亞小姐一個勁搖頭，像之前從沒人爲她設想這麼多似的。她雙手緊緊捏成兩個小小的拳頭，抵在下巴上。我往我車子走去。

我坐在福特車下陷的駕駛座上——爲了這車，里洛到現在還得每星期付他老闆十二塊錢大洋。我突然感到一陣輕鬆。我終於給自己找到差事了。我不必搬到北極去了。欸，聖誕老人這下可不失望了嘛。

「給我坐好，米妮，我現在要來教妳到白人太太家做事的規矩。」

那是我滿十四歲那天。我坐在我媽媽家廚房那張木頭小桌旁，眼睛不住往架上那個正等放涼了上糖霜的焦糖蛋糕上溜轉。一年當中，就生日那天可以隨我吃個痛快。

我那時正打算離開學校、開始第一份正式的工作。媽媽想要我留在學校唸九年級——她自己一直都想當個小學老師，而不只是給伍卓小姐做事。可我妹妹心臟有問題，爸爸偏偏又是個沒用的酒鬼，一切都得靠媽媽和我。家事我其實已經很熟。放學後，家裡的打掃做飯，大部分都是我包辦的。可這會，我去了別人家做事，那麼我自己家又要讓誰來照顧？

媽媽抓住我的肩膀，要我看著她，別只顧著那蛋糕。媽媽是個嚴母。她謹守本分，可也從不受人指使耍弄。她舉指在我眼前搖晃，叫我成了鬥雞眼。

「給白太太做事守則第一條，米妮：少管閒事。白太太的問題不關妳的事，而妳遇上問題也不必找她哭去——沒錢繳電費？兩腳痠痛？記得一件事：白人不是妳的朋友。她們並不想知道妳的事。白太太逮到老公同鄰居太太亂搞，妳也只管做自己的事，聽懂沒有？」

「守則第二條：**永遠**不要讓白太太逮到妳坐在她的馬桶上。不管妳有多急都一樣。如果外頭沒有傭人專用廁所，妳就等白太太出門了，再找屋裡她不用的那間廁所蹲。」

「守則第三條——」媽媽抓住我的下巴一扯，要目光又讓蛋糕勾了去的我再面向著她。「守則第三條：給白人做菜試味道的時候，一定要換根湯匙。妳把攪拌用的湯匙送進嘴裡，以爲沒人在看，直接又放回鍋裡，不如扔了算了。」

「守則第四條：妳每天就用同一個杯子、同一根叉子、同一個盤子。收的時候也另外放，還要讓那白女人知道，妳從此就用這一套餐具。」

「守則第五條：妳在廚房用餐。」

「守則第六條：不可以打小孩。白人管小孩喜歡自己來。」

「守則第七條：這是最後一條了，米妮。妳給我聽清楚了——不准回嘴。」

「媽媽，我都知——」

「噢，妳當我聽不到的我其實都聽到了。咕咕噥噥抱怨得清爐管、抱怨只剩一小塊雞給可憐的米妮。妳早上同妳白太太回嘴，下午再碎嘴已經在街上了。」

我看過伍卓太太送媽媽回家時，媽媽那模樣——是的太太，喔不太太，眞是謝謝妳了，太太。**憑啥我也要那樣？我誰都不怕。**

「好了，今天可是妳生日，過來抱抱妳老媽媽——老天，妳重得像匹馬似的，米妮。」

「我整天啥都沒吃，什麼時候可以吃蛋糕？」

「不要說啥都沒，說話要得體。我養妳可沒要妳說起話來像頭騾子似的。」

第一天到我白太太家上工，我在廚房裡吃完我的火腿三明治，把我的盤子放到櫃子裡我專用的一角。而當那小渾蛋偷了我皮包藏在烤箱裡時，我也忍住沒揍她一頓屁股。

可當白太太說道：「妳聽好，所有衣服我都要妳先手洗過，然後再放到洗衣機裡。」

我說：「既然都要扔進洗衣機裡了，爲啥還要我先用手洗？這眞是我聽過最浪費時間的一件事。」

白太太對著我笑，而五分鐘後，我人已經在大街上了。

給西麗亞小姐做事意味著，我一早可以送孩子出門上史班小學，下午回家後還可以有段自己的時間。打一九五七年琴卓出生以來，我就再沒睡過午覺了；可現在，每天就八點到三點，只要我想，大可天天睡午覺。而因爲西麗亞小姐家沒有公車到，我只得開里洛的車上班。

「妳別想天天用車，女人，要我換了早班，得——」

「她每星期五付我七十塊錢現金，里洛。」

「其實我騎小甜的腳踏車也行。」

星期二，也就是面試的第二天，我把車停在西麗亞小姐家門前那條街下去再過個彎、從屋裡看不到的街角。我快步經過無人的街道，往她家車道走去。一路上沒看到別的車。

「我到啦，西麗亞小姐。」第一天早上，我頭往她臥房裡一伸，看到她，化了臉漂漂亮亮的濃妝，把今天週二當週五晚似地穿了件緊身洋裝，躺坐在床罩上頭，捧著八卦雜誌《好萊塢文摘》當成聖經正在讀。

「早安，米妮！眞高興看到妳，」她說道，而我一怔，聽到白人太太這麼友善，叫我渾身不自在。

我四下打量這主臥房，整理打掃起來也好有底。房間很大，地上鋪著乳白色地毯，正中一張黃色四柱天篷大床，另外還兩張胖呼呼的黃色單人沙發椅。一切整整齊齊的，地上也沒衣服。大床上罩著床罩，毛毯也摺得妥妥當當放在沙發椅上。可我看，我打量。我感覺得到。啥事就是不對勁。

「我們什麼時候開始上第一堂烹飪課？」她問道。「可以今天就開始嗎？」

「我想過幾天吧，等妳去店裡把材料買齊了。」

她想了幾秒，說道，「還是妳去買吧，米妮，妳才知道要買些什麼。」

我看著她。大部分的白人太太都喜歡自己採買。「好吧。我明早去。」

我瞄到浴室門旁的地毯上，讓她又鋪了一小塊粉紅色長毛地毯。擺得還有些歪斜。我不是室內設計師，可我還懂粉紅地毯不配黃房間。

「西麗亞小姐，在我開始之前，還是得先跟妳確定一件事：妳到底打算啥時候同強尼先生提我的事？」

她目光落回攤在大腿的雜誌上。「再幾個月吧，我想。到時這做菜理家啥的，我也該上手了。」

「妳說幾個月，那兩個月成嗎？」

她咬了咬塗著口紅的嘴唇。「我在想……四個月差不多吧。」

啥跟啥啊？我才不要四個月上工都得躲躲藏藏像個逃犯似的。「妳非等到一九六三年才要告訴他是吧？免談，這事聖誕節**之前**一定得搞定。」

她嘆了口氣。「好吧。不過就是過節前一天喔。」

我算了一算。「那就是一百……一百一十六天。然後妳就同他說去。從今天算起一百一十六天。」

她一副愁眉不展望我看。我猜她沒想到這女傭算數竟還挺不錯的。終於，她開口了，「好吧。」然後我便要她往樓下客廳去，空出房間讓我好施展。她一走，我目光四下溜轉，仔細打量這整齊得可疑的房間。我慢慢地拉開衣櫥門——果不其然！一大堆亂七八糟的東西就這樣往我頭上砸。我往床下探。塞在那裡的髒衣服，叫我相信她少說幾個月沒碰過洗衣機了。

每個抽屜都亂得不像話，每個可以塞東西的角落也都塞滿了髒衣服和揉成一團的絲襪。我找到十五盒她給強尼先生買的新襯衫，就是爲了不讓他知道她原來不會洗熨襯衫。最後，我一把拎起那塊奇怪的粉紅色地毯。一大片深鐵銹色的污漬。我打了個哆嗦。

那天下午，西麗亞小姐同我一起擬了張一週菜單，第二天一早我便按計畫前去採買。我平常買菜就在自家隔壁的皮威商店，可我想她大概不會想吃黑人商店買來的食物，於是開車進城改往白人的吉尼雜貨店採買，花了我兩倍的時間。她不吃黑人商店來的食物我也不怪她，畢竟誰喜歡芽眼一吋長的馬鈴薯和快要酸掉的牛奶。終於趕來上工的時候，我都準備好同她吵遲到的理由了，可這西麗亞小姐，還是躺坐在她的大床上，光微笑，啥都不打緊的模樣。化了妝也打扮過，卻哪都不去。整整五小時她就坐那，讀她的雜誌。我唯一看她起來的幾次，不是倒牛奶就是上廁所。我也沒多問。我不過是個幫傭。

廚房打掃好後，我便往大客廳去。我站在門廊，狠狠把那頭美洲棕熊上下瞅個夠。牠足足有七呎高，皺鼻露齒的。牠的爪子又尖又彎又長。牠的腳邊躺著一把骨柄獵刀。我探頭，看到牠一身皮毛上滿是灰塵，咧開的大嘴間甚至結了蜘蛛網。

我先用掃帚使勁拍打，可那層灰塵實在太厚，又給牢牢卡在密密的毛皮之間。我怎麼拍，灰塵就是彈起來再換個地方落下去。我於是拿來抹布，試著用擦的；可我每次手碰到鐵絲似的熊毛，便忍不住驚叫出聲。這些**白人**。我是說，我啥沒掃過清過，從電冰箱到老的小的屁股，可這女人，她打哪認定我搞得定這頭該死的美洲棕熊？

我決定請出吸塵器。一回合下來，除了幾個地方讓我吸得太用力掉了點毛外，我想這確實是個清熊的好方法。

搞定那頭熊後，我開始撢灰：先是那堆沒人讀的精裝書，然後是邦聯軍外套的釦子，還有那把銀手槍。茶几上一個金相框裡裝著西麗亞小姐和強尼先生的教堂結婚照，我探近了把他瞧個仔細。我原來還希望他又肥又矮，眞得跑給他追時我也好有些贏面，可他偏偏不這麼回事。他又高又壯，結實得很。而且我見過他。老天。他是希莉小姐的前男友，我剛給瓦特太太做事那幾年，他倆一直在一起。我從來沒正式同他照過面，可進進出出也看熟了，錯不了的。我不住打起冷顫，心頭的恐懼加倍。他是什麼樣的人，已經不需多問了。

十點左右，西麗亞小姐踱進廚房，宣布她準備好要上第一堂烹飪課了。她拉張高腳椅坐定了。她穿著件紅色緊身毛衣搭紅色短裙，臉上的妝濃得叫妓女都害怕。

「說到做菜，妳懂多少？」我問她。

她皺著額頭想了想。「我們可能就從最基本的開始吧。」

「妳多少總該知道一點吧。小時候妳媽教過妳哪些？」

她低頭看著自己裹在絲襪裡的一雙腳，說道，「我會做玉米餅。」

我忍不住笑出來。「除了玉米餅，妳還會做什麼？」

「我會用水煮馬鈴薯。」她愈說愈小聲。「我還會煮玉米粥。我以前家裡沒電。可是我準備好要學了。學用真的電爐做菜。」

老天。除了住在坎頓飼料店後頭、吃貓飼料過活的老瘋子瓦利先生外，我真沒遇過比我還窮酸的白人。

「所以妳之前天天餵妳丈夫吃玉米粥和玉米餅囉？」

西麗亞小姐點點頭。「可妳能把我教會，對吧？」

「我盡量，」我說道，雖然我從不曾指揮白女人做事、也不知該從何開始。我拉拉絲襪，想了想。終於，我伸手指向流理台上一個罐子。

「我在想啦，要學做菜，第一個要認識的東西就這。」

「那不過就罐油，不是嗎？」

「不，那不只是罐油，」我說。「那是自瓶裝美乃滋以來，廚房裡最重要的發明。」

「那到底有啥特別，」——她皺了皺鼻子——「就豬油啊？」

「不是豬油，是植物油。」天底下還有誰不認識科瑞牌酥油的啊？「這罐好東西能做的事多到妳想都想不到。」

她聳聳肩。「炸東西？」

「何只炸東西。頭髮上不小心黏了口香糖啥的，弄不下來是吧？」我用力點了點科瑞牌酥油的罐蓋。「沒錯，就用它。把它塗在寶寶的屁股上，保證妳連尿布疹長啥樣都不會知道。」我鏟了三匙到黑色平底煎鍋裡。「啥啊，我還看過小姐直接把油塗在眼睛下面，甚至是她們丈夫乾燥脫皮的腳上。」

「瞧瞧有多漂亮，」她說道。「像蛋糕上的白色糖霜。」

「去標籤背膠用它、給嘎吱響的門鏈上油也用它。停電？沒問題，插條棉繩點火就是現成的蠟燭。」

我開了火，同她一起看著鍋裡的白色酥油慢慢溶化。「這麼用上一輪後，拿來煎肉依然好用無比。」

「好，」她說道，一邊努力集中精神。「接下來呢？」

「雞肉先用白脫牛奶醃過了，」我說。「現在來準備乾料。」我拿來一個雙層紙袋，倒進麵粉、鹽、再多一點鹽、胡椒、紅辣椒粉、還有一點點唐辛子。

「接下來，把切塊的雞肉放進紙袋裡搖一搖。」

西麗亞小姐往袋裡扔了一塊雞腿肉，拎著上下晃了晃。「像這樣嗎？像電視上那個搖搖烤（Shake'n Bake）廣告那樣？」

「沒錯，」我應道，不住捲起舌頭頂住上排牙齒——拿調理包比我，活脫是在羞辱我。「就像搖搖烤那樣。」可下一秒我便怔住了。我聽到外頭路上有車聲。我不動，豎起耳朵聽。我看到西麗亞小姐睜大了眼睛，也在聽。我們在想同一件事：眞要是他，我該往哪裡躲？

車聲過了遠了。我倆恢復呼吸。

「西麗亞小姐，」我咬著牙說，「妳爲什麼不能同妳先生說我的事？妳菜做得愈來愈好，他不就知道了嗎？」

「噢，這我倒沒想到！也許等會我們該把雞稍微煎焦點。」

我斜眼睞她。我才不打算把雞煎焦了。她不正面回答沒關係，我遲早從她嘴裡套出來。

我小心翼翼地把雞肉放進平底煎鍋裡。熱油嘶嘶起泡，像唱歌。我倆就這麼看著一塊塊雞腿肉轉成棕色。我轉過頭，看到西麗亞小姐衝著我微笑。

「怎麼？我臉上有東西？」

「不，」她說道，突然濕了眼眶。她碰碰我的手臂。「我只是眞的很感謝有妳在這裡。」

我一扭掙脫了她的手。「西麗亞小姐，妳該感謝的東西還多著，輪不上我。」

「我知道。」她看著她這間時髦漂亮的廚房，表情卻像在睞著啥味道不頂好的東西。「我作夢也沒想到我會擁有這麼多。」

「喏，妳運氣可好。」

「我一輩子不曾這麼快樂過。」

我住嘴沒再說下去。在表面這堆幸福快樂底下，她看來卻一點也不快樂。

那晚，我給愛比琳去了電話。

「希莉小姐昨天在李佛太太家，」愛比琳說道。「她在問有沒有人知道妳現在給誰做事。」

「老天，讓她知道我在這，一切就毀了。」我對那女人做出那件可怕的事已經是兩個禮拜前的事。我知道她巴不得看我當場給炒魷魚。

「妳同里洛說妳找到差事時，他怎麼說？」愛比琳問道。

「切。當時孩子們在場，他卯起來像隻大公雞似在廚房大步繞圈，」我說。「一副這家全靠他養、而我找活幹只是打發時間解悶用的模樣。可晚一點，上床準備睡覺前，我還以為我這渾球大丈夫眼淚就要掉出來了咧。」

愛比琳笑了。「里洛自尊心很強。」

「這會，我只管小心別讓強尼先生撞個正著。」

「她還是不跟妳說非得瞞著他的原因嗎？」

「她只說，她想讓他以為這些做菜理家的事她做得來。可我知道不光這。她還有事瞞著他。」

「事情還眞是巧得很妙，可不是。西麗亞小姐不能跟人說，因為話遲早傳回強尼先生耳裡。所以希莉小姐也就無從得知，因為西麗亞小姐不說。叫妳自己都還設計不出這麼完美的計畫呢。」

「嗯哼，」我只這麼應著。這差事是愛比琳給我找來的，我多說啥都像個忘恩負義的渾蛋。可我就是忍不住想，我這下麻煩加倍了。本來光一個希莉小姐，現在又多了個強尼先生。

「米妮，我一直想問妳。」愛比琳清清喉嚨。「妳知道史基特小姐吧？」

「挺高，以前常來瓦特太太家打橋牌的？」

「嗯。妳覺得她怎麼樣？」

「我不知道，就是個白人，跟其他人一樣。怎麼？她說了我啥？」

「同妳沒關係，」愛比琳說道。「她……欸，都幾個禮拜前的事了，也不知怎麼，就是在我腦裡轉。她問了我一個問題。她問我想不想改變事情。白女人從來不問——」

就在這時候，里洛拖著腳步從房裡走了出來，要我在他出門上晚班前給他煮杯咖啡。

「欸，他起床了，」我說。「咱們快點聊。」

「不，算了。不打緊的，」愛比琳說道。

「啥？啥事？那史基特小姐同妳說了啥事？」

「她只是隨便聊。胡說罷了。」

第四章

給西麗亞小姐做事的頭一個星期，我把屋裡上下全刷洗過一回，屋裡翻得出來的抹布、破床單、甚至抽絲的絲襪全讓我用上了。第二個星期，灰塵像又長了回來似的，於是我從頭又刷了一遍。到第三個星期，我總算滿意，可以回到我打掃理家的正常程序。

每天，西麗亞小姐見了我還是一臉驚喜、不敢相信我竟又回來了的模樣。她安靜無聲的日子裡，我是唯一的噪音來源。我自個兒家裡隨時擠著五個孩子、串門的鄰居還有個丈夫。大部分的日子裡，我來到西麗亞小姐家，總對這份平靜心懷感激。

我理家向來按表操課：星期一，我給家具上油。星期二，我洗熨那堆該死的床單，最恨就這天。星期三，我刷浴缸，雖然其實每早我都會順手擦過一回。星期四是地板日，我給地板上臘、用吸塵器吸地毯，幾條古董地毯我就跪著用小掃帚輕輕掃，免得抽了線。星期五我做菜兼處理雜務，週末的菜也都在今天一次做好。除了這些，我每天固定拖地、洗衣、熨襯衫，還有維持屋裡一般整潔。有些事情不天天做，累積起來也頂嚇人。至於銀器與窗戶就視需要而定。因為沒孩子得照顧，所以每天總還多出許多時間給西麗亞小姐上她的烹飪課。

西麗亞小姐家裡從來不請客，所以晚餐向來就做她和強尼先生兩人份：豬排、炸雞、烤牛肉、雞肉派、羊排、烤火腿、炸番茄、馬鈴薯泥，還有少不了的蔬菜。我做菜，西麗亞小姐就在旁晃著邊看，那坐立不安的模樣不像付我薪水的貴婦、倒像個五歲孩子。課一結束，她便迫不及待回房又躺下了。事實上，就兩件事讓西麗亞小姐一次走超過十呎路：進廚房上烹飪課，還有每兩三天總一回、她偷溜上樓往那幾間空蕩得可怕的房間去。

我不知道她每回溜上樓那五分鐘裡到底做了啥事。我自己挺不喜歡那幾間空房。那些房間總該要充滿孩子的笑聲叫聲喘氣聲才對。可反正，西麗亞小姐愛怎麼打發一天是她的事，眞要問我，我還高興她不出來礙事咧。我跟過一些太太，要我常得一手拎掃帚一手拎垃圾桶、跟在她們後頭收拾殘局。她躺她的床，這差事就歸我。她沒孩子又整天沒事幹，活脫是我見過最懶的女人。**甚至**懶過我那妹妹朵琳娜——她因爲心臟有問題，從小沒動過一根尊貴的手指，直到後來我們才發現，原來一切只是X光機裡跑進了隻蒼蠅。

不只那張床。西麗亞小姐根本從不離開這**房子**。上美容院染髮剪髮是唯一的例外，而在目前爲止的三星期裡，她也就去過那麼一次。都三十六歲了，我還是聽得到我媽媽的聲音，**這不關妳的事**。可我就是想知道，外頭到底啥東西，讓她害怕至此。

每回領薪水，我便要算一回給西麗亞小姐聽。「還有九十九天，然後妳就得同強尼先生說我的事。」

「天哪，時間過得好快，」她總是一臉憂慮地這麼回我。

「今早前廊來了一隻貓，我當是強尼先生，差點嚇掉半條命。」同我一樣，日子愈接近，西麗亞小姐也愈來愈緊張。我不知道他聽到我的事會有啥反應。要她開除我也不定。

「我希望時間還夠，米妮。妳覺得我有進步了嗎？」她問道，而我瞅著她看。她笑得漂亮，一口牙又白又齊，卻是我見過最糟的廚子。

所以我退一步，從最簡單的基本步驟教起，因爲我想要她學會，盡快學會。瞧，我需要她同她丈夫解釋，爲什麼一個一百六十五磅重的黑女人會有他家的鑰匙。我需要他知道爲什麼我掌握著他家的銀器和西麗亞小姐那副幾百萬克拉的紅寶石耳環。我**需要**他知道，以免某天他就這麼走進來，拿起電話報警。或者乾脆省下電話錢，一槍斃了我。

「把那塊豬肘子拿來，確定鍋裡有足夠的水，沒錯，就這樣。現在把火開大。看見那些小泡泡沒有，這表示水很快樂。」

西麗亞小姐低頭盯著鍋裡看，想往裡頭看到她的未來似的。「妳快樂嗎，米妮？」

「幹啥問我這些怪裡怪氣的問題？」

「妳就回答我吧……妳快樂嗎？」

「我當然快樂啊。妳也快樂得很。大房子，大院子，還有個老公照顧妳。」我衝著西麗亞小姐皺眉，確定她都看到了。白人不就這回事，搞不清楚自己是不是**夠**幸福快樂的了。

然後，當西麗亞小姐竟然連豆子都燒焦了時，我努力拿出我媽媽發誓她當年忘了生給我的自制力。「沒關係，」我咬著牙說道，「趁強尼先生還沒到家，我們再煮一把。」

換做之前那些雇主太太，我樂得能有那麼一小時也好，讓我對她們發號施令，換她們來感受看看。可這西麗亞小姐，睜著一雙大眼看著我、好似我是噴霧髮膠問世以來最棒的東西，幾乎讓我希望她能硬起來支使我，像她本來該做的那樣。我開始懷疑，她每天這麼躺在床上，和非得瞞著強尼先生我的事之間，或許有著某種關聯。我猜她也察覺到了我眼裡的懷疑，因爲有一天，沒由來地，她開口說道：

「我常常做惡夢，夢見我得回去甜糖溝……搬回去住。所以我才會沒事就躺著。」她很快地點點頭，一段話像練習過了很多次。「因爲我晚上都睡不好。」

我朝她蠢蠢一笑，好像我眞相信她這番鬼扯似地，然後回頭繼續擦鏡子。

「別擦得太乾淨。留些印子在上頭。」

總是一些小地方。鏡子，地板，水槽裡一只髒杯子，或是忘了倒的垃圾。「我們得弄得逼眞一點，」她總這麼說，而我則幾百次企圖伸手把那只玻璃杯抓來洗乾淨。我喜歡東西乾乾淨淨的，物歸原位。

「眞想好好整理一下外頭那幾叢杜鵑，」一天，西麗亞小姐這麼說道。她不知怎麼養成了習慣，每到我的連續劇要開始的時候，她就往長沙發上一躺，不時打斷我。從我十歲用我媽媽的收音機收聽《導引之光》（*The Guiding Light*）起，到今天已經足足二十四年了。

螢幕換成了德蕾芙洗衣精廣告，西麗亞小姐目光移向窗外，望著正在剷落葉的黑人園丁。她院子裡好幾叢杜鵑，一等開花活脫是春臨《亂世佳人》。我不喜歡杜鵑，也不喜歡那電影。那電影把黑奴拍得好像日子多麼快活愜意似的。郝思嘉那黑人奶媽要換我演，我就會要她想都別想碰那片綠絨窗簾。想打扮漂亮釣男人是吧？自己想辦法去！

「還有那叢玫瑰，讓我修剪一下保證再開花，」西麗亞小姐說道。「可我最想做的事，還是砍掉那棵合歡樹。」

「那樹又惹到妳了？」我把熨斗的尖角對準強尼先生的衣領一壓。我整個院子裡別說樹，連個矮叢也沒有。

「我不喜歡那些毛茸茸的花。」她目光矇朧起來，想睡了似的。「看起來像嬰兒的頭髮。」

她說這話的模樣叫我渾身起疙瘩。「妳懂花？」

她嘆口氣。「以前在甜糖溝，我頂愛種花。我學種花，看能不能把那些醜地方都變漂亮。」

「那妳就出去呀，」我說道，忍著不讓自己聽來太激動。「去院子裡動動，呼吸點新鮮空氣。」

總之踏出這屋子就對了。

「不行，」西麗亞小姐嘆道。「我不該在外頭亂跑。我能不動就不該動。」

她這麼死守著屋裡，這麼每早看到女傭來上工、就開心微笑得彷彿那是一天裡最棒的一件事，我愈看愈覺得不舒服。就像身上有個癢處。我天天抓，卻怎麼也搆不著。於是我一天癢過一天。**每個她還是賴在屋裡的一天**。

「或許妳該去交些朋友，」我說。「傑克森市像妳這般年紀的太太小姐還不少。」

她朝我皺眉。「我一直很努力啊。我打過數不清多少通電話給她們，問看募款餐會有沒有我幫得上忙的地方，還是有什麼事我可以在家裡做的。可她們從來不回我電話。沒一個回過。」

我沒應她，因爲我一點不意外。就憑她這副高挺半裸豪乳還頂頭漂染金髮的模樣。

「那就去逛街買東西吧。新衣服啥的。反正家裡有女傭的白人太太能做啥妳就做啥。」

「不了。我現在想去休息一下了，」她說道，而兩分鐘後我便聽到樓上空房裡傳來她窸窣的腳步聲。

合歡樹的樹枝刷過窗子，我嚇得一抽手，燙著拇指。我瞇起眼睛閉上了，讓心跳緩下來。還有九十四個這般膽顫心驚的日子得過，眼前我卻連一分鐘都過不下去了。

「媽媽，我肚子餓了。我要吃東西。」我最小的女兒、五歲的琴卓昨晚這麼對我說道。她一手挺腰，一腳往前岔了一步。

我有五個孩子，我頂自豪自己在他們學會說**餅乾**二字之前，就先讓他們學會了說「**是的，謝謝**」還有「**請**」。

除了琴卓。

「晚餐前不准吃東西，」我這麼告訴她。

「妳為什麼對我這麼兇？我**恨**妳！」她大叫著跑了出去。

我翻眼瞪著天花板。都第五個了，我還是措手不及。孩子頭一回同妳吼說她恨妳那天。每個孩子都得經過這一段，怎麼卻還是像肚子挨了一拳。

可琴卓，老天。我看這不只是叛逆期。那孩子愈長愈大愈像我。

我站在西麗亞小姐的廚房裡，想著昨晚，想琴卓和她那張嘴，想班尼還有他的氣喘，想里洛上星期兩次喝得醉醺醺回家。他明知我最恨這。我眼睜睜看著我那酒鬼爸爸爛醉了十年、任由我和媽媽做牛做馬打工賺錢給他買酒喝。我知道我該生更大的氣，可昨晚，里洛回家時拎了袋今年第一批秋葵，算是同我說**對不起**。他知道我最愛吃秋葵。今晚，我打算把那些秋葵裹了玉米粉下鍋炸，管我媽媽以前怎麼說，就是要大吃個痛快。

我今晚的特別享受還不只一樣。才十月一號，而我已經站在這裡削起了桃子。強尼先生的媽媽從墨西哥帶了兩大簍回來，顆顆沉得棒球似的。又熟又甜，一刀切下去同奶油一般軟。我從不接受白太太的施捨，因為我**知道**她們只是想要我欠她們一份情。可當西麗亞小姐要我自己挑一打桃子帶回家時，我馬上找來一只袋子扔了十二顆進去。今晚在家，我要吃炸秋葵當晚餐，甜點則是水蜜桃派。

我望著一條條削下的桃子皮捲起來、掉進西麗亞小姐的水槽裡，完全沒留意外頭車道的動靜。平常站在廚房水槽前做事的時候，我常會暗自盤算逃亡路線。廚房是最好的地點，因爲一扇窗就正對著大街。高大的杜鵑叢遮住我的臉，可我又可以從葉縫裡看到來人。如果強尼先生從前門走進來，我可以從後門逃進車庫。如果他從後門進來，我就從前門溜出去。廚房還有另一個門通往後院，以防萬一。可今天，我滿手果汁，成熟水蜜桃奶油般的香味醺得我頭暈欲醉，整個人像陷入了場桃子白日夢裡。一輛藍色卡車停上了車道，我甚至沒留意到。

我終於抬起頭來的時候，那男人都走過半條步道了。我只來得及瞥見一抹白襯衫的影子，就我每天熨的料子款式，而下頭那件卡其長褲，則和我每天掛進強尼先生衣櫥裡的一個模樣。我喉頭一縮叫不出聲。我手裡的刀子敲在水槽壁上噹啷作響。

「西麗亞小姐！」我衝進主臥房。「強尼先生**回家了！**」

西麗亞小姐從床上跳起來，動作之快我從沒見過。我像隻無頭蒼蠅轉了個圈。**我往哪裡去？我該往哪裡走？我之前那些逃亡計畫呢？**然後我猛地做了決定——客用廁所！

我溜進去，關上門。我蹲在馬桶座上頭，以免他從門底下看到我的腳。這裡頭又暗又熱。我感覺我的頭像著了火。汗水沿著我的下巴，滴到了地板上。洗手台梔子花香皂的濃濃香味醺得我噁心想吐。

我聽到腳步聲。我暫停呼吸。

腳步聲停下來。我的心砰砰亂跳得像給困在烘乾機裡的貓。要是西麗亞小姐爲求自保翻臉不認人怎辦？順勢眞把我當成闖空門的？**噢，我恨她！我恨那個該死的蠢女人！**

我豎起耳朵聽，卻只聽得到自己沉沉的呼吸聲。還有胸口裡的砰砰心跳。縮著身子這麼蹲著，讓我的腳踝發疼，關節嘎吱嘎吱響。

我的眼睛在黑暗中漸漸敏銳起來。一分鐘後，我從洗手台上方的鏡子裡看到了自己。像個傻子，蹲在哪個白人太太的馬桶座上。

看看我。看看我，米妮・傑克森，爲了討口飯吃，把自己搞成了什麼該死的模樣。

史基特小姐

第五章

我開著媽媽的凱迪拉克在碎石路上朝家的方向疾駛。石子雨點般打在車身上，收音機裡傳來的珮西·克萊恩（Patsy Cline）歌聲幾乎難以辨識。媽媽一定會氣壞了，可我只是更用力踩下油門。我怎麼也無法不去想，希莉今天在橋牌聚會上對我說的那些話。

希莉和伊麗莎白還有我，打鮑爾小學來一直都是最好的朋友。我最喜歡的一張照片，是我們三個人肩並肩擠著，坐在中學足球場的看台上。讓我這麼喜愛這張照片的原因，是那天的看台上其實一片空曠。我們這麼擠著坐，只因我們是如此親暱，密不可分。

在密西西比大學，希莉和我還當了兩年室友；兩年後她離校結婚，而我留下來唸到畢業。在凱歐米迦（Chi Omega）姊妹會館裡，我曾每晚爲她捲上十三個髮捲。可今天，她威脅著要把我逐出聯誼會。倒不是我有多在乎聯誼會，傷到我的其實是，我的好友竟可以如此輕易地將我撇到一旁。

我車頭一調，轉進通往長葉、我家的棉花莊園的岔路。碎石一時靜了下來，變成細細黃沙。我在母親看到之前放慢了車速。我將車駛上車道，停車下車。母親正坐在前廊的搖椅上。

「過來一起坐著，親愛的，」她說道，揮手指指她身旁另一張搖椅。「帕古拉剛給地板上過臘，我們等會，讓臘乾了再進門。」

「好的，媽媽。」我在她上了粉的頰上輕輕一啄。可我沒坐下。我倚著前廊欄杆站著，望向前院那三棵披滿苔衣的橡樹。雖然離城裡不過五分鐘車程，大部分人還是認定這裡是城外的鄉下。主屋前後院再往外，便是一萬畝爹地的棉花園，遍地及腰高的棉株，青綠而堅韌。幾個黑人坐在遠方草棚下，凝望蒸騰熱氣。所有人都等著同一件事：棉蒴終於熟成迸裂。

我想著從我畢業返家以來，希莉和我之間關係的變化。可究竟是誰變了呢？是她還是我？

「我同妳提過了嗎？」母親說道。「芬妮．皮特羅訂婚了。」

「恭喜她。」

「離她開始到農民銀行上班當櫃檯員，甚至還不到一個月哪。」

「那很好啊，母親。」

「**我**知道，」她說道，而我一轉頭，看到她臉上閃過彷若燈泡突然接電亮起的表情。「妳乾脆也去銀行，應徵個櫃檯員的工作如何？」

「我不想當個銀行櫃檯員，母親。」

母親嘆了口氣，瞇眼望向她那隻忙著舔私處的獵犬雪比。我打量前門，考慮是否該不顧一切毀了才上過臘的地板。同樣的對話我們已經進行過太多次了。

「我女兒離家整整四年上大學，結果呢？」她問道。「帶回來一張文憑？」

「不過一張裝飾漂亮的紙，」母親說道。

「我同妳說過了。我就是沒遇上想嫁的人啊，」我說。

母親站起身，朝我走過來，要我直視她那張光滑漂亮的臉。她穿著一件深藍色洋裝，合身的剪裁貼著她苗條的曲線。她的口紅一如往常完美無暇，可當她走到午後的耀眼陽光下，我看到她洋裝前襟上有幾塊深色乾涸的污漬。我瞇眼打量，想看清是不是自己走了眼。「媽媽？妳還好吧？」

「妳要能再積極點就好了，尤吉妮亞——」

「妳衣服前面都弄髒了。」

母親交臂抱胸。「聽好，我同芬妮的媽媽聊過了，她說芬妮那工作，遇到合適對象的機會多得不得了。」

我決定不再提洋裝的事。我永遠無法同母親開口，告訴她我想成為一個作家。她只會把這件事說成是我姻緣路上的另一顆絆腳石。我當然也不能告訴她查爾斯．葛雷吻過我的事。他是我去年春天在密大一起做數學的學伴。大四的他喝醉酒吻了我，然後還重重地捏著我的手，我該覺得疼，可是又不。我喜歡他握住我的手、看著我的眼睛的感覺。可他後來還是娶了只有五呎高的珍妮．史匹格。

我該做的事，其實是往市區裡找間公寓，就專門分租給其貌不揚的單身女性——比如說紡織廠女工、祕書還有小學老師那種。可我唯一提起要動用信託基金那次，母親竟哭了，眞的哭了。「那筆錢不是讓妳這麼用的，尤吉妮亞。住在那種飄散著奇怪的油煙味、窗台上還曬著絲襪的出租公寓裡。等錢都用完了，接下來呢？妳要靠什麼過活？」然後她便拿條濕手巾摀著額頭、回房休息，整晚沒再出來過了。

而此刻，她緊抓著前廊圍欄，等著我回答，看我願不願意走胖芬妮走過的路來拯救自己。我的母親這麼看著我，彷彿完全想不透我怎麼會生來這長相、這高度、這頭髮。說我的頭髮有點毛燥還是客氣了。我這一頭怪毛不像頭髮倒像陰毛，顏色是慘澹的淺金色，稻草似的一碰就斷裂。我的皮膚很白，有人說好聽是乳白，可當我嚴肅起來，活脫脫就是慘白。偏偏我是個頂嚴肅的人。而且我的鼻樑不平，上頭有個小隆起。只有我的眼睛是矢車菊般的淡藍色，像母親。有人告訴我那是我最漂亮的地方。

「說穿了，就是盡量讓自己出現在可以遇到單身男性的場合裡——」

「媽媽，」我說道，一心只想結束這段談話，「如果我一輩子遇不上合適的對象，事情眞會有那麼糟嗎？」

母親緊摟住雙臂，彷彿光這念頭便叫她渾身發冷。「不要，不要這麼說，尤吉妮亞。何必呢，我常也在市區路上看到身高超過六呎的男人，然後我就想，**其實只要尤吉妮亞願意多試試……**」她一手壓著上腹，想這些事讓她潰瘍又犯了。

我脫掉我的平底鞋，沿著前廊階梯往下走，不顧母親在旁嚷著要我把鞋穿上，赤腳走路小心長癬、小心讓蚊子咬了得腦炎。不穿鞋死路一條。沒丈夫也死路一條。某種被遺棄的感覺讓我渾身一顫。三個月前自密大畢業以來，我常有這種感覺。我突然被扔回一個我已經不再歸屬的地方。母親與爹地，甚至希莉與伊麗莎白。

「……妳今年二十三歲，我在妳這年紀時都生妳哥哥了……」母親說道。

我站在粉紅紫薇樹下，看著前廊上的母親。萱草花都謝了。九月來了。

我甚至不是個可愛的寶寶。我剛出生的時候，我哥哥卡爾頓看我一眼，便在醫院病房裡大聲宣布，「這不是寶寶，是隻蚊子（skeeter）！」——「史基特」這名字從此讓人喊定了。我手長腿長，瘦得像隻蚊子，二十五吋的出生身長還破了浸信醫院的紀錄。長大一點後，我那尖尖的鷹勾鼻讓這綽號更是名符其實。母親花了我一輩子的時間企圖說服大家改喊我的本名——尤吉妮亞。

夏綠蒂．波卓．坎翠爾．菲蘭太太不喜歡綽號。

還不滿十六歲的時候，我就已經不只是不漂亮了。我只是高，高得離譜。高得讓我拍班級合照的時候必須站到後排同男生一起，高得讓我母親每晚忙著拿針線給我放裙腳、扯長毛衣袖子、熨直我的頭髮好讓我去參加那些反正沒人請我跳舞的舞會。最後，她甚至按住我的頭頂往下壓，彷彿這樣就可以把我壓回那個她還常得提醒我挺胸站直的年代。到了我將滿十七歲那年，母親已經寧可我因急性腹瀉彎腰捧腹、也不願我挺胸站直了。她自己就五呎四吋，並曾是南卡羅萊納州小姐選美第二名。她終於決定，像我這樣的女孩，解決未來問題的出路只有一條。

夏綠蒂．菲蘭太太版《獵夫守則》第一條：漂亮嬌小的女孩必須強調化妝與儀態。高而姿色平凡者，改以信託基金襯托之。

我足足有五呎十一吋高，可我名下有兩萬五千元的棉花基金。而如果哪個傢伙還看不出箇中美妙之處，那麼，以上帝之名，他反正也沒聰明得夠格成爲菲蘭家的女婿。

我從小住到大的臥房位在我父母家的頂樓。薄荷綠的壁紙上印滿玫瑰花苞的圖樣，再搭配上白色霧面護椅條與粉紅小天使浮雕飾板。說頂樓其實是閣樓，夾在幾面斜而長的牆底下，房裡許多地方甚至容不得我挺腰站直。凸出的三面窗讓整個空間看來像個圓形，於是除了母親每兩天發作一次的逼婚疲勞轟炸外，我還得睡在個婚禮蛋糕裡。

然而這裡畢竟是我的避難所。屋裡上升的熱氣聚集於此，熱氣球似的小房間讓眾人敬而遠之。陡而窄的階梯對我父母也是一大阻礙。家裡先前的幫傭康絲坦丁曾天天惡狠狠瞅著這道往前傾斜的階梯看，彷彿同它宣戰似的。而這也是我唯一不喜歡這閣樓房間的一點：它也隔開了我和康絲坦丁。

與母親前廊對話的三天後，我將《傑克森日報》的求職廣告版攤開在書桌上。一整個早上，母親就拎著罐最新的頭髮平板膏跟在我後頭轉，而爹地則始終待在前廊，對著外頭宛如夏日溶雪的棉花田大聲詛咒咆哮。除了象鼻蟲，棉花收成時節最怕的就是雨水。才入九月的此時，滂沱秋雨竟已提前到來了。

我手握紅筆，悉心詳讀「事求人：女性」字樣底下的小方塊。

康寧頓百貨公司徵求儀態良好、笑容甜美之女售貨員數名！

徵求年輕窈窕女祕書乙名。打字能力不拘。請電桑得斯先生。老天，找祕書不打字，這人打什麼算盤？

徵求新進速記員，柏格公司，時薪一點二五元。這則倒是頭一次看到。我拿起紅筆一圈。

沒人敢說我在密大不夠用功。當我的朋友們在費德西兄弟會（Phi Delta Theta）派對上大喝蘭姆酒加可樂、或是在婚禮上給母親別上胸花的時候，我坐在讀書室裡，一連好幾小時埋頭苦寫——大多就是寫學校報告，可我也寫短篇故事、蹩腳爛詩、《基代爾醫師》（*Dr. Kildare*）影集劇本、寶馬香菸（Pall Mall）廣告詞、投訴信、勒索函、給班上一些我沒膽開口攀談的男同學的情書。我只是寫，一篇也不曾寄出。當然，我也夢想同足球校隊隊員約會，可我真正的夢想，其實是終有一天能寫出些大家願意讀的東西來。

大四最後一學期，我只應徵了一個工作，一個離密西西比六百哩遠的好工作。我在牛津超市的公共電話前堆了二十二個十分錢硬幣，給曼哈頓三十三街的哈洛出版社撥了電話、詢問有關出缺的編輯一職。我是在學校圖書館的《紐約時報》上看到這廣告，當天便寄出了履歷。懷抱著一絲希望，我甚至也去電詢問東八十五街一間一房附簡易電爐、月租四十五元的公寓。達美航空則告訴我往紐約艾德懷機場（Idlewild）的單程機票票價爲七十三元。我不懂得該一次多應徵幾份工作，而唯一應徵的那份也有如石沉大海。

我的目光往下移到「事求人：男性」一欄。這裡至少有足足四行、從銀行經理、會計師、貸款專員到棉花廠核對員的各式職缺廣告。在這個欄位裡，柏格公司提供新進速記員的時薪多了五十分錢。

「史基特小姐，有妳的電話，」帕古拉站在樓梯底嚷道。

我下樓往家裡唯一的電話走去。帕古拉朝我遞來話筒。她嬌小得像個孩子，連五呎都不到，膚色深得像黑夜。她頂著一頭捲曲的短髮，白色制服洋裝則特地請人改短了袖長與裙長。

「希莉小姐找妳，」她說道，我從她的濕手裡接過話筒。

我坐在白色的熨衣檯上。廚房又大又方又熱。黑白相間的塑膠地板裂了好幾塊，水槽前那片則都給磨薄了。新買來的銀色洗碗機矗立在正中央，後頭連著條從水龍頭接來的水管。

「他下週末過來，」希莉說道。「就星期六晚上。妳有空吧？」

「欸，我得查一下我的行事曆，」我說。希莉的聲音裡沒有絲毫橋牌聚會那場爭執的痕跡。我存疑，卻也鬆了口氣。

「眞不敢相信事情**終於**搞定了，」希莉說道，因爲這幾個月來她一直試圖介紹她先生的表弟同我認識。她執意這麼做，雖然他對我來說實在好看得過了頭，甚至還是個參議員之子。

「妳不覺得我們該……先碰個面嗎？」我問道。「我是說，在正式約會之前？」

「不必緊張啦。威廉和我會全程陪在妳身邊。」

我嘆口氣。約會已經臨時取消過兩次了。我只能希望這回也不例外。可無論如何，希莉這麼看得起我，以爲像他那樣的人會對像我這樣的人感興趣，我還是受寵若驚。

「噢，還有，妳有空就過來拿一些文件，」希莉說道。「我要我的衛生計畫草案刊登在下一期的會訊上，最新活動照片旁，一整頁。」

我一愣。「就廁所那件事嗎？」雖然橋牌聚會不過幾天前的事，我卻希望一切都事過境遷了。

「那叫做『家事幫手衛生計畫』——**小威！給我下來！不要讓我親自過去逮你……亞玟快過來**——我要這星期就登出來。」

我是聯誼會訊的編輯。可希莉是主席。而此刻她正在給我下命令。

「看看吧。版面不知道夠不夠，」我扯謊道。

水槽前忙著的帕古拉抬頭瞄了我一眼，彷彿聽得到希莉的話似的。我往從前是康絲坦丁、現在歸帕古拉用的傭人廁所望過去。就在廚房旁邊。我透過半掩的門，看到狹小的空間裡就一座馬桶，上頭垂著水箱拉繩，還有盞罩在泛黃塑膠燈罩裡的小燈。角落裡的洗手台小得連杯水都裝不下。我從不曾進去那裡。還小的時候，母親就告誡我們不准走進康絲坦丁的廁所，要就準備挨揍。我好想念康絲坦丁，比我這輩子想念過的任何人或事都想。

康絲坦丁家離我家大約一哩遠，位在一個以該地現已停產的瀝青工廠得名、叫做「熱堆」的小型黑人社區。往熱堆的路就挨著我家棉花園北界，而就我記憶所及，許多黑人孩童曾在那一哩路上奔走玩耍、踢著紅沙往四十九號公路搭車。

小女孩時代的我也常走在那毫無遮蔭的一哩路上。如果我好好懇求並認眞複習教義問答，母親有時也會讓我在週五下午陪著康絲坦丁走路回她家。慢慢走上二十分鐘後，我們會經過一家黑人五分錢商店、然後是屋後養了生蛋母雞的雜貨店，另外就是沿著紅土路兩旁那些頂著錫片屋頂與歪斜前廊的破爛房屋——據說，你可以從其中一幢漆著黃漆的小屋後門買到私釀的威士忌。身處如此不同的世界是件新鮮刺激的事，而我也會清楚地意識到自己腳上那雙鞋質料是如此的好、身上那件康絲坦丁熨過的背心裙又是如此的整潔。我們離康絲坦丁家愈近，她臉上的微笑愈是久久不褪。

「你好呀，卡爾·柏，」康絲坦丁對著坐在小卡車後頭一張搖椅上賣藥草根的男人嚷道。小卡車上一袋袋待價而沽的黃樟根、甘草根、與鳥眼藤，而我們不過翻看了幾分鐘，康絲坦丁一身骨頭關節便開始不舒坦了起來。康絲坦丁不但高，而且壯。她的臀寬，膝蓋老是犯毛病。在往她家的轉角，她會往自己嘴裡塞上一小坨樂天牌鼻菸，菸汁吐得像射出的箭般直。她會讓我瞄一眼圓形錫盒裡的黑色粉末，說道，「可別同妳媽咪說去。」

路邊總是會有好些骨瘦如柴、一身皮膚病的野狗隨意趴躺著。一個綽號叫「貓咬」的年輕黑女人也總是會從她的前廊對著我嚷道，「史基特小姐！幫我給妳爹地問聲好，同他說我很好。」好幾年前，正是我爹地給她取了這綽號。他那天正巧開車經過，看到條發狂犬病的野貓正在攻擊一個黑人小女孩。「那貓差點把她生吞活剝了，」爹地後來這麼跟我形容道。他殺了野貓，把小女孩送到醫師那，爲她安排了二十一天的狂犬疫苗療程。

再往下走一點，便是康絲坦丁家。她屋裡有三間房，沒鋪地毯，擺設的照片也就一張。我常瞅著照片裡的白種女孩瞧，康絲坦丁說那是她從前在吉卜森港帶了二十年的女孩。我曾自以爲知道康絲坦丁的一切——她和一個妹妹一起在密西西比州哥林斯鎮的租佃農場長大。她的父母都已經過世了。她不吃豬肉。她穿十六號的衣服和女生十號的鞋子。可我常常望著照片裡那個露齒笑得開心的女孩，帶些醋意地暗忖著，爲什麼她不也擺張我的照片。

有時隔壁兩個名叫瑪麗·妮兒和瑪麗·洛安的女孩會過來跟我玩。她們的膚色很深，深到我分不出來她倆誰是誰，乾脆管她倆都喊瑪麗。

「去到康絲坦丁家的時候，可要好好對待那些黑人小女孩，」母親有次這麼吩咐我道，而我記得自己不解地看著她，應說，「我爲什麼會對她們不好？」可母親從未同我解釋過。

差不多一小時後，爹地便會開車過來，停了車，下車，交給康絲坦丁一塊錢。康絲坦丁從不曾邀請爹地進屋。即使在那年紀，我都能明白，我們是在康絲坦丁的地盤上；在她自己家，她不必特別去對誰好。之後，爹地會讓我去黑人商店買瓶冷飲和彩色糖球。

「記得，別同妳媽咪提我多給了康絲坦丁的事。」

「我知道，爹地，」我這麼回答道。而這差不多也是我和爹地間唯一共守的祕密。

第一次讓人說醜，是在我十三歲那年。那是我哥哥卡爾頓的一個富家子弟朋友，來我家找哥哥一起去練習射擊。

「怎麼在哭呢，女孩？」康絲坦丁在廚房裡問我道。

我同她說那男孩怎麼喊我，一邊淚如雨下。

「所以呢？妳是嗎？」

我眨眨眼，一時忘了哭。「我是什麼？」

「喏，聽好了，尤吉妮亞，」——康絲坦丁是唯一願意偶爾遵守媽媽規定的人。「心裡頭醜才是醜。啥叫醜？心眼壞又刻薄的人就叫醜。妳是那種人嗎？」

「我不知道。應該不是吧，」我抽抽噎噎地應道。

康絲坦丁就著廚房小桌、在我身旁坐了下來。我聽到她發腫的關節嘎吱作響。她握住我的手，拇指深深掐進我的掌心裡——那是一個信號，我倆都知道的信號。**聽。仔細聽我說。**

「每天早上，直到妳死了入土那天爲止，妳都得做決定。」康絲坦丁湊得好近，近得我看得到她透黑的牙齦。「妳得問自己，**我今天要相信那些蠢蛋怎麼說我的嗎？**」

她緊摁住我掌心的拇指一刻不曾鬆開。我點點頭，表示懂了。我恰恰才剛能了解她指的是白人。而雖然我心裡依然難過得緊、也明白自己的模樣怎麼也稱不上好看，卻也領悟到這是她頭一回這麼同我說話。那是我頭一回感覺到，自己在她眼中不再只是我母親的白女娃。我的一生到那時爲止，一直有人告訴我該相信什麼，從政治、到有色人種、到身爲女孩的本分。可當康絲坦丁的拇指深陷在我掌心裡時，我突然明白，我確實擁有選擇自己所信的權利。

康絲坦丁每早六點準時來到我家，收成時節甚至五點就到，好給出門往棉花園去前的爹地做比斯吉淋醬早餐。每天早上，我起床看到的第一幕，總是康絲坦丁在廚房裡忙著，小桌上的收音機播放著葛林牧師的講道。她一看到我，就是微笑，「早安啊，漂亮女孩！」然後我便在桌旁坐定了，同她說前一晚做的夢。她宣稱夢能預測未來。

「我在閣樓裡，往下看著棉花田，」我這麼告訴她。「我看得到樹梢。」

「那妳將來就是腦外科醫生啦！屋子的最上頭指的就是腦袋。」

母親一早在餐廳裡吃完早餐便往休憩室去，或是刺繡、或是給非洲的傳教士寫信。坐在那張綠色高背椅上，她幾乎可以掌握屋裡一切動靜。我打休憩室門口走過無須一秒，卻已足夠讓她掌握我當日外表所有細節，眞是不可思議極了。我常常火速通過，自覺像塊讓手握飛鏢的母親瞄準紅心的鏢靶。

「尤吉妮亞，妳知道屋裡不准咬口香糖。」

「尤吉妮亞，去拿點酒精擦掉那塊污漬。」

「尤吉妮亞，回樓上去把頭髮梳好，家裡要臨時來了客人怎辦？」

我學會襪子是比鞋子更好的偷溜工具。我學會多走後門。我學會戴帽、學會經過門口時以手遮臉。可最重要的，是我學會了就待在廚房裡。

在長葉園，漫漫長夏的一個月彷彿有幾年那麼久。我沒有可以每天互訪的朋友——我們住得遠，沒什麼白人鄰居。希莉和伊麗莎白每到週末就是妳家我家地來來去去，我則是隔週週末才能晚上進城一趟，或是邀朋友來訪。對這情況我有滿腹牢騷。康絲坦丁總是在，我有時也習慣得有些輕忽；可我想我是知道的，我是何等幸運，才能有她陪在身邊。

我十四歲那年開始抽菸。那些萬寶路香菸則是從卡爾頓櫃子抽屜裡摸來的。他將滿十八歲，而無論是在家裡還是同爹地一起在棉田裡，都沒人管他已經抽了好幾年菸。爹地不愛抽香菸，只偶爾抽抽菸斗；而母親則是什麼都不抽，儘管她的朋友大多都抽。母親告誡我十七歲之前不准碰菸。

所以我總往後院溜，坐在輪胎鞦韆上，隱身在老橡樹巨大的樹影裡。或者有時趁著夜深，我也坐在我臥房的窗台上抽。母親有對鷹眼，嗅覺卻奇差無比。康絲坦丁馬上就察覺了。她瞇著眼，似笑非笑，沒說破。如果我人在樹下、而母親碰巧也往後廊走去，康絲坦丁便會搶一步，揣起掃帚往後廊樓梯的鐵欄杆上猛一陣敲打。

「康絲坦丁，妳這是做什麼？」母親這麼問她；而這會，我早摁熄了菸、菸蒂也扔進了樹洞裡。

「沒啥，清清舊掃帚罷了，夏綠蒂小姐。」

「欸，還是想個安靜點的法子清吧。喏，尤吉妮亞，怎麼，妳一夜之間又竄高了一吋不成？我該拿妳怎麼辦？去……換件合身點的洋裝吧。」

「是的，」康絲坦丁和我同時應道，然後相視淺淺一笑。

啊，有人分享祕密是多麼美妙的感覺。如果我有個年齡再相近點的手足，應該就像這樣吧。可康絲坦丁於我，並不只是掩護抽菸和閃避母親耳目而已。那是有人在妳身邊，在妳母親爲妳那驚人身高與毛燥頭髮的古怪模樣發愁得要命的時候，有人在妳身邊，看著妳，用眼神無言地告訴妳，**妳在我眼中一切都好**。

不過，她對我也不光好言勸慰。十五歲那年，有個新來的女孩指著我問，「那隻鸛鳥是誰啊？」當下連希莉都得先嚥下笑意，才扯著手裝做沒聽見、把我拉走開。

「妳多高，康絲坦丁？」我眼裡含淚，問道。

康絲坦丁瞇眼看我。「妳多高？」

「五呎十一吋，」我哭著說道。「我已經比男生籃球隊的教練還高了。」

「哼，那我少說五呎十三吋，所以妳也別在這自怨自艾的了。」

康絲坦丁是唯一我必須抬頭仰望、才能與她四目相對的女性。

你注意到康絲坦丁的頭一件事，除了身高外，便是她的眼睛。她有對淺棕色的眼珠，襯著她的黑皮膚，愈發顯得像蜂蜜般金澄。我從不曾見過黑人有著淺棕色眼珠。事實上，康斯坦丁一身棕色，深深淺淺，形容不完。她的手肘是最深的墨黑，只在冬季裡覆著層白色的乾皮屑。她手臂、頸子、還有臉部的皮膚則是深深的黑檀木色。她雙手手掌是帶點橘色的淺棕，要我不禁聯想她的腳掌可也是這顏色，可我從不曾看她打過赤腳。

「這週末就妳和我囉，」她微笑著說道。

那個週末，母親與爹地將開車陪著卡爾頓，前去參觀路易斯安那州立大學與杜蘭大學。卡爾頓隔年就要上大學了。那天早上，爹地把帆布床搬進廚房，在康絲坦丁的廁所旁架穩了。每回康絲坦丁得在我家過夜，都是這麼安排的。

「去瞧瞧我帶了啥來，」她指著掃帚櫃說道。我拉開門，看到她袋子裡塞著一盒拉胥莫山（Mount Rushmore）圖案的五百片拼圖。那是我們一起過夜時最喜歡的活動。

那晚，一連幾小時我們就坐著，捏著花生吃，在散放廚房餐桌上的片片拼圖中搜尋推敲。外頭風雨正大，我倆一邊由外到裡慢慢拼出拉胥莫山，一邊享受著屋裡的舒適安穩。廚房的燈泡受風雨影響，忽明忽暗。

「他是哪個？」架上黑框眼鏡、研究著盒上圖樣的康絲坦丁問道。

「那是傑佛遜。」

「我就說嘛。那他呢？」

「那是——」我湊過頭去。「我想應該是羅斯福吧。」

「我只認得出林肯。他長得同我爹地很像。」

我手握一片拼圖，愣住了。那年我十四歲，成績好得不曾拿過A以外的分數。我很聰明，卻對世事一無所知。康絲坦丁放下盒蓋，目光回到拼圖上。

「因爲妳爹地也很……高？」我問道。

她咯咯輕笑。「因爲我爹地是白人。我長得高是像媽媽。」

我放下手中拼圖。「妳的……父親是白人、母親是……黑人？」

「是呀，」她說道，微笑著，把兩片拼圖兜齊拼上了。「喏，瞧瞧，又拼了一對。」

我有一肚子問題——他是**誰**？他在**哪裡**？我知道他沒有和康絲坦丁的母親結婚，因爲黑白通婚是違法的。我從剛剛帶來桌上的香菸裡抓起一支。我十四歲，自覺已經長大。我點了菸。菸點著了，頭頂的燈泡卻突然轉暗，暈暈黃黃，伴隨若有似無的嘶嘶聲。

「噢，我爹地最疼我了。總說我是他最愛的一個。」她往椅背一靠。「他以前總趁星期六下午過來，有次，他送了我一盒十條的髮帶，十種不一樣的顏色。日本綢緞，他打巴黎帶回來的。我從他進門就坐在他腿上，直到他非走不可我才肯下來。然後媽媽便用他送她的手搖留聲機播放貝西．史密絲（Bessie Smith）。而我們便一起開口唱：

著實奇怪，無疑
失意落魄無人識

我睜大眼睛，聽傻了。昏暗中，她的歌聲閃爍光芒。如果巧克力有聲音，那將是康絲坦丁的歌聲。如果歌聲有顏色，康絲坦丁的歌聲就該是巧克力的顏色。

「有次我心裡難過、抽抽噎噎哭得傷心，我當自己多的是事情好難過——我窮、我只有冷水澡可洗、我爛牙犯疼，總之多得數不清。可爹地捧住我的頭，緊緊抱住我，好久好久不放。等我再抬起頭來，我看到他也在哭，然後他……他就做了那件我也對妳做、好讓妳知道我認眞的事。他拇指用力壓進我掌心裡，說……說他很抱歉。」

我們坐著沒動，一逕瞅著滿桌拼圖。母親不會想要我知道這些，知道康絲坦丁的父親是白人、知道他曾爲無法改變的一切道過歉。這不是該我知道的事。我感覺康絲坦丁送了我一份禮物。

我把菸抽完，在客用銀製菸灰缸裡摁熄了。燈泡再度亮起。康絲坦丁對我微笑，我也對她微笑。

「妳以前怎麼沒同我說過？」我問道，望進那一雙淺棕色的眼睛裡。

「我不能每件事都同妳說呀，史基特。」

「可爲什麼？」她知道我的一切，我家人的一切。我怎麼會想瞞她任何事呢？

她凝望著我，而我在她眼底看到很深很沉的悲傷。一晌，她終於開口說道：「有些事，我只想我自己知道就好。」

輪到我離家上大學那天，爹地開卡車載著我駛離車道那一刻，母親哭得傷心欲絕。可我只覺得自由了。我終於離開棉花園，離開那些審視與挑剔。我想要問母親，**妳難道不高興嗎？難道不覺得解脫、終於無須時時看到我、為我深深操煩？**可母親只是一副悽慘無比的模樣。

在大一新鮮人宿舍裡，我是如此如魚得水。我每週給康絲坦丁寫一封信，同她說我的房間、我上的課、我才加入的姊妹會。因爲郵差不送信到熱堆，我只能把信寄到棉花園，並期盼母親別擅自拆信檢查。一個月兩次，康絲坦丁會把信寫在油紙上，摺成郵簡寄給我。她的字碩大可愛，還一行一行往一邊愈寫愈斜。她如數家珍、娓娓道來長葉園內外大小瑣事：**我的腰痛又犯了，可這雙腿才真是要命，或是攪拌器壞了，飛甩得滿廚房亂繞、嚇得那貓尖叫著逃開，到今天還不見個影。**她也同我說爹地感冒、說蘿莎・帕克（Rosa Parks）將去她的教會演講。她常常語氣堅定地問我快不快樂、是哪些事讓我開心或難過。我倆的信像場經年的對話，有問有答，然後在耶誕節與暑期課程間的假期面對面地繼續下去。

母親的信倒簡單明瞭：**睡前記得禱告**，還有**別穿高跟鞋因為那樣會讓妳看起來太高**，另外便是附上的一張三十五元支票。

大四那年四月，康絲坦丁在信上寫道：**我有個驚喜要給妳，史基特。我好興奮，幾乎受不了。妳別想從我口裡套話。等妳回家來自己看吧。**

那時離畢業只剩一個月，正值期末考前夕。而這竟也是來自康絲坦丁的最後一封信。

我沒出席我在密大的畢業典禮。我的一幫好友全都已經離校嫁人，再說讓爹地媽咪開三小時車就爲看我從台上走過去，實在也不值得——何況母親眞正想看的是我走進結婚禮堂。哈洛出版社依然音訊全無，於是往紐約的機票也省了，我搭上大二女生凱・透納往傑克森市的便車，抱著打字機放在腳邊、擠進她那輛別克轎車的前座裡，旁邊還小心擱著她的結婚禮服。凱・透納下個月就要嫁給帕西・史坦侯。三小時車程裡，她喋喋不休訴說著她對結婚蛋糕口味的種種疑慮。

終於踏進家門那刻，母親往後退一步，好把我看個仔細。「嗯，妳的皮膚很漂亮，」她說道，「可妳的頭髮……」她嘆口氣，搖搖頭。

「康絲坦丁在哪裡？」我問道。「廚房嗎？」

彷彿只是說明天氣狀況似地，母親說道，「康絲坦丁離職了。好啦，我們得趁衣服皺壞了前從箱子裡拿出來掛好。」

我轉頭，對著她用力眨眼。我想我是聽錯了。「妳剛剛說什麼？」

母親把腰桿挺得更直，順了順洋裝。「康絲坦丁走了，史基特。去芝加哥投靠親戚了。」

「可是……什麼？她信裡從沒提過芝加哥的事啊。」我知道這不是她所說的驚喜。這樣可怕的消息，她一定會馬上告訴我。

母親深深吸了一口氣，再次挺了挺腰桿。「是我讓康絲坦丁不要寫信告訴妳她要走的事的。妳正在考期末考，要是考壞了得多留一年，怎麼辦？老天知道，大學唸四年已經太久了。」

「她……她真的同意這麼做？不寫信給我、告訴我她要走了？」

母親挪開目光，又嘆了口氣。「這我們晚點再討論，尤吉妮亞。先同我進廚房，讓我給妳介紹新來的女傭，帕古拉。」

我畢竟沒跟進廚房。我低頭凝望一箱箱行李，不敢去想開箱整理的事。屋裡突然變得好大好空曠。屋外，一輛收割機正在棉花田裡隆隆作響。

不到九月，我已經放棄收到哈洛出版社回音的希望。一併放棄的還有找到康絲坦丁的希望。無論我怎麼問，就是沒人知道她的事，或是聯絡到她的方法。我終於不再四處探聽康絲坦丁離開的原因。她彷彿就是這麼憑空消失了。我必須接受眼前的事實：康絲坦丁，我唯一真正的盟友，已經離我而去，留我在這群人中，自己保重自己。

第六章

一個炎熱的九月清晨，我自我從小睡到大的床上醒來，套上我哥卡爾頓從墨西哥給我拎回來的皮編涼鞋——顯然是雙男鞋，因爲墨西哥女孩的腳不會長到九號半之大。母親恨透了這雙鞋，直說它低俗難看。

我在長睡衣外頭披了件爹地的舊襯衫，從前門溜了出去。母親此刻正在後門廊監督帕古拉與詹姆索剝牡蠣。

「絕對不要放任男女黑人獨處，」很久很久以前，母親曾這麼低聲同我說道。「也不是他們的錯，可他們就是控制不了自己。」

我走下前廊階梯，前去查看我郵購的《麥田捕手》（*Catcher in the Rye*）寄到了沒。我向來同加州一個黑市賣家訂購禁書。我是這麼想的：讓密西西比州政府禁了的，肯定是本好書。還沒走到車道底，我的涼鞋與腳踝便覆上了一層細細的黃色粉塵。

我的兩側放眼望去，盡是亮晃晃的青綠，飽滿滿的棉莢。爹地後頭那片棉田上月讓雨毀了，所幸前面這大部都毫髮無傷。噴灑過脫葉劑的葉片剛剛開始泛出黑點，空氣中也還瀰漫著化學藥劑的淡淡酸味。路上空曠無車。我打開信箱。

就在那裡，壓在母親的《婦女月刊》（*Lady's Home Journal*）下頭，躺著一封標明尤吉妮亞·菲蘭小姐收的信。紅色浮體的「哈洛出版社」字樣盤據信封左上角。一身長睡衣與爹地的布魯克兄弟牌舊襯衫的我，站在車道上，當場拆了信。

一九六二年九月四日

親愛的菲蘭小姐：

這是一封我私下回給妳的信。毫無工作經驗的年輕女性如妳，竟鼓起勇氣寄出履歷，應徵如哈洛這般負盛名出版社的編輯工作，可嘉的精神讓我起意動筆。如果妳曾稍做瞭解，便會明白，這樣的工作，至少需要五年以上的業界經驗。

我自己也曾是這樣一個滿懷企圖心的年輕女性，所以我決定為妳提出忠告：到當地的報社從基層做起。妳在信中描述自己「極度醉心寫作」。那麼，在油印文件與給老闆倒咖啡之餘，我建議妳，觀察，發掘，然後動筆。無須浪費時間在顯而易見的事物上。要寫，就寫困擾妳的事，尤其是那些沒人覺得是問題的問題。

伊蓮・史丹

成書部資深編輯

整封打字信下頭另外有段潦草的藍色手寫附註：

P.S. 如果妳真有心：提出妳最認真的寫作計畫，我願意與妳討論，給妳建議。我這麼做的理由無它，菲蘭小姐，只因當年曾有人為我做過同一件事。

一輛滿載棉花的卡車隆隆駛過。副駕駛座上的黑人傾身，瞅著我瞧。我早忘了我是個衣著不整的白人女孩。我剛剛收到來自紐約市的回音，幾乎還稱得上是打氣鼓勵。我大聲唸出這名字：「伊蓮．史丹」。我從不曾接觸過猶太人。

我朝家的方向跑去，一路護著手裡的信紙，不要它讓風吹得翻拍起皺。進門後，我把嚷著要我脫下那雙難看的墨西哥男鞋的母親拋在腦後，繼續往樓上衝。我埋頭，列出生活中叫我不舒不服的每一件該死的事，尤其還是那些似乎沒別人在意的。伊蓮．史丹的話熱滾滾地在我全身血管裡流竄，我拚了命敲打著打字機。最終成果，是一份長得出奇的清單。

第二天，我已經準備寄出給伊蓮．史丹的第一封信，洋洋灑灑列出幾個我認爲值得深入報導的主題：密西西比州嚴重的文盲問題；全國性的酒醉駕駛肇事率攀升；女性就業機會深受侷限。一直到信寄出後，我才體悟到，或許，我畢竟沒按照自己的心意，而是揣摩著挑選了以爲她會喜歡的議題。

我深深吸口氣，推開那扇沉重的玻璃門。小巧可愛的鈴聲響起，像在道哈囉。一個不怎麼小巧可愛的接待員打量著我。她巨大的身子彆扭地擠在張小木椅裡。「歡迎來到《傑克森日報》。請問有何貴幹？」

前天，就在收到伊蓮．史丹的信不到一小時後，我打電話過來約了這回面試。我自薦前來面試，任何職缺都好。出乎意料的，他們很乾脆地同我約定了時間。

「麻煩妳，我同戈登先生有約。」

接待員撐起罩在帳棚洋裝裡的身軀，搖晃著往裡頭走。我試著安撫自己抖個不停的雙手。門沒關，我順勢往後方那個木頭牆板的小房間看去。裡頭就坐著四個穿西裝的男人，埋頭敲著打字機、不時又抓來鉛筆塗塗寫寫。他們的形容憔悴，其中三人頭上只剩下一圈地中海。小房間裡瀰漫著濃濃的煙霧。

接待員再度現身，拇指一伸示意要我跟著走，手裡始終掛一根菸。「跟我來。」我緊張歸緊張，腦裡卻不斷響起大學時代的一條老規矩：**凱歐米迦的姊妹絕不叼著菸走路**。我跟在她身後，穿過那些盯著我看的男人桌前與重重菸霧，來到一間獨立的辦公室。

「把門帶上，」我才踏進門，戈登先生便急急嚷著說。「不要讓那些該死的臭菸味飄進來。」

高登先生站在他辦公桌後。他大約比我矮了六吋，儀容整齊，年紀比我父母再小些。他牙齒長長的，嘴角掛著冷笑，抹了油的黑髮讓他看來一副尖酸樣。

「妳沒聽說嗎？」他說道。「上星期才公佈的，香菸會害死人。」

「這我倒還沒聽說過。」我只能暗自祈禱這消息不曾上過他家報紙的頭版。

「哼，我就見過上百歲的黑鬼，模樣看來比外頭那堆白癡還年輕。」他坐下，但我還站著，因爲這裡頭就他那一張椅子。

「言歸正傳。妳帶了什麼來？」我趕緊遞給他我的履歷，以及在學校寫的幾篇文章。我家廚房桌上永遠擱著一份攤開的《傑克森日報》，不是農業新聞就是本地運動賽事版——這景象我從小看到大，卻很少眞的認眞讀過。

戈登先生接過我的履歷文章，不只讀，還抓紅筆批註了起來。「穆拉高中校刊編輯三年，《反叛者隊訊》編輯兩年，凱歐米迦姊妹會訊編輯三年，英文與新聞雙主修，以第四名成績畢業……**見鬼了**，女孩，」他咕噥道，「妳**有過**時間玩樂嗎？」

我清清喉嚨。「這……很重要嗎？」

他抬頭看著我。「妳是高得出奇沒錯，可我想妳這樣漂漂亮亮一個女孩子，應該忙著同整個該死的籃球校隊約會才是。」

我定睛瞅著他看，一時無法確定他是在捉弄我還是恭維我。

「我想妳該知道怎麼打掃吧……」他目光挪回我的文章上，手裡的紅筆不客氣地在紙上揮舞著。

我一下漲紅了臉。「打掃？我不是來這裡打掃的。我不掃，我**寫**！」

菸霧不斷從門縫底下冒上來，像報社失火了似的。我感覺自己蠢得可以，怎麼會以爲這麼輕易就能要到一份記者差。

他重重嘆了口氣，遞給我一份沉甸甸的資料夾。「我猜妳該做得來。莫娜小姐發癲說不幹了，髮膠喝壞腦袋還啥的。這些妳拿回去讀，依樣畫葫蘆，誰他媽的分得出來啊。」

「我……什麼？」雖然完全不著頭緒，我還是伸手接過了資料夾。莫娜小姐何方神聖，我聽都沒聽過。我脫口說出唯一想得到的安全問題：「你說……這酬勞怎麼算？」

「八塊錢，每週一領薪。」

我點點頭，一邊絞盡腦汁想該怎麼問，才問得出他到底要我做什麼，又不會洩漏我的無知。

他傾身向前。「妳該不會不知道莫娜小姐是誰吧？」

「怎麼會不知道。我們……女生都很愛讀她的專欄啊，」我說道，然後我們便再度無言凝視對方，一段靜默長得足以讓外頭一支電話響了三次。

「所以怎樣？八塊錢嫌少是吧？老天，女人，回家免費幫妳老公刷馬桶吧。」

我咬咬嘴唇。可在我想出任何對應之前，他便先翻了白眼。

「好吧，**十塊錢**。每週四交稿。先說，如果我不喜歡妳的風格，東西不但不登了，妳也別想拿到一毛錢。」

我抱緊資料夾，過度熱情地謝過了他。他沒理我，一逕抄起電話，我前腳還沒出門他已經撥起號來了。我回到車上，躺坐在凱迪拉克柔軟的皮椅上。我坐著，不住地微笑，翻出資料夾開始研讀。

我剛剛找到了一份**工作**。

我回到家，腰桿挺得筆直，十二歲開始抽高以來最挺最直的一次。我滿心驕傲。雖然腦裡每個細胞都在尖叫反對，我還是忍不住要告知母親。我快步走進起居室，一五一十告訴她，我找到了工作，給《傑克森日報》的莫娜小姐家事專欄寫文章。

「挺諷刺的啊。」她嘆了口氣，意思是說，在這種情況下，日子幾乎不值得再過下去。帕古拉往她杯裡又倒了些冰茶。

「這至少是個開始，」我說。

「什麼東西的開始？教人怎麼持家理家，結果自己卻……」她再度嘆氣，一口氣拖得又長又慢，像輪胎洩氣。

我移開目光，想像全傑克森市的人會不會也都這麼想。原本的喜悅幾乎蕩然無存。

「尤吉妮亞，妳連擦亮銀器都不會，又要怎麼教人打理一屋子上下呢？」

我把資料夾摟緊在胸前。她說得沒錯，這些讀者來信我一封也不知該怎麼答。不過，她至少也該以我爲榮一下吧。

「而且，光坐在那裡打字，要怎麼去認識人。尤吉妮亞，妳自己好好考慮看看。」

憤怒沿著我的雙臂蔓延。我再度打直腰桿。「妳以爲我**想**住在這裡？和**妳**住在一起？」我冷笑，希望能狠狠刺傷她。

我看到她眼底很快湧上一股苦意。她抿緊雙唇。可我毫無悔意，一點也不想收回自己的話，因爲終於，我**終於**讓她聽到我的話了。

我站在那裡，拒絕離開。我想看看，她又要怎麼回應我。我想聽到她說抱歉。

「我不得不……問妳一個問題，尤吉妮亞。」她緊扭手帕，表情抽搐。「我那天讀到一篇文章，說到……有些女孩心理失去平衡，開始會有一些——呃，一些**不自然**的想法。」

我不知道她到底想說什麼。我抬頭凝望天花板的吊扇。什麼人把轉速調得太快。**鏗鏗**，**鏗鏗**，**鏗鏗**。

「妳會不會……是不是……還喜歡男人？妳會不會有一些不自然的想法……」她倏地閉上眼睛。「有關女孩還是——女人的？」

我定睛看著她，滿心希望吊扇突然失控落下，砸在我倆的頭上。

「因爲那篇文章提到，這還是有得醫的，有一種特別的藥草茶——」

「母親，」我說道，然後閉上了眼睛。「我不可能對女孩子有興趣，就像妳不可能對……對**詹姆索**有興趣一樣。」我邁步往門的方向走，卻又刻意回頭望了一眼。「當然，除非，妳對他其實有意思？」

母親腰一挺，倒抽了口氣。我大步登梯上樓。

第二天，我把莫娜小姐的信整理成俐落的一疊。我口袋裡裝著三十五塊錢，母親依然按月給我的零用金。我下樓，堆著一臉好基督徒式的微笑。住在長葉園，每次想出門，我都得同母親開口借車。這也就是說，她一定會問我打算去哪裡。然後我就得扯謊，天天扯。我其實還挺樂在其中的，只是一絲罪惡感總也揮之不去。

「我要去教會，幫忙準備主日學的事。」

「噢，太好了，親愛的。車妳就開走吧，不急著回來。」

就在昨晚，我決定了，寫這專欄，我需要專業人士的幫忙。第一個浮現腦海的人選是帕古拉，只是我同她眞是不熟。何況，想到母親免不了要在旁冷言冷語酸我，就讓我打消了這念頭。希莉的女傭亞玫生性害羞，應該幫不了忙。這樣一來，就只剩下伊麗莎白的女傭愛比琳了。愛比琳某些地方總讓我想起康絲坦丁。而且她年紀大些，經驗應該更豐富。

往伊麗莎白家的路上，我先順道去了法蘭克林商店，挑了一個附夾寫字板、一盒二號鉛筆、還有一本藍布封面的筆記本。我的第一篇專欄明天截稿，下午兩點之前得出現在戈登先生的桌上。

「史基特呀，請進。」伊麗莎白親自開了門，我不禁開始擔心愛比琳今天碰巧請假了。她穿著件藍色浴袍，滿頭超大髮捲，頭重腳輕讓她身形看來愈發瘦小可憐。伊麗莎白成天頂著髮捲，就怕她那頭又稀又塌的細髮不夠蓬鬆。

「原諒我這一身亂。梅茉莉鬧了一晚，這會愛比琳又不知跑到哪去了。」

我踏進狹小的玄關。這屋子天花板低、房間也小，裡頭一切都散發著二手貨的氣息——從褪色的藍色花布窗簾、到歪斜的沙發罩。我聽說羅理的會計事務所業務始終沒起色。也許吧，在紐約還是哪裡或許行得通，不過在密西西比州的傑克森市，沒人喜歡同個粗魯高傲的渾球打交道。

希莉的車停在外頭，可我放眼沒看到她。伊麗莎白坐回餐桌上的縫紉機前。「我快好了，」她說道。「就剩最後一道縫邊……」伊麗莎白起身，用雙手抖開一件白色圓領的綠色長洋裝。「老實同我說，」她低聲說道，央求的眼神卻透露著相反的訊息。「這看起來像是自己做的嗎？」

洋裝裙擺一邊高一邊低。皺巴巴的，一邊袖口還已經抽了線。「百分之百看來像店裡買的。白廈百貨（Maison Blanche）來的高檔貨，」白廈是伊麗莎白心中的夢幻百貨。五層樓的建築，矗立在紐奧良的運河街上，裡頭全是不見於傑克森市的各式昂貴衣物。伊麗莎白朝我露出感激的微笑。

「梅茉莉在睡？」我問道。

「總算睡了。」伊麗莎白胡亂拉扯著一綹滑出髮捲的頭髮，爲亂髮的冥頑不靈皺著眉。有時，說到小女兒時，她的話聲裡總帶著一絲冷硬。

門廊的客用洗手間門突然給推開，希莉從裡頭一邊念念有詞地走出來。「……這不好多了嗎？這會大家各自有各自的地方啦。」

伊麗莎白把玩著縫紉機針頭，有些憂心忡忡。

「轉告羅理我說**不客氣**，」希莉追加了一句。我這也才突然聽懂了她喋喋不休的主題。愛比琳有自己的車棚廁所了。

希莉對我一笑，我知道她接著就要提起衛生計畫草案了。「妳母親可好？」我搶一步開口問道，雖然我知道這不是她會喜歡的話題。「她到安養院安頓得差不多了吧？」

「應該吧。」希莉拉了拉身上的紅毛衣，試圖掩蓋腰間一圈贅肉。她下身穿了件紅綠相間的格子長褲，愈發突顯她肥壯碩大的臀部。「反正我做什麼她也不知感激。多虧我弄走她那女傭，太歲頭上動起土來，偷銀器讓我逮個正著。」希莉微微瞇眼。「順便一問，妳們沒聽說那米妮·傑克森又讓誰家雇去了吧？」

我們搖搖頭。

「我看她別想在傑克森市找工作了吧，」伊麗莎白說道。

希莉點點頭，一臉深思熟慮。我深深吸了一口氣，等不及要告訴她們我的好消息。

「我剛在《傑克森日報》找到一份工作，」我說。

屋裡頓時靜了下來。然後是伊麗莎白的尖叫劃破沉默。希莉對著我微笑，很是以我爲榮的模樣。

我紅了臉，卻又故作不在意地聳聳肩。

「他們不是傻瓜，怎麼會錯過妳，史基特．菲蘭，」希莉說道，一邊舉起手裡的冰茶敬我。

「呃……所以說，妳倆有誰眞讀過莫娜小姐專欄？」我問道。

「這倒沒有，」希莉說道。「可我打賭南傑克森那些白垃圾女孩一定拿那專欄當聖經讀。」

伊麗莎白點點頭。「那些請不起女傭的窮人家女孩，我猜她們一定有在讀。」

「妳介意我同愛比琳聊聊嗎？」我問伊麗莎白。「我想請她幫忙回答一些讀者來信的問題。」

伊麗莎白一怔。「愛比琳？**我的愛比琳**？」

「憑**我自己**是不可能回答得了那些問題的。」

「嗯……好吧，只要不妨礙她該做的工作就好。」

這回換我一愣，對她的態度感到有些意外。可我提醒自己，付薪水的人確實是伊麗莎白沒錯。

「還有，今天就算了。梅茉莉一會起床了，我可不想自己去對付她。」

「沒問題。不然……不然我明天早上過來如何？」我算了算時間。如果我十一點左右同愛比琳談完，應該還有時間趕回家把稿子打出來，下午兩點前再衝回來交稿。

伊麗莎白對著她那捲綠色縫紉線皺眉頭。「最多就幾分鐘。明天是擦銀器的日子。」

「不會佔用太多時間的，我保證，」我說。

伊麗莎白這模樣口氣，已經開始有我母親的影子了。

第二天早上十點鐘，伊麗莎白給我開了門，小學老師般對著我點點頭。「喏，進來吧。不要拖太久。梅茉莉隨時醒來了。」

我往廚房走去，腋下夾著筆記本與紙。愛比琳站在水槽邊對我一笑，金牙閃閃發亮。她身形有些豐滿，卻只是讓她看來更加友善和藹。她比我矮不少，不過，又有誰不是呢？她深棕色的皮膚讓漿得筆挺的白制服襯得發亮。她的頭髮烏黑，眉毛卻花白。

「嘿，史基特小姐。李佛太太還在車東西嗎？」

「是啊。」畢業回家都好幾個月了，我還是不習慣聽到伊麗莎白被稱做李佛太太——不是伊麗莎白小姐，也甚至不是她娘家本姓的費德列克小姐。

「我自己來囉，」我指指冰箱。可還沒等我動手，愛比琳已經爲我拉開了冰箱門。

「想要來點啥？可口可樂？」

我點點頭，她便用嵌在流理台上的開罐器幫我開了瓶，倒在玻璃杯理。

「愛比琳，」——我深深吸口氣——「不知道妳可不可以幫我一個忙？」我告訴她專欄的事，而當她點頭表示知道莫娜小姐是誰時，我鬆了一大口氣。

「嗯，那我就唸幾封信給妳聽，請妳幫我……出主意想答案。也許再過一陣子，等我抓到要領了……」我住嘴。我想我永遠不可能靠自己答出任何一個有關清潔打掃的問題。老實說，我也壓根沒打算學。「聽起來很不公平，是吧，我拿妳的回答當作是自己的。呃，或說是莫娜小姐的。」我嘆了口氣。

愛比琳搖搖頭。「我不打緊的。我只擔心李佛太太，不知她同不同意。」

「她說可以的。」

「在我正常工作時間裡？」

我點頭，想起伊麗莎白口氣裡的那份拘謹。

「那就好。」愛比琳聳聳肩。她抬頭看看水槽上方的時鐘。「可一會梅茉莉起床，我可能就得去忙了。」

「那我們坐下吧？」我指指餐桌。

愛比琳瞄了眼廚房門。「妳坐吧，我站著就好。」

我昨晚花了一整晚的時間，把過去五年每一篇莫娜小姐的文章都讀過了，不過去還沒有時間整理那疊待回的讀者來信。我立起寫字板，手拿鉛筆。「這裡有一封來自倫金郡的信。」

「親愛的莫娜小姐，」我朗讀道，**「請問要如何才能去除我那個像豬一樣又肥又邋遢又多汗的老公襯衫衣領上的黃漬？」**

棒極了。家事與兩性關係問答專欄。**兩樣**我完全一竅不通的東西。

「所以她到底想擺脫哪個？」愛比琳問道。「黃漬還是老公？」

我瞠眼望著白紙。兩樣我都不知道如何擺脫。

「松香清潔劑（Pine-Sol）加醋噴在黃漬上。然後拿到陽光下曬。」

我趕緊動筆記下。「曬多久？」

「一小時吧。等它乾。」

我抽出第二封信，愛比琳也同樣從容快速地作了答。一連回完四、五封信後，我總算大大鬆了一口氣。

「謝謝妳，愛比琳。妳眞是幫了我天大的忙。」

「沒什麼啦。只要李佛太太沒活要我忙就好。」

我把紙收攏、喝掉最後一口可樂，在衝回家把文章寫出來前，讓自己再輕鬆個五秒鐘。愛比琳正在挑一袋嫩蕨菜。廚房裡一片靜謐，只有收音機顧自輕聲播送著葛林牧師的講道。

「妳是麼認識康絲坦丁的？妳們是遠親嗎？」

「我們……同教會。」水槽前的愛比琳換了隻腳站。

我的心頭再度浮現熟悉的刺痛感。「她甚至沒留下地址。我眞的——很難相信她會就這麼辭了工，不告而別。」

愛比琳低頭，像在仔細研究著手裡的嫩蕨菜。「沒，她沒辭工。我很確定她是給辭退的。」

「不，媽媽說是她自己要走。就四月的時候。說她要去芝加哥投靠親戚。」

愛比琳拿起又一枝嫩蕨菜，開始清洗那長長的梗與捲捲的嫩葉。「不是這樣的，史基特小姐，」頓了一會後，她再度開口道。

我花了好幾秒的時間，終於才會意過來，這段對話眞正的涵義。

「愛比琳，」我說，一邊試著攔截她的目光。「妳眞的認爲康絲坦丁是給辭退的？」

但愛比琳的臉上卻如外頭藍空般空無一物。「我一定是記錯了，」她說道，可我看得出來，她發覺自己對個白女人已經透露太多了。

梅茉莉的呼叫聲響起，愛比琳匆匆告辭，快步走出廚房。半晌，我才移動得了身體，收拾回家。

十分鐘後我踏進家門，母親正坐在廚房桌前讀東西。

「母親，」我說，摟緊了胸前的筆記本，「康絲坦丁是讓妳辭退了的嗎？」

「讓我……**什麼**？」母親問道。但我知道她其實聽到我的問題了，因爲她放下了手中的美國革命女兒會（DAR）會訊。要她目光從如此引人入勝的好讀物上挪開，並不是件容易的事。

「尤吉妮亞，我說過了，是她妹妹病了，要她搬去芝加哥投靠那邊的親戚，」她說道。「怎麼了？誰同妳說了什麼嗎？」

我永遠不可能告訴她是愛比琳。「我今天下午進城時聽說的。」

「誰會去嚼這種舌根？」母親老花眼鏡後方的眼睛瞇成了一線。「一定是哪個黑人。」

「妳到底對她**做**了什麼事，母親？」

母親舔舔嘴唇，低頭從老花眼鏡上方看了我意味深長的一眼。「妳不會了解的，尤吉妮亞。在雇用過自己的女傭之前，妳是不可能懂的。」

「所以眞是妳……**辭退**她的？爲什麼？」

「已經不重要了。我已經決定把那些事情拋到腦後，不再去想了。」

「母親，我是她一手帶大的。妳現在就告訴我，到底是發生了什麼事！」我痛恨自己話聲裡那一絲去不掉的尖銳童音。

母親對著我的口氣挑高了眉頭，伸手摘下眼鏡。「有事也就是一件黑人的事。我只說這麼多。」她將眼鏡掛回鼻樑上，重新舉高她的革命女兒會訊。

我渾身發抖，怒不可抑。我踩著重重的腳步上了樓。我坐在打字機前，對母親的無情感到無比震驚，竟如此輕易地趕走了她生命中的大恩人——這個人爲她撫養一對子女成人，教會她女兒良善與自重。我環視我房裡的玫瑰壁紙、刺繡縷空窗簾、以及那些叫人生厭的發黃舊相片。康絲坦丁爲我們家，整整奉獻了二十九個年頭。

接下來一整個星期，爹地黎明即起。每早吵醒我的，也總是卡車引擎聲、聯合收割機啓動的軋軋聲、以及要眾人動作加快的吆喝聲。棉田一片棕黃，枯死的棉梗又乾又脆，全灑藥脫過了葉，好方便機器採收棉莢。棉花採收季來了。

在採收時節，爹地甚至無暇上教堂作禮拜。可週日晚，趁著他晚餐後就寢前的空檔，我在幽暗的走道裡等到了機會。「爹地？」我問道。「你可以告訴我，康絲坦丁到底發生了什麼事嗎？」

累壞了的他還沒開口，便先嘆了一口氣。

「母親怎麼可以辭退她呢，爹地？」

「什麼？親愛的，是康絲坦丁自己辭職啊。妳知道妳母親絕不可能要她走。」他難掩失望，不敢相信我竟會問出這種問題。

「你知道她去哪了嗎？還是你有她的地址？」

他搖搖頭。「去問妳媽，她該知道。」他拍拍我的肩膀。「人各有志，史基特。我也很希望她能繼續留下來啊。」

爹地說完便回房休息了。他是個誠實正直的人。我明白對此他所知並不比我多。

那星期和接下來的每個星期，有時一週兩次，我都會到伊麗莎白家報到，求助於愛比琳。伊麗莎白一次比一次看來更拘謹而提防。我在廚房裡待得愈久，伊麗莎白便會想出更多雜事要愛比琳去處理：門把需要打亮、冰箱上頭需要撣灰、梅茱莉需要剪指甲等等。愛比琳對我一直也是以禮相待，有些緊張，站在水槽前不曾一刻稍停手中的工作。沒多久，我的進度便超了前，而戈登先生看來也對我的作品頗為滿意。如今我寫出兩週份的專欄甚至只需二十分鐘左右的時間。

而每一週，我也依然追問著愛比琳有關康絲坦丁的事。她能不能幫我要到她的地址？能不能多透露一點康絲坦丁遭到辭退的眞相？當時是不是曾有過一番爭吵？因為以康絲坦丁的個性，我無法想像她只是一句**是的夫人**，然後便走出我家後門。母親曾有次同康絲坦丁抱怨湯匙上有污點，而接下來一整星期，康絲坦丁給母親端去的早餐盤上，吐司總是烤得焦黑。我只能想像當時的場面會有多麼火爆。

不過我怎麼想也無所謂了。因為愛比琳總是千篇一律地對我聳聳肩，說她並不清楚。

一天下午，在請教愛比琳該如何去除浴缸的頑劣皀垢後，一輩子不曾刷過一次浴缸的我回到家裡，偶然經過起居室外頭。起居室裡傳來電視聲響，我好奇探頭。帕古拉站在離螢幕五吋處。我聽到有人提到**密大**，而模糊的電視畫面裡是幾個身穿深色西裝的白種男人推擠著攝影機，禿頭上滿是斗大汗珠。我再走近點兒，才看到這群男人中間站著一個年紀大約與我相當的年輕黑人，後頭則跟著好幾名軍人。鏡頭接著一轉，畫面上出現了我們那幢舊行政大樓。州長羅斯・巴涅特手叉胸前，兩眼直視高大的黑人。站在州長身邊的則是州參議員惠沃斯，希莉一直極力想撮合我的，便是他的兒子。

我站在那裡，目不轉睛。一名黑人學生可能即將進入密大就讀——對於這消息，我其實既不興奮也不難過，只是很意外。帕古拉聞風不動地站著，大口呼吸的聲音大到連我都聽得到、絲毫沒有察覺到我就站在後面。羅傑・史蒂可，我們地方電視台的記者，神態緊張地微笑、連珠砲似地說著話。

「甘迺迪總統已經下令巴涅特州長讓步，允許詹姆斯・邁瑞迪斯進入密大……讓我再重複一次，美利堅合眾國總統——」

「尤吉妮亞，帕古拉！現在就把電視關掉！」

帕古拉猛地轉身，這才看到我和母親。她低頭快步走出起居室。

「我絕對不允許，尤吉妮亞，」母親低聲說道。「我不允許妳像剛剛那樣鼓勵他們。」

「鼓勵？那可是全國都在看的新聞哪，媽媽。」

母親嗤之以鼻。「妳倆一起看電視本來就不是件恰當的事，」她開始轉動頻道，最後停在下午重播的《羅倫斯．威爾克音樂秀》（*Lawrence Welk*）。

「瞧，這不是好多了嗎？」

九月底一個炎熱的週六，採收完畢的棉田一片空曠，爹地抱著一台嶄新的RCA牌彩色電視機走進屋裡。原先的黑白電視則給挪進了廚房。他微笑著，滿臉驕傲地將彩色電視機的插頭插進起居室牆上的插座裡。密大對路易斯安那州立大學美式足球賽的歡呼聲響徹了接下來的一整個下午。

母親當仁不讓給黏在彩色螢幕前，不絕口地讚美著密大隊球衣那鮮明活跳的紅藍兩色。她和爹地都是反叛者隊（Rebel）的超級球迷。母親不顧天氣燠熱、穿上她的紅色毛料長褲，還把爹地當年的卡帕艾發（Kappa Alpha）兄弟會毯披在椅背上。沒人提到終於註冊入學的黑人學生——詹姆斯．邁瑞迪斯（James Meredith）。

我開著凱迪拉克進城去。母親無法理解我怎會願意錯過母校球隊的比賽。但伊麗莎白全家去了希莉家看球賽，留下愛比琳一人在家。伊麗莎白不在，愛比琳同我談起來或許會更自在。事實是，我懷抱希望，希望她能透露哪怕只是一點點也好——有關康絲坦丁的消息。

愛比琳給我開門，我跟在她身後回到了廚房。在伊麗莎白空蕩的屋子裡，她看來也只多放鬆了那麼一點。她看了眼餐桌，似乎考慮坐下。但當我開口邀她時，她卻說，「不，我不打緊。妳坐吧。」她從水槽鍋裡撈出一顆番茄，拿來刀子開始削皮。

於是我倚著流理台邊站著，大聲唸出最新難題：如何防止野狗翻弄屋外的垃圾筒。因爲妳那懶丈夫搞錯收垃圾的日子。喝那麼多該死的啤酒當然記不清楚。

「在垃圾裡倒一些紐摩尼亞。狗最怕那味道了，保證閃得遠遠的。」我快筆記下，順手自動校正爲阿摩尼亞，然後準備抽出下一封信。當我再抬起頭來，卻看到愛比琳似笑非笑地望著我。

「沒別的意思，史基特小姐，只是……妳不懂打掃，卻成了新任莫娜小姐，這豈不有些怪嗎？」母親一個月前也說過同樣的話，可愛比琳的口氣卻迥然不同。我咧嘴笑開了，同愛比琳說了好多從沒跟人說過的事：給哈洛出版社的電話與履歷、我的作家志願、伊蓮．史丹給我的建議。有人聽我訴說的感覺眞好。

愛比琳點點頭，又撈來一顆紅番茄。「我兒子崔洛，他也喜歡寫東西。」

「我不知道妳有個兒子。」

「他過世了。都兩年了。」

「噢，很遺憾，」我說，而接下來好一會，廚房裡只有葛林牧師的話聲，以及番茄皮落在水槽裡的輕拍聲。

「從小到大英文考試他永遠都拿A。後來，長大了，他就給自己買了台打字機，開始寫……」裹在漿得筆挺的制服袖子裡的肩膀一垮。「說打算寫本書哪。」

「什麼樣的書？」我問道。「我是說，如果妳不介意告訴我的話……」

愛比琳久久沒開口。只是專心繞著番茄削皮，一圈又一圈。「他讀了一本叫做《隱形人》

（*Invisible Man*）的書。讀完後，就說他也要寫，寫個在密西西比州給白人做事的黑人的故事。」

我移開目光，心裡明白以母親的準則，這般對話最多到此爲止。此時的她會禮貌地微笑、然後岔開話題，聊起拭銀劑或是白米的價格。

「後來，我跟著也讀完了《隱形人》，」愛比琳說道。「還不錯啦。」

我點點頭，雖然我並沒有讀過這本書。我之前從沒想過愛比琳也會讀書。

「他寫了快五十頁，」她說。「我把稿子送給他女朋友法蘭西絲留著紀念了。」

愛比琳停下手裡的動作。我看見她喉頭鼓動，連嚥了幾口口水。「拜託妳別同別人提起，」她說道，語氣柔軟。「說他想寫他白人頭家的事。」她咬了咬嘴唇，而此刻我也才猛地意會過來：她還在爲他擔憂。即使人不在了，母親爲子女擔憂的本能卻一直都在。

「同我說沒關係的，愛比琳。我覺得那是一個……很勇敢的想法。」

愛比琳迎上我的目光。半晌，她終於重新撈來一顆番茄，拿起刀抵著皮。我看著，等著紅色汁液隨著她下一個動作噴流而出。但愛比琳卻突然住手，望向廚房門口。

「我覺得這樣對妳很不公平。不讓妳知道康絲坦丁的事。可我——我很抱歉，我就是不能同妳說。」

我沒說話，不知道是什麼事情刺激了她開口，更不想打斷這一刻。

「我只能告訴妳，事情同她女兒有關。她女兒來找妳媽媽。」

「女兒？康絲坦丁從沒告訴我她有個女兒。」我認識康絲坦丁整整二十三年。她爲什麼瞞我呢？

「她也苦。那孩子生來就……白。」

我一怔。想起好多年前康絲坦丁告訴我的事。「妳是說，膚色很淺？很……白？」

愛比琳點點頭，水槽裡的手恢復了動作。「不得不把孩子送走，送去了北邊吧，沒記錯的話。」

「康絲坦丁的生父是白人，」我說。「噢……愛比琳……妳不會是說……」我腦裡閃過一個醜陋無比的念頭。我震驚得霍然住口。

愛比琳搖搖頭。「不、不、不，史基特小姐。不……不是妳想的那樣。康絲坦丁孩子的爹康納是個黑人沒錯。是康絲坦丁身子裡畢竟流著她爹地的血，那孩子遺傳到了一身白皮膚。這事……不是沒發生過。」

我感到萬分羞愧，竟把事情想得那麼糟。只是，我還是不懂。「爲什麼康絲坦丁沒同我提過呢？」我問道，卻不期待會有答案。「她爲什麼非把她送走不可呢？」

愛比琳顧自點點頭，表示自己能了解。可我不。「她那時情況糟透了。康絲坦丁同我說過不下千萬次，她等不及和女兒重聚的那天。」

「妳說，康絲坦丁給辭退一事同她女兒有關？到底發生了什麼事？」

對此，愛比琳不動神色。幕落下了。她朝那疊莫娜小姐的信點點頭，清楚表示她只說到這裡。至少目前如此。

那天下午，我還是去了希莉家的足球聚會。街上停滿了旅行車與長型別克轎車。我硬著頭皮進門，知道自己會是聚會裡唯一的單身人士。進到屋裡，只見客廳的長沙發、躺椅、扶手椅上滿滿坐著一對一對的夫妻。太太們雙腿交叉併攏、挺腰坐著，丈夫們則傾身向前。所有的目光都聚焦在木盒電視上。我站在後方，交換了幾個微笑與無聲的哈囉。除了播報員，屋裡一片無聲。

「喔喔喔……啊！」所有人大聲歡呼，男士們相互擊掌，女士們起身熱烈拍手。我一逕啃咬著手皮。

「幹得好，反叛者隊！給老虎隊一點顏色瞧瞧！」

「加油，反叛者隊！」穿著一身成套針織衫的瑪麗・弗蘭絲・楚里蹦跳著嚷道。我看著自己剛給咬掉一塊皮的指頭，粉紅色的皮膚微微刺痛著。客廳裡充斥著濃濃的威士忌酒味，還有紅色毛料，還有鑽石戒指。我不禁起疑，這些太太們是眞心熱愛足球，或者只是爲了討好她們的丈夫？我加入聯誼會四個月來，從沒人同我問過，「咱們反叛者隊近來如何？」

我一路同幾對夫妻小聊幾句，終於抵達廚房。希莉那高瘦的女傭亞玫正忙著給小香腸裹上一圈生麵團。水槽前還有一個年紀輕一些的黑人女孩，埋頭洗著餐盤。另一頭，原本同蒂娜・朵倫聊得不可開交的希莉揮手要我過去。

「……絕對是我吃過最棒的糕餅拼盤！蒂娜，妳很可能是我們聯誼會裡最有天分的廚子哪！」希莉把剩下的蛋糕一口塞進嘴裡，邊點頭邊嗯嗯稱是。

「謝謝妳的稱讚，希莉。做起來是挺麻煩的，不過很值得。」蒂娜神情激動，看似幾乎要讓希莉的讚美感動得落淚。

「所以妳願意囉？噢，我好高興。糕餅義賣委員會**就**需要像妳這樣的人才。」

「妳需要多少份？」

「五百份，明天下午之前送到。」

蒂娜的微笑頓時僵住。「好吧。我想我應該可以……熬個夜。」

「史基特，妳來了，」希莉說道，而蒂娜轉身踱出廚房。

「我不能待太久，」我說道，回得似乎太快了點。

「嗯，我剛得到消息。」希莉擠眉弄眼道。「他這次確定會來。三週後。」

我望著亞玫長長的手指把黏在刀上的麵團掰下來。我嘆口氣，終於聽懂她說的是誰。「我不知道，希莉。妳已經試過這麼多次了。也許這是個預兆。」上個月，當他臨時取消翌日的約會時，我還偷偷高興了一下。我實在不想再經歷一次了。

「什麼？我不准妳這麼說。」

「希莉，」我牙一咬，決心把話說開了。「妳知道我不會是他喜歡的型。」

「看著我，」她說道。而我照做了。照希莉說的做，事情向來如此。

「希莉，妳不能逼我去——」

「**妳的時候**到了，史基特。」她抓住我的手，拇指緊緊掐入我的掌心，一如康絲坦丁從前那樣。「該輪到妳了。該死，我絕對不讓妳錯過這次機會，只因妳讓妳母親洗了腦，以為自己不夠好、配不上像他那樣的人！」

她字字苦澀而眞確，刺痛了我。然而，她這份近乎固執的堅持，卻讓我感動莫名。希莉與我向來坦誠相待，再小的事情也一樣。面對她人，希莉隨口扯出黑白謊言，一如長老教會往人身上堆送罪惡感般輕易而尋常。但她與我之間卻有著某種默契，對彼此實話實說，絕對的坦誠；而或許，這也正是我倆友誼之所繫吧。

伊麗莎白端著空盤走進廚房。她微笑著，隨而一怔，三人面面相覷。

「怎麼了？」伊麗莎白說道。我看得出來，她以為我們在聊她。

「那就三星期後囉？」希莉問我。「妳會來吧？」

「噢妳當然會！妳一定得去！」伊麗莎白說道。

我看著她倆微笑的臉上堆滿期望。不像母親的冷言干預，而只是一種純然的希望，不帶任何操弄與傷害。我不喜歡我的朋友們在我背後討論這件事，我一夜將定的命運。我痛恨，卻也因感動而歡喜。

我沒等比賽結束便開車返家。我搖下凱迪拉克的窗子，窗外的田野平坦而焦黃。爹地數週前便完成了今年的採收工作，但路邊草叢卻還蒙著層雪花般的棉絮，風一吹便翻飛升空。

我沒下車，直接探手打開信箱。信箱裡躺著一本最新農民曆與一封信。哈洛出版社寄來的信。我將車轉上車道，打進停車檔。信是手寫的，小小一張方形信紙。

親愛的菲蘭小姐：

妳當然可以選擇以酒醉駕駛與文盲問題這般無趣、缺乏熱情的主題來磨練妳的寫作技巧。然而，我卻曾期許妳挖掘出真正能撼動人心的題材。繼續看繼續找。等找到原創題材那天，才可以再寫信給我。

我匆匆閃過餐廳裡的母親，和走道裡給相框撣灰的隱形人帕古拉，登上那道陡峭險峻的樓梯。我雙頰像火在燒。我強忍著，維持鎮定，不願讓史丹太太一封信把我逼哭。但最糟的一部分卻是，我已經沒有更好的題材了。

我埋頭撰寫下一期專欄，然後是聯誼會訊。這已經是接連著第二個星期了，我刻意排擠掉希莉的衛生計畫草案。一小時後，能忙的事情都忙完了的我，只能凝望窗外。我那本《且讓我們禮讚偉人》

（*Let Us Now Praise Famous Men*）靜靜躺在窗台上。我起身走過去，將書收下來，不想讓陽光曬褪了封紙上那赤貧卑微的一家人的黑白形影。書讓陽光曬得溫暖而沉重。我不知道自己終究寫不寫得出任何值得寫、值得讀的東西。門外傳來帕古拉的叩門聲，我轉身。就在那一剎那，我想到了。

不。我不能。那會是……逾越了界線。

但那念頭，卻無論如何不走。

愛比琳

第七章

熱浪總算在十月中平息下來，氣溫也終於降到涼爽的五十度上下。一早，外頭廁所馬桶冰涼涼的一圈，坐下也給冰醒了。偎在車棚一角給加蓋出來的小房間，裡頭就馬桶和一個固定在牆上的小水槽。垂繩開關的燈泡。衛生紙只能放在地上。

給考里爾太太做事的時候，她的車棚緊依著主屋，所以我也不必眞的走到外頭。再之前那戶人家不但有傭人區，還有個小房間供我過夜時睡。眼前我卻得冒冷走出戶外才有得解手。

一個星期二中午，我端著我的午餐推開後門，坐在冰涼的水泥台階上。李佛太太後院草坪長不好，一棵巨大的木蘭樹擋去了大部的陽光。這樹以後會是梅茉莉的祕密基地。再五年吧，躲她媽媽用。

一會，梅茉莉搖搖晃晃地也來了。她手裡抓著半塊漢堡肉，抬頭朝著我微笑，說道，「好吃。」

「怎麼不在屋裡同妳媽媽一起呢？」我問道，可我其實明白。她寧可來後院同女傭坐，也不想待在裡頭、眼巴巴望著她那看都不看她一眼的媽媽。她像隻落單小雞，糊裡糊塗跟了隻鴨子，跟進又跟出。

梅茉莉指著灰色小水塘裡的藍色知更鳥，啾啾鳴叫著準備過冬。「七更鳥！」她的半塊漢堡肉掉到了台階上。冷不防，沒人理的老獵犬奧比不知從哪竄出來，一口吞了漢堡肉。我不特別喜歡狗，可這老傢伙模樣也夠可憐的了。我拍拍牠的頭。我猜耶誕節後就沒人再拍過牠了吧。

梅茉莉一看牠來，樂得尖叫、伸手要抓尾巴。她的小臉讓尾巴掃了幾回，終於才抓牢了。可憐的老傢伙，嗚嗚哀叫，用種很是人模人樣的神情——頭歪一邊、眉毛挑高——哀求著她。那模樣活似在說，就饒了我吧。奧比不咬人的。

爲了要她放手，我說，「梅茉莉呀，妳的尾巴呢？」

果然，小女娃手一鬆，開始往自己後頭瞧。她小嘴微張，不敢相信自己竟從沒留意過這事。她搖搖晃晃繞著圈圈、追看自己的尾巴。

「妳沒尾巴啦。」我笑著抓住她，免得跌下台階去。老狗還在嗅嗅聞聞。

想到這些娃兒，說啥他們都信，我就不住發笑。上星期在吉尼雜貨店，好久以前帶大的男孩，泰特·佛瑞司特，叫住我，給我個好大的擁抱，很是高興看到我。長好大了，這泰特。我趕著回李佛太太家，可他興高采烈，聊起以前我怎麼唬弄他的事。說他第一次腳麻的時候同我說腳刺刺的，我告訴他那是腳在打呼。說我警告他別碰咖啡、喝了可是會變成黑人。他說他都二十一歲了，卻到現在連杯咖啡都沒喝過。看到這些孩子長大成材，總是高興的事。

「梅茉莉？梅茉莉·李佛！」

李佛太太這會終於發現孩子不見了。「她在外頭，和我一起，李佛太太，」我隔著紗門同她說道。

「我叫妳乖乖坐在餐椅上吃午餐，梅茉莉。眞不知道我怎會養到妳這樣的孩子！朋友們的寶寶個個乖得像小天使……」就在此時，電話響了，我聽到她踩著大步離去。

我低頭看著小女娃，看到她眉心揪成了一團，想什麼事想得頂認眞。

我摸摸她的臉頰。「妳還好吧，寶貝？」

她說，「梅寶壞壞。」

她說這話的模樣像在陳述事實，叫我好心疼。

「梅茉莉，」我喊她。我腦裡浮起一個念頭。「妳是聰明的小女孩嗎？」

她只是看著我，不知怎麼回應。

「妳是聰明的小女孩，」我又說了一遍。

她說，「梅寶聰明。」

我說，「妳是善良的小女孩嗎？」

她依然只是看著我。她才兩歲，還不知道自己是什麼樣的人。

我說，「妳是善良的小女孩，」而她點點頭，對我重複一遍。可我還沒來得及往下說，她便站起身，追著可憐的老狗滿後院又跑又笑。就在那一刻，我不住想，要是我天天同她說句自己的好話，天天教，那會怎樣呢？

她跑到鳥浴池那頭再折返，微笑著嚷道，「嗨，愛比。我愛妳，愛比，」我看著她在後院玩耍，心頭什麼東西微微騷動著，像蝴蝶拍動翅膀那般輕柔。和從前看著崔洛同樣的感覺。想到這裡，心就輕輕地痛了起來。

一會，梅茉莉朝我跑來，用她的小臉貼著我的臉頰，好久不放，彷彿知道我的心在痛。我緊緊摟住她，輕聲說道，「妳是**聰明的**女孩。妳是**善良的**女孩，梅茉莉。妳聽到了沒有？」我不斷不斷重複，直到她也開始同我說爲止。

接下來幾星期是梅茉莉人生很重要的關卡。想想，大概沒人會記得自己第一次不用尿布、直接解在馬桶裡的事。更沒人會記得當初又是誰教會自己的。我帶大這麼多孩子，確實也從沒人跑來同我說，**唉呀愛比琳，當初真是謝謝妳教會我蹲馬桶呀**。

這事並不好拿捏。時候未到，孩子給逼急了也只是哭。他們不但搞不懂狀況，還會因此沒了自信。可我知道，我們小女娃的時候已經到了。我想她自己也知道。可老天，還眞是夠折騰了。我拿來寶寶用的木頭馬桶圈、免得她小屁股不小心掉下去；好不容易安頓她坐定了，才一轉身，她便跳下來一溜煙跑掉了。

「想不想尿尿，梅茉莉？」

「不想。」

「妳喝了兩杯葡萄汁，一定想尿尿。」

「不不不。」

「妳尿，我就給妳一塊餅乾。」

我倆就這麼對看了好一會。她接著開始打量門口。馬桶裡沒有任何動靜。通常，不出兩星期孩子總會乖乖就範，可那也得要她們媽媽願意配合。小男孩得看到爹地站著上、小女孩得看到媽咪坐著示範。李佛太太完全拒絕讓梅茉莉看她上廁所，問題就出在這。

「看在愛比份上，尿一點點也好，小寶貝。」

她嘟著小嘴，搖搖頭。

李佛太太上美容院做頭髮去了，不然我一定再找她商量示範的事，雖然她之前已經拒絕我五次了。上回她拒絕我時，我本來都準備好說辭，要同她說我這輩子帶大過多少個孩子、問她又帶大過多少個。可我最終還是只應了一句**好吧**，一如我向來那樣。

「我給妳**兩塊**餅乾，」我說道，雖然她媽媽老怪我把她養肥了。

梅茉莉搖搖頭，說道，「妳上。」

我得承認，這要求我不是第一次聽到，可我通常脫得了身。不過，我也知道，她確實需要看到大人示範。我說，「我還不想上。」

我們再度四目相對。她再一次指著我，說道，「妳上。」

接著，她便開始哭鬧了起來，因爲馬桶圈在她小屁股上壓出了一圈印。我知道我沒別的選擇了。我只是不知道到底該怎麼進行，是該帶著她上車棚那呢，還是就在這裡？要是碰巧讓李佛太太回家逮到我坐在她的馬桶上呢？鐵定要發飆。

我幫她穿回尿布，然後一起往車棚去。下雨天，裡頭一股潮味。點了燈還是暗，也不像屋裡的廁所貼了漂亮的壁紙。事實上，別說壁紙，連牆都是夾板簡單釘起來、湊合著用的。不知道她會不會害怕。

「好啦，寶貝，就這啦。愛比琳的廁所。」

她探頭，張著小嘴嘟成圓形。她說，「喔……」

我拉下底褲，解手，用了衛生紙，在她來得及看得更仔細前便重新拉上底褲。我沖水。

「馬桶就是這樣用的囉，」我說。

嘖嘖，小女娃可驚訝的。張著嘴，活似剛剛目睹了什麼奇蹟。我退出廁所，冷不防，小女娃自己解了尿布、小猴子似七手八腳攀上馬桶，小屁股端得高高的，接著便嘩啦啦尿在了馬桶裡。

「梅茉莉！妳會了！太棒了！」她一臉微笑，而我趕緊接住她。我們一起跑回屋裡，讓她領了兩塊餅乾。

又一會，我領著她上她自己的小馬桶，她也乖乖上了。前幾次是最困難的部分。一天下來，成果還挺叫我滿意的。小女娃另一頭也正在學說話，而她今天最新學會的單字是啥，並不難猜。

「梅茉莉今天做了啥事呀？」

她說，「尿尿。」

「以後歷史課本會說今天發生啥了不起的事呀？」

她說，「尿尿。」

我說，「希莉小姐聞起來像啥呀？」

她說，「尿尿。」

後頭這句我畢竟忍住了。這不是好基督徒該做的事，也是怕她學話。

那天下午晚點，李佛太太頂著頭剛燙好的頭髮，一身紐摩尼亞味地回到家。

「猜猜梅茉莉今天做了啥事？」我說道。「學會用馬桶上廁所囉！」

「噢，眞是太好了！」她摟了摟小女娃。眞希望能更常看到這一幕。我知道她是眞心高興，因爲李佛太太**痛恨**換尿布。

我說，「妳以後就讓她只在馬桶裡上。換來換去反而會把她搞糊塗了。」

李佛太太微笑著應道，「沒問題。」

「我回家前讓她再上一次看看。」我們一起進了廁所。我幫她脫了尿布，抱她在馬桶上坐好。可這小女娃，竟一個勁搖頭。

「來嘛，梅茉莉，妳不想表演給妳媽媽看嗎？」

「不要。」

最後，我還是讓她下了馬桶。「沒關係，妳今天已經表現得夠好了。」

可李佛太太嘟著嘴，哼哼作聲，低頭皺眉看著小女娃。我還來不及給穿上尿布，這梅茉莉竟一溜煙跑掉了。光屁股的小白娃屋前跑到屋後，衝進廚房。她一把拉開後門，進到車棚，接著伸手往**我**廁所的門把搆去。

我同李佛太太跟在後頭，她邊跑邊伸長了手指往前比劃。她的聲音約莫比平常拉高了十度。「這不是妳的廁所！」

小女娃搖搖頭。「**我的擦所！**」

李佛太太一手撈起小女娃，朝大腿狠狠一拍。

「李佛太太，她還不懂——」

「回屋裡去，愛比琳！」

我百般不願，卻還是照做了。我回到廚房，站在正中央，往車棚的門還開著。

「我什麼時候教過妳用黑人廁所？」我聽到她低聲叱道，以為這樣我就聽不到。而我只想，**這位太太，妳啥也沒教過妳這親生骨肉。**

「這裡髒死了，梅茉莉。妳會生病！絕對不可以，不可以！」接著又是啪啪啪，赤手打在大腿上的聲響。

再一會，李佛太太把小女娃當成袋馬鈴薯似地扛進了屋裡。我動不了，只能眼睜睜看著。我一顆心像給揪到了喉頭。李佛太太把梅茉莉扔在電視前，然後大步離去，進房甩門。我走過去緊緊抱住小女娃。她還在哭，滿臉的不解。

「對不起，梅茉莉，」我對著她輕聲說道。我咒罵自己，怎麼也不該帶她上車棚廁所。可眼前我不知還能說些什麼，只能緊緊抱住她。

我們坐著一起看《小淘氣》(*Li'l Rascals*)，直到李佛太太走出房門，問我怎麼還沒回家。我把搭巴士的十分錢銅板放進口袋裡。臨去前，我再一次摟摟梅茉莉，在她耳邊說道，「妳是**聰明的**女孩。妳是**好**女孩。」

回家的巴士上，我對窗外的一幢幢白色大屋視而不見，也沒同朋友聊天。我眼前還是那幕，小女娃因為我挨了打。我看見她聽著李佛太太說我髒，說我帶病。

巴士疾駛過史戴街。然後是伍卓·威爾森橋。我一路緊咬牙關，幾乎要咬裂了牙。我再次感到心裡那顆苦籽蠢蠢欲動，那顆崔洛死後給種下的苦籽。我想大叫，大聲叫到小女娃都聽得見，髒並不分顏色，帶病的也不是黑人。我想阻止那一刻的到來——每個白人娃兒生命中遲早面對的一刻——就在那一刻，他們開始認定，黑人原來比白人低劣。

巴士轉進法立胥街，我的站到了。我起身。我在心裡禱告著，這還不是她的那刻。禱告我還有時間。

接下來幾週，日子平靜無波。梅茉莉現在改穿大女孩底褲了。也已經很少再濕褲子了。車棚事件之後，李佛太太終於認眞關切起梅茉莉如廁訓練的事，甚至親身示範了一次白人版範例。不過，小女娃還是讓我逮到過幾次，趁著她媽媽不在家，又想往我的廁所摸去。也有幾次，我來不及阻止，讓她得逞了。

「嘿，克拉克小姐。」羅伯·布朗，李佛太太的園丁，隔著後門招呼道。外頭天氣晴朗而涼爽。我推開紗門。

「最近怎麼樣？」我說，一邊拍拍他的手臂。「聽說這一整條街的院子都讓你包辦啦。」

「是的，克拉克小姐。還雇了兩個人幫忙割草。」他咧嘴笑開了。他是個體面的年輕人，個高，頭髮剃得短短的。他同崔洛是高中同學，也是一起打棒球的好朋友。我碰碰他的手臂，只是需要重溫那種感覺。

「你祖母還好吧？」我問道。露維妮亞是我所知最親切善良的人，我非常喜歡她。她和羅伯都出席了葬禮。這讓我想起來下星期是什麼日子。一年裡最糟的一天。

「她身子比我還健朗呢。」他笑道。「我星期六去給妳剪草。」

以前後院的草都是崔洛割的。現在換成了羅伯主動幫忙，也拒絕收我的錢。「謝謝你，羅伯。謝謝。」

「有任何事情需要幫忙，克拉克小姐，儘管打電話給我。」

「謝謝你。」

我聽到門鈴響起，探頭看到史基特小姐的車停在屋前。史基特小姐這月週週來，同我問莫娜小姐的問題。她問我怎麼去掉水漬我告訴她用塔塔粉。她問我怎麼把破在燈座上的燈泡拿下來，我告訴她用生馬鈴薯。她問我康絲坦丁和她媽媽之間到底發生了什麼事，我就閉嘴不說。幾星期前，我以爲同她透露一點、告訴她康絲坦丁原來有個女兒的事，她從此就會放過我。可史基特小姐還是繼續追問。我看得出來，她就是不懂爲啥在密西西比州，黑女人不能帶個白皮膚的孩子在身邊。那會是多麼艱困孤獨的人生啊，既不屬於這邊、也不屬於那邊。

每次史基特小姐問完我怎麼清這修那、或是康絲坦丁到底在哪裡之後，我們也會聊點別的。我其實很少同我白太太還是她們朋友多說話的。可我卻同史基特小姐說了崔洛從沒拿過B^+以下的成績、說了我們教會新來的執事說話有些大舌頭讓我很受不了。說得不多，卻全是我通常不同白人說的事。

今天，我試著同她解釋拭銀劑和洗銀水的差別，我告訴她只有那些寒酸人家才會用洗銀水，雖然快，效果卻差多了。史基特小姐歪著頭，擠皺了額頭。「愛比琳，妳記得……崔洛本來想寫的那本書嗎？」

我點點頭，有些不自在。我實在不該同個白女人說那事的。

史基特小姐瞇著眼睛，一如她上回提起廁所事件時那樣。「我想了很久。我想找妳談談——」可她話還沒說完，李佛太太便踱進廚房，逮到小女娃從我皮包裡挖出把梳子在玩。她說梅茉莉今天應該可以早點洗澡。我於是同史基特小姐說了再見，往浴室放洗澡水去。

一年來怎麼百般不願，十一月八日終究還是來了。前晚我大概只睡了兩個鐘頭吧。天才亮，我便起身，放了壺康謬牌咖啡到爐上煮。彎腰穿絲襪時，我的後背隱隱作疼。就在出門前，電話突然響起。

「打來看看妳好不好。昨晚有睡吧？」

「我沒事的。」

「我今晚給妳帶個焦糖蛋糕過去。妳啥事也別做，只管坐在廚房裡把整個蛋糕吞了當晚餐。」我試著想微笑，卻怎麼也擠不出來。我謝過米妮。

今天是崔洛過世三年的忌日。可按照李佛太太的日表，今天依然是刷地板的日子。感恩節再兩星期就來了，多的是事情等著我打理。一早起我便跪著刷地板，刷過了正午的新聞還繼續刷。下午的連續劇倒是錯過了。小聯誼會的太太們在餐廳裡開會討論募款餐會的事，有客人的時候我是不准開電視的。我沒差。我累得渾身肌肉打顫。可我就是不想停下來。

四點左右，史基特小姐走進廚房。她還來不及開口，李佛太太便急匆匆跟著也衝了進來。「愛比琳，我剛剛得知費德列克太太決定明天開車從格林伍過來，一直要待到感恩節後。妳去把宴客用銀餐具拿出來擦亮，還有客用毛巾也全部再洗過。明天我會給妳另一張待做事項的清單。」

李佛太太對著史基特小姐搖搖頭，像在說，妳瞧我這日子可真忙壞我了，然後轉身離去。我往餐廳搬來整套銀餐具。老天，我真累壞了。而下星期六晚上甚至還有募款餐會等著我忙。米妮今年不去了，怕讓希莉小姐遇個正著。

史基特小姐還在廚房裡等著我。她手裡拿著一封莫娜小姐的信。

「打掃的問題嗎？」我嘆氣道。「唸吧。」

「也不是。我只是……我想問妳……上回……」

我打開派歐拉（Pine-Ola）拭銀乳的蓋子，倒在抹布上，開始細細打亮銀盤上的玫瑰圖樣，然後是盤緣與把手。老天，讓明天快快來吧。我不想上墳。我辦不到，太難了——

「愛比琳？妳還好嗎？」

我停手，抬起頭來，突然明白史基特小姐剛才一直同我說著話。

「不好意思，我只是……在想其他事。」

「妳看起來好難過。」

「史基特小姐。」我感覺自己眼眶開始漲淚。三年還不夠久。一百年也不會夠久。「我可以明天再幫妳回答問題嗎？」

史基特小姐開口要說什麼，突然又住嘴。「沒問題。希望妳好些。」

我擦完銀器也洗完毛巾，然後去同李佛太太說我要回家了。離下班還有半小時，我知道她定要扣我薪水。她開口正要反駁，我脫口低聲扯謊道，**我吐了**，她於是改口要我快走。因爲除了自己的媽媽外，這世上最叫李佛太太害怕的，莫過黑人病菌。

「好啦。我三十分鐘後回來接妳。就這原地，九點四十五分，」李佛太太透過副駕駛座窗對我說道。李佛太太讓我在吉尼十四雜貨店下了車，好採買明天感恩節需要的東西。

「妳收據可要交回來啊，」費德列克太太，李佛太太那刻薄的老媽媽說道。她們祖孫三代一起坐在前座，給擠在中間的梅茉莉愁眉苦臉的，像等著挨破傷風針似的。可憐的小女娃。費德列克太太這回預計要待上兩星期。

「別忘了火雞，」李佛太太說道。「還有兩罐蔓越莓醬。」

我只是微笑。我打卡文．柯立芝（Calvin Coolidge）當總統時就開始給白人家做感恩節大餐了。

「不要亂動，梅茉莉，」費德列克太太厲聲斥道，「不然看我怎麼捏妳。」

「李佛太太，梅茉莉就讓我帶著吧。她可以幫我。」

費德列克太太還要反駁，李佛太太便急應道，「把她抱走，」我還沒會過意來，小女娃已經自己掙扎著爬過費德列克太太的大腿、鑽出車窗把我當救世主似地往我懷裡竄。我接過她、頂腰抱著，目送車子繼續往堡壘街駛去。小女娃同我咯咯笑得像兩個小女生似的。

我推開鐵門，找來一台推車，讓梅茉莉坐上去，兩條腿從洞裡鑽出來晃呀晃的。只要穿著白制服，我就可以在這間吉尼商店買東西。多麼想念從前啊！往堡壘街走，沿街就有農家推著單輪手推車叫賣，「來買甜地瓜、白鳳豆、四季豆、秋葵喲！還有新鮮奶油、白脫牛奶、黃起司和雞蛋喲！」可吉尼也不錯，至少有冷氣吹。

「好啦，小女娃，咱們來看看有哪些東西得買。」

我推著推車，挑了六顆甘藷和三把四季豆，然後去肉品櫃切了一塊燻肘火腿。這一整間店白亮亮的，東西也排得整整齊齊。一點不像那地上還鋪著木屑的皮威商店。這裡頭逛的大部分都是白人太太，頭髮都已經爲了明天做好了也噴上髮膠。另外還有四、五個黑人幫傭，全都穿著制服。

「紫東東！」梅茉莉嚷道，我也就讓她抱著那罐蔓越莓醬。她朝罐子微笑，像見著了老朋友。她最愛那紫色果醬了。在乾貨區，我抓了袋兩磅重的鹽放進推車裡，給火雞泡鹽水用的。我屈指算算，十、十一、十二。如果打算泡上十四小時的話，今天下午三點就得開始。我明早五點到李佛太太家，正好送進烤箱再烤個六小時。我已經烤了兩烤盤的玉米麵包，正放在架上等外皮變硬才酥脆。蘋果派做好了隨時可以進烤箱，比斯吉明早再做就可以。

「準備得差不多了吧，愛比琳？」我回頭，原來是弗藍妮．庫茲。她和我同教會，給曼胥街的卡洛琳小姐做事。「嘿，小可愛，瞧妳這雙小肥腿，」她朝梅茉莉說道。梅茉莉這會正舔著懷裡的罐頭。

弗藍妮側過頭來，說道，「妳聽說露維妮亞．布朗她孫子今早出的事了吧？」

「羅伯？」我說。「給人割草那個？」

「用了平屈曼園藝店裡的白人廁所。聽說上頭也沒掛牌子。讓兩個白人追到街上，拿鐵撬痛打了一頓。」

喔不。不要是羅伯。「他……他還……？」

弗藍妮搖搖頭。「還不知道。人還在醫院裡。聽說眼睛是瞎了。」

「老天，不。」我閉上眼睛。露維妮亞，我這輩子見過最單純、最善良的人。女兒過世後，她就一手拉拔羅伯長大。

「可憐的露維妮亞。我不懂，為啥壞事淨發生在最好的人身上，」弗藍妮說道。

那天下午，我沒命地埋頭做事，切洋蔥剁芹菜、調醬汁、壓甘藷泥、給豆子去絲、打亮銀器。聽說大夥今晚五點半要一起去露維妮亞家為羅伯禱告，可當我終於把那隻二十磅重的火雞送進桶裡浸鹽水時，我已經累得手臂都抬不起來了。

那晚就這麼一路忙到六點，比平常還晚了兩小時。我知道我已經沒力氣去敲露維妮亞的門。只能等明晚收拾完火雞再去了。我下了巴士，拖著腳步往家的方向走，幾乎睜不開眼睛。我轉進葛桑街。一輛白色的凱迪拉克停在我家門前。而那史基特小姐，穿著一身醒目的紅洋裝和紅鞋，大剌剌地坐在前門台階上。

我慢慢踱步，穿過前院，暗自猜想眼前是怎麼回事。史基特小姐站起身，手裡像怕被搶似地牢牢抓著皮包。除了載送幫傭回家外，白人很少出現在黑人社區。我倒不在意接送的事。一整天聽白人差使做事，回家就只圖個清靜。

「希望妳不介意我直接就闖來了，」她說道。「我只是……不知道還能上哪找妳說話。」

我也在台階上坐下了，身上每一節脊椎都在哀叫。小女娃讓她外婆搞得緊張兮兮，在我身上濕了褲子，弄得我渾身臊味。街上人不少，有往露維妮亞家去給羅伯禱告的街坊鄰居，也有孩子在玩球。所有人不時往我這打量、猜想我大概要給炒魷魚了。

「好吧，史基特小姐，」我嘆氣。「我能幫妳什麼忙？」

「我有個想法。寫書的想法。但我需要妳的幫忙。」

我嘆出長長一口氣。我喜歡史基特小姐，可這實在，唉。至少也先撥通電話吧。換做哪位白人太太小姐，她絕不敢這麼不打電話、直接出現在人家家門口。她對我倒大方，不請自來，在我自家門口堵著了我。

「我想訪談妳。說說妳當幫傭的經驗。」

一顆紅色皮球滾進我院子裡，瓊斯家的小男孩跑過街來撿球。他抬頭瞧見史基特小姐，猛地愣住，一會回神才趕緊快跑過來撿起皮球。然後他便轉身拔腿，彷彿害怕史基特小姐起身追他似的。

「像莫娜小姐信箱那樣是吧？」我不帶感情地說道。「講打掃的？」

「不是那樣。我想寫一本書，」她說道，眼睛睜得大大的。她很激動。「寫黑人幫傭給白人家庭做事的故事，比如說妳和……伊麗莎白。」

我轉頭正視著她。這就是她兩週來在李佛家廚房裡一直試圖找我談的事。「妳當李佛太太會同意？同意我在後頭說她的事？」

史基特小姐的眼神一黯。「嗯，我在想，我們可以不跟她提這事。其他接受訪談的幫傭也得同意保密。」

我抬眉皺額，終於開始聽懂她的話。「其他幫傭？」

「我計畫找四到五人。這樣才能更眞實呈現在傑克森當個幫傭的經驗與故事。」

我環視四周。這可是人來人往的大街上。她難道不知道這有多危險？就這麼大剌剌地脫口而出？

「妳到底以爲會聽到什麼樣的故事？」

「薪資、受到的對待、廁所、照顧的孩子。所有妳看到聽到的，好事與壞事。」

她興奮難掩，彷彿這是某種刺激的遊戲。有那麼一刻，我以爲自己的憤怒已經超過了疲憊。

「史基特小姐，」我壓低了嗓門，「妳不覺這事有些危險嗎？」

「只要我們夠小心——」

「噓，拜託妳。妳知道，如果讓李佛太太發現我在背後說她的事，我又會落得什麼下場嗎？」

「所以要瞞著她啊，誰也不說。」她稍稍降低了音量，卻還不夠。「就私下訪談。」

我只是瞅著她瞧。她瘋了嗎？「妳聽說今早那黑人男孩的事了嗎？**不小心**上了白人廁所、結果讓人用鐵撬打個半死那個？」

她看著我，眨了眨眼。「我知道外頭情況有些不穩，可這是——」

「還有我那考特郡的表妹香霓兒。不過**去了**投票所，就讓人把車給燒了。」

「從沒人有寫過這樣的書，」她終於壓低了嗓門。終於稍微開始了解情況了，我想。「我們會是首開先河，全新的視角。」

我瞄到一群穿著女傭制服的身影從我屋旁走過。她們伸長脖子，看到我和個白女人坐在台階上。我咬牙，明白今晚電話將會響個不停。

「史基特小姐，」我一個一個字慢慢說，希望她認眞聽進去。「要我今天答應妳，還不如放把火燒了我房子更乾脆些。」

史基特小姐又開始咬指甲。「可我已經……」她用力閉上眼睛。我想過要問她**已經怎麼**了，卻又害怕聽到答案。她手伸進皮包裡，摸出一張紙，低頭寫下她的電話號碼。

「可不可以請妳，無論如何至少考慮一下？」

我嘆氣，凝望著前院。我盡可能放軟語氣，說道，「不了，史基特小姐。」

她將紙條放在我和她之間的台階上，轉身往凱迪拉克走去。我累得站不起身。我只是坐在那裡，看著白色大車緩緩往街角駛去。那幾個玩球的男孩抱球站在路邊，僵著身子，彷彿眼前經過的，是輛葬禮的禮車。

第八章

史基特小姐

我開著母親的凱迪拉克，沿著葛桑街駛去。剛剛在路邊，一個穿著吊帶褲的黑人小男孩抱顆紅球，睜大了眼睛，目送我走。我看了眼照後鏡。一身白制服的愛比琳依然坐在前門台階上。她說**不了，史基特小姐**時，甚至沒看著我。她的目光始終逗留在前院草皮的一塊黃斑上。

我還以爲一切會像當年去康絲坦丁家玩一樣，友善的黑人揮手微笑、很高興看到這個大莊園來的白人小女孩。在這裡，我只是引人側目。我的車駛近那小男孩時，他拔腿轉進同愛比琳家只隔了幾幢的屋子後方。那屋子前院站了六七個黑人，手裡全捧著托盤與紙袋。我揉揉太陽穴，試著想出更多理由好說服愛比琳。

一星期前，帕古拉敲敲我的臥房門。

「找妳的長途電話，史基特小姐。一位……斯登太太……應該是吧？」

「斯登?」我大聲說出第一個反應。我倏地坐直。「妳是說……史丹嗎?」

「我……我想有可能是史丹吧。她聲音有點硬。」

我奪門而出,把帕古拉拋在身後,衝下樓去。爲了某個蠢理由,我一路試圖壓平抹順自己一頭毛燥的頭髮,彷彿等著我的是場面談而非電話。我衝進廚房,一把抓起倚牆垂掛的話筒。

三週前,我用司綴摩牌(Strathmore)信紙打了一封信。整整三大張,洋洋灑灑列出構想、細則,還有那個謊。一位認眞盡責的黑人幫傭已經同意接受我的訪談,細說她在傑克森市爲白人雇主工作的經驗。相較於老實說——說我**打算**訪問那位黑人幫傭——謊話聽來還是誘人多了。

我將電話線拉進食物儲藏室,拉繩開了燈。儲藏室裡從地板到天花板的層層架子上堆滿了醃菜、湯罐、糖漿、蔬菜罐頭、還有蜜餞。這是我高中時代的老把戲了,躲進儲藏室換取片刻隱私。

「哈囉,我是尤吉妮亞。」

「請稍候,我爲您轉接。」我聽到一連串喀喀按鍵聲,接著是一個遙遠而低沉得像男人的聲音,說道,「伊蓮・史丹。」

「哈囉?我是密西西比州的史基特——尤吉妮亞・菲蘭?」

「我知道,菲蘭小姐。電話是我打給妳的。」我聽到唰地火柴點了火,繼之以深深吸氣聲。「我上星期收到妳的信。幾件事跟妳說。」

「請說。」我身子一沉,坐在一個國王牌比斯吉粉的錫罐上。我的心臟狂跳,掙扎著專心聆聽。來自紐約的電話聽來果然就像來自千哩之外,模糊難辨。

「妳訪談家事幫傭的構想從何而來?我很好奇。」

我坐著,癱瘓了似動彈不得。她不寒暄,也沒自我介紹。我明白我最好按著她單刀直入,有問照答。「我……呃，我從小是讓黑人幫傭帶大的。雇主家庭和幫傭之間那種既簡單又複雜的關係，我一直看在眼裡。」我清清喉嚨。我口氣生硬拘謹，像同小學老師說話。

「繼續。」

「嗯，」我深深吸氣，「我想以幫傭的觀點來呈現這一切。南方黑人女性幫傭的觀點。」我在腦中喚出康絲坦丁的臉，還有愛比琳的。「她們帶大白人小孩，二十年後，這些孩子卻成了她們的雇主。很諷刺不是嗎，我們愛她們、她們也愛我們，然而……」我吞口口水，聲音微微顫抖。「我們甚至不准她們使用屋裡的廁所。」

沉默再度降臨。

「還有，」我繼續說下去，「我們白人怎麼想，眾所皆知。那些被歌頌美化的黑人嬤嬤典型，爲白人家庭奉獻畢生心力。這瑪格麗特·密西爾（Margaret Mitchell）在《飄》裡頭描述得夠清楚的了。可從來沒人問過嬤嬤心裡怎麼想。」汗水順著我的胸口往下流，浸濕了棉質上衣的前襟。

「所以妳想揭露這從沒讓人檢視過的一面，」史丹小姐說道。

「是的。因爲這事從沒人討論過。在南方，沒人當眞討論任何事。」

伊蓮·史丹嗥叫似地笑了。她說話濃濃的北佬口音。「菲蘭小姐，我住過亞特蘭大。六年，同我第一任丈夫。」

我緊抓住這點關聯。「所以……妳很清楚南方是怎麼回事。」

「清楚得讓我知道要走，」她說。我聽到她吐了口菸。「聽好。我讀了妳的大綱。嗯……創意是夠，可根本行不通。哪個頭腦正常的女傭會跟妳說實話？」

我從門縫看到母親的粉紅色拖鞋經過。我努力不受影響。史丹太太竟一下識破了我的虛張聲勢。

「我的第一個受訪者……很樂於訴說她的故事。」

「菲蘭小姐，」史丹太太開口，而我明白這不會是個問句。「那黑人當眞同意實話實說？說她給白人家庭做事的事？喏，在密西西比州傑克森市，這舉動風險高到嚇人。」

我坐著，只是眨眼，心中首次升起一絲憂慮，擔心愛比琳或許不會如我想像那般容易說服。至於一星期後、她在她前門台階上對我的嚴詞拒絕，此刻的我更是無從想像。

「我看了電視新聞，說你們巴士站取消種族隔離的事，」史丹太太繼續說道。「結果是，只能容納四人的牢房卻讓你們硬塞了五十五個黑人進去。」

我噘起嘴唇。「她同意這麼做。確實同意了。」

「嗯。這倒不容易。問題是，她之後呢？妳找得到其他願意合作的女傭嗎？要是讓她們雇主發現了呢？」

「所有訪談都將祕密進行。因爲，妳知道的，南方近來情況不太安穩。」事實是，情況到底有多不安穩，我根本一無所知。過去四年，我就給安安穩穩地關在校園裡，讀我的濟慈（Keats）與薇爾提（Eudora Welty），忙著操煩我的期末報告。

「不太安穩？」她笑了。「伯明罕的遊行，馬丁路德．金恩。黑人兒童遭到惡犬攻擊。親愛的，這是眼前全國最熱門的議題。只是，很抱歉，妳這構想就是行不通。寫成文章不行，因爲沒有一家南方報社會同意刊登。寫書更不成，通篇**訪談**的書沒人要買。」

「噢，」我聽到自己說道。我閉上眼睛，感覺興奮之情流洩一空。我聽到自己又說了一次，「噢。」

「我打這通電話是因爲，老實說，這是個好構想。只是……根本找不出方法付諸實行。」

「可是……如果……」我的目光在儲藏室內快速游移，尋找可以喚回她興趣的方法。也許我該朝寫成文章的方向講、也許就投稿雜誌，可她已經說過沒有——

「尤吉妮亞，妳關在裡頭同誰說話？」母親的聲音穿牆而來。她輕輕推開門，我猛地又頂回去。我蓋住話筒，斷聲應道，「是希莉，母親——」

「怎麼關在儲藏室裡說呢？像個高中小女生似的——」

「我想——」史丹太太嘖了一聲。「妳就動手吧，寄過來我看看。天知道，出版業很久沒啥刺激事了。」

「妳當眞願意？噢史丹太太……」

「我可沒說我會考慮出版。妳反正……先把第一篇訪談完成了，其他我們再說。」

我興奮得不知所云了好一會，終於才擠出，「謝謝妳，史丹太太，妳的幫忙我銘感五內。」

「不必急著謝我。需要任何聯繫，就打電話找我的祕書露絲。」然後她便掛上了電話。

我背了個舊書包出席週三在伊麗莎白家的橋牌聚會。紅色的大書包又舊又醜，卻是今天不可或缺的道具。

我翻遍母親的屋子，就這包包夠大，裝得下莫娜小姐的信。大書包的皮面龜裂剝落，厚厚的肩帶還會摩擦我的上衣、留下紅棕色的印子。這其實是我祖母克萊兒的園藝包。她從前就用這包包裝工具，背著在院子裡來來去去。包包底部至今還殘留著不少向日葵種籽。這書包同我任何衣服都不配，可我不在乎。

「兩個禮拜，」希莉對我說道，豎起兩根手指。「他就來了。」她微笑，我也微笑。「一會回來，」我說道，背著書包轉身溜進廚房。

愛比琳站在水槽前。「午安，」她靜靜說道。我直闖她家已經是一週前的事。

我站了一會，看著她攪散冰紅茶裡的糖，感覺到她的不自在、擔心我隨時又要開口請求她幫忙寫書的事情。我從包包裡拉出幾封莫娜小姐的信，愛比琳緊繃的肩膀終於才放鬆了些。我一邊唸出關於如何去除霉斑的問題，她則拿來杯子倒了點茶，嚐了一口，回頭又往壺裡加糖。

「噢，差點忘了。我問到去除水漬的方法了。米妮說沾點美奶滋擦就行了。」愛比琳往壺裡擠了半顆檸檬。「至於沒用的丈夫，也請她直接掃地出門。」她再攪，再嚐。「米妮向來對那些當人丈夫的沒好氣。」

「謝謝妳，我再寫下來，」我說。接著，我盡可能不動聲色地從包包裡抽出一個信封。「還有這個。我一直在找機會把這交給妳。」

愛比琳身子一僵，又回到我剛進來時的提防狀態。「那裡頭是什麼？」她問道，卻不出手接過。

「這是該妳的一份，」我靜靜說道。「每回拿到稿費，我都會抽五塊錢出來。已經累積到三十五元了。」

愛比琳的目光回到那壺冰茶上。「謝謝妳，不過不了。」

「收下吧，這是該妳的。」

我聽到餐廳傳來椅腳刮過木頭地板的聲響。然後是伊麗莎白的聲音。

「拜託妳，史基特小姐。讓李佛太太發現我收妳錢，定要鬧一頓，」愛比琳低聲說道。

「那就別讓她知道。」

愛比琳抬頭，看著我。她的眼白泛黃，滿是倦意。我知道她在想什麼。

「我已經同妳說過了，史基特小姐，很抱歉，妳的書我真的幫不上忙。」

我把信封放在流理台上，明白自己錯得離譜。

「拜託妳，找別人吧。找個年輕人。就……別人。」

「可我只同妳熟啊。」我幾乎想用上**朋友**一詞，但我不至那麼天真。我知道我們並不是朋友。

希莉的頭出現在門邊。「來吧，史基特，要發牌了，」說完便又消失了。

「求求妳，」愛比琳說道，「把錢收起來吧，免得讓李佛太太看到了。」

我點點頭，滿心窘迫。我把信封塞回包包裡，明白事情被我搞砸了。錢讓她當成了引誘她接受訪談的賄賂。一筆以善意與感謝包裝的賄款。我本來就打算等錢累積到一定數目了再一次轉交給她；可也沒錯，今天這時機，確實是我小心算計過的。結果卻永遠嚇跑了她。

「親愛的，妳就試一下吧。花了我十一塊錢呢，錯不了的。」

母親在廚房裡逮著了我。我瞄了眼通往走廊的門，然後是另一扇通往後院的門。母親欺身逼近，手裡拿著那玩意，我卻突然分心，留意到她手腕看來如此纖細、抓著那台笨重的灰色機器的臂膀又是如此瘦弱。她猛地把我推坐在椅子上——弱不禁風顯然只是假象——然後使勁把那管嘰嘰作響的軟膏擠在我頭上。母親已經拿著這組「絲柔亮髮器」追了我兩天了。

她用雙手把軟膏均勻塗抹在我頭髮上，我幾乎感受得到她指尖傳來的期盼。軟膏無法讓我的鼻樑變直、無法讓我的身高減去一呎，也無法讓我的淡眉變濃變深或是在我乾癟的骨架上添油加肉。而我一口牙已經完美無瑕，所以還能讓她著手修正的，就只剩下一項：我的頭髮。

母親拿來一頂塑膠罩帽包住我油膩膩的頭髮，然後再拿出一條管子，連接罩帽和那台方形的機器。

「這要弄多久，母親？」

她用黏答答的手指捏起使用手冊。「這裡說了，『以魔術直髮罩覆蓋頭髮，啓動機器，靜候神奇的——』」

「十分鐘？十五分鐘？」

我聽到喀噠一聲，接之以由弱轉強的嗡嗡聲，一會頭上便傳來了緩慢而確切的暖意。可就在此時，突然**啪**地一聲爆響，接管從機器那頭鬆脫開來，激烈地甩動扭跳著。母親驚叫，伸手企圖抓回管子未果。又一陣掙扎後，她終於成功重新栓牢接管。

她深呼吸定神，再次拎起使用手冊。「魔術髮罩必須連續使用兩小時，否則效果——」

「**兩小時**？」

「我去讓帕古拉給妳倒杯冰茶，親愛的。」母親拍拍我的肩膀，一溜煙閃出廚房。

接下來兩小時，我抽了菸，讀了《生活》雜誌，還把《梅岡城故事》（*To Kill a Mockingbird*）也讀完了。最後，我終於拿起一份《傑克森日報》，跳著翻讀。今天是星期五，沒有莫娜小姐信箱。翻到第四頁，我讀到：**男子誤入隔離盥洗室遭毆瞎，警方質詢嫌犯**。事情聽來很……耳熟。我想起來了。這裡說的應該就是愛比琳的鄰居。

這週來已經兩次了，我刻意經過伊麗莎白家，希望逮到她不在家的空檔，好讓我單獨同愛比琳談、設法說服她。伊麗莎白埋頭坐在縫紉機前，決意爲聖誕節做件新洋裝。又是件綠色的長洋裝，廉價而粗糙。她一定是在特價區挖到這批出清的綠色布料。我很想上康寧頓百貨去給她挑些新貨，問題是這提議光說出口，恐怕就足以讓她窘死了。

「喏，妳想好要穿的衣服了嗎？」這已經是希莉今天第二回問我了。「就下星期六的約會？」

我聳聳肩。「可能去買新的吧。」

就在此時，愛比琳用托盤端了咖啡上桌。

「謝謝。」伊麗莎白朝她點點頭。

「欸，謝啦，愛比琳，」希莉說道，一邊往杯裡倒糖。「我說，全傑克森市的黑女傭，就屬妳咖啡煮得最好。」

「謝謝妳，希莉小姐。」

「愛比琳，」希莉繼續說道，「還喜歡妳外頭那間新廁所吧？有自己的專用廁所，感覺還不賴吧？」

愛比琳一逕瞅著餐桌上那道裂縫。「是的，希莉小姐。」

「妳知道嗎，蓋那廁所的事，可是我們哈布克先生一手幫忙安排的，愛比琳。工人他找、工具設備也是他送來的。」希莉微笑著說道。

愛比琳只是站著，而我只希望自己能從這屋裡消失。**求妳**，我暗想，**求妳不要說謝謝**。

「是的，希莉小姐。」愛比琳拉開抽屜、伸手進去，可希莉並不罷休，拒絕移開目光。她想要什麼，大家都清楚。

又一秒過去，場面依然僵持。希莉清清喉嚨，然後終於，愛比琳低下頭去。「謝謝妳，希莉小姐，」她輕聲說道。她轉身往廚房走。難怪她不想同我談。

中午，母親終於拿掉我頭上那頂震動罩帽，讓我仰頭倚著廚房水槽、爲我沖去滿頭油膩的髮膏。她接著俐落地捲上十多個髮捲，要我鑽進她浴室裡那頂烘髮罩底下。

一小時後，滿臉通紅、滿腹牢騷、又累又渴的我終於掙脫桎梏。母親把我拉到鏡前，動手拆掉髮捲，接著拿來髮梳梳開堆在我頭頂那一坨坨巨大球體。

我倆站在鏡前，瞠目結舌。

「媽的，」我說。我滿腦子只想到，**約會。下週末那個約會。**

母親微笑著，依然處於震驚狀態。她甚至沒斥責我講髒話。我的頭髮看起來棒極了。絲柔亮髮器真的有效。

第九章

週六，和史都．惠沃斯有約那天，我再次在絲柔亮髮器底下坐了兩小時（看來，它的直髮效果只能維持到下一次洗頭）。頭髮打理好後，我前往康寧頓百貨，給自己挑了雙最平的鞋和一件合身剪裁的黑色小洋裝。我痛恨逛街，卻又很高興有機會分心一下午、不必去想史丹太太和愛比琳的事。我把這八十五元掛在母親的帳上，反正她一天到晚唸著要我多去買幾件新行頭（「適合妳**身材**的衣服。」）我知道母親對這件洋裝胸口的剪裁、還有我穿上後微露的乳溝必定深深不以爲然。我從不曾擁有過這樣的衣服。

在康寧頓的停車場裡，我發動車子，卻讓一陣突如其來的胃疼逼得暫停一切動作。我緊抓住包著白色套墊的方向盤，第十次告訴自己，期盼得到自己永不可得的東西是件何等可笑的事。還有憑張黑白照片就認定他有雙藍眼也是。還有把幾頓再三改期的晚餐當成是個機會也是。可這洋裝，還有這頭髮，確實讓我看來很不錯。所以我就是不由自主，懷抱著希望。

希莉第一次拿照片給我看，是四個月前在她家後院泳池畔的事。希莉大方曬著太陽，而我則躲在陰影裡猛搖扇子。我一身七月開始冒出來的痱子，到那時還沒有任何消退的跡象。

「我很忙，」我說。希莉坐在池畔，因懷孕生產而發胖走形的身子裹在黑色泳衣裡，沒由來的自信滿滿。她的肚腹鬆垂，一雙長腿卻依然纖細美麗。

「我都還沒跟妳說他什麼時候來呢，」她說道。「別忘了，他出身那麼傑出優秀的家庭。」她暗褒的當然是自己。他是威廉的遠房表親。「就見個面，看看妳覺得怎麼樣。」

我再次低頭看著照片。他眼神清澈明亮，一頭淺棕色的捲髮，是站在湖邊那群男人裡最高的一個。身體讓人遮去了倒是。他一定不是缺手就是缺腳。

「他一切都**正常**得很，」希莉說道。「去問伊麗莎白。去年妳還在學校的時候，她在募款餐會上見過他。何況，他當年同派翠西雅．凡岱文交往了好多年。」

「派翠西雅．凡岱文？」連著兩年被票選爲密大第一美女的派翠西雅．凡岱文？

「還有就是，他剛剛在維克堡創業，搞石油的。所以就算事情沒成，妳也不必擔心常常要在傑克森市遇上他。」

「好吧，」我終於嘆氣道。不爲別的，就爲堵住希莉的嘴巴。

買完衣服回到家，已經超過下午三點了。我六點前要到希莉家和史都碰面。我瞄了眼鏡子，除了髮稍有些散開外，我的頭髮大致維持著平滑柔順。母親聽到我自願再試一次神奇亮髮器時，高興得忘了起疑。她不知道我今晚約會的事；眞讓她發現了，接下來三個月我就不得不接受她的砲轟，「他打電話來了嗎？」以及事情不成後的「妳到底做錯了什麼事？」

母親同爹地在樓下起居室裡，高聲爲反叛者隊加油。我那哥哥卡爾頓，則同他最新一任的亮麗女友坐在沙發上。他們今天下午從路大開車過來的。亮麗女友黑髮束成馬尾，穿著紅色的上衣。

終於有機會和卡爾頓在廚房獨處時，他像小時候那樣扯扯我的頭髮，笑著問我，「最近如何呀，親愛的妹妹？」

我同他說了報社的工作，還有我現在是聯誼會訊編輯的事。我還要他法學院畢業後趕緊給我搬回家來。「好讓母親多關照你一點。她現在全心放在我身上，我可承受不起，」我咬著牙說道。

他笑著表示了解，但這怎麼可能？他大我三歲，身材高挑還頂著一頭好看的波浪捲髮，堂堂一表人才，剛剛才要從路大法學院畢業，和母親之間並且安安全全地隔著一百七十哩顛簸的路程。

他離開廚房回去陪女友後，我開始搜尋母親的車鑰匙，卻遍尋不著。時間已經是四點四十五分了。我站在起居室外的門廊，試著讓她留意到我。我必須耐心等候她鉅細靡遺調查完馬尾女孩的身家背景；而據我所知，母親在終於問出兩家共同的友人之前，是絕不罷休的。在那之後，就是馬尾女孩在范德堡大學（Vanderbilt）所屬的姊妹會，最終則總要問到她的銀紋（silver pattern）。那比星座還準，母親常這麼說。

馬尾女孩說她家的銀器紋飾是香堤儷（Chantilly），不過她期望能在結婚後挑選屬於自己的銀紋。「因爲我自許是個思想獨立的女孩囉。」卡爾頓拍拍她的頭，而她像隻貓咪似地頂頂他的掌心。他倆一同望向我，泛開滿臉微笑。

「史基特，」馬尾女孩在起居室另一頭對我說道，「妳真幸運，能擁有法蘭西斯一世（Francis I）作爲妳家的飾紋。妳婚後打算沿用嗎？」

「法蘭西斯一世眞是美極了呢，」我微笑讚嘆道。「欸，像我，沒事就拿幾支叉子出來把玩，欣賞那美不勝收的飾紋。」

母親瞇眼打量著我。我作勢請她進廚房。讓我又等上十分鐘後，她總算是來了。

「妳的車鑰匙到底跑哪去了，媽媽？我去希莉家要遲到了。我今晚要在她家過夜。」

「什麼？可卡爾頓難得回家哪。妳這一走，要他新女朋友怎麼想？」

我遲遲沒同她提今晚要出門的事，因爲我知道，不管卡爾頓在不在，她都不會輕易答應我。

「而且帕古拉還烤了肉，爹地也準備了木柴，等著今晚要在起居室的壁爐生火。」

「外頭氣溫高達八十五度呢，媽媽。」

「聽好。妳哥哥難得在家，我期待妳表現得像個好妹妹。我要妳至少陪她女朋友好好聊上一段再走。」她看看她的手錶，而我在心裡再次提醒自己已經二十三歲了。「拜託妳，親愛的，」她說，而我嘆口氣，端了一托盤該死的薄荷冰酒往起居室走。

「媽媽，」我五點二十五分再次進廚房時說道。「我真的得走了。妳的鑰匙在哪裡？希莉在等我。」

「可我們甚至還沒把香腸捲端出去呢。」

「希莉她……她鬧肚子，」我低聲說道。「她的女傭明天不上工，她需要我去給她看孩子。」

母親嘆了口氣。「我猜這也表示妳明天得同她一家一起上教堂了。我本來還想我們一家難得一起出席呢。之後還可以吃個週日晚餐。」

「媽媽，拜託妳，」我說道，一邊在她平日放鑰匙的籃子裡胡亂翻找。「我**到處**找不到妳的車鑰匙。」

「妳不能開著凱迪拉克過夜。那是我們家週日上教堂開的好車。」

他再三十分鐘就到希莉家了。爲了不讓母親起疑，我打算到希莉家再化妝。我也不能開走爹地的卡車。那車上滿載肥料，而且我知道他明天一大早就得用車。

「好吧，那我就開那輛舊卡車。」

「我記得舊卡車後頭還掛著拖車。去問妳爹地比較清楚。」

可我不能這麼走進起居室，當著三人的面重頭再說一次，然後看著他們臉上露出受傷失望的神情。我一把抓起卡車鑰匙，說道，「不必了，反正我只是要去希莉家。」我匆匆衝出門，赫然才發現，舊卡車後頭不但掛著拖車，那拖車上頭竟然還載了部半噸重的農地曳引機。

於是我就這麼開著輛一九四一年出廠的紅色雪弗蘭四輪傳動卡車、後頭還拖了台約翰．迪爾牌重型平土機，進城去赴我兩年來的第一個約會。我轉動鑰匙，引擎咳咳嗆嗆好一陣，讓我不禁懷疑老爺卡車究竟撐不撐得過這趟路。輪胎接著開始轉動，翻起一塊塊泥巴往後飛拋。好不容易上路，引擎竟又熄火，猛一停的力道把我的洋裝與皮包一股腦甩到滿是砂泥的地上。同樣的事後來又發生了兩次。

五點四十五分，擋風玻璃前方突然閃過一抹黑影，我感到一陣撞擊。我試著煞車，可要讓拖著近萬磅重型機具的老爺卡車完全停下來，並不是件可以馬上辦到的事。我苦惱呻吟，停下了車。不下車檢查我不能安心。不可思議地，黑貓站了起來，眼神驚懼地環視四周，接著猛一抽身，再度消失在路旁的林子裡。

五點五十七分，在以二十哩的時速開在速限五十的路上，還一路讓人摁喇叭、讓青少年鬼吼怒罵後，我終於停妥了車。停車的路邊離希莉家還有一小段距離，那是因為希莉家的無尾巷裡畢竟容不下重型農用器械。我抓了包包，門也沒敲地衝進門。氣喘吁吁、滿頭大汗、頭髮讓風吹成了鳥窩的我，就這麼撞上包括我相親對象在內的三人，他們在前廳裡，啜飲著手中的威士忌加蘇打。

我呆若木雞，矗立在門廳，承受三人意外的目光。威廉與史都趕緊站起身。老天，他眞是高，至少比我還高了四吋。希莉睜大眼睛，一把抓住我的手臂。「紳士們，我們一會回來。你們盡管坐著聊，球賽四分衛啥的都好。」

希莉把我拖進她的化妝間，我倆同聲發出苦惱的呻吟。情況眞是糟得不能再糟了。

「史基特，妳連口紅都沒塗！妳的頭髮根本是個老鼠巢！」

「我知道，瞧瞧我！」絲柔亮髮器的神奇效果早已蕩然無存。「該死的卡車沒冷氣，我只能一路開著車窗。」

我抹了把臉，讓希莉把我推到她化妝間的椅子上坐定。她以同母親近似的手法用力梳開我的頭髮，大綹大綹地扭捲到巨大的髮捲上，然後噴上髮麗香。

「如何？妳覺得他怎樣？」她問道。

我嘆口氣，閉上沒塗睫毛膏的眼睛。「他長得很好看。」

我胡亂上妝，幾乎不知道自己在做什麼。希莉打量我的妝，抓來面紙擦掉再重上。我套上深V領的黑洋裝，然後是戴曼牌的平底鞋。希莉快手快腳拆了髮捲梳開。我找來一條濕布擦過腋下。她朝我翻白眼。

「我撞到一隻**貓**，」我說。

「他光等妳，已經喝了兩杯酒了。」

我站起身，順了順洋裝。「好了，」我說，「老實說吧。零到十，幾分？」

希莉目光上下來回，最後停在洋裝開得很低的前襟上。她眉毛一挑。這是我這輩子頭一回露乳溝，本來幾乎都要忘了的。

「六分，」她說道，一副話出口連自己都吃了一驚的模樣。

我們就這麼相視片刻。希莉忍不住輕聲尖叫，而我報以微笑。希莉從不曾給我四以上的分數。

當我們重新現身客廳的時候，威廉正用一支手指指著史都。「我這回參選定了，老天爲證，有你爹地的——」

「史都・惠沃斯，」希莉宣布道，「讓我爲你介紹：這位是史基特・菲蘭。」

他站起身，而我腦袋裡鴉雀無聲了一分鐘之久。我強撐著，像自我加諸的酷刑，任他盡情地打量我。

「史都的母校是阿拉巴馬州立大學，」威廉說，不住又補了句，「潮流隊加油！」

「幸會。」史都對我露出簡短的微笑。他接著仰頭喝了一大口酒，我聽到冰塊撞擊他牙齒的喀喀聲。「所以我們要去哪？」他問威廉。

我們共乘威廉的奧茲牌汽車往勞勃．李將軍飯店。史都拉開後座車門，在我身旁坐定了，接著頭卻往前座探去，同威廉聊獵鹿季聊了一整趟路。

到了桌前，他爲我拉開椅子，我坐下，微笑，謝過他。

「喝點什麼嗎？」他問我，目光卻朝著別處。

「不了，謝謝。我喝水就好了。」

他轉頭對著服務生說，「雙份老肯塔基威士忌不加冰，另外給我一杯水。」

我記得差不多是在他喝下第五杯威士忌後吧，我說，「嗯，希莉同我說你是做石油生意的。這行很有趣吧？」

「是很賺錢。如果這是妳眞正想打聽的事。」

「噢，我無意……」我住嘴，因爲他突然伸長脖子，專心地瞅著什麼瞧。我抬頭，發現他的目光原來落在門邊一個女人身上。豐滿的金髮女郎，塗著大紅唇膏、穿了件緊身綠洋裝。

威廉順著史都的視線轉過頭去，卻猛地又轉回來。他對著史都搖頭打暗號，然後我也看到了，站在門口正要離開的，是希莉的前男友強尼．傅堤和他的新婚妻子西麗亞。他們終於離去後，威廉同我互看一眼，慶幸沒讓希莉瞧見，也分享這份如釋重負的感覺。

「老天，那妞同圖尼卡郡的柏油一樣火熱，」史都低頭用氣音說道。回想起來，就是從那刻起，我不再對這晚抱懷任何期望。

稍後，希莉隔著晚餐桌望著我，想打探我的感覺。我作一切都好狀對著她微笑，她也回笑，很高興事情進行得如此順利的模樣。「威廉！副州長剛進門。我們乘他入座前過去同他說幾句話。」

他倆相偕離席，留下我們這對小情侶並肩坐著，凝望滿室對對歡樂佳偶。

「嗯，」他出聲道，卻連頭都懶得轉過來。「妳去看過阿拉巴馬美式足球隊的比賽嗎？」

我連緊鄰我家、離我睡床僅約五百碼的科諾球場都沒去過。「沒，我對足球沒那麼感興趣。」我瞄了眼手錶。連七點十五分都不到。

「是嗎。」他看著服務生端過來的酒，似乎在想像一口灌下的美妙感受。「欸，那妳時間怎麼打發？」

「我寫……我給《傑克森日報》寫家務管理專欄。」

他先皺眉，然後咧嘴笑了。「家務管理。妳是說……清潔打掃吧？」

我點點頭。

「老天。」他攪了攪手裡的酒。「我想不出還有什麼比讀一篇教人打掃的文章更無聊的事，」他說道，而我留意到他的門牙有那麼一丁點不整齊。我很想直接指出他這點不完美，可他卻搶一步開口，「大概就是寫這種文章吧。」

我兩眼直視著他。

「一聽就知道是個獵夫奇招。打著家事專家的招牌。」

「嘖嘖，你眞是天才啊。完全識破了我的伎倆。」

「妳們密大女生不就這麼回事嗎？主修專業獵夫？」

我目瞪口呆地看著他。我或許多年不曾約會，可他當自己是誰啊？

「很抱歉，請問你嬰兒時期是不是摔過頭？」

他朝我眨眨眼，然後整晚頭一回眞心笑開。

「你或許懶得知道，」我說，「不過，想成爲記者，總是要塊叩門磚。」我想這段話眞讓他對我有些許改觀。可他轉眼舉起威士忌一飲而下，一切再度一掃而空。

晚餐終於上桌。用餐間，我從他側臉發現他的鼻子有些鷹勾。還有他的眉毛也太濃，淺棕色的頭髮髮質太粗太硬。我們多少又講了幾句話。希莉倒是喋喋不休，不斷嘗試製造話題，「史都，史基特家住在傑克森市北邊的農莊。你父親不也是在花生農場長大的嗎？」

史都又點了一杯酒。

希莉同我一起往化妝間去時，對著我滿懷希望地一笑。「喏，妳覺得怎麼樣？」

「他……很高，」我說，很驚訝她竟沒留意到我的相親對象不但粗魯莫名，而且根本已經酩酊大醉。

漫長一餐終於結束，史都同威廉一起買了單。他站起身，協助我穿上外套。他總算還算教養良好。

「老天，我還沒見過哪個女人手臂這麼長的，」他說。

「嗯，我也沒遇過什麼人酗酒問題這麼嚴重的。」

「妳的外套聞起來像——」他傾身抽抽鼻子，扮了個鬼臉。「**肥料**。」

他大步往男用盥洗室走，而我只希望自己就此消失。

回頭車程耗時整整三分鐘，沉默而漫長。

我們回到希莉的屋裡。還穿著白制服的亞玟前來應門，說道，「孩子們都好，早上床了，」她說完便從廚房後門下班回家了。我托辭閃進洗手間。

「史基特，就麻煩妳送史都回家吧，」威廉對著從洗手間走出來的我說道。「我累壞了，妳也是吧，希莉？」

希莉朝我這邊看，似乎想弄清楚我想怎麼做。我以爲刻意在廁所待了十分鐘，已經算表態得很清楚了。

「你……你沒開車來？」我對著史都前方的空氣問道。

「我想我這表弟的狀況應該不適宜開車。」威廉笑道。接著又是半晌的沉默。

「我開卡車來的，」我說。「我不想你……」

「不不，」威廉說道，一邊拍拍史都的背。「我們史都才不介意咧，你說是吧，老弟？」

「威廉，」希莉說道，「我看就你送他倆回家吧。」

「不成，我也喝多了，」威廉說道，雖然他剛剛才開車送我們回到這。

終於，我轉身出門。史都跟在我身後，沒有出聲評論我沒把車停在希莉家門外或車道上一事。走到停車處時，我和他同時停下腳步，瞠目望著掛在卡車後方那十五呎高的龐然大物。

「妳一路拖著那傢伙來的？」

我嘆氣。我一直清楚自己身材高大，既不嬌小也不可愛；可這曳引機，也實在是過火了。

「這眞是我看過最他媽好笑的一幕，」他說道。

我退開一步，遠離他。「希莉可以送你，」我說。「讓希莉開車送你回家。」

他轉身，專注地看著我。我相當確信這是今晚的頭一遭。我就這麼站在那裡，任他細細緩緩地注視。長長幾分鐘過去，我的眼眶開始漲淚。我好累，眞的好累。

「媽的，」他說道，緊繃的身子垮了下來。「我跟希莉說過，我還沒準備好再交什麼該死的女朋友。」

「不要再……」我說，往後又退幾步。然後我頭也不回地往希莉家走回去。

星期天一早，我趕在希莉一家以及上教堂的車潮出現之前起床，開著轟隆作響的加掛卡車回到家。肥料的味道讓我像宿醉般渾身不適，雖然前晚我除了水外什麼也沒吃。

昨晚我大步又回到希莉家，史都怔怔跟在後頭。我敲開希莉房間門，問滿嘴牙膏泡泡的威廉可不可以送史都回家。我甚至沒等他回答，便逕自上樓往客房去。

我跨過爹地那條躺在前廊地上的狗，回到爸媽家。我一見到母親，便箭步上前緊緊摟住她。一直到她想放開時，我還是遲遲不肯。

「怎麼了，史基特？妳不會是讓希莉傳染，也鬧肚子了吧？」

「沒，我沒事。」我好想同她說昨晚的事。我滿心愧疚，因爲我其實可以對她更好，因爲我直到遭遇挫折才想到需要她。我感到愧疚，因爲我暗自希望眼前是康絲坦丁而不是她。

母親拍拍我讓風吹得亂七八糟的頭髮，因爲蓬鬆的頭髮至少又給我添了兩吋的身高。「妳確定妳沒事？」

「我很好，媽媽。」我累得無法掩飾。我像肚子挨了一腳。穿著靴子的一腳。疼痛沉重的感覺怎麼也不肯褪去。

「妳知道嗎，」她說道，泛開一臉微笑，「我想卡爾頓這回是認眞的。」

「那很好，媽媽，」我說。「我爲他感到高興。」

第二天早上十一點，電話響了。很幸運地，碰巧是我在廚房裡，接了電話。

「史基特小姐？」

我文風不動站著，然後探頭看看餐桌前拿著支票簿正在對帳的母親。帕古拉正忙著把一盤烤肉從烤箱裡拉出來。我閃進儲藏室，關上門。

「愛比琳？」我耳語道。

她頓了一秒，接著突然開口。「要是——要是妳不喜歡我說的事呢？我是說，白人的事。」

「我——我……這跟我的看法無關，」我說。「我怎麼想，一點也不重要。」

「可我怎知道，妳會不會生氣，反咬我一口？」

「我不……我想妳也只能……信任我了吧。」我屏息，期待，等候。長長一段沉默。

「天可憐見。我就答應妳了。」

「**愛比琳**。」我的心砰砰亂跳。「妳不知道我有多謝謝——」

「史基特小姐，我們得要很小心。」

「我會的，我**保證**。」

「妳還得把名字都改了。我的，李佛太太的，所有人的。」

「當然。」這我早該提了。「我們何時可以開始？要在**哪裡**進行？」

「絕對不能在白人區，這是一定的。我想……可能就我家了吧。」

「妳還認識其他可能願意加入的女傭嗎？」我問道，雖然史丹太太只答應讀一篇試稿。可只要還有一絲希望，我就得先準備好。

愛比琳靜了半晌。「我想我可以問問米妮。她對白人向來沒啥話好說就是。」

「米妮？妳是說……瓦特太太之前的女傭，」我說道，突然領悟這將是何等逾越朋友份際的一件事。不只伊麗莎白，還有希莉的生活，都將由我窺探無遺。

「米妮故事可多了。沒錯。」

「愛比琳，」我說。「謝謝妳。噢，謝謝妳。」

「是的，史基特小姐。」

「我只是……我不得不問妳。是什麼讓妳改變心意的？」

愛比琳甚至不曾停頓。「希莉小姐，」她說。

我陷入沉默，想起希莉的廁所計畫，想起她指控女傭偷竊，想起她的黑人帶病說。她的名字不帶感情地給提起，卻苦澀得像顆爛掉的胡桃。

米妮

第十章

今早上工時，我心裡就記掛著一事：今天是十二月的第一天。在這全美國忙著挖出他們又舊又臭的耶誕襪、忙著給馬槽模型撣灰的當兒，我倒還有另一個人可等。不是聖誕老公公也不是寶寶耶穌。是小強尼．傅堤先生。他即將在耶誕夜得知，他原來雇了女傭，名叫米妮．傑克森。

我把二十四號當出庭日等。我不知道強尼先生會有啥反應。他說不定會說，太好了，歡迎妳隨過來給我清廚房！喏，這些錢給妳！可我不笨。他要是個會樂得給我加薪的微笑白佬，又何苦要瞞著他？我想我八九要在耶誕節丟了差。

我心裡七上八下，可也明白，打一個月前蹲在馬桶蓋上差點給嚇得心臟病發那天起，我便決定了，要死也要死得有尊嚴。何況搞半天，害我險些掛點的竟不是強尼先生，而是個該死的抄表員。

警報解除後，我也沒得鬆一口氣。接下來的烹飪課，西麗亞小姐還渾身抖個沒停，連拿個量匙倒鹽都不成。她這反應，才真叫我害怕。

星期一來了，而我滿心只掛念著露維妮亞·布朗的孫子羅伯。他週末出院後，便直接給接去了露維妮亞家。那孩子的爹娘早就不在了。我昨晚給祖孫倆送焦糖蛋糕去時，看到羅伯一條胳臂上還裹著石膏，兩眼則蒙著紗布。「噢，**露維妮亞**，」是我唯一說得出口的話。羅伯躺在沙發上，睡著；他的頭因爲開刀給剃光了半邊。理應心慌意亂的露維妮亞見了我，卻仍一一問過我家裡每個人的近況。而當羅伯開始有些要醒來的跡象時，她問我要不要先走一步，因爲羅伯通常會尖叫著醒來。當時的驚嚇，還有記起了自己的失明。她擔心我看了心裡不舒服。我時時惦記著這事。

「我一會上市場去，」我對西麗亞小姐說道。我拿出採購單先讓她看過。每週一都是這麼回事。她給我現金買菜，而我採買回來時便把收據堆到她面前。我要她清楚看到，我一個子兒也沒少她。西麗亞小姐從來就是聳聳肩，可我還是把收據妥當地收在抽屜裡，以防萬一。

米妮要煮：

波蘿火腿

黑眼豆

地瓜

蘋果派

比斯吉

西麗亞小姐要煮：

白鳳豆

「可我上星期才做過白鳳豆啊。」

「先把基本功學好，以後就容易了。」

「也好，」她說。「剝豆子可以坐著不動。」

都三個月了，這傻子卻連煮咖啡都還學不會。我揉著晚點做派用的麵團，想趕在出門前弄好。

「我們這回可不可以改做巧克力派？我最愛巧克力派了。」

我咬牙。「我不會做啥巧克力派，」我扯謊道。**絕不。希莉小姐事件後，我發誓絕不再做巧克力派。**

「妳不會？是喔，我還當妳啥都會做呢。改天給妳弄個食譜來。」

「妳還想吃啥別的派？」

「嗯，不然就妳上回做過的桃子派如何？」她說道，邊給自己倒了杯牛奶。「味道眞是好。」

「那回是墨西哥來的桃子。這時節沒桃子。」

「可我看到報上廣告有寫啊。」

我嘆氣。她沒那麼好打發，可至少她這會放棄巧克力派了。「妳聽好，東西總是要季節對了才好吃。就像妳夏天不做南瓜派、秋天不做桃子派那樣。只要沒讓人堆在路邊叫賣的，就還不到盛產季。咱們就規規矩矩烤個胡桃派吧。」

「強尼愛死妳上回做的核果糖了。我端去給他時、他看我那模樣，當我是全天下最聰明的女孩。」

我轉頭專心揉麵，不想讓她看到我的表情。她竟在一分鐘裡連著惹了我兩回。「還有啥，妳想讓強尼先生當是妳做的?」除了閃閃躲躲給嚇個半死,我也對當槍手做菜讓人冒名感到厭煩極了。能讓我引以自豪的,除了幾個孩子,就只剩做菜這一項了。

「沒啦,就這。」西麗亞小姐微笑著應道,沒留意我將麵團狠狠拉出了五個洞。再忍二十四天。我對著上帝、順便也對著魔鬼禱告,強尼先生可別在那之前先一步撞見了我。

每隔一天,我便會聽到西麗亞小姐用她房裡的電話,一通又一通撥給聯誼會的太太小姐們。募款餐會才結束三星期,她卻已經在為明年爭取機會了。她和強尼先生沒出席今年的餐會,不然我早有堆八卦好聽。

今年是我十年來頭一回沒在餐會上打工。酬勞很不錯,可我就是不能冒讓希莉小姐撞見的險。

「可以幫我再次轉告她說西麗亞.傅堤來電嗎?我幾天前給她留過口信……」

西麗亞小姐聲音爽朗輕快,像在電視上推銷東西似地。每回聽她打這些電話,我都想一把搶過話筒,要她別再浪費時間了。先別提她這身打扮,她之所以連個朋友都沒有,後頭其實有更大的原因。打頭一回看到強尼先生的照片時,我便明白了。我在那麼多場橋牌午餐會上端過茶上過菜,傑克森市每個白女人的事,我多少知道一點。強尼先生還唸大學時,為西麗亞小姐甩了希莉小姐,而希莉小姐卻一直忘不了他。

我在星期三晚上走進教堂。因為離唱詩班開始的七點半還有四十五分鐘,教堂裡人還不過半。愛比琳交代要我早來,我倒好奇她啥事同我說。此外,里洛同孩子們鬧著玩得正開心,於是我便想,正好,那就全交給他了。

我看見愛比琳就坐在我們通常坐的位子上，左邊第四排，緊挨著窗型風扇。我們可是教會要角，當然要坐在最好的位子上。她的頭髮往後梳光了，幾綹螺旋捲髮挨著頸子。她穿了件我沒見過的藍洋裝，上頭縫著大大的白色紐扣。愛比琳常常有白太太的舊衣服撿。她們就愛把舊東西往她那送。一如往常，愛比琳看來雍容而端莊；但我可清楚了，儘管怎麼端莊正經，咱愛比琳說起葷笑話來，照樣要你濕了褲子。

我沿著走道朝她走，只看見愛比琳不知怎麼拉著臉，對啥猛皺眉。一時之間，我看得出我倆之間那十五歲的年齡差距。可她一會笑開，一張豐潤的圓臉便又年輕了起來。

「老天，」我邊坐下邊哀嚎道。

「我知道。遲早得有人同她說去。」愛比琳抓著手帕在鼻前猛揮。今早顯然又是輪到琪琪．布朗打掃，整間教堂這會正飄散著嗆鼻的檸檬味。那是她自製的檸檬室內芳香劑，一瓶要賣二十五分錢。教堂的打掃工作是由大家自願輪值的。要問我，我會說琪琪．布朗可以不必這麼勤快，而男人們則大可踴躍報名些。就我所知，從沒有男人自願打掃過。

除了味道刺鼻了些，教堂裡看來其實頂不錯。一排排座椅讓琪琪擦得發亮，叫人直可以對著剔牙。耶誕樹已經立起來了，挨著聖壇，披掛著一堆晶晶亮亮，樹梢則頂著一顆金星。有三扇窗框裡裝了彩繪玻璃，主題分別是耶穌誕生、拉撒路復活、還有傻子法利賽人的教誨。剩下的七扇窗只裝著一般透明玻璃。我們還在募款。

「班尼的氣喘還好吧？」愛比琳問道。

「昨天有點小發作。里洛一會帶他和其他孩子們過來。希望這檸檬味不會害死他。」

「里洛。」愛比琳搖搖頭，笑了。「要他給我小心點，最好乖乖的，不然就等著上我的代禱單！」

「最好是這樣。噢老天，快把食物藏好。」

柏翠娜．比塞莫趾高氣昂地朝我倆走來。她搖搖晃地倚著我倆前方的椅背，頂著一頂又大又俗氣、上頭還停了隻藍鵲的帽子，堆了一臉笑。柏翠娜，就是她，管愛比琳叫蠢女人叫了好些年。

「米妮，」柏翠娜說道，「很高興聽說妳找到工作了。」

「謝謝妳，柏翠娜。」

「還有妳，愛比琳，我要謝謝妳爲我代禱。我的心絞痛好多了。週末給妳打電話，我們再聊。」

愛比琳微笑著點點頭。柏翠娜這才搖搖晃地往自己那排走去。

「喏，妳給人代禱是不是也該挑著點，」我說。

「怎麼，我早不生她的氣啦，」愛比琳說道。「而且妳瞧，她不也瘦了些。」

「她逢人就說她減了四十磅，」我說。

「老天。」

「這會只剩兩百磅要減啦。」

愛比琳忙不迭揮手假意搧風，其實是在忍笑。

「說眞的，妳要我早來又是怎麼來著？」我問道。「想念我嗎？」

「也沒啥大不了的。就有人同我提了一件事。」

「啥呀？」

愛比琳吸口氣，四下張望確定沒人在聽。我同她算是教會裡的名人，大夥老愛往我們這邊靠。

「妳知道史基特小姐吧？」

「妳上回問，我就同妳說過知道啦。」

她壓低聲音，說道，「嗯，記得我不小心同她說了崔洛想寫黑人故事那檔事嗎？」

「記得啊。她拿這告妳不成？」

「不不。她人挺好。可她竟有那膽，問我還是我的女傭朋友，願不願意把自己給白人做事的經驗寫下來。她說她打算寫書。」

「她說啥？」

愛比琳點點頭，挑高了眉毛。「嗯哼。」

「眞是。喏，妳同她說去，說那感覺就像國慶日野餐。說我們整個週末都在期待週一上工，好回去給白人擦銀器，」我說。

「我同她說，就照外頭那些舊歷史書寫的吧。反正打從頭，咱黑人怎麼想，都是白人說了算。」

「沒錯，妳就這麼同她說去。」

「我說啦。我還同她說她眞是瘋了，」愛比琳說道。「我問她，當眞要我們說實話？說我們怕得連最低薪資都不敢開口要求？說沒人給我們付社會安全金？說那是啥感覺讓妳老闆指控妳是……」愛比琳搖搖頭。我很高興她沒把那字眼說出來。

「說那些孩子，小時候我們是如何地愛他們照顧他們……」我看到愛比琳的嘴唇微微顫抖。「可等他們長大，卻一個個都變成了他們的媽媽？」

我低頭，看到愛比琳緊緊抓著皮包，當那是全天下她僅剩的東西似地。愛比琳給白人帶孩子，通常一等孩子大到同他們媽媽學會分黑白了，她便辭工離去。可我們從不說這。

「就算她把所有女傭和雇主的名字都改了又怎樣，」她嗤之以鼻地說道。

「她瘋了才以爲我們願意冒這種險。就爲**她**。」
「我們才不想徒生事端呢。」愛比琳拿手帕擦擦鼻子。「同世人說我們的眞實感受。」
「沒錯，誰想啊，」我說，卻又停下來。是那個字，眞實感受。我打十四歲起，就一直試圖同白太太們說我給她們做事的眞實感受。
「我們啥也不想改變，」愛比琳說道，然後我倆好一晌沒說話，想著我們宣稱不想改變的一切。接著，愛比琳卻突然朝我瞇起眼睛，問道，「怎麼，妳不覺得這念頭夠瘋？」
「沒的事，我只是……」然後我便看到了。打我從格林伍搬到傑克森市、在巴士站認識了愛比琳起，我倆已經是十六年的老朋友。愛比琳瞞不了我。「妳在考慮，是吧，」我說。「妳想去同史基特小姐談。」
她聳聳肩，而我知道我沒說錯。可愛比琳還來不及說下去，強森牧師便踱了過來，在我們後頭一排坐下來，欠身向前。「米妮，不好意思，之前一直沒機會恭喜妳找到新工作。」
我順順洋裝。「別這麼說，強森牧師，謝謝你。」
「妳一定是上了愛比琳的代禱名單，」他說道，一邊拍拍愛比琳的肩膀。
「這當然。我同愛比琳說，照這樣下去，她該考慮開始收費啦。」
牧師笑了。他起身，朝講道壇緩緩踱去。一切靜止不動。我不敢相信愛比琳想同史基特小姐說眞實感受。
眞實感受。
這字眼，聽來如此清新，像水沖過我又黏又熱的身子。稍稍平息折磨了我一輩子的那股熱呼呼的衝動。

真實感受，我在我腦袋裡又說了一遍，好再經驗一次那種感覺。

強森牧師高舉雙手，用一種柔軟低沉的聲音開始說話。他背後的唱詩團開始低吟〈與主交談〉，我們全都站了起來。不到半分鐘，我渾身開始冒汗。

「妳有興趣嗎？去同史基特小姐談談？」愛比琳低聲說道。

我回頭，看到里洛與孩子們，照例又遲到了。「誰？我？」我說道，背景音樂蓋不住我的大嗓門。我壓低聲音，可也差不了多少。

「免談。我可沒瘋。」

都十二月了，竟然又來了波熱浪，存心同我過不去。氣溫只要超過四十度，我便要冒汗冒得像杯八月天的冰紅茶，而今早我起床往溫度計一看，不多不少，八十三度。我花了半輩子的時間尋找止汗祕方：淑女牌制汗膏、口袋裡裝顆冰凍馬鈴薯、頭上綁冰袋（我還是付錢給個蒙古大夫才換來這個蠢建議），可我還是在五分鐘內就汗透了我的吸汗墊。我現在隨身拎著費禮葬儀社送的扇子。效果不錯而且免費。

西麗亞小姐倒挺喜歡這接連著一星期的高溫，喜歡到甚至願意走出屋子，戴了副俗氣的白框太陽眼鏡和一身毛茸茸的浴袍、到游泳池邊坐坐。感謝老天，她可算出了這屋子。我起初當她是身體有問題，可現在我看，出問題的可能是腦袋。我不是說像瓦特太太那種自言自語的老人病，而是貨眞價實、必須給套上緊身衣送進惠特菲爾療養院那種。

我現在幾乎每天都會逮到她偷偷溜去樓上那幾間空房。我聽到她偷偷摸摸的腳步聲，穿過走廊、踏過那塊嘎吱作響的地板。我本來也沒多想——拜託，這可是她的房子。可有一天，她一而再、再而三，趁我開了吸塵器還是忙著和麵糊做蛋糕時，躡手躡腳一次一次偷偷摸上樓。就是她這副**鬼鬼祟祟**的模樣，終於讓我起了疑心。她在樓上一待七八分鐘，然後探頭探腦，趁我不注意時再溜下樓來。

「妳別多管閒事，」里洛說道。「妳只管要她照約定同她老公說妳的事去就好。」里洛連喝了幾晚的老烏鴉威士忌，下工後躲到發電廠後頭喝。他可不傻。他明白，我要死了，薪水支票可不會自動出現。

上樓又下樓後，西麗亞小姐通常就直接來廚房桌邊，不回床上去了。我真希望她別在這礙手礙腳。我正在給雞去骨頭。爐上高湯正在滾、餃子皮也切好了。我可不想她自告奮勇說要幫忙。

「再十三天，妳就得同強尼先生說我的事了，」我說道，而西麗亞小姐也果然如我所料起身往她房間走。她邊走嘴裡還邊偷偷叨唸著，「妳就非得每天提醒我嗎？」

我挺直腰桿。這是西麗亞小姐頭一次回我嘴。「嗯嗯，」我應她，卻連頭也沒抬。我就打算天天提醒她，直到強尼先生同我握握手，說幸會了，米妮。

又一會，我終於抬頭，卻看見西麗亞小姐還站在那裡。她倚著廚房門框，勉強站著。她的臉色慘白，像便宜的油漆。

「妳又偷碰了生雞肉是吧？」

「沒，我只是……累了。」

可她顏色轉灰的粉底上開始冒出一顆顆斗大的汗珠，讓我知道她情況並不妙。我扶她上床，給她端來她常喝的品客涵（Lydia Pinkham）女士保健飲料。飲料瓶粉紅色的標籤上印著一位模樣端莊、頭上纏著頭巾的淑女，微笑的模樣像在說她覺得好多了。我遞給西麗亞小姐一根湯匙好讓她自己倒著喝，可這粗魯的女人，竟直接就著瓶口喝了起來。

把她安頓好後，我趕緊去洗了手。她也不知是怎麼了，我可不想被傳染。

西麗亞小姐臉色翻白之後一天就是星期二，我最痛恨的該死的換床單日。對我這種不愛探人隱私的人來說，床單實在透露太多。又是毛髮、又是這一點那一塊的斑斑痕痕，不然就是亂七八糟擺明是雲雨的痕跡。可最糟的還是血跡。血跡只能用手搓洗，我邊洗邊吐。不只床單上的，任何地方只要顏色模樣疑似血跡，哪怕只是踩爛的草莓，都能讓我抱著馬桶大吐特吐。

西麗亞小姐知道我的習慣，所以每到星期二她就會讓出臥房，改躺沙發去。今早開始有冷鋒到，她不好上泳池邊坐，而且據說天氣還會一路惡化。可今天，九點過去，然後是十點，然後十一點，她臥房的門卻仍遲遲不開。終於，我前去敲門。

「什麼事？」她應道，而我推開門。

「早安，西麗亞小姐。」

「嘿，米妮。」

「今天是星期二。」

西麗亞小姐不但還沒起床，她甚至連妝都沒上，穿睡衣素著張臉躺在床罩上頭。

「我得洗床單再晾乾熨平，還有妳打算弄走的那座舊衣櫃，我也得先整理擦乾過。然後我們得煮……」

「今天不上烹飪課了，米妮。」她甚至也沒微笑，一如她平日一早看到我時那樣。

「妳不舒服？」

「可以幫我倒杯水嗎？」

「馬上就來。」我往廚房水槽裝了一滿杯水。她一定是很不舒服，因爲她之前從沒讓我給她送過任何東西。

等我回到臥房，西麗亞小姐卻已經不在床上，而浴室門則給關上了。喏，她都能自己下床上廁所了，怎麼還讓我給她倒水？不過反正，她這會總算把床讓出來了。我撿起強尼先生扔在地上的長褲，往後一甩。眞要問我，我會說，這女人就是缺乏運動，成天坐在屋裡，難怪要病懨懨的。噢不，米妮，留點口德。她病了就是病了。

「妳病了？」我隔著浴室門嚷道。

「我……沒事。」

「妳待裡頭，我在外頭可要換床單了。」

「不用了，妳走吧，」她在裡頭說道。「回家去吧，米妮。」

我站在浴室門外，踩在她的黃地毯上用腳打拍子。我不想回家。今天是星期二，該死的換床單日。我今天不做完，那明天星期三不就也成了該死的換床單日。

「妳打算讓強尼先生回家發現一屋子亂糟糟嗎？」

「他去獵鹿，今晚不回家。米妮，我需要妳幫我把電話拉過來——」她猛地爆出一記哀嚎。「把電話拉過來，然後去廚房幫我把電話簿也拿來。」

「妳病了，西麗亞小姐？」

她沒回答，於是我先去拿來電話簿，接著把電話機連著電話線往浴室方向一扯，敲敲門。

「東西放著就好。」西麗亞小姐這會像哭起來了。「我要妳現在就回家。」

「可我剛才——」

「我說回家去，米妮！」

我往後退了一步，臉上升起一陣刺痛的燥熱。我不是沒讓人吼過。是西麗亞小姐。我從沒讓她吼過我。

第二天一早，十二台的伍迪·艾薩波舉著他那雙皺巴巴的白手，朝州地圖揮個沒停。密西西比州的傑克森市給凍成了一支冰棒。開始只是下雨，接著結冰，然後所有突出半吋以上的東西便全給凍硬折斷了。樹枝、電線、遮篷，全都像給鉛錘敲過，碎了一地。外頭的世界像讓人拿桶蟲膠浸泡過，一切都裹上了層透明晶亮的厚膜。

滿臉睡意的孩子們鼻尖湊在收音機前，而當廣播傳來道路結冰、學校關閉的最新消息時，孩子們嘩一聲跳起來，歡天喜地的，然後便穿著睡衣直接往外頭衝、看冰去了。

「回來把鞋子穿上！」我朝門外大叫。沒人理我。我開始給西麗亞小姐撥電話，同她說路結了冰、我沒法開車，順便也問她還有沒有電。她昨天拿我當路邊的黑鬼吼過後，我其實大可不管她的死活。

電話接通，話筒傳來一句，「哈—囉。」

我的心跳隨即漏了一拍。

「哪位？請問哪位？」

我小心翼翼地掛上電話。看來強尼先生今天也不必上班。風雨這麼大，我不知道他是怎麼回到家的。我只知道，即使不上工，我依然逃不過對那男人的恐懼。還好只要再十一天，一切便會有個了結。

冰封的傑克森市區在一天內便退了冰。我進門時，西麗亞小姐已經起床了。她坐在白色的廚房餐桌前，癡癡望著窗外，一張臉苦著，彷彿這光鮮的生活其實是個叫她難以忍受的人間煉獄。是那棵合歡。讓昨天的冰雨凍壞了。樹枝斷了一半，細長的葉子皺巴巴的，全枯了。

「早安，米妮，」她說道，卻連頭也沒轉過來。

我也只是點點頭。在她前天那麼對我後，我對她無話可說。

「我們終於可以把那棵又老又醜的合歡砍掉了，」西麗亞小姐說道。

「請便。全砍了吧。」我也一起，連個理由也不必，全砍了。

西麗亞小姐站起身，朝水槽前的我走來。她抓住我一條胳臂。「對不起，我不該對妳那樣大吼大叫。」她邊說，眼眶開始漲淚。

「嗯—哼。」

「我生病了，我知道這不成藉口，可我眞的很不舒服……」她抽抽噎噎地哭了起來，彷彿吼她女傭是她這輩子做過最糟糕的事。

「好啦，」我說。「沒事了，不值得妳在這哭哭啼啼的。」

她猛地往我頸背一摟，緊緊抱住我，直到我若有似無地拍拍她的背、把她從我身上扒下來。「去坐下，」我說。「我來給妳煮點咖啡。」

我想，人不舒服時，總是難免鬧點小脾氣吧。

到下個星期一，合歡樹的葉子全數翻黑，凍傷這會看來更像燒傷了。我走進廚房，正打算開口同她算還剩幾天，可西麗亞小姐把窗外的合歡當成廚房爐子，惡狠狠地瞅著。她臉色蒼白，啥也吃不下。

一整天，她沒往床上躺，光忙著裝飾門廳裡那棵十呎高的聖誕樹，掉個不停的針葉讓我的吸塵器整天沒停過。她接著還往後院去，修剪玫瑰叢、挖挖鬱金香球莖。我從沒見過她這麼勞動過。從沒。她一會進屋來，用她那指甲底下還藏著污土的十指同我上烹飪課。可她臉上依然沒有笑容。

「再六天就要同強尼先生說了，」我說。

她半晌沒說話，接著才用不帶任何感情的聲音說道，「妳確定我一定得這麼做嗎？我還想或許可以再等等。」

我停下動作，任由沾了滿手的白脫牛奶滴滴噠噠的。「妳再問我有多確定一次看看。」

「好啦，好啦。」她轉身又往外頭去，繼續她近來最愛的消遣活動——手握斧頭，瞠眼死盯著那棵合歡樹。她畢竟沒出過手。

到了星期三晚上，我滿腦子只想，就剩九十六個小時了。想到自己過了耶誕節可能又要失業，肚腹裡就一陣折磨。除了給人開槍射死外，我還多的是事情好操煩。照約定，西麗亞小姐應該要在耶誕夜我離開後、而他倆出門往強尼先生的媽媽家去前，開口同強尼先生說明一切。可西麗亞小姐這幾天一直怪怪的，我懷疑她可能另有想法。不不，西麗亞小姐，我整天都這麼同自己說道。我打算把自己當成黏在肥皂上的頭髮，纏著妳不放。

可星期四一早我進門時，西麗亞小姐竟然不在家。我不敢相信她當真離開這宅子了。我坐在廚房桌前，給自己倒了杯咖啡。

我望向後院。外頭天氣很好，晴朗而明亮。那棵黑烏烏的合歡還真是醜。不知道強尼先生還等什麼，怎麼不早早砍了它。

的。

我往窗台那邊又靠近了點。「嘖嘖，瞧瞧那。」樹根附近竟然冒出了幾片嫩葉，迎著陽光晃呀晃的。

「老樹原來裝死哪。」

我從皮包裡抽出一本便條紙，專門用來記我自己——而不是西麗亞小姐——的待辦事項的。該買的菜、耶誕禮物、孩子們缺的東西。班尼的氣喘好了些，可昨晚里洛又帶著一身老烏鴉酒氣回家。他使勁推我，我的大腿撞上廚房桌角。他今晚再敢這樣，我就賞他頓老拳當晚餐吃。

我嘆口氣。再七十二小時就自由了。也許失業，也許讓里洛發現宰了我，可至少自由了。

我試著專心計畫接下來這星期。明天是廚房日，我得給西麗亞小姐做好週末的存糧。星期六晚上教會聚餐、星期天則得作禮拜。那我何時才有時間打掃自己的房子？洗我自己孩子的衣服？我的大女兒小甜已經十六歲，家裡的事平常都由她打點，可我也希望利用週末時間多少幫她一點。我媽媽當年就不曾幫過我。還有愛比琳。她昨晚又給我來了電話，問我願不願意幫她和史基特小姐的忙。我很愛愛比琳，眞的愛。可她決定信任那白人小姐，我覺得是個天大的錯誤。我也這麼同她說了。她不但可能差事不保，連生命安全都有問題。更別提史基特小姐還是希莉小姐的朋友，誰想幫她。

老天，事情這麼多，我還不趕緊動手。

我把波蘿火腿送進烤箱裡。接著，我往獵室去給書架撢灰、拿吸塵器給那頭把我當點心瞪著瞧的大熊吸灰塵。「今天就你和我了，」我同牠說道。大熊一如往常沒回話。我拿來我的抹布與肥皀，沿著樓梯，把每條欄杆擦得晶亮晶亮。到了二樓，我就從一號空房開始打掃。

我在樓上一忙個把鐘頭。空房間感覺起來特別冷。我一條胳臂就這麼前後前後，來來回回把所有木頭做的東西全擦亮了。掃完二號空房後，我決定趁西麗亞小姐還沒回來，先下樓整理她的臥房，待會再回來處理三號房。

大宅子空蕩蕩的，叫我心底發毛。她去哪了？打我來給她做事後，就看她出過三次門；上哪、幹啥、何時回來，她哪回不是交代得清清楚楚，當我眞在乎似的。可現在她卻連個影都不見。我該高興才對，高興她總算不在這礙手礙腳。可我一個人在這大宅裡，怎麼都覺得自己是誤闖進來的。我低頭看著浴室旁那塊用來遮掉血跡的粉紅色踏墊。我本來決意今天要同那片血跡再搏鬥一回合。一陣涼風橫掃過房間，像鬼魂經過。我不住哆嗦。

還是改天再來處理那塊血跡吧。

床罩照例給掀了、扔在地上。床單給扯得歪歪扭扭，每回都像有人在上頭比過摔角似的。我要自己別再想下去。要開始想別人臥房裡的事，不一會你滿腦子就全是那些不該想的事了。

我拉掉其中一個枕頭套。西麗亞小姐的睫毛膏沾在上頭，活似一隻隻咖啡色的蝴蝶。我把地上的衣服一件件撿起來、塞進枕頭套裡，好方便搬運。我撿起強尼先生摺好擱在黃色腳凳上的長褲。

「這樣我怎麼知道是髒的還是乾淨的？」我反正就塞進枕頭套裡。我打掃的原則是：洗了再說。

我把枕頭套拖到五斗櫃旁。彎腰撿起一雙西麗亞小姐的絲襪時，我大腿上那塊淤青火燒似的發疼。

「**妳**是誰？」

我手一鬆，枕頭套掉在地上。

我慢慢地退後，屁股撞上五斗櫃。他站在門口，瞇著眼睛。我慢慢地移動視線，望向讓他握在手裡的那把斧頭。

噢老天。我不能逃進浴室，因為他站得太近，輕而易舉就可以追進去。我也不能奪門而出，要過那扇門就得推他搥他，而他手裡握了把斧頭。我的頭抽痛發熱。我慌了。我**無路可逃**了。

強尼先生盯著我瞧。他晃了晃手裡的斧頭。然後他頭一歪，竟然笑了。

我只剩最後一招。我皺臉扮兇，露齒大吼，**「你和你那斧頭最好給我閃邊一點。」**

強尼先生低頭看斧頭，彷彿他都忘了這回事似的。然後他視線又回到我身上。我倆就這麼互瞪了半晌。我沒動，也忘了呼吸。

他火速偷瞄地上的枕頭套一眼，猜想我到底偷了啥。他卡其褲的褲腳露在外頭。「聽我說，」我開口，眼淚不爭氣地湧了上來。「強尼先生，我早讓西麗亞小姐同你說了。我至少說過一千次——」

可他只是笑。他搖搖頭，大概想到一會拿斧頭劈我，就覺得好玩。

「**你聽我說**，我要她——」

可他依然只是咯咯笑得開心。「沒事，妳冷靜點。我沒打算對妳怎樣，」他說道。「妳嚇了我一跳，就這樣而已。」

我喘著氣，開始悄悄往浴室摸去。斧頭還在他手裡，晃啊晃的。

「妳到底叫什麼名字？」

「米妮，」我低聲說道。還有五呎。

「妳來這做多久事了，米妮？」

「沒多久。」我搖頭說不。

「**多**久？」

「幾……幾個星期吧，」我說。我咬住嘴唇。**三個月**。

他搖搖頭。「不對，我知道應該更久。」

我望向浴室門。逃進一間門鎖不起來的浴室又能怎樣？何況敵人手裡還有斧頭、隨時可以把門劈了？

「我發誓我沒生氣，」他說道。

「那斧頭又是怎麼回事？」我咬著牙說道。

他翻個白眼，把斧頭放在地毯上，用腳踢開。

「走吧，我們去廚房談。」

他轉身往廚房走。我低頭看著斧頭，考慮要撿起來。光看到都怕。我一腳把斧頭踢到床底下，跟了上去。

進了廚房，我刻意選了離後門不遠的位置站，還檢查確定門沒鎖。

「米妮，我保證。妳沒事的，」他說道。

我看著他的眼睛，想看出他是不是在說謊。他很高，少說六呎二。除了有點小肚子外，模樣看來還頗壯。「看來你打算炒我魷魚就算了，是吧。」

「炒妳魷魚？」他笑了。「妳是我知道最棒的廚子。妳看看妳對我做了什麼事。」他低頭皺眉看向自己微突的肚子。「欸，打從寇拉．布魯離開後，我就不曾吃得這麼好過了。我可是她一手帶大的。」

我深呼吸。他認識寇拉．布魯一事，多少讓我安心了一點。「她的孩子和我同教會。我認識她。」

「我可想念她了。」他轉身，拉開冰箱，看了幾眼，又關上。

「西麗亞什麼時候回來？妳知道嗎？」強尼先生問道。

「我不知道。我猜她是做頭髮去了。」

「我後來還懷疑過，就一邊吃妳做的東西的時候，會不會她終於學會怎麼做菜了。直到上星期六，妳沒來那天，她試著給我做漢堡。」

他倚著水槽台，嘆了口氣。「她為什麼要瞞我妳的事呢？」

「我也不知道。她不肯告訴我。」

他搖搖頭，抬頭看著天花板上那塊黑漬。那是西麗亞小姐上回烤焦火雞燻出來的煙痕。「米妮，就算西麗亞這輩子再也不動一根手指，我也不在乎。可她總堅持說要親手給我做點什麼。」他微微揚高了眉毛。「我的意思是，妳可知道妳來之前，我都吃什麼嗎？」

「她正在學。呃，至少她……試著要學，」可我語氣多少帶點嘲諷。有些謊，扯了也圓不過來。

「我才不**在乎**她會不會做菜。我只想要她在這裡——」他聳聳肩，「和我一起。」

他扯著白襯衫的袖口揉揉額頭，而我可算明白他的衣服怎麼那麼難洗了。還有，他還真**算是**長得不錯。至少以個白種男人來說。

「可她似乎就是不快樂，」他說。「是因為我嗎？還是這房子？我們住得離市區太遠了嗎？」

「我真的不知道，強尼先生。」

「不然又會是什麼？」他雙手往後，撐在流理台上。「告訴我。她——」他勉強嚥下一口口水。「她外頭有人了嗎？」

我忍不住，同情起他來。眼前這團亂，他同我一般沒頭緒。

「強尼先生，這真的不關我的事。不過我可以告訴你，出了這宅子，西麗亞小姐同誰也沒關係。」

他點點頭。「妳說得沒錯。我這問題夠蠢。」

我瞄了眼門，不知道西麗亞小姐什麼時候回家。我不知道，讓她發現強尼先生在家，她又作啥反應。

「聽好，」他說，「妳別跟她提今天遇到我的事。我等她準備好了，自己再跟我說。」

我終於露出第一個眞心的微笑。「所以你是要我繼續裝著沒事？」

「妳幫我看著她，照顧她。我不喜歡她一個人待在這麼大的房子裡。」

「沒問題。就照你說的。」

「我今天跑回家，本來是要給她一個驚喜。我打算砍了那棵惹她心煩的合歡，然後帶她進城吃午餐。或許再去挑些首飾當耶誕禮物。」強尼先生往窗邊走去，望著外頭，嘆氣。「我想這會我只能回城裡隨便找點東西吃了吧。」

「我給你做。你想吃什麼？」

他轉過身，咧嘴笑得像個小男孩。我拉開冰箱門，把需要的材料一樣樣挑出來。

「記得上回妳做過的豬排嗎？」他啃著指頭說道。「這禮拜可以再給我們做一些嗎？」

「今晚晚餐就做給你。冰箱裡正好有。明晚吃雞肉餃子。」

「噢，寇拉以前也常做。」

「你去餐桌那邊坐好。我給你做個培根蔬菜三明治讓你帶在車上吃。」

「麵包可以先烤過嗎？」

「當然。麵包沒先烤過，那三明治也不像樣。今天下午我還會烤個米妮特製焦糖蛋糕。下星期我們再來做炸鯰魚……」

我放了幾片培根到平底煎鍋裡煎。強尼先生睜大了眼睛。他臉上每一吋都在笑。我做好三明治，用油紙包起來。我終於又感受到這種把人好好餵飽的滿足感了。

「米妮，我不得不問，如果**有妳**在這……那麼西麗亞一整天又在做什麼呢？」

我聳聳肩。「還眞沒見過哪個白女人像她這麼坐得住的。她們都愛裝忙，跑這跑那辦雜事，假裝自己比我還忙。」

「她需要朋友。我去問問我老朋友威廉，看能不能請他讓她太太過來教西麗亞玩橋牌，讓她也加入聚會。我知道希莉是她們那個橋牌會的頭頭。」

我看著他，以爲自己只要這麼維持不動，事情就不會成眞。我終於開口問他，「你說的可是希莉．哈布克太太？」

「妳認識她？」他問道。

「嗯哼。」我硬嚥下喉頭那根鐵撬。一想希莉小姐出現在這屋裡，我就感覺像吞了鐵撬。想到讓西麗亞小姐知道那件**可怕的事**。這兩個女人絕對當不成朋友。可我也知道，爲了強尼先生，希莉小姐啥都願意。

「我今晚就打電話給威廉再問看看。」他拍拍我的肩膀，而我發現自己心底不覺又浮起那個字：**真實感受**。愛比琳正同史基特小姐吐露一切。可我的眞相一旦讓人知道，我就完了。我錯惹一個人，這就夠了。

「我把我辦公室的電話給妳。遇到麻煩隨時打電話給我，可以嗎？」

「沒問題，」我說道，原本鬆了一大口氣的感覺，此刻卻已經讓新的憂慮抹煞一空。

史基特小姐

第十一章

對全國大部分地區來說，冬天還沒走；可在我母親的屋簷下，卻已是一片張牙舞爪的景象。春天的跡象來得太早了。爹地陷入播種季節的瘋狂忙碌中，非得再多雇十個人手幫忙整地、駕駛曳引機，才能及時將種子送進土裡。母親埋首研讀《農民曆》，關心的重點卻與耕種無關。她一手扶著額頭，同我宣布壞消息。

「書上說今年會是近年來濕氣最重的一年。」她嘆氣。使用幾次後，絲柔亮髮器便漸漸失去了原先的神奇效力。「我再上碧蒙那去給妳挑幾罐髮膠，超強定型那種。」

她從《農民曆》書頁裡抬起頭來，瞇著眼睛打量我。「妳這身打扮是怎麼回事?」

我穿著一身深色洋裝與深色褲襪。纏在頭上的黑絲巾讓我看來不似瑪琳．黛德麗（Marlene Dietrich），倒像《阿拉伯的勞倫斯》（*Lawrence of Arabia*）裡的彼得．奧圖（Peter O'Toole）。那只醜巴巴的紅書包則掛在我一邊肩膀上。

「我今晚有些雜事要辦。之後則和……幾個女朋友有約。在教堂。」

「約在週六晚上？」

「媽媽，上帝才不管今天是星期幾呢，」我說道，一邊趁她想出更多問題質問我之前、快步走向車子。今晚，我要上愛比琳家進行第一場訪談。

我心跳加速，疾駛過市區道路、往黑人區去。家裡僱請的不算，我從不曾與黑人同桌。這場訪談已經延誤了月餘。起初是耶誕假期，愛比琳幾乎每晚加班，包裝禮物或是給伊麗莎白的耶誕派對掌廚。好不容易到了一月，愛比琳卻染上重感冒，讓我開始陷入恐慌。我擔心時間拖得太久，史丹太太可能會失去興趣，甚至忘了當初怎麼會答應我的。

我開著凱迪拉克穿過漆黑夜色，轉進愛比琳家所在的葛桑街。我寧可開舊卡車來，可那樣不但母親會起疑，父親明天田裡也還需要用車。我按照計畫，在離愛比琳家還有三戶的一幢鬼屋模樣的廢棄屋前停了車。廢棄屋的前廊地板陷落，窗框裡早沒了玻璃。我下車，鎖門，在黑暗中快步前進。我低著頭，鞋跟敲在路磚上，喀噠喀噠響。

突如其來一陣狗吠讓我手一鬆，車鑰匙掉落在地上。我迅速環視四周，彎腰拾起。附近就兩戶的前廊還有人，坐在搖椅上，搖著看著。路邊沒有街燈，很難說還有誰看到了我。我埋頭快步走，感覺自己同我的車一般醒目招搖：大，而白。

終於到了二十五號，愛比琳的房子。我最後一次打量四周，希望自己沒早到了這十分鐘。黑人區感覺起來很遙遠，可事實上，這兒離白人區不過區區幾哩。

我輕輕敲門。我聽到腳步聲，然後屋裡什麼東西給關上了。愛比琳開了門。「進來吧，」她低聲說道，將門在我身後火速關上、鎖上。

我只看過穿著白制服的愛比琳。而今晚，她穿著一件黑色滾邊的綠洋裝。我很難不注意到，她在自己家裡，腰桿挺得格外得直。

「妳喘口氣。我一會回來。」

前廳就亮著一盞燈，卻依然顯暗，四處是昏黑的陰影。窗簾給拉上了，還別上了別針，毫不留空隙。我不知道這是愛比琳的習慣，還是因爲我。我在窄窄的沙發上坐下了。木頭茶几上鋪著一條手織的蕾絲桌巾。地板光禿禿的。我看著自己一身貴氣的洋裝，有些後悔。

幾分鐘後，愛比琳用托盤端來一壺茶，兩只不成對的茶杯，還有摺成三角形的紙巾。我聞到手工肉桂餅乾的香味。愛比琳開始倒茶，茶壺的蓋子卻喀喀響個不停。

「不好意思，」她說道，用手壓住壺蓋。「這是我頭一回在這屋裡招待白人。」

我微笑，雖然我知道這不是笑話。我啜飲一口茶。茶很濃，有些苦。「謝謝妳，」我說。「茶很不錯。」

她也坐下，雙手壓在膝上，看著我，等著我開口。

「我想我們就先交代一些基本背景資料，然後直接開始訪談部分，」我說道。我拿出筆記本，迅速掃視過先前準備好的問題。我突然覺得那些問題都好膚淺，好幼稚。

「好的，」她說道。她坐在沙發上，打直腰桿，面向著我。

「嗯，第一個問題，呃，妳的出生年與出生地？」

她吞了口口水，點點頭。「一九〇九年。契洛基郡，皮德蒙莊園。」

「妳還小的時候，呃，知道自己長大後就是要當女傭嗎？」

「是的，史基特小姐。我知道。」

我微笑，等著她進一步解釋。她沒開口。

「妳知道是因爲……？」

「我媽媽就是女傭。我外婆則是家奴。」

「家奴。嗯，」我說，可她只是點點頭。她的雙手始終十指交扣、擱在膝上。她看著我記下她的回答。

「那麼妳曾經……夢想過做別的事嗎？」

「不，」她說。「史基特小姐。我不曾想過。」屋裡好靜，我甚至聽得到我倆的呼吸聲。

「好的。接下來……嗯，妳忙著照顧白人孩子的時候，妳自己的孩子卻留在家裡，讓……」我嚥下口水，對這問題感到困窘不堪，「……別人照顧，對此妳作何感想？」

「我感覺……」她腰桿挺得筆直，叫人看了都發疼。「嗯，我們可以……先跳到下一題嗎？」

「噢，好的。」我看著我的問題。「身爲女傭，妳最喜歡與最不喜歡的事各是什麼？」

她抬頭看我，彷彿我剛剛請她定義一個髒字。

「我——我想我還挺喜歡照顧那些孩子的，」她低聲說道。

「妳……妳還要補充點什麼嗎？」

「不了，史基特小姐。」

「愛比琳，妳不必開口閉口一直叫我史基特小姐。至少在這裡不必。」

「是的，史基特小姐。噢，對不起。」她遮嘴。

外頭街上突然傳來巨響，我倆視線同時射向那扇窗。我倆噤聲，文風不動。要是讓哪個白人發現我在這裡，週六夜，同穿著便服的愛比琳共處一室，怎辦？他們會打電話報警，說有可疑的聚會嗎？

我突然很確定他們一定會這麼做。我們將被控以違反隔離法的罪名——我常常在報上讀到的——他們嚴厲譴責那些同黑人會面、協助推動民權運動的白人。眼前當然同隔離還是融合都無關，但那就更可疑了。我甚至忘了帶上幾封莫娜小姐的信當掩護。

我在愛比琳臉上看到毫無遮掩的恐懼。外頭的聲響緩緩朝街道一頭遠去。我鬆了一口氣，但愛比琳卻依然緊繃著身子。她依然緊盯著窗簾。

我低頭掃視過整頁問題，企圖找出點什麼好轉移我倆緊張的情緒。我不斷想著自己已經浪費了多少時間。

「繼續剛剛的問題。對於這份工作，妳……最不喜歡的事是什麼？」

愛比琳艱困地嚥下一口口水。

「我的意思是，妳想不想說說廁所的事？或者是伊麗莎——李佛太太？她付給妳的薪水如何？還是她曾在梅茉莉面前吼過妳嗎？」

愛比琳伸手抓了一張紙巾，擦擦額頭。她開口，突然卻又住嘴。

「我們談過很多次了，愛比琳……」

她以手捂嘴。「對不起，我——」她起身，沿著狹窄的門廊快步走去。一扇門給關上了，震得托盤上的茶壺與茶杯一陣晃動。

五分鐘過去。她再度出現的時候，手裡拿了條毛巾摁在洋裝前襟。我看過母親這麼做，而那通常是在她來不及衝到馬桶前嘔吐之後的事。

「我很抱歉。我還以為我已經……準備好同妳談了。」

我點點頭，不知該作何反應。

「我只是……我知道妳已經同紐約那位女士說我答應要接受訪問了……」她閉上眼睛。「我很抱歉。我想我辦不到。我想我得去躺下了。」

「那就明晚。我會……想到更好的辦法。我們再試一次看看……」

她搖搖頭，依然緊抓著毛巾。

開車回家的路上，我只想狠狠踢自己一腳。我以爲自己可以就這麼翩然降臨、要求答案。以爲只要在她家、以爲只要脫下了制服，愛比琳便可以停止感覺自己是個女傭。

我轉頭看了白色皮椅上的筆記本一眼。除了她的出生年地，我只記下不到二十個字。而其中甚至包括**是的史基特小姐**與**不史基特小姐**。

WJDX電台傳來派西．克萊恩的歌聲。我離家的時候是〈午夜散步〉（*Walk After Midnight*），等我車轉上希莉家的車道時，則是〈菸灰缸的三根菸〉（*Three Cigarettes in an Ashtray*）。她搭乘的飛機剛於今早證實墜毀，全美國，從紐約到密西西比到西雅圖，都在爲她哀悼，播放她的歌。我停妥凱迪拉克，隔著車窗望向希莉的白屋。愛比琳在訪談半途嘔吐已經是四天前的事，而我至今還沒同她聯絡上。

我進屋。牌桌就架在希莉那南北戰前風格的客廳裡，讓震耳欲聾的老爺鐘和層層垂掛的金色窗簾擁簇著。大家都已經坐定了——希莉，伊麗莎白，還有頂替瓦特太太的露安．天普敦。露安是那種臉上**隨時**掛著懇切微笑的女孩，一刻不鬆懈，叫我直想拿根別針刺她，要她停停。就算別人沒留意時，她也還笑著看人，了無生氣，卻依然咧嘴露齒。她也是希莉的應聲蟲，希莉說什麼都對、都好。

希莉端起一本《生活》雜誌，指著裡頭一篇加州某幢房子的介紹，說道，「他們管這叫『穴室』

（den），當裡頭住著什麼野生動物似的。」

「眞是糟透了呢！」露安微笑著說道。

照片裡的房間鋪著長毛地毯，流線造型的低椅背沙發，蛋型椅，以及飛碟模樣的電視機。在希莉的客廳裡，一幅邦聯將軍的畫像高掛在離地八呎的牆上。醒目的程度，叫人以爲定是屋主的親祖父、而非遠房表親而已。

「沒錯。楚蒂的房子就長那樣，」伊麗莎白說道。我一心只想著訪談的事，幾乎忘了伊麗莎白上星期去了趟加州的事。伊麗莎白的姊姊楚蒂嫁了個銀行家，隨後舉家遷往好萊塢。伊麗莎白去加州同她住了四天，參觀她的新家。

「喏，我說，壞品味就是壞品味，」希莉說道。「我無意冒犯妳的家人，伊麗莎白。」

「好萊塢長什麼樣子？」露安問到。

「噢，就像個夢。還有楚蒂的房子——每個房間都有電視。那些叫人搞不懂怎麼坐的太空時代最新家具。我們去了好幾家很炫的餐廳，就電影明星也會去的那種，喝馬汀尼和勃艮地葡萄酒。一晚，麥斯·佛陀（Max Factor）本人來到我們桌前，同楚蒂像老朋友似地聊了起來——」她搖搖頭，「彷彿只是在雜貨店裡偶然遇上了似的。」伊麗莎白嘆了口氣。

「嗯，如果妳問我，我會說還是妳比較漂亮，」希莉說道。「我不是說楚蒂不好看，可妳才是眞正有儀態、有自己風格的一個。」

伊麗莎白露出微笑，可旋即又蹙眉。「我還沒提她家裡請了同住的女傭呢，二十四小時隨時有人。梅茉莉的事根本煩不到我。」

她最後一句話讓我眉頭一皺，其他人卻似乎都沒留意到。希莉忙著盯她的女傭亞玟給大家倒紅茶。亞玫很高，苗條修長，儀態從容，身材比希莉好多了。我想起了愛比琳。我這星期打過兩次電話給她，卻都沒人接聽。我確定她在躲我。我想，不管伊麗莎白喜不喜歡，我就只能上她家找愛比琳談了。

「我在想明年募款餐會就用《亂世佳人》當主題，」希莉說道，「說不定就把美景園老宅租下來？」

「眞是太棒的主意了！」露安說道。

「噢，史基特，」希莉說道，「我知道妳今年錯過了餐會，一定很懊惱。」我點點頭，故作可憐地皺皺眉。我裝病躲過隻身出席的窘境。

「不過我可以告訴妳，」希莉說道，「我永遠不會再雇用那個搖滾樂團了，光會那些快節奏的舞曲……」

伊麗莎白碰碰我的手臂。她大腿上擱著皮包。「我差點忘了。愛比琳要我把這紙條給妳。是莫娜小姐的事吧？我倒同她說清楚了，一月讓她請了那些天的病假，今天可沒時間讓妳們搞這。」

我打開紙條。藍色鋼筆寫的秀麗字跡。

我找到讓茶壺蓋子停止抖動的方法了。

「誰會在乎壺蓋抖不抖啊？」伊麗莎白說道。她當然打開紙條讀過了。

我想了兩秒，喝了一口冰茶，終於才明白了。「妳不知道這其實有多難，」我這麼告訴她。

兩天之後，我坐在我父母家的廚房裡，等待夜幕降臨。我放棄，又點了一支菸，雖然昨晚公共衛生部部長才上過電視，對著全國民眾搖搖食指，試圖說服大家香菸遲早害死我們。可母親以前也同我保證過舌吻會讓我失明。我傾向相信這一切都是公共衛生部部長和母親之間的陰謀，目的是要確保無人得以享受任何樂趣。

同晚八點，我儘可能低調地抱著一部五十磅重的科洛納牌打字機，往愛比琳家踉踉蹌蹌地走去。我輕輕敲門，迫切地需要再來根菸好安撫我緊張的情緒。愛比琳應了門，我閃身進了門。她穿著同上回一樣的綠洋裝與僵硬的黑皮鞋。

我試著微笑，故作自信滿滿、相信這回一定行得通狀。雖然她在電話裡把她的計畫都告訴了我。「我們這回……可不可以去廚房進行？」我問道。「妳會介意嗎？」

「好吧。反正沒啥好看的，來吧。」

廚房約莫只有客廳一半大小，也更溫暖些，裡頭瀰漫著茶葉與檸檬的香氣。黑白格子塑膠地板都給刷薄了。流理台面的空間只容得下這套陶瓷茶組。

我把打字機放在窗邊一張刮痕累累的紅色木桌上。愛比琳開始給茶壺倒熱水。

「噢，我今天不喝茶，謝謝，」我說道，手一邊往包包裡探去。「我帶了可樂，妳也來一瓶吧？」我想了幾個或許可以幫助愛比琳放輕鬆的方法。第一條就是：不要讓她覺得必須服侍我。

「嗯，也好。我平常其實要再晚點才喝茶。」她拿來開瓶器和兩只玻璃杯。我直接就著瓶口喝了，愛比琳見狀也推開杯子，照著我做。

伊麗莎白把紙條給我後，我便打電話給愛比琳，滿懷希望地聽她在電話裡同我解釋她的計畫——她把想說的話寫下來，再拿給我讀。我試著假裝興奮。但我知道我終究必須全盤改寫她的稿子，也因此浪費更多時間。我只是想，比起讓我讀過手稿便告訴她這計畫行不通，不如就打成鉛字、讓她親眼看見了，這樣或許容易些。

我們互視微笑。我又喝了一口可樂，用手撫平上衣。「所以說……」我說。

愛比琳拿出一本活頁筆記本。「要不要我就……唸出來給妳聽？」

「好啊，」我說。

我倆同時深呼吸，然後她便以緩慢而堅定的聲音開始朗讀。

「我第一個帶過的白人寶寶名叫艾爾頓．卡靈敦．史必爾斯。那是一九二四年，我剛滿十五歲那年的事。艾爾頓是個瘦長的寶寶，頭髮細得像玉米上的絲……」

她邊讀，我一邊也開始打字。她的敘述充滿韻律感，咬字也比她平常說話更清晰些。「那幢骯髒的屋子的每扇窗，都讓油漆糊死了。儘管屋子很大，屋前也有大片的綠草坪。我知道屋裡空氣不好，聞了就不舒服……」

「等等，」我說。我把green打成了greem。我塗上修正液，吹乾，重新打上。「好了，請繼續。」

「六個月後，嬤嬤因肺病過世，」她唸道，「他們留下我繼續照顧艾爾頓，直到他們搬去曼菲斯為止。我愛那寶寶，那寶寶也愛我；也就是這時候，我明白原來自己有這樣的天賦，幫孩子學會自愛自信……」

愛比琳同我說她的計畫時，我無意潑她冷水，只是試圖在電話中說服她打退堂鼓。「寫作其實沒那麼容易。而且妳騰不出時間的，愛比琳，妳畢竟還有份全職的工作。」

「不會比我每晚寫禱詞困難多少。」

這是我們開始進行訪談以來，她同我說的第一件眞正有趣的事。我趕緊抓來儲藏室架上的空白購物單記下。「所以妳禱告詞不是用說的？」

「這我從沒同人提過。連米妮也不知道。我發現自己寫的比說的更好更清楚。」

「所以這就是妳的週末活動？」我問道。「在妳空閒的時候？」我喜歡多了解她除了工作以外的生活。不在伊麗莎白·李佛監管下的生活。

「噢不，我每天寫一小時，有時兩小時。我們教會多的是年老體衰生病的教友。」

眞的很難得。我有時一天也花不到這些時間寫作。我後來還是答應她可以試試，總比讓事情繼續延宕下去好。

愛比琳喘口氣，喝口可樂，繼續往下唸。

她回溯到她第一份工作，在州長宅邸負責清潔法蘭西斯一世銀紋餐具。她唸到她如何在第一天上工的早晨，就不小心塡錯了爲防銀器遭竊而必須每天清點塡寫的清單。

「我那天早上讓人當場開除了。回到家後，我站在我家門外，腳上還穿著爲這份工作買來的新皮鞋。媽媽花了可以付清一個月電費帳單的錢爲我買來的皮鞋。我想就是在那時，我終於明白什麼叫做羞恥，還有羞恥又是什麼顏色。羞恥不是污泥一般的黑色，像我一直以爲的那樣。羞恥是媽媽熨了一整夜衣服給妳換來的嶄新白制服，白得沒有絲毫勞動留下的污痕。」

愛比琳抬起頭來，想看看我的反應。我停下打字的手。我原本預期的只是一則甜美、或許不痛不癢的故事。我突然明白，一切或將遠遠超出我原來的預期。她繼續唸下去。

「……於是我開始整理衣櫃，才多久光景，小男孩竟然就讓窗扇硬生生截斷了指頭。我說過不下十次，要她把那風扇拆了啊。我從不曾見過那麼多血。我一把抄起孩子，還把地上那四根斷指也帶著。我抱著孩子直闖黑人醫院，因爲我實在不知道白人醫院在哪裡。可我一進醫院，就讓個黑人擋了路，問我，**這孩子是白人嗎？**」打字機噠噠噠噠地，像打在屋頂上的冰雹。愛比琳愈唸愈快，而我乾脆也先不管錯字了，只有換頁時才不得不請她暫停。每八秒，我便推一次滑動架。

「我說，**是的**，而他說，**那些是他的白指頭嗎？**我說，**是的**，而他說，**那妳最好同人說他是妳白皮膚的親骨肉，因為黑人醫院裡的黑人醫生不會願意為白人孩子動刀。**就在這時候，一個白人警察抓住我，說道，**妳給我——**」

她住嘴。抬頭。敲鍵聲也停了下來。

「然後呢？警察說**妳給我**然後呢？」

「嗯，我今早就寫到這裡。然後就得趕巴士上班了。」

我敲下歸位鍵，打字機叮的一聲。愛比琳與我四目相對。我想，這可能眞的行得通。

第十二章

接下來兩週每隔一晚，我便同母親藉口要上坎頓長老教會幫忙分發救濟餐點。巧的是，我們家在坎頓教會沒半個熟人。母親當然更希望我去第一長老教會，但這可是行基督徒義務的好事，母親於是贊同地點點頭，交代我回家前要用肥皂把手仔細洗乾淨，便放了行。

一小時又一小時，在愛比琳的廚房裡，她唸手稿我打字，故事情節愈發緊湊，一個個寶寶的臉孔也愈發清晰。一開始，我難免有些失落，畢竟這會主筆的人是愛比琳，而我做的多半只是編輯的工作。可只要史丹太太喜歡，接下來其他女傭的故事，也夠我寫的了。**如果她喜歡的話……**我不斷在腦裡重複這幾個字，希望以念力助其成真。

愛比琳的文筆清晰而誠實。我這麼告訴她。

「嗯，瞧我一直是同誰寫東西。」她輕笑。「上帝面前不說假話。」

愛比琳曾在我家的長葉園採過一星期的棉花，那是早在我出生之前的事。還有回，她主動提起了康絲坦丁。

「老天，那康絲坦丁真是能唱。站在教堂前方，像個貨真價實的天使。那綢緞一般的歌聲，讓人聽了渾身起雞皮疙瘩。可她後來卻封了喉，在她不得不把親骨肉送到——」她住嘴。看著我。

她說，「總之。」

我告訴自己不要給她壓力。我多麼想要追問她有關康絲坦丁的一切，但我必須等到訪談結束後。

此時此刻，我不要我倆之間梗著任何東西。

「米妮那邊有消息嗎？」我問道。「如果史丹太太喜歡第一篇稿子的話，」我幾乎逐字背誦似地說出這句話，「我希望下一個訪談對象都已經安排好了。」

愛比琳搖搖頭。「我問過米妮三次，她依然堅持她才不幹。我想我也該相信她了。」

我試著藏住我的憂慮。「那其他人呢？妳可以去探聽看看嗎？」我確信愛比琳比我有說服力多了。

愛比琳點點頭。「是還有幾個人可以問問看。不過，妳知道紐約那位小姐大約要多久才會有回音嗎？」

我聳聳肩。「我也不知道。如果我們下星期就把稿子寄出去，也許二月中之前就會知道了吧。可也說不定。」

愛比琳抿著嘴唇，低頭看著手稿。我突然注意到一件之前未曾留意的事。參與感，還有一絲興奮之情。我滿腦子只想到自己的事，一直未曾想到，能讓遠在紐約的一位編輯讀她的故事，愛比琳的興奮之情或許不下於我。我微笑，深深吸了一口氣，希望之苗愈發茁壯。

第五次會面，愛比琳寫到了崔洛過世那一天。她寫到他破碎的屍身如何讓白人工頭扔到小卡車上。「然後他們把他載到黑人醫院。一個當時剛好站在外頭的護士這麼告訴我。她說，幾個白人把他的屍體從卡車上推滾下來，然後開車揚長而去。」愛比琳沒有哭，只是讓大段時間在沉默中流逝。我盯著打字機，而她目光定在磨損的黑色地磚上。

第六次會面，愛比琳唸道，「一九六〇年，我開始給李佛太太做事。當時梅茉莉才兩星期大，」我感覺自己通過了一道沉重而難以敲開的信任之門。她描述車棚廁所增建的經過，並且承認她現在還挺高興有那廁所的。這比聽希莉抱怨得和女傭共用廁所容易多了。她告訴我，我曾經批評黑人太愛上教堂了。她不知怎麼一直記得我這句話。我蹙眉，開始回想自己還說過些什麼。我之前從沒想過，原來幫傭們也會把我們的話聽了去、放在心上。

一晚她說，「我在想……」可突然又住嘴。

我自打字機前抬起頭來，等著。愛比琳上回那一吐，終於讓我學會要讓她慢慢來。

「我在想，我該多讀點書。也許會對寫作有幫助。」

「妳可以去史戴街的圖書館。他們有一整房間南方作家的作品。福克納（Faulkner）、薇爾提——」

愛比琳輕輕乾咳。「妳知道黑人不能進那間圖書館。」

我呆坐，感覺自己蠢透了。「不敢相信我竟忘了。」黑人圖書館狀況一定很糟。幾年前，白人圖書館前曾有過一場靜坐示威，事情還上過報。當黑人群眾前去旁聽靜坐事件的審訊時，警方竟然退開，然後解掉狼狗警犬的鍊圈。我看著愛比琳，再一次想起她這是冒著多大的險。「我很樂意爲妳借書，」我說道。

愛比琳匆匆回房，拿來一張清單。「我最好把想要先讀的書勾出來。我等卡佛街圖書館的《梅岡城故事》已經等了快三個月了。再來呢……」

我看著她在幾本書名旁邊打勾：杜博瓦（W.E.B. Du Bois）的《黑魂》（*The Souls of Black Folk*）、任何一本艾蜜莉．狄金遜（Emily Dickinson）的詩集、《頑童流浪記》（*The Adventures of Huckleberry Finn*）。

「我在學校讀過幾章，一直沒機會讀完。」她繼續打勾，偶爾停下來想想。

「妳想要讀……佛洛伊德（Sigmund Freud）？」

「噢，咱們人類可瘋的。」她點點頭。「我對我們這腦袋的運作方式還挺有興趣的。妳有沒有夢過自己跌進湖裡？他說那是妳在回想自己出生的過程。我一九五七年給弗蘭西絲小姐做事，她家裡就有不少他的書。」

等她勾到第十二本書的時候，我忍不住了。「愛比琳，妳等了多久才決定開口讓我幫妳借書？」

「好一會了。」她聳聳肩。「我不太敢同妳提。」

「妳……以爲我會拒絕妳嗎？」

「白人有白人的規矩。我不知道哪些是妳遵守的，哪些又不是。」

我們四目相視了幾秒。「我已經很厭倦那些規矩了，」我說。

愛比琳輕輕乾笑，望向窗外。我明白自己剛剛那句話在她聽來，有多麼地淺薄而難以信服。

整整四天，我就坐在我房間裡的打字機前。二十張打字稿，上頭佈滿紅筆圈圈點點的修改痕跡，最後變成三十一頁印在司綴摩牌厚磅紙上的完稿。我給莎拉蘿絲寫了一篇簡短的自傳——莎拉蘿絲是愛比琳六年級的老師，她特地挑了這名字，也算紀念幾年前過世的老師。我簡單交代了她的年紀、她父母的工作。接下來便是愛比琳的故事，通篇按著她的敘述風格，簡單而明瞭。

第三天，母親站在樓梯底下，朝著樓上大聲問我整天待在房裡、到底在搞什麼鬼，而我也吼著回答她說，**只是給查經班整理一些筆記。寫下我愛耶穌的所有理由。**晚餐後，我聽到她在廚房裡同爹地說道，「她一定有什麼事瞞著我們。」我開始隨身拎著我受洗時那白皮的小本聖經，讓自己看起來更逼真。

我反覆閱讀第一版完稿，晚上再帶去給愛比琳，讓她也做同樣的事。讀到皆大歡喜的部分她微笑、頻頻點頭，等讀到比較不好的部分時，她摘下她的黑框老花眼鏡，說道，「我知道我這麼寫沒錯，可妳確定要保留這一段嗎？」

而我說，「是的，我確定。」可我也承認，裡頭許多情節，確實是我從沒想到過的。州長官邸裡的黑人專用冰箱，成年白人女性爲了沒熨平的餐巾變身兩歲幼兒大鬧脾氣，白寶寶管愛比琳喊「媽媽」。

凌晨三點，我將只有兩處修正液痕跡的二十七頁第二版完稿裝入黃色大信封裡。我昨天給史丹太太辦公室打了長途電話。她的祕書露絲說她正在開會。我留了話，告訴她明天將寄出第一篇訪問稿。史丹太太今天並沒有回電。

我捧著信封，壓在胸口，精疲力竭而忐忑不安，眼淚幾乎奪眶而出。我隔天一早在坎頓郵局寄了信。我回家，躺在我的舊鐵床上，擔心接下來的事……**如果她喜歡的話**。要是讓伊麗莎白或希莉發現了呢？要是害愛比琳丟了工作、甚至鋃鐺入獄？我感覺自己像跌入一個無底螺旋隧道。老天，他們會拿她當那個誤上白人廁所的黑人男孩一樣痛毆嗎？我這是在做什麼？我怎麼可以讓她冒這種險？

我沉沉入睡，陷入十五個小時不間斷的惡夢中。

下午一點十五分，希莉、伊麗莎白還有我坐在伊麗莎白家的餐桌前，等待露安出現。我一整天空著腹，只喝了母親的性向矯正茶，感覺有些反胃、焦躁不安。我的腳在桌下不安分地動來動去。自從十天前把愛比琳的故事寄給伊蓮．史丹後，我便一直處在這樣的狀態裡。我後來又打過一通電話，露絲告訴我她四天前便把稿子拿給了史丹太太，我卻一直沒有收到回音。

「這眞是太失禮了，」希莉看錶，沉著臉說道。這是露安第二次遲到。有希莉在，這橋牌會她恐怕也待不久了。

愛比琳走進餐廳，而我努力壓抑自己不要去看她。我怕希莉或伊麗莎白會從我的眼神裡看出端倪。

「別抖腳，史基特。整張桌子都在晃了，」希莉說道。

愛比琳穿著白制服，俐落地走動，神色自若。我想她已經很習慣隱藏自己的情緒了吧。

希莉洗牌發牌，打算拿陷阱遊戲（gin rummy）打發等人的時間。我試著專心玩牌，可我每回抬頭看到伊麗莎白，腦海裡便會蹦出片片段段的情節。梅茉莉上車棚廁所，愛比琳不能把自己的午餐放在李佛家的冰箱裡。一些我如今已然得知的細節。

愛比琳端著銀托盤，問我要不要來個比斯吉。她當我陌生人似地爲我倒了冰茶。寄出包裹後，我又去過她家兩趟，都是爲了交換圖書館的書。她依然穿著黑滾邊的綠洋裝。偶爾，她也會在桌下踢掉鞋子。我最後一次去的時候，她拿出一包蒙克萊牌香菸、當場抽了起來，而這說明了點什麼，她那輕鬆了一點的神態。我後來也來了一根。眼前，她拿出一把銀製刮刀爲我清掉桌上的碎屑。那是我當年送給伊麗莎白和羅理的結婚禮物。

「嗯，趁露安還沒來，我有件事情宣布，」伊麗莎白說道，而我從她臉上的表情已經猜到了是什麼事。她那神祕的點頭，和擱在小腹上的手。

「我懷孕了。」她微笑，嘴唇微微顫抖。

「太好了，」我說。我放下紙牌，碰碰她的手臂。她一副幾乎要落淚的模樣。「預產期什麼時候？」

「十月。」

「嗯，也該是時候了，」希莉給她一個擁抱。「梅茉莉都這麼大了。」

伊麗莎白點菸，嘆了口氣。她低頭看著手裡的牌。「我們都很高興。」

我們一邊玩了幾手熱身牌，希莉和伊麗莎白則一邊討論起寶寶的名字。我試著加入對話。「如果是男孩的話，我贊成就用羅理的名字，」我附和道。希莉接著說起威廉參選的事。他明年打算競選州參議員，雖然他之前沒有任何參政的經驗。伊麗莎白吩咐愛比琳可以開始上午餐的時候，我滿心感激。

愛比琳捧著果凍沙拉再度現身的時候，希莉挺了挺靠在椅背上的腰桿。「愛比琳，我有件舊外套要給妳，另外還有一些我留在瓦特太太家的舊衣服。」她拿起餐巾擦擦嘴。「等會午餐後妳就去車裡拿進來，可以嗎？」

「是的，希莉小姐。」

「千萬別忘了。我可不想再記掛著這件事。」

「希莉小姐對妳眞是好哪，愛比琳，」伊麗莎白點點頭。「上完午餐後妳就去把衣服拿進來。」

「是的，李佛太太。」

希莉同黑人說話的時候，嗓音總會拉高幾個八度。伊麗莎白則總是微笑著、像同小孩說話似的，雖然她對自己孩子說話也未必這麼和顏悅色。我開始會留意這些從前不曾留意的細節。

露安·天普敦終於姍姍來遲的時候，我們已經吃完鮮蝦玉米粥，連甜點都上桌了。希莉這會突然寬宏大量了起來。畢竟，露安遲到也是因爲給聯誼會辦事去了。

散會後，我同伊麗莎白再次道過恭喜，往停車處走去。愛比琳也在外頭，領取那件來自一九四二年、「沒怎麼穿過」的舊外套，和一袋希莉不知何故沒送給自家女傭亞玫的舊衣。希莉朝我大步走來，遞給我一個信封。

「下週會訊的資料。保證幫我刊登上去？」

我點點頭，希莉轉身朝她的車子走去。愛比琳拉開前門正要回到屋裡前，突然轉頭朝我這邊看來。我搖搖頭，無聲說道**還沒有**。她點點頭，進屋。

那晚，我開始編輯當期會訊，一心希望忙的是自己的書。我整理好聯誼會上次開會的會議記錄，然後想起希莉的信封。我拆了信，裡頭就一張紙，希莉圓胖花俏的筆跡躍然入目：

希莉．哈布克在此為您引介家事幫手衛生計畫。一套疾病預防措施。為尚未備有如此重要設施的家庭提供低預算戶外廁所安裝方案。

女士們，妳們可知道：

百分之九十九的黑人疾病可經由尿液傳染

由於白人缺乏攜帶在黑人皮膚色素裡的抗體，白人一旦染上黑人疾病，將會造成終身殘疾

白人所帶細菌，也可能傷害貴府的家事幫傭

保護妳自己。保護妳的孩子。保護妳的幫傭。

來自哈布克家的呼籲！我們說：不客氣！

廚房電話響起，我一跳，連摔帶爬往鈴聲來源衝。可帕古拉還是早了一步。

「夏綠蒂小姐公館。」

我瞪著眼睛，看著瘦小的帕古拉點點頭，說道，「是的，她在，」然後將話筒遞給我。

「我是尤吉妮亞，」我很快說道。爹地在田裡忙，母親則進城看醫生去了，我於是拉著捲曲的黑色電話線往餐桌前來。

「伊蓮．史丹。」

我深吸一口氣。「是的。妳收到我的包裹了嗎？」

「收到了，」她說道，然後半晌只是朝著話筒呼氣。

「這莎拉蘿絲。我喜歡她的故事。她kvetch卻又不至於抱怨個沒完。」

我點點頭。我不知道什麼是kvetch，可我想反正不會是壞事。

「但我還是堅持我早先說的，一本全部是訪談的書……一般而言是沒有市場的。既不算小說，也不算非小說；或許可以歸為人類學類著作，可那就更完蛋了。」

「可妳說妳……喜歡這故事？」

「尤吉妮亞，」她說道，對著話筒呼了一口菸。「妳看到這期《生活》雜誌的封面了嗎？」

我已經一個月沒見過我的《生活》雜誌。我忙暈了。

「馬丁路德．金恩，親愛的。他剛剛宣布將在華盛頓特區發動遊行，邀請全美國的黑人一起加入。還有白人。上回這麼多黑人白人一起合作，大約是拍攝《亂世佳人》電影的時候吧。」

「是的……我是聽說那個，呃，遊行的事了。」我扯謊道。我以手遮眼，只希望自己這星期曾找時間讀了報紙。我聽起來像個笨蛋。

「我給妳的建議是，就動手寫，快寫。遊行是八月的事。妳最好能夠趕在過年之前完成。」

我倒吸一口氣。她要我寫！她要我……「妳的意思是說，妳願意出版這本書？如果我能趕在——」

「我什麼也沒說，」她斷然說道。「妳寫，我願意讀讀看。我一個月平均要讀上百件投稿，幾乎全數都會讓我退掉。」

「對不起，我只是……我會寫，」我說。「我會趕在一月之前完成。」

「四五篇訪談不夠一本書的分量。妳至少需要十二篇，甚至更多。我假設妳已經安排好接下來的訪談了？」

我抿著嘴。「是約了……幾個。」

「很好。那就快動手吧。趕在這場民權運動風潮散場之前。」

那晚，我去了愛比琳家。我交給她新借來的三本書。我的腰因爲拱著背打字還隱隱作疼著。我花了一下午時間，列出所有我認識家裡僱請了女傭的人（差不多也就是所有我認識的人），寫下她們還有女傭的名字。幾個女傭的名字我沒記清楚倒是。

「謝謝妳，噢，老天，太好了。」她微笑道，一邊翻開《湖濱散記》（*Walden*）扉頁，似乎等不急、當場就要讀了起來。

「我今天下午和史丹太太談過了，」我說。

愛比琳的手僵在書頁上。「我就知道什麼事不對勁。我從妳的表情看得出來。」

我深深吸氣。「她說她非常喜歡妳的故事。但是……她沒承諾一定出版。」我盡量表現樂觀。

「我們必須趕在過年前後完成。」

「這算是個好消息，是吧？」

我點點頭，擠出微笑。

「一月，」愛比琳低聲說道，起身匆匆走出廚房。再回來時，她手裡拿著一本湯姆糖果店贈送的月曆。她把月曆放在餐桌上，逐月翻去。

「感覺上還很久，可一月其實不過……二……四……六……再十頁而已。一晃眼就到了。」她咧嘴笑了。

「她說，我們至少還得訪問十二位女傭，」我說。我話聲裡的壓力與憂慮幾乎要藏不住了。

「可是……妳沒別的女傭可以訪問了，史基特小姐。」

我握拳，閉眼。「我沒人可問了，愛比琳，」我說道，聲音一路揚高。過去四小時，我滿腦子都是這個事實。「我的意思是，我還能問誰？帕古拉？同她談別想瞞過我媽。我又不是妳，我不認識其他女傭。」

愛比琳頭一低，自我臉上移開了目光。速度之快，叫我幾乎馬上懊悔落淚。**該死了，史基特**。過去幾個月來，那道好不容易漸漸消融的圍牆，只消幾秒便讓我蓋了回來。「對不起，」我很快說道。「我不該那麼大聲對妳說話。」

「不，不，沒事的。再去找人確實是我的工作。」

「妳……妳找過露安的女傭了嗎？」我靜靜說道，自清單上抓了個名字下來。「她叫什麼名字……露維妮亞？妳認識她嗎？」

愛比琳點點頭。「我問過露維妮亞了。」她的視線依然低垂在膝上。「她孫子就是上回讓人打瞎了那個。她說很抱歉，可她得把心思放在他身上。」

「那希莉的女傭，亞玫呢？妳問過她了嗎？」

「她說她得忙兒子明年申請大學的事。」
「妳教會裡其他人呢？妳問過了嗎？」
愛比琳點點頭。「都找了藉口。可其實，她們只是怕。」
「多少人？妳問過多少人了？」
愛比琳拿起筆記本，連著翻了幾頁，嘴裡念念有詞，默數著。
「三十一個，」愛比琳說道。
我呼出一口氣。我甚至不知道自己原來屏息在等。
「還……眞是多，」我說。
愛比琳終於迎上我的目光。「我本來不想同妳說，」她說道，擠皺了額頭。「至少等紐約那位小姐回音來了再說……」她摘下眼鏡。我在她臉上看到深深的憂慮。她顫抖著微笑，試圖掩飾。
「我會再去問一遍，」她說道，欠身向前。
「好的，」我嘆道。
她困難地吞下一口口水，很快地點點頭，表明她的決心。「拜託妳，不要放棄我。讓我繼續同妳一起努力。」
我閉上眼睛。我無法一直看著她那張憂慮的臉。我怎麼可以對她大聲說話？「愛比琳，沒事的。我們……我們一起努力。」
幾天後，我坐在悶熱的廚房裡，百般無聊地抽著菸。這似乎成了我近來最常做的事。我想我應該是有了「菸癮」。戈登先生最愛說這個字。**那群白癡個個都有菸癮。**他每隔一陣子便會要我進辦公室，一手紅筆一手當月文章，邊勾邊劃，還一邊咕咕噥噥的。

「好，」他會這麼說。「妳好嗎？」

「我很好，」我說。

「很好。」然後，在我離開之前，胖胖的接待員會交給我一張十元支票。我扮莫娜小姐差不多就這麼回事了。

廚房又悶又熱，可我不想一直待在房間裡，爲找不到下一個願意合作的幫傭煩惱個沒停。何況，這裡也是屋裡唯一沒有裝吊扇的房間，菸灰也才不會給吹得亂七八糟。我十歲的時候，爹地曾一度未經康絲坦丁同意，擅自在錫製天花板上裝了吊扇。她發現後用手直指著，彷彿天花板上是給停了輛福特轎車。

「這是爲妳裝的，康絲坦丁，免得妳在廚房裡熱壞了。」

「我可不在裝了吊扇的廚房裡做事，卡爾頓先生。」

「沒的事。我現在就把電接上。」

爹地爬下梯子。康絲坦丁拿來一只鍋子，裝了水。「去啊，」她嘆氣道。「去把電接上了。」

爹地打開開關。風扇開始慢慢轉動，可同時間，攪拌盆裡的麵粉也給吹起來、旋風似四處席捲，而流理台上的食譜也是啪啪亂飛、甚至飛到爐邊給點著了火。康絲坦丁抓住燃燒的紙捲，往剛剛裝的那鍋水裡一放。天花板上至今還看得到那個只掛了十分鐘的吊扇留下的空洞。

我翻開報紙，看到惠沃斯參議員指著市立體育館的預定用地。我趕緊再翻過一頁。我不想想起與史都．惠沃斯那個約會。

帕古拉輕步走進廚房。我看著她用沒裝過酒的小酒杯切比斯吉麵團。在我身後，廚房窗子讓本厚厚的希爾斯（Sears）百貨的郵購目錄撐開著。兩塊錢手動攪拌器和兒童玩具的照片隨風翻飛，十年的日曬雨淋讓紙頁褪色起皺。

也許我該問帕古拉。也許母親不會發現。可我這是在騙誰？母親監視著她的一舉一動，而且帕古拉似乎也很怕我，彷彿我只等她做錯事就要去告狀似的。光要克服那層恐懼大概就要好幾年的時間。我的直覺告訴我，別把帕古拉扯進來。

電話鈴猛地響起，火災警報器似地。帕古拉鏗一聲放下湯匙，可我搶先一步拿起了話筒。

「米妮答應了，」愛比琳低聲說道。

我閃進儲藏室，坐在我的麵粉罐上。我足足五秒說不出話來。「什麼時候？我們什麼時候可以開始？」

「下星期四。可她有幾點……要求。」

「什麼要求？」

愛比琳頓了一會。「她說她不要在伍卓．威爾森橋的這一頭看到妳的凱迪拉克。」

「沒問題，」我說。「我想我可以……開卡車去。」

「然後她還說……她說妳不可以和她坐在同一側。她說她要隨時可以清楚看到妳。」

「我……她要我坐哪我就坐哪。」

愛比琳的語氣軟化了些。「她只是還不認識妳。她之前吃過不少白人太太的苦頭。」

「沒關係。我什麼都願意配合。」

我笑容滿面地走出儲藏室，把話筒掛回牆上。帕古拉一手小酒杯、一手還抓著麵團，看著我。她回神，低頭恢復了動作。

兩天後，我告訴母親我得去買本新版詹姆士王欽訂版聖經，因爲原來那本已經讓我讀得破舊不堪了。我還告訴她，想到非洲那些挨餓的寶寶們，我就充滿罪惡感，所以我決定不開凱迪拉克、改開舊卡車去。她坐在前廊搖椅上，瞇著眼看我。「妳打算上哪買新聖經？」

我眨眨眼。「就……他們幫我訂了一本。坎頓教會的人。」

她點點頭，目光一路緊黏著我，直到我終於發動卡車離去。

我拖了部割草機往法立胥街駛去。老爺卡車底板都鏽得差不多了，一低頭便可以看到底下的柏油路面往後飛馳。可至少這回後頭沒加掛著曳引機了。

愛比琳爲我開了門。我進門，看到米妮雙手交叉在豐滿的胸前，站在客廳最遠的角落裡。我見過她幾次。希莉之前偶爾會答應讓瓦特太太主辦橋牌聚會。米妮和愛比琳都還穿著白制服，站著文風不動。

「嗨，」我站在客廳這頭說道。「很高興又看到妳。」

「史基特小姐。」米妮點頭道。她坐在愛比琳從廚房搬出來的椅子上，木椅隨她的動作嘎吱作響。我坐在沙發一頭。愛比琳決定坐在沙發另一頭，剛好就在我和米妮的中間。

我清清喉嚨，緊張地微笑。米妮沒笑。她體型矮胖壯碩。她的膚色比愛比琳深了十色，膚質光滑緊繃，像雙簇新的漆皮鞋。

「我同米妮解釋過了，」愛比琳同我說道。「我的故事是妳幫著我一起寫完的。她的就讓她直接說給妳聽，妳再寫下來。」

「米妮，妳知道妳在這裡說的話我會守口如瓶，」我說。「所有稿子我也都會先讓妳讀——」

「妳憑啥認定黑人需要妳的幫忙？」米妮站起身，椅腳嘎嘎摩擦地面。「妳幹啥在乎我們怎麼想？妳是**白人**。」

我望向愛比琳。從沒有黑人這麼同我說過話。

「我們的目標就一個，米妮，」愛比琳說道。「妳同我負責說就對了。」

「那目標又是啥？」米妮對著我說道。「說不定妳只是要騙我說、好讓妳給我找麻煩。」米妮指了指窗外。「有色人種協進會（NAACP）的米格・艾維斯（Medgar Evers），他家離這不過五分鐘路，昨晚才讓人炸了車棚。只因爲他**多說了幾句話**。」

我的臉火燒般漲得通紅。我慢慢地說。「我們想要從妳的角度看事情……好讓大家了解，事情從妳那頭看過來，又是什麼樣子。我們——我們希望能藉此改變一些現況。」

「妳當妳能改變啥？妳打算改變哪條法律、規定妳們從此得對妳們的女傭好一點？」

「等等，」我說道，「我並沒說要改變法律。我說的是態度和——」

「妳知道讓人逮到，我會落得啥下場嗎？忘了上回我不小心在麥克蕾女裝店用錯更衣室的事，這回我可是要招來**槍口**對準了我家。」

一晌，屋裡一片緊繃的靜默，只有架上棕色的天美時牌鬧鐘兀自滴答滴答走著。

「沒人逼著妳，米妮，」愛比琳說道。「妳隨時可以改變主意。」

緩緩而謹慎地，米妮再度坐下。「我沒改變主意。我只是要她確實了解，這可不是鬧著玩的**兒戲**。」

我看了眼愛比琳。她朝我點點頭。我深呼吸。我的雙手微微顫抖。

我從個人基本資料開始問，而不知不覺間，話題便給扯到了米妮的工作上。她說話時兩眼緊盯著愛比琳，似乎打定主意當我不在場。我試著記下她說的一切，鉛筆在紙上盡可能飛快移動。我們以爲用打字機或許會讓場面看來太過正式。

「接下來那家人，讓我天天待晚。可妳知道後來怎麼了嗎？」

「怎……怎麼了？」我問道，雖然她從頭到尾對著愛比琳說話。

「**噢，米妮，**」她捏著嗓門用貓咪似的嗲聲說道。「**妳是天下最棒的女傭。好米妮，我要妳永遠跟著我們。**接著一天，她說要放我一星期的有薪假。有薪沒薪，我這輩子連天假都沒放過。一星期後，我開車上工，卻撲了個空。舉家搬到阿拉巴馬州摩比爾市去了。她同人說，她就怕我找到新差事先跑了。那懶婆娘，一天都不能沒人服侍她。」

她突然站起來，皮包往肩頭一甩。「我得走了。說這些，害得我鬧心悸。」說完她便轉身，開門，摔門，離去。

我終於抬頭，抹去額頭的汗水。

「她今天心情算好的了，」愛比琳說道。

第十三章

接下來兩週，我們三人每次都按頭一回的座位分配，分坐在愛比琳溫暖的小客廳裡。米妮像陣狂風席捲進門，邊同愛比琳說故事邊慢慢冷靜下來，猛地又以同樣的狂暴勁道拂袖而去。我盡可能記下一切。

米妮偶爾會不小心提到西麗亞小姐——「她偷偷摸上樓，當我沒留意，可我都看在眼裡，那瘋女人準有事——」她猛地住嘴，一如愛比琳每回說到康絲坦丁時那樣。「西麗亞小姐同這無關。妳別寫到她。」她盯著我，直到我完全停筆爲止。

除了數落白人，米妮還喜歡說食物。「我瞧瞧，我先煮了豆子，然後再放豬排下鍋煎，嗯嗯，我就要我的豬排熱騰騰上桌，妳懂我的意思吧。」

一天，她才說到，「……一手還抱著那白寶寶，青豆也已經下鍋了——」便突然住了嘴。她歪著下巴打量我，腳還邊點著地板。

「我講這些，大半同黑人權益無關。全只是些雞毛蒜皮的日常小事。」她上下打量我。「我看妳還更像在給《生活》雜誌寫文章。」

我停筆。她說得沒錯。一語點醒夢中人，這確實就是我想要的。我告訴她，「希望是這樣。」她霍然起身，說她有比我的希望更重要的事得操煩。

第二天晚上，我待在樓上房裡，埋頭敲著我的科洛納牌打字機。突然，我聽到母親急急跑上樓來的腳步聲。才兩秒，她已直逼我房門口。「尤吉妮亞！」她低聲喚道。

我猛地站起來，椅子一陣搖晃。我試著擋在打字機前。「是的，母親？」

「妳別慌，聽我說。樓下有個男生——一個**很高**的男生——說要見妳。」

「誰？」

「他說他叫做史都·**惠沃斯**。」

「什麼？」

「他說你們好陣子前一起吃過晚飯，可我不明白這怎麼可能，我從沒聽妳提——」

「老天。」

「不要亂喊老天，尤吉妮亞·菲蘭。快補點口紅。」

「相信我，媽媽，」我說道，一邊還是塗上唇膏。「老天也不會喜歡他。」

我梳了梳一頭亂髮，甚至還把手上肘上的油墨與修正液痕跡刷洗乾淨。但我拒絕換衣服。他還不配。

我穿著我的連身工作褲和爹地的舊白襯衫，站著讓母親火速上下打量過。「他是格林伍還是拿切茲的惠沃斯家？」

「他是州參議員的兒子。」

母親嘴一開，下巴往下掉，幾乎碰到頸間的珍珠項鍊。我走下樓梯，一路行經我們從小到大的照片展示牆。卡爾頓的照片按年代排成一排，幾乎更新到前天的最新照片。我的照片則停留在十二歲那年。「母親，讓我同他單獨談。」我看著她慢慢踱回房間，一邊還頻頻回頭。

我往前廊走去，而他就在那裡。第一次約會三個月後，史都．惠沃斯就站在那裡，穿著卡其褲、藍色西裝外套還繫了條紅領帶，一身週日晚餐裝扮站在我家前廊上。

王八蛋。

「你來做什麼？」我問道。我面無表情，拒絕對他微笑。

「我只是……剛好路過。」

「嗯。要來點喝的嗎？」我問道。「還是要我把整瓶老肯塔基威士忌拿過來？」

他皺眉。他的鼻子和額頭紅紅的，像剛在太陽下做了好一會事。「嗯，我知道那是……好一陣子以前的事，可我來，其實是要跟妳說聲對不起。」

「誰讓你來的——希莉？還是威廉？」前廊上空著八張搖椅，可我不打算請他坐下。

他望向西側的棉田，遠遠地平線上斜掛著夕陽。他兩手插在外套口袋裡，像個十二歲的男孩。

「我知道那晚我很……粗魯無禮，我想了很多，而且……」

我乾笑出聲。我又羞又窘，他竟就這麼侵門踏戶、要我再重溫一遍當晚的窘境。

「聽好，」他說道，「我同希莉說了不下十次，我還沒準備好再同任何人交往。我離準備好還遠得很……」

我咬牙。我**不敢相信**自己竟然又熱了眼眶，那約會畢竟已經是好幾個月以前的事。但我還記得自己那晚感覺有多差，感覺自己有多蠢、竟然爲這傢伙精心打扮。「那你又何必答應她？」

「我不知道。」他搖搖頭。「妳也知道希莉。」

我站著，等他終於說出此行的目的。他伸手爬梳過那頭茂密得幾乎像鋼絨的淺棕色頭髮。他滿臉倦意。

我移開目光。他看來就像個大男孩，有點可憐、有點可愛的大男孩。我不想看著他。我要他離開——我不想再一次感覺那糟糕透頂的感覺，然而我卻聽到自己脫口而出，「什麼叫做你還沒準備好？」

「就是還沒準備好。在發生了那樣的事後，不可能復原得這麼快。」

我瞠目瞪著他。「你是要我猜嗎？」

「我和派翠西雅．凡岱文的事。我們去年本來訂婚了，結果卻……我還以爲妳知道。」

他身子一沉，落坐在一張搖椅上。我沒跟著坐下，卻也沒叫他走。

「怎麼，她跟人跑了不成？」

「媽的。」他把臉埋進手掌裡，咕噥著說道，「跟事實比起來，只是跟人跑了簡直是個該死的狂歡派對。」

我忍著沒脫口而出，說不論她做了什麼、八成都是他咎由自取。他那副可憐兮兮的慘樣，讓我不住把話嚥了回去。他之前靠威士忌酒精撐出來的男子漢形象如今蕩然無存，我開始懷疑，這副落魄失意樣才是他的常態。

「我們十五歲就在一起了。妳知道這是怎麼回事，同一個人交往這麼久。」

我不知道自己爲什麼要承認，或許因爲承認了也沒什麼損失吧。「事實上，我還眞不知道，」我說。「我不曾同任何人交往過。」

他抬頭看我，似笑非笑。「喏，那就應該是這原因了。」

「什麼的原因？」我武裝自己，逼自己想起那番有關肥料與曳引機的對話。

「妳很……不一樣。我從不認識像妳這樣有話直說的人。至少不認識這樣的女人。」

「相信我，我還多的是話沒說。」

他嘆氣。「當我看到妳的表情，在妳那輛卡車旁邊……那不是我。我眞的不是那樣的混帳。」

我轉頭，感到一陣困窘。我突然開始明白，或許他說的不一樣，不是那種奇怪、或不正常、或這女孩高得離譜的不一樣。或許他說的，是一種好的不一樣。

「我來是想問看看妳，願不願意同我進城吃晚餐。我們可以聊聊，」他說道，一邊站了起來。「我們可以……或許吧，聽聽彼此有什麼話要說。」

我站著，震驚不已。他的眼睛好藍，好清澈，而且定定看著我，彷彿我的答案眞的對他意義重大似地。我深呼吸，幾乎要脫口答應——是啊，我憑什麼拒絕——而他咬著下唇，等著。

然而我卻突然想起他是怎麼對我的。彷彿我一文不値。我想起他被迫與我共處、痛苦得非得把自己灌得爛醉如泥。我想起他說我聞起來像肥料。那句話，讓我花了足足三個月才忘掉。

「不，」我脫口而出。「謝謝你的邀請。不過我想不出有什麼比這還糟的事了。」

他點點頭，低頭看著雙腳。然後他開始走下前廊階梯。

「我眞的很抱歉，」他說道，拉開車門。「我來只是爲了說聲抱歉，喏，我想我話說了，也該走了。」

我站在前廊，充耳盡是黃昏近晚的空洞聲響。他腳步下的碎石，狗兒在即將掩至的夜色中穿梭。一秒之間，我想起了查爾斯·葛雷，我一生唯一的一吻。我想起我是怎麼推開他，認定那吻並不是該我的。

史都進車，拉上車門。他將手臂架在開啓的車窗上，露出一截手肘。他的目光始終低垂。

「給我一分鐘，」我朝他大吼。「讓我套件毛衣。」

從沒有人告訴我們這些沒有約會經驗的女孩，原來回想竟幾乎同事情進行的當兒一樣甜美。母親再度不辭辛勞爬上三樓，站在我床邊，但我閉著眼裝睡。因爲我還想再多回想一會。

我們昨晚後來去了勞勃．李將軍飯店。我換上一件淺藍色線衫和白色窄裙，甚至讓母親爲我梳頭髮，一邊試圖對她緊張而複雜的指示充耳不聞。

「不要忘記微笑。男人可不喜歡女孩一整晚沒精打采的。還有，坐姿不要像個印地安女人，記得交叉妳的——」

「等等，是我的腿還是腳——」

「妳的腳踝。芮默太太禮儀課教的妳全忘光了嗎？還有，扯個小謊其實無傷大雅，妳就告訴他妳每週日都上教堂。還有，絕對不可以咬冰塊，那是大忌。噢，還有就是，如果一時找不到話題，妳就同他提我們有個表親是庫賽科的市議員……」

母親一邊爲我梳開再撫平、梳開再撫平頭髮，一邊也沒忘了拷問我同他認識的經過與上回約會的事。我設法逃離魔掌，衝下樓，因興奮緊張而微微顫抖著。等史都與我終於走進飯店、坐定、攤開餐巾鋪平在膝上時，服務生卻告訴我們，他們即將打烊，餐點服務只剩下甜點。

接著史都便陷入沉默。

「妳……妳想要什麼，史基特？」他問道，而我一時提高警覺，希望他可別打算再度喝醉。

「可口可樂。加很多冰。」

「不。」他微笑。「我的意思是……對於妳的人生，妳想要什麼？」

我深呼吸，知道母親會指示我怎麼回答：幾個健康的孩子，一個可以讓我照顧的丈夫，閃亮亮的新廚具好讓我做出健康營養的美食。「我想要成爲作家，」我說。「記者。也許小說家。也許兩者兼是。」

他揚高下巴，直視我的眼睛。

「我喜歡，」他說，不曾挪開目光。「我一直在想妳。妳很聰明，很漂亮，很——」他微笑。

「——高。」

漂亮？

我們吃了草莓蛋奶酥，一人喝了一杯夏布利白酒。他告訴我如何判斷棉田地底有沒有油礦，而我告訴他那個接待員和我是全報社唯二的女雇員。

「我希望妳寫出很棒的文章。妳堅信不移的東西。」

「謝謝你。我……也希望如此。」我沒有告訴他愛比琳與史丹太太的事。

我很少有機會近距離細看一張男人的臉。我留意到他的皮膚比我厚，膚色則是好看的古銅色；我還注意到他兩頰與下巴的金色鬍渣似乎就在我眼前愈冒愈多愈長。他身上帶著上漿襯衫的清新味兒。還有松木味。他的鼻子畢竟沒那麼鷹勾。

服務生站在牆角哈欠連連，可我們沒管他，依然坐著，繼續聊。正當我暗自懊惱今早怎麼只泡了澡沒洗頭、同時也慶幸自己至少還刷過牙時，毫無預警地，他吻了我。就在勞勃．李將軍飯店的餐廳裡，他張嘴慢慢吻我，而我全身上下每個部位——我的皮膚、我的鎖骨、我膝蓋背後的凹槽，全都像給注滿了光。

與史都約會後幾週的一個星期一下午，我趁進城出席聯誼會前的空檔，去了趟圖書館。圖書館裡聞起來就像小學——無聊、膠水、混合來舒消毒水的嘔吐味。我來是給愛比琳找書，順便看看是否有任何家事幫傭的相關資料。

「瞧瞧是誰來了，史基特！」

老天。是蘇西・珀奈兒。如果高中時代有人提議票選最愛說話的人，她鐵定勇奪第一。「嘿……蘇西。妳怎麼在這裡？」

「我來給聯誼會當義工呀，記得嗎？妳眞的該考慮也來當義工，史基特，眞的很好玩！妳可以讀最新當期雜誌、幫忙歸檔、還可以使用護貝機喔。」蘇西站在那部巨大的棕色機器旁，頗有電視節目〈價格猜猜樂〉助理小姐的架式。

「聽起來很棒。」

「咭，告訴我，妳想找什麼樣的書？我們有謀殺推理、羅曼史、化妝教學系列、髮型教學系列，」她頓了一下，硬擠出微笑，「玫瑰種植、家庭美化——」

「謝了，不過我只是想隨意看看。」我快步走開。找書我自己來就可以了。我絕對不可能告訴她我在找的書。我幾乎可以聽到她在聯誼會上低聲耳語，**我就知道那史基特・菲蘭哪裡不對勁，淨找那些黑鬼書……**

我翻了目錄卡，也在架上找過，還是找不到任何有關家事幫手的資料。在非小說書區，我找到一本《菲德列克・道格拉斯：美國黑奴》（*Frederick Douglass, an American Slave*）。我把書從架上抓下來，很高興可以爲愛比琳借到這本書；可我拿到書一翻，赫然發現書的內頁已經讓人撕去，只留下紫色蠟筆寫的幾個大字：**黑鬼書**。這三個字沒怎麼困擾我，眞正讓我耿耿於懷的，是那筆跡看來像是個小學三年級生的字。我左右張望，把書塞進我的舊書包裡。這麼做似乎比放回架上來得恰當。

在密西西比州史室，我努力搜尋任何有關族群關係的資料。我只找到以南北戰爭爲主題的書、地圖、還有幾本舊電話簿。我踮著腳尖，探頭檢視書架最上層。就在那裡，在《密西西比河谷洪水年鑑》上頭，橫躺著一本小冊子。一個正常高度的人絕對看不到。小冊子薄薄一本，起皺的蔥皮紙只以訂書機簡單裝訂成冊。「南方種族隔離法總輯」，書皮上這麼印著。我翻開沙沙作響的封頁。

小冊子結果只是一本各級律法總表，收集南方各州規定，說明黑人可以與不可以做的事項。我快速讀過第一頁，不明白小冊子怎麼會出現在這裡。這裡頭列出的法條口氣中立，單純就事論事：

黑人在場的室內，任何人不得要求白種女性哺乳。

只有白人與白人間的婚姻方為合法，此外均視為無效。

黑人理髮師不得為白種女性理髮。

黑人不得埋葬於白人墓園。

黑白學校不得交流教科書，教科書使用者自始至終須得為同一種族。

我讀完全冊二十五頁中的四頁，對於原來有這麼多法律規定橫亙在我們之間，不住嘖嘖稱奇。黑人與白人不得共用飲水機、電影院、公共廁所、棒球場、電話亭、甚至是馬戲團。黑人不可以和我在同一個窗口領藥或是買郵票。我想起了康絲坦丁，想起那回我們全家載著她一起出遊曼菲斯。夜色深深的公路上已經沒有別的車，但我們不能停，因爲沒有旅館會願意讓康絲坦丁一同入住。我想起一車人沒有人出聲說破。我們都知道這些法律，我們就住在這裡，但我們從來不說不談。這是我第一次看到它們化身白紙黑字。

午餐吧台、州博覽會、撞球台、醫院。諷刺的第四十七條規定讓我反覆讀了兩次。

學區委員必須以隔離校區的隔離建物安置黑人盲生。

幾分鐘後，我強迫自己停下來。我動手準備把小冊子放回架上，告訴自己並不是在寫一本有關南方法律的書，讀這只是浪費時間。可就在那當兒，我腦子裡像有什麼迸了開來，我突然明白，這些政府法條與希莉在車庫給愛比琳另蓋廁所的堅持，其實沒有任何差別。就算有，大約也只是州府裡那十分鐘的簽字過程。

我在最後一頁找到**密西西比法律圖書館藏書**的字樣。小冊子原來是給還錯了地方。我把自己剛剛的頓悟寫在一張紙條上，夾進小冊子裡：**種族隔離法還是希莉的廁所計畫——有何差別？**我接著把小冊子也塞進書包裡。遠遠那頭，書桌後方的蘇西打了一個噴嚏。

我往門口走去。聯誼會再三十分鐘就開會了。我對著蘇西過度友善地一笑。她此刻正握著話筒低聲耳語。袋子裡那兩本偷來的書彷彿會發熱，砰砰搏動著。

「史基特，」蘇西嘶聲喊我，兩眼睜得大大的。「我有沒有聽錯？**妳**正和史都．惠沃斯交往中？」她把重音落在「妳」字上，叫我很難維持住笑容。我假裝沒聽到，大步踏進外頭的燦爛陽光下。我這輩子從沒偷過東西。直到今天。我還有一點點高興，事情是發生在蘇西的鼻子底下。

不難想見，我的朋友們與我各有讓我們感覺適得其所的地方。伊麗莎白喜歡埋頭在她的縫紉機前，努力讓她的生活看來完美無瑕得像剛從店裡買來的。我則愛坐在我的打字機前，寫下一段又一段我沒膽大聲說出口的話。至於希莉則屬於講台，站在那裡厲聲告訴台下六十五個女人，一人只捐三個罐頭是餵不飽非洲那些挨餓孩童的。然而瑪麗喬琳．渥克卻覺得三罐已經綽綽有餘了。

「而且，把這些罐頭送到衣索比亞的運費應該不便宜吧？」瑪麗喬琳問道。「直接寄支票給他們不更好？」

會議還沒正式開始，希莉卻已經在講台上就了定位。她眼底有抹蓄勢待發的狂熱。這不是我們晚上的例行會議，而是希莉召開的下午臨時會。許多會員都計畫在六月出城避暑，而七月則剛好是希莉一年一度爲期三週的海岸假期。她就是放不下心，放手讓少了她的傑克森市獨自運作。

希莉翻了翻白眼。「妳不能直接把錢拿給那些族人，瑪麗喬琳。奧加登沙漠裡可沒有吉尼十四商店。就算有，我們又要怎麼確定錢眞的給換成了他們小孩的食物？他們說不定拿了錢就跑到什麼巫毒帳棚弄個什麼撒旦刺青的。」

「好吧。」瑪麗喬琳一愣一愣地踱開，面無表情，一副剛讓人洗了腦的模樣。「我想還是妳比較懂。」希莉就是有這等神奇魔力，才會是這麼成功的聯誼會主席。

我穿過擁擠的會議室，眾人的目光讓我渾身一陣熱，彷彿有道光直接打在我頭頂上似的。會議室裡擠滿了和我同齡的女性，吃著蛋糕、喝著飲料、抽著菸。有的人交頭接耳，視線不時往我這邊飄。

「**史基特**，」麗莎·普士禮趕在我經過咖啡壺前叫住我。「我聽說妳幾星期前去了勞勃·李將軍飯店，是眞的嗎？」

「是眞的嗎？妳和史都·惠沃斯正在交往？」芙蘭思·葛林波說道。

大部分的問題都不算來意不善，不像蘇西在圖書館裡那樣。可依然，我只是聳聳肩，試著不去多想，怎麼其他女孩有對象只算是個消息，而史基特·菲蘭給約了出去就算是條**新聞**。

可傳言沒錯，我和史都·惠沃斯是在交往中，而且已經三星期了。前兩次見面是在勞勃·李將軍飯店，如果把那回災難性約會也算進去的話，後三次則只是坐在我家前廊，在他開車返回維克堡前喝飲料聊天。爹地有回甚至特地撐過九點沒上床好同他說句話。「晚安，史都。你幫我同參議員傳個話，告訴他我們很感謝他大力反對農場稅法案。」母親則揪著心，一頭擔心我把事情搞砸了、一頭又爲我確實喜歡男人歡欣雀躍。

我朝希莉走去，白色聚光燈依然跟著我，一路有人同我點頭、微笑。

「你們什麼時候還要見面？」這回是伊麗莎白，手裡扯了條餐巾，兩眼圓睜彷彿正目睹一場車禍。

「他約妳了嗎？」

「明天晚上。他開車來接我。」

「很好。」希莉笑得像個站在席爾莉莉冰淇淋店櫥窗前的肥小孩。她紅外套的釦子一顆顆繃得緊緊的。「那我們就來個雙約會吧。」

我沒應答。我不想要希莉和威廉也一起來。我只想和史都獨處，要他看著我，只看著我。有兩回，在我們獨處的時候，他伸手爲我撥開遮住眼睛的髮絲。有其他人在場的話，他或許就不會這麼做了。

「我今晚讓威廉給史都打電話。我們一起去看場電影。」

「好吧，」我嘆氣。

「我等不及想看《瘋狂世界》(*It's a Mad, Mad, Mad, Mad World*)了。一定很好玩，」希莉說道。

「妳和我，威廉和史都。」

我突然覺得很可疑，她排列名字的方式。彷彿重點是要威廉和史都一起，而非我和史都。我知道我這是反應過度。可近日來什麼風吹草動都會讓我緊張不已。前天晚上，我才過伍卓·威爾森橋便讓警察攔了下來。他拿著手電筒照了照卡車，還特別留意了我的舊書包。他問我要駕照，還有過橋後的目的地。「我給我的女傭……康絲坦丁送薪水支票。我忘記拿給她了。」又一個警察停好車，走到我窗邊。「你們爲什麼攔下我？」我問道，聲調比平常高了十度。「發生什麼事了嗎？」我問道。我的心臟砰砰撞擊著我的胸口。要是他們翻開我的包包呢？

「來了幾個北佬，到處惹麻煩。我們會逮到他們的，」他說道，一邊拍拍腰際的警棍。「事情辦一辦，快去快回。」

終於到了愛比琳家那條街時，我停車停得比平常還遠，並刻意避開前門、繞道從後門進去。訪談的頭一個小時，我餘悸猶存，渾身抖得連寫給米妮的問題都唸不清楚。

希莉敲敲小木槌，示意會議再五分鐘就開始。我找到我的座位，把沉重的書包擱在腿上。我翻開包包，突然覺得剛剛從圖書館偷來的小冊子好刺眼。事實上，舊書包裡裝著一切——愛比琳與米妮的訪談紀錄、全書大綱、女傭名單、以及一封嚴辭駁斥希莉廁所計畫的未寄信。我不能冒險把它們留在家裡，難不保讓母親翻了去。我把這些資料全部裝在有拉鍊封口的隱藏式側袋，把側袋撐得鼓漲漲的。

「史基特，妳這件平紋長褲眞是好看，以前怎麼沒看妳穿過？」坐在離我幾張椅子上的卡洛．玲格問道，而我抬頭露出微笑，心裡想著，**因為我不敢穿舊衣服出席聯誼會，就同妳一樣**。讓母親嘮叨了這麼多年後，我對任何有關衣服的問題直覺就是反感。

什麼人拍上我另一邊肩膀，我回頭，看見希莉一隻手已經伸進了我的書包裡，放在那本小冊子上。「妳有下週會訊的資料嗎？就這嗎？」我甚至沒留意到她走近。

「不是，等等！」我說道，輕輕搶下小冊，讓它躺回書包裡。「我還有……還有東西要改。一會再拿給妳。」

我深呼吸。

希莉回到講台上，把玩著手裡的木槌，等不及想敲下的樣子。我把書包推到椅子下。會議終於要開始了。

我記錄非洲飢餓孩童援助計畫、記錄問題會員名單、記錄還有誰還沒繳交那三個罐頭。行事曆上記滿委員會的會期與準媽媽派對。我在木頭椅子上不安地變換姿勢，一心希望會議快快結束。我得趕在三點前把車開回家。

一個半小時後，眼看再十五分鐘就三點了，我終於決定不顧一切奪門而出。早退會讓我登上問題名單，可老天，是誰的怒氣比較可怕，母親還是希莉？

我在兩點五十五分走進家門，一邊哼著《愛我喲》（*Love Me Do*）、一邊計畫要去買件珍妮·佛西今天穿的那件短裙。她說她是在紐約的柏多·古曼（Bergdorf Goodman）百貨買的。史都星期六來接我的時候，母親要看見我穿著露出膝蓋的短裙，一定會暈倒。

「媽媽，我回來了，」我朝門廊嚷道。

我從冰箱拿來一罐可口可樂，微笑著嘆了口氣，心情愉快，志得意滿。我往前門走去，打算拿來我的書包，一會就上樓去整理米妮的故事。我感覺得出來，她很想多講點西麗亞·傅堤的事，可每回才提到，她便又回神扯開話題。電話鈴響起，我接了，是希莉的女傭亞玫要找帕古拉。我拿來便條紙留了話。

「嘿，亞玫，」我說道，心想這世界還眞是小。「我會幫妳轉告她。」我倚著流理台，暗自希望康絲坦丁還在。我多麼想同她分享一天的點點滴滴。

我嘆氣，將可樂一飲而盡，往前門拿我的書包去。可書包不在那裡。我衝出門去車上找。也沒有。**啊**，我努力回想，回頭往樓上走，清朗的心頭霎時烏雲密佈。我剛剛上過樓了嗎？我搜遍房間，但書包依然不見蹤影。終於，我僵著身子站在靜悄悄的房間裡，讓一陣針刺般的恐慌沿著我的脊椎緩緩四散蔓延。我的書包，裝著**一切**的書包。

母親，我想，隨而拔腿衝下樓，往起居室去。就在那當兒，我猛然覺悟書包並不在母親手裡——眞正的答案浮現腦海，癱瘓掉我的四肢百骸。我把書包忘在聯誼會了。我一心急著把母親的車子開回家。電話再度響起，而我已經知道電話線彼端，除了希莉不會是別人。

我抓起話筒。在此同時，門外傳來母親的告別聲。

「哈囉？」

「這麼重的東西妳也能忘記？」希莉問道。希莉從不介意窺探他人隱私。事實上，她樂此不疲。

「母親，等等！」我從廚房嚷道。

「老天，史基特，妳裡頭是裝了什麼東西啊？」希莉說道。我必須趕上母親，可希莉的聲音愈說愈遠，顯然是一邊彎下腰去翻動查看了。

「沒什麼！就……就一堆莫娜小姐的東西，妳也知道的。」

「喏，妳這袋子讓我拖回家了，有空就過來拿。」

母親開始啟動車子。「就……就先幫我擱著。我一會就過去拿。」

我衝出門，可母親已經走了。我四下搜尋，發現舊卡車也不在，給開去田裡運棉籽了吧。我胃裡沉沉一團恐懼，堅硬而熾熱，像塊太陽下的熱磚。

我沿著屋前小路望去，只見遠方的凱迪拉克放慢速度，突然停了下來。然後又啟動。又停。慢慢地，母親開始倒車，歪歪扭扭地往家這頭來。感謝那個我從不喜歡、更不相信的上帝的恩寵，母親竟眞的**回頭**了。

「欸，我竟然忘記帶蘇安的砂鍋了……」

我跳上副駕駛座，等待母親回到車上。她把手放在方向盤上。

「順道載我上希莉家，我得去拿個東西。」我一手壓著額頭。「老天，動作快一點，母親。遲了就遭了。」

母親的車子依然文風不動。「史基特，我今天有幾百件事得處理——」

恐慌湧上我的喉頭。「媽媽，求求妳，**快開車**吧……」

可凱迪拉客依然堅定地停在碎石路上，像顆定時炸彈。

「妳聽我說，」母親說道，「我有些私事要辦，今天眞的不是讓妳搭便車的好時機。」

「五分鐘就好。快開車吧，媽媽！」

母親戴著白手套的雙手壓在方向盤上，緊抿雙唇。

「我今天剛好有件很重要的私事要辦。」

我無法想像母親會有任何比我眼前的危機還要迫切的事得辦。「怎麼？有墨西哥人想申請加入美國革命女兒會？還是誰給逮到在讀《新美國辭典》（*New American Dictionary*）？」

母親嘆氣，說道，「好吧，」然後小心翼翼地打檔。「那就出發吧。」我們以約莫十分之一哩的時速開始前進，免得讓彈起的碎石砸傷了拷漆。終於抵達碎石路盡頭時，母親打燈，當自己是在進行腦部手術般、無比謹慎地將車頭轉上大路。我雙手握拳，右腿不住用力踩下假想的油門。母親把每回開車都當成是第一次上路。

在通往市區的大路上，母親加速到十五英里，雙手依然緊握方向盤，彷彿我們是以時速一百零五哩飛馳中似的。

「媽媽，」我終於開口了，「換我來開吧。」

她嘆氣。我很意外她竟眞的靠邊停了車。

我下車，往駕駛座那邊跑，而她直接在車裡換過座位。我打進D檔，踩下油門加速至七十英里，暗自禱告著，**求求妳，希莉，妳千萬要忍住偷窺的衝動啊……**

「是什麼天大的祕密？妳今天到底有什麼事？」我問道。

「我……我得去倪爾醫師那裡看檢驗報告。例行檢查罷了，沒什麼大不了。可你也知道妳爹地，說到醫生他就心情壞，所以我不想讓他知道。」

「什麼例行檢查？」

「就我胃潰瘍的老毛病，每年都做的檢查。妳先送我到浸信會醫院，車子就讓妳開去希莉家，省得我停車也好。」

我瞄了她一眼，想確定事情是否眞的只是這樣，可穿著淺藍色洋裝的她坐得直挺挺的，雙腿併攏交叉在腳踝處，不動神色。我不記得她去年做過檢查。我雖然人在學校，可康絲坦丁也該會寫信告訴我。母親一定是誰也沒說。

五分鐘後，我們抵達浸信會醫院。我下車，繞到另一邊爲母親拉開車門。

「尤吉妮亞，別這樣。來了醫院並不代表我就是病人。」

我爲她推開玻璃門，她揚著下巴走了進去。

「母親，妳……需不需要我陪妳一起去？」我問道，明知我其實不能——我必須處理希莉的事，但我突然覺得就是不想這麼把她丟在這裡。

「只是**例行檢查**罷了。不是說趕著去希莉家嗎？快去，一小時後再回來接我。」

我看著她的身影沿著長廊愈遠愈小，一路緊緊抓著手提包。我知道自己該轉身快跑，可在我這麼做之前，我不住要想，母親曾幾何時變得如此脆弱而渺小。以前的她是如此氣勢非凡，光站著呼吸便能充滿一整個房間，而今她卻似乎……變弱變小了。她轉過一個彎，消失在淺黃色牆壁後方。我又流連了幾秒，方才回頭往車子飛奔而去。

一分半鐘後，我摁下希莉的門鈴。換做平常，我會找希莉談母親的事。可我不能讓她分心。開門那幾秒是我唯一能看出任何端倪的機會。希莉是極高超的說謊家，只有開口前的短暫時刻是她瞞不住的眞相窗口。

希莉爲我開了門。她的嘴唇紅潤而緊閉。我低頭看她的手。她的十指像麻花繩般交纏著。我來遲了。

「嗯，妳動作挺快的，」她說道，而我跟在她身後進了門。我的心臟在胸腔裡揪成了一團。我甚至不知道自己是否還在呼吸。

「在那裡，那只醜袋子。希望妳別介意，可我再陪妳幾分鐘就得去整理今天開會的東西了。」

我看著她，我最好的朋友，試圖看出她究竟讀了我包包裡哪些東西。可她的笑容如此專業，無懈可擊。窗口已經關閉了。

「要喝點什麼嗎？」

「不用麻煩了。」我接著補了一句，「一會要不要去俱樂部打個球？外頭天氣眞是好呢。」

「威廉有個競選會議要開，之後我們要上戲院去看《瘋狂世界》。」

我仔細觀察她。她兩小時前不是才說明晚要找史都和我一起去看這部電影嗎？我沿著餐桌慢慢地移動，彷彿動作一快她便會飛撲而上似的。她從餐具櫃裡拿起一支銀叉，用食指沿著尖齒撥弄著。

「嗯，我聽說史賓賽·屈塞（Spencer Tracy）演得非常棒，」我說道。我故作輕鬆地伸手探進舊書包裡，悄悄清點著。愛比琳與米妮的稿子還安安穩穩地躺在隱密的側袋裡，拉鍊也還是拉上的。書包中央的開放隔層則裝著希莉的廁所計畫和那張我寫著「**種族隔離法還是希莉的廁所計畫——有何差別？**」的紙條，另外還有那疊已經讓希莉檢查過的會訊草稿。可小冊子呢？我又清點了一遍。小冊子不見了。

希莉歪著頭，瞇眼望向我。「妳知道嗎，我才正好想到，上回密大被迫接受那個黑人學生的時候，史都的爹地是如何堅定地和巴涅特州長站在一起。他們很親近，惠沃斯參議員和巴涅特州長。」

我張嘴，努力想說點什麼，什麼都好，可兩歲的小威卻正好跌跌撞撞地走了進來。

「你來啦。」希莉抱起小威，用鼻尖摩擦他的頸子。「你最棒了，我最棒的寶貝！」她說道。小威看著我，放聲尖叫。

「嗯，好好享受妳的電影，」我說道，一邊往前門走去。

「我會的，」她說。我走下前廊階梯。我回頭，看到希莉站在門口對我揮手，然後拉起小威的手一起說再見。可我甚至還沒碰到車子，便聽到她砰一聲摔上了門。

愛比琳

第十四章

我不是沒見過緊張場面，可讓米妮坐在我客廳一頭、史基特小姐坐另一頭，而話題還是黑人給白人太太小姐做事的感想。老天，至今沒人受傷還眞是個奇蹟。

可有驚無險的場面倒有過幾回。

比如說上星期，史基特小姐讓我讀了希莉小姐寫的黑人需要專用廁所的理由。

「當我是在讀三K黨的傳單咧，」我同史基特小姐說道。我們在我的客廳裡。近來連入夜後的氣溫都漸漸降不下來了。米妮進廚房開冰箱吹冷風納涼。米妮一年大約只有一月裡有五分鐘可以暫時不流汗。有時甚至連那五分鐘都沒有。

「希莉要我刊登在聯誼會訊上，」史基特小姐說道，一邊表情嫌惡地搖著頭。「對不起，我或許不該拿給妳看。可我眞的沒別人可以說了。」

一分鐘後，米妮從廚房回來了。我給史基特小姐使個眼色，她趕緊把那張紙塞到她的筆記本下頭。米妮看起來沒比較涼，眞要說，似乎還更熱了些。

「米妮，妳和里洛討論過民權運動的事嗎？」史基特小姐問道。「他下班回家的時候？」

米妮胳臂上一大片淤青，而那正是里洛下班回家會做的事。找米妮麻煩。

「沒。」米妮只答了一個字。米妮向來不愛別人過問她的私事。

「眞的嗎？他不曾同妳分享他對華府遊行和隔離法的看法嗎？也許他的老——」

「別扯到里洛。」米妮叉著手臂藏住那塊淤青。

我用腳推推史基特。可這史基特小姐，看她那表情，反正是鐵了心。

「愛比琳，妳不覺得我們如果能加入丈夫們的觀點，也是挺有意思的嗎？米妮，也許——」

米妮猛一起身，連燈罩都晃個不停。「我不幹了。妳過問我太多私事。我才不在乎白人知不知道我們怎麼想。」

「米妮，對不起，」史基特小姐說道。「我們確實不必說到妳的家人。」

「不，我決定了。妳找別人去吧。」這場面以前不是沒發生過。可這回，米妮當眞抓了皮包，還撿起掉在椅子下的葬儀社扇子，說道，「對不起，愛比。可我眞的辦不到。」

我心頭一陣慌。她當眞要走。米妮不能走。她是除了我以外唯一同意合作的女傭啊。

於是我傾過身子，從史基特小姐的筆記本底下拉出希莉小姐寫的那張紙。我的指頭幾乎碰到米妮的鼻尖。

她低頭瞪著那張紙。「這啥？」

我擺張撲克臉，聳聳肩。絕不能表現出很想要她讀的模樣，那樣她就不讀了。

米妮接過那張紙，開始讀。一會，我便看到她露出前排牙齒，而她可不是在微笑。

她接著轉頭看著史基特小姐，狠狠看了好一會。最後，她終於開口道，「也許我們該繼續。可我不許妳再過問我的私事，聽到了嗎？」

史基特小姐點點頭。她學得很快。

我給李佛太太和小女娃做了雞蛋沙拉當午餐，盤裡還擺上幾根醃黃瓜作裝飾。李佛太太同梅茉莉坐在廚房餐桌前，告訴她小寶寶十月就要來了，說她希望到時可別那麼巧、害她得待在醫院裡錯過密大的球賽，還說她很快就會有個小弟弟或是小妹妹了、不知到時會決定取哪個名字。眞好，看她母女倆這麼坐著說說話。今早一半時間，李佛太太就耗在同希莉小姐講電話聊八卦上，看都沒看小女娃一眼。等小寶寶眞的來了，我看梅茉莉就更別想讓她媽媽理她了。

午餐後，我帶著小女娃往後院去，把綠色塑膠游泳池的水加滿。外頭的氣溫已經高達九十五度。密西西比的天氣大概是全國最不按牌理出牌的了。二月裡，十五度的低溫讓你一心期望春天快快來，隔天溫度猛地竄到九十度，從此九個月居高不下。

陽光普照，梅茉莉只穿著泳褲坐在池子中央。這小女娃一進水池，頭一件事便是脫去上衣。李佛太太也來了後院，說道，「看來挺好玩的！我這就去打電話給希莉，讓她帶海瑟與小威一起過來玩。」

不消時，三個孩子便到齊了，浸在小池子裡潑水玩水，開心得不得了。

希莉小姐的女兒海瑟是個漂亮的小女娃。年紀比梅茉莉大六個月，梅茉莉愛死她了。海瑟有頭黑得發亮的捲髮，臉上有些雀斑，一張小嘴嘰嘰喳喳說個沒停。活脫是希莉小姐的縮小版，只是可愛多了。小威今年兩歲，一頭亞麻色的亂髮，靜靜的不多話。他像隻小鴨子搖搖擺擺跟在女孩兒們後頭，朝後院邊緣的沿階草叢，往那一邊高便卡死、嚇掉我半條命的鞦韆去，然後再回頭往小水池裡跳。

說到希莉小姐，有件事我不得不承認：她眞心愛她的孩子。每隔五分鐘，她便要親親小威的頭，或是高聲問海瑟玩得開不開心，或是讓她過來抱抱媽媽。她還不停同海瑟說她是全世界最漂亮的小女孩。海瑟也愛她媽媽。她仰頭看著希莉小姐那眼神，當她自由女神似的。那種愛總是讓我想哭。即使對象是希莉小姐也一樣。因爲這會讓我想起崔洛，想起他有多麼愛我。我喜歡看到孩子崇拜他們的媽媽。

孩子們在陽光下玩，我們大人則躲在木蘭樹的陰影下。我在自己和兩位太太之間留了幾步以示禮貌。她倆在給曬得滾燙的鐵椅上鋪了毛巾坐著，我還是喜歡坐在綠色塑膠摺疊椅上，圖個涼快。

我看梅茉莉抓著脫得精光的芭比娃娃，讓她又游泳又跳水的。可我也沒忘留意兩位太太。我注意到，希莉小姐同海瑟與小威說話時總是笑咪咪的，可每回一轉頭朝著李佛太太，她的臉上便要出現一抹淡淡的冷笑。

「愛比琳，麻煩妳再去拿些冰茶來，可以嗎？」希莉問道。我開門進屋，從冰箱裡拿出整壺冰茶。

「妳瞧，我就是不懂，」我遠遠聽到希莉小姐說到。「誰想坐在他們坐過的馬桶座上啊。」

「妳這麼說是有理，」李佛太太說道，可馬上又住了嘴，讓我過來給她們倒冰茶。

「謝謝，」希莉小姐說道。接著，她表情叫人費解地看著我，說道，「愛比琳，妳喜歡有自己專用的廁所吧？」

「是的，希莉小姐。」都六個月了，她還提這檔事。

「隔離而平等，」希莉小姐回頭同李佛太太說道。「羅斯・巴涅特州長就這麼說，同政府沒得爭的。」

李佛太太雙手往大腿一拍，像剛讓她想到一個很棒的新話題。這我倒贊成。還是說點別的吧。

「我同妳提過羅理那天說的話了沒？」

希莉小姐搖搖頭。「愛比琳，妳不會想上一間全都是白人的學校吧？」

「是不想，希莉小姐。」我咕噥著應道。我站起身，拿掉小女娃頭上的橡皮筋。她頭髮一濕，原本綁馬尾的綠色橡皮筋便給纏成一團。可我眞正想做的事其實是遮住她的耳朵，不讓她聽到這段對話。尤其不想她聽到我竟還同意了。

然後我便突然想到：爲什麼？爲什麼我一定得站在這裡，一個勁點頭稱是？如果非得讓梅茉莉聽到，至少得讓她聽到還有點道理的話。我調整呼吸，心砰砰跳得好快。「我不想上全都是白人的學校。可如果有黑人也有白人，那倒好。」

希莉與李佛太太四隻眼睛同時看著我。我低頭看著孩子們。

「可**愛比琳**，」希莉小姐冷冷地微笑著說道，「黑人和白人是如此的……**不同**。」她皺起鼻子。

我感覺自己嘴唇愈抿愈緊。我們當然不同！誰不知道黑人和白人不同。可我們一樣都是人！去，我甚至聽人說過耶穌住在沙漠裡，膚色可深的！我緊閉雙唇。

可也不打緊了。希莉小姐才不在乎，回頭又換了話題，低聲同李佛太太聊著。突然，哪裡飄來好大一片烏雲，遮住了太陽。我猜一會要下雨了。

「……誰比州府的人清楚？可如果史基特以爲她這番胡說八道不會有事——」

「媽媽！媽媽！妳看我！」海瑟從池子裡嚷道。「妳看我的辮子！」

「我看到啦！威廉明年打算參選——」

「媽媽！我想要妳的梳子！我要玩美容院！」

「——我身邊可容不下支持黑人的朋友——」

「媽媽！我要妳的梳子！現在就要！」

「我讀過了。我在她書包裡找到的，而我打算採取行動。」

希莉小姐就說到這裡，接著便低頭翻皮包找梳子。隆隆雷聲威脅著南傑克森，遠方傳來隱約的龍捲風警鈴。我試圖從剛剛聽到的話裡理出頭緒：**史基特小姐。她的書包。我讀過了。**

我扶著孩子們出了泳池，爲他們包上浴巾。雷聲終於轟隆隆劈了下來。

太陽下山後，我坐在我的廚房餐桌前，手裡鉛筆轉個沒停。白人圖書館借來的《頑童流浪記》就攤開在桌上，可我讀不下去。我嘴裡有股苦味，像含著最後一口咖啡的殘渣。我得找史基特小姐談談。

我總共給她打過兩回電話，兩回都是迫不得已。一回是告訴她我決定同她合作，另一回則是告訴她米妮也同意了。我知道這麼做很冒險，可我還是站起來，伸手往牆上的電話探去。萬一是她媽媽或爹地接的電話呢？這麼晚了，她家女傭一定早回家去了。黑女人打電話找她，這事史基特小姐又要怎麼解釋得清？

我坐下。史基特小姐三天前還來同米妮談過。一切看來都好，不像幾星期前她讓警察攔下來那次。她完全沒提到希莉小姐。

我坐在椅子裡深呼吸，期盼電話快快響起。我猛地又站起來，抓起工作鞋追隻橫行地板的蟑螂。蟑螂贏了。牠逃進希莉小姐給我的那袋舊衣服底下，沒了蹤影。那包衣服讓我原封不動擱在那裡好幾個月了。

我瞪著那包衣服，又轉起手裡的鉛筆。我得想個法子把它處理掉。我常接收白太太的舊衣，夠我三十年不買新衣的了。可我總習慣先擱段時間，等感覺像我的了才拿出來穿。崔洛還小的時候，我有回穿了件當時雇主太太給我的舊外套，而崔洛這小子，竟歪頭瞅我，還躲我。他說我聞起來像白人。

這袋衣服卻又不是那麼回事。即使那紙袋裡有合我身的衣服，我也不能穿。也不能送朋友。那袋子裡的每件衣服——從褲裙、到大翻領襯衫、到那件沾了肉汁的粉紅色外套、甚至襪子——全都繡著HWH字樣。紅色繡線，漂亮的草寫字母，該是亞玟一針針繡上去的吧。穿上那些衣服，我會感覺自己像希莉．W．哈布克的私人財產。

我站起來，踢踢紙袋，蟑螂還是不肯出來。於是我拿來筆記本，打算開始寫禱詞，可希莉小姐那句話還是讓我煩惱得啥也寫不出來。她說她**讀過了**。

一會後，我這腦袋便轉到了我一點也不想轉去的地方。我想我心底明白，要讓那些白太太發現我們在寫她們、說出她們不為人知的一面，又會發生什麼事。女人和男人不同。女人不拿棍子揍人。希莉小姐不會對我開槍，李佛太太也不會放火燒了我家。

不，白女人絕不沾髒她們的手。她們自有一套閃亮銳利的工具，同女巫的指甲一樣利、像牙醫的工具般整齊一字攤開在托盤上。她們喜歡慢慢來。

白太太第一件會做的事，是開除妳。妳當然很難過，可妳又想，等再陣子風頭過了、白太太氣消忘事了，妳總是找得到別的活。妳的錢剛好還夠下月房租，親朋好友還會給妳送砂鍋燉瓜。

可丟了差事一星期後，妳發現妳家紗門底下讓人塞了只黃色信封。裡頭一張紙上寫著「限期驅離通知」。傑克森市每個房東都是白人，人人也都有個白太太，每個白太太又都是另一個白太太的朋友。妳終於開始慌。新差事沒著落，妳到處吃閉門羹。這會，連住的地方都沒了。

接著事情開始急轉直下。

車上讓人貼了紙，說是銀行要收回。

停車罰單忘了繳，直接送妳吃牢飯。

如果妳有女兒，或許暫時還有個落腳處。她也在給白人太太做事，可再幾天她便回家說，「媽媽，我讓人開除了。」她有些傷心，有些害怕。她不明白爲什麼。妳得同她承認一切都是因爲妳。

至少她丈夫還有工作，嗷嗷待哺的寶寶也還不致挨餓受凍。

可下一個丟差事的就是他，妳女兒的丈夫。托盤上又一把閃亮銳利的工具。

他倆指著妳，哭著問，想不通妳爲什麼決定這麼做。這會卻連妳自己也想不起來了。再幾週過去，沒工作、沒錢、沒房子。妳以爲差不多就這樣了，她整妳整夠了，可以開始把整件事拋到腦後了。

於是某天深夜，有人敲上妳的門。門外依然不會是白太太，她從不親自動手的。可當惡夢進行的當兒，不管是燒是殺是打，妳終於承認自己這輩子一直知道的事實：白太太**從來不**忘記。

妳一天不死，她一天不停手。

第二天早上，史基特小姐的凱迪拉克出現在李佛太太的車道上。我兩手沾了生雞肉、爐上火正熱、腳邊還有梅茉莉哀嚎說她快餓死了，可我連一秒也不能再等。我一雙沒洗的手高舉半空中，大步走進餐廳。

史基特小姐問李佛太太有關聯誼會某個委員會名單的問題，李佛太太說，「杯子蛋糕委員會的頭頭是艾琳，」而史基特小姐應道，「可杯子蛋糕委員會的主席不是蘿珊嗎？」李佛太太說，「不，蘿珊只是共同主委，杯子蛋糕眞正的負責人是艾琳，」而我則讓這堆杯子蛋糕的牢什子逼瘋了，幾乎要拿我的生雞肉手指戳戳史基特小姐，可我知道我不該插嘴。她倆都沒提到書包的事。

我還沒會過意來，史基特小姐便又轉身匆匆走了。

老天。

當晚晚餐後，我同廚房地板上那隻蟑螂僵持著。那傢伙不小，一吋、一吋半左右。黑不溜丟的，比我還黑。牠的翅膀不斷發出沙沙聲。我一手抓著鞋。

電話鈴倏地響起，我同牠都嚇了一跳。

「嘿，愛比琳，」史基特小姐說道，話筒裡接著傳來關門聲。「不好意思，這麼晚打電話給妳。」

我鬆了口氣。「我很高興妳打來了。」

「我打來是想問問有沒有……新的消息。其他女傭的消息。」

史基特小姐聽來怪怪的，像繃著下巴說話。她最近談戀愛，整個人容光煥發得什麼似的。我的心砰砰跳得好急。可也不知爲什麼，我畢竟沒脫口直接問她。

「我問了庫利家的柯琳。她說不。後來我又問了蘭姐，和蘭姐那個給米勒家做事的妹妹……可她倆也都拒絕了。」

「那亞玫呢？妳……最近再問過她了嗎？」

我當下想，會不會這就是史基特小姐口氣怪怪的原因。因爲，我其實同史基特小姐扯了小謊。我上個月同她說我問過亞玫，可我沒有。我同亞玫沒那麼熟也是，可終究還是因爲希莉．哈布克小姐。

任何扯上她名字的事都叫我緊張不安。

「最近倒沒有。也許……我可以再問問她吧，」我扯謊道，心裡其實痛恨得緊。接著我便再度開始晃動手裡的鉛筆。我準備好要同她說希莉小姐的事了。

「愛比琳，」史基特小姐的聲音這會甚至顫抖了起來，「我有事得跟妳說。」

史基特小姐半晌沒說話，像暴風雨來襲前的詭異寧靜。

「怎麼了，史基特小姐？」

「我……我把我的書包忘在聯誼會。後來讓希莉撿去了。」

我瞇起眼睛，感覺自己聽力似乎出了問題。「那個紅色的書包？」

她沒回答。

「噢……**老天**。」我開始明白一切是怎麼回事了。

「訪談稿都裝在側袋的另一個文件夾裡。我想她應該只看到種族隔離法那本……我在圖書館找到的小冊子……可我其實也說不定。」

「噢，**史基特**小姐，」我說道，閉上了眼睛。上帝幫助我，上帝幫助**米妮**……

「我知道。我**知道**，」史基特小姐說道，接著便對著話筒哭了起來。

「好了，沒事了。」我試著吞下我的憤怒。她是不小心的，我這麼告訴自己。責怪她也於事無補。

可是。

「愛比琳，我真的**很**抱歉。」

幾秒之間，我只聽得到自己的心跳聲。然後，我的腦袋重新開始運轉。我滿心恐懼，慢慢開始把她剛說的和我先前知道的事實拼湊在一起。

「這是多久以前的事？」我問道。

「三天前。我想先搞清楚她到底知道了多少，再來找妳。」

「妳同希莉小姐說過話了？」

「就我去她家拿包包時聊了幾句。可我已經找過伊麗莎白、露安、還有另外四個也認識希莉的女孩。沒有，什麼也沒有。這也是……這也是我剛剛同妳問亞玫的原因，」她說道。「我想知道她在希莉家有沒有聽到些什麼。」

我深深吸口氣，並不喜歡自己接下來要告訴她的話。「我聽到了。就昨天。希莉小姐同李佛太太提了這件事。」

史基特小姐沒說話。我感覺自己像在等塊磚頭讓人從窗子砸進來。

「她說到哈布克先生要參選，說到妳支持黑人，然後她說……她讀到了什麼東西。」我一口氣把話大聲說出來，不住哆嗦。手裡的鉛筆依然轉個沒停。

「她有說到任何有關女傭的事嗎？」史基特小姐問道。「我是說，她只是生我的氣，還是也提到了妳或米妮？」

「沒……她只說到妳。」

「好。」史基特對著話筒送氣。她聽起來很難過，可她不知道我和米妮會有什麼下場。她不知道白人太太那些銳利無比的工具。她不知道深夜的敲門聲。她不知道外頭有些白種男人，**虎視眈眈**只等著任何一個黑人越過任何一道界線，木棒和火柴隨時在手。任何一件小事就夠了。

「我不敢說我百分之百確定，可……」史基特小姐說道，「如果希莉知道書或妳或——**尤其**

是——米妮的事，一定早鬧得滿城風雨了。」

我想了想，努力想相信她。「也是，她確實不喜歡米妮．傑克森。」

「愛比琳，」史基特小姐說道，而我聽得出來她眼淚隨時又要奪眶而出。她聲音裡的鎮定已經出現裂痕。「我們可以到此爲止。如果妳這麼決定，我完全可以了解。」

如果我說決定到此爲止，那麼我已經寫下、將要寫下的一切，就永遠不會有人知道了。**不**，我想。我**不**想到此爲止。這決定下得這麼快，叫我自己都意外。

「希莉小姐知道了就是知道了，」我說道。「到此爲止也已經無濟於事了。」

足足兩天，我沒看到聽到或是聞到希莉小姐的蹤影。兩天來，就算手裡沒筆，我的手指也還是動個沒停。口袋裡、流理台上，我的指頭鼓棒似地敲著打著。我得想辦法知道希莉小姐到底打啥主意。

李佛太太讓亞玫給希莉小姐留了三次話，可她一直就待在哈布克先生的辦公室——他的「競選總部」，希莉小姐是這麼說的。李佛太太嘆口氣，掛上電話，彷彿少了希莉小姐來爲她按下思考還是啥按鍵的，她的腦袋就不知該如何運轉。而這小女娃也是，已經問了我不下十次，海瑟什麼時候才要再過來同她一起玩水。我想她倆長大會是對好朋友，讓希莉小姐教導她倆事情該有的規矩。那天到了下午，我們三個就這麼在屋裡失了魂似地晃來晃去，指頭不住到處敲敲點點，一心只想希莉小姐何時才要出現。

又一會，李佛太太便出門往材料行去。說要做個罩子，她還沒想好罩啥倒是。梅茉莉看著我，而我想我們老小倆想的該是同一件事：要能的話，那女人也要做了罩子罩了我倆。

那晚我得給李佛太太看著梅茉莉。我給小女娃做了晚餐，送她上床睡覺，因爲李佛先生與太太去了拉瑪戲院看電影。李佛先生早先答應她的，只剩晚場了也得去。等他倆哈欠連連地回到家，夜都深了。換做之前做事那幾戶人家，我今晚就睡女傭房了，可李佛家沒這多餘的房間。我刻意多留了幾分鐘，看李佛先生會不會主動說要載我一程，可他直接回房上床去了。

街上一片漆黑。我快步往十分鐘腳程外的芮維賽走去，那裡還有載送自來水廠工人的晚班公車可搭。晚風吹走了蚊子，我於是就著公園角落的街燈坐在草地上。一會公車就來了。車上只有四個乘客，兩個黑人兩個白人，除了我都是男人，也全是生面孔。我挑了一個靠窗座位坐了下來。我前面坐著一個瘦高的黑人，穿了套棕色西裝還戴著頂棕色帽子，年紀約莫與我相當。

公車過了橋，繼續朝黑人醫院方向駛去，等著在醫院前方的路口轉彎。我拿出禱詞簿，打算開始寫。我專心想著梅茉莉，企圖把希莉小姐趕出腦海。**願主指引我教導小女娃為善、自愛、愛人，在我還帶她的時候……**

我抬頭。公車突然停了下來。我探頭，順著中央走道往前看。前方幾個路口外，黑暗中有藍光閃閃爍爍，還站著人。警察設了路障。

白人司機瞠眼看著前方。他關掉引擎，抖動的椅子突然靜下來，感覺好怪。他扶扶頭上的司機帽，跳出駕駛座。「你們別動。我去看看到底怎麼回事。」

於是我們全坐著，靜靜地等。我聽到狗叫聲，不是家犬，而是那種衝著你鬼吼鬼叫的野狗。足足五分鐘後，司機終於回到車上，沒說話只是啓動引擎。他按喇叭，伸手往窗外揮了揮，開始慢慢倒車。

「發生啥事了？」我前面那個黑人朝司機問道。

司機沒應他，只是繼續倒車。閃爍的藍色光點愈變愈小，狗叫聲也愈來愈模糊。司機在法立胥街掉了頭。到下一個街口，車停了下來。「黑人下車，這是你們最後一站，」他對著後視鏡嚷道。「白人同我說你們要去哪，我盡量載你們到最近的點。」

前方的黑男人回頭看我。我想我倆心頭都有不好的預感。他站起來，我趕緊跟上，一起往前方車門走去。車上靜得出奇，只有我倆的腳步聲。

一個白人傾著身子問司機道，「到底怎麼回事？」

我跟在黑男人身後，走下階梯。我背後傳來司機的聲音，「不知道，說是哪個黑人讓人開了一槍。你要去哪？」

車門唰地關上。老天，我暗想，拜託不要是我認識的人。

空蕩蕩的法立胥街靜悄悄的，只有我倆。黑男人轉頭朝我。「妳還好嗎？家還遠嗎？」

「我沒事。不遠了。」我家在七條街口外。

「要我陪妳走一段嗎？」

我有點想，可我搖搖頭。「不了，謝謝你。我沒事的。」

一輛新聞轉播車急駛而過，往公車剛剛停下來的街口駛去。車身上有大大的「WLBT電視台」字樣。

「老天，希望事情不像看起來那麼糟——」可男人已經走了。這會只剩下我了。我聽人講過那種要讓人突襲前的預感。我現在就有那種感覺。兩秒內，我兩腿絲襪快速摩擦的聲響，激烈得像拉鍊聲。我看到前方出現三條人影，全都像我一樣埋頭趕著路。不消時，他們一個個轉彎進屋，緊緊關上了門。

我一秒也不想落單。我決定抄近路。我鑽進繆爾．凱圖家和汽車修理廠中間的小路，再穿過歐妮．布萊克的後院，中途還差點讓條水管絆倒了。我感覺自己像個闖空門的毛賊。我看到屋裡燈還亮著，一顆顆人頭壓得低低的。這原本該是過了熄燈時候的深夜。不管到底發生了什麼事，所有人不是正收聽著，便是議論紛紛中。

終於，我看到米妮廚房燈還亮著，敞開的後門只有紗門虛掩著。我推開嘎嘎作響的紗門。米妮坐在餐桌前，五個孩子——小里洛、小甜、菲莉莎、琴卓、還有班尼——都到齊了。里洛想是上工去了。母子六人就這麼瞪著桌子中央那台巨大的收音機，端坐著。我推門的動作帶來一陣靜電干擾。

「到底怎麼了？」我說。米妮皺著眉，只顧調整頻道轉盤。我花了一秒時間掃視過整間廚房：爐上煎鍋裡躺了塊邊緣剛捲起的半生火腿，流理台上擱著一個打開的罐頭，水槽裡堆滿髒碗盤。這不是米妮的廚房。

「發生什麼事了？」我再問一遍。

米妮終於對準了電台頻道。「——**已在全國有色人種協進會（NAACP）擔任地方聯絡人一職近十年。醫院方面依然未有最新消息傳出，但據可靠來源指出，傷勢——**」

「誰？」我說。

米妮瞅著我，活似我少了顆腦袋。「米格．艾維斯。妳上哪去了？」

「米格．艾維斯？到底怎麼回事？」我見過他太太，墨麗．艾維斯，去年秋天才同瑪麗．波恩的家人來拜訪過我們教會。我記得她那天頭上包了條黑紅相間的絲巾，結打在頸背，很是好看。我記得她看著我的眼睛，真心微笑，很高興認識我的模樣。米格．艾維斯是我們這裡的名人，畢竟他在有色人種協進會待了這麼久，職位也高。

「妳坐吧，」米妮說道。我拉來一張木椅坐下了。他們全都失了魂似地盯著那台約莫汽車引擎一半大小的木殼收音機。連讓小甜抱在懷裡的琴卓都沒作聲。

「三K黨幹的。在他家門口，一小時前。」

我脊椎一陣涼。「他家在哪？」

「蓋恩街，」米妮說。「他們把他送到黑人醫院去了。」

「我……我看到了，」我說，想起了剛剛的巴士。蓋恩街離這不過五分鐘車程。

「……據目擊證人指出，凶手為白人男性，藏身樹叢伺機行凶。有關三K黨涉入本案的傳言……」

收音機接著傳出一串零星報導，有喊叫聲，有斷斷續續的對談。我繃緊身子，彷彿門外有人窺看。有白人窺看。三K黨來過，區區五分鐘車程以外的地方，對著一個黑人開了槍。我想緊緊關上那扇敞開的後門。

「最新消息傳來，」播音員說道，一邊喘氣，**「米格・艾維斯證實已經死亡。」**

噢老天。

米妮轉頭朝著小里洛。她壓低了聲音，語氣平緩。

「帶你弟弟妹妹回房去。張羅他們上床。不要再出來。」聽大嗓門的米妮這麼說話格外叫人害怕。

我知道小里洛想留下來，可他還是對弟妹擺出一張臉，叫他們一會全不吵不鬧、安靜快速地回了房。電台播音員這會也安靜下來。半晌，那收音機只是個接了電線的棕色木箱。**「米格・艾維斯，」**他說道，聲音緩慢詭異。**「全國有色人種協進會的地方聯絡人，剛剛過世了。」**他嘆氣。**「米格・艾**

維斯過世了。」

我吞下積了滿嘴的口水，看著米妮廚房牆壁那讓培根油、寶寶手還有里洛的香菸燻黃了的白漆。米妮牆上沒掛照片或月曆。我努力不去想，不去想一個黑人過世了。那會讓我想起崔洛。

米妮雙手握拳。她咬著牙。「他們在他**孩子**面前開槍殺了他，愛比琳。」

「我們得為艾維斯一家禱告，為墨麗禱告……」可這話聽來如此不切實際，於是我住了嘴。

「電台說，他的家人聽到槍響，趕緊跑出門查看。他們說，他渾身是血，踉踉蹌蹌又掙扎了幾步，他幾個孩子後來身上全沾了他的血……」她一手重重拍桌，甚至晃動了笨重的收音機。

我屏息，一陣頭暈。我得撐著，堅強起來。我得撐住不讓我這朋友情緒崩潰。

「這裡永遠不會改變，愛比琳。我們住在地獄裡，我們被困在這裡。我們的**孩子**被困在這裡。」

播音員突然又放大了音量。「……**大量警力在全市主要道路設立路障。湯普森市長即將召開記者會——**」

我再忍不住，流下眼淚。是那些白人，此刻正一批一批往黑人社區跑的白人，擊垮了我。槍口指向黑人的武裝白人。還有誰能保護我們？這裡並沒有黑人警察。

米妮看著孩子們剛剛走出去的那扇門。汗水沿著她鬢邊一滴滴流下。

「我們會有什麼下場，愛比琳？如果讓他們逮到我們……」

我深深吸口氣。她說的是我們那本書。「妳我都明白。下場不會太好看。」

「可他們會怎麼做？把我們綁在卡車後面拖著走？在我家前院、在我孩子們面前一槍斃了我？還是乾脆把我們活活餓死？」

收音機傳來湯普森市長的聲音，說他為艾維斯一家感到很遺憾。我視線再次落在敞開的後門上，那種受到窺視的感覺又回來了。在這屋裡聽到白種男人的聲音。

「這不是……我們又不是在搞民權運動。我們只是把發生在我們身邊的故事老實說出來罷了。」

我關上收音機，抓來米妮的手，緊緊握住。我們就這麼坐著，米妮始終盯著牆上一隻飛蛾，而我的目光則落在煎鍋裡那塊漸漸乾掉的紅肉上。

米妮眼裡有深深的孤單。「我眞希望里洛在家，」她低聲說道。

我懷疑，這是這幾個字頭一回在這屋裡響起。

一天過一天，密西西比州的傑克森市就像鍋滾水。我在李佛太太的電視上看到，米格．艾維斯葬禮隔天，一批又一批黑人湧上海伊街，示威遊行。警方後來逮捕了三百人。黑人報紙說有數千人出席了告別式，裡頭的白人卻用一隻手便數得出來。警方知道凶手是誰，卻拒絕透露他的名字。

我後來得知，艾維斯家人決定不讓米格在密西西比入土。他將被埋葬在華盛頓的阿靈頓公墓。我想墨麗一定會引以爲傲吧。她應該的。可我寧願他留在這裡，在大家身邊。我另外還從報紙上讀到，總統甚至已經指名要湯普森市長再加把勁。他要他組織一個包括白人與黑人的委員會，著手解決問題。可我們這湯普森市長，他說——對**甘迺迪總統**說——「我拒絕組織跨種族委員會。別傻了。我相信種族隔離制度，也將繼續這麼執行下去。」

幾天後，湯普森市長再度上了電台。「密西西比的傑克森市是地球上最接近天堂的地方，」他說。「在你我有生之年，它永遠不變。」

兩個月內第二次，密西西比的傑克森市出現在《生活》雜誌裡。不同的是，這回，我們終於登上了封面。

第十五章

李佛太太一家對米格．艾維斯絕口不提。她從午餐約會回到家，我便換過電台。就當這只是一個尋常的夏日午後。希莉小姐那邊依然沒有消息，而我已經厭倦這種隨時提心吊膽的日子了。

艾維斯葬禮隔天，李佛太太的母親突然來訪。她住在密西西比州的格林伍，這會正要開車南下紐奧良。她從不敲門的，這費德列克太太。她推門直闖客廳，遇上正在熨衣服的我。她丟給我酸酸的一笑，我趕緊去同李佛太太說是誰來了。

「媽媽！妳來早了！妳一定一大早就出門了吧，可別把自己累壞了！」李佛太太說道，一邊急急往客廳走，一路快手快腳撿起地上的玩具。她給我使了個眼色，意思是說，**快**！我把李佛先生還皺巴巴的襯衫扔回籃子裡，抓了條毛巾為小女娃擦掉臉上的果凍。

「妳看來又清爽又有型的呢，媽媽。」李佛太太咧嘴笑得兩個眼珠都快兜在一起了。「妳這趟下去買東西，很期待吧？」

從她開的別克轎車和腳上的銀扣皮鞋看來，我猜費德列克太太的經濟情況應該比李佛一家好多了。

「我不想一口氣開下去。喏，我還等妳帶我上勞勃．李將軍飯店吃中飯，」費德列克太太說道。我真不知道這老女人怎麼受得了她自己。我聽過李佛先生同李佛太太吵，說為什麼每回費德列克太太進城來，總要讓李佛太太帶她上最豪華的餐館，等該付帳的時候又好意思每回都讓李佛太太掏腰包。

李佛太太說道，「噢，還是我們就讓愛比琳給我們做點東西吃？我們剛好有些不錯的火腿和——」

「我來就是爲了出去吃午餐。不是要在家裡吃。」

「我知道了，媽媽。妳等等，我去拿個皮包就來。」

費德列克太太低頭看著梅茉莉。小女娃坐在地板上，同她的娃娃克勞蒂亞玩得正開心。費德列克太太彎腰，摟了摟小女娃，問道，「梅茉莉，妳喜歡我上星期送來的那件洋裝嗎？」

「嗯哼，」小女娃同她外婆應道。我一直不想讓李佛太太看到那洋裝穿在梅茉莉身上有多緊。小女娃近來又胖了些。

費德列克太太這會沉著臉，瞅著梅茉莉瞧。「要說**是的，我喜歡**。小女孩要有禮貌，聽到了沒有？」

梅茉莉一愣一愣的，說道，「是的，我喜歡。」可我知道她腦袋裡在想什麼。她在想，**這可好，我今天就等這個。這屋裡嫌我的人又多了一個。**

她倆邊走出門，費德列克還邊擰著李佛太太的手臂，說道，「妳就是不會挑人，伊麗莎白。教會梅茉莉規矩和**禮貌**可是她的責任。」

「好了，媽媽，我會同她說去。」

「妳不能隨便僱個人，以爲自己運氣就有那麼好。」

一會後，我給梅茉莉做了費德列克太太不屑吃的火腿三明治。可梅茉莉只咬了一口便推開。

「我不舒服。我的嚨嚨痛痛，愛比。」

我知道嚨嚨是什麼，也知道該怎麼治。小女娃敢情鬧夏季熱。我給她沖了杯溫蜂蜜水，加點檸檬更好喝。可小女娃眞正需要的，是個床邊故事，讓她聽完了好休息睡覺。我把她抱起來。老天，她又重了些。再幾個月就滿三歲了，圓胖結實得像顆南瓜似的。

每天下午，我總趁小女娃午睡前，抱著她坐在搖椅上。每天下午，我都要反覆告訴她，**妳很善良、很聰明、很重要**。可她愈長愈大，我知道再沒多久，光這幾句話就不管用了。

「愛比？我們說故事了嗎？」

我在書架上找書讀。《好奇的喬治》（*Curious George*）不成，她早聽膩了。《小雞丁》（*Chicken Little*）和《麥德琳》（*Madeline*）也是。

於是我們只是靜靜地坐著搖著。梅茉莉的頭靠在我的制服上。我們一起看著雨水滴在綠色塑膠泳池原先的積水裡。我在心裡默默爲墨麗．艾維斯禱告，希望自己昨天可以請假好出席告別式。我想到她那十歲的兒子，有人這麼告訴我，是如何不出聲地哭過了整場葬禮。我搖著，默禱著，感覺如此悲傷。我也不知怎麼回事，就一股衝動，叫我脫口而出。

「從前從前有兩個小女孩，」我說道。「一個小女孩有黑皮膚，另一個小女孩有白皮膚。」

梅茉莉抬頭看我，聽得專心。

「黑皮膚的小女孩同白皮膚的小女孩說道，『妳的皮膚爲什麼這麼白呀？』白皮膚的小女孩回答道，『我也不知道。那妳的皮膚又爲什麼這麼黑呢？妳覺得這是怎麼回事？』」

「兩個小女孩都沒有答案。於是白皮膚的小女孩就說啦，『嗯，那我們來瞧瞧。妳有頭髮，我也有頭髮。』」我抓抓梅茉莉的頭。

「黑皮膚的小女孩繼續說道，『我有鼻子，妳也有鼻子。』」我捏捏她的鼻子。她掙扎著伸手也對我做同樣的事。

「白皮膚的小女孩說道，『我有腳趾頭，妳也有腳趾頭。』」我搔搔她的腳趾頭，可她卻搆不著我的，因爲我還穿著我的白色工作鞋。

「『所以說我們沒什麼不同囉，只是膚色不一樣而已，』黑皮膚的小女孩說道。白皮膚的小女孩覺得她說得很對，於是她們變成了好朋友。故事終。」

小女娃只是看著我。老天，這故事還眞是糟，連個情節都沒有。可梅茉莉笑開了，說道，「再說一遍。」

我說了。說到第四遍的時候，她終於睡著了。我在她耳邊輕輕說道，「下回再給妳編個好一點的故事聽。」

「我們還有別的毛巾嗎，愛比琳？這條還好，可那條實在太舊了，破布似的，帶出去丟人現眼。我想就帶一條吧，不然能怎辦。」

李佛太太興奮得團團轉。她和李佛先生沒加入任何一個游泳俱樂部，甚至連又小又擠的柏德摩游泳池也沒。希莉小姐今早打電話來，問她和小女娃想不想去傑克森鄉村俱樂部游泳。那鄉村俱樂部李佛太太就受邀去過一兩回，怕連我都去過比她多次。

那裡不收現金的，你得先入會，到時一切花費掛到你名下就是。而據我所知，希莉小姐可沒替人買單的習慣。我想她上那去，向來就是同她其他也是會員的朋友吧。

依然沒有書包的任何消息。我已經五天不見希莉小姐人影了。史基特小姐也是，而這可不是好兆頭。她倆不是最好的朋友嗎。史基特小姐昨晚帶了米妮故事的初稿過來。那瓦特太太還眞是不簡單，要讓希莉小姐認出來了，不知要怎麼對付我們。我只希望史基特小姐眞聽到什麼風聲，可別怕得不敢同我們說。

我讓小女娃換上黃色比基尼。「妳別又脫了上衣服。鄉村俱樂部可不讓裸體小寶寶在他們的池子裡游泳。」還有黑人與猶太人也是。我以前給高曼家做過事，傑克森市的猶太人游泳都往克羅尼鄉村俱樂部去。至於黑人，往梅司湖跳就是。

我給小女娃做了花生醬三明治，正餵著吃，電話卻響了。

「李佛太太公館。」

「愛比琳，嘿，是我，史基特。伊麗莎白在家嗎？」

「嗨，史基特小姐……」我轉向李佛太太，正要把話筒遞給她，她卻揮揮手。她搖頭，用嘴型說**不。說我不在家。**

「她……她出門去了，史基特小姐，」我扯謊道，直視著李佛太太的眼睛。我不懂。史基特小姐是俱樂部會員，順便邀她一點也不麻煩。

中午左右，我們三人坐進李佛太太那輛福特菲爾蘭轎車。我同小女娃坐後座，大紙袋擱一旁，裡頭裝著一保溫瓶的蘋果汁、起司塊、花生，還有兩罐待會定要讓大太陽曬成溫咖啡的可口可樂。我猜李佛太太也明白，希莉小姐並不會吆喝大夥一起去吃點心。天知道她今天爲啥原因邀了她。

小女娃一路讓我抱著。我搖下車窗，讓熱風吹在我們臉上。李佛太太則不斷挑高扯蓬她那頭薄髮。她車子開開停停的，叫我直想吐，只希望她能專心把兩手都擱在方向盤上。

我們經過法蘭克林商店，再經過席爾莉莉得來速冰淇淋店。席爾莉莉除了一般窗口，還特地在後門爲黑人顧客開了另一個窗口。我一雙腿讓小女娃坐得直冒汗。又一會，車子轉上那條坑坑疤疤的泥土路，路兩旁牧草長得老高，再過去還有甩著尾巴趕蒼蠅的牛群。我們數了二十六頭牛，可梅茉莉只在我數了前九頭後喊了聲「十！」，因爲她最多就會數到這。

約莫十五分鐘後，我們終於再度駛上柏油路。俱樂部是幢低矮的白色建築，四周圍繞著刺人的灌木叢，一點也不如大家形容的那般富麗堂皇。入口附近有不少停車位，可李佛太太想了想，還是挑了個有段距離的位子。

我們下車，熱浪迎面來襲。我一手拎紙袋、一手拉著梅茉莉，踉踉蹌蹌走過熱得冒菸的柏油路面。三人活似幾條給送上炭烤架的玉米。我的臉上一片緊，要給太陽烤焦了。小女娃讓我拖著走，傻愣愣的模樣像剛給人甩了巴掌。李佛太太喘吁吁的，蹙眉看著二十碼外的大門，八成在後悔剛才把車停遠了。我頭髮的分線給曬得滾燙，這會甚至開始發癢，可說時遲，咻地一聲，什麼人吹熄了我們頭頂的焰火。陰涼大廳可比天堂。我們站著眨了好一會眼睛。

李佛太太怯生生地張望，有些不著頭緒。我趕緊給她指指側門。「游泳池往這邊走，李佛太太。」

她一臉感激，幸好我知道路，免得她得像個窮鬼進大觀園似地問人。

我們推開門，亮晃晃的陽光再度照了我們滿眼，可這回感覺好多了，也沒那麼熱了。湛藍的游泳池水映著陽光閃閃爍爍，黑白條紋的遮陽篷看來也清爽乾淨，空氣裡聞得到洗衣皂的味道。孩子們拍水玩耍、笑得開心，而女士們則穿著泳衣戴著太陽眼鏡、躺著讀雜誌。

李佛太太以手遮陽，尋找希莉小姐的蹤影。李佛太太戴著頂白色寬邊帽配上黑白小圓點洋裝，腳上那雙走起路來喀喀作響的白色銀扣涼鞋則大了一號。她因爲自覺像個闖入者而皺眉，卻又因爲不想讓人發現而微笑著。

「她在**那裡**。」我同小女娃跟著李佛太太，朝穿著鮮紅泳衣的希莉小姐走去。她躺在涼椅上，看著她兩個孩子玩水游泳。我看到兩個不認識的女傭同另外兩家人一起，卻沒看到亞玫。

「妳們來了，」希莉小姐說道。「哈囉，梅茉莉，妳穿這泳衣眞像顆小奶油球呀。愛比琳，孩子們都在寶寶池裡。妳找個有蔭的地方遠遠看著就行了。留意別讓小威潑兩個姊姊水倒是。」

李佛太太在希莉小姐旁邊一張空涼椅上也躺下了，而我則在離她倆幾呎遠的遮陽傘下找張椅子坐定了。從這裡聽她倆說話還算清楚。

「這亞玫，」希莉小姐對著李佛太太搖搖頭。「又請假了。眞是，愈來愈過分了。」喏，謎底揭曉。希莉小姐今天會邀請李佛太太，是因爲她知道她會帶著我一起來。

希莉小姐又往她曬成古銅色的胖腿倒了些防曬油，一邊抹開。她一雙腿已經油得發亮了。「我等不及要去海邊度假了，」希莉小姐說道。「三個星期，在沙灘上。」

「眞希望羅理家在海邊也有幢房子。」李佛太太嘆道。她拉高洋裝裙擺好曬曬膝蓋。她有孕，不好換穿泳衣。

「我們每週末都得花錢給亞玫買巴士票讓她回來一趟。八塊錢哪。我考慮從她薪水裡扣。」

孩子們嚷著說想往大池去。我從紙袋裡找出梅茉莉的保力龍浮球，繫在腰間綁緊了。希莉小姐又拿來兩件，我再幫小威與海瑟也都穿上。他們跳進大池，像一個個釣魚浮標浮在水面上。希莉小姐看著我，說道，「瞧他們，多可愛！」我點點頭。孩子們確實可愛。連李佛太太都不住點頭。

她們繼續聊我繼續聽，還是完全沒提到史基特小姐或書包的事。一會，希莉小姐打發我去給大家買櫻桃可樂，一人一罐，連我也有。又一會，樹上的蟬開始高鳴，樹蔭底下愈發涼爽，我發現自己一雙盯著孩子們看的眼睛，眼皮也愈來愈重。

「愛比，看我！妳看我！」我努力睜大眼睛，對玩得正開心的梅茉莉微笑。

就在這時，我看到史基特小姐，隔著泳池，在圍籬另一頭。她穿著網球裙，手裡拿著球拍。她瞅著希莉小姐與李佛太太瞧，歪著頭，像想把事情理出個頭緒。希莉小姐與李佛太太渾然不察，還聊著去拜拉西（Biloxi）度假的事。我看著史基特小姐推開柵門，沿著泳池走過來。不消時，她就站在她倆面前，她們卻還是沒看見她。

「嗨，」史基特小姐說道。她兩條胳臂上都是汗水。她的臉讓太陽曬得紅咚咚的。

希莉小姐抬頭，依然躺在她的涼椅上，手裡拿著雜誌。李佛太太跳下椅子，站了起來。

「嘿，史基特！怎麼……我剛沒……我本來要打電話……」她咧嘴笑得牙齒幾乎要打顫。

「嗨，伊麗莎白。」

「妳來打網球？」希莉小姐問道，一邊頭如搗蒜。「妳同誰打？」

「就對著牆練習，」史基特小姐說道。她試圖吹掉擋在眼前的一綹頭髮，還是站在陽光底下。

「希莉，」史基特小姐說道，「亞玫同妳說我留了話嗎？」

希莉小姐笑得有些僵。「她今天請假。」

「我昨天也打過電話。」

「聽好，史基特，我真的很忙。我打星期三起就一直待在競選總部，給要寄給幾乎是傑克森市每個白人的信寫信封。」

「嗯。」史基特小姐點點頭。然後她瞇起眼睛，說道，「希莉，我們……我……我做了什麼事讓妳不高興嗎？」我感覺自己的手指又動了起來，轉著那支該死的隱形鉛筆。

希莉小姐合上雜誌，放在一旁水泥地上免得沾上防曬油。「這事我們改天再談，史基特。」

李佛太太唰地坐下。她拿起希莉小姐的《好主婦》雜誌，故作專心讀得目不轉睛。

「好吧。」史基特小姐聳聳肩。「我只是想趁妳出發度假前把這……不管是什麼事攤開來說清楚。」

希莉小姐正要出聲抗議，卻又住口，只是嘆了口長長的氣。「妳就老實跟我說吧，史基特。」

「老實說什麼？」

「聽好，我看到妳包包裡的**東西**了。」我硬嚥下一口口水。希莉小姐試著壓低聲音，可她實在不擅此道。

史基特小姐依然直視著希莉小姐。她很鎮定，一眼也沒往我這瞧。「什麼東西？」

「我在妳包包裡找會議記錄時不小心看到的。喏，史基特——」她眼睛一翻，看一眼天空再又落下來，「——我不知道。我什麼也不知道了。」

「希莉，妳到底在說什麼？妳在我包包裡看到什麼了？」

我轉過頭去看著孩子們。老天，我幾乎都忘了。聽這對話讓我緊張得要暈過去了。

「就那本讓妳帶著到處去的法律小冊子。講那些——」希莉小姐朝我這邊看了一眼。我目光定在泳池裡的孩子們身上。「講**那些人**什麼能做什麼不能做的，可老實說，」她嗤聲說道，「我覺得就是妳，妳頑固得像頭驢。妳當自己比州府的人清楚聰明？比羅斯．巴涅特還行？」

「我又說過羅斯．巴涅特什麼了？」史基特小姐說道。

希莉小姐對著史基特小姐搖搖手指。李佛太太盯著同一頁雜誌上的同一行、同一個字。我用眼角把這一幕全看在眼裡。

「妳不是搞政治的，史基特．菲蘭。」

「嗯，妳也不是啊，希莉。」

希莉小姐終於站了起來。手指這會朝著水泥地。「我即將成爲政治人物的妻子，可妳呢？將來威廉進軍華府，我們又要拿妳這反隔離派的朋友怎辦？」

「華府？」史基特小姐白眼一翻。「威廉只是要參加州議員選舉而已，希莉，選不選得上都還很難說咧。」

噢老天。我終於忍不住看了史基特小姐一眼。妳爲什麼要這麼做？爲什麼哪壺不開偏要提哪壺？

噢，希莉小姐這下眞的火了。她猛一抬頭。「妳同我一樣清楚，傑克森市多的是正直善良的白種公民願意誓死反對妳到底。妳願意讓他們用我們的游泳池？願意讓他們摸過我們雜貨店裡的每樣東西？」

史基特小姐深深地看了希莉小姐長長的一眼。接著，就半秒，她的目光終於掃過我，看到我眼中的苦苦哀求。她的肩膀倏地放鬆了些。「噢，希莉，不過就是本圖書館借來的小冊子而已。我一點沒打算要改變法律，只是想帶回家**讀讀**罷了。」

希莉小姐考慮了好一會。「可如果妳對這些**法律**有興趣，」希莉小姐拉了拉捲起的泳衣下擺，「我就不得不開始想，妳還對**哪些**東西也感興趣？」

史基特小姐移開目光，舔舔嘴唇。「**希莉**。妳是世界上最了解我的人。要我當眞幹了什麼好事，連半秒都瞞不過妳。」

希莉小姐只是看著她。史基特小姐拉起希莉小姐一隻手，捏了捏。「我只是擔心妳。妳失蹤了整整一星期，爲競選的事忙昏了頭。妳看妳自己。」史基特翻出希莉小姐的掌心。「寫那麼多信封，都起水泡了。」

慢慢地，我看著希莉小姐的身體漸漸放鬆，終於開始讓步。她看了李佛太太一眼，確定她沒在聽。

「我只是很擔心，」希莉小姐咬著牙耳語道。這會連我都聽不清楚了。「……為選舉投下那麼多錢，如果威廉眞的落選……日夜忙……」

史基特小姐一手搭上希莉小姐的肩膀，對她說了幾句話。希莉小姐點點頭，對著她疲倦地一笑。

一會後，史基特小姐同她倆說她得走了。她走在做日光浴的人群中，閃開一張張椅子與毛巾。李佛太太睜大眼睛看著希莉小姐，彷彿怕得連問問題都不敢。

我身子往後靠在椅背上，對忙著製造漩渦的梅茉莉揮揮手。我揉揉隱隱作痛的太陽穴。史基特小姐從遠遠那頭回頭看了我一眼。所有人忙著曬太陽、忙著笑、忙著瞇眼睛，沒有人猜得到，這黑女人同那手拿網球拍的白人小姐心裡原來想著同一件事：我們是不是傻子才會覺得放心？

第十六章

崔洛過世約莫一年後，我開始定期出席我們教會的社區關懷會議。我想一開始是爲了打發時間吧。晚上出去走走，免得一個人孤單寂寞。雖然雪莉．布恩那種自以爲了解一切的微笑讓我看了就煩。米妮也不喜歡雪莉，可她通常也來，能夠暫時離開她那一屋子老小總是好。可今晚班尼犯氣喘，所以米妮不來了。

近來，會議話題一改以往，不談街道整潔或二手衣交換會，改而討論起民權的事。也沒啥激烈的言論，就是討論，然後禱告。可米格．艾維斯一週前遭到槍殺的事，確實激怒了不少傑克森市的黑人。尤其是年輕人，那些還沒對一些事情免疫的年輕人。據說這星期來他們常常聚會討論，憤怒、吼叫、哭泣。今晚的聚會是我槍擊案發生後的頭一回。

我走下往地下室的樓梯。地下室通常比一樓教堂陰涼些，可今晚裡頭卻又悶又熱，搞得大夥猛往咖啡裡加冰塊。我四下張望看看有誰來了。好不容易逃過希莉小姐那關，我想我最好加緊腳步打探可能的人選。已經有三十五個人同我說不了，我感覺自己像在推銷啥沒人想要的東西。啥又笨重又不討喜的東西，比如說琪琪．布朗的檸檬室內芳香劑。可我和琪琪最大的相同點，其實是我和她一樣，深深以自己企圖推銷的東西爲傲。這些故事必須說出來，而且就由我們來說。

我希望能有米妮幫著我一起問人，她推銷的口才比我好多了。可我們從一開始就決定，不必讓人知道米妮也牽涉其中。她那一大家子，冒不起這個險。至於史基特小姐的名字，我們倒覺得不該隱瞞。如果連是哪個白人小姐都不知道，絕對沒人會同意幫忙；若不說，她們哪知道會不會是她們認識、甚至做過事的人家。可史基特小姐也不能親自出馬，怕她還沒開口，人就給嚇跑了。所以只能靠我了。只不過，問過五六個人後，消息就傳遍了女傭圈，之後不必等我開口，對方就已經知道我要問啥了。她們都說不值得，然後反問我怎麼甘願冒這天大的險。我想外頭可能已經開始有關於老愛比琳壞了腦袋的傳言了吧。

今晚所有木頭摺疊椅上都坐了人。超過五十人，大部分都是女人。

「過來坐我旁邊，愛比琳，」柏翠娜·比塞莫說道。「葛黛拉，椅子讓給我們老人坐。」

葛黛拉很快站起來，作勢要我坐下。至少柏翠娜還不覺得我瘋。

我坐定了。今晚雪莉·布恩也坐著，會議改由執事主持。他說我們今晚需要一個安安靜靜的禱告會。說我們需要讓傷口復原。我很高興聽他這麼說。我們閉上眼睛，讓執事引導我們爲艾維斯一家、爲墨麗、爲艾維斯家幾個兒子誠心禱告。有人喃喃自語、低聲同上帝說話，整個地下室充滿了一種寧靜的力量，像嗡嗡作響的蜂巢。我默念我的禱詞。唸完後，我深深吸口氣，等著其他人也唸完。今晚回家後，我依然打算寫下禱詞。這絕對値得我雙倍的時間。

亞玟，希莉小姐的女傭，就坐在我前面。亞玟的背影很好認，因爲她有一頭不毛不燥、光滑漂亮的頭髮。我聽說她讀過不少書，幾乎把大學唸畢業了。我們教會裡當然多的是大學畢業生，醫生、律師，甚至是擁有黑人報紙《南方週報》的克羅司先生。可亞玟絕對是教會裡學歷最高的女傭。看到她，就會讓我想起那些必須平反的不公不義。

執事張開眼睛，默默掃視台下會眾。「我們剛剛的禱——」

「瑟若谷執事，」一個低沉的聲音劃破沉默。我轉頭——所有人都轉頭——是傑薩普，芙蘭登·

費迪莉亞的孫子，站在入口處。他約莫二十二、三的年紀。他雙手緊緊握拳。

「我想知道的是，」他一個字一個字充滿怒氣地說。「我們打算怎麼做。」

執事不爲所動，似乎先前已經同傑薩普談過了。「今晚，我們要將禱告送進天主耳裡。下星期二，我們將在傑克森市舉行和平遊行；八月，我們在華府金恩博士的遊行上見！」

「這還不夠！」傑薩普說道，握拳一手往另一手掌心猛地一捶。「他們把他當條狗，從背後射殺了他！」

「傑薩普。」執事舉起雙手。「今晚我們就禱告。爲艾維斯一家，爲代表被害人的律師。我了解你的憤怒，可是——」

「禱告？你是說，你們什麼也不做，就打算坐在這裡禱告？」

他看著所有坐在椅子上的會眾。

「你們當眞都以爲禱告就可以阻止白人射殺我們嗎？」

沒有人回答，連執事也沒有。傑薩普轉身，大步離去。我們聽著他重重的腳步聲往上，然後在我們頭頂，最後推門離開教堂。

地下室一片沉默。瑟若谷執事目光定在我們頭頂幾吋處。這很不尋常。他向來不怕直視人的眼睛。大家都看著他，思索著他到底在想什麼，讓他不敢看著我們。然後我看到亞玫輕輕地搖頭，動作不大卻無比肯定，而我突然明白，亞玫與執事無疑正想著同一件事：他們都在想傑薩普最後的問題。而亞玫，她剛剛回答了。

會議在八點左右結束。有孩子的人先走一步，其他人則圍在後方長桌前倒咖啡喝。大夥靜靜的，沒什麼人開口閒聊。我深深吸口氣，往站在咖啡壺旁的亞玟走去。我只是想解決掉那個像黏人草般緊黏著我不放的謊。我今天沒打算再找其他人問。今晚沒人會想買我那薰死人的室內芳香劑。

亞玟朝我點點頭，禮貌地微笑。她大約四十上下，身形高瘦，身材維持得很好。她還穿著白制服。那制服很合她的腰身，挺顯瘦；她還總是戴著耳環，小小的兩個金環。

「聽說妳家雙胞胎明年要上陶格魯大學了。恭喜恭喜。」

「希望他們能如期成行。我們一直在存學費，還差了一點。一次兩個挺吃力的。」

「妳自己也上過好幾年大學，是吧？」

她點點頭，說道，「傑克森大學。」

「我頂愛上學。我喜歡讀、喜歡寫，就是不愛算數。」

亞玟笑了。「英文也是我最喜歡的科目。尤其是寫作。」

「我一直……有在寫些東西。」

亞玟看著我的眼睛，而我看得出來，她已經知道我接下來要說的話了。有那麼一刻，我似乎看得到她在希莉小姐的屋簷下、日日強嚥下的那些羞辱。那些恐懼。一陣困窘湧上心頭，我開不了口。

可亞玟畢竟沒等我問。「我知道妳們在寫書的事。和希莉小姐那個朋友。」

「沒關係，亞玟，我知道妳不能。」

「是那個險……我現在冒不起。我們只差那麼一點，學費就存齊了。」

「我了解，」我說，終於露出微笑，好讓她知道沒事了，我不會再勉強她。可亞玟並沒有走開。

「妳們……會用假名，是嗎？」

這也是每個人出於好奇都會問的問題。

「沒錯。連地方的名字都會改掉。」

她低頭看著地板。「所以說，我只管說我當女傭的故事，由她寫下來，是這樣嗎？寫下來然後再編輯過……是嗎？」

我點點頭。「我們什麼故事都想要。好的壞的都要。她現在正同……另一個女傭合作中。」

亞玫舔舔嘴唇，似乎在想像那感覺，老老實實訴說給希莉小姐做事的種種。

「我們可以再多聊一些嗎？等我更有空的時候？」

「當然，」我說道。我從她眼裡看得出來，她這麼說並非只是出於禮貌。

「今天就先抱歉了，亨利和孩子們還等我，」她說道。「我改天可以打電話給妳嗎？我們私下聊？」

「隨時歡迎妳打電話過來。」

她碰碰我的手臂，再一次同我四目相對。我不敢相信自己看到的。她一直在等我開口問她，等好久了。

然後她便離開了。我還繼續在那角落站了一會，喝著不合時宜的熱咖啡。我邊笑邊喃喃自語，不管這下別人更要認定我確實是瘋了。

米妮

第十七章

「妳出去，我好打掃。」

西麗亞小姐把被子拉到胸口，一副深怕讓我揪下床的模樣。來這做事九個月了，我還是搞不懂，她是身體眞不舒服、還是讓染髮劑燒壞了腦袋。她的氣色確實比我剛來時好多了倒是。肚子多了點肉，兩頰也不再凹陷；想當初她就自己胡搞，差點餓死自己和強尼先生。

西麗亞小姐有陣子常往後院忙，可最近這位小姐懶病又發作，成天躺床上。以前我樂得她留在房裡省得礙事，可現在我同強尼先生照過面，這屋裡的事算正式由我**負責**了。該死，我甚至打算想辦法讓西麗亞小姐振作起來。

「妳一天在這宅子裡晃二十五小時，我都讓妳逼瘋了。去，去把妳恨死了的那棵合歡砍了，」我說道，因爲強尼先生後來還是遲遲沒動手。

西麗亞小姐還是賴著動也不動，我知道該是使出殺手鐧的時候了。「妳啥時才要同強尼先生說我的事？」因爲這句話向來能讓她動起來。有時我也會純粹爲了找樂子而搬出這話逗著她玩。

我不敢相信我們這猜謎遊戲竟然已經玩這麼久了。強尼先生知道我的事，可西麗亞小姐還傻呼呼的，瞞得多認眞。耶誕節期限一到，她果然不出意料，苦苦哀求我再多給她點時間。呵，我狠狠讓她吃了頓排頭，可這傻子一會當眞哭了起來，我爲討耳根清靜才放她一馬，告訴她就當這是我送她的耶誕禮物吧。她扯這堆謊，合該襪子裡收到一滿袋煤。

感謝老天，雖然強尼先生兩星期前才設法安排過，希莉小姐畢竟沒上門打牌。這我是從愛比琳那聽說來的，說希莉小姐同李佛太太嘲笑了好一陣。西麗亞小姐倒卯起來認眞，問我到時要做啥菜招待客人。她甚至郵購了本書，《橋牌入門》。入啥門啊。今早書讓郵差送來了，她讀沒兩秒便往旁邊一扔，開口問我，「妳可以教我玩橋牌嗎，米妮？這本書好難喔。」

「我不會玩橋牌，」我說。

「才怪，妳會。」

「妳又知道我會了，」我開始大動作摔鍋子，看到那本大紅封面的書就一肚子氣。好不容易解決強尼先生的事，這下卻又得開始擔心希莉小姐上門洩了我的底。她絕對會同西麗亞小姐說我幹的好事。該死，那種事，要我也會請我自己走路。

「因爲瓦特太太說過，妳以前星期六早上常陪她練習。」

我開始用力刷鍋子。我的指關節撞在鍋壁上，鏗鏗鏘鏘的。

「玩牌是魔鬼的把戲，」我說道。「何況我事情多得做不完了。」

「可要讓她們來了再教我，我一定會緊張到受不了。妳就先教我一點點嘛，好不好？」

「不行。」

西麗亞小姐哼地嘆了口氣。「是因爲我做菜怎麼都學不好，對吧？讓妳覺得反正我啥都學不了。」

「要是希莉小姐和她那些朋友同妳老公說妳請了女傭，怎辦？妳這下不就露餡了嗎？」

「這我早就想好了。我就告訴強尼，我打算在玩牌那天請個臨時女傭，幫忙招呼客人。」

「嗯。」

「然後我再告訴他，說我很喜歡妳，決定雇妳當全職女傭。我是說，我就過……幾個月再這麼同他說。」

我開始渾身冒汗。「妳打算啥時請她們來玩牌？」

「就等希莉回電話給我囉。強尼同他老公說我會打電話過去。我已經留了兩次話給她，她應該隨時都會打過來了吧。」

我站在那裡，努力想出辦法阻止這一切。我看著電話，祈禱它永遠不會響起來。

第二天早上，我進門，西麗亞小姐剛好從臥房走出來。我以爲她又要往樓上溜，一會卻聽到她拿起廚房電話撥號說要找希莉小姐。我肚裡翻起一陣非常不舒服的感覺。

「我打電話是想安排一下橋牌聚會的事囉！」她興致勃勃地說道，我動也沒動，直到確定接電話的是亞玫、而非希莉小姐本人爲止。西麗亞小姐像電台廣告似地報上自己的電話號碼，「愛默生二六零六零九！」

半分鐘後，她又從那張蠢紙背後的名單挑了個名字撥號，這事她最近每兩天就要來一回。我知道那張紙是什麼。那是小聯誼會的會訊。而從那張紙的模樣看來，八成是讓她從女士俱樂部的停車場撿來的。皺巴巴的，粗得像砂紙，從某人的皮包裡掉出來後，顯然還經歷過好一場暴風暴雨。

到目前爲止，還沒有人回電給她過，可每回電話鈴一響，她還是像隻看到浣熊的狗一樣，蹦地跳起來。電話卻永遠都是強尼先生打回來的。

「好的……就……麻煩妳轉告她了，」西麗亞小姐對著話筒說道。

我聽到她輕輕掛上電話。我才不管這事，可如果我眞要管，我就會告訴她，那些人不值得她這麼做。「那些人不值得妳這麼做，西麗亞小姐，」我聽到自己這麼說道。可她裝做沒聽到，轉身回房，關上了門。

我考慮去敲門，問她需不需要點什麼。可我畢竟有比關心她這場人緣競賽輸贏還重要的事得煩。比如說米格·艾維斯讓人在自家門口槍殺了的事。比如說滿了十五歲的菲莉莎吵著要考駕照的事——她是個好女孩，可我懷上小里洛時年紀沒比她大多少，而且那事還同輛別克轎車有關。除此之外，還有史基特小姐和那本書，我煩不勝煩。

六月底，一波超過百度的熱浪來襲，而且遲遲不走。尤其黑人社區像讓人倒了熱水，溫度硬是比傑克森市其他地方糟上十來度。天氣熱到杜恩先生那隻紅咚咚的公雞這麼大搖大擺晃進我家門，賴在廚房電風扇前，蹲著不走。我進門，牠倒瞅著我瞧，那模樣像在說，**妳想都別想叫我走**。牠寧可挨幾記掃帚，也不要回到外頭那叫人發瘋的熱浪裡。

在麥迪生郡，熱浪讓西麗亞小姐正式成爲全美利堅合眾國最懶惰的女人。她甚至連走去信箱拿信都懶，央我去拿。天氣熱，她於是也沒得坐到泳池旁去納涼；而這，對我造成不小的問題。

你瞧，如果上帝要白人黑人成天黏在一起，祂早讓我們生來全是色盲。每回西麗亞小姐笑咪咪同我喊「早安呀」還是「眞高興看到妳呀」時，我都會想，她完全不懂界線這回事，是怎麼活到把年紀的？比如說，小騷貨打電話給本市社交名媛已經夠糟了，她卻還打我上工第一天起，便堅持天天同我一起吃午餐。不是同房間而已，她還堅持同一張**桌子**。就窗前那張小桌。我做過事的每個白太太吃午餐向來都在餐廳，離黑女傭愈遠愈好。我還樂得輕鬆。

「爲什麼我要去餐廳一個人自己吃？我可以同妳一起在這吃啊，」西麗亞小姐說道。我甚至懶得同她解釋了。要說說不盡，她眞是啥也不懂。

之前那些白太太另外還知道一件事：每個月固定有那麼幾天，沒事最好離米妮**遠**一點。連瓦特太太都知道。她一聞到廚房飄來焦糖味，柱著柺杖也要把自己弄出門去。她甚至膽敢拒絕希莉小姐來訪。

上星期，西麗亞小姐屋裡就飄著濃濃的糖味奶油味，在這熱死人的六月天，聞起來卻活似耶誕節來了。我一如往常繃著身子，攪拌鍋裡的焦糖。一連三次，我**很有禮貌地**請她離開廚房，可她就是想同我一起。說她成天一個人待在臥房裡，挺孤單的。

我試著不去理她。問題是，我做焦糖蛋糕時非得自言自語，才定得下心來。

我說，「六月氣溫歷史新高。足足一百零四度。」

而她說，「妳家有冷氣嗎？感謝老天我們這屋裡有，因爲我小時候家裡沒冷氣，什麼叫熱，哼，我再清楚不過。」

而我說，「買不起冷氣。那東西吃電比象鼻蟲吃棉花還快。」我開始加快攪拌的動作，因爲上層糖漿顏色已經開始變深，這是最容易出錯的步驟。我繼續說，「我們這期電費已經遲繳了，」我頭腦是不清楚，可猜她怎麼說來著？她說，「噢，米妮，眞希望我能借妳一點錢，可最近強尼好像有點起疑，問了我一些奇怪的問題，」我霍地轉身，打算同她說，每回黑人抱怨生活開銷大，並不表示她就是想同妳討錢，可我還來不及開口，該死的糖漿就燒焦了。

星期天禮拜結束後，雪莉．布恩站起來，面對台下會眾。她一張嘴旗子似翻動，提醒大家社區關懷會議將在星期三晚上舉行，會中將討論前往阿麥特街的伍爾沃（Woolworth's）商店午餐櫃檯靜坐抗議的事。大鼻子雪莉手指眾人，說道，「會議七點準時開始。沒有藉口，不准遲到！」她讓我聯想起某個高大醜陋的白人小學老師，沒人想娶的那種。

「妳星期三來嗎？」愛比琳問道。我們頂著下午三點的惡毒艷陽走路回家。我手裡拿著我的葬禮扇，裝了馬達似地猛搖。

「我沒空，」我說。

「妳又要讓我一個人去？來嘛，我打算烤些薑餅帶去，還有一些——」

「我**說**我不能去。」

愛比琳點點頭，說道，「好吧。」她埋頭繼續走。

「班尼……可能又要犯氣喘。我不想留他在家。」

「嗯哼，」愛比琳說道。「我等妳想通了再同我說眞正的原因。」

我們轉進葛桑街，繞過一輛也中了暑動彈不得的車子。「噢對了，先說省得待會忘了。史基特小姐說她星期四晚上會早點過來，」愛比琳說道。「七點左右。妳可以嗎？」

「老天，」我說，整個人又煩躁了起來。「我這是在幹嘛？我八成是瘋了，才會把黑人的祕密全同個白人小姐說了。」

「史基特小姐同其他人不一樣。」

「感覺像我自己在自己背後偷說話，」我說道。我已經同史基特小姐會過至少五回了，事情卻沒有因此變得更容易。

「妳可以不來，」愛比琳說道。「我也不想妳勉強自己。」我沒作聲。

「恍神了，米妮？」她問道。

「我只是……我想讓孩子們過更好的生活，」我說。「可又難過，竟是讓個白女人來做這件事。」

「星期三一起來開會吧。我們到時再多聊一點，」愛比琳微微笑著說道。

我知道愛比琳不會放棄。「我惹了點麻煩，就這樣。」

「同誰？」

「雪莉．布恩，」我說。「上回開會，大家不是牽手禱告，希望早日開放黑人使用白人廁所嗎？還說到要上伍爾沃午餐櫃檯佔個高腳凳、啥打不還手罵不還口的？大家微笑著禱告，充滿希望的模樣，好像世界很快就要變得無比美好，於是……我就抓狂了。我同雪莉．布恩說她的大屁股才塞不進伍爾沃的高腳凳裡。」

「雪莉怎麼說？」

我拿出我的小學老師聲音。「**沒好話說還不如閉嘴不說。**」

走到愛比琳家的時候，我終於轉頭看看她。她強忍笑忍得臉都發紫了。

「這並不好笑，」我說道。

「我很高興妳是我的朋友，米妮．傑克森。」她接著緊緊摟住我，直到我翻白眼同她說我真的得走了。

我沿街走去，在轉角轉彎。我不想讓愛比琳知道。我不想讓任何人知道，我有多需要史基特這些故事。去不成雪莉．布恩的會，我就只剩下史基特了。我不是說同史基特小姐會面有多輕鬆好玩。每回談，我就是抱怨、發牢騷、卯起來發飆。可一切的重點卻是：我喜歡把我的故事說出來。這讓我感覺自己做了點什麼。每回結束的時候，我胸口那塊水泥就鬆動了點、溶化了點，讓我可以再好好呼吸個幾天。

我不是不知道，除了史基特與雪莉．布恩，還多的是其他黑人活動讓我參加——城裡的大型聚會、伯明罕的遊行、北邊爭取投票權的示威活動。可事實是，我才不在乎投不投票，也不希罕和白人同坐吃飯。我在乎的只是，十年後，會不會還有個白太太指著我女兒們說髒、說她們偷了她的銀器。

那晚在家，我把白鳳豆放著用小火煮，平底鍋裡則煎著火腿。

「琴卓，去叫人，」我同我六歲女兒說道。「準備開飯了。」

「**開——飯——啦——**」琴卓動也沒動，站原地扯開喉嚨吼道。

「妳同妳爹地好好說去，」我吼道。「我是怎麼說別在屋裡大呼小叫的？」

琴卓朝我翻白眼，一副我剛讓她去做了全世界最蠢的事的模樣。她踩著重重的腳步往走道去。

「**琴卓！**」

「**開——飯——啦——**」

廚房是唯一容得下一家老小同時出現的地方。屋裡其他地方全給改成了臥房。我和里洛的房間在最後面，隔壁的小房間就讓小里洛同班尼一起睡，客廳則給改成菲莉莎、小甜和琴卓三個女孩兒的臥房。於是只剩下廚房。除非外頭冷瘋了，不然廚房後門永遠都開著，只關上紗門防蒼蠅。這裡頭隨時鬧轟轟的，孩子鬼吼、車子、鄰居、狗吠。

里洛踱進廚房，在七歲的班尼旁邊坐了下來。菲莉莎幫忙在杯裡倒滿開水或牛奶。琴卓把裝了豆子與火腿的盤子端到里洛桌前，再回來爐邊接過我遞給她的第二盤。

「這盤給班尼，」我說。

「班尼，去幫妳媽，」里洛說道。

「班尼氣喘，啥也不必做。」可我那乖兒子還是站起來，從琴卓手上接過盤子。我這些孩子們全清楚自己的本分。

除了我，他們全圍著餐桌坐定了。今晚有三個孩子在家。唸黎涅高中高三的小里洛在吉尼十四商店打工。那家吉尼十四在希莉小姐家附近，是間白人商店。至於我那唸十年級的大女兒小甜，則給加班的鄰居塔魯菈看孩子去了。小甜下班後就走路回家，然後開車送他爹地去接管配件工廠上晚班，接著才拐去吉尼十四接回小里洛。里洛凌晨四點下班後就搭塔魯菈老公的便車一起回家。一切都安排得妥妥當當。

里洛吃著晚餐，視線卻落在餐盤旁的《傑克森日報》上。他才起床，沒人敢惹他。我站在爐邊回頭瞄了一眼，看到頭版刊登著布朗商店靜坐抗議的事。那不是雪莉的人，那些人是打格林伍去的。一群白人少年站在那五個高凳上的黑人靜坐者後方，嘲弄奚落、又推又戳，往他們頭上倒芥茉、番茄醬和鹽巴。

「他們怎麼辦得到？」菲莉莎指著照片說道。「光坐著，也不還手？」

「他們本來就該這麼做，」里洛說道。

「我光看照片都想吐口水，」我說道。

「這我們晚點再談。」里洛把報紙對摺再對摺，壓到大腿下收起來。

菲莉莎同班尼不夠小聲地說道，「還好坐在那些高凳上不是咱家媽媽。不然保證那些白人一顆門牙也不剩。」

「然後媽媽就會給扔進帕奇曼監獄裡，」班尼大聲應道。

琴卓兩手叉腰。「嗯嗯。沒人可以把我媽媽關進監獄裡。我要拿棍子把那些白人打到流血！」

里洛手指著一桌孩子們。「這些話，出了這門，一句也不許說。太危險了。聽到了沒，班尼？菲莉莎？」他指向琴卓。「妳聽清楚了沒？」

班尼與菲莉莎點點頭，低頭看著盤子。我很後悔開始這話題，使眼色要琴卓乖乖閉嘴。可這小女孩，哪肯善罷甘休，啪一聲把叉子放在桌上，屁股連椅子往後一挪。「我討厭白人！我想同誰這麼說就同誰說！」

我趕緊追過去。我追上她，又拉又扯把她拖回廚房裡。

「對不起，爹地，」菲莉莎說道。她天性如此，把所有人的錯往自己身上攬。「我會看好琴卓。她不知道自己在說什麼。」

可里洛兩手往桌上用力一拍。「誰也不准惹上那些事！你們都聽清楚了！」他定睛掃視三個孩子。我轉身面對爐子，不讓他看到我的臉。我同史基特小姐的事要讓他發現了，恐怕連上帝也救不了我。

接下來一整星期，我聽到西麗亞小姐從她房裡打電話給希莉小姐、伊麗莎白·李佛太太、帕克小姐、寇維爾家兩姊妹，還有另外十個聯誼會會員。她也打給了史基特小姐，我想到就心煩。我同史基特小姐說道，**想都別想回電話給她。事情已經夠複雜的了，妳別來亂上加亂。**

最讓我看了上火的，是她每回打完這些蠢電話掛上話筒，一會卻又拿起來，湊到耳邊確定電話線路還是通的。

「電話沒壞，」我說。她反正就是衝著我微笑。她過去一個月來都這模樣，活似口袋裡裝著滿滿的鈔票。

「妳心情這麼好又是爲哪樁？」我終於問她。「強尼先生對妳特別好來著？」我正準備再拿「妳啥時才要同他說」來逗她，她倒先聲奪人。

「噢，他對我一直都好，」她說。「再一陣，我就同他說妳去。」

「很好，」我眞心應道。我已經受不了這場遊戲了。我想像她端著我做的豬排上桌、一邊對著強尼先生微笑，而強尼先生也得裝出一副以她爲榮的模樣，心底卻清楚做菜的人其實是我。她讓自己和強尼先生成了傻子，讓我成了騙子。

「米妮，妳可以去幫我拿個信嗎？」她問道。她打扮妥當、好端端坐著，而我滿手奶油、電動攪拌器正攪著，洗衣機那也正忙著。她簡直像星期天的非利士人（Philistine），還限制自己一天最多走幾步的。而且，在這宅子裡，天天都是星期天。

我洗過手，往屋外信箱走，一路流了約半加侖的汗。是啊，畢竟外頭氣溫才區區九十九度而已。信箱旁邊的草地上躺著一只約莫兩呎長寬的包裹。我在屋裡看過相類似的棕色紙箱，猜想是她郵購來的美容霜啥的。可當我拎起來，才發現挺重，搖搖還會發出鏗鏗聲，裡頭像裝了一瓶瓶可口可樂。

「有妳的包裹，西麗亞小姐。」我啪一聲把箱子放在廚房地板上。

我沒見過她反應這麼快，唰地跳起來。「那是我的……」她咕噥了幾個字。她把箱子往她房裡搬，關上了房門。

一小時後，我到她房裡打算開始吸塵。西麗亞小姐不在床上，浴室裡也沒人。我知道她不在廚房或客廳裡，也不在泳池旁。而我剛剛才打掃過漂亮會客廳一號和二號，還給黑熊吸過塵。這也就是說，她一定是上樓去了。在那些詭異的空房間裡。

在我因爲指控白人經理大人戴假髮而被開除之前，我曾在勞勃·李將軍飯店打掃大宴會廳。空盪盪的大廳裡沒有人，只有沾了口紅印的餐巾和隔夜的香水味，叫我不住打哆嗦。西麗亞小姐這宅子的二樓也一樣。那裡甚至放了個古董搖籃和強尼先生的舊嬰兒帽和銀搖鈴——我發誓，我好幾次聽過鈴聲悠悠響了起來。就是想到那鈴聲，叫我不禁起疑，那些紙箱或許同西麗亞小姐每兩天總要偷溜上樓這事有關。

我決定，該是我上樓親自瞧瞧的時候了。

第二天，我留意著西麗亞小姐的動靜，只等她溜上樓就要跟上去一探究竟。兩點左右，她往廚房裡探頭，衝著我怪怪地一笑。一分鐘後，天花板傳來嘎吱聲。

我悄悄地往樓梯摸去。都盡量躡手躡腳了，矮櫃裡的盤子還是鏗鏗互撞、地板也是嘎吱作響。我一步一步慢慢往樓上走，一路聽得到自己的呼吸聲。上了二樓，我順著長長走廊繼續往下走。我經過敞開的房門，一扇、兩扇、三扇。走廊盡頭的四號門虛掩著，留了約莫一吋的縫隙。我湊近了，就著小縫終於看到她。

她坐在靠窗的黃色單人床上，臉上沒有微笑。我拎進門的紙箱給打開了，一打裝著咖啡色液體的玻璃瓶散放在床上。我感覺火苗從我的胸口緩緩往上延燒，攀上下巴，到我的嘴裡。我認得那些扁瓶。我照顧一個沒用的酒鬼足足十二年，而當我那懶惰的吸血鬼爹地終於嚥下最後一口氣，我含著眼淚同上帝發誓，我將來絕對不嫁這樣的老公。結果。

而此刻，在這裡，我顯然遇上了又一個該死的酒鬼。看那些瓶子，甚至不是店裡買來的。上頭就簡單用紅臘封了口，同我那陶德叔叔釀的私酒一樣。媽媽以前總這麼告訴我，眞正的酒鬼都喝私釀酒，才烈。這會我知道了，她同我爹地、同老烏鴉到手的里洛沒兩樣，硬要說不同，就是她不會揮鍋子追著我跑。

西麗亞小姐拿起一只瓶子，低頭看的眼神彷彿瓶裡裝著耶穌基督、而她等不及要得救了。她開瓶，淺嚐一口，嘆氣。她接著咕嚕咕嚕連灌三大口，然後往後躺在她漂亮的枕頭上。

我開始顫抖，看著她一臉終於得到解放的表情。她就這麼急，甚至顧不得關門。我必須強咬牙，才不致朝她吼罵出聲。又一會，我總算強迫自己轉身回到樓下。

西麗亞小姐十分鐘後也下樓了。她坐在廚房桌前，問我要吃午餐了沒。

「冰箱裡有豬排。我今天不吃午餐，」說完我便大步踱出廚房。

那天下午，西麗亞小姐都待在她臥房浴室裡，坐在馬桶蓋上，她把烘髮器搬到馬桶水箱上，罩子拉過來罩住她那頭漂出來的金髮。罩著那玩意，原子彈爆炸了她也聽不到。

我拎著抹布上樓，一把拉開櫥櫃。兩打威士忌扁瓶就藏在幾條八成是西麗亞小姐從圖尼卡郡帶來的破毯子後頭。瓶子上沒貼標籤，就瓶身印有老肯塔基字樣。其中十二瓶還是滿的，等著她明天享用；另外十二瓶則讓她上星期喝光了。空空的瓶子，就像樓上那些空空的房間。難怪這傻子蹦不出半個子兒來。

七月的第一個星期四，正午左右，西麗亞小姐起床，等著上烹飪課。她身上那件白色線衫之緊，叫妓女看來都像聖人。我發誓，她身上衣服一週緊過一週。

我們各就各位，我站在爐前，她坐在高腳凳上。我打上星期發現那堆瓶子後，沒同她說過幾句話。我沒生氣，只是不高興。可我過去六天來，天天發誓遵守媽媽的第一條守則。我要開口了，就表示我關心她。我才不咧。那不關我的事，也輪不到我操心，管她是不是個又懶又醉的傻子。

我們把裹了麵糊的生雞肉放上網架。然後我得第一百萬次提醒那傻女人去洗手，免得害死自己還拖我下水。

我看著雞肉開始發出嘶嘶聲，試著忘記她在場。炸雞肉總能叫我覺得日子沒那麼難過些。我幾乎忘了自己在給個醉鬼做事。第一鍋雞肉炸好後，我夾了幾塊到盤裡當午餐，其餘就送進冰箱等著給他倆晚餐吃。她照例隔著餐桌、同我面對面坐定了。

「雞胸給妳，」她說道，藍色大眼睛瞅著我瞧。「拿去吧。」

「我吃腿就好了，」我說，一邊叉了兩塊到自己盤裡。我抓了份《傑克森日報》，翻到都會版，把報紙立在面前，好不必看著她的臉。

「可那上頭沒啥肉呀。」

「味道好就好。油滋滋的。」我繼續讀報，試著不去理她。

「嗯，」她說道，把雞胸鏟進自己盤裡，「也好，妳同我合吃一隻雞恰恰剛好。」一分鐘後她再次開口，「妳知道嗎，我覺得我運氣眞是好，有妳當我的朋友，米妮。」

我頭一陣暈，熱熱的怒火從胸口延燒上來。我放下報紙，定定看著她。「不，西麗亞小姐。我們不是朋友。」

「嗯……我們當然是。」她微笑，像剛幫了我個大忙。

「不，西麗亞小姐。我們不是。」

她對著我眨眨她的假睫毛。**不，米妮**，我身體裡有個聲音這麼告訴我。可我已經知道我停不下來了。我雙手握拳，明白自己連一分鐘都忍不下去了。

「是……」她目光落到雞肉上。「因爲妳是黑人嗎？還是因爲妳不想……同我做朋友？」

「原因多的是，妳白我黑還只能排中間。」

她這下總算笑不出來了。「可……爲什麼？」

「因爲當我說我電費繳不出來時，我不是在同妳要錢，」我說。

「噢，米妮——」

「因爲妳甚至不願同妳丈夫說我的事。因爲妳二十四小時待在屋裡快把我逼瘋了。」

「妳不懂，我**不能**。我不能離開。」

「可這一切比起我剛發現的事，又都不算什麼了。」

她厚厚粉底下的臉色刷白了一號。

「這段日子以來，我都當妳是得了癌症不久人世、還是腦筋出了問題。可憐的西麗亞小姐，成天關在家裡。」

「我知道這不容易……」

「噢，我知道妳根本沒病。我看到妳在樓上抱著那些瓶子的模樣了。妳一秒都別想再唬我了。」

「瓶子？噢老天，米妮，我——」

「我該把那些瓶子都拿到水槽倒空。我該現在就同強尼先生說去——」

她猛地站起來，椅子都翻了。「妳想都別想同他——」

「妳嘴裡說多想要孩子，另一頭卻灌下足夠殺死大象的毒藥！」

「妳敢同他說，我就開除妳，米妮！」她眼眶裡都是淚。「妳敢碰那些瓶子，我現在就開除妳！」

我滿腦袋熱血滾滾，怎麼也停不下來了。「開除我？那誰還願意來這給妳守祕密、給妳做事，好讓妳整天醉醺醺地在屋裡閒晃？」

「妳當我不敢開除妳嗎？妳把妳今天的事做完，米妮！」她開始抽抽噎噎哭起來，手指著我。「妳把雞吃完，然後就回家去！」

她端起她那裝著雞胸的盤子，大步穿門而去。我聽到外頭那張漂亮長餐桌上傳來盤子碰撞聲，然後是椅腳刮過地板的聲音。我膝蓋打顫，唰地落坐，瞪著盤裡的炸雞。

我剛又丟了份該死的差。

星期六早上七點，我頂著顆鼕鼕作疼的頭和腫脹的舌頭醒來。我昨晚一定徹夜咬著牙。

里洛斜眼瞅著我瞧，心知肚明事有蹊蹺。他昨晚晚餐時就多少警覺，今早五點走進臥房更讓他確定啥事出了錯。

「妳到底怎麼了？不會又同妳白太太惹麻煩了吧？」他第三次問道。

「啥事？就五個孩子和一個老公。讓你們逼都逼瘋了。」

我當然不要他知道我因爲同白太太回嘴又丟了差。我套上我的紫色家居洋裝，大步走向廚房。我當廚房從沒讓人清理過，卯起來刷刷洗洗。

「媽媽，妳要去哪裡？」琴卓喊道。「我肚子餓了。」

「我去趟愛比琳家。媽媽需要放五分鐘的假，不讓人來煩。」我經過坐在前廊階梯上的小甜。

「小甜，去給琴卓張羅點吃的。」

「她吃過了，才半小時前。」

「嗯，可她又餓了。」

我朝兩條街外的愛比琳家走，穿過堤克路，轉進法立胥街。雖然外頭熱得要人命，柏油路也已經開始冒煙，還是有一堆孩子頂著大太陽，丟球、踢罐子、跳跳繩。「嘿，米妮！」約莫每五十呎路就有人同我這麼招呼道，可我沒多理會。今天沒那心情。

我穿過艾達．匹克的菜園。愛比琳的廚房門開著。她正坐在桌前，低頭讀著史基特小姐爲她從白人圖書館借來的書。紗門嘎嘎哀嚎，她應聲抬頭。我猜她看得出我一肚子火。

「天可憐見，誰惹妳了？」

「西麗亞．蕾．傅堤，就她。」我在桌子的另一頭坐定了。愛比琳起身，給我倒了咖啡。

「她怎麼了？」

我同她說那些瓶子的事。我不知道我一個半星期前剛發現的時候，怎麼沒來同她說。也許我不想讓她知道西麗亞小姐這麼糟糕的一面。也許因爲這差事當初是愛比琳給我找來的。可現在我不管了，一五一十全說了。

「然後她便炒了我魷魚。」

「噢，老天，米妮。」

「宣稱她要另請高明。可誰願意去給她做事啊？就在她家附近隨便找個毛頭女傭，沒見過世面，連上菜從左邊撤盤從右邊都不懂那種。」

「妳想過去道歉嗎？妳就星期一去，同她談——」

「我才不同醉鬼道啥鬼歉咧。我從沒同我爹地道過歉，更不會爲她破例。」

我倆沉默了一會。我一口灌下咖啡，看著一隻馬蠅用牠那醜陋的大頭，死命撞向愛比琳的紗門，**砰砰砰砰砰**，最後終於掉在台階上。像個瘋狂的傻子，圈圈轉個不停。

「睡不著，吃不下，」我說。

「我說，那西麗亞八成是妳歷任雇主裡最糟的一個。」

「哪個不糟。可她偏是最糟的一個。」

「我就說嘛。記得那回妳不小心摔破水晶杯，瓦特太太硬要妳賠的事吧？從妳薪水裡扣了十塊錢，結果妳後來在卡特商店看到，那杯子一個其實才賣三元，有沒有？」

「嗯哼。」

「噢，那妳記得那個神經病查理先生吧？老是當妳面喊妳黑鬼，還當是件有趣的事。還有他那老婆，規定妳不能在屋子裡吃午餐，就算是一月中的大冷天、就算是那回當眞下雪了也一樣，這妳記得吧？」

「我光想都發冷。」

「還有別忘了——」愛比琳顧自咯咯笑起來，邊笑邊說。「可別忘了那個蘿柏塔小姐！她讓妳端坐在廚房餐桌前，拿她自製染髮劑硬要妳當試驗品，這妳想忘也忘不了吧？」愛比琳擦擦眼角。「老天，在那之前和之後，我都沒看過黑女人頂頭藍頭髮的。里洛說妳活似外星怪客。」

「那一點也不好笑。花了我三星期和二十五塊錢，才把頭髮變回黑色。」

愛比琳搖搖頭，高聲嘆了口氣，「唉嗯，」然後啜了口咖啡。

「可這西麗亞小姐，」她說。「瞧她怎麼待妳的？要妳同她一起瞞著強尼先生、還要妳教她做菜，結果才付妳多少錢？比之前都少對吧？」

「妳明知她付我兩倍薪水。」

「噢，那倒是。嗯，反正啦，她成天請朋友上門，給妳捅亂子添麻煩。」

我也不應她了，只是瞅著她瞧。

「還有她那一窩十個兔崽子。」愛比琳拿起餐巾抿抿嘴角，強忍著笑。「滿宅子亂跑尖叫搗亂，叫妳不瘋也難。」

「我想妳把話說得夠清楚了，愛比琳。」

愛比琳這才大方微笑，拍拍我的胳臂。「對不起，親愛的。妳是我最好的朋友，而我想妳不該丟了這個好差事。所以她偶爾來上幾口、好讓日子好過些，那又怎樣？去，星期一找她談去。」

我感覺自己的臉皺成一團。「妳覺得她還會要我嗎？在我對她說了那些話之後？」

「除了妳，她也沒別人了。這點她清楚得很。」

「是啊，她蠢的。」我嘆氣。「可她並不笨。」

我回家。我沒同里洛把話說開，可我整天整週末腦子裡就想這事。我給開除的次數十指已經數不完了。我同上帝禱告，星期一可要讓我順利把差事掙回來。

第十八章

星期一早上，開車往西麗亞小姐家的路上，我一路預演。**我知道我不該多嘴**……我走進廚房。**我知道我逾越了本分**……我把皮包擱在椅子上。**還有**……**還有**……這是最難的一部分。**還有，我很抱歉。**

我聽到西麗亞小姐啪噠啪噠的腳步聲從宅子另一頭傳來，愈來愈近。我兩手抱胸，穩住自己。我完全拿不準她會有啥反應，還生氣？冷冰冰？還是二話不說再炒我一次魷魚？唯一確定的是，我定要搶**先**一步開口。

「早安，」她說。西麗亞小姐還穿著睡衣，頭髮沒梳，臉上一點妝也沒有。

「西麗亞小姐，我得……同妳說點事情……」

她呻吟，手壓著肚子。

「妳……不舒服？」

「嗯。」她往盤裡放了一個比斯吉和一點火腿，一會卻又把火腿拿開。

「西麗亞小姐，我想要妳知道——」

可我話沒說完，她便踱出廚房，而我明白我這下麻煩大了。

我動手開始做該做的事。也許我是瘋了，才會當這差事還是我的。也許她甚至不會付我今天的薪水。午餐後，我打開電視，一邊熨衣服一邊看《當世界轉動》（*As the World Turns*）的克莉絲汀小姐。

西麗亞小姐通常會跑來同我一起看，今天卻沒有。節目結束後，我在廚房等了一會，可西麗亞小姐看來連做菜都不想學了。臥房門還關著。還不到兩點，可除了打掃主臥房，我已經想不到其他事可做。我感覺肚裡像有把煎鍋，叫我難受的。眞希望今早還有機會的時候，我就把想說的話都說完了。

終於，我往那扇緊閉的門走去。我敲敲門，裡頭沒反應。我決定冒險推開門。

床竟是空的。這下又多了扇緊閉的浴室門得對付了。

「我來打掃了，」我嚷嚷。還是沒回答，可我知道她在裡面。我感覺得到她就在門的另一邊。我渾身冒汗，只想趕緊把話說完。

我抓著洗衣袋繞著房間走，撿起積了一週末的髒衣服往袋裡塞。浴室那頭還是靜悄悄的，毫無動靜。我知道浴室裡定也是一團亂。我繼續留意，一邊開始換床單。那個淺黃色圓柱形抱枕大概是我這輩子看過最醜的東西，兩頭還往裡塞，活脫是條黃色大香腸。我把它扔回床上，撫平床罩。

我擦了床頭桌，把她床頭的《看週刊》(*Look*)和那本橋牌書疊整齊。我也扶了扶強尼先生那頭的書。他還挺愛看書。我拿起《梅岡城故事》，翻過封底。

「欸，不得了。」裡頭有個角色是黑人呢。我不禁想起，將來哪天會不會也在某張床頭桌上看到史基特小姐的書。裡頭不會有我的眞名，這點倒可以確定。

終於，我聽到了點動靜。什麼東西抵著浴室門，窸窸窣窣的。「西麗亞小姐，」我又一次喊道。「同妳說一聲，我還在外頭。」

還是沒回應。

「妳在裡頭幹啥我沒意見，」我自言自語道。我接著再喊，「我只想趕緊把活幹完了走人，省得讓強尼先生拿槍逮個正著。」我說這就爲激她回話。結果並沒有。

「西麗亞小姐，水槽底下還剩點品客涵保健飲。妳一會喝了就出來，我好打掃裡頭。」

終於，我住嘴，只是盯著門瞧。這差事到底還是不是我的？如果是，萬一她這會是喝醉了，不醒人事怎辦？強尼先生要我好好照顧她。讓她醉倒在浴缸裡可不算好好照顧。

「西麗亞小姐，妳出點聲，好讓我知道妳沒事。」

「我沒事。」

可她聽起來一點也不像沒事。

「快三點了。」我站在房間正中央，等著。「強尼先生一會回家了。」

我得知道裡頭到底是怎麼回事。我得知道她是不是喝醉了。而且，如果這差事還是我的，我就得把浴室打掃乾淨，免得強尼先生覺得這祕密女傭做事愈來愈邋遢，索性再炒我一次。

「別這樣，西麗亞小姐，是頭髮又染壞了嗎？上回就是我幫妳染回來的，記得嗎？結果還挺好看的。」

門把轉動。慢慢地，門開了。西麗亞小姐坐在門右邊的地板上。她屈著腿，膝蓋藏在長睡衣底下。

我走近一步。我看著她的側臉，發現她的臉色活似衣物柔軟精，霧濛濛的白中泛藍。

馬桶裡有血，很多血。

「妳鬧經痛嗎，西麗亞小姐？」我低聲問道。我感覺自己鼻翼搧動著。

西麗亞小姐沒回頭。她白色的長睡衣上有一道血痕，像在馬桶裡浸過。

「要不要我打電話給強尼先生？」我說。我知道不該，可我忍不住一直往馬桶那邊瞄。暗紅色的水底下似乎有什麼東西。什麼……一團的東西。

「不要。」西麗亞小姐說道，兩眼盯著牆壁。「幫我把……電話簿拿來。」

我快步往廚房走，在桌上找到那小本子，快步又走回來。我把東西遞過去，西麗亞小姐卻揮揮手。

「拜託妳，妳幫我打，」她說道。「找T那欄，泰特醫師。我辦不到。」

我火速翻過薄薄的小本子。我知道泰特醫師。之前那些白太太都是找他看的病。我還知道他每週二都趁老婆上髮廊的空檔，找伊蘭・費禮進行「特別治療」。**泰夫特……泰格……泰恩。感謝老天。**

我的手在撥號盤上抖得厲害。一個白女人接了電話。「西麗亞・傅堤，麥迪生郡二十二號公路，」我強忍吐，盡可能鎮定地說道。「是的，流了很多血，很多很多血……他知道怎麼過來嗎？」

她說當然，掛上了電話。

「他要過來了嗎？」西麗亞問道。

「嗯，一會就到，」我說。又一波胃酸翻攪上來。馬桶不能不刷，可要我不邊刷邊吐，恐怕還得好一段時日。

「要不要喝點可樂？我去給妳拿一瓶來。」

我往廚房去，從冰箱裡拿了一瓶可樂。我回到浴室，放在瓷磚地板上，然後往後退一步。我不想留西麗亞小姐一個人，卻也想盡可能離那紅通通的馬桶愈遠愈好。

「要不要我扶妳上床，西麗亞小姐？妳站得起來嗎？」

西麗亞小姐往前傾，掙扎著起身。我上前幫忙，才發現她睡衣下身全讓血浸透了，連底下藍色瓷磚都給糊上一層紅色黏膠似的東西。瓷磚同瓷磚間的淺溝也吸飽了血，恐怕得費好番功夫才刷得起來。

我扶她站起來，西麗亞小姐卻又踩上一灘血，腳一滑，還好及時抓住馬桶邊緣才又穩住身子。

「讓我留在這裡——我想待在這裡就好。」

「好吧。」我往後，退出浴室。「泰特醫師一會就到了。他在家，他們已經打電話通知他了。」

「坐下來陪我好嗎，米妮？求求妳！」

可馬桶卻飄來陣陣溫熱、令人作嘔的氣味。我考慮了一下，決定屁股一半坐在浴室裡、一半在外。坐下來後，那味道更清楚了。聞起來像肉，像放在流理台上退冰的漢堡肉。想到這裡，我不由得慌了起來。

「還是出來吧，西麗亞小姐，妳好透個氣。」

「我不能讓地毯……沾到血，強尼會發現。」西麗亞小姐手臂皮膚底下的血管看來幾乎是黑的。她的臉卻愈來愈白。

「妳看起來不太妙。喝點可樂吧。」

她喝了一小口，說道，「噢，米妮。」

「妳血流多久了？」

「今早開始的，」她說道，然後頭埋在臂彎裡開始哭了起來。

「沒事的，妳不會有事的，」我說道。我聽起來很鎮定、充滿信心，可其實我的心砰砰跳得又快又急。沒錯，泰特醫師一會就來幫西麗亞小姐了，可馬桶裡那東西呢？我該拿它怎麼辦，直接沖掉嗎？要是堵在水管裡了呢？我得把它撈出來。噢老天，我要怎麼辦得到？

「好多好多血，」她呻吟道，身子倚著我。「爲什麼這次會流這麼多血？」

我下巴一抬，火速瞄了馬桶一眼。短短一眼，然後我就必須趕緊再低下頭來。

「不要讓強尼看到。噢老天，現在……幾點了？」

「再五分鐘三點。我們還有點時間。」

「我們該拿它怎麼辦？」西麗亞小姐問道。

我們。上帝原諒我，可我眞希望這個「我們」並不包括我。

我閉上眼睛，說道，「我想我們得有人把它撈出來。」

西麗亞小姐轉過頭來，用一雙紅腫的眼睛看著我。「然後呢？放在哪裡？」

我不敢看她。「我想……就垃圾桶裡吧。」

「求求妳，現在就去做。」西麗亞小姐覺得很丟臉似地，把頭埋進了膝蓋間。

現在甚至不是**我們**了。現在是**妳**去做。**妳**去幫我把我那夭折的寶寶從馬桶裡撈出來。

而我還有得選嗎？

我聽到自己唉了一聲。硬梆梆的瓷磚地板頂著我的的腿臀。我挪挪身子，咕咕噥噥，試著把事情想通。我的意思是說，我一定處理過比這還糟的場面，應該有吧？我一時想不到，可總是有的。

「求求妳，」西麗亞小姐說道，「我不能再多看它一眼。」

我站起來，試著不去多想。我知道該把它放到哪裡——就馬桶旁邊那個白色垃圾桶。然後再把整桶垃圾拿去扔掉。問題是，我要用什麼去撈？我的手嗎？

我咬著嘴唇，努力維持鎮定。也許我該等等。也許……也許等醫生來了，他會想要把它帶回去！帶回去檢查！所以說，如果我能讓西麗亞小姐暫時不去想，我或許有機會脫身。

「這事我們一會就處理，」我用同剛剛一樣自信肯定的聲音說道。「妳知道大概有幾個月了嗎？」我慢慢往馬桶靠近，嘴裡沒敢停過。

「五個月吧？我也不確定。」西麗亞小姐拿條小毛巾蓋住臉。「我一早沖澡時覺得肚裡沉沉的，後來又一陣疼。於是我就去坐在馬桶上，而它竟然就這麼滑出來了。好像它一點也**不想留在我身體裡面**似的。」她拱背縮肩，又開始嚶嚶啜泣。

我小心翼翼地放下馬桶蓋，回到外頭地板上。

「好像它寧可死也不願在裡頭多待一秒。」

「妳聽我說，上帝自有安排。可能妳腹裡哪兒一時不對，孩子總是不好留住。下回等妳準備好了，孩子自然就來了。」可我突然想起那堆瓶子，又有些氣了起來。

「可是……可是這已經是下一回了。」

「噢老天。」

「我們就是因爲懷孕才結婚，」西麗亞小姐說道，「可那回……也是流掉了。」

這下我再也忍不住了。「那妳爲什麼還喝酒？妳不會不知道，裝了一肚子威士忌，怎麼留得住孩子。」

「威士忌？」

噢拜託。我甚至不敢看著她那張故作「啥威士忌啊？」表情的臉。馬桶蓋子蓋上後，味道是輕了許多。那該死的醫生到底什麼時候才會到？

「妳以爲我……」她搖搖頭。「那是安胎水。」她閉上眼睛。「同費立夏郡一個巧克陶族（Choctaw）印地安人買的……」

「巧克陶？」我眨眨眼睛。她比我想的還蠢。「妳不能信任印地安人。妳不知道我們在他們的玉米裡下毒嗎？要她也打算下毒害妳怎辦？」

「泰特醫師說那只是糖漿和水，」她臉埋在毛巾裡哭個沒停。「可我就是想試試看。我不能不試試看。」

嗯。我緊繃的身子一下全放鬆了。我自己也嚇一跳，原來我胸口憋著這麼大的一口氣。「慢慢來，西麗亞小姐，生孩子這事急不得的。我生了五個，再清楚不過。」

「可強尼想要孩子，現在就想要。噢，米妮。」她搖搖頭。「他該拿我怎麼辦？」

「他總會想辦法看開，就這樣。他會忘記這些無緣的寶寶，男人忘性可好了。轉眼忘了，只是期待下一個。」

「他不知道這個寶寶的事。還有上一個也是。」

「妳不說他是爲了孩子娶妳的嗎？」

「那是第一個寶寶，那回他知道。」西麗亞小姐嘆了長長一口氣。「這其實已經是……第四回了。」

她不哭了，可我竟找不出任何好話可說。足足一分鐘，我倆沒人說話，只是百般不解地想著，事情爲什麼會這樣。

「我本來想，」她低聲說道，「如果我都不動、如果我找人來幫我理家做菜，也許我就留得住這個寶寶。」她對著毛巾又啜泣了起來。「我好想生個長得像強尼的寶寶啊。」

「強尼先生確實是個好看的男人。那一頭頭髮……」

西麗亞小姐放下原本掩在臉上的毛巾。

我胡亂揮手，明白自己剛幹了啥好事。「這裡悶，我去透透氣。」

「妳怎麼知道……？」

我東張西望，盤算還能怎麼扯謊帶過，可我終究只是嘆了口氣。「他知道了。強尼先生提早回家，撞見了我。」

「什麼？」

「妳沒聽錯。他要我別同妳說，好讓妳繼續當他以妳爲榮。他眞的很愛妳，西麗亞小姐。都寫在他臉上了。」

「可是……他知道多久了？」

「好幾個……月了吧。」

「幾個月？那他——他沒有生氣，覺得我騙了他？」

「當然沒有。撞見我幾星期後，他還特地打電話給我，確定我沒打算辭職還啥的。說他就怕我走，怕餓肚子。」

「噢，米妮，」她喊道。「我很抱歉。我眞的很抱歉。」

「我遇過更糟的。」我想到那頭藍髮。想到在凍死人的大冷天裡吃午餐。還有現在。夭折的寶寶還在馬桶裡，總得有人收拾。

「我不知道該怎麼辦，米妮。」

「泰特醫師叫妳繼續努力，妳就繼續努力。」

「他對我大吼大叫。說我躺在床上根本是浪費時間。」她搖搖頭。「他好刻薄，好兇。」

她再度捧著毛巾掩住眼睛。「我不想再這樣下去了。」她哭得愈傷心，臉色就愈發白。

我試著讓她再喝幾口可口可樂，可她不依。她幾乎抬不起手來揮走我湊上去的可樂。

「我快要……吐了。我——」

我抓來垃圾桶，看著西麗亞小姐埋頭大吐特吐。我突然感覺下頭涼涼的，低頭一看，才發現原來她血流得愈來愈快，甚至滲到我坐的地方來了。她每一吐，就又是一陣血流如注。我知道她已經失血過多了。

「坐好，西麗亞小姐！來，深呼吸，」我說，可她軟綿綿的身子只是靠在我身上。

「沒，沒的事，妳別想躺下。來。」我試著推她、要她坐起來，可她這會整個人都癱了。我感覺自己眼眶裡漲滿淚水，因爲那該死的醫生早該到了。他早該派輛救護車過來。我做了二十五年事，卻從沒人告訴我，當妳的白太太癱在妳身上昏死過去時，妳又該怎麼辦。

「別這樣，西麗亞小姐！」我大叫，可她依然只是一團白白軟軟、倚在我身上的肉球。我啥也沒能做，只能坐著，顫抖著，等著。

又過了好幾分鐘，後門門鈴終於響了。我拿條毛巾墊在西麗亞小姐的頭底下，脫掉鞋子免得沾得屋裡到處是血，然後往後門跑去。

「她昏過去了！」我同醫生說道，而護士只是把我推開，熟門熟路地往屋後走去。她拿出嗅鹽，在西麗亞小姐鼻子底下揮了揮，而西麗亞小姐身子一抽，嘴裡溢出一記哀嚎，睜開了眼睛。

護士幫著我一起脫掉西麗亞小姐身上那件讓血浸透的睡衣。西麗亞小姐眼睛睜開了，腿卻依然不能站。我在床上鋪了幾層舊毛巾，扶著她躺下。我往廚房去。泰特醫生還站在水槽前洗著手。

「她在房間裡，」我說。**不在廚房裡，你這猴猻**。他約莫五十來歲，這泰特醫師，比我高了足足一呎半。他膚色蒼白，一張長臉毫無表情。他總算洗好手，往主臥房踱去。

他正要推開門，我出手碰碰他的手臂。「她不想讓她丈夫知道。你不會通知他吧？」

他當我是個死黑鬼般瞅了我一眼，說道，「妳不覺得這也是他的事嗎？」他推門進房，砰地把我關在了門外。

我回到廚房，來回踱步。半小時過去，然後一小時。我發瘋似地擔心強尼先生隨時要進門發現一切、擔心泰特醫師打電話通知他、擔心他們會把寶寶留在馬桶裡讓我處理。我的頭砰砰發疼。終於，我聽到泰特醫師開門的聲音。

「她還好吧？」

「她犯歇斯底里。我讓她吞了藥，鎮定下來。」

護士繞開我們走過，手裡拎著一只白色錫盒。幾小時來，我頭一回眞正鬆了一口氣。

「妳明天好好看著她，」他說道，遞給我一個白色紙袋。「她又鬧起來，妳就再給她一顆藥。血暫時還不會止，可除非特別嚴重，不然就不要再打電話給我了。」

「你不會眞的同強尼先生說去吧，泰特醫師？」

他厭惡地嘶聲咋舌。「妳只管要她別忘了星期五的約診。我不會再大老遠開車跑這一趟，只因爲她懶得自己進診所來。」

他說完便往外頭走，砰地摔上了門。

廚房時鐘指著五點。強尼先生再半小時就回來了。我抓來抹布漂白水與水桶，快步往屋後走去。

史基特小姐

第十九章

今年是一九六三年，他們說的「太空時代」。已有載人火箭環繞過地球。已婚婦女可藉由最新藥物避免懷孕。開啤酒以手拉環代替開罐器。可我父母的房子卻依然悶熱有如一八九九年，曾祖父蓋這房子那年。

「媽媽，求求妳，」我哀求道，「我們什麼時候才要裝冷氣？」

「沒那玩意我們都活過那麼多年夏天了，我一點也沒打算在窗戶上裝個醜巴巴的東西。」

於是，隨著七月降臨，閣樓房間我也待不住了，只能在裝了紗窗紗門的後廊一角架張行軍床睡。還小的時候，遇上媽媽和爹地去外地參加婚禮，如果碰巧又是夏天，康絲坦丁也會陪著卡爾頓和我一起睡在這後廊上。康絲坦丁總是穿件從下巴包到腳指的老式白色長睡衣，哪怕天氣熱得像地獄也一樣。她還總是唱歌哄我們睡。她的歌聲好美好美，叫我不敢相信她從沒上過歌唱課。母親向來諄諄告誡我們，想要學好一件事情，唯一的正途就是去上課。很難相信，她曾經就在這裡、在這後廊上同我一起，而今她卻音信全無。所有人都對我守口如瓶。我甚至不知道今生還能不能再見到她。

我的打字機就放在行軍床一側一個鏽痕斑斑的白色法瑯臉盆架上，架子下頭則躺著我的紅色書包。我拿爹地的手帕擦擦額頭，拿加了鹽巴的冰塊摁摁手腕。即使在後廊上，那只艾維芮・藍伯牌的圓形溫度計指針也一路從八十九度、而九十六度、而後繼續往百度指去。還好，史都白天忙，不會在最熱的時候來訪。

我瞅著打字機瞧，卻無事可做，沒故事好寫。米妮的故事早寫好打好了。這感覺糟透了。兩週前，愛比琳同我說亞玫，希莉的女傭，或許會願意幫我們；她說她每回同她談，都看得出她愈來愈感興趣。可現在這局勢，米格・艾維斯遇害、黑人遭警察逮捕痛毆的消息時有所聞，她一定嚇壞了吧。

或許我該上希莉家，直接找亞玫談。可又不，愛比琳說得對，我只會讓她更害怕，輕舉妄動只會毀了原本就不大的機會。

幾條熱壞的狗躲在屋子下方，頻打哈欠，偶爾嗚嗚哼叫。載著爹地五名黑人工人的卡車駛近時，只有其中一條有氣無力地吠了兩聲。他們一個個從卡車尾巴跳下來，落地時翻起一陣陣塵土飛揚。他們在原地站了一會，面無表情，一時不知何去何從。工頭掏出一條紅手帕，擦擦黑黝黝的額頭、嘴唇然後頸子。叫人發瘋的酷熱。我不知道，他們如何能忍受在大太陽下曝曬勞動。

一陣罕有的微風吹來，把我那本《生活》雜誌吹得啪啪翻飛。封面上的奧黛麗・赫本一逕微笑，唇上沒有半粒微小汗珠。我拾起雜誌，翻過起皺的紙頁，在蘇維埃太空女孩那篇報導上停下來。我知道下一頁是什麼。太空女孩臉孔背面，是卡爾・羅伯茲（Carl Roberts）的照片，一個住在離這只四十哩的小鎮派拉海契（Pelahatchie）的黑人小學老師。「四月，卡爾・羅伯茲接受華府記者訪問，描述身為黑人在密西西比州的生活景況，並指控密州州長是個『猥鄙可悲的傢伙，道德標準同阻街女郎一般低下』。羅伯茲後來遭人吊死在胡桃樹下，屍身並曾遭到烙印。」

卡爾．羅伯茲因爲不願保持沉默而遭到殺害。只因他**開口**了。我想到三個月前，我何等天眞，以爲可以輕而易舉找到一打女傭願意同我開口。當她們都等好久了，等著哪天可以同個白女人挖心掏肺訴說一生故事。蠢，我眞是蠢。

眞的熱到受不了的時候，我就會逃進整個長葉園唯一涼爽的地方。我啓動引擎，關上窗戶，把洋裝裙子撩到腰間，讓冷氣全速吹向我。我仰著頭，嗅著冰涼空氣中隱約的冷媒與凱迪拉克皮椅套的氣味，一切煩惱拋到九霄雲外。我聽到卡車駛上車道的聲音，卻依然不願睜開眼睛。幾秒後，凱迪拉克副駕駛座的門開了。

「該死，這裡頭眞是舒服。」

我把腰間洋裝往下一推。「你怎麼來了？」

史都拉上門，火速在我唇上吻了一下。「我只能留一分鐘。我得南下海岸開會。」

「要去幾天？」

「三天，我得去那邊找幾個密西西比石油瓦斯委員會的傢伙談。眞希望我早一點知道這消息。」

他探過身子、握住我的手，而我報以微笑。第一回那個可怕的約會不算的話，我們每週見面兩次已經有兩個月之久了。我猜對其他女孩來說，兩個月是很短的時間，可這對我來說已經是史無前例的久了。而此刻，感覺正像最快樂滿足的巔峰。

「要不要一起走？」他問道。

「去拜拉西？現在？」

「現在，」他說道，一雙冰涼的手掌擱在我腿上。一如往常，我緊張地欠了欠身子，低頭看看他的手，然後抬頭東張西望尋找母親監視的目光。

「走吧，一起去吧，這裡熱死人了。我在緊鄰海灘的水岸飯店訂了房。」

我笑了，過了幾週憂心忡忡的日子，笑起來的感覺眞好。「你是說，在水岸飯店……一起？就一間房？」

他點點頭。「想妳抽得了身嗎？」

伊麗莎白會讓這婚前同男人同房的主意嚇壞了，而希莉光爲我沒有當場嚴詞拒絕就會狠狠罵我蠢。她倆婚前捍衛貞操的決心與狠勁，大約只有拒絕分享玩具的孩子堪差比擬。而我，竟認眞考慮著。

史都朝我挪近身子。他身上混雜松香與燃燒過的菸草味，我家人無從得知的昂貴香皀的氣味。「媽媽一定會生氣，而且我也還有事情得處理……」可老天，他眞的好好聞。他看我的眼神，彷彿恨不得一口吞了我，而我在凱迪拉克送出的冰涼空氣中微微顫抖著。

「妳確定？」他低吟道，一邊往我唇邊吻來，動作不如以往的禮貌拘謹。他的手依然放在我大腿上段四分之一處，而我不禁想起，不知他以前同他未婚妻派翠西雅是不是也像這樣。我甚至不知道他們有沒有上過床。想到他倆在一起的畫面，我心頭一緊，從他懷裡抽了身。

「我只是……我辦不到，」我說。「你知道我不能同媽媽老實說……」

他難掩失望地嘆了長長一口氣，而我好愛這模樣的他。我現在有些明白女孩們堅持的理由了，光爲他們臉上那種遺憾失望的表情都値得。「不要同她扯謊，」他說。「妳知道我最痛恨謊言了。」

「你會從飯店打電話給我吧？」我問道。

「當然，」他說。「抱歉我得走得這麼匆忙。噢，我差點忘了，三週後的週六，我父母親想邀請妳全家來我們家晚餐。」

我坐直了。我從沒見過他父母。「你說我全家是指……？」

「妳和妳父母親。進城來，同我父母見個面。」

「可……爲什麼要全家一起？」

他聳聳肩。「我父母想見見妳父母。而我想讓他們見見妳。」

「可是……」

「對不起，寶貝，」他說道，伸手爲我把兩鬢髮絲塞到耳後。「我眞的得走了。我明晚打電話給妳可以嗎？」

我點點頭。他下車回到酷暑中，驅車離去，路上還同剛好沿著碎石路徒步回家的爹地揮手致意。

我一個人留在凱迪拉克裡，煩惱著。參議員家的晚餐。母親那喋喋不休問也問不完的問題。爲了我使出渾身解數。最後，少不了的，總要提到我的嫁妝棉花信託基金。

三個漫長而窒熱的夜晚過去了，亞玟與其他女傭那邊依然杳無信息，史都倒回來了，開完會直接往我家來。整天坐在打字機前，除了希莉的會訊和莫娜小姐專欄外沒別的好寫，叫我滿心怨倦。我衝下樓梯，而他緊緊摟住我，彷彿數週未見。

史都白襯衫底下的皮膚讓海岸的艷陽曬傷了，襯衫背後讓這一趟車程折騰得皺巴巴的，兩邊袖子則都捲到手肘處。他臉上永遠掛著一抹帶著淡淡邪氣的微笑。我倆各據起居室一頭，端坐著，遙望著彼此。我們正等著母親回房。父親可是太陽一下山就休息了。

史都目光定定停在我臉上，任由母親叨叨絮絮這熱天、卡爾頓終於遇到「眞命天女」種種。

「還有，我們眞的很高興受邀與你父母共進晚餐，史都。請務必爲我轉告你母親。」

「沒問題，菲蘭太太。我一定會轉告她的。」

他再次轉頭對著我一笑。他就是有這麼多小地方，叫我好愛好愛。說話時他永遠直視我的眼睛。他的手掌都是老繭，指甲卻永遠乾淨而修剪整齊。我喜歡粗粗的手撫上我頸背的感覺。還有，我不能不承認，出席婚禮宴會有伴可攜眞是件很棒的事。至少，我不必再忍受羅理．李佛發現我又得當他們的拖油瓶時那種厭惡的眼神，和他不得不爲我和伊麗莎白掛外套、拿飲料時那張陰鬱可怕的撲克臉。

還有史都爲我帶來的保護。從他踏進我家門那一刻開始，我便得到了豁免權。母親從不在他面前批評我，深怕因此讓他注意到我的缺點。她也不嘮叨我，因爲她知道受不了嘮叨的我會因此失常演出、暴躁易怒。一切都是扣分的因素。對母親來說，這就像一場戲，但求呈現我最好的一面，而眞正的我則必須等到「反悔太遲了」時，才能開始顯露出來。

終於，九點過半，母親順順裙子，把毛毯當封珍貴信件般小心翼翼地摺好。「喏，我想我該回房休息了。你們年輕人繼續聊。尤吉妮亞，」她看著我。「不要太晚睡，聽到了嗎？」

我甜甜地一笑。該死，我都二十三歲了啊。「我聽到了，媽媽。」

她轉身離開，而我們只是坐著，看著彼此，微笑著。

等待著。

母親往廚房巡視，拉上窗戶，開水關水。又過幾秒，終於傳來她臥房門鎖上的喀噠聲。史都站起來，說道，「過來**我這**，」自己卻大步一跨，往我身邊一站，接著抓住我雙手往他背後一放一壓，開始忘情吻我，彷彿我是他渴望了一整天的甘霖。我聽其他女孩描述過，接吻讓妳感覺身子骨都要化掉了；可我卻以爲那感覺更像向上浮升，叫妳愈來愈高，跨過圍籬俯視一切，看見前所未見的燦爛色彩。

我得強迫自己才能抽身。我有話想說。「來這邊，我們坐下。」

我們並肩坐在沙發上。他又一次試圖吻我，而我閃開了。我努力不去看他曬紅的皮膚讓他的眼珠顯得愈發湛藍。或是他手臂上讓陽光曬褪了的金色汗毛。

「史都——」我吞了口口水，鼓起勇氣準備把那個不愉快的問題說出口。「當初你父母會不會很失望，就是你和派翠西雅……不管是發生了什麼事，因而解除婚約的時候？」

他的嘴角一下僵住了。他定睛看著我。「母親確實很失望。她們本來很親近。」

我已經後悔提出這問題了，可我必須知道。「有多親近？」

他目光在房裡掃了一圈。「妳家裡有酒嗎？有沒有威士忌？」

我進廚房給他倒了一杯帕古拉做菜用的酒，再摻了大半的水。史都頭一回來找我時就說得很清楚，他不願多談有關他前未婚妻的事。我不只是出於好奇。這是我頭一段關係，我眞的想知道，什麼樣的事情會造成兩人徹底決裂。我必須知道到底要打破多少遊戲規則才會被判出局；還有，更基本的，究竟有哪些規則。

「所以說，她們是好朋友囉？」我問道。我再兩週就要同他母親見面了。而我自己的母親也已經蓄勢待發，準備明天就拎著我上康寧頓百貨採買一番。

他灌下一大口酒，皺著眉。「她們會湊在一起，彼此交換消息，從插花到誰又嫁娶了誰都聊。」

他臉上那抹淘氣的微笑這會已經消失無蹤。「事情……發生後，母親耿耿於懷了好段時間。」

「所以說……她可能會拿我同派翠西雅比較囉？」

史都面對著我，眨了眨眼睛。「是有這可能。」

「太棒了。這下我眞等不及了。」

「母親只是……保護欲強了點。她怕我會再度受傷。」他移開了目光。

「派翠西雅現在在哪裡？還住在傑克森市或——」

「不。她走了。搬到加州去了。我們現在可以聊點別的了嗎？」

我嘆氣，往後一躺，靠坐在沙發上。

「嗯，你父母知道到底發生了什麼事嗎？我是說，我呢？我可以知道嗎？」這樣重要的一件事，他卻不願告訴我，讓我心底多少積了些怒氣。

「史基特，我同妳說過，我痛恨談……」他猛地咬牙，放低了聲音。「爹地只知道一部分，母親知道完整故事，派翠西雅的父母也都知情。知道的人當然還有**她**。」他一口飲盡杯裡剩下的酒。「她做了什麼該死的事，她自己心知肚明。」

「史都，我想知道，只是因爲我不想犯同樣的錯誤。」

他看著我，試圖大笑，卻只勉強擠出一記嗥叫。「她做的事，妳再過一百萬年也做不出來。」

「什麼？她到底做了什麼事？」

「史基特，」他嘆氣，放下酒杯。「我累了。我想我最好回家了。」

第二天一早，我走進熱氣騰騰的廚房，不情不願地迎接這一天。母親還在房裡梳妝打扮，準備一會出門採購出席惠沃斯家晚宴的行頭。我穿著牛仔褲，上頭隨意罩了件上衣。

「早安，帕古拉。」

「早安，史基特小姐。妳要用早餐了嗎？」

「是的，麻煩妳了，」我說。

帕古拉個頭小小，動作敏捷。我就去年六月同她說過一次，我喜歡黑咖啡和只抹一點點奶油的吐司，她就牢牢記住了。這方面她倒同康絲坦丁挺像的，從不忘記我們的事。我不禁想，她腦子裡到底記了多少白女人的早餐菜單啊。我想像那是什麼樣的感覺，耗費畢生心力去牢記其他人的喜好，從吐司奶油多寡到襯衫上漿程度到更換床單的頻率。

她將咖啡放在我面前的餐桌上，並沒有直接把咖啡遞給我。愛比琳告訴我，不直接遞是因為可能會碰到手。我不記得康絲坦丁從前是怎麼做的。

「謝謝，」我說，「謝謝妳。」

她對著我眨眼，怯生生地微笑。「不……不客氣。」我突然明白，這是我頭一回眞心謝謝她。她看來有些不自在。

「史基特，妳準備好了嗎？」我聽到母親從屋後喊道。我大聲應說我好了。我吃著吐司，一邊衷心期盼今天的購物之旅能早早結束。我十年前就超過讓母親爲我挑選衣服的年紀了。我抬頭，看到水槽前的帕古拉也正悄悄觀察著我。我一看她，她便轉過頭去。

我拿起桌上的《傑克森日報》隨意翻閱。我的下一篇莫娜小姐專欄要下星期一才見報，屆時即將解開浴缸水漬之謎。全國新聞版下方刊載一篇文章，宣稱一種叫做「煩寧」（Valium）的新藥「可以幫助婦女迎接每日生活的挑戰」。老天，我想我現在就需要來個十顆。

我抬頭，很意外地看到帕古拉就站在桌前。

「妳……妳需要什麼東西嗎，帕古拉？」我問道。

「我有事同妳說，史基特小姐，是有關——」

「我不許妳穿著連身褲上康寧頓百貨，」母親站在門廊說道。帕古拉霎時像陣蒸氣，從我身邊消失無蹤。她回到水槽前，從水龍頭接了條黑色水管往洗碗機去。

「妳上樓換件體面點的衣服。」

「母親，我就打算穿這樣。我不懂，既然是要去買新衣服，何苦先打扮？」

「尤吉妮亞，我不想同妳吵這。」

母親轉身回房，我明白事情還沒完沒了。洗碗機咻地一聲，開始運轉。我赤腳下的地板微微震動，轟隆隆的運轉聲相當具有安撫人心的作用，同時也足以蓋過一段簡短對談。我望向水槽邊的帕古拉。

「妳有事同我說嗎，帕古拉？」我問道。

帕古拉朝門口瞄了一眼。她個頭嬌小，約莫只有我的一半。她常常一副怯生生的模樣，叫我不住也壓低了頭同她說話。她朝我走近了點。

「亞玫是我**表姊**，」帕古拉在隆隆運轉聲中說道。她壓低了聲音，語氣裡卻沒有絲毫怯生生的跡象。

「我……我並不知道。」

「我們很親，她每隔一個週末都會上我家來看看我。她同我說了妳寫書的事。」她瞇著眼睛，而我想她接下來就會要我不要去煩她表姊。

「我……我們會把名字都改掉。這她有同妳提過吧？我不想害任何人惹上麻煩。」

「她星期六同我說她決定幫妳。她打電話給愛比琳一直沒人接。我本來更早就想告訴妳，可是……」她再次望向門口。

我目瞪口呆。「她真的？真的決定幫我？」我唰地站起來。我知道不該，卻無論如何忍不住要開口。「帕古拉，那妳……妳也可以幫我嗎？」

她定定地看了我長長的一眼。「妳是說，要我同妳說給……妳媽媽做事的感想？」

我倆四目相對，很可能也想著同樣的事情。她說得會有多不自在，而我聽得又會有多不自在。

「不說我母親，」我很快說道。「說妳之前其他雇主。」

「這是我第一次在人家裡做事。我以前只待過婦女之家的廚房，負責午餐的。後來她們搬到浮羅伍去了。」

「妳是說，母親並不介意這是妳第一份給人理家的工作？」

帕古拉盯著紅色塑膠地板，態度又膽怯了起來。「沒人肯接她這差事，」她說。「在康絲坦丁的事發生之後……」

我小心翼翼地把手輕放在桌上。「那妳……妳怎麼想那件事？」

帕古拉面無表情。她眨眨眼，顯然沒讓我矇騙過去。「我啥也不知道。我只是想同妳轉告亞玫的話。」她往冰箱走去，拉開門，往裡頭探去。

我深深嘆口氣。一次就先處理一件事吧。

結果這回同母親一起逛街，並不如以往的痛苦難熬。也許是因為我剛剛得知亞玫的好消息吧。母親坐在試衣間的一張椅子上，看著我試穿了幾套黛女士（Lady Day）牌套裝，最後卻還是挑了試穿上的第一套。淺藍色的料子，圓領設計的外套。衣服後來讓我們留在店裡，好讓裁縫放長裙擺。我很意外母親自己沒有也挑幾件試試。不過半小時，母親就說她累了，要我開車載著我倆回到長葉園。到家後，她便回房休息去了。
我進廚房打電話到伊麗莎白家。我的心砰砰狂跳，接電話卻是伊麗莎白。我沒膽同她說要找愛比琳。書包事件後，我承諾自己要更加小心行事。
於是我耐著性子等到晚上，希望愛比琳已經到家了。我坐在我那桶麵粉上，手指不住撥弄旁邊的一袋生米。電話才響了一聲，愛比琳便接了電話。
「她決定幫我們，愛比琳。亞玫答應了！」
「她說啥？妳什麼時候知道的？」
「就今天下午。帕古拉轉告我的。亞玫說她一直連絡不上妳。」
「老天，我這個月手頭緊，給切了幾天電話。妳同亞玫說過話了沒？」
「還沒。我想還是先讓妳同她談過。」
「怪了，我今下午在李佛太太那打電話到希莉小姐家，可她說亞玫已經不在她那做事了，然後就掛了電話。我到處打聽，卻沒人知道發生了什麼事。」
「希莉把她開除了？」
「我不知道。我希望是她自己辭職的。」
「我一會就打電話給希莉探探口風。老天，希望她沒事。」
「家裡電話現在接上了，我會再繼續試著給亞玫打電話。」
我撥了四通電話到希莉家，可一直沒人接。最後，我改打給伊麗莎白，她才告訴我希莉一家去了吉卜森港，明天才會回來。她說是威廉的父親生病了。
「她的……女傭出了什麼事嗎？」我盡可能若無其事地問道。

「說到這，她確實提到亞玫，可後來她急匆匆說還得打包行李，便掛了電話。」

後來一整晚，我就在後廊上，反覆演練要問亞玫的問題，心裡七上八下的，不知道她會透露希莉哪些事。我和希莉雖然在很多事情上意見相左，可她畢竟是我最親近的朋友之一。只是現在寫書計畫再度復活，重要性遠勝過一切。

午夜時分，我躺在行軍床上，還睡不著。蟋蟀隔著紗窗放聲鳴唱。我躺在薄薄的床墊上，放任身體往下沉，幾乎感覺得到底下的彈簧。我的腳掛在床腳，急促地舞動著，品味著幾個月來頭一次放鬆的心情。離一打還遠，可至少又多了一個。

第二天，我坐在電視前看十二點的正午新聞。查爾斯．瓦令報導說，已經有六十名美國士兵喪命越南。多麼叫人難過。六十條性命，就這樣葬送在一個遠離所愛的地方。我想或許也是因爲史都，讓我感觸特別深。可螢幕上的查爾斯．瓦令卻詭異地興奮莫名。

我拿起一根香菸，不久又放下。我試著不抽菸，卻又爲今晚緊張不已。母親一直嘮叨我抽菸的事，我知道我該戒菸，可又覺得反正死不了人。我也希望能從帕古拉那多問點亞玫的事，可她今早打電話，說是出了點事，要下午才會過來。

我聽到後廊傳來母親的聲音，指揮著詹姆索製作冰淇淋。即使在屋前，我都能清楚聽到冰塊碎裂與鹽巴磨攪的聲音。美味的聲響叫我現在就想來一點，只是冰淇淋製作費時，至少還要好幾個小時才會成形。當然，做冰淇淋合該是晚上的活，沒人會挑個熱天正午做——除了母親。她一旦下定決心，想做桃子冰淇淋就是要做，蒸騰熱氣也得閃一邊去。

我往後廊去探探情況。巨大的銀色冰淇淋機冷冰冰的，佈滿細小水滴。整個後廊地板都在震動。

詹姆索坐在一個倒放的木桶上，兩邊膝蓋各據機器一側，用戴著手套的手握著搖柄轉動著。汩汩白煙不斷從乾冰槽冒出來。

「帕古拉到了嗎？」媽媽問道，往機器裡倒鮮奶油的動作一直沒停過。

「還沒，」我說。母親滿身大汗。她隨手將一綹髮絲撥到耳後。「換我來吧，媽媽。瞧妳熱的。」

「妳拿不準分量的。還是要我來，」她說道，趕我回屋裡。

螢幕上的記者這會換成了站在傑克森郵局前方的羅傑．史蒂可，臉上那抹可憎的微笑倒同報導越戰那個毫無二致。「……這套現代化郵政分區系統就叫做『郵遞區區號』，沒錯，我是說『郵遞區區號』，五個字配五個號碼，寫在信封最下方……」

他手裡拿著一個信封，指出該寫號碼的地方。一個牙齒掉光光、穿著連身工作褲的男人說道，「寫啥牢什子號碼啊，連電話都還在學著用咧。」

我聽到前門關上的聲音。一分鐘後，帕古拉出現在起居室。

「母親在後廊忙著，」我同帕古拉說道，可她沒微笑，甚至不願抬頭看我。她遞給我一個小信封。

「她說要寄，我說我可以直接拿給妳。」

信封上的收信人位置寫著我的名字，寄件人處卻是空白。當然也沒寫郵遞區號。帕古拉轉身往後廊走去。

我拆開信封。信是用黑筆寫的，信紙則是藍色橫紋的學校筆記紙：

親愛的史基特小姐：

我在此致上萬分歉意，我將無法協助妳寫書事宜，而我希望能親自同妳解釋緣由。如妳所知，我原本受雇於妳的一位友人。我並不喜歡為她工作，也多次想要辭職，卻因恐懼而退縮。我害怕一旦辭職，她將確保我從此失業。

妳或許不知道，高中畢業後，我曾進入大學就讀。然而學業未成，我便選擇結婚成家。沒有取得大學學歷後來成為少數讓我抱憾終身的決定。不過，一對雙胞胎兒子卻讓一切都值得了。過去十年來，我和我丈夫一直在存錢，希望能送他們進入陶格魯大學就讀；可即使我倆盡了最大努力，卻依然無法存足兩人的學費。我的兩個兒子同樣聰明，也對追求更高教育充滿同樣的熱情。可我們終究只存足一個人的學費。所以，妳不妨為我想想，我該怎麼選擇哪個兒子上大學、哪個兒子又該接受在大馬路上鋪柏油的工作？妳要怎麼告訴他們其中一個，妳對他倆的愛無分軒輊，可妳已經決定，他將是無從擁有光明前途的那個？不，妳說不出口。妳會想辦法。任何辦法。

我想，妳可以把這看成一封告解信。我對我的雇主下手行竊。一只不起眼的紅寶石戒指，但求它的價值可以補足學費差額。一只她從沒戴過的戒指，而我感覺這是她欠我的，是她該為我所承受的一切補償我的。當然，現在我的兩個孩子都上不了大學了。法官判定的賠償金額，幾乎就是我們全部的存款。

妳誠摯的

亞玫・克魯寇

女監九區

密西西比州立監獄

監獄。我不住一抖。我抬頭，四下尋找帕古拉的身影，可她已經離開起居室了。我想問她這是什麼時候發生的事、事情又如何能夠發生得如此該死地快？可帕古拉已經往後廊幫忙母親去了。那裡不是我們說話的地方。我頭暈欲嘔。我關上電視。

我想到亞玫，坐在監獄牢房裡寫這封信。我甚至猜得到亞玫說的是哪只戒指——那是希莉的母親送她的十八歲生日禮物。希莉幾年前送去給人鑑定過，才發現那根本不是紅寶石，而是不值錢的石榴石。希莉從此沒再戴過那只戒指。我的雙手不禁緊緊握拳。

外頭冰淇淋翻攪的聲響此刻聽來宛如骨頭輾碎聲。我往廚房去，打算在那裡等帕古拉，等著從她那裡得到一些答案。我會向爹地求助，我會請他盡可能想辦法。我會請他找律師，提供一切可能的協助。

當晚八點，我快步登上愛比琳家門前的台階。今晚本該是亞玫的第一回訪談，而我無論如何還是決定跑這一趟。大雨與強風讓我緊緊揪住雨衣前襟，另一手則牢牢抓著書包。我一直想打電話給愛比琳，卻始終猶疑不前。最後，我不顧一切拉著帕古拉上樓，躲過母親耳目、以免她事後追問不放。

「亞玫有很好的律師爲她辯護，」帕古拉說道。「可大家都說，法官的太太同哈布克太太是好朋友，所以原本最多判六個月的輕竊盜罪，卻讓哈布克太太操弄而重判了四年。大家都說，這根本是未審先判。」

「我會請爹地幫忙，請他幫忙再找律師，找一個……白人律師。」

帕古拉搖搖頭，說道，「她的律師**就是**白人。」

我敲敲愛比琳的門，突然感覺自己有多麼可恥。亞玫淪爲階下囚，我不該還想著自己的問題，可一切都是爲了這本未成的書。如果昨天大家還只是裹足不前，那麼今天就是全然的驚恐與畏懼。

門開了，一個陌生黑人站在那裡，頸間圈著潔白醒目牧師領，看著我。我聽到愛比琳說道，「沒關係，牧師。」他猶豫片刻，終於側身讓我進門。

我進門，發現小小的客廳與走道上擠了至少二十個人。我幾乎看不到地板。愛比琳把廚房椅子也搬出來了，可大部分的人只是站著。我看到還穿著制服的米妮站在角落裡。我認出站在她身旁的是露安·天普敦的女傭露維妮亞。除此之外都是我不認識的生面孔。

「嘿，史基特小姐，」愛比琳低聲喚道。她也還穿著一身白制服與白色工作鞋。

「要我……」我指指背後。「我一會再回來，」我低聲說道。

愛比琳搖搖頭。「亞玫出事了。」

「我知道，」我說。屋裡一片沉默，只偶爾幾聲輕咳。一張椅子嘎吱作響。幾本聖歌集疊成一落，擱在小木桌上。

「我今天剛剛得知，」愛比琳說道。「她星期一被捕，星期二就發了監。據說從審訊到判決只花了十五分鐘。」

「她給我寫了封信，」我說。「說了她兒子的事。信是帕古拉轉交給我的。」

「她有告訴妳，她其實只缺了七十五塊錢嗎？妳知道嗎，她開口同希莉小姐借，說願意按週償還，可希莉小姐拒絕了她。她說好基督徒是不會幫助那些好手好腳有能力的人的。還說要讓她學著自食其力、自己解決問題，才是眞正的仁慈。」

老天，我完全可以想像希莉發表這堆長篇大論的嘴臉。我幾乎不敢直視愛比琳的臉。

「教會倒是動員起來了。那兩個孩子上學沒問題了。」

屋裡依然一片死寂，只有愛比琳同我低聲交談著。「有沒有我幫得上忙的地方？任何事情都可以，錢還是……」

「不必了。教會已經同律師談好了付款的方法。得請他繼續盯著這案子，等亞玟可以開始申請假釋了，還需要他們的幫忙。」愛比琳始終低垂著頭。我明白是爲了亞玟，又想她或許也清楚，我們這本書是沒有希望了。「等亞玟刑滿出獄，那兩個孩子都大四了。法官判了她四年外加五百元罰款。」

「我眞的很遺憾，愛比琳，」我說道。我環視屋內，發現所有人都低著頭，彷彿對我避之唯恐不及，不敢看我。我於是也低下頭去。

「那個邪惡的女人！」同我隔著一張沙發的米妮終於不住發出怒吼。我身子一縮，期盼她說的不是我。

「希莉·哈布克是魔鬼送來折磨我們的，能弄死我們幾個算幾個！」米妮拿袖子用力抿過鼻子。

「米妮，沒事的，」牧師說道。「我們總會找到能爲她做的事的。」我看著一張張慍怒的臉，懷疑那會是什麼樣的一件事。

屋裡再度陷入叫人不安的沉默。空氣溫熱，瀰漫著某種燒焦咖啡似的氣味。我深深感到自己與眾人的格格不入，在這小小的客廳裡，在這個我幾乎已經因熟識而自在的地方。我感覺得到排斥與內疚的內外煎熬。

禿頭牧師拿手帕擦了擦眼睛。「謝謝妳，愛比琳，提供地方讓大家過來一起禱告。」人群開始騷動，神色肅穆地點頭致意，互道晚安。人們拎起皮包，戴上帽子。牧師拉開門，讓外頭潮濕的夜間空氣滲進屋裡。一個滿頭銀色捲髮、穿著黑色外套的女人緊跟在牧師身後，卻在拎著書包站著的我面前，停下了腳步。

她的雨衣微微掀開，露出底下的白色制服。

「史基特小姐，」她面無微笑地說道，「我願意幫妳，接受妳的訪問。」

我轉頭看著愛比琳。她挑高了眉，嘴巴微張。我轉回頭來，銀髮女人已經踱出了門。

「我也決定幫妳，史基特小姐。」又一個女人說道。她體型高瘦，神情卻同銀髮女人一般肅穆低調。

「我也是，史基特小姐。我也幫妳。」一個穿著紅色外套的女人快步走過我面前，甚至不曾抬頭看我。

「嗯，謝……謝妳，」我說。

又一個自願者後，我開始計數。五個，六個，七個。我對著她們點點頭，除了謝謝什麼也說不出口。謝謝妳。是的，謝謝妳。我同每個人這麼說道。多麼苦澀的失而復得。是亞玟的苦難，爲我們換得了這樣的結果。

八個，九個，十個，十一個。告訴我她們願意幫忙時，沒有人的臉上掛著微笑。客廳終於空了，只剩下米妮。她站在遠遠的角落裡，雙手叉在胸前。最後一個人終於離開後，她抬頭，迎上我凝視的目光，沒一秒便又挪開視線，一逕緊盯著釘死在窗框上的棕色窗簾。可我還是看到了，她嘴角的微微顫動，沖沖怒氣下的一絲柔軟。是米妮。是她說服了大家。

因爲大家輪番出城度假，橋牌聚會因此暫停了一個月。星期三，我們終於在露安．天普敦家再度聚會，擁抱拍肩，互道好久不見。

「露安，妳怎麼了，大熱天怎麼穿這長袖呢。濕疹老毛病又犯了是吧？」伊麗莎白問道，因爲露安在盛夏裡竟穿了件灰色毛料洋裝。

露安低頭看著自己大腿，明顯發窘。「沒錯，最近又更糟了。」

希莉朝我伸出手時，我幾乎無法忍受她的碰觸。我退一步，避開她的擁抱，而她也假裝沒留意到。可牌局進行當中，她卻不時瞇著眼睛，打量著我。

「妳打算怎麼辦？」伊麗莎白問希莉道。「我當然隨時歡迎妳把孩子送過來，可是……嗯……」橋牌聚會開始之前，希莉把海瑟與小威送到伊麗莎白家讓愛比琳一起看著。可我已經讀出伊麗莎白帶著酸意的微笑裡透露的訊息：她崇拜希莉，卻也無意同任何人共用她的女傭。

「我早就知道，從她來上班的第一天我就知道，那女人手腳不乾淨。」希莉比手畫腳訴說亞玫的事，用手指比出好大一個圈來指出那顆「紅寶石」有多大，價值又是如何地難以估計。

「我逮到她把過期牛奶帶回家，就是從那裡開始的。妳們都知道，一開始可能只是洗衣粉，接著慢慢變成毛巾和外套。然後，沒等妳回過神來，她們的魔爪就伸進了妳的傳家珠寶盒，偷去當了換酒喝。天知道她還從我這偷走了什麼。」

我努力壓下那股想要把希莉漫天比劃的手指抓過來、一根根折斷的衝動。我強忍著，甚至不出口頂嘴。就讓她當一切沒事吧。這對大家都安全。

牌局結束後，我趕回家，著手準備今晚在愛比琳家的訪談。我發現家裡沒人，鬆了一口氣。我快速翻過帕古拉給我留的話——派西，我的網球球伴。還有西麗亞·傅堤。我同她素昧平生。我不懂爲什麼強尼·傅堤的老婆會再三打電話給我。米妮要我發誓絕不回電給她，而我也沒空多去追問這件事。我得把今晚訪談的問題先準備好。

當晚六點，我坐在愛比琳的廚房裡。我們都安排好了，我幾乎每晚都得過來，直到完成所有訪談爲止。每兩晚，總會有不同的黑女人敲上愛比琳家的後門，同我坐在一張桌邊，訴說她的故事。愛比琳與米妮不算，已經又有十一位女傭同意接受訪談。總共十三人，而史丹小姐只要求一打，所以我們算運氣很好了。愛比琳通常就站在廚房一角，靜靜聆聽。第一位女傭名叫艾莉絲。我從不詳問她們的姓氏。

我同艾莉絲解釋，我們這本書計畫收集女傭的眞實故事，講她們爲白人家庭做事的經驗。我交給她一個裡頭裝著四十元的信封，那是我從莫娜小姐的稿酬、我的零用金、還有母親強塞到我手裡要我赴那些她已經幫我約好的美容沙龍約的錢裡點滴累積下來的。

「這本書很有可能永遠不會出版，」我同每個人都這麼說道，「即使終於出版了，所得稿酬恐怕也非常有限。」第一次說到這段話時，我不禁低下頭去，原因不明，只是滿心愧疚。也許身爲白人，我總感覺幫助他們是自己的責任吧。

「這愛比琳說得很清楚了，」很多人這麼應道。「這不是我們答應幫忙的原因。」

我也同她們再次說明其實是她們自己討論出來的決定。那就是，絕對不同這小團體以外的人提起自己也參與其事。我會在訪談記錄裡爲她們安上化名，除此之外，地名與白人家庭的姓氏名字也都會改過。而每回說到這裡，我總想在末了偷偷加入一個問題，「啊，對了，妳認識康絲坦丁·貝慈嗎？」可我相當確定，愛比琳不會喜歡這個主意。受訪人已經夠擔心受怕的了。

「這尤拉，要她開口恐怕同撬開死蛤蠣一般難。」愛比琳會在每次訪問前先爲我做過心理準備。她同我一樣擔心，擔心我會在訪談正式開始前就把人嚇跑了。「她說不多，妳也別太喪氣。」

尤拉，愛比琳嘴裡的死蛤蠣，還未落坐便開口，我甚至沒機會搬出開場白，她便這麼滔滔不絕講到當晚十點。

「我要求加薪他們照辦。我說沒房子住，他們便給我買一戶。我丈夫亨利中彈受傷，塔克醫師親自上我家給他動手術、取出卡在手臂裡的子彈，就怕他上黑人醫院反而受感染。我給塔克醫師和西西小姐做了四十四年事。他們一直對我很好。我每星期五固定給西西小姐洗頭髮。我從沒看過那女人自己洗頭髮。」說到這，尤拉整晚頭一次住了嘴，一臉的落寞與憂心。「現在我只怕我先走了，西西小姐洗頭的事就沒了著落。」

我試著不要笑得太熱切。我不想顯得太可疑。艾莉絲、芬妮．阿摩司、還有溫妮比較害羞，需要多一點引導，受訪時也始終低垂著目光。芙洛拉露和克麗歐汀則自動自發，話匣子開了就關不上，我只能埋頭飛快打字、每隔五分鐘開口拜託再拜託她們慢一點。很多故事果如我預期，哀傷而苦澀。叫我意外的是，我竟也聽到了不少的溫馨故事。而所有受訪者，毫無例外地，總會有那麼幾次抬頭望向愛比琳，用眼神問道，**妳確定嗎？我當真可以同個白女人說這事嗎？**

「愛比琳？要是……這些故事眞的給印出來，也讓人認出了我們，事情又會怎樣？」害羞的溫妮問道。「妳想他們會怎麼做？」

廚房裡的三人目光鎖成一個三角形，面面相覷。我深呼吸，準備同她解釋我們會如何小心地保密。

「我丈夫的表姊……叫人割了舌頭。好陣子前。就爲了她同華盛頓來的人說了三K黨的事。妳想他們也會割了我們舌頭嗎？因爲我們同妳說了這些？」

我一時語塞。**舌頭**……老天，我從來沒想過這樣的後果。最多就是給安了莫須有罪名下獄或是罰金。「我……我們會盡可能小心，」我說道，話聲與內容卻同樣薄弱不可信。我看向愛比琳，她卻也是一臉憂心忡忡。

「時候不到，我們怎麼猜也沒有用，溫妮，」愛比琳輕聲說道。「應該不會像妳在報上讀到的那樣倒是。白太太有白太太的做法，不會同她們丈夫一樣。」

我看著愛比琳。她從沒同我提過，她自己又怎麼想萬一事跡敗露的後果。我想改變話題。說這些對我們沒有任何好處。

「是沒錯。」溫妮搖搖頭。「我想也是。白太太手段兇狠多了。」

「妳上哪去？」母親從起居室裡喊道。我背著書包，手裡抓著卡車鑰匙。我頭也不回往大門走。

「去看電影，」我喊道。

「妳昨晚也說去看電影。過來這裡，尤吉妮亞。」

我倒退了幾步，在起居室門外站定了。母親潰瘍的老毛病又犯了，晚餐什麼也吃不下，只喝了點雞湯。我看了心裡也有些難過。爹地一小時前就回房休息了，可我也不能留下來陪她。「很抱歉，母親，可我同朋友約好，要遲到了。要我回家順道給妳帶點什麼嗎？」

「看哪部電影？同誰看？妳這星期幾乎每晚都出門。」

「就……幾個朋友。我十點前回來。妳還好吧？」

「我沒事，」她嘆道。「妳去吧。」

我往卡車走去，對於不得不留身體不舒服的母親一個人在家，心頭有揮之不去的內疚。感謝老天史都人在德州，因爲我恐怕無法如此輕易同他扯謊。三天前的晚上他來找過我，我們一起坐在前廊鞦韆上聽蟋蟀唱歌。我因爲前晚熬夜，幾乎睜不開眼睛，可我又不想他走。我斜倚著，把頭枕在他大腿上。我伸長了手，摸摸他一臉刺刺癢癢的鬍渣。

「妳什麼時候才要讓我讀讀妳寫的東西？」他問道。

「你可以讀莫娜小姐專欄啊。我上星期寫了一篇還不錯，講霉斑的。」

他微笑，搖搖頭。「我是說，我想讀妳心裡眞正在想的事。我相當確定那應該同打掃無關。」

我當場有些起疑，他會不會是察覺我有事瞞著他。想到他可能發現那些訪談叫我驚恐萬分，可想到他對我寫的東西有興趣，卻又讓我欣喜不已。

「等妳準備好了再說。我不想逼妳，」他說。

「也許改天吧，」我說道，緩緩閉上了眼睛。

「妳睡吧，寶貝，」他說，輕輕爲我撫去散落在臉上的髮絲。「讓我再坐著多陪妳一會。」

史都接下來六天都不在，我可以專心處理訪談的事。我每晚上愛比琳家，每晚都同第一回一般緊張。受訪的女傭有高有矮，有黑得像瀝青，也有焦糖似的棕色皮膚。如果妳的膚色太淺，有人這麼告訴我，永遠也別想找到工作。膚色愈深愈好。訪談的內容有時只是家常閒談，抱怨薪水低、工時長、孩子給寵上了天。有時卻要說到垂死的白人寶寶，在黑人保母懷裡嚥下最後一口氣。說到他們依然湛藍的眼珠子慢慢褪去了生氣。

「奧莉薇亞，他們是這麼喊她的。才丁點大的小寶寶，丁點大的小手握著我的指頭，掙扎著喘氣，」第四號受訪者芬妮·阿摩司回憶道。「當時她媽媽甚至不在家，到店裡給她買薄荷膏去了。屋裡只剩我和孩子的爹地。他不讓我放下她，要我抱著她等醫生趕到。寶寶就在我懷裡漸漸沒了體溫。」

我在訪談間聽到對白女人赤裸裸的怨恨，也聽到毋庸解釋的眞情。灰白皮膚、顫抖個不停的菲貝兒甚至記不得自己的年紀。說起往事來，卻又如攤開一匹柔軟的亞麻布般自然流洩。她記得北佬士兵踏著重步在宅子裡四下搜尋，而她同個白人小女孩一起躲進了一只大行李箱裡。二十年前，她握著當時已經年邁的同一個白人小女孩的手，摟著她，直到她終於斷了氣。她倆認定彼此是此生最好的朋友。立誓至死不渝，膚色從來無以阻隔。白人小女孩的孫子至今還爲菲貝兒繳納房租。身體狀況允許的時候，菲貝兒偶爾還會上他家，爲他清掃廚房。

露維妮亞是我的第五位受訪者。她是露安．天普敦的女傭，我在露安家的橋牌聚會上見過她。露維妮亞同我說她孫子幾個月前因爲誤用白人廁所而讓人打瞎了的事。我說我記得在報上讀過，露維妮亞點點頭，一邊等我打字趕上對話。她的聲音裡沒有絲毫憤恨。我聽她娓娓訴說，才知道，原來讓我以爲無趣不起眼、從不曾多留意過的露安，曾在她孫子出事後給了她兩週的有薪事假，兩週內甚至七度爲她送來親自烹煮的砂鍋燉菜。事發當天，也是露安開車送露維妮亞趕到醫院，並在醫院裡陪伴她等待六小時，直到羅伯手術結束才離去。露安從未同我們提起這些事。而我完全了解她噤聲不提的原因。

也有憤怒的故事。白種男人企圖侵犯她們的故事。溫妮說她曾再三受到脅迫。克麗歐汀說她奮力反抗到對方臉都流血了，終於成功嚇阻他永不再犯。可眞正叫我訝異的，是那種愛與羞辱共生共存的矛盾。許多女傭都曾受邀出席她們一手帶大的白人孩子的婚禮，前提卻是她們必須穿著白色制服。許多都是我已經知道的事實，可從她們嘴裡說出來，我卻感覺彷彿頭一回聽到。

葛芮琴離去後，我們足足好幾分鐘說不出話來。

「別管她吧，」愛比琳終於說道。「我們不必……把她算進來。」

葛芮琴是亞玫的親表妹。她出席了幾週前在愛比琳家爲亞玫舉行的禱告會，可她其實屬於另一個教會。

「我不懂，她既然同意幫忙，爲什麼又……」我想回家。我頸後一條筋又緊又痛。我的手指因爲打字與葛芮琴的話語而微微顫抖著。

「對不起，我不知道她原來打這主意。」

「這不是妳的錯，」我說。我其實想問她，葛芮琴的話到底有幾分眞實。可我不能。我甚至不敢直視愛比琳的臉。

照例，我同葛芮琴解釋了幾條基本「規則」。葛芮琴靠著椅背，躺坐著。我以爲她正在構思故事。可她說，「瞧瞧妳。又一個想靠著剝削黑人賺幾分錢的白女人。」

我望向愛比琳，不知該如何反應。錢的部分我解釋得不夠清楚嗎？愛比琳歪著頭，似乎不確定自己剛剛是不是聽錯了。

「妳以爲妳寫這東西會有人讀嗎？」葛芮琴笑了。她的制服洋裝底下是一副削瘦的身材。她塗著口紅，我和我朋友都塗的那種粉紅。她很年輕，說話不急不徐咬字清晰，像白人。不知道爲什麼，她這樣的說話方式讓一切聽起來甚至更糟。

「所有妳訪問過的黑女人，她們都對你很好很和善，對吧？」

「是的，」我說。「都很好。」

葛芮琴直視我的眼睛。「她們都恨死妳了。這妳其實也知道，對吧？恨妳大大小小的一切。可妳蠢的，當自己做這事是爲她們好。」

「妳不一定要接受訪問，」我說。「妳自願——」

「妳知道白女人對我做過最仁慈的事是什麼嗎？施捨我她麵包邊邊最硬的一角。那些進來同妳談的黑女人，她們只是在耍妳。她們永遠不會把事實眞相告訴妳。」

「妳根本不知道她們同我說了哪些事，」我說道，難以相信我的怒氣來得如此之急，沉甸甸地壓在胸口。

「說啊，妳，就說出來啊，說出妳每回看到我們之一踏進這扇門時、腦裡浮現的那個字。**黑鬼**。」

愛比琳倏地從板凳上站了起來。「夠了，葛芮琴。妳回家吧。」

「妳知道嗎，愛比琳？妳其實同她一樣蠢，」葛芮琴說道。

我很意外地看到愛比琳指著門，嘶聲說道，「**這是我的房子。我要妳現在就離開**。」

葛芮琴轉身離開，可隔著紗門，她狠狠瞅了我一眼。那深深的憤恨，叫我不住打了冷顫。

兩天之後的晚上，我同卡莉各據餐桌一側坐著。她有著一頭幾乎全白了的捲髮。她今年六十七歲，卻仍每天穿著制服上工。她身形豐腴，椅子幾乎坐不下。葛芮琴那場訪談讓我至今心神不寧。我等著卡莉攪散她茶裡的糖。愛比琳廚房一角堆著一個雜貨店的紙袋，裡頭塞滿了衣服，最上頭還披著件白色長褲。愛比琳向來把家整理得有條不紊，我不知道她爲什麼一直不願處理那個袋子。

卡莉開始緩緩訴說，我同時也開始打字，一邊慶幸她說話速度並不快。她目光落在我背後那堵牆上，彷彿那裡正上演著一場電影，一幕幕正是她所描述的情節。

「我給瑪格麗特小姐做了三十八年事。她小女兒出生不久便犯了腸絞痛、整天哭個沒停，而唯一能減輕她痛苦的法子，便是讓人抱著她。我於是給自己車了條包巾，把她綁在我身上，整天帶著她在屋裡進進出出，足足一年。我的背可給折騰的。到今天都還得每晚冰敷。可我眞愛那小女孩。我也愛瑪格麗特小姐。」

她捧起茶杯啜飲一口，等著我打字的手趕上。我抬頭，而她繼續說下去。

「瑪格麗特小姐總是讓我拿條頭巾把頭髮包起來，說她知道我們黑人從來不洗頭。每回保養銀器，她總要親自再點過一回才放心。瑪格麗特小姐三十年後因爲婦人病過世的時候，我也去了她的葬禮。她的丈夫抱著我，靠著我的肩膀痛哭。哭完後，他遞給我一個信封。裡頭是瑪格麗特小姐給我寫的一封信，短短只幾個字：『謝謝妳。讓我寶寶的肚子不疼了。我始終不曾忘記。』」

卡莉摘下她的黑框眼鏡，擦了擦眼角。

「如果將來有白太太讀到我的故事，這就是我想讓她們知道的事。說謝謝，眞心的時候說，還記得別人爲妳做了什麼的時候說——」卡莉搖搖頭，凝視刮痕處處的桌面，「那感覺眞是好啊。」

卡莉抬頭望向我，可我卻不敢迎上她的目光。

「給我一分鐘就好，」我說道。我一隻手緊壓著額頭。我無法不想到康絲坦丁。我從來不曾好好地、正式地謝過她。我也從沒想過，會這麼就再沒了機會。

「妳還好嗎，史基特小姐？」愛比琳問道。

「我……沒事，」我說道。「我們繼續吧。」

卡莉開始訴說下一個故事。那只黃色舒爾大夫牌的鞋盒就躺在她背後的流理台上，裡頭依然裝滿了信封。除了葛芮琴以外的十名女傭都將信封退還給我，要求一起捐進亞玟兒子的教育基金裡。

第二十章

菲蘭一家綳著身子，站在密州參議員惠沃斯公館門外的紅磚台階上。古老大宅位在傑克森市中心的諾斯街上，高聳的建築圍著白色廊柱，外牆綴著叢叢相得益彰的杜鵑。門前一塊金色掛牌說明這宅子歷史地標的身分。幾盞瓦斯燈在悶熱的傍晚六點時分兀自閃動火光。

「母親，」我壓低聲音，再三同母親提醒道，「求求妳，千萬不要忘了我們討論過的事。」

「我說過我不會提，親愛的。」她摸摸頭上撐住包頭的髮夾。「除非時機恰當。」

我穿著新買的黛女士牌淺藍色套裝。爹地則是一身出席葬禮穿的黑色西裝。他腰間的皮帶繫得太緊，看起來既不舒服還有些土氣。母親一襲樸素的白色洋裝——活脫像個穿著二手禮服的鄉下新娘，我突然想到。我突然擔心起來，我們這一家三口，會不會都過度盛裝了？母親定要提起我那筆醜女孩嫁妝基金的事，叫我們很難不成了三個難得進城觀光的鄉巴佬。

「爹地，把皮帶放鬆一格吧。褲子都給扯高了。」

他對我蹙眉，低頭查看長褲。我從來不曾指使父親做任何事。門開了。

「晚安。」一個穿著白制服的黑人女傭朝我們點點頭。「他們正等著。」

我們踏進門廳，第一個映入眼簾的，是那盞水晶吊燈，晶晶亮亮地放射光芒。我的目光接著順勢往上，落在那道無人的螺旋階梯上，突然感覺自己彷彿置身某個無比巨大的螺形貝殼內部。

「哈囉。」

我收回四處溜轉的目光。惠沃斯太太踩著喀噠喀噠的腳步正往門廳來，朝我們伸長了手。幸好，她也穿著款式同我類似的紅色套裝。對我們點頭致意時，她一頭雜著銀絲的金髮動也沒動。

「哈囉，惠沃斯太太，我是夏綠蒂．波卓．坎翠爾．菲蘭。感謝妳邀請我們來貴府作客。」

「這是我們的榮幸，」她說，同我雙親一一握手。「我是法蘭辛．惠沃斯。歡迎光臨寒舍。」

她轉身向我。「妳一定就是尤吉妮亞了。嗯，很高興終於見到妳。」惠沃斯太太牽著我的手臂，看著我的眼睛。她有著一雙美麗的藍眼睛，像兩池冰水。相較之下，其他五官就顯得沒那麼出色。穿著緞面高跟鞋的她幾乎同我一般高。

「很高興見到妳，」我說道。「史都同我說了許多妳與惠沃斯參議員的事。」

她微笑，握住我的手沿著我的手臂緩緩鬆開。她的戒指尖角劃過我的皮膚，我微微抽了口氣。

「妳到了！」一個虎背熊腰的高大男人從惠沃斯太太背後朝我大步走來。他一把拉住我，緊緊一擁，再用力放開。「我打一個月前就要小史都請他女朋友來家裡坐坐。可老實說，」他壓低了嗓門，「他還在為上一個有些走不出來。」

我站著，眨了眨眼睛。「很高興見到你。」

參議員朗聲笑開。「剛逗著妳玩的，」他說道，再度猛力摟摟我，拍拍我的背。我微笑，有些上氣不接下氣，一邊提醒自己他三個孩子全是兒子，沒有女兒。

他轉向母親，隆重地欠身致意，伸出了手。

「哈囉，惠沃斯參議員，」母親說道。「我是夏綠蒂。」

「很高興見到妳，夏綠蒂。還有，叫我史杜利就可以了。我朋友都這麼喊我的。」

「參議員，」父親說道，使勁地握住他的手。「感謝你大力推動那個農場法案。我們受益良多。」

「哪，應該的事。那個畢勒普還想拿這法案當擦鞋布，而我同他說，奇可，如果密西西比州沒了棉花，見鬼，密西西比州就**啥都沒了**。」

他拍拍爹地的肩膀，而我留意到，父親站在他身旁竟顯得如此嬌小。

「大夥都進來吧，」參議員說道。「手裡沒拿著酒要我聊政治，還眞辦不到。」

參議員大步邁出門廳。爹地跟在他身後，而我一眼瞄見他鞋子上還有一道細細的泥痕，不禁皺眉。擦鞋的時候再多擦那麼一下就好了，可爹地還是不習慣在週六穿上作禮拜穿的好鞋。

母親跟著也走了出去，而我不住又多看了那盞吊燈一眼。正當我轉身的時候，卻偶然瞥見門旁的女傭正瞅著我瞧。我微笑，而她點點頭。她接著頭又一點，然後才把視線縮回眼前的地板上。

噢。她知道。我的緊張心情一時像湧上喉頭的一記顫音。我呆站原地，突然領悟自己的生活原來已經複雜到了這步田地。她改天可能就會出現在愛比琳家門口，同我娓娓道來給參議員一家做事的種種。

「史都還在從雪維港趕回來的路上，」參議員嚷道。「聽說有筆大案子快談成了。」

我深呼吸，試著不去想女傭的事。我微笑，當作一切沒事。當作第一回同男朋友的父母見面於我不過是家常便飯的小事。

我們給領進一間正式客廳裡，天花板綴著花樣繁複的飾條，長沙發則裹著綠色天鵝絨。數不清的笨重家具讓我幾乎看不到地板。

「喝點什麼嗎？」惠沃斯先生咧嘴笑得像是在問孩子們要不要糖果。他的額頭寬厚，還有著退休後衛架式的寬肩。他的眉毛既粗且硬，隨他說話的表情蠢蠢蠕動。

爹地要了杯咖啡，母親和我則要了冰茶。參議員的微笑一下像消了風，回頭囑咐女傭端來這幾杯溫馴無趣的飲料。他接著走到客廳一角，給自己與太太倒了兩杯某種棕色液體。他坐下的時候，天鵝絨沙發輕輕哀叫了一聲。

「府上很雅致。我聽說這裡還是傑克森市歷史名宅巡禮的重頭戲，」母親說道。母親打知道這頓晚餐起，就期待著這一刻。從我有記憶以來，母親一直是規模很迷你的瑞吉蘭郡歷史名宅委員會的成員；只是比起自己來，她們都把傑克森市的歷史名宅巡禮稱為「上流棉」。「妳們會為巡禮行程穿上戲服或是更動擺設嗎？」

惠沃斯參議員與太太面面相覷。一會，惠沃斯太太終於露出微笑，說道，「我們今年決定退出參與名宅巡禮。太……太麻煩了。」

「退出？但這可是全傑克森市最重要的一幢歷史建築啊。我聽說連謝曼（Sherman）都被這房子的美感動，才手下留情、沒放火燒了它。」

惠沃斯太太一逕點頭，沒有說話。她年紀比母親小十歲，看來卻更老；而此刻正繃著臉的她，還尤其顯得老成。

「為了我們的歷史，我相信妳應該會有一種使命感……」母親繼續說道，我趕緊給她使眼色，要她停下來。

屋裡陷入好一陣沉默，接之以參議員如雷的笑聲。「這其中有點誤會，」他大聲說道。「派翠西雅·凡岱文的母親是委員會的頭頭。所以小倆口鬧彆扭分手後，我們就決定先暫時退出。」

我望向門口，祈禱史都快快出現。這已經是第二回提到**她**了。惠沃斯太太惡狠狠地瞅了參議員一眼。

「怎麼，不然我們打算怎麼做，法蘭辛？永遠不要再提到她？我們甚至已經請人在後院裡蓋了那座該死的婚禮涼亭。」

惠沃斯太太深深吸了一口氣，而我才想起史都曾經告訴我，參議員只知其一，他母親才知道一切詳情。而就她所知，事情絕非只是「鬧彆扭」而已。

「尤吉妮亞——」惠沃斯太太微笑道，「我知道妳志在寫作。妳喜歡寫哪方面的題材？」

我趕緊也恢復笑容。好話題眞是接二連三。「我目前就給《傑克森日報》寫莫娜小姐專欄。每週一刊登。」

「噢，我猜貝西固定會讀那個專欄，你說是吧，史杜利？我一會有機會進廚房再問她去。」

「嗯，就算她以前不讀，從現在開始也得讀啦。」參議員笑道。

「史都說妳另外也還在尋找更嚴肅的寫作題材。有眉目了嗎？」

這會所有人的目光都聚到了我身上，包括剛好爲我送冰茶過來的另一個女傭。我不敢看她的臉，怕不知道會看到些什麼。「我正著手……一些——」

「尤吉妮亞正在撰寫耶穌生平，」母親插嘴道，而我也才想起我爲了解釋每晚出門而編造的最新謊言，說自己正在「蒐集資料」。

「嗯，」惠沃斯太太讚許地點點頭，「確實是個可敬的題材。」

我試著微笑，對自己的聲音感到反感至極。「並且也是如此地……重要。」我看了母親一眼。她笑得容光煥發。

前門砰地關上，震得滿室水晶燈鏗噹作響。

「抱歉遲到了。」史都大步走進來，衣服因爲這一路而皺巴巴的，海軍藍的西裝外套隨意披在一邊肩頭。所有人都站了起來，她母親更是朝他伸出了手，可他卻直接朝我走來。他兩手壓著我的肩，在我頰上輕輕一吻。「抱歉，」他在我耳邊低聲說道，而我輕嘆一口氣，終於輕鬆了那麼一點點。我轉頭，看到他母親依然微笑著，那模樣卻彷彿我剛剛偷走她最好的一條客用毛巾、還正把我一雙髒手猛往上頭擦。

「自己去倒杯喝的，兒子，然後過來一起坐，」參議員說道。史都倒了酒，往我身旁沙發一坐，一手緊抓住我的手，久久不放。

惠沃斯太太朝我們緊握的手瞥了一眼，說道，「夏綠蒂，要不要我帶妳和尤吉妮亞在屋裡參觀一下？」

接下來十五分鐘，我跟在母親與惠沃斯太太身後，參觀過一個又一個華麗奪目的房間。母親對著還嵌在前廳牆上一顆如假包換的北軍子彈猛抽氣。一張聯邦時期風格的書桌上展示著幾封邦聯士兵的家書、一副精心調整過擺放角度的古董眼鏡和幾條手帕。這宅子活脫是座紀念南北戰爭的神壇，而我不禁想到可憐的史都，在這樣一幢什麼都碰不得的房子裡長大，會是何等光景。

在三樓的一間臥房裡，母親讓一張傳說是勞勃．李將軍睡過的四柱大床震懾得說不出話來。當我們終於從屋後一道「祕密」樓梯走下樓時，我卻讓走廊牆上的家庭照片吸引住。我看到史都和他兩個哥哥嬰兒時期的照片，史都手裡還抱了顆紅色皮球。還有一張，嬰兒史都穿著受洗服，讓一個穿著白制服的黑人女傭抱在懷裡。

母親與惠沃斯太太的腳步聲沿著走道漸漸遠去，可我依然流連忘返。史都那張小男孩的臉上似乎有某種東西，深深打動了我。肥嘟嘟的臉頰，遺傳自他母親的一雙藍眼同今天一般閃耀動人。他的頭髮是蒲公英般淡淡的黃色。九或十歲，他一手來福槍、一手拎了隻鴨子，站著。十五歲，身旁換成一頭剛獵到的鹿，模樣已經隱約有今天的帥氣好看。我同上帝禱告，千萬別讓他看到我十幾歲時的照片。

我往前走幾步，看到高中畢業照，然後是史都穿著軍校制服的英姿。照片牆的正中央有一塊沒有相框的正方形空洞，底下的壁紙顏色比一旁稍深了點。原來的照片讓人拿下來了。

「爸，已經說夠——」我聽到史都繃著聲音說道。可話聲倏地無疾而終，只剩沉默。

「晚餐準備好了，」我聽到女傭宣布道，趕緊穿過錯綜的廊道回到客廳。我們一群人魚貫進入餐廳，圍著張長長的深色餐桌，菲蘭家人坐在一側，惠沃斯家人在另一側。我同史都剛好坐在對角，給安排在相離盡可能遠的座位上。環繞餐廳的護牆壁板上，讓人畫上了一幅描繪內戰開打前南方風光的壁畫：快樂的黑人在田裡採棉花，馬匹拉著四輪運貨馬車，白鬍政治家站在州政府前的階梯上。參議員又在客廳多待了會，我們便坐在餐廳裡等。「你們先走，我一會趕上。」我聽到冰塊鏗噹聲，之後又再聽到兩回酒瓶放下的聲響，參議員才終於踱進餐廳，在桌首坐定了。

第一道菜是蘋果沙拉。史都每隔幾分鐘便往我這看，對我微笑。惠沃斯參議員探過身子，對著爹地說道，「我是窮人家出身，你知道吧。密西西比州傑佛遜郡。我爹給人曬花生的，曬一磅十一分錢。」

爹地搖搖頭。「沒什麼地方情況比傑佛遜郡糟的了。」

我看著母親切下小得不能再小的一塊蘋果。她有些遲疑，終於送進嘴裡，嚼了又嚼，皺眉吞下肚去。她不讓我同史都父母說她潰瘍的老毛病。母親甚至還同惠沃斯太太盛讚佳餚美味。母親視這飯局是一場名為「看我女兒抓不抓得住妳兒子？」的攻防遊戲裡、非常重要的一步棋。

「這兩個**年輕人**感情可好的。」母親微笑道。「史都一星期至少都會過來兩趟。」

「是這樣子的嗎？」惠沃斯太太說道。

「妳和參議員什麼時候有空，也來開車出城來我們莊園用晚餐，到果園裡散散步？」

我看著母親。**莊園**這過氣的字眼是她向來喜歡用來美化我們棉花農場的用詞，而所謂「果園」也不過是一棵可憐兮兮的蘋果樹和棵蟲害嚴重的梨子樹罷了。

可惠沃斯太太這會嘴角有些僵。「一週兩回？史都，我還不知道你這麼常回來呢。」

史都的叉子停在半空中。他有些畏怯地看了他母親一眼。

「你們都還年輕。」惠沃斯太太微笑著說道。「好好享受人生。不必急著定下來。」

參議員一雙肘子撐在餐桌上。「這女人之前才幾乎同另一個女人開口求過婚，怎麼不急。」

「爸，」史都咬著牙喊道，叉子鏗地敲在餐盤上。

餐桌上一片沉默，只有母親努力企圖將固體食物嚼成糊狀的細微聲響。我碰碰手臂上那道長長的粉紅色刮痕。

女傭將主菜雞肉凍一一送上桌，再附上一匙美乃滋淋醬。眾人微笑，很高興有東西轉移注意力。用餐間，爹地與參議員聊起棉花價格與象鼻蟲害的問題。我看得出史都依然為參議員提起派翠西雅而惱怒不已。我每幾秒便悄悄瞄他一眼，那層惱怒始終沒有稍褪的跡象。我懷疑剛剛我在走廊流連的時候，他倆就已經為此起過爭執。

參議員往椅背一靠。「你們讀過《生活》雜誌上那篇報導了嗎？還在米格．艾維斯之前，講，呃，叫什麼名字來著——卡爾……羅伯茲？」

我抬頭，很意外地發現這問題是朝著我來的。我眨眨眼，有些疑惑，希望他單純只是因為我也在報社工作。「他……他讓人動了私刑。原因是他說州長……」我住嘴，不是因為忘記他說了什麼，而是因爲我清楚記得每一個字。

「猥鄙可悲，」參議員說道，頭轉向了爹地。「**道德標準同阻街女郎一般低下**。」

我鬆了口氣，很高興焦點終於從我身上轉移開了。我觀察史都，想知道他對這件事的反應。我從不曾問過他對民權運動的立場與看法。可我甚至不認爲他曾聽到剛剛的對話。他臉上的憤怒已經沉澱在他嘴角，冰冷而僵硬。

我的父親清清喉嚨。「我老實說，」他緩緩說道。「那樣殘酷的暴行，我極度反感。」爹地無聲地放下手中的叉子。他直視著惠沃斯參議員的眼睛。「我農場上用了二十五個黑人工人，而如果有人膽敢碰他們，或是他們的家人一根寒毛……」爹地的眼神堅定如山。半晌，他垂下目光。「我有時候眞的感到很羞愧，參議員。很羞愧我們密西西比州竟還是這般景況。」

母親睜大了眼睛，定定地看著爹地。聽到他這番聲明，我無比震驚。更叫我震驚的是，他竟選擇在這裡說出來，在一個政治人物面前。在家裡，報紙總是小心翼翼地疊好，圖片永遠朝下；而電視節目只要遇上有關種族的話題，總會讓人換了頻道。我突然對爹地充滿驕傲之情，爲了許多理由，深深以他爲傲。我發誓，我也在母親的眼底看到了類似的情感，在那層擔心父親已經徹底摧毀我的未來的憂慮底下，一閃即逝。我望向史都，在他臉上看到了關心與顧慮。什麼樣的關心與顧慮，我卻無從得知。

參議員瞇著眼睛，注視著爹地。

「有件事我倒是可以確定，卡爾頓，」參議員說道。他搖搖玻璃杯裡的冰塊。「貝西，麻煩妳再給我倒一杯來。」他把空杯遞給他的女傭。她很快又倒了一滿杯回來。

「用那些字眼形容我們的州長，絕對不是聰明之舉，」參議員說道。

「我百分之百同意你的看法，」爹地說道。

「可我近來常常問自己的問題卻是，那些話，說的可是事實？」

「**史杜利**，」惠沃斯太太嘶聲喊道。可她火速又回過神來，微笑，整裝。「好了，史杜利，」她像同個孩子說話般說道，「我們的客人可不想聽你發表政見——」

「法蘭辛，妳就讓我老實說個痛快。天知道我天天九點到五點怎麼過，現在是在我自己家裡，我就想痛快說出心底話。」

惠沃斯太太臉上的微笑不曾受到絲毫撼動，可一抹幾乎看不到的紅暈悄悄染上她的雙頰。她專心研究餐桌正中央那盆白玫瑰。史都抿著嘴角冷冷的憤怒，盯著眼前的餐盤。主菜上了之後，他就再沒看過我一眼了。沒有人開口，直到有人開始聊起了天氣。

晚餐終於結束後，我們又應邀往後廊小憩，喝喝餐後飲料與咖啡。史都同我在走廊又逗留了會。我碰碰他的手臂，他卻退開了。

「我就知道他一定會喝醉，然後開始胡言亂語。」

「史都，沒關係的，」我說道，以為他指的是他父親那番有關政治的談話。「我們都玩得很開心。」

可史都渾身發汗，眼神狂熱。「派翠西雅這派翠西雅那，一整晚沒完沒了，」他說。「他到底要提多少次才甘願？」

「算了，史都，沒關係的。」

他用手耙過頭髮，目光四處游移，獨獨不願看我。我開始感覺，在他此刻的眼裡，我甚至不存在。然後我終於才明白一個整晚下來我心底始終清楚的事實。他看著我，心裡想到卻是……**她**。她無所不在。在史都眼底的憤怒裡，在參議員夫婦的嘴裡，在牆上那個本來掛著她相片的空格裡。

我同他說我得去趟洗手間。

他領著我去。「一會後廊見，」他說道，臉上依然沒有微笑。在洗手間裡，我看著鏡中的自己，告訴自己，只是今晚。出了這宅子，一切就都好了。

我走出洗手間，經過客廳，看到參議員在裡頭又給自己倒了一杯酒。他兀自傻笑，拍打襯衫前襟一片污漬，一邊四下張望是否有人看到他灑了酒。我盡量放輕腳步，不想讓他看見我。

「是妳呀！」他朝我喊道。我倒退幾步，而他眼睛一亮。「怎麼，迷路了？」他朝著走廊上的我走來。

「還好，我只是……正要往後廊去。」

「來，過來一下。」他伸手摟住我的肩膀，濃濃的威士忌酒味撲鼻而來。我看到他襯衫前襟讓酒浸濕了一大片。「妳玩得還開心嗎？」

「很開心。謝謝你。」

「聽好，史都的媽媽，妳別讓她嚇著了。她只是保護欲強了點。」

「噢不，她……很好。一切都很好。」我往走廊一頭望去，聽得到外頭傳來的話聲。

他嘆氣，目光飄遠了。「史都今年很不好過。我猜他應該同妳都說過了。」

我點點頭，感覺皮膚點點刺痛。

「噢，真的是糟透了，」他說道。「糟糕透了。」然後他突然笑顏逐開。「妳瞧瞧！是誰來同妳招呼了。」他彎腰一把撈起一隻小白狗，當條網球毛巾似地掛在一邊手臂上。「說哈囉，迪西，」他低聲哄道，「同尤吉妮亞小姐說哈囉。」小狗只顧掙扎，頭拚命往一邊轉、閃躲襯衫上的醺天酒氣。

參議員目光回到我身上，卻空洞洞地。我想他已經忘了我怎麼會在這裡。

「我正要往後廊去，」我說。

「來，進來這裡。」他扯著我的手肘，把我拉進一扇木門裡。不大的房間裡就一張厚重的大書桌，微弱的暈黃燈光映照著深綠色的牆壁。他一推，關上門，而我立刻感覺氣氛變了，變得親暱而叫人恐慌。

「欸，聽好，大家都說我多喝幾杯話就多了起來，可是……」參議員瞇著眼睛看我，彷彿我倆是同謀多時的密友。「我有話同妳說。」

小狗這會已經放棄掙扎，給醺醉了似地頹然掛著。我突然有股無以遏抑的衝動，想此刻就去找史都談，彷彿我多不在他身旁一秒、便要多失去他一分。我往後退了幾步。

「我想——我該要去找——」我伸手往門把搆去，明白自己此舉嚴重失禮，可我就是無法忍受這裡頭那種混雜了酒精與雪茄的空氣。

參議員嘆了口氣，看著我握住門把，只是點頭。「噢。妳也是，呵。」他倚著桌子站著，像隻鬥敗的公雞。

我緩緩推開門，可參議員臉上那失落的表情，竟同史都頭一回出現在我父母家前廊那天如出一轍。我感覺自己毫無選擇，只能開口應道，「我也是什麼……？」

參議員看著書房牆上那幅惠沃斯太太的畫像，巨大而冰冷，像條警語。「沒什麼。只是我看到了。在妳眼裡。」他苦澀地冷笑。「而我本來還期盼，妳至少還有一點點喜歡我。我是說，如果妳最終加入了這古老的家族的話。」

我終於直視著他，心底讓他的話激起陣陣漣漪……**加入這個古老的家族**。

「我並沒有……不喜歡你，參議員，」我說道，換過另一隻穿著平底鞋的腳站。

「我無意拿我們家裡這些亂糟糟的事來煩妳，可這一年確實不好過啊，尤吉妮亞。去年那檔事讓我們操了好陣子心。就上一個女孩的事。」他搖搖頭，低頭瞅著手裡的酒杯。「這史都，二話不說搬出他在傑克森市的公寓，住進維克堡的露營小屋裡。」

「我知道他當時很……沮喪，」我說道，雖然老實說，我根本一無所知。

「說他像個行尸走肉還更恰當。欸，我有回開車去找他，卻看見他坐在窗邊，埋頭就是剝胡桃。也不吃，就是剝，剝完便往垃圾桶裡扔。不肯同我或他媽媽開口，一個字也不說，就這麼僵持了好……好幾個月。」

他肩膀一垮，這蠻牛似的一個大男人。我既想逃，卻也想安慰他，他看來是如此地悲慘可憐。可就在此時，他猛一抬頭，用雙佈滿血絲的眼睛看著我，說道，「不是才十分鐘前嗎，我剛教會他給他的第一把來福槍上膛、教會他扭斷第一隻白鴿的頸子。可那女孩的事情發生後，他整個人就……變了。啥也不肯同我說。而我只是想知道，我的兒子還好嗎？」

「我……我想他沒問題的。可老實說，我其實……也並不那麼確定。」我移開目光，心底卻開始明白，其實我一點也不了解史都。如果這件事傷害他至深，而他卻無法同我一起面對談開，那麼我於他又算什麼？只是個轉移注意力的消遣？某個可以坐在他身邊陪伴他、幫助他不要一直去想那些啃噬著他內心的事實的東西？

我看著參議員，試圖想出幾句安慰的話語，幾句母親在這當兒會說的話。可小書房內死寂依然。

「法蘭辛知道我同妳問這，一定會把我罵死。」

「沒關係的，」我說。「我不介意你問。」

他看來疲倦至極，努力擠出微笑。「謝謝妳，親愛的。去，去找我兒子吧。我一會就加入。」

我逃到後廊，同史都並肩站著。一道道雷電劃過夜空，花園瞬間給照得詭異白亮，隨即又讓無盡黑暗吞噬回去。骷髏似的婚禮涼亭兀自矗立在小徑的盡頭。晚餐後那杯雪利酒讓我頭暈欲吐。

參議員也加入了我們，看來出奇清醒，身上一件同剛剛一模一樣的格子襯衫，熨燙工整而乾淨無暇。母親同惠沃斯太太走下台階，指著幾株攀進後廊的稀有品種玫瑰。史都摟著我的肩，看來比剛才好了些。可我卻愈來愈糟。

「我們可以……？」我指指屋內。史都跟著我一起回到屋裡。我在那道祕密樓梯前停下腳步。

「還有很多你的事，史都，是我完全不知道的。」

他指指我背後的照片牆，包括那個空格。「喏，都在這了。」

「史都，你爹地，他告訴我……」我搜尋著洽當的字眼。

他瞇起眼睛。「告訴妳什麼？」

「告訴我當時情況有多糟。你有多不好過，」我說。「爲了派翠西雅的事。」

「他**什麼**也不知道。他不知道是誰、一切又是怎麼回事……」

他身子往後一傾，斜倚在牆上，雙手抱胸。我再次在他眼裡看到那熟悉的憤怒，深沉而赤紅，密密包裹著他。

「史都，你不必現在告訴我。可遲早，我們總是得談。」我很意外聽到自己口氣如此堅定自信。我的內心其實一點也不。

他深深望進我眼底，聳聳肩。「她和別人上了床。就這樣。」

「是……你認識的人嗎？」

「沒人認識他。一條混跡校園、揮之不去的水蛭，逮到機會就拿反隔離法去糾纏老師。哼，她倒是給糾纏上了。」

「你是說……他是個民權運動份子？」

「沒錯。現在妳都知道了。」

「他是……黑人嗎？」我大口嚥氣，不敢想像後果。因爲即使於我，那看來都是一場無比可怕的災難。

「不，他不是黑人。他是個人渣。紐約來的北佬，妳常在電視上看到那種，留長髮、沒事舉著和平標誌的。」

我在腦中搜尋著下一個恰當的問題，卻一無所獲。

「妳知道最可笑的是什麼嗎，史基特？我本來可以原諒這一切，甚至原諒她。她求我，告訴我她有多抱歉。可我知道，萬一事情洩漏出去，讓人知道惠沃斯參議員的媳婦同個北佬民權運動份子上床，他就毀了。他的政治生涯就這樣，毀於一旦。」他指頭一彈。

「可你父親，剛剛在餐桌上，才說過他也對羅斯．巴涅特不以爲然的啊。」

「妳知道事情不是這麼運作的。他怎麼想並不重要。重要的是整個密西西比怎麼想。我不幸剛好知道他計畫今年秋天要競選聯邦參議員。」

「所以你是爲了你父親決定同她分手的？」

「不，我同她分手是因爲她不忠。」他低頭看著自己的手，而我看得出那份不斷啃噬著他的羞辱。「我沒有同她復合……才是爲了我父親。」

「史都，你……還愛她嗎？」我問道，努力試圖微笑，裝做若無其事，不過是個問題罷了。然而我全身血液卻直往腳底沉去。我開口，卻幾乎暈厥。

他肩膀陡然一垂，抵著牆上的燙金壁紙。他的口氣一軟。

「妳永遠也不會那麼做。那樣說謊，騙了我，騙了大家。」

他不知道我騙了多少人。可這不是此刻的重點。「回答我的問題，史都。你還愛她嗎？」

他揉揉太陽穴，攤開五指遮住眼睛。我看到他遮住了他的眼睛。

「我想我們暫時先分開一陣子吧，」他耳語道。

我反射性地朝他伸手，他卻閃開了。「我需要一點時間，史基特。還有空間，我想。我需要去工作、去鑽油……去讓我的腦袋休息一陣，恢復正常。」

我感覺自己張嘴欲言。可就在此時，後廊傳來我們父母的輕聲呼喚。該告辭了。

我跟在史都身後往屋前走。惠沃斯一家在螺旋樓梯下的門廳停下腳步，而菲蘭家的三人繼續往門外走去。在一團棉花般霧濛濛的昏沉中，我依稀聽到眾人允諾著下回菲蘭家再聚。我聽到自己同他們告別，道謝，感覺自己聲音聽來如此奇異而陌生。史都站在台階上同我微笑揮手，不讓我們的父母發現任何異狀。

第二十一章

我們站在起居室裡，母親、爹地、還有我，六隻眼睛一齊盯著窗戶上那個銀色的大盒子。約莫有卡車引擎大小，表面幾個突出的轉鈕，嶄新金屬閃閃發亮，摩登時代的期許散發耀眼光芒。**飛達士**（Fedders），上頭這麼寫著。

「這飛達士又是何方人士？」母親問道。「哪裡來的牌子啊？」

「反正就啓動吧，夏綠蒂。」

「噢，我辦不到。太可怕了。」

「老天，媽，是倪爾醫師建議妳的。妳退後，換我來。」我的雙親瞪著我。他們不知道史都和我已經分手的事。也不知道我有多麼期待這部機器帶來的解脫。分分秒秒，我感覺如此燥熱，感覺自己該死地要給烤焦了、燒傷了，隨時就要轟地起火燃燒。

我將轉鈕轉到「1」。我們頭頂上的吊燈燈泡微微一暗。颼颼聲像攀爬上坡由小漸大。我看著母親幾綹髮絲給輕輕柔柔地吹了起來。

「噢……老天，」母親說道，閉上了眼睛。她近來潰瘍犯得嚴重，整天精神都不好。倪爾醫師建議裝了冷氣至少能讓母親舒服一點。

「還沒開到最強呢，」我說道，一邊將轉鈕轉到「2」。風更強了，也更冷了，而我們三人相視而笑，額頭上的汗水蒸發無蹤。

「欸，乾脆就開到最強試試看吧，」爹地說道，伸手將轉鈕轉到「3」，轉盤上最強、最冷、最美妙的一個數字。母親咯咯發笑。我們站著，嘴巴微張，彷彿可以一口吞下那台機器。燈泡亮度恢復正常，颼颼聲愈發強勁，我們微笑的嘴角愈往上彎，可下一秒，一切驟停。起居室陷入黑暗。

「發生……什麼事了？」母親問道。

爹地仰頭看著天花板。他往走廊走去。

「保險絲燒斷了。」

母親拿著手帕在頸間揮動著。「嗯，老天。卡爾頓，快去把電接回來吧。」

接下來一小時，我聽到爹地與詹姆索試按開關、拿著工具敲敲打打、穿著工作靴的腳步在前廊來來回回。終於修復後，我坐著聆聽爹地諄諄訓示，要我以後萬萬不可再將轉鈕轉到「3」、不然當心轟了整幢屋子種種。我和母親望著窗玻璃上緩緩凝結出一層薄薄的冰霧。母親坐在她那張安妮女王風格的藍色單人椅上，薄毯拉到胸口，昏睡了過去。我靜靜等待她睡熟了、皺著眉頭發出淺淺的酣聲，然後躡手躡腳，關掉所有的燈、電視、還有樓下除了冰箱以外的所有電器。我站在窗前，解開上衣紐扣。小心翼翼地，我將轉鈕轉到「3」的位置。我一心只想忘掉一切、只想讓冷風凍僵我的五臟六腑。我想讓冰冷的風直接吹拂過我的心臟。

三秒後，屋裡再一次全面斷了電。

接下來兩週，我埋頭處理訪談的事。我把打字機搬到後廊，喀噠喀噠地敲去，從白日直到入夜。隔著紗窗，外頭綠色的後院與田野彷彿蒙上一層薄霧。常常，我發現自己凝望著遠方田野，心卻已經飄得更遠了。我的心飄到傑克森市某一個廚房，同某個穿著白制服、燥熱黏膩的女傭一起。我感覺到白人嬰孩柔軟的身子，呼出的氣息吹拂在我的皮膚上。我感覺到康絲坦丁在母親帶著我出院返家後、頭一次將我抱個滿懷的感覺。我讓形形色色的黑人回憶帶著我遠遊，暫時抽離眼前這悲慘的人生。

「史基特，怎麼好幾個星期沒有史都的消息了，」母親第八次問道。「他沒事瞞著妳吧？」

在那當兒，我正忙著處理莫娜小姐的稿子。我一度超前三個月，如今卻差點錯過截稿日。「他很好，母親。他不必一天到晚打電話給我。」然後我口氣一軟。母親身形日漸消瘦。她那尖銳的鎖骨足以消弭我心裡因她的頻頻詢問而起的煩躁。「他只是忙出差，沒事的，媽媽。」

這個理由暫時安撫了她。同樣的藉口我也同伊麗莎白說了。面對希莉的詢問時，我則多添了一點枝節，同時還得強捏自己的手臂，才能勉強忍受她那乏味冰冷的笑容。可我畢竟不知該怎麼告訴自己。史都說他需要「空間」與「時間」，彷彿說的是物理，而不是人與人之間的關係。

於是，爲免陷入自怨自艾的漩渦無以自拔，我埋首工作。我打字。我揮汗。誰知道心碎竟會是如此燠熱難熬的感覺。每晚母親上床後，我便把椅子搬到冷氣機前，兩眼癡瞪著它。到了七月，冷氣機成了銀色的聖壇。我幾次看到帕古拉一手故作撣灰狀，另一手卻撈起辮子，對準了出風口。沒錯，冷氣並不是什麼最新的發明，可城裡每間裝了冷氣的商店總會在櫥窗裡或是廣告傳單上，特別說明這一點，只因它是如此地不可或缺。我於是也用厚紙板給菲蘭家做了一個掛牌，掛在前門把上，「冷氣開放」。母親不住微笑，卻又裝作不覺得好笑。

一個難得在家的晚上，我同母親與爹地一起坐在餐桌前共進晚餐。母親小口小口地進食。她吐了一下午，卻也花了一下午的時間試圖隱瞞。她用手指緊壓鼻根眉心、試著緩解頭痛，一邊說道，「我在想二十五號請他們過來吃飯，妳覺得會太快了嗎？」我畢竟鼓不起勇氣，告訴她史都和我已經分手的事實。

從母親的表情看來，她今晚的身體狀況比很糟還要糟。她臉色蒼白，勉強自己打直腰桿坐著。我拉著她的手，說道，「我去問問看，媽媽。二十五號應該沒問題。」她露出整天的第一抹微笑。

愛比琳銜著她廚房桌上那疊稿子微笑。約莫一吋厚的雙行距打字稿，隱約有本書的分量模樣了。愛比琳同我一般精疲力竭，或許還更累，她畢竟白天還有工作，下班回家卻依然得張羅每晚的訪談。

「妳瞧瞧，」她說道。「幾乎像本書了呢。」

我點點頭，試著微笑，可尚待完成的部分卻還有那麼多。雖然現在只是八月，而截稿日遠在明年一月，我們卻還有五篇訪談得完成。在愛比琳的協助下，我修改、刪減、編輯了包括米妮在內的五篇訪談，不過也都還不算完稿。還好，愛比琳自己那篇已經完成了；足足二十一頁，文筆優雅而簡潔。

我們已經用上了好幾打的假名，有黑人也有白人家庭的，要完全不搞混還真不是件容易的事。愛比琳一直就是莎拉蘿絲，米妮則原因不明地選了葛楚德·布萊克這名字。我自己就叫做匿名，雖然伊蓮·史丹還不知道。故事裡的背景城鎮則是密西西比州的耐斯維爾——城鎮名純屬虛構，可我們決定保留真實州名以召來興趣。密西西比州的情況碰巧最糟，理應留用。

窗外吹來一陣微風，啪啪翻動了紙頁。我倆同時出手鎮壓。

「妳覺得……她會決定出版這些故事嗎？」愛比琳問道。「等我們都寫好之後？」

我試著微笑，展現一點硬撐出來的信心。「希望如此，」我儘可能輕快地朗聲說道。「她似乎對這主題頗感興趣，而且……嗯，遊行就要舉行了，而……」

我聽到自己愈說愈小聲。我確實無從得知史丹太太的意向。我唯一能確定的是，整個計畫的責任沉沉壓在我肩頭，而我從那一張張誠實努力、佈滿皺紋的臉上也看到了，她們有多麼期待這本書的出版。她們心懷恐懼，每十分鐘便不住往後門探看，深怕讓人逮到同我說話。深怕她們會像露維妮亞的孫子那般遭人毆打，或者，像米格·艾維斯那般在自家門前不幸遇襲。她們甘願冒的險，再再說明了她們對這本書的期望有多麼深切。

我不再因為自己是白人而感到安全，受到保護。每一趟開著卡車前往艾比琳家的車程，我頻頻回頭查看。幾個月前攔下我的那個警察提醒了我：如今我已成了城裡所有白人家庭的公敵。雖然有那麼多感人的好故事，最終吸引白人注意的，依然會是那些壞故事。壞故事才叫他們揮舞拳頭、熱血沸騰。我們必須徹底保守這個祕密。

星期一晚上的聯誼會議，我刻意遲到了五分鐘。這是我們一個月來第一次開會。去了海岸度假的希莉不可能允許在她缺席的情況下召開會議。曬了一身淺棕膚色的她興致勃勃，準備就緒。她手握木槌，彷若武器。我環顧四周，女人們坐著，抽著菸，將菸灰隨意點在地上的玻璃菸灰缸裡。我咬著指甲，抵抗也來上一根的誘惑。我已經六天沒抽過一根菸了。

我焦躁不安，不只因為戒菸，更是因為周遭一張張熟悉的臉孔。我輕而易舉地認出了至少七個女人，或是間接關聯、或是直接出現在書中。我想奪門逃回家工作，可希莉卻要兩個小時後才終於聽膩自己的聲音，甘願落槌結束會議。

大夥起身，頻伸懶腰。有的人匆匆離開，等不及回到丈夫身邊。其他人，尤其是那些有孩子而幫傭又已經下班回家的，則遲遲不願離去。我加快動作收拾東西，不想同任何人攀談，尤其是希莉。

可我還來不及脫逃，便讓伊麗莎白攔上，揮手要我過去。我已經好幾個星期沒見到她了，不可能不過去同她聊幾句。這麼久不曾找她，讓我感到有些愧疚。她扶著椅背，搖搖晃晃地站了起來。她懷孕已經六個月，因爲吃了孕婦安神劑而有些昏沉。

「妳還好嗎？」我問道。她全身上下都沒變，只是鼓漲漲的肚子又大又圓。「第二胎有沒有好一點？」

「老天，才不。一樣糟透了，而我甚至還有三個月得熬。」

我倆陷入沉默。伊麗莎白輕聲打嗝，看了看手錶。終於，她抓起皮包準備離開，可突然又抓住我的手。「我聽說了，」她低聲說道，「妳和史都分手的事。我眞的很遺憾。」

我低下頭去。我並不意外她知道了，意外的是竟要過了這麼久才有人發現。我不曾同任何人提起，可史都顯然鬆口了。就是今天早上，我才同母親扯謊，說惠沃斯一家二十五號有事得出城去。

「很抱歉沒先告訴妳，」我說。「我眞的很不想談到這件事。」

「我了解。噢，糟了，我得走了。羅理一個人看孩子，這會一定發脾氣了。」她最後又看了希莉一眼，而希莉點點頭，批准了她的離去。

我很快地收拾筆記，往門口走去。可還差幾步，終究讓她叫住了。

「等一下，史基特。」

我嘆氣，轉身面對希莉。她穿著全套只應出現在五歲小女孩身上的海軍藍水手服。百褶裙的臀部部位像手風琴風箱似地都給撐開了。會議室裡空蕩蕩的，只剩下我和她兩個人。

「我們可以談談這事嗎？」她揮揮手中最新一期的會訊。我已經猜到是什麼事了。

「我不能多留。母親病——」

「我**五個月前**就讓妳刊登我的計畫草案，現在又一個星期過去，妳依然拒絕遵照我的指示。」

我瞪著她，怒氣來勢洶洶，無法遏抑。幾個月來隱忍的一切此時全數翻攪著湧上了喉頭。

「我**拒絕**刊登那個草案。」

她看著我，文風不動。「我要妳在選舉前把草案刊登出來，」她說道，然後指了指天花板。「不然我就要把事情往上呈報了。」

「如果妳試圖把我趕出聯誼會，我就直接打電話給紐約市的珍娜薇・凡・哈布斯堡，」我斷聲說道，因爲我碰巧知道珍娜薇是希莉的偶像。她是史上最年輕的全國聯誼總會主席，或許還是世界上唯一能讓希莉敬畏三分的人。可我眼前的希莉卻毫不退縮。

「打電話告訴她什麼，史基特？告訴她妳沒把份內工作做好？告訴她妳帶著黑鬼運動人士的小冊子到處跑？」

我怒不可遏，甚至忘記要害怕。「把它**還**給我，希莉。我知道是妳拿走的，那不是妳的東西。」

「當然是我拿走的。妳沒有理由帶著那東西四處去。要是讓人看到了怎辦？」

「妳憑什麼管我要帶什麼東西四處——」

「因爲那是我的工作，史基特！妳同我一樣清楚，要讓人發現聯誼會裡有反種族隔離人士藏身其中，以後誰還買我們義賣的蛋糕？」

「希莉。」我就是想聽她親口說出來。「義賣那些蛋糕的錢，又是要給**誰**的呢？」

她翻了翻白眼。「可憐的非洲飢餓孩童啊。」

我等著她發覺其中矛盾可笑之處。她願意募款送給千哩之外的黑人，卻對自己身邊的黑人視若無睹。可我心生一計。「我現在就打電話給珍娜薇。我要告訴她妳有多麼僞善。」

希莉腰一挺。有那麼幾秒，我以爲自己的話已經成功在希莉的保護殼上敲出一道縫隙。可她隨即舔舔嘴唇，深深吸了一口氣。

「妳知道嗎，難怪史都．惠沃斯要甩了妳。」

我緊咬牙關，不讓她知道這句話對我的殺傷力。可我的心，卻已然潰不成軍。我感覺身體內部的一切都正往下、往地板滑去。「把我的小冊子還我，」我說，聲音微微顫抖。

「那妳就先得把草案刊登出來。」

我轉身離開。我把書包往凱迪拉克皮椅上一甩，然後點菸。

到家的時候，母親房裡的燈已經熄了。我暗自慶幸，躡手躡腳往後廊走去，輕輕關上嘎嘎作響的紗門。我在打字機前坐了下來。

可我一個字也寫不出來。我望著後廊紗門上一個個灰色的小方塊。我望眼欲穿，終於看透了紗簾。我感覺自己體內有什麼東西迸裂開來。我成了一縷水氣。我瘋了。我聾了。我聾得聽不到那具默不作聲的蠢電話。聾得聽不到迴盪屋裡的母親頻頻作嘔聲。聾得聽不到透過窗子傳來的母親話聲，「我沒事，卡爾頓，那陣不舒服已經過去了。」我什麼都聽到了，卻什麼也沒聽到。在我耳裡，全都成了一陣陣高頻的嗡嗡噪音。

我從書包裡找出希莉的廁所計畫草案。紙頁都受潮了。一隻飛蛾停在一角，一會又飛走，翅膀上的粉塵在紙上留下一抹棕色的印子。

我一個字母一個字母緩緩敲去，開始打出下一期會訊：莎拉．雪比即將嫁給羅勃．普萊爾；敬請踴躍出席瑪麗．凱瑟琳．辛浦森的嬰兒服飾展示會；招待本會長期支持者的茶會即將舉行。我接著打出希莉的計畫草案。我把它安插在第二頁，本週照片集錦的對頁。這是保證大家在看過夏季同樂會的照片後，接著一定都會看到的版面。我一邊打字，腦子裡只有一個念頭，**康絲坦丁又會怎麼看待我？**

愛比琳

第二十二章

「妳今天幾歲呀，小女娃？」

梅茉莉還躺在床上，只是伸出兩支睡意濃濃的手指，說道，「梅寶兩歲。」

「不對不對，妳今天三歲囉！」我扳正她一根原本彎著的指頭，嘴裡邊唸著小時候每年生日那天我爹地都會唸給我聽的兒歌，「三個小士兵出門去，兩個說要停，一個說要走。」

梅茉莉現在改睡大女孩床，讓出嬰兒床準備給新寶寶睡。「我們明年再唸四個小士兵的故事，看他們找東西吃去。」

她皺著鼻子，因爲同人說了一輩子梅茉莉**兩歲**，怎麼這會又得記得要改說三歲。小時候，你橫豎只負責回答兩個問題，你叫啥名字還有你今年幾歲，所以最好記清楚點。

「梅茉莉三歲，」她說。她連滾帶爬下了床，頭髮活似鳥窩。她小嬰兒時期後腦杓那塊禿，看來又有復活的跡象。我通常會把旁邊頭髮梳過來蓋住，可也撐不了幾分鐘。她髮量少，嬰兒時期的捲髮也快要消失；到了下午傍晚，頭髮常常就要結成一綹一綹的。我一點不在意她模樣不夠可愛討喜，可爲了她媽媽，我也盡力打點裝扮她。

「走，去廚房，」我說。「我們一起給妳做份生日早餐。」

李佛太太出門做頭髮去了。她並不在意，也不覺得有那必要在自己獨生女頭一個有記憶的生日早上陪她一同起床。可李佛太太至少買了她一直想要的禮物。她帶我到她房間，指著地板上一個大盒子。

「她一定會樂壞了吧？」李佛太太說道。「這娃娃會說話走路，甚至還會哭。」

好大一個粉紅色小圓點的盒子。前頭包了玻璃紙，裡頭則躺著一個同梅茉莉一般大小、名叫艾莉森的洋娃娃。艾莉森金髮藍眼睛，穿著粉紅花邊洋裝。每回電視出現艾莉森的廣告，梅茉莉便急急跑上前，兩手各抓住電視機一邊，小臉緊挨螢幕，看得目不轉睛。李佛太太低頭看著大盒子，一臉要哭的表情。我猜她那刻薄的媽媽以前一定從沒如她願給她買過任何東西吧。

在廚房裡，我煮了一碗玉米粥，沒加任何調味料，只在上頭放了幾顆小朋友吃的棉花糖。我把整碗玉米粥送進烤箱烤上一會，好讓口感鬆脆些，之後再拿幾片切好的草莓，擺擺放放成了一輛車。玉米粥也好，小車車也好，總之乖乖送進肚裡最好。

我從家裡帶來的三支粉紅色小蠟燭還在我的皮包裡，讓我用蠟紙小心包著，免得折斷了。我拿出來，插在玉米粥小車車上，點著了，端到廚房中央那張白色塑膠餐桌上、坐在娃娃餐椅裡的小女娃面前。

我說，「生日快樂，梅茉莉兩歲！」

她呵呵笑開，駁道，「梅茉莉三歲啦！」

「是三歲了沒錯！來，把蠟燭吹了，小女娃。一會融化滴得玉米粥上頭都是。」

她看著小小的三蕊火光，咧嘴笑得開心。

「吹了吧，大女娃。」

她一口氣吹熄了。她舔了舔沾在蠟燭上的玉米粥，埋頭開始吃早餐。半晌，她滿臉微笑地抬頭，問我道，「妳幾歲？」

「愛比琳五十三歲囉。」

她眼睛睜得老大，我就算說我一千歲，她也不會更驚訝了。

「妳……也有生日嗎？」

「嗯哼。」我笑了。「雖然很不想，我還眞的也有。下星期剛好就是我生日。」不敢相信我要五十四歲了。這路是要通到哪裡去呀。

「妳有寶寶嗎？」她問道。

我笑了。「我有十七個寶寶呢。」

她還不會數到十七，可也明白那是很大的數字。

「可以塞滿這廚房喔，」我說。

她一雙棕眼睜得又大又圓。「這些寶寶到哪裡去了？」

「到處去囉。全都是我帶大的寶寶。」

「他們爲什麼不來陪我玩？」

「因爲他們都長大啦。很多人自己都已經有寶寶了。」

老天，她這下可傻了。她悶悶地想，試著把事情理清楚。終於，我開口道，「妳也是其中一個，呀。我可是把讓我照顧過的寶寶都算成自己的了。」

她點點頭，叉著一雙小手臂抱胸。

我開始洗碗。晚上他們自己一家有個小小的慶生會，蛋糕還等著我張羅。我打算先烤個草莓蛋糕，再塗上草莓糖霜。要讓梅茉莉自己主意，餐餐光吃草莓都行。之後再烤另一個。

「就烤個巧克力蛋糕吧，」李佛太太昨天說道。她懷孕七個月，對巧克力興趣正濃。這生日蛋糕的事，我原本上星期就計畫過，材料也都準備好了。事關重大，不能前一天才開始張羅。「嗯哼。還是草莓蛋糕好吧，妳知道的，梅茉莉最近就愛吃草莓。」

「噢不，她喜歡巧克力。我今天跑一趟店裡，幫妳把材料買齊來。」

巧克力才怪。我最後決定兩種口味各烤一個。梅茉莉樂得多一組蠟燭吹。

我洗了裝玉米粥的盤子，遞給她一杯葡萄汁。她這會把舊娃娃也拎到廚房來了。舊娃娃名叫克勞蒂亞，頭髮是畫上去的，眼睛會隨動作開開闔闔，掉到地上還會發出可憐兮兮的哀叫聲。

「克勞蒂亞是妳的寶寶，」我說道，而她拍嗝似地拍拍娃娃的背，點點頭。然後她開口說道，「愛比，妳是我的眞媽媽。」她說這話時甚至沒抬頭看我，一派聊天氣似地輕鬆自然。

我趕緊放下手頭的事，蹲下來同她四目相對。「妳媽媽做頭髮去了。小女娃，妳知道誰才是妳的眞媽媽。」

可她搖搖頭，摟緊懷裡的娃娃。「我是**妳的**寶寶，」她說道。

「梅茉莉，妳知道，我說那十七個寶寶都是我的，只是逗著妳玩的吧？我其實只生了一個寶寶。」

「我知道，」她說。「我才是妳的眞寶寶。其他都是假裝的。」

以前不是沒有寶寶出現過這樣的問題。約翰・格林・杜德利，那男孩頭一回開口就是喊媽媽，眼睛還睜睜對著我瞧。所幸，後來好一陣，他管誰都喊媽，管自己喊媽、管他爹地也喊媽，這事也就沒人擱在心上了。當然，等他再大點，開始偷穿他姊姊的珠兒・泰勒蓬蓬裙、偷擦香奈兒五號香水時，大家才眞正擔心了起來。

我在杜德利家待了六年多，太長太久了。他爹地常拖著他往車庫去，拿條塑膠水管狠狠抽他，企圖把男孩身體裡那個女孩打跑。那時，我每天下工回到家，總要緊緊摟住崔洛，緊得叫他幾乎喘不過氣來。開始同史基特小姐寫故事後，有回讓她問到我女傭生涯裡最難受的一天，我同她說了那個死產寶寶的事。可其實不然。眞要說，是一九四一到一九四七年間，我必須在紗門前等待鞭子終於停下來的每一天。我希望我能告訴約翰・格林・杜德利他不會下地獄，告訴他愛男孩不代表他是天生怪胎。我希望我能在他耳裡裝滿所有好言好語，一如我現在對梅茉莉做的那樣。可我當時能做的，只是等在廚房裡，等著毆打終於結束後，爲渾身傷痕的他塗上藥膏。

就在此時，車棚傳來李佛太太車子入庫的聲響。我突然緊張起來，要讓李佛太太聽到梅茉莉這什麼眞媽媽不眞媽媽的，不知會有啥反應。梅茉莉這會竟也緊張起來。她一雙小手母雞似地亂揮。

「噓！不要說出去！」她說。「她會打我屁屁。」

所以說，她已經同她媽媽說過了。而李佛太太顯然一點也不喜歡聽到這些話。

李佛太太頂著新髮型走進屋裡來時，梅茉莉沒一聲招呼，只是逕往自己房裡跑去。怕讓她媽媽看穿她腦袋裡的想法似的。

梅茱莉的慶生會一切順利，至少隔天李佛太太是這麼同我說的。星期五一早，我走進廚房，看到流理台上擱著四分之三個巧克力蛋糕。草莓蛋糕倒吃光了。那天下午，史基特小姐順道給李佛太太送文件過來。一等李佛太太搖搖晃晃往廁所走去，史基特小姐便一溜煙閃進廚房。

「今晚照常嗎？」我問道。

「嗯哼。我會過去。」自從和史都先生分手後，史基特小姐就很少微笑了。這事我從希莉小姐和李佛太太那也聽得夠多了。

史基特小姐自己從冰箱裡拿了一瓶可樂，壓低聲音說道，「我們今晚完成溫妮的部分，我週末就會開始整理訪問稿。然後再見面就要等到下星期四了。我答應媽媽要開車載她去拿切茲參加美國革命女兒會的聚會。」史基特小姐接著微微瞇起眼睛。這是她思考重要問題時的習慣動作。「我會有三天不在，可以嗎？」

「很好，」我說。「妳需要好好休息一下。」

她開始往餐廳走去，卻又回頭，說道，「記住。我星期一早上出發，之後整整三天不在，清楚嗎？」

「是的，史基特小姐，」我說，不明白她怎麼一連交代了兩次。

星期一早上才八點半，李佛太太的電話卻已經響個不停。

「李佛太太公——」

「**叫伊麗莎白接電話！**」

我前去敲了李佛太太的臥房門。她下床，穿著睡衣、頂著一頭髮捲，拖著步子往廚房來。她拿起話筒。話筒另一頭的希莉小姐不講電話，倒像拿著大聲公狂吼。我可以清楚聽到每一個字。

「妳來過我家了沒？」

「什麼？妳在說什——？」

「她把馬桶的事登到會訊上頭去了。我還特別交代過她，要大家送來我家的是要捐出來的舊外套、不是——」

「先讓我去……拿信，我實在聽不懂妳——」

「讓我逮到，我非親手殺了她不可！」

這話如雷貫耳，李佛太太整個人清醒過來，站著瞠眼空瞪了會，隨即抓了件外衣套在睡衣上頭。

「我得出去一趟，」她說道，掙扎著四處找鑰匙。「一會就回來。」

她挺著大肚子急匆匆出門、上車、加速離去。我低頭，同梅茉莉四目相對。

「別問我，小女娃，我啥也不知道。」

我知道的是，希莉小姐一家今早剛從曼菲斯度完週末回到家。每回希莉小姐出城去，李佛太太開口閉口就兩件事：希莉去了哪，何時要回來。

「來吧，小女娃，」一會我說。「咱們散個步，順便看看到底發生了啥大事。」

我們沿著德汶街走，然後左轉再左轉，就是希莉小姐住的紫薇街了。雖然還是盛夏八月，天氣卻不頂熱，一段路走起來挺舒服，蟲鳴鳥叫的。梅茉莉讓我牽著，大手拉小手邊走邊甩，開心得不得了。今天路上車不少，這倒怪，因爲紫薇街畢竟是條死巷。

我們拐過一個彎，希莉小姐家那幢白色大屋應該就在望了。而它們就在那裡。

梅茉莉指著，笑道，「看！愛比琳，看！」

我一輩子沒看過這樣的景象。少說有三打。三打的馬桶。全給散放在希莉小姐家前院的草皮上。顏色、形狀、大小各有千秋。有藍、有粉紅、也有白。有的少了座圈，有的少了水箱。有舊款，也有新款；有上頭加鏈的，也有把手沖水式的。幾乎像一大群人，蓋子給掀起來的像在說話，蓋子蓋上的則靜靜像在聽。

我們往排水溝裡站，因爲窄窄的街上這會聚集了不少人車。車子一輛輛往街底一塊種了草皮的安全島來，繞個圈，搖下窗子張望。大剌剌笑道，「瞧瞧希莉的房子，」「瞧瞧那些東西。」沒看過似地猛瞅著那些馬桶瞧。

「一、二、三，」梅茉莉數了起來。她數到十二，然後換我接下去。「二十九、三十、三十一，總共有三十二個馬桶，小女娃。」

我們又走近了點，我才發現不止草坪上有。車道上給並肩擱著兩個，活似一對情侶。門前台階上也一個，彷彿正等著希莉小姐來應門。

「那個好好笑，是不——」

可小女娃這會掙脫了我的手，朝前院正中央一個粉紅色的馬桶跑去，伸手掀開了蓋子。就這樣，我還措手不及，小女娃便脫了褲子、滴滴答答地尿在了馬桶裡。我趕緊追上去，一旁至少五六輛車樂得大摁喇叭，還有個戴帽子的男人拿著相機猛拍。

車道上依序停著希莉小姐和李佛太太的車，可兩人都不見蹤影。該是關在屋裡嚷著該如何處理這團混亂了吧。窗簾全給拉上了，啥也看不到。我暗自禱告，希望她們沒看到小女娃剛剛當著半個傑克森市的面撒了尿。該是打道回府的時候了。

回家的路上，小女娃馬桶這馬桶那地問個沒完。它們爲什麼會在那裡？它們是哪裡來的？她可不可以去找海瑟一起玩馬桶？

回到李佛太太家後的一整個早上，電話響徹雲霄。我一通也沒接，只等著場面稍緩便要打電話給米妮。可後來李佛太太旋風似地衝進廚房，拿起話筒就是沒完沒了。我聽她講，沒一會便把事情兜湊了起來。

史基特小姐把希莉小姐的馬桶宣言照登在聯誼會訊上了沒錯。包括那串洋洋灑灑說明白人黑人不能同坐一個馬桶的理由。然後，在版面下方，她另外刊登了冬衣送暖慈善活動細則——可結果，出現在會訊上的卻是約莫這樣的一段話：「請將您不要的舊馬桶送到紫薇街二二八號。我們週末即將出城，請將您送來的東西放置於門前即可。」就這樣，不過幾個字之差。雖然我懷疑這正是她的原意沒錯。

也算希莉小姐倒楣，這兩天偏偏天下無大事。越南沒事，徵兵也沒事。華盛頓即將舉行的那場由金恩牧師發起的大遊行暫時也沒有新消息。第二天，希莉小姐家同那堆馬桶就這麼登上了《傑克森日報》的頭版。我不得不說，那景象還眞是好笑。我只希望照片是彩色的，好讓人看清楚那五花八門各式各樣的粉紅粉藍雪白和米白。馬桶的種族大融合，要我就這麼下標題。

而報上新聞標題只簡單寫著，「歡迎，請坐！」除此之外便是照片下方的一小段說明，「密西西比州傑克森市的希莉與威廉．哈布克公館今晨不容錯過的一景。」

我說沒事，不止傑克森市沒事，是整個美利堅合眾國都沒事。在州長官邸做事的蘿娣．傅里曼說，她在官邸訂閱的《紐約時報》生活萬象版上也看到了這張照片。照片下方的說明依然還是「密西西比州傑克森市的希莉與威廉．哈布克公館」。

接下來一週，李佛太太家的電話依然經常處於忙線狀態。李佛太太對著話筒另一端的希莉小姐頻頻點頭。一部分的我想到那些馬桶就發笑，可另一部分的我卻直想哭。史基特小姐擺明了同希莉小姐作對，冒的可是天大的險。她今晚就從拿切茲回來了，我希望她至少給我通電話。我現在終於明白她週末出這趟遠門的眞正原因。

到了星期四早上，史基特小姐依然沒消息。我在客廳裡打算開始熨衣服。李佛太太同希莉小姐一起到家，剛在餐廳桌前坐定了。馬桶事件之後，這還是我頭一回看到希莉小姐。我猜她這陣子也少出門。我把電視音量調小，拉長了耳朵。

「喏，瞧。我同妳說的就這。」希莉小姐攤開一本小冊子。她手指一行行指過去。李佛太太搖搖頭。

「妳明白這什麼意思吧？她想要改變這些法律。不然她做什麼拎著這東西到處去？」

「我眞不敢相信，」李佛太太說道。

「我無法證明馬桶事件是她一手搞出來的。可這——」她舉高小冊子，點了點。「——可是鐵證如山，她就是肚子裡有鬼。我打算同史都．惠沃斯說去。」

「可他們不是分手了嗎？」

「嗯，還是有必要讓他知道。以免他還有同她復合的意思。這可是爲了惠沃斯參議員的政治前途著想。」

「可說不定，會訊的事眞的只是無心之過。也許她——」

「伊麗莎白。」希莉雙臂抱胸。「我不是在說馬桶的事。我顧慮的是密西西比州的法律。喏，我要妳自問看看，妳願意梅茉莉同個黑人小男孩一起上英文課嗎？」希莉小姐朝低頭熨衣服的我瞄了一眼。她壓低嗓門，雖然她向來不擅此道。「妳想要黑鬼當鄰居嗎？在妳過街的時候順手摸妳臀部一把？」

我抬頭，發現她的話已經開始打動李佛太太。她挺直腰桿，一派嚴肅。

「威廉看到她給我們家惹來的麻煩，發了好頓脾氣。選舉要到了，我想這朋友我是碰不起了。我已經同吉妮·克威爾說定，以後橋牌聚會就由她取代史基特的位置。」

「妳要把她趕出橋牌聚會？」

「沒錯。我甚至考慮要把她趕出聯誼會。」

「妳有權這麼做嗎？」

「我當然可以。可我打算留著她，給她機會發現自己有多蠢。」希莉小姐點點頭。「她得學會，她不能再這樣下去了。我的意思是說，在自己人身邊就算了，要到外頭也這樣胡搞，遲早惹上大麻煩。」

「這倒是眞的。傑克森市是有不少種族主義者，」李佛太太說道。

希莉小姐點點頭，「沒錯，外頭多的是。」

一會後，她倆又一同開車離去。我很高興可以暫時不必看到她們的臉。

中午時分，李佛先生很罕見地回家吃午餐。他在廚房的早餐桌前坐定了。「愛比琳，麻煩妳給我做份午餐。」他攤開報紙，立著讀。「給我來點烤牛肉好了。」

「沒問題。」我在他面前的桌上放了餐墊、餐巾紙和簡單的餐具。他又高又瘦，黑髮只剩一圈地中海，再一陣子應該就禿光了。

「妳會留下來幫忙伊麗莎白照顧新寶寶吧？」他問道，一邊還讀著報。他平常從來不理會我的。

「我會的。」我說。

「因爲我聽說妳還挺愛換工作的。」

「是的，」我說。這是眞的。大部分的女傭一輩子就跟著一家人，可我不。通常等孩子大到八九歲左右，我就換人家待。我自有理由。這是我經歷了好幾份工作才有的領悟。「帶小小孩我比較在行。」

「這麼說來妳沒當自己是幫傭，說保母可能更貼切。」他放下報紙，直視著我。「妳算是某種專家，和我一樣。」

我沒說話，只是輕輕點頭。

「妳瞧，我只給公司作帳，不隨便幫人申報個人所得稅的。」

我愈來愈緊張。這是三年來他頭一遭同我說這麼多話。

「每回孩子大到入學了，妳就得另找工作，應該不容易吧？」

「目前爲止是還好。」

他沒作聲，我於是轉身端出牛肉。

「像妳這樣常常得找新雇主，同舊雇主關係尤其要打好，維持好名聲。」

「是這樣沒錯，李佛先生。」

「我聽說妳同伊麗莎白的老朋友史基特．菲蘭還算熟。」

我低著頭，動作輕緩地削下一片又一片的牛肉。我的心臟以三倍於平常的速度砰砰狂跳著。

「她有時會問我一些打掃的問題。給她寫專欄用的。」

「是這樣嗎？」李佛先生說道。

「是的。就問我一些小祕訣。」

「我不要妳再同那女人有任何瓜葛。別說打掃祕訣，連招呼都免了。妳聽到了嗎？」

「聽到了。」

「讓我聽到妳倆有任何接觸，妳麻煩就大了。我這麼說夠清楚了吧？」

「是的，李佛先生，」我低聲應道，心裡揣摩著，不知他究竟知道哪些事。

李佛先生再度豎起報紙。「用那牛肉幫我做份三明治。加一點美乃滋，不要烤過。我最討厭三明治烤得又乾又硬的。」

那晚，我和米妮一起坐在我的廚房餐桌前。我的手不住顫抖，從下午開始就沒停過。

「那個醜八怪白種笨蛋，」米妮說道。

「我眞想知道他心底打什麼主意。」

後門傳來一記敲門聲，米妮同我面面相覷。只有一個人會這麼敲門，其他人都是推了門就進來。我開門，果然就是史基特小姐。「米妮也在，」我低聲說道，因爲走進有米妮在的場合，有點心理準備總是好。

我很高興她來了。我好多事情同她說，甚至不知該從哪椿說起了。叫我意外的是，史基特小姐一派輕鬆，臉上表情近乎微笑。我猜她還沒同希莉小姐說過話。

「哈囉，米妮，」她進門邊說道。

米妮望向窗外。「哈囉，史基特小姐。」

我還沒來得及理出頭緒，史基特小姐倒是坐定，搶先開了口。

「我在拿切茲時想到一個主意。愛比琳，我想把妳的故事放在第一章。」她從那個俗氣的紅色書包裡抽出一疊稿子。「然後我們把露維妮亞的故事和菲貝兒的對調過來，才不會一連三個都是這麼戲劇化的故事。中間的順序我們還得再討論過，可米妮，我想就用妳的故事壓軸。」

「史基特小姐……我有事同妳說，」我終於開口道。

米妮再度同我四目相對。「我得走了。」米妮皺著眉頭說道，彷彿椅子突然硬得叫她再也坐不住。她朝門口走去，同史基特小姐錯身的時候，她眼睛直視前方，火速在史基特小姐肩頭輕輕一拍。然後她就走了。

「妳好幾天不在，史基特小姐。」我揉揉頭背。

然後我告訴她希莉小姐拿那本小冊子給李佛太太看的事。過了這些天，天知道小冊子已經又讓她傳給誰看過了。

史基特小姐點點頭，說道，「希莉那邊我會處理。這事到我爲止，不會影響到妳或其他女傭，甚至是我們的書。」

我接著告訴她李佛先生的話，說他挑明了要我不准再同她說莫娜小姐文章的事。我不想同她說這些，可她遲早會聽說，而我希望她至少先聽我說過。

她仔細聆聽，問了幾個問題。我終於說完後，她開口說道，「那羅理就愛虛張聲勢。不過當然還是小心爲上，以後去伊麗莎白家我就不進廚房找妳了，」而我當下明白，她其實還沒有搞清楚事情的嚴重程度。她和她朋友之間的麻煩。我們該有多害怕、多小心。我同她轉述了希莉小姐要她留在聯誼會裡受苦那番話，也說了她將被踢出橋牌聚會的事。我還告訴她，爲防史都先生有任何復合之意，她打算也同他說去。

史基特小姐挪開目光，試著微笑。「那些事都過去了，我老早不在乎了。」她哼地笑出聲，而我聽了心好痛。因爲沒人能眞正不在乎。黑人白人都一樣，內心深處，我們都一樣放不下。

「我只是……希望妳先從我這聽到，」我說。「這樣妳也好有點心理準備。也更要小心行事。」

她咬唇，點點頭。「謝謝妳，愛比琳。」

第二十三章

夏天像柏油鋪路機的滾輪，讓我們甩到了腦後。傑克森市每個黑人都坐到各自找得到的電視機前，看著馬丁路德．金恩在華府告訴我們，他有一個夢。我坐在我們教堂地下室的電視機前。強森牧師北上參加遊行去了，而我發現自己忍不住在螢幕上的人群中尋找著他的臉孔。我幾乎無法相信有這麼多人參加了這場遊行——二十五**萬**人。而最叫人吃驚的是，其中竟包括了六萬個**白人**。

「密西西比和世界是兩個完全不同的地方，」教堂執事說道，而我們只能默默點頭，因為他的話字字屬實。

九月來了，伯明罕一間教堂讓人炸成碎片，一起炸死了裡頭的四個黑人小女孩。我們臉上的微笑一下給抹淨了。老天，我們哭啊喊啊，日子眼看很難再過下去，可那又怎麼可能。

我每回見到史基特小姐，她似乎都更瘦了點，眼神更退縮了點。她試著微笑，試著假裝沒有朋友的日子並沒有那麼難熬。

十月某一天，希莉小姐同李佛太太一起坐在大餐桌前。李佛太太挺著即將臨盆的大肚子，兩眼幾乎無法對焦，而希莉小姐則不顧外頭氣溫還有六十度，早早披上了毛皮圍巾。她翹著小指拎起茶杯，說道，「史基特自以為聰明，弄來那堆馬桶堆在我前院裡。哼，結果卻正中下懷，目前為止已經有三個馬桶讓人領去裝在車庫和工具小屋裡了。連威廉都改口說這是福不是禍了呢。」

這話我不打算同史基特小姐說去。告訴她搞半天石頭還是砸到了自己的腳。可一會我便發現其實也不必我多操心，因爲希莉小姐接著說道，「我昨晚決定要給史基特寫封謝函，謝謝她對廁所計畫的貢獻。少了她的幫忙，事情還不可能推展得如此快速呢。」

李佛太太近來只管埋頭給新寶寶做衣服，梅茱莉和我於是幾乎一整天都黏在一起。她已經大得叫我沒法常常抱著她走，或許也因爲我自己胖了體力差了吧，總之我現在沒事就緊緊多摟她幾下當作補償。

「我要聽祕密故事，」她耳語道，咧嘴笑得開心。她最近可迷這些祕密故事了，每早我才到，她便纏著我說要聽。我自己編的祕密故事。

就在這時候，拎著皮包準備出門的李佛太太走進了廚房。「梅茱莉，我要出門了。過來給媽咪抱抱。」

可梅茱莉動也不動。

李佛太太一手撐腰，等著。「去呀，梅茱莉，」我低聲催促道。我輕推她一把，她終於上前緊緊摟住她媽媽，可這李佛太太，卻已經低頭翻皮包找起鑰匙來，還稍稍掙脫了一下。梅茱莉一反從前，似乎不怎麼在意，卻叫我看了更加難過。

「來吧，愛比，」李佛太太出門後梅茱莉說道。「祕密故事時間到了。」

我們回到她房間。我坐在那張大椅子上，而她則笑著爬到我腿上，坐定後還上下彈了幾下。這是我們最喜歡的位子。「跟我說那個咖啡色包裝紙。還有禮物。」她興奮地扭動著身子。她興奮得必須跳下我的大腿，站著又扭又跳好一陣，才又爬回原位坐好。

這是她最喜歡的故事，因爲她每回都可以拿到兩個小禮物。我先拿皮威商店的咖啡色包裝紙包個糖果之類的小東西，然後再拿科爾商店的白色包裝紙也如法炮製一番。她先聽我說故事，說包裝紙的顏色根本不重要，重要的是裡頭的東西，然後她才小心翼翼地拆開兩個小包裹。

「我們今天講另一個故事，」我說道。接著，我先不說話，靜靜聆聽外頭聲響，確定李佛太太沒因忘記東西又回頭來。好，安全。

「我今天說個外星人的故事。」她就愛聽外太空人的故事。她最愛的電視節目是《我最喜歡的火星人》（*My Favorite Martian*）。我拿出我昨晚用錫箔紙做的兩頂天線帽，一頂自己戴，一頂給她戴。一老一小看來就像兩個傻子。

「從前從前有一天，一個聰明的火星人來到地球，打算教我們幾件事，」我說道。

「火星人？有多高？」

「噢，差不多六呎二吋吧。」

「他叫什麼名字？」

「火星路德．金恩。」

她深深吸了口氣，頭輕輕地靠在我肩膀上。我感覺得到她三歲的小心臟同我的一起，砰砰跳得好快，又像蝴蝶，翅膀啪啪地輕拍在我的白制服上。

「這火星人金恩先生，心地非常好。他模樣和我們很像，鼻子、嘴巴、頭上有頭髮；可有時人們就是會用奇怪的眼神看他，有時候有的人，嗯，沒由來就是要欺負他。」

同她說這些小故事，一不小心我麻煩就大了，尤其得防著李佛先生。還好梅茉莉很清楚，這些是我和她之間的「祕密故事」。

「爲什麼，愛比？爲什麼他們要欺負他？」她問道。

「因爲他的皮膚是綠色的。」

今早，李佛太太的電話響了兩回，我兩回都沒接到。一回是小女娃光著屁股讓我滿後院追著跑，一回則是剛好碰上我在車棚上廁所。至於李佛太太，她的預產期都超過三——是的，**三**——週了，更不可能跑來接電話。可我也沒想到她竟爲了我漏接這兩通電話而責怪我。老天，我今早起床的時候就該知道的。

昨晚史基特小姐和我一起忙到近午夜的十一點四十五分。我累壞了，可我們總算完成了第八篇訪問，而這表示我們只剩下四篇了。截稿日是一月十號，我實在不知道趕不趕得及完成。

今天已經是十月的第三個星期三，又輪到李佛太太主辦橋牌聚會。自從史基特小姐退出後，一切都變了。管每個人都喊蜜糖的吉妮·克威爾小姐頂了史基特小姐的位置，瓦特太太的空缺則換成了露安小姐。整整兩個小時，一桌人反正就僵硬有禮，任誰說啥其他人一律點頭稱是。聽她們聊天也沒了意思。

我給她們倒最後一輪冰茶的時候，電鈴突然響了。我匆匆前去應門，不想再讓李佛太太數落我動作不夠俐落。

我開門，腦子裡閃過的第一個字是**粉紅**。我沒見過她，可同米妮聊了那麼多，我一點不懷疑她是誰。除了她，還有誰會把超大號的一雙豪乳硬塞進超小號的毛衣裡？

「哈囉，」她說道，舔了舔塗了厚厚唇膏的嘴唇。她朝我伸出手，我當她遞東西給我。我伸手接，她卻拉住我的手，同我怪裡怪氣地握過手。

「我是西麗亞·傅堤，請問伊麗莎白·李佛太太在家嗎？」

那一團粉紅色搞得我頭昏眼花，半晌才回神，明白這場面有多糟糕。對我，對米妮。這麼久了，謊話一直沒給戳破。

「我……她……」我想同她說沒人在家，可橋牌桌就在我身後不到五呎處。我回頭，看到一桌四人全朝著門口看，嘴巴甚至等著抓蒼蠅似的合不攏。克威爾小姐同希莉小姐咬耳朵，而李佛太太趕緊掙扎著站起來，沒忘堆出一臉笑。

「哈囉，西麗亞，」李佛太太說道。「眞是好久不見了。」

西麗亞小姐清清喉嚨，有點太大聲地應道，「哈囉，伊麗莎白。我今天登門拜訪是想——」她目光落到屋裡那一桌人上。

「噢不，我打擾了妳們的牌局。我……我改天再過來好了。」

「不、不用了。有什麼我幫得上忙的事嗎？」李佛太太說道。

西麗亞小姐深深吸了口氣，我當她身上那件超緊身粉紅上衣就要蹦開來了。

「我來是想問問募款餐會有沒有我幫得上忙的地方。」

李佛太太微笑，說道，「噢。嗯，我……」

「我花插得挺好，眞的，以前甜糖溝的人都這麼說，連我的女傭也這麼說，而且還是在她先說了我是她長眼睛見過最糟的廚子之後說的。」她說完顧自咯咯笑了起來，而我則讓**女傭**二字嚇得岔了氣。她回過神來。「或者我也可以幫忙抄信封還是舔郵票之類的——」

希莉小姐猛地站起身。她身子往前微傾，說道，「我們眞的不需要任何幫忙了。不過，妳和強尼如果能出席餐會，那就再好不過了，西麗亞。」

西麗亞小姐笑開了，滿臉感激的模樣叫人看了心碎——可那也得先有顆心。

「噢，謝謝妳，」她說道。「我們一定會去的。」

「十一月十五號，星期五晚上，在——」

「——勞勃．李將軍飯店，」西麗亞小姐接過話。「我都知道。」

「那就得先買餐券囉。強尼會一起來吧？去拿些餐券來，伊麗莎白。」

「如果還有我幫得上忙的地方——」

「不，不用了。」希莉微笑道。「事情都準備得差不多了。」

李佛太太拿著一只信封回來了。她從信封裡拿出幾張餐券，可希莉小姐一把拿走整個信封。

「妳既然都來了，西麗亞，乾脆也幫妳朋友多買幾張吧，如何？」

西麗亞小姐身子一僵。「呃，也好。」

「買個十張吧？妳和強尼再加八個朋友。剛好包下一桌。」

西麗亞強笑得兩頰微微顫抖了起來。「我想兩張應該就夠了。」

希莉小姐抽出兩張餐券，然後把信封還給李佛太太。李佛太太接過信封便往屋後走去。

「讓我開張支票給妳。真巧，我剛好帶著支票簿。我答應我那女傭米妮，順道給她帶一塊火腿回去。」

西麗亞小姐掙扎著抵著大腿寫支票。我大氣不敢喘，同上帝禱告希莉小姐漏聽了她剛剛那句話。

她遞過支票，可希莉小姐光蹙眉，若有所思。

「誰？妳剛說妳的女傭是誰？」

「米妮．傑克森。唉呀！該死了我。」西麗亞小姐捂住嘴巴。「伊麗莎白要我發誓不同人說是她推薦米妮給我的，可瞧瞧我這，就是藏不住話。」

「伊麗莎白……推薦米妮．傑克森？」

李佛太太剛好收好信封回來了。「愛比琳，她醒來了。妳去，去把她抱起來。我這腰，怕連把指甲銼刀都提不動了。」

我快步往梅茉莉的房間走。我推門探頭，發現小女娃已經又睡著了。我趕回餐廳，希莉小姐正好關上前門。

希莉小姐坐下，模樣卻彷彿剛吞了一隻才吃下一隻金絲雀的貓。

「愛比琳，」李佛太太說道，「沙拉做好可以端出來了，我們都還等著。」

我走進廚房。等我再次走出來，托盤上的沙拉盤不住牙齒似地碰撞打顫。

「……她可是偷走妳媽媽的銀器和……」

「……還以爲所有人都知道那黑鬼是個賊……」

「……我怎麼可能推薦她……」

「……妳看到她穿那什麼衣服沒？她當自己……」

「我不查個水落石出誓不罷休，」希莉小姐說道。

米妮

第二十四章

我站在廚房水槽前，等西麗亞小姐回家。手裡那條抹布已經讓我抽成了絲。那瘋女人今天一早起床，挑了件最緊——她的最緊絕對非同小可——的粉紅色毛衣套上，嚷嚷道，「我現在就上伊麗莎白·李佛家去。就現在，趁我還在熱頭上，米妮。」然後她便開著她的貝爾愛（Bel Aire）敞篷車揚長而去，裙子一角還給夾在了車門外。

我坐立難安，直到電話突然響起。是愛比琳。她緊張得頻頻打嗝，話都說不清楚。西麗亞小姐不但說了她的女傭是米妮·傑克森，還在眾人面前承認推薦我的人就是李佛太太。愛比琳就聽到這些。那群七嘴八舌的母雞要不了五分鐘應該就會想通一切是怎麼回事了。

於是現在，我只能等。等著發現一，我全世界最好的朋友是不是爲了給我找份差而丟了自己那一份。二，希莉小姐有沒有也同西麗亞小姐胡亂指控我是個賊，還有二點五，希莉小姐有沒有告訴西麗亞小姐我又是怎麼報復她胡亂指控我是個賊的。我一點也不後悔對她做出**那件可怕的事**，只是現在，她連自己的女傭都扔進了牢裡，我更難想像她會打算怎麼對付我。

四點十分，離我原來下班時間足足過了一個小時後，我總算等到西麗亞小姐的車子開上了車道。她搖搖擺擺朝屋裡走來，一副有話要說的模樣。我扯扯絲襪。

「米妮！現在都幾點了！」她喊道。

「李佛太太怎麼說？」我連寒暄作態都免了。我現在就想知道。

「拜託妳，快走吧！強尼隨時到家了。」她推著我往我放東西的洗手間去。

「有事我們明天再說，」她說道。可這一回，我竟不想回家。我只想知道希莉小姐是怎麼說我的。聽人說妳女傭手腳不乾淨，就像聽說妳孩子的老師是個變態一樣，寧可錯殺也不能錯放，絕對留不得。

可西麗亞小姐啥也不肯說。她急著趕我走，好讓她這場錯綜複雜得活似葛藤的謎戲能繼續玩下去。強尼先生知道我的事。西麗亞小姐知道強尼先生知道我的事。可強尼先生並不知道她已經知道的事。就爲這堆莫名其妙的理由，我得在四點十分回家去，然後花上一整晚擔心希莉小姐的事。

第二天一早我還沒出門，愛比琳就先來了電話。

「我今早給可憐的芬妮打了電話，因爲我知道妳昨晚一整晚難過的。」可憐的芬妮是希莉小姐的新女傭。說她可憐還不如說她傻，竟接了那差事。「她聽到李佛太太同希莉小姐討論的結論是，啥推薦不推薦的，全都是妳爲了讓西麗亞小姐雇妳編出來的。」

咻。我鬆了一口氣。「很高興，總算沒妳的事了，」我說道。可這下，在希莉小姐嘴裡，我不但是個小偷還是個騙子。

「別操心我的事，」愛比琳說道。「妳只管顧好妳的西麗亞小姐，別讓她又同希莉小姐遇上了。」

我到的時候，西麗亞小姐正趕著出門爲下個月的募款餐會張羅行頭。她說她想搶第一個進店裡。比起還懷孕的時候，現在的她可不一樣了。現在的她總等不及要出門去。

我抓著抹布大步往後院，開始擦涼椅。山茶花叢裡的鳥兒讓我驚動了，不高興地吱喳亂叫，一陣騷動。春天茶花正開的時候，西麗亞小姐成天唸我，要我帶花回家插。可這山茶花我可清楚了。妳剪了一把帶進屋裡插，想說多麼新鮮呀、好像還讓風吹動著呢，然後等妳湊近一聞，才看到原來妳可把一大群小蜘蛛也請進屋裡來了。

我聽到樹叢後面傳來小樹枝折斷的聲音。我心頭一抽，停下動作。這裡前不著村後不著店的，就算喊救命，幾哩之內也沒人聽得到。我仔細聽，卻又沒了動靜。我同自己說，八成是之前躲著強尼先生，提防慣了吧。或者也可能是因爲昨晚同史基特小姐做了一晚事。我每回同她說過話，就會好久靜不下來。

半晌，我終於繼續手裡的動作，然後再把西麗亞小姐這邋遢鬼留在外頭的電影雜誌和衛生紙啥的收拾整齊。屋裡電話響了。西麗亞小姐還不想同強尼先生把話說開，所以不要我接電話。可這會她出門去了，電話又可能是愛比琳打來同我說更多新打聽來的消息。我進屋，順手鎖上門。

「西麗亞小姐公館。」老天，希望電話可別是西麗亞小姐自己打回來的。

「我是希莉．哈布克。請問妳哪位？」

我渾身血液唰地從頭頂往腳底衝。整整五秒，我只是個站著的人形空殼。

我壓低嗓門，假裝是別人。「我是朵琳娜，西麗亞小姐的女傭。」**朵琳娜？我怎麼偏偏用了我妹**

妹的名字？

「朵琳娜。我還以爲傅堤太太的女傭是米妮．傑克森。」

「她……辭職了。」

「是這樣嗎？請傅堤太太接電話。」

「她……出城去了。南下去了海岸。要——要——」我飛快轉動腦袋編造故事。

「欸，她到底什麼時候回來？」

「要很……很久。」

「喏，等她回來，妳就同她說我來過電話。希莉．哈布克，愛默生三六八四零，記清楚了嗎？」

「是的，希莉小姐。我會同她說。」大概一百年後吧。

我抓著流理台邊緣，等著心跳恢復正常。希莉小姐不是找不到我；她只消翻開電話簿找堤克路的米妮．傑克森，就可以找到我的地址了。我也不是不能同西麗亞小姐解釋一切，告訴她我才沒偷東西；她說不定還會相信我。是那件**可怕的事**，毀了一切。

四小時後，西麗亞小姐捧著疊得老高的五個大盒子終於進了門。我幫著把東西弄進她房裡，然後靜靜等在她房門外，想聽聽看她是不是又要開始給那些聯誼會太太打電話了。果然，我聽到她拿起話筒的聲音。一會卻又放回去。那傻子，又在檢查電話線路了。

雖然已經是十月的第三個星期，夏天還是像烘乾機滾輪似轟隆隆轉著，不肯走。西麗亞小姐院子裡的草還一片油綠，橘色大理花也還傻瓜似笑咪咪地迎著太陽。每晚，該死的嗜血蚊子大軍依然大舉入侵。我的止汗墊漲價漲到一盒三分錢。而我的電風扇壞了，動也不動站在廚房地板上。

在接到希莉小姐電話三天後的這個十月早晨，我提早一小時來到西麗亞小姐家。我讓小甜張羅弟妹上學的事。我把咖啡粉倒進時髦的過濾壺裡，爐上也正煮著開水。廚房裡靜悄悄的，我等這刻已經等了一整晚了。

電冰箱馬達停下來，一會又啓動。我把手貼在冰箱上，感覺陣陣震動。

「妳來早了，米妮。」

我拉開冰箱門，把頭埋進去。「早安，」我從蔬果盒裡悶聲說道。我滿腦子只有一個念頭，**我還沒準備好**。

我碰碰一袋朝鮮薊，感覺冰涼的葉瓣尖尖刺刺的。彎腰這麼蹲著，我的頭抽痛得更緊。「今晚給妳和強尼先生做烤牛肉，然後再做……做點……」可我愈說愈心虛，音調愈來愈高。

「**米妮**，到底什麼事？」我甚至沒留意西麗亞小姐這會已經繞到冰箱門另一邊來了。我臉一皺，眉毛上方那道傷口又裂了開來，溫熱的血像刀片似的刺痛我的皮膚。我的傷通常都藏在看不到的地方。

「親愛的，快坐下。這傷是跌出來的嗎？」她一手隔著粉紅長睡衣撐在腰上。「又讓風扇電線絆倒了嗎？」

「我沒事，」我說道，試圖把頭轉開。可我怎麼轉，西麗亞小姐就跟著我轉，睜大了眼睛，彷彿從沒看過這麼可怕的傷口。我聽一個白太太說過，黑人的血看來顏色比較深。我從口袋裡掏出一團棉花，壓在傷口上。

「沒事，」我說。「我撞到浴缸。」

「米妮，妳傷口在流血。我看可能得縫幾針。我打電話請倪爾醫師過來。」她抓來牆上的話筒，卻又掛了回去。「噢，他同強尼過夜打獵去了。還是找史狄爾醫師好了。」

「西麗亞小姐，不必了。」

「妳這傷口得讓人處理一下，米妮，」她說道，再次拿起電話。

一定要我說出來嗎？我咬著牙，說道，「那些醫生不看黑人的，西麗亞小姐。」

她掛上電話。

我轉頭，面對水槽。我不斷告訴自己，**這不關其他人的事，妳只管幹妳的活**，可我昨晚一分鐘也沒闔眼。里洛吼了我一整夜，拿糖罐扔中我的頭，把我的衣服丟到前廊上去。我只能說，他要是喝了一肚子雷鳥葡萄酒才動手，這是一回事，可……噢，沉重的羞辱幾乎要把我壓垮在地板上。這回，里洛一滴雷鳥也沒沾。他眼睜睜，清醒而冷靜地打了我。

「妳先出去，西麗亞小姐，讓我好好做事，」我說道，只想一個人獨處一會。起先我以為里洛是發現了史基特小姐的事，才會這麼徒手痛毆我。這是我唯一想得到的理由。可他啥也沒說。他打我純粹尋開心，老子想打就打。

「米妮？」西麗亞小姐說道，眼睛依然盯著傷口看。「妳確定這傷是浴缸撞出來的嗎？」

我扭開水龍頭，好讓屋裡有點聲音。「我說是就是，別再問了可以嗎？」

她滿臉狐疑地看我一眼，伸出一根指頭指著我。「好，可我現在要給妳倒杯咖啡，然後妳今天啥活也不必幹，可以嗎？」西麗亞小姐往咖啡壺走去，倒了兩杯，突然又停下動作。她有些驚訝地看著我。

「我不知道妳咖啡喜歡怎麼喝，米妮。」

我翻翻白眼。「同妳一樣。」

她在兩個杯子裡各放了兩顆方糖。她遞了一杯給我，自己卻還是站著，繃著下巴望向窗外。我開始動手洗昨晚的碗盤，一心希望她就此放過我。

「妳知道的，」她稍稍放低了聲音說道。「妳啥事都可以同我說，米妮。」

我埋頭洗碗，感覺自己鼻翼不住賁張。

「以前在甜糖溝，我其實也看了不少。事實上……」

我猛地抬頭，正打算發飆、要她少管閒事，可西麗亞小姐突然用怪怪的聲音說道，「我想我們得報警，米妮。」

我狠狠放下手裡的咖啡杯，噴濺了一桌。「妳給我聽好，我才不要警察來——」

她指著廚房窗外。「那裡有人，米妮！在那裡！」

我順著她指的方向看過去。一個男人——一個**赤條條**的男人——就站在杜鵑花叢前。我眨眨眼，確定眼前不是幻象。那傢伙不矮，一身蒼白皮膚斑斑點點的。他背對著我們，離我們約莫不過十五呎。他頂著一頭髒兮兮的棕色長髮，活脫是個流浪漢。光從背後看，我也看得出來他正在打手槍。

「他是誰？」西麗亞小姐耳語道。「他在這做什麼？」

男人彷彿聽到我們的對話，轉身面向我們。我倆的下巴一掉。他捧著自己的傢伙，像捧個潛艇堡三明治要請我們吃。

「噢……**天哪**，」西麗亞小姐說道。

他的目光搜尋著窗戶，最後落在盯著草坪一道黑線看的我身上。我不住打冷顫。他盯著我看那模樣，彷彿認識我——米妮．傑克森。他噘著嘴，好像在說，我這輩子不好過的每一天都是活該、睡不著的每一晚都是活該、里洛揍我的每一拳也都是活該。活該受罪。

他開始一手掄拳，節奏緩慢地打著另一手掌心。一拳。一拳。一拳。彷彿他已經打好主意要怎麼折磨我。我的眼睛再度開始抽痛。

「我們得報警！」西麗亞小姐低聲說道。她睜得老大的眼睛往廚房另一頭的電話看去，身子卻一動也不動。

「要他們找到這來，至少要四十五分鐘，」我說道。「那時間夠他把門撞開了！」

我往後門跑去，鎖上了。我彎腰跑過後窗，再往前門上鎖。我踮腳從後門上的方形小窗看出去。西麗亞小姐則側身從後窗一角打探後院動靜。

裸體男人一步一步慢慢往屋子前進。他走上台階，伸手轉動門把。我瞠眼看著門把一陣震動，心臟砰砰抵著肋骨急跳。我聽到西麗亞小姐對著話筒說道，「警察嗎？有人企圖闖進我們家！有個沒穿衣服的男人企圖——」

我猛地往後一跳，剛好閃過穿過方形小窗砸來的石頭，只感覺細細的玻璃碎片打在我臉上。我從後窗看到男人往後退了一步，似乎正在思考下一個攻擊的目標。**主啊**，我心裡默禱著，**我不想這麼做，拜託你別讓我不得不這麼做……**

男人再次隔窗瞪著我們。我明白我們不能像兩隻煮熟的鴨子等在這裡。他闖進來只是遲早的事，隨便打破一片落地玻璃窗都成。

老天，我知道我該怎麼做。我必須出去，必須主動出擊。

「妳往後站，西麗亞小姐，」我顫抖著說道。我往棕熊房間拿來強尼先生那把還收在皮鞘裡的獵刀。獵刀刀柄短，他得要靠得很近我才刺得到他，我於是又抓來掃把。我往外看，他就站在後院中央，抬頭看著屋子，打量著。

我推開後門，悄悄走出去。男人從後院另一頭對著我咧嘴笑，露出只剩兩顆牙的爛牙床。他這下也不掄拳了，手往下伸，好整以暇又打起手槍來。

「鎖門，」我回頭嘶聲說道。「鎖好。」我聽到喀嚓聲。

我把刀子塞進制服腰帶裡，確定塞牢了。我兩手緊抓著掃把。

「有種過來啊，你這笨蛋！」我喊道。可男人不動。我往前走幾步，他見狀也走了幾步，而我聽到自己禱告的聲音，**主啊，保護我不受這裸體白種男人的傷害……**

「我有刀子！」我嚷道。我又前進幾步。他也是。到我離他差不多只剩七八呎遠的時候，我開始喘氣。我同他始終互瞪著。

「我才不怕，妳這肥黑鬼，」他用一種奇怪而高亢的聲音說道，然後狠狠搓了自己一下。

我深呼吸，接著往前衝，舉高了掃把一揮。**咻！**差了幾吋沒打中，而他彈跳開來。我再次發動攻擊，那男人竟拔腿往後門衝。西麗亞小姐的臉還掛在小方窗上。

「黑鬼抓不到我！黑鬼肥得跑不動！」

他衝上台階，我心頭一慌，怕他動手開始撞門，可他突然轉身，沿著側院往前跑，手裡還握著那個隨著他的動作不斷彈跳的超大潛艇堡。

「你給我滾出去！」我在他身後大聲嚷道。額頭傳來一陣劇痛，該是傷口又裂開了。

我緊追著他，從樹叢再往游泳池跑，邊跑邊大口喘氣。他跑到池畔慢下腳步，我逮到機會，抓起掃把，朝他背後狠狠敲下去，**叩！**木柄竟斷成兩截，掃帚一頭就這麼飛了出去。

「嘻嘻，不痛！」他抖抖兩腿間的傢伙，下身往前猛一挺。「要不要嚐嚐大老二的滋味啊，黑鬼？來啊，請妳吃吃看！」

我閃過他，回頭往院子中間跑，可他實在人高腿長、跑得又快，而我又已經跑不太動了。我搖擺的弧度愈來愈大，腳步卻愈來愈慢。我停下來，彎著腰，幾乎喘不過氣來，手裡還緊握著那半截沒了頭的掃把。我低頭看，才發現刀子——**不見了！**

我一抬頭，**咻！**我幾乎站不穩腳。耳朵裡的嗡嗡聲來得又急又吵，我搖搖晃晃踉蹌了幾步。我遮住耳朵，嗡嗡聲只是更吵了。他打的是我傷口的同一邊。

他繼續逼近，而我閉上眼睛，知道接下來會發生什麼事，知道自己該跑卻動不了。刀子在哪裡？讓他撿去了嗎？那嗡嗡聲眞是一場惡夢。

「滾開。不然我殺了你。」話聲聽來像是從罐頭裡傳出來的。我聽力去了大半，只好睜開眼睛。是西麗亞小姐，穿著粉紅綢緞長睡衣，手握又重又尖的撥火鉗，站在那裡。

「白太太也想嚐嚐大老二嗎？」他抓著下頭朝她一陣亂抖，而西麗亞小姐還是一步一步朝他逼近，慢慢地，像隻貓。我深呼吸，看著那男人忽左忽右，又跳又笑，咯咯咬著沒了牙齒的牙齦。可西麗亞小姐不受影響，穩穩站著不動。

又過了幾秒，男人皺起眉頭，像是對西麗亞小姐的不爲所動感到很失望。她既不揮不打，也不皺眉也不嚷嚷。他轉向我。「妳呢？黑鬼也累得不——」

砰！

男人下巴一歪，嘴裡噴出血來。他搖搖晃晃轉身，西麗亞小姐順勢朝另一邊臉又一揮。彷彿她只是想讓兩邊平均一下。

男人往前踉蹌了幾步，兩眼對不準焦，接著便臉朝下倒了下去。

「老天，妳……妳打敗他了……」我說道，可在我腦袋深處，一個冷靜得彷彿我們只是在這喝茶曬太陽的聲音不停地問我，**這是真的嗎？**一個白種女人剛剛爲了我痛毆一個白種男人？還是我腦袋眞讓他打開花了，此刻其實正躺在地上等死……

我試著聚焦。西麗亞小姐嘴裡還咆哮咒罵著。她舉高鐵鉗，**砰！**擊中他的膝蓋內側。

這不是眞的，我決定了。這場景實在太離奇，不可能是眞的。

砰！她這回瞄準肩膀，每次出手都伴隨著一記**呃啊**。

「我——我說妳已經打敗他了，西麗亞小姐，」我說道。可西麗亞小姐顯然不這麼認爲。即使耳朵裡滿是嗡嗡聲，我還是聽得到那活似雞骨頭斷裂的聲響。我挺直腰桿，勉強自己睜大眼睛集中精神，怎麼也得阻止命案發生。「他倒下去了，已經倒下去了，西麗亞小姐，」我說道。「事實上，他——」我掙扎著抓住撥火鉗，「——說不定已經死了。」

我終於抓牢，而她也乖乖放手，撥火鉗就這麼飛到院子另一頭去了。西麗亞小姐往後退，朝草地吐了口口水。她粉紅色的長睡衣上噴濺了點點血跡。緞子衣料緊貼著她的雙腿。

「他還沒死，」西麗亞小姐說道。

「沒死也去了半條命了，」我說。

「他打妳痛不痛，米妮？」她問道，可眼睛還是緊盯著地上的男人。「傷得重不重？」

我感覺血沿著我的太陽穴流下來，可那應該是糖罐砸出來的傷口又裂開了。「沒妳傷他的重，」我說道。

男人發出呻吟聲，我同西麗亞小姐往後跳退一步。我撿起草地上的撥火鉗和半截掃把。我一樣也不給她。

他側過身子躺著，滿臉是血，眼睛腫得幾乎睜不開，下巴也給打脫臼了。可他竟還是設法站了起來。他開始慢慢踱開，可悲的傢伙，站都站不穩。他甚至沒回頭看我們。我們站在原地，看他拖著腳步，穿過刺人的黃楊樹叢，在樹林裡消失了身影。

「他走不遠的，」我說道，手裡依然緊握鐵鉗不放。「妳傷他傷得很重。」

「是嗎？」她說道。

我看了她一眼。「像喬．路易斯（Joe Louis）揮鐵撬。」

她撥開黏在臉上的一綹金髮，看著我的眼神彷彿有萬千不捨，竟讓我挨了那一記。我突然明白我得謝過她，可老實說，我根本不知怎麼開口、又該說哪些話。這完全是我倆獨創的新場面。

我最終只能開口說道，「妳看來……很有自信。」

「我以前打架可在行了。」她順著黃楊樹叢望去，用手掌抹去汗水。「妳要早個十年認識我……」

她素著一張臉，頭髮沒上膠，睡衣活像件布袋洋裝。她閉嘴，用鼻子大力吸氣。我看到了。我看到十年前那個白垃圾女孩。她很悍，從不讓人牽著鼻子走。

西麗亞小姐轉身往屋裡走，而我默默跟在她身後。我瞥見玫瑰叢裡的獵刀，趕緊撿了起來。老天，剛剛刀子要讓那男人撿了去，我倆早沒命了。我在客用廁所裡清理過傷口，貼上一塊白色紗布。我的頭好痛。我從廁所出來的時候，西麗亞小姐正忙著用電話同麥迪生郡警方報案。

我洗手，不解地想著，已經很糟的一天怎麼還能更糟。我還以為，糟到一定程度後總也糟不下去了吧。我試著專心想想現實生活。也許我今晚該去我妹妹雅克特薇那過一夜，讓里洛知道我的忍耐也是有限度的。我踱進廚房，把豆子放到爐上用小火開始慢慢燉煮。我想唬誰？我已經知道我今晚還是會在家裡過夜。

我聽到西麗亞小姐掛上電話的聲音。接著她又拿起話筒，確定線路通暢。這可悲的把戲，每天總要上演好幾回。

那天下午，我做了件很糟糕的事。我開車經過下公車正往家走的愛比琳，卻沒有停下來。愛比琳朝我揮手，而我假裝沒看到我那穿著醒目白制服走在路邊、全天下最好的朋友。

到家後，我弄了冰袋冰敷眼睛。孩子還沒到家，里洛則在房裡睡著。我沒了頭緒，不知該拿里洛怎麼辦，不知該拿希莉小姐怎麼辦。更別提一早還讓個裸體白男人甩了耳光的事。我只是坐著，盯著油膩膩的黃牆看。我怎麼連個牆都擦不乾淨呢？

「米妮·**傑克森**。妳了不起，不屑載老愛比琳一程是吧？」

我嘆氣，轉過發疼的頭讓她看。

「噢，」她說道。

我回頭繼續盯著牆壁。

「愛比琳，」我說道，又嘆了一口氣。「妳不會相信我這一天怎麼過的。」

「走，上我家去。我給妳煮杯咖啡。」

出門前，我摘下搶眼的白紗布，同冰袋一起塞在口袋裡。這傷出現在附近某些人身上，大家連看都懶得多看一眼。可我養了一群好孩子，還有輛輪胎俱在的車子和附冷凍庫的冰箱。我以我這一家爲榮，眼上這傷帶來的羞辱遠糟過疼痛。

我跟著愛比琳穿過一戶戶人家的側院與後院，避開人車和注視的目光。很高興她這麼了解我。

在她小小的廚房裡，她給我煮了咖啡，給自己沖了杯茶。

「妳打算怎麼辦？」愛比琳問道，而我知道她指的是我的眼睛。我們不談離開里洛的事。多的是黑男人拋家棄子，可黑女人就是不。我們還有孩子得顧著守著。

「想過開車去找我妹妹。可孩子們得上學，帶不走。」

「幾天不上學不會怎樣的。何況妳這是在保護自己。」

我重新貼上紗布，再用冰袋敷著，多少消點腫，晚上才不會嚇到孩子們。

「妳又同西麗亞小姐說是撞到浴缸？」

「嗯哼。可她心裡明白。」

「怎麼，她說了啥？」愛比琳問道。

「她啥也沒說。」然後我同愛比琳說西麗亞小姐今早拿撥火鉗打跑那裸體男人的事。感覺像十年前的事了。

「那傢伙要是黑人，早給打死在地上了。警方八成會發布五十三州全面追捕令，」愛比琳說道。

「看她平常踩著高跟鞋那副嬌滴滴的模樣，出手竟差點出人命。」我說道。

愛比琳笑了。「妳說他怎麼說自己的？」

「大老二。那精神病院逃出來的瘋子。」我得忍著笑，不然傷口又給撐開了。

「老天，米妮，妳這一天夠精采的了。」

「我就不懂，怎麼她對付那瘋子一點問題也沒有，可瞧她追著希莉小姐跑的模樣，簡直是在求人糟蹋自己！」我說道。我眼前一堆問題，每個都比西麗亞小姐受到欺負的事迫切許多；可想想別人狗屁倒灶的糊塗事，總會讓自己好過些。

「我要不認識妳，還當妳眞關心她呢，」愛比琳說道，一臉微笑。

「她就是看不到。那些**界線**。看不到我和她之間那條，也看不到她和希莉之間那條。」

愛比琳喝了口茶，半晌不說話。我的視線終於落在她臉上。「妳幹啥這麼安靜？我知道妳對這事意見可多了。」

「妳到時又要說我在唱高調。」

「妳倒說說看啊，」我說。「我又不怕。」

「那不是眞的。」

「啥東西不是眞的？」

「妳說的界線，根本沒這回事。」

我對著我的好友搖搖頭。「不但眞的有，而且妳同我一樣清楚，線畫在哪裡。」

愛比琳搖搖頭。「我以前也這麼想。現在不了。什麼界線，都是我們自己想像出來的。像希莉小姐那種人千方百計要我們這麼想。可其實根本沒這回事。」

「我知道界線在那裡，因爲一旦越界就會受到處罰，」我說。「至少我是這樣。」

「很多人以爲同自己丈夫回嘴也算越界，合該受罰。那條線妳信不信？」

我臉一拉。「妳知道我才不管那條線。」

「那是因爲根本沒有那條線。那條線只存在里洛的腦袋裡。黑人白人之間也是這樣，一切都是很久以前讓人編造出來的。啥白垃圾和上流社會之間也是。」

想到西麗亞小姐明明可以躲在門後，結果卻抓著撥火鉗站了出來，我就沒了頭緒。我感到一陣內疚。我想同她把希莉小姐怎麼看她的事挑明了說清楚，可同個傻子又怎麼說得清楚呢。

「所以妳的意思是說，雇主太太和幫傭之間也沒有那條線？」

愛比琳點點頭。「那些都只是位置，就像棋盤上的棋子一樣。誰給誰做事不過這樣，沒別的意思。」

「所以如果我去同西麗亞小姐實話實說，說希莉小姐就是看不起她，這樣也不算越界囉？」我拿起杯子。我試著理出頭緒，可腦袋讓那傷口搞得一片昏花。「可也不對，如果我要她別去高攀希莉小姐……那不就是說她倆之間眞有一條線？」

愛比琳笑了。她拍拍我的手。「總歸一句話，對人好是沒有界線的。」

「嗯。」我拿起冰袋敷回眼睛上。「喏，或許我改天就同她說去。免得她在募款餐會上出了大糗。」

「妳今年會去吧？」愛比琳問道。

「如果希莉小姐打算趁這機會同西麗亞小姐說我壞話，那我當然也要在場。此外，小甜也想打工給耶誕節存點禮物錢。她是該學著點了。」

「我也會去，」愛比琳說道。「李佛太太三個月前就問過我，要我烤個手指餅乾蛋糕好讓她拿到餐會上拍賣。」

「又是那無聊的東西？眞搞不懂那些白人怎麼會這麼喜歡手指餅乾。我隨便都做得出一打比那好吃的蛋糕。」

「她們就是喜歡那種歐洲風味吧。」愛比琳搖搖頭。「我眞為史基特小姐難過。我知道她不想去，可希莉小姐拿聯誼會的位子威脅她。」

我一口喝光愛比琳的好咖啡，看著外頭太陽慢慢下山去。窗外吹來的風變涼了。

「我得走了，」我說，雖然我寧可這輩子就坐在愛比琳的小廚房裡，讓她解釋這世界給我聽。我就愛愛比琳這一點。她可以把生命裡最複雜的事情理得一清二楚，變得又小又簡單，讓妳可以放在口袋裡帶著走。

「要不要帶孩子來我這住幾天？」

「不用了。」我摘下紗布，收回口袋裡。「我要他看著我，」我說道，低頭專心看著我的空咖啡杯。「要他看看自己對老婆做了啥好事。」

「他如果又發作起來，隨時打電話給我。聽到了沒有？」

「不必電話。妳在家就可以聽到他大喊求饒的聲音。」

西麗亞小姐廚房窗邊的溫度計在一小時內從七十九度降到六十度、再降到了五十五度。終於，第一道冷鋒從加拿大還是芝加哥把冷空氣都帶下來了。我邊剝著香豌豆邊想，眞妙，我們現在呼吸的空氣，可是芝加哥那邊的人兩天前呼吸過的。我又想，如果我現在突然想到席爾斯百貨或是搖搖烤，會不會是因爲兩天前芝加哥那邊才有人想到過？想這些讓我有五秒鐘的時間不去煩惱自己的事。

我花了幾天，終於想好一個計畫。不是什麼了不起的主意，可至少是個計畫。我知道我每多等一分鐘，就是多給西麗亞小姐一分鐘的機會打電話給希莉小姐。我再等下去，她倆就直接在下星期的餐會上碰面了。想到西麗亞小姐把那些小姐們當姊妹淘興沖沖貼上去，我就打心底難過。我今早在西麗亞小姐床邊看到一張清單，上頭寫著她得在募款餐會之前辦好的事：修指甲。去絲襪店。西裝禮服送洗。打電話給希莉小姐。

「米妮，我頭髮染這色會不會很俗氣？」

我看了一眼。

「我明天找芬妮娥給我重染去。」她坐在廚房餐桌前，攤了一桌染髮樣本卡。「妳覺得呢？是要奶油麵團，還是瑪麗蓮夢露？」

「妳爲什麼不喜歡自己原來的髮色？」天知道她頭髮原來是啥顏色。可保證不會是她手裡拿著那兩張卡片上的銅鈴色還是慘白色。

「我覺得奶油麵團感覺比較活潑歡樂，很有節日氣氛。妳覺得呢？」

「如果妳喜歡妳的頭看起來像奶油球牌火雞的話。」

西麗亞小姐咯咯笑起來，當我同她開玩笑。「噢，對了，我還買了一瓶新的指甲油。」她從皮包裡撈出一個粉紅得叫人以爲可以呑下肚的小瓶子，轉開瓶蓋，塗了起來。

「拜託妳，西麗亞小姐，不要在桌上塗，萬一沾到很難——」

「看，很美吧！而且我還找到兩件洋裝，顏色和這一模一樣！」

她一溜煙跑掉，回來時手裡多了兩件鮮豔的粉紅色洋裝，顧自笑得開心。兩件都是及地長洋裝，同樣縫滿亮片和珠珠、也同樣開叉到大腿。領口也同樣只靠兩條細得像鐵絲的肩帶勉強吊著。餐會上，她們一定會把她生呑活剝了。

「妳比較喜歡哪一件？」西麗亞小姐問道。

我指指那件領口高一些的。

「噢，瞧，要我本來打算選另一件的。妳聽，我走路時亮片還會有聲音喔，」她拎高洋裝左右搖晃。

我想像她穿著那洋裝在餐會上叮叮噹噹招搖來去的模樣。白人管點唱機酒吧騷貨怎麼喊，她們就會那麼喊她。她甚至不會知道發生了什麼事。她只會聽到咬耳朵的嘶嘶聲。

「妳知道嗎，西麗亞小姐，」我故意慢慢說，假裝也是剛剛才想到的。「我看妳也不必再打電話給其他小姐了，眞要打，倒可以試試史基特．菲蘭小姐。我聽說她人很好。」

我幾天前才請史基特小姐幫這個忙，請她對西麗亞小姐好一點，盡量別讓她落單給那些太太們逮到了。在這之前，我一直不讓史基特小姐回西麗亞小姐的電話。可現在，我也沒別的選擇了。

「我想妳同史基特小姐一定合得來，」我說，一邊咧嘴微笑。

「噢，不。」西麗亞小姐睜大眼睛看著我，兩件交際花洋裝舉得高高的。「妳沒聽說嗎？聯誼會現在沒人**受得了**史基特．菲蘭。」

我兩手忍不住握成了拳頭。「妳見過她嗎？」

「噢，我在芬妮織那做頭髮時聽得也夠多了。她們說她丟盡全傑克森市的臉。說希莉．哈布克前院給扔了一堆馬桶的事就是她搞出來的。記得幾個月前報上還登過那張照片嗎？」

我咬著牙，把眞正想說的話硬吞回肚裡去。「我**是問妳**，妳見過她嗎？」

「嗯，那倒沒。可如果大家都不喜歡她，那她一定是……呃，她……」她彷彿突然明白自己說這啥話，愈說愈小聲。

噁心，反胃，不敢相信——這三種感覺在我肚裡翻攪，捲成了一個火腿捲。爲免自己忍不住出口接完她的話，我轉身朝著水槽，猛擦手擦得手都痛了。我知道她蠢，卻不知道原來她還是個僞君子。

「米妮？」西麗亞小姐朝著我的背喊道。

「是的小姐。」

她壓低了聲音，卻藏不住聲音裡的羞愧。「她們甚至沒請我進屋。她們讓我像個吸塵器推銷員似的站在台階上。」

我轉身，看見她眼睛看著地上。

「爲什麼，米妮？」她低聲說道。

我能怎麼說？是妳的衣服、妳的頭髮、妳那一雙擠在超小號衣服裡的豪乳。我想起愛比琳說的界線與對人好的那番話。我想起了愛比琳從李佛太太那聽來、說聯誼會那些小姐不喜歡西麗亞小姐的理由。對人好如果還要理由，我也想不到比這更好的了。

「因爲她們知道妳頭一回懷孕的事。她們就氣妳故意懷孕，嫁了金龜婿。」

「她們**知道**這件事？」

「尤其，希莉小姐畢竟和強尼先生交往了那麼久。」

她半晌光眨眼，說不出話來。「強尼告訴我他倆交往過，可……眞的有那麼久嗎？」

我聳聳肩，可我其實清楚得很。我八年前剛去給瓦特太太做事的時候，希莉小姐成天就把將來要嫁強尼先生的事掛在嘴邊。

我說，「我猜強尼先生同她分手和開始同妳交往，前後沒差多少時間。」

我等著她會過意來，明白自己的社交生活注定沒望。明白自己也不必再費神打那些電話了。可這西麗亞小姐皺著眉，活似在解啥高深的數學題。一會，她終於慢慢露出恍然大悟的表情。

「所以說希莉……她八成以爲強尼當初是背著她同我胡搞。」

「八成是這樣。而且我聽說，希莉小姐還想他，一直還忘不了他。」我心裡想，哪個正常女人聽到別人對自己丈夫有意思不會卯起來發火？可我忘了，西麗亞小姐從來不是正常人。

「欸，難怪她受不了我！」她說道，咧嘴笑得多開心。「她們不是討厭**我**，只是討厭她們以爲我做過的事。」

「啥？她們討厭妳是因爲妳是個白種垃圾！」

「喏，我打算同希莉好好解釋去，告訴她我才不是偷人男友的狐狸精。我打算星期五晚上在餐會上當面同她說清楚。」

她自以爲想出贏回希莉友誼的方法，笑得彷彿剛發現小兒麻痺解方似的。

到這來，我也懶得再同她說了。

餐會當天那個星期五，我把宅子從頭到尾徹底打掃過，甚至留過了下班時間。接著我又煎了一整盤豬排。我的想法是，地板愈亮、窗戶愈乾淨，我星期一還有個差事的機會就愈大。可最聰明的做法——如果這事強尼先生做得了主的話——其實是，直接把豬排端到他手裡。

他今晚要六點才到家，於是在四點半的時候，我最後一回抹乾流理台，朝屋後出發，打算整理已經被西麗亞小姐佔據了四小時的主臥房。我向來把主臥房和浴室留到最後收拾，這樣強尼先生回家的時候才欣賞得到。

「西麗亞小姐，又怎麼啦？」她這會絲襪掛在椅背上、皮包扔在地板上，還散了一地足夠一整家妓女戴的假珠寶、四十五雙高跟鞋、內衣、大衣、內褲、胸罩，只剩半瓶白酒則擱在櫃子上，底下甚至沒放個杯墊。

我開始撿拾一地絲料衣物，暫時先疊在椅子上。我至少可以先吸個地。

「現在幾點了，米妮？」廁所裡的西麗亞小姐問道。「妳知道，強尼六點就到家了。」

「還不到五點呢，」我說，「可我一會也得走了。回家接了小甜，六點半之前得趕到餐會現場。」

「噢米妮，我好興奮喔。」我聽到西麗亞小姐窸窸窣窣的走路聲從我背後傳來。「喏，妳覺得如何？」

我轉身。「老天。」那洋裝之刺眼，叫我差點成了小史蒂夫・汪達。粉紅色銀色的亮片從超大號胸部一路閃到粉紅色的腳趾尖。

「西麗亞小姐，」我低聲說道。「東西可要塞好，免得掉出來了。」

西麗亞小姐轉轉身子晃動一身亮片。「很美吧？長眼睛沒看過這麼漂亮的東西吧？我感覺自己好像好萊塢的電影明星喔。」

她眨眨戴著假睫毛的眼睛。她塗著厚厚的粉底，口紅胭紅刷了一臉。染成奶油麵團色的金髮高高盤在頭頂，活似頂復活節女帽。她一整條腿從裙擺開叉處露了出來，叫我不住撇開頭，不好意思看下去。她渾身只寫著一個字：性、性、更多的性。

「妳指甲上哪做的？」

「今早去美容包廂做的。噢，米妮，我好緊張，肚子裡像有蝴蝶在飛。」

她一口喝光杯裡的白酒，穿著高跟鞋的腳絆了一下。

「妳今天吃了哪些東西？」

「啥也沒吃。我太緊張了，根本吃不下。妳覺得這副耳環如何？垂得夠低夠大副嗎？」

「妳先把洋裝脫掉，我給妳弄份比斯吉，要不了多少時間的。」

「噢不，我不能讓小腹突出來。我不能吃東西。」

我朝那座超昂貴的櫃子走去，可西麗亞小姐搶先一步，把剩下的酒一股腦倒進手中的空杯裡。她把空瓶遞給我，堆了一臉笑。我順手撿起讓她扔在地上的毛皮大衣。她敢情愈來愈習慣有女傭伺候的日子了。

四天前頭一回看到那洋裝時，我知道那衣服頂風騷——她當然還是挑了領口比較低的這件——可我一點也沒想到衣服裡塞了人後，竟會是這等模樣。她活似根浸在科瑞牌酥油裡油炸的玉米，隨時就要爆開來了。我見識過十二場募款餐會，連個手肘都少見，她這會竟一口氣暴露出大半個胸脯和肩膀。

她踱進浴室裡，往她那已經紅艷艷的臉頰上又補了點粉。

「西麗亞小姐，」我說道。我閉上眼睛，祈禱自己挑對了字眼。「妳今晚遇到希莉小姐的時候……」

她對著鏡子微笑。「我都計畫好了。一等強尼去上廁所，我就同她說去。告訴她我同強尼是在他倆分手後才開始交往的。」

我嘆氣。「我不是要說這。我想說的是……她可能會同妳說一些我的事。」

「妳要我幫妳同希莉打聲招呼是吧？」她說道，一邊從浴室走了出來。「因爲妳給她媽媽做了那麼多年事？」

我瞅著一身俗艷粉紅的她，醉得幾乎要鬥雞眼了。她打了個嗝。她這模樣，我看我也不必多費口舌了。

「不必了，西麗亞小姐。妳啥也不必同她說去。」我嘆氣。

她摟摟我。「那我們今晚見囉。眞高興妳今晚也在，我多個人可以聊天。」

「我會在廚房裡忙，西麗亞小姐。」

「噢，而我還得找出那個叫啥的別針……」她讓裙擺絆了一下，把我剛剛撿起來的東西全又掃到了地上。

今晚留在家裡吧，妳這傻子，我心底多想同她這麼說，可我沒有。已經太遲了。希莉小姐佔盡一切上風，西麗亞小姐根本沒指望。天可憐見，我可也沒指望了。

第二十五章

募款餐會

「傑克森小聯誼會年度舞會暨募款餐會」對住在方圓十哩內的市民來說，就簡單暱稱為「募款餐會」。在那個涼爽的十一月夜晚，賓客們約從七點左右開始翩翩抵達勞勃·李將軍飯店的酒吧，享用一小時的雞尾酒時間。八點整，酒吧通往大宴會廳的大門將被拉開，映入賓客眼簾的，是垂掛著重重綠色天鵝絨的窗子，上頭還裝飾著用新鮮冬青莓枝捆成的花束。

沿窗的長桌上擺放著等待拍賣的物品與清單。這些東西都是聯誼會會員以及當地商家捐贈的。今年拍賣目標金額是六千元，比去年多了五百元。所得款項將全數捐贈給可憐的非洲飢餓孩童。

在大宴會廳正中央的超大水晶吊燈底下，擺著二十八張裝飾華麗的餐桌，等待九點整的晚宴正式開始。舞池與樂團位於餐桌一側，另一側則是希莉·哈布克稍後演講用的講台。

晚宴之後便是舞會。數百位與會者中的一部分將會喝醉，可會員太太們則永遠保持清醒。她們自許為餐會女主人，每回碰頭都要相互殷殷詢問，「一切都還好嗎？希莉說了什麼嗎？」大家都知道，這是屬於希莉的夜晚。

晚上七點整，雙雙儷影開始走進飯店大門，脫下毛皮大衣與外套交給穿著灰色禮服的黑人侍者。一小時前就已經到場的希莉穿著深紅色絲紡及地禮服，合身剪裁的衣袖長及手腕，全身暴露在外的部分只有手指與頭臉。

部分女性賓客會穿著稍微大膽一些的晚禮服，或許露出一點肩膀，可也總會戴上小羊皮長手套，確保暴露的肌膚維持在幾平方英寸之內。當然，每年也總會有少數女賓或許多露一點腿或是隱約看出乳溝，卻很少造成話題。那些人反正都不是會員。

西麗亞．傅堤與強尼約在七點二十五分左右抵達，比預計晚了一些。強尼傍晚回到家的時候，手裡的公事包還來不及放下，便在主臥房門口站住腳，瞇眼打量自己的妻子。「西麗亞，妳會不會覺得這洋裝有點……嗯……胸口低了點？」

西麗亞只管把他往浴室推。「噢，強尼，你們男人哪裡懂得時尚。快去換衣服準備準備。」

強尼試都沒多試，便放棄說服妻子改變心意。時間已經不早了。

他倆在包爾醫師與夫人之後進入會場。包爾夫妻往左靠了一步，強尼則往右；於是有幾秒的時間，西麗亞便穿著一身艷粉紅的亮片禮服，獨自站在冬青枝下。

雞尾酒吧裡，空氣似乎凍結了。手拿威士忌的丈夫們瞥見門口的粉紅尤物，酒杯就這麼停在半空中。這影像要好一會才叫人意會得過來。他們目瞪口呆，可還沒真正看到。直到真正看懂了，明白一切都是真的——真的皮膚、真的乳溝、沒那麼真的金髮——他們的臉才慢慢亮了起來。他們全都想著同一件事——**總算**……可就在那同時，他們那也目瞪口呆的妻子皺起眉頭，指甲掐入了他們的手臂裡。他們的眼睛透露著悔意，埋怨著婚姻（好玩的事她從來不准我做）、憶起了青春（那年夏天我怎麼沒去加州呢）、想起了初戀情人（蘿珊……）。而這一切，全發生在五秒之間，之後便倏然中止，唯一不變的是依然移不開的目光。

威廉．哈布克手裡那杯琴酒馬丁尼就這麼讓他倒在一雙漆皮皮鞋上。而那雙鞋還正穿在他競選活動最大贊助人的雙腳上。

「噢，克雷明，原諒我這笨手笨腳的老公，」希莉說道。「威廉，去找條手帕來！」可兩個男人都沒動。這兩個人，老實說，除了瞪著看，絲毫沒有意願做其他任何事。

希莉順著他倆目光看去，視線終於落在西麗亞身上。希莉頸子上那幾吋裸露在外的皮膚頓時一繃。

「看看那胸脯，」一個怪老頭說道。「光看就感覺自己好像回到了七十五歲。」

老頭的太太，艾蓮娜．考斯威，小聯誼會的創辦人，皺起眉頭。「胸部，」她宣布道，一手擱在自己的胸口，「是臥房裡還有哺乳用的。不是讓人在這種莊重場合賣弄用的。」

「喏，艾蓮娜，不然妳要她拿它們怎麼辦？留在家裡不要帶出來嗎？」

「我**要**她把它們遮蓋。起來。」

西麗亞抓著強尼的手臂，邁步進入會場。她腳步不怎麼穩，不知是酒精還是高跟鞋使然。他們隨意遊走，同其他夫妻寒暄招呼。或者該說強尼寒暄招呼，而西麗亞只是微笑。她幾度臉紅，低頭打量自己。「強尼，你會不會覺得我有點過度盛裝了？邀請函上寫說請著正式禮服，可其他女孩怎麼都穿得好像是要上教堂。」

強尼對著她同情地一笑。他絕不可能同她說出「早跟你說了吧」這種話，於是他只是低聲說道，「妳看起來美極了。可如果妳冷，我的外套可以讓妳先披著。」

「我穿著禮服怎麼好披男人的外套。」她朝她翻翻白眼，嘆了口氣。「還是謝謝你，親愛的。」

強尼捏捏她的手，爲她從吧台領來一杯酒。他不知道的是，這已經是她的第五杯了。「妳去交交新朋友，我一會回來。」他說完便朝男盥洗室走去。

西麗亞一個人站著。她拉拉禮服領口，再晃晃身子順順線條。

「……**桶子底有個洞呀，親愛的麗莎，親愛的麗莎……**」西麗亞輕聲對著自己唱起一首郡園遊會的老歌，一邊用腳打著拍子、一邊張望著搜尋熟識的臉孔。她踮起腳尖，隔著人群猛揮手。「嘿，希莉，喲呼。」

同她中間隔著幾組人馬的希莉話說一半，應聲抬起頭來，朝她笑了笑，揮揮手，可等西麗亞接近時，她又往另一頭的人群鑽去。

西麗亞停下腳步，站在原地啜了一口手中的酒。她四周全是小組小組的人馬，聊著笑著，她猜想，那些一般人會在派對上聊著笑著的話題。

「噢，嘿，茱莉亞，」西麗亞喊道。她和強尼剛結婚時還一起出席過幾個派對，茱莉亞就是這麼認識來的。

茱莉亞．芬威微笑，目光卻飄來飄去。

「是西麗亞，西麗亞．傅堤。妳好嗎？噢，我愛死妳這件洋裝了。哪裡買的？珠兒．泰勒店裡嗎？」

「不是，華倫和我前幾個月去了趟紐奧良……」茱莉亞四下張望，可附近一時沒人可以解救她。

「妳今晚看起來也很……漂亮。」

西麗亞靠過身子。「喏，我問過強尼，可妳也知道男人對時尚不在行。妳會不會覺得我有一點點太過盛裝了？」

茱莉亞笑了，卻始終不敢直視西麗亞的眼睛。「噢，不。妳這樣穿剛剛好。」

另一個聯誼會會員擠過來捏捏茱莉亞的前臂。「茱莉亞，那邊有事需要妳過來一下，不好意思。」她倆一起走開，一路頭靠頭咬著耳朵。西麗亞又是一個人了。

五分鐘後，通往晚宴會場的門給推開了。人群魚貫前進。賓客們按照手裡的小卡片尋找桌位，沿牆拍賣桌前則傳來陣陣嗚呀啊呀的讚嘆聲。義賣物品裡有很多銀器和手工縫製的嬰兒外出服，另外也有棉織手帕、刺繡擦手巾，還有一套德國進口的兒童茶具組。

米妮站在會場後方一張長桌前擦著玻璃杯。「愛比琳，」她耳語道。「她在那裡。」

愛比琳抬起頭來，找到那張月前曾出現在李佛太太家門前的臉孔。「太太們今晚可要把老公看牢點了，」她說道。

米妮抓著抹布來回擦拭一只玻璃杯的杯緣。「看到她同希莉小姐碰了頭就同我說一聲。」

「我會的。我整天一直在幫妳強力禱告。」

「瞧，瓦特太太來了。那老太婆。史基特小姐也到了。」

史基特小姐穿著一件長袖圓領的黑色天鵝絨洋裝，再配上金髮和紅色唇膏。她自己一個人來，這會站在剛好沒人的一角。她掃視會場，一臉無聊，突然才看到米妮與愛比琳。她倆趕緊移開目光。

一個也是來幫忙的黑人女傭克拉拉朝長桌靠了過來，拎起一只玻璃杯。「愛比琳，」她耳語道，眼睛始終留意著手裡的活。「就她嗎？」

「就誰？」

「就問人蒐集黑人幫傭故事的那個。她蒐集這些故事要幹啥？她幹啥感興趣？我聽說她三天兩頭往妳那跑。」

愛比琳下巴一收。「聽好，她的事是個祕密。」

米妮看著旁邊。除了也參與其中的人外，沒人知道米妮也有一份。她們只知道愛比琳。

克拉拉點點頭。「我知道。我啥也不說。」

史基特拿出拍紙簿寫了幾個字，給會訊餐會專刊寫文章用的筆記。她環視宴會聽，把厚重的綠色窗簾、冬青莓枝、還有每張圓桌正中央那玫瑰與乾燥木蘭葉做成的擺飾全都看進眼裡。她的目光接著落在離她幾呎、手指在皮包上點啊點的的伊麗莎白身上。她畢竟一個月前才剛生產過，臉上寫滿濃濃倦意。史基特看著西麗亞・傅堤朝伊麗莎白接近。當伊麗莎白終於抬頭、看到是誰朝她走來時，她輕咳，一隻手護著喉頭，彷彿正遭受某種攻擊因而必須護衛自己。

「不知道該往哪裡去嗎，伊麗莎白？」史基特問道。

「什麼？噢，史基特，妳最近好不好？」伊麗莎白對著我快速而誇張地一笑。「我……覺得這裡頭有點悶，正想出去透透氣。」

史基特看著伊麗莎白匆匆逃開，看著西麗亞拖著一身窸窣作響的亮片跟在後頭。**真正的故事在這裡，**史基特心想。**不是花插得怎樣、不是希莉的洋裝背後打了幾個褶。今年，故事主題只有一個：西麗亞・傅堤的超級時尚大災難。**

一會，晚宴正式開始，所有人趕緊各自入座。西麗亞與強尼給安排與幾對外地來的夫婦同桌，就是那些朋友的朋友、可又不是任何人的熟朋友的外圍人士。與史基特同桌的則是幾對傑克森當地的夫妻。她今年既沒與希莉主席、也沒與伊麗莎白祕書同桌。宴會廳裡充滿嗡嗡交談聲，讚美這場宴會、讚美盤中的夏多布里昂（Chateaubriand）牛排。主菜撤下後，希莉往講台後方站定。掌聲稍歇，她微笑著掃視在場賓客。

「大家晚安。感謝大家今晚的光臨。晚餐還滿意吧？」

會場一陣點頭與稱是聲。

「開始發表聲明前，我想先感謝所有曾爲今晚提供協助的幕後功臣們。」希莉頭也沒轉、視線依然停留在台下聽眾身上，只是往左手邊一比。那裡站著兩排約莫共二十幾名身穿白色制服的黑人女傭，她們的背後則站著一排十多個身著灰色禮服的黑人男侍。

「讓我們爲在場幫傭們鼓鼓掌，感謝她們爲我們烹煮的美味佳餚與提供的服務，同時也感謝她們爲拍賣會所精心烘烤的甜點蛋糕。」說到這，希莉拿起一張卡片，照著唸道，「她們以自己的方式，爲聯誼會提供協助，達成幫助可憐的非洲飢餓孩童的目標；而這目標，我相信，也是她們心中所願。」

坐在桌前的白人們爲女傭與侍者鼓掌。女傭們有人微笑以對，更多人卻只是面無表情凝望著台下賓客頭頂的空氣。

「接下來，我要感謝在場許多非會員爲本次餐會提供的協助，感謝妳們，讓我們的工作容易了許多。」

台下一陣零落的掌聲，部分會員與非會員互相交換了冷淡的微笑與點頭。**真可惜**，會員們心裡似乎是這麼想的。**真可惜妳們還不夠格加入我們的俱樂部**。希莉繼續，以她那充滿抑揚頓挫、慷慨激昂的語調感謝再感謝。侍者往賓客杯裡倒咖啡，丈夫們喝了，大部分的女眷們卻只是全神灌注聆聽著希莉說話。「……感謝布恩五金行……我們也不要忘了班．法蘭克林商店……」到了感謝名單的最終了，她結論道，「當然，我們也要感謝那位匿名的捐贈者，他所捐贈的，嗯，**衛生用品**，對我們的家事幫手衛生計畫助益良多。」

幾個人緊張地笑了，更多人轉頭四處張望，想看看史基特是不是有那個臉出席餐會。

「我只希望你能不要這麼客氣，大方上台接受我們的感謝。眞的，沒有你的大方捐助，我們不可能完成這麼多件安裝工作。」

史基特定定地注視著講台，表情嚴肅而拒絕屈服。希莉明朗地一笑。「最後，我要感謝我的先生威廉·哈布克，感謝他捐出一個週末的獵鹿行程與餐宿。」她低頭對著台下的丈夫微笑，接著聲音突然一沉，說道，「還有，別忘了，各位投票人，別忘了支持哈布克競選州參議員！」

賓客們對希莉的廣告插播報以友善的笑聲。

「妳說什麼，維吉尼亞？」希莉手擺在耳後，然後放下。「不，我沒打算一起參選。可惠沃斯參議員今晚也在。我說，這什麼種族融合學校的事情再不處理好，可別怪我親自動手了。」

更多笑聲響起。坐在前排桌位的惠沃斯參議員夫婦點頭微笑。坐在後方的史基特低頭看著自己的膝蓋。上個小時在雞尾酒吧，她曾同參議員聊了幾句。只是在參議員有機會給她第二個擁抱之前，惠沃斯太太便藉口把參議員請走了。史都今晚並沒有來。

晚餐與演講都結束後，賓客們開始起身跳舞，部分丈夫則再次往酒吧出發。拍賣桌那邊也聚集著把握最後機會下標的人群。兩位祖母出價競標一套古董兒童茶具組。會場裡謠傳這組茶具原來屬於某歐洲貴族，後來讓人用驢車偷運出了德國，一路輾轉，終於流落到美景街的木蘭花古董店。因爲競標，價錢從十五元瞬間飆高到八十五元。

酒吧一角，強尼打了哈欠。西麗亞眉頭緊鎖。「眞不敢相信她說到什麼非會員提供協助。她親口告訴我今年不需要幫忙的啊。」

「喏，妳明年再幫就好了，」強尼說道。

西麗亞瞥見希莉。這會，她身邊只圍繞了幾個人。

「強尼，我一會回來。」

「等妳回來我們就回家吧。我受不了我這身小丑裝了。」

理察・克羅斯，強尼的獵鴨夥伴，猛地朝強尼背後一拍。他們聊了幾句，笑了笑，然後靜下來，默默掃視人群。

西麗亞這回只差一點點，卻還是讓希莉溜到了講台後方。西麗亞於是打了退堂鼓，彷彿害怕驚動一會前才站在講台後、如此不可一世的希莉。

一等西麗亞轉身往盥洗室踱去，希莉便直接朝著酒吧一角前進。

「怎麼，強尼・傅堤，」希莉說道，「眞是稀客啊，誰不知道你最受不了這種場合了。」她捏捏他的肘子。

強尼嘆了口氣。「妳知道獵母鹿的季節明天就開始了吧？」

希莉給了他一個赭色口紅的微笑。那口紅的顏色同她的洋裝搭配得天衣無縫，定是花了好些功夫才找到的。

「聽這麼多人提，聽都聽膩了。錯過一天獵季不會怎樣的，強尼・傅堤。你以前常爲我這麼做。」

強尼翻翻白眼。「西麗亞說什麼也不願錯過今晚。」

「你那老婆跑哪去了？」她問道。希莉的手還插在強尼的臂彎裡，這會又使勁扯了扯。「不會是又跑回路易斯安那大學賣熱狗去了吧？」

強尼皺眉看著她，雖然她說得沒錯，他們確實就是這麼認識的。

「噢，你知道我只是在開你玩笑。看在我們以前交往了那麼久的份上，開開玩笑無傷大雅吧？」

強尼還來不及回答，希莉便讓人拍拍肩膀，笑著同下兩位賓客聊了起來。強尼看到西麗亞的身影再度出現，嘆了口氣。「很好，」他同理察說道，「總算可以回家了。我再，呃，」他瞥了眼手錶，「五個小時就得起床了。」

理察的目光卻始終緊黏在一路朝他們走來的西麗亞身上。她停下腳步，彎腰撿拾掉落的餐巾，胸脯風光讓人一覽無遺。「從希莉到西麗亞，這改變還眞是大，強尼。」

強尼搖搖頭。「就像在南極住了一輩子，卻突然搬到夏威夷去。」

理察笑了。「就像在神學院上床睡覺，醒來卻在密大一樣，」理察說道。兩人一起笑開了。

理察接著壓低了聲音繼續說道，「就像頭一回舔到冰淇淋一樣。」

強尼正色看著他。「你現在說的可是我老婆。」

「抱歉，強尼，」理察說道，收回目光。「我沒有惡意。」

西麗亞走到他倆身邊，失望地微笑著嘆了口氣。

「嗨，西麗亞，妳好嗎？」理察說道。「妳今晚眞是漂亮。」

「謝謝你，理察。」西麗亞打了一個響嗝，眉頭一皺，拿了張面紙掩住嘴巴。

「妳有點醉了嗎？」強尼問道。

「她玩得正開心呢，是不是啊，西麗亞？」理察說道。「事實上，我這就去給妳點杯妳一定會喜歡的雞尾酒。阿拉巴馬監獄，這是它的名字。」

強尼朝自己朋友翻翻白眼。「一杯，然後我們就回家了。」

三杯阿拉巴馬監獄後，無聲拍賣正好也結束了，開始宣布得標者。蘇西．珀奈兒站在講台後方，在人們捧著酒杯四處走動、坐在桌前抽菸、或者是隨著葛蘭．米勒（Glenn Miller）與法蘭基．瓦里（Frankie Valli）的歌聲起舞之間，奮力企圖戰勝嗡嗡作響的麥克風。得標者姓名一個個被大聲宣讀出來，而前來領取義賣品時，他們的興奮之情溢於言表、一派贏家模樣，彷彿手裡拿的是免費獎品，而非花了三、四甚至五倍於市價金額才到手的義買品。縫有手工花蕾絲的桌巾與睡衣多以高價賣出，特殊用途——比如說挖魔鬼蛋、把紅椒夾心從橄欖裡挑出來、敲鵪鶉蛋——的銀具也頗受歡迎。再來就是那些甜點：蛋糕、厚片焦糖堅果巧克力、蛋白軟糖。當然還有少不了的，米妮的巧克力派。

「……而米妮．傑克森舉世聞名的巧克力派得標者是……希莉．哈布克！」

這回的掌聲比之前的熱烈了些，除了因爲米妮的手藝眾所皆知外，也是因爲**希莉**二字本來就會自動引發掌聲。

原本同人聊著天的希莉回過頭來。「什麼？剛剛是我的名字嗎？我沒加入任何競標啊？」

她從來也不，史基特心想。她一個人，坐在鄰桌。

「希莉！妳剛剛贏到米妮．傑克森的派了！恭喜，」她左手邊一個女人說道。

希莉掃視會場，眼睛瞇成一線。

米妮剛剛聽到自己的名字同希莉二字出現在同一個句子裡，整個人一震，警覺了起來。她一手拿了只髒杯子，另一手則捧著一個沉重的銀托盤，可她動也不動。

希莉看到她了，可也沒動，只是牽動嘴角、似笑非笑。「喏，眞是太好了，一定是什麼人幫我出價標了這個派。」

她的目光一直還在米妮身上，而米妮也感覺得到。她把剩下的杯子全疊到托盤上，快步往廚房走去。

「嗨，希莉，我不知道原來妳這麼喜歡米妮的派！」西麗亞興奮地說道。她是從後頭走過來的，希莉壓根沒注意到。西麗亞快步朝希莉前進，一不小心讓椅腳絆了一下，引來旁邊一陣訕笑。

希莉站著沒動，冷眼等她接近。「西麗亞，妳這是在搞我嗎？」

史基特也挪近了點。她無聊了一整晚，也不想再看到不敢接近她的老朋友們那一張張發窘的臉。西麗亞是一整晚下來唯一有趣的事。

「希莉，」西麗亞說道，一把抓住了希莉的手臂，「我整晚都在找機會同妳說話。我想我們之間可能有點誤會，然後我想，如果我能把事情解釋……」

「妳幹了什麼好事情？讓我走——」希莉咬著牙說道。她搖搖頭，試圖走開。

可西麗亞緊緊抓牢了希莉的衣袖。「不，等等！妳聽我說——」

希莉還是執意要走，可西麗亞也還是不放。就在那一個要走一個不放、僵持不下的當兒，一陣撕裂聲劃破空氣。

西麗亞望著手中的紅色衣料。她把希莉紅洋裝的袖口整個扯下來了。

希莉低頭，看著自己暴露在外的手腕。「妳到底想要我怎樣？」她低沉地咆哮道。「是妳那黑鬼女傭讓妳這麼做的吧？因爲不管她同妳說了什麼、而妳又同現場其他人瞎說了什麼——」

又幾個人圍了過來，聆聽著，全都因爲關心希莉而皺著眉頭。

「瞎說？我不知道妳在——」

希莉抓住西麗亞的手臂。「妳同**誰**說過了？」她低吼道。

「米妮告訴我了。我知道妳爲什麼不想同我當朋友的原因了。」蘇西．珀奈兒透過麥克風宣布得標者的音量愈來愈大，逼得西麗亞不得不也拉高了聲音。「我知道妳以爲強尼背著妳胡來，」她吼道，靠近講台一方不知有人說了什麼，一陣笑聲後繼之以掌聲。就在蘇西．珀奈兒低頭查看下一個得標者姓名的空檔，西麗亞高聲嚷道，「——可我眞的是在你倆分手**後**才懷孕的。」她的話聲在空氣中迴盪著。整個會場沉默了漫長的幾秒鐘。

她倆附近的幾個女人抽抽鼻子，其中幾個人開始訕訕笑了起來。「強尼的老婆ㄏㄜ ㄗㄨㄟˊ了，」有人說道。

西麗亞環視四周。她抹去化著濃妝的額頭上冒出的點點汗珠。「我不怪妳不喜歡我，因爲妳只是以爲強尼曾背著妳同我胡搞。」

「強尼才不會——」

「——然後很抱歉我剛那麼說，我只是以爲妳贏了那個派應該會很開心。」

希莉彎腰，撿起掉在地上的珍珠鈕扣。她刻意挨近西麗亞，不想讓人聽到她要說的話。「妳同妳那黑鬼女傭說去，告訴她，如果她膽敢跟人說那個派的事，我絕對不會放過她。妳以爲冒名幫我標到那個派很好玩是吧？怎麼，妳當妳可以靠勒索我而加入聯誼會嗎？」

「什麼？」

「妳現在就給我說清楚，妳到底還同誰說——」

「我從沒同任何人說過什麼派的事，我——」

「妳這**騙子**，」希莉說道，可她轉眼神色一正，面露微笑。「強尼過來了。強尼，我想妳老婆需要你多**關心**一下。」希莉同旁邊幾個女孩使過眼色，彷彿正同謀開一個玩笑。

西麗亞皺眉看著他，然後皺眉看著希莉。「她說的話我完全聽不懂，她說我是個——是個騙子，還指控我冒她的名幫她標那個派，還有……」西麗亞突然住嘴，抬頭四望的模樣彷彿誰也不認識。她眼眶裡蓄滿淚水。然後她一陣呻吟，接著又一陣抽搐。嘔吐物嘩地噴濺在地毯上。

「該死！」強尼說道，抓著她往後閃。

西麗亞推開強尼的手，拔腿往盥洗室奔去。強尼趕緊也追了上去。

希莉雙手緊緊握拳。她的臉漲成了暗紅色，同她身上禮服的顏色相去不遠。她跨大步，抓住一個侍者的手臂。「趁開始發臭前快找人給我清乾淨。」

接著希莉便讓一群女人包圍住了。她們臉朝著她，問問題，張開的手臂彷彿試圖保護她。

「我聽說西麗亞一直有酗酒的問題，可現在怎麼連說謊都來了？」希莉同又一個蘇西說道。她打算先下手為強，先散佈謠言，以防派的事最後還是傳出去了。「他們怎麼說這種人的？

「強迫性說謊症？」

「沒錯，她絕對有強迫性說謊症。」希莉同那個蘇西一起走開。「當初西麗亞就是同強尼說她懷孕了，騙他娶了她。我猜她那時就已經有這問題了。」

西麗亞與強尼離開後，整場派對急轉直下。會員太太們累得再也笑不出來。零星的對話提到剛剛的拍賣、提到家裡還有臨時保母等著，可絕大多數話題還是繞著西麗亞・傅堤竟在大庭廣眾下失態嘔吐的事情上頭轉。

午夜時分，會場差不多空了，只剩下希莉站在講台後方。她翻閱著拍賣紀錄表，嘴裡一邊喃喃自語一邊心算著。可她一直分心，直搖頭，然後邊詛咒著再次集中精神重新算過。

「希莉，我一會先回妳家去。」

希莉抬頭。是她的母親，瓦特太太。她穿著一身正式晚宴服，只顯得愈發脆弱嬌小。那是件來自一九四三年、及地繡珠的天藍色禮服。她的鎖骨附近別著一朵已經枯萎的蘭花。一個穿著白制服的黑人女傭緊黏在她身邊。

「聽好，媽媽，妳今晚給我離冰箱遠一點。我不要妳因為消化不良吵得我也整晚不能睡。妳一會直接上床去，聽到沒有？」

「我不能吃點米妮的派嗎？」

希莉瞇起眼睛看著她母親。「那派已經在垃圾桶裡了。」

「怎麼丟掉了呢？那是我特地為妳標來的呢。」

希莉身子一僵，等了幾秒鐘才意會過來。「妳？是妳幫我下標的？」

「我可能記不得自己的名字或者這裡是哪個國家，可妳和那派的事，我永遠忘不了。」

「妳——妳這個又老又沒用……」希莉把手中的紀錄表往地板一扔，紙張散得到處都是。

瓦特太太轉身，踩著蹣跚的步子開始往門口走去，黑人護士亦步亦趨。「欸，貝絲，打電話叫記者來，」她說道。「真是新聞哪，我女兒又對我生氣了。」

米妮

第二十六章

星期六早上起床的時候，我還是累，而且渾身痠痛。我走進廚房，小甜正在那裡數著她昨晚在餐會上賺來的九塊半毛錢。電話鈴響了，小甜動作比機油起火還快地接起了電話。這小甜交了男朋友，還不想讓她媽媽知道。

「是的先生，」小甜低聲說道，把話筒遞給我。

「哈囉？」我說。

「我是強尼·傅堤，」他說。「我現在人在獵鹿營地。我只是想讓妳知道，西麗亞心情很不好。昨晚餐會她出了點事情。」

「是的，我知道。」

「妳也聽說了，是吧？」他嘆了口氣。「妳下星期多看著她點，可以嗎，米妮？我不在家，而——欸，我也不知道。如果她心情一直沒有好起來，妳就打電話給我。有必要的話我可以提早趕回去。」

「我會照顧她。她不會有事的。」

餐會上的事我沒親眼看到，可我在廚房裡洗碗時就聽人說了。廚房裡所有的人都在講這件事。

「妳看到了嗎？」法瑞娜朝我說道。「妳那粉紅太太醉得像個剛領薪水的紅番。」

我猛一抬頭，看到小甜手撐著腰，直直朝我走來。「是啊，媽媽，她吐了一地。**所有的人**都看到了！」小甜說完轉身，同其他人一起笑了起來。她甚至沒看到那記爆栗朝她頭頂飛來。肥皂泡泡飛甩過空中。

「閉上妳的嘴，小甜。」我扯著她往角落走。「不要再讓我逮到妳說她的壞話！妳吃的食物、身上穿的衣服，妳當是哪裡來的？給我聽清楚了！」

小甜點點頭，我回頭往水槽繼續洗碗，可她的喃喃自語還是傳進了我耳朵裡。「**妳自己**還不是，**一天到晚**說她壞話。」

我猛一轉身，指著她鼻尖。「我說她壞話的權利是我自己掙來的。天天忙進忙出，就爲那瘋婆娘！」

我星期一上工的時候，西麗亞小姐還在床上，臉埋在床單裡。

「早安，西麗亞小姐。」

可她只是翻個身，沒搭理我。

午餐時間，我用托盤把火腿三明治送到她床邊。

「我不餓，」她說，然後抓了枕頭壓住頭。

我站在那裡看著她，裹在層層床單裡，活似個木乃伊。

「妳打算怎麼，就在那裡躺上一整天嗎？」我問道，雖然我以前常常看她這麼做。可這又不同。她臉上沒化妝，也不笑。

「求求妳，讓我一個人靜靜。」

我本來打算要她起床，穿上她那些俗氣的衣服，不要再去想不開心事；可她縮在床上那副可憐兮兮的模樣，卻又讓我住了嘴。我不是她的心理醫生，她也沒付錢讓我醫她。

星期二早上，西麗亞小姐依然躺在床上。昨天的午餐托盤還在地上，一口也沒少。她還穿著同一件破破爛爛的藍睡衣，領口的細格紋荷葉邊都破了，胸口那邊還有片疑似沾到木炭的污漬。八成是她從圖尼卡郡帶來的舊衣服。

「起來吧，我也好換床單。電視要開始了，茱莉亞小姐這回麻煩大了。說了妳不信，她昨天竟同大嘴巴醫生幹出那檔勾當。」

可她只是躺著。

一會，我給她端了雞肉派來，同樣擱在托盤上。雖然我心裡真正想做的，是要她起床換衣服，上廚房坐著好好吃。

「聽好，西麗亞小姐，我知道餐會的事真的很糟糕。可妳也不能就這麼一輩子坐在這裡自怨自艾啊。」

西麗亞小姐起身，把自己鎖進浴室裡。

我開始動手拆下床單。之後，我把床頭櫃上的濕面紙和玻璃杯全都清掉。我看見一疊信。這女人至少還去拿了信。我把信拿起來好擦桌子，卻瞥見一張卡片上頭印著「ＨＷＨ」字樣。我想也沒來得及想，就已經讀完整張卡片的內容：

親愛的西麗亞：

為了賠償那件讓妳撕壞的洋裝，本聯誼會將很樂意接受妳不少於兩百元的捐款。此外，請妳不必再自願為本會提供任何非會員的協助，因為妳的名字已經登上本會的觀察名單。感謝妳的合作。

支票抬頭請寫傑克森聯誼會支部。

妳誠摯的，

希莉・哈布克

主席暨撥款部主委

星期三早上，西麗亞小姐依然蒙著床單。我在廚房幹活，一邊試著享受沒有她在一旁囉唆的清靜。可我不能，因爲電話鈴一早上響個沒停，而西麗亞小姐竟然不肯接，這還眞是頭一遭。電話鈴第十回響起的時候，我終於忍不住，衝上去接了，劈頭說哈囉。

我走進她房間，告訴她，「強尼先生打電話找妳。」

「什麼？他不是不知道我已經知道他知道妳的事嗎？」

我嘆了長長一口氣，表示到這來，我已經一點也不在乎那該死的謊了。「他打電話到**我家**找我。一切早給拆穿了，西麗亞小姐。」

西麗亞小姐閉上眼睛。「說我在睡覺。」

我拿起臥房分機，狠狠盯著西麗亞小姐的眼睛，同強尼先生說她正在沖澡。

「是的，強尼先生，她還好，」我說道，對著她瞇起了眼睛。
我掛上電話，低頭看著西麗亞小姐。
「他想知道妳好不好。」
「我聽到了。」
「我爲妳說了謊，這妳也聽到了吧。」
她再次拿枕頭蓋住了頭。
到了隔天下午，我實在忍無可忍。西麗亞小姐一整星期就待在同一張床上，臉瘦了，奶油麵團也變得油膩膩的。整個房間甚至開始發臭。我猜她打星期五起就再沒洗過澡了。
「西麗亞小姐，」我說。
西麗亞小姐看著我，沒有微笑，也不說話。
「強尼先生今晚就回家了，而我答應過他會好好照顧妳。他要是看到妳還穿著同一件髒兮兮的睡衣，會怎麼想？」
我聽到西麗亞小姐抽抽鼻子，倒吸幾口氣，接著便嚎啕大哭了起來。「如果我乖乖留在甜糖溝，這一切都不會發生。他應該娶個門當戶對的女孩。他應該娶……**希莉**。」
「不要這樣，西麗亞小姐。這樣不——」
「希莉看我的樣子……好像我**什麼都不是**。好像我只是路邊的一團垃圾。」
「可希莉小姐的話根本不算數。妳不能同那女人一般見識。」
「這不是我應該過的生活。我不需要可以坐十二個人的大餐桌。我就算用求的也求不到十二個人來這裡作客。」

我對著她搖頭。又在抱怨自己日子過得太好了。

「她爲什麼這麼恨我？她根本不認識我啊，」西麗亞小姐哭喊道。「而且不只強尼的事，她還說我是騙子，說我幫她標到那個……**派**。」她雙手握拳，猛捶自己的大腿。「要不是她這樣亂說我，我**根本不會**吐出來。」

「啥派？」

「希─希─希莉標到妳的派。她硬說是我冒名下的標。說我……在搞她。」她又一陣哭號，然後轉成啜泣。「我爲什麼要那麼做？冒名下標？」

慢慢地，我終於了解這到底怎麼回事。我不知道是誰下的標，可我當然**知道**希莉會生吞活剝了任何有嫌疑的人。

我瞄了眼門。我腦袋裡那個聲音說著，**走開，米妮。移動妳的腿，走出去**。可我看著西麗亞小姐穿著一身舊睡衣放聲痛哭，心頭的罪惡感厚得像亞祖河（Yazoo）的泥巴似的。

「我不能再拖累強尼了。我已經決定了，米妮，我要回去，」她啜泣道。「回到甜糖溝。」

「妳打算離開妳的丈夫，只是因爲在啥了不起的派對上不小心吐了？」**等等**，我心想，睜大了眼睛。西麗亞小姐不能離開強尼先生──她走了我要到哪去？

西麗亞小姐經我這一提醒，哭得更悽慘了。我嘆口氣，看著她，不知該怎麼辦。

老天，我想該是時候了。該是我告訴她那個我根本不想告訴任何人的祕密的時候了。說或不說，我反正都要丟差，乾脆趁機圖個痛快。

「西麗亞小姐……」我說道，一邊在角落那張黃沙發上坐了下來。在這宅子裡，我就坐過兩個地方，一是廚房、二是她的浴室地板。可今天情況特殊。

「我知道希莉小姐為啥會這麼生氣，」我說。「我是說，那個派的事。」

西麗亞小姐對著面紙用力擤鼻涕。她看著我。

「我對她做了一件事。很可怕，很糟糕的事。」光想，我的心便砰砰跳得又急又快。我明白我不能坐在這裡同她說這件事。我站起來，朝她床腳走去。

「什麼事？」她抽著鼻子問道。「到底發生了什麼事，米妮？」

「去年某一天，我還給瓦特太太做事的時候，希莉小姐打電話到我家找我。她同我說她已經決定把瓦特太太送到養老院。我怕了，我有五個孩子得養。里洛又已經兼了兩班差。」

我感覺胸口升起一把火。「我知道我做的不是好基督徒該做的事。可又是什麼樣的人，竟會把自己老媽媽往養老院送、把她丟在陌生人堆裡？那女人，妳對她做啥錯事後來看都對了。」

西麗亞小姐坐起來，抹抹鼻子。看來她總算願意認眞聽我說話了。

「足足三星期，我到處找差事。每天從瓦特太太那下工後，我就四處問人。我去了柴爾德太太家。她拒絕了我。我後來又去了駱里家，他們也不要我。瑞奇斯家、派崔克・史密斯家、華克家、甚至連那個信天主教、生了七個孩子的提波多家都不要我。」

「噢，米妮……」西麗亞小姐說道。「那眞是糟透了。」

我咬著牙。「打我還小的時候開始，我媽媽就告訴我，要我管好自己的嘴巴。可我沒聽她的話，落得一個臭名在外。我那時就想，一定是這原因，搞得沒人敢雇我。」

「到最後，再兩天瓦特太太就要給接走了，一切還是沒著落。我眞的怕了。班尼有氣喘、小甜還上學、還有琴卓還有……我們手頭本來就緊。就在那時候，希莉小姐來了瓦特太太家找我談。」

「她說，『來給我做事吧，米妮。我一天比我媽媽再多付妳二十五分錢。』『掛在馬鼻子前的紅蘿蔔』，她是這麼說的，當我是頭犁田的騾子啊。」我感覺自己雙手緊緊握拳。「她竟以爲我會考慮搶走我朋友亞玟．克魯寇的差事。希莉小姐當所有人都同她一樣，是個兩面人。」

我伸手擦臉。我渾身在冒汗。西麗亞小姐張嘴聽我說，一臉茫然。

「我同她說，『不了，希莉小姐，謝謝妳。』接著她總算使出了殺手鐧，西麗亞小姐。她說她知道柴爾德家、駱里家、還有所有我去找過的人家全都拒絕了我的事。她說那是因爲她在外頭放了話，現在大家都知道我是個賊了。天地良心，我這輩子沒偷過半個東西，可她偏偏到處同人我說手腳不乾淨。這下可好，誰要請個嘴巴手腳都不乾淨的黑鬼當女傭啊？她要我不如免費給她做事算了。」

「於是我就做了那件事。」

西麗亞小姐朝我眨眨眼。「什麼事，米妮？」

「我叫她吃我的屎。」

西麗亞小姐坐在那裡，依然一臉茫然。

「我回家，給她做了一個巧克力派。我放了糖，放了巧克力，甚至還放了我表妹從墨西哥給我帶回來的香草。

「我帶著巧克力派往瓦特太太家去。我知道希莉小姐正在那等著養老院的人來接走她媽媽，好讓她可以賣掉房子，接收銀器和存款。

「我把派放在廚房流理台上，希莉小姐眉開眼笑，以爲這派是我送來求和的禮物，以爲我這是在爲自己說的話同她道歉。然後我看著她。看著她親口把派吃下肚去。整整兩大塊。她狼吞虎嚥，好像從沒吃過這麼好吃的東西。她說，『我就知道妳會回心轉意，米妮。我就知道妳遲早還是得聽我的。』然後她就笑了，有點神經兮兮的那種笑，彷彿覺得這事有趣極了。

「就在這時候，瓦特太太說話了。她說她有點餓，也想吃一塊派。我同她說，『不行，瓦特太太。那派是特別給希莉做的。』

「希莉小姐說，『媽媽想吃當然可以吃。不過只能吃一塊。妳在裡頭加了什麼啊，米妮，怎麼會這麼好吃？』

「我說，『墨西哥來的上好香草，』接著我便說了。我告訴她這特別做給她吃的派裡頭到底還加了什麼。」

西麗亞小姐依然愣愣地望著我，可這會我已經不敢看她的眼睛了。

「瓦特太太的嘴巴張得老大。廚房裡靜悄悄的，好久沒人開口說話，就算我就這麼溜走，她們恐怕也來不及回過神來。然後瓦特太太開始大笑。笑得幾乎要從椅子上摔下來。她說，『喏，希莉，瞧妳剛吃了什麼。我要是妳，就不會到處宣揚這事，免得全傑克森市都知道妳就是那個吃了兩塊米妮屎的人。』」

我火速瞄了西麗亞小姐一眼。她睜大了眼睛，一臉反感。我開始慌了。我怎麼會同她說這事。她再也不會信任我了。我往黃沙發走去，坐下了。

「希莉小姐以為妳知道這事。她以為妳在取笑她。如果我沒做出這件事，她也不會那樣攻擊妳。」

西麗亞小姐看著我。

「可我要妳知道，如果妳離開強尼先生，希莉小姐就全盤皆贏了。她打敗我打敗妳……」我搖搖頭，想到監獄裡的亞玫、想到沒半個朋友的史基特小姐。「全傑克森市已經不剩多少沒被她打敗的人了。」

西麗亞小姐半晌不說話。然後她看著我，似乎要開口，卻又閉上了嘴。最後，她只說，「謝謝妳。謝謝妳……告訴我這件事。」

她說完又躺下了。可在門關上的前一刻，她的眼睛依然睜得大大的。

第二天早上，西麗亞小姐總算起床了。她洗過頭，也化了妝。天氣有些涼，她於是穿上一件緊身毛衣。

「開心強尼先生要回家了？」我問道。我也不是多在乎，只是想知道她是不是還在考慮離開的事。

可西麗亞小姐沒多說話。她眼睛裡還看得出倦意。她也不像以前可以讓隨便一件小事逗得開心大笑。她手指向廚房窗外。「我想種一排薔薇叢。沿著後院的邊緣。」

「現在種，啥時候開花？」

「明年春天應該就看得到了。」

她這是在給未來做打算，我決定算是好預兆。畢竟，如果打算要走，又何必費事種堆明年才會開的花。

接下來一整天，西麗亞小姐就在花園裡忙著，整理那幾叢菊花。第二天一早，我走進廚房，看到西麗亞小姐坐在桌前。她手裡拿著報紙，眼睛卻看著窗外那棵合歡樹。外頭雨下下停停，又濕又冷。

「早安，西麗亞小姐。」

「嘿，米妮。」西麗亞小姐只是坐著，盯著那棵樹，把玩著手裡的筆。又開始下雨了。

「妳今天午餐想吃什麼？有烤牛肉，雞肉派也還有剩……」我頭埋進了冰箱裡。我得決定該拿里洛怎麼辦，告訴他眼前的情況。**要不就是你從此不再打我，要不就是我走，而且孩子我一個也不帶走。**孩子的部分當然不是眞的，這麼說只是要讓他更害怕。

「我什麼也不想吃。」西麗亞小姐站起來，踢掉一腳紅色高跟鞋，然後是另一腳。她拉拉背、活動活動筋骨，眼睛始終還盯著窗外那棵樹。她壓了壓指頭關節。接著她便拉開後門走了出去。

我隔著玻璃看她，終於看到那把斧頭。我一驚，因爲沒人喜歡看到瘋太太手裡拿著斧頭。她咻地把斧頭當球棒似地猛一揮。只是練習，還沒眞的劈下去。

「女孩，妳這回眞瘋了。」傾盆大雨嘩啦啦潑在西麗亞小姐身上，可她一點不在乎。她開始一斧一斧砍樹。樹葉胡亂掉得她全身都是，一根根插在她頭髮裡。

我把一盤烤牛肉放在廚房餐桌上，看著窗外，暗自祈禱事情可別又走上岔路。她抿著嘴，抹去眼睛附近的雨水。她劈樹的力道不但不因疲倦而減弱，氣勢甚至愈來愈強。

「西麗亞小姐，進來吧，」我喊道。「留著讓強尼先生回來再處理吧。」

可她不爲所動。樹幹已經讓她砍斷了一半，大樹開始搖搖晃晃，同我爹地喝醉時一個模樣。終於，我身子往剛剛西麗亞小姐才坐過的椅子一沉，乾脆坐著等她砍完吧。我搖搖頭，低頭看報紙。就這樣，我看到了壓在報紙底下那張希莉小姐的卡片，一旁則是張西麗亞小姐簽了名的兩百元支票。我湊近看。在支票的最下方的備註欄裡，西麗亞小姐用她那手漂亮的花體寫著幾個字：**給兩塊派希莉**。

我聽到合歡樹發出一記哀叫，接著便轟然倒地。樹葉和枯死的蕨類漫天亂飛，最後都落在了她的奶油麵團上。

史基特小姐

第二十七章

我瞪著廚房牆上的電話。這麼久沒人打電話來，那電話看來竟像死掉的東西，給釘在了牆上。某種可怕的沉默四處瀰漫——在圖書館、在給母親拿藥的雜貨藥房、在買打字機墨水的海伊街、甚至在家裡。甘迺迪總統兩週前遇刺身亡，舉世震驚。繼之而來的沉默無人願意率先打破。沒有什麼事夠重要，沒有什麼事情值得。

近來電話少數幾次響起，通常是倪爾醫師打來告知更多不好的檢驗結果，或者是親戚來電關心母親病情。無論如何，我偶爾還是會想起**史都**，雖然離他上回打電話來，已經有五個月之久了。雖然我已經鼓起勇氣，同母親說了分手的事。母親的震驚一如我預期，而我感謝她畢竟只是嘆氣惋惜。

我深呼吸，撥了零號，然後把自己關進儲藏室裡。我把長途電話號碼唸給了接線生，等著。

「哈洛出版社，請問轉接哪位？」

「伊蓮．史丹辦公室，謝謝。」

我等著她的祕書接起電話，一頭暗自懊悔沒能早點打這通電話。可甘迺迪總統遇刺後那週，一來覺得不妥當，再者新聞也說很多公司行號都暫時停業以表哀悼。接著就是感恩節週，而總機告訴我史丹太太辦公室沒人接電話。於是就這麼拖到了現在，比我預計還晚了超過一週。

「伊蓮．史丹。」

我眨眨眼睛，很意外竟不是她的祕書接的電話。「史丹小姐，抱歉打擾，我是……尤吉妮亞．菲蘭。從密西西比州傑克森市打來的。」

「是的……尤吉妮亞。」她嘆氣，顯然對自己竟冒險親自接聽到我的電話感到很不耐。

「我打電話是想同妳報告一下進度。稿子預計新年後就可以全部完成，一月的第二個星期就可以寄過去給妳。」我微笑，很高興自己按照想好的台詞一口氣說完了。

話筒彼端一陣沉默，只有吐菸聲隱約可辨。我挪挪坐在麵粉桶上的身子。「我是……寫黑人女傭那個。住密西西比的。」

「是的，我記得妳，」她說，可我聽不出來她是不是眞的記得。可也就在這時，她接著說，「妳是申請資深編輯職位那個。稿子進行得怎麼樣了？」

「就快完成了。再兩篇訪談稿就完成了。我只是不知道，該直接寄給妳，還是寄給妳的祕書就可以了？」

「噢，不，一月不成。」

「尤吉妮亞？妳在家嗎？」我聽到母親叫喚道。

我遮住話筒。「我一會就來，媽媽，」我喊回去。因爲如果我不回話，她定會直接闖進來。

「今年最後一個編輯會議是十二月二十一日，」史丹太太繼續說道。「如果妳希望稿子還見得了天日，就得在那之前送過來。不然就會直接給送進待處理稿件匣。妳不會希望妳的稿子淪落到那裡去的，菲蘭小姐。」

「可……妳之前告訴我一月……」今天是十二月二號。這表示我只剩下十九天了。

「二十一號之後大家便休假去了，而等新年度開始，出版社原來的簽約作者與記者的書稿便會開始蜂擁而至。如果妳還是無名小作者，而我相信妳是的，菲蘭小姐，二十一號之前便是妳唯一的機會。」

我吞口口水。「我不知道能不能……」

「對了，妳剛剛是在和妳媽媽說話嗎？妳還住家裡？」

我試著編出一套說法——她來看我、她生病了、她剛好路過。因爲我不想讓史丹太太知道我至今一事無成。可最終我只是嘆氣。「是的，我還住在家裡。」

「還有，把妳帶大的黑人女傭，應該也在受訪之列吧？」

「不，她離開了。」

「嗯。眞不巧。妳知道她到哪裡去了嗎？我剛剛想到，最好能把妳自家女傭的故事包括進去。」

我閉上眼睛，承受打擊。「我……我不知道她在哪裡，老實說。」

「喏，想辦法找出來，把她的故事也加進去。妳需要在裡頭添加一點個人因素。」

「好的，」我說，雖然我連如期趕完剩下那兩篇訪談的把握都沒有，康絲坦丁的事就更別提了。光是想到必須寫她的故事，就讓我更深深希望她現在就在我身邊。

「再見，菲蘭小姐，希望妳能趕得上最後期限，」她說道，可在掛上電話之前，我又聽到她咕噥道，「看在老天的份上，妳是個受過良好教育的二十四歲女人。給自己找間公寓去吧。」

我掛上電話，還沒從新的截稿日與史丹太太堅持要我找康絲坦丁一事的震驚裡恢復過來。我知道我該馬上回去工作，可我還是先去臥室探望了母親。母親潰瘍的毛病在過去三個月裡惡化許多。她體重掉了不少，也已經沒法連著兩天不吐。我上星期陪著她上醫院的時候，連倪爾醫師似乎都吃了一驚。

母親躺在床上，上下打量我。「妳今天不是有橋牌聚會嗎？」

「取消了。伊麗莎白的寶寶鬧漲氣，」我又撒謊了。這麼多的謊言，塞得這房裡到處都是。「妳還好嗎？」我問道。她床邊擺著那只舊的白色琺瑯臉盆。「剛又吐了嗎？」

「我沒事。不要那樣皺額頭，尤吉妮亞。對皮膚不好。」

母親還不知道我被踢出橋牌聚會，或是派西．喬納已經換了網球夥伴的事。我已經不再受邀出席任何雞尾酒會、準媽媽派對、或者任何希莉也會在場的活動。聯誼會是唯一的例外。在會訊編輯會議上，那些女孩們不得不同我說話的時候，總是儘量簡短，直接講重點。我試著說服自己我不在乎。我守著打字機，幾乎足不出戶。我告訴自己，這就是在全市最受歡迎的女孩家前院扔了三十一個馬桶的後果。人們對妳多少會同以前有些差別。

我和希莉之間立起那道牆已經是將近四個月以前的事。那堵厚得直需一百個密西西比的夏天才溶化得了的冰牆。我不是沒料到這樣的後果，只是沒想到竟會持續這麼久。

希莉電話裡的聲音粗啞低沉，像已經吼了一早上。「妳有病，」她嘶聲說道。「不必再跟我說話，不必再看我。不必再跟我的孩子說哈囉。」

「技術上來說，我只是打錯了一個字，希莉，」是我唯一想得到的辯駁。

「我會親自跑一趟惠沃斯家同參議員說去。說妳，史基特．菲蘭，會是他競選聯邦參議員路上一顆多麼大的絆腳石。如果史都還同妳有任何瓜葛的話。說妳會是他名聲的臉上一顆多麼醜陋的肉疣！」

聽到史都的名字讓人心頭一抽，雖然那時我們已經分手好幾個星期了。我可以想像他別開臉，不再在乎我做了什麼事。

「妳把我家前院變成馬戲團，」希莉說道。「這樣羞辱我一家，妳到底已經計畫多久了？」

希莉不知道的是，事情根本不在我的計畫中。我原本只是打算把希莉的廁所衛生計畫打在下期會訊上，可當我打出那些如**疾病**、**保護妳自己**、還有**不客氣！**的字眼時，我心裡卻彷彿有什麼東西給炸開來了。幾乎像顆西瓜，涼爽、舒暢而甜美。我一直以為瘋狂是一種黑暗而苦澀的感覺，可我發現，如果大膽放手沉浸其中，那感覺其實無比淋漓暢快。我用一人二十五塊錢的代價，請帕古拉的兄弟把那些回收場的馬桶搬到希莉家的前院草坪上；他們不是不害怕，卻答應了。我記得那晚夜色有多暗。我記得我為回收場上竟有那麼多從舊屋拆下來的馬桶感到幸運不已。我後來曾兩度夢到當時景況。我並不後悔，只是幸運的感覺不再。

「虧妳還敢自稱是個**基督徒**！」是希莉對我說的最後一句話，而我心裡只想著，**老天**。**我何時這麼自稱過？**

十一月，史杜利．惠沃斯當選聯邦參議員。威廉．哈布克卻競選失利，並未成功接下惠沃斯留下的州議會席次。我很確定希莉把一切都怪到了我頭上。更別提她當初那番撮合我和史都的心力也全都白費了。

同史丹小姐講完電話的幾小時後，我再次躡手躡腳推開母親房門，查看她的情況。爹地早睡了。母親的床頭桌上放著一杯牛奶。她背後墊著枕頭坐在床上，眼睛卻是閉上的。我一探頭，她便睜開了眼睛。

「要我給妳拿點什麼來嗎，媽媽？」

「倪爾醫師吩咐我要多歇著。妳要去哪裡，尤吉妮亞？都快七點了。」

「開車出去透個氣，一會就回來。」我在她臉上輕輕一啄，希望她別再問下去。我關上門時，她已經睡著了。

我疾駛穿越傑克森市。我實在不想同愛比琳說截稿日期提前的事。老爺卡車隨路上坑洞彈彈跳跳，砰砰作響。歷經又一個棉花季的折騰，老爺車狀況急轉直下。新整理過的坐墊彈簧給綳得太緊，導致我的頭一路撞擊車頂。此外，我還得搖下窗戶，伸出左手一路壓著，車門才不會喀喀響得惱人。擋風玻璃上有處新裂痕，像個光芒四射的落日。

我在紙公司對街的史戴街遇上紅燈，停車等待。我轉頭，卻瞥見伊麗莎白、梅茉莉和羅理一家三口全擠在那輛白色科維爾轎車的前座。上哪吃了晚餐正要回家吧，我猜。我一愣，收回目光直視前方，怕她也看見我、問我開著卡車要上哪去。燈號變了，我讓他們先走。我望著他們車尾的燈，勉力嚥下喉頭升起的那團熱熱的感覺。上回同伊麗莎白說話，已經是很久以前的事了。

馬桶事件發生後，伊麗莎白和我掙扎著維持住友誼。我們偶爾還通電話，可在聯誼會的聚會上，因爲希莉也在，她最多只敢同我打招呼寒暄幾句。我上回上伊麗莎白家是一個月前的事。

「梅茉莉長好大了哪！」我說。梅茉莉害羞地微笑，抱住她母親的腿半躲著。她長高了些，嬰兒肥卻尚未褪盡。

「野草似的，真能長，」伊麗莎白說道，目光飄向窗外。而我想，多怪啊，把自己孩子比作野草。

伊麗莎白穿著睡袍，頭上也還頂著髮捲，身材倒已經完全恢復懷孕前的瘦小了。她笑得有些僵，每隔幾秒便看錶，碰碰頭上的髮捲。我們就這麼站在廚房裡。

「要不要上俱樂部吃個午餐？」我問道。愛比琳推門走了進來。門一開一關間，我瞥見餐廳的大餐桌給鋪上了蕾絲桌巾，銀餐具也拿出來了。

「今天不成。我不想催妳，可我和媽媽約好了一起上珠兒・泰勒那逛逛。」她目光再度往窗外飄去。「妳知道我媽最痛恨等人了。」她咧嘴微笑得愈發誇張。

「噢，不好意思，我就別再耽擱妳了。」我拍拍她的肩膀，往門口走去。然後我才猛然想起。今天是星期三，中午十二點。橋牌聚會時間。

我沿著車道倒出凱迪拉克，對自己這麼讓她受窘滿懷歉意。我回頭，看見她的臉出現在窗前，目送我離開。那一刻，我忽然明白：她發窘不是因爲對我感到不好意思。伊麗莎白・李佛發窘是因爲怕讓人撞見同我共處一室。

我把卡車停在愛比琳家那條街上，離她家還有幾間房子的距離。我們必須小心謹慎更勝以往。雖然希莉不可能出現在這裡，可事情牽涉所有人的安危，而我只感覺她的眼睛無所不在。我知道要是讓她逮到我，她會有多麼稱心快意，也絕不會低估她確保我將從此悲慘一生的決心。

這是個涼爽的十二月夜晚，天空剛剛開始飄下毛毛細雨。我低著頭，沿街快步走。下午同史丹太太那番對話依然在我腦中縈繞不去。我一下午都在努力給所有待完成事項重新排序。可最艱難的一部分是，我必須再度同愛比琳開口問康絲坦丁的事。我可以寫她的故事，卻不能不知道她後來去了哪裡。如果只寫出部分故事，那就違背了全書的精神。不完整就不算是實話。

我快速閃進愛比琳的廚房。她一下從我臉上表情看出了端倪。

「怎麼了？有人看到妳了嗎？」

「不，」我說，一邊從書包裡抽出打字稿。「我今早同史丹太太通了電話。」我同她轉述一切，從新的截稿日到那個一去不回的待處理稿件匣。

「嗯，所以……」愛比琳計算著剩下的時間，一如我整個下午那般。「我們原來還有六星期，現在卻只剩兩個半星期了。噢老天，這怎麼夠呢。我們還得完成露維妮亞的部分，菲貝兒的稿子也得再順過——還有米妮那部分也不算完成了……史基特小姐，我們甚至連個書名也還沒有。」

我把臉埋進掌心裡。我感覺自己一步步沉進了水底。「還不只這些，」我說。「她……要我把康絲坦丁的故事也寫進來。她問我……她後來怎麼了。」

愛比琳放下手中的茶杯。

「不知道到底發生了什麼事，我根本無從動筆，愛比琳。所以說，如果妳不能告訴我……我懷疑還會有誰願意。」

愛比琳搖搖頭。「我想還是有的，」她說道，「可我不想妳從其他人口裡聽到這故事。」

「那麼……妳是願意了？」

愛比琳摘掉眼鏡，揉了揉眼睛。她重新戴上眼鏡，而我以為自己將看到她一張疲憊的臉。她已經忙了一天，可為趕上新的截稿日，接下來的日子只會更累更忙。我坐立不安，等待她的回答。

可她看來竟毫無倦意。她挺腰坐著，肯定自信地朝我點點頭。「我會寫下來。給我幾天時間。我會一五一十告訴妳當時發生的事。」

我在打字機前一坐十五小時，一口氣完成露維妮亞的訪談稿。星期四晚上，我出門前去參加聯誼會議。截稿的壓力與焦慮攪得我坐立難安，樂得有理由出門透氣。家裡的聖誕樹味道愈來愈濃，肉桂柳橙的氣味薰得我噁心欲吐。母親一直喊冷，我待在屋裡卻只感覺自己像給浸到了一缸熱奶油裡。

我在聯誼會門前台階上暫停腳步，深深吸進一口乾爽的冬季空氣。說來可悲，但我眞的高興自己還保有編輯會訊的工作。每週一次，我得以感覺自己還屬於某個團體。而且誰知道，說不定這回事情就會出現轉圜，畢竟耶誕節也近了。

可就在我踏進聯誼會的那一刻，所有人依然不約而同把頭轉開。她們排擠我排擠得如此具體，彷彿我身旁圍著好幾堵水泥牆。希莉朝我冷冷一笑，隨即轉頭同別人說話。我往人群走去，終於看到伊麗莎白。她微笑，而我揮手。我想找她說說母親的事、傾訴我的憂慮，可在我走近之前，她頭一低，踱開了。我找到位子坐下。這是她頭一回這麼對我，在這裡。

我沒坐在前排的老位子，只在後排找位子坐定了，一心只爲伊麗莎白竟連聲招呼都不打感到忿忿不平。我的一邊坐著瑞秋．柯爾．布蘭特。瑞秋有三個孩子，一頭還在密爾薩普學院（Millsaps College）修英文碩士，鮮少出席聯誼會。我希望我們是更熟的朋友，可她實在太忙了。我另一邊則坐著該死的萊絲麗．傅勒賓和她那團髮膠雲。我看她每回點菸都要冒著生命危險。我嘗想，如果我往她頭頂按下去，她的嘴裡不知道會不會吐出髮膠噴霧來。

這裡頭幾乎每個女孩都這麼叉腿坐著，手裡拿著菸。香菸煙霧裊裊上升，一團團盤據在天花板附近。我已經兩個月沒抽過菸了，這味道直叫我反胃。希莉站定在講台上，開始宣布一個又一個物資募集活動（冬衣募集、罐頭募集、書報募集、還有最基本的捐款募集等等）。接下來便是希莉最愛的會議重頭戲：問題名單。舉凡會費逾期未繳者、會議遲到者、或是未善盡慈善義務者，一律在此由希莉大聲公佈姓名。近來每回總會有理由把我留在那名單上。

希莉穿著一件紅色毛料A字洋裝，上頭還罩了件福爾摩斯風格的短披風；雖然這裡頭熱得像火燒。每隔一會，希莉便伸手撥開披風前襟，不過她那樂在其中的表情，叫我很難相信披風當眞礙著她了。她的助手瑪麗．妮爾就站在她身邊，忙不迭給她遞名單送講稿。瑪麗．妮爾的長相讓我想起某種一身金毛的玩賞用小型犬。就北京狗吧，小小的腳和扁扁的朝天鼻。

「接下來是個振奮人心的消息。」希莉從北京狗手裡接過講稿，快速掃描過。

「委員會決議要更新重整會訊的內容與出版方式。」

我挺腰坐直了。會訊更動不該由我做主的嗎？

「首先，我們決議會訊將由目前的週刊改爲月刊。郵資節節調漲到六分錢，實在吃不消。此外，我們還計畫增加一個時尚專欄，專門刊登會員一些最佳穿著的照片。另外我們也會新闢一個化妝專欄，將最新彩妝潮流介紹給大家。噢，當然還有問題名單，屆時也都會刊登出來。」她點點頭，目光掃過台下幾名會員。

「最後則是大家最期待的部分：委員會決議將依歐洲仕女愛讀的雜誌名稱，將會訊重新命名爲《八卦人》（*The Tattler*。譯按，以介紹上流社會時尚品味為主要內容的英國雜誌實名為《Tatler》）。」

「多俏皮的名字啊！」瑪麗露．懷特嚷道，而希莉則得意得甚至沒有敲槌譴責瑪麗露的擅自發言。

「好的，那麼接下來，我們必須爲我們摩登的新月刊選出新編輯。歡迎大家踴躍提名！」

好幾隻手同時舉了起來。我坐著，文風不動。

「吉妮．普萊斯，妳要提名誰？」

「我提名希莉．哈布克。」

「妳眞是太可愛了。好的，還有人要提名嗎？」

瑞秋．柯爾．布蘭特轉頭看著我，表情彷彿在說，**妳能相信嗎**？顯然，她是在場唯一不知道我和希莉那件事的人。

「贊成選……」希莉低頭望向講台，彷彿記不太得唯一被提名人的名字。「希莉．哈布克爲新任編輯者請附議！」

「我附議。」

「我附議。」

砰砰兩聲，敲槌定案。我就這麼失去了會訊編輯的職位。

萊絲麗．傅勒賓瞪大了眼睛看著我，我幾乎看得到她眼睛後方那個原本應該裝著腦袋的空洞。

「史基特，那不是**妳的**職位嗎？」瑞秋說道。

「**以前**確實是，」我含糊應道，一等散會便直直往門口走去。沒人同我說話，沒人看我的眼睛。

我揚起頭，抬高了下巴。

希莉同伊麗莎白站在門廳說話。希莉把一綹深色頭髮撥到耳後，朝我禮貌性地一笑。她舉步朝別人走去，而伊麗莎白則留在原位。我同她擦身而過時，她碰了碰我的手臂。

「嘿，伊麗莎白，」我咕噥道。

「我很抱歉，史基特，」她低聲說道，終於迎上我的目光。可她隨即又轉頭。我下了台階，往暗濛濛的停車場走去。我以爲她有更多話要同我說，只是我顯然搞錯了。

散會後我沒直接回家。我搖下凱迪拉克所有窗子，讓冷冽的夜風吹拂過我的臉。那感覺既冷也熱。我知道我該回家整理書稿，卻將車子轉上寬敞的史戴街，一路駛去。我一輩子從不曾感覺如此孤單。我不住細細數起壓在我肩上的重擔。**我眼看趕不上截稿日，我的朋友全部離我而去，史都也不在了，而母親……**

我不知道母親是怎麼了，可我們都心知肚明，這不只是胃潰瘍而已。

陽光沙灘酒吧已經打烊了，可經過時我依然放慢車速，凝望著那熄了燈的霓虹招牌。熄滅的霓虹燈看來竟如此死氣沉沉。我緩緩駛過拉瑪人壽大樓，再穿過一明一滅的黃色街燈。不過晚上八點，卻已經萬籟俱寂。全市的人都睡著了，每一方面都睡著了。

「我希望我能離開這裡，」我說道。沒人聆聽的話語聽來如此詭異。黑暗中，我彷彿能從遠遠的上方俯瞰自己，一如電影中那般。我成爲那種開車在黑夜裡徘徊不去的怪客。我成了《梅岡城故事》裡的布．拉德力（Boo Radley）。

我轉開收音機，一心想擺脫這可怕的寂靜。收音機傳來〈那是我的派對〉，我繼續往下搜尋。我漸漸開始痛恨那些無病呻吟的青少年情歌。波長偶然給對上了的吉光片羽間，曼菲斯的ＷＫＰＯ電台傳出一個男歌手的聲音，喝醉了似的，唱得快，低沉而憂鬱。我將車子開進一條無尾巷，在雜貨店停車場裡停好車，專心聆聽這首歌。這首比我之前聽過的任何歌曲都好聽的歌。

……你將如石頭沉水永不回
這是變革的時代

一個遙遠的聲音告訴我歌聲的主人叫做巴布．迪倫（Bob Dylan）。可等下一首歌開始的時候，訊號卻又模糊掉了。我癱坐在駕駛座上，凝望商店黑暗的櫥窗。我感到一股莫名的解放。我感覺自己彷彿剛剛聽到了未來之聲。

我下車，拿起雜貨店外那具公共電話的話筒，投下十分錢，撥了家裡的號碼。我知道母親還醒著，還在等我的門。

「哈囉？」晚上八點十五分，竟是爹地接的電話。

「爹地……你怎麼還醒著？發生了什麼事？」

「妳最好趕緊回家，親愛的。」

昏暗的街燈霎時亮得叫我無法逼視，夜色也似乎更深更冷了。「是媽媽嗎？她怎麼了？」

「史都已經前廊坐了將近兩小時了。他在等妳。」

史都？這說不通。「可媽媽……她還……」

「噢，媽媽沒事。事實上，她精神似乎好了點。快回來吧，史基特，史都還等妳。」

回家的路途從不曾感覺如此漫長。十分鐘後，我將凱迪拉克停妥在屋前，看到史都坐在最高的台階上，爹地則坐在搖椅上。我車一熄火，他倆都站了起來。

「嘿，爹地，」我說道。我沒看史都。「媽媽呢？」

「睡了，我剛才去看過她。」爹地打了個哈欠。這是我十年來頭一回看到他超過晚上七點還醒著，而上回還是因爲春天棉株結凍的霜害。

「我先去休息了。你倆自己聊，等會別忘了關燈。」爹地說完便留下史都與我進屋去了。夜色很深很靜，我看不到星星月亮，甚至看不到院子裡的狗。

「你來做什麼？」我說道，聲音聽來如此渺小。

「我來找妳談。」

我在台階上坐下來，雙臂抱膝，下巴抵在手臂上。「話說完就快走。我好不容易撐過來了。十分鐘前我才聽到一首歌，幾乎感覺更好過了些。」

他朝我挪近身子，近得幾乎要碰到我。我希望他碰到我。

「我來同妳說一件事。我來是要告訴妳，我見過她了。」

我猛地抬頭。腦中閃過的第一個字是**自私**。你這自私的渾帳，竟跑來同我說起派翠西雅。

「我兩個星期前去了舊金山。我開著我的卡車，一共四天，終於找到她媽媽給我的公寓地址。」

我掩住我的臉。我腦中全是史都爲她撥開臉上頭髮的畫面，一如他從前常常對我做的那樣。「我不想知道這些。」

「我告訴她，她對我做的是最最醜惡的事，那樣說謊。她的模樣變了。她穿著一件寬鬆長洋裝，掛著反戰標誌，頭髮好長，甚至沒擦口紅。她看到我時只是大笑，然後說我是個妓女。」他用力揉了揉眼睛。「她，自願脫了衣服同那傢伙上床的她——竟然說我是我爹地的妓女，是密西西比州的妓女。」

「你同我說這些做什麼？」我雙手握拳。我嚐到嘴裡的血腥味。我咬破了自己的舌頭。

「我會開車去找她，都是爲了妳。我們分手後，我知道我必須把她徹底趕出我腦裡。我眞的做到了，史基特。我來回開了兩千哩，才能站在這裡告訴妳。那段感情已經死了，都過去了。」

「很好，史都，」我說。「對你是件好事。」

他湊近身子，彎下腰來，要我看著他。我一陣頭暈，讓他呼出來的威士忌酒氣薰得一陣反胃。然而我還是想投身在他的懷抱裡。我愛他，也恨他。

「回家去吧，」我說，卻甚至說服不了自己。「我心裡已經沒有你的位子了。」

「我不相信。」

「一切都太遲了，史都。」

「我星期六可以再過來嗎？我們再多聊些？」

我聳聳肩，眼眶蓄滿淚水。我不會給他機會再傷害我一次。這滋味我受夠了。他，然後是我所謂的好友們。我不是笨蛋，我拒絕讓事情再度重演。

「隨便你。我早不在乎了。」

我清晨五點起床，埋頭開始打字。離截稿日只剩十七天了，我以我自己都不熟悉的速度與效率日夜趕工。我以之前一半的時間趕完了露維妮亞的故事，然後頂著一顆劇烈疼痛的頭，在窗口射入第一道天光時關上了桌燈。如果愛比琳能在下星期初把康絲坦丁的故事交給我，我或許眞能及時完成。

就在此時，我猛然才想起，我根本沒有十七天。我怎麼會這麼蠢。稿子從這裡寄到紐約還需一週左右的時間。我只剩下十天了。

如果有時間的話，我會痛哭一頓。

幾小時後，我起床，繼續工作。下午五點，我聽到車道上傳來停車的聲音。是史都和他的卡車。我把自己從打字機前拔開，下樓往前廊走去。

「哈囉，」我站在門廊說道。

「嘿，史基特。」他朝我點點頭。有些害羞，我想，比起兩晚前的他。「午安，菲蘭先生。」

「嗨，史都。」爹地從搖椅上站起來。「你們年輕人自己聊，我就不打擾了。」

「不必了，爹地。很抱歉，史都，可我今天眞的沒空。你如果想，倒是可以坐在這裡陪爹地，愛坐多久都行。」

我回頭往屋裡走，經過坐在廚房桌邊啜飲著熱牛奶的母親。

「外頭是史都嗎？」

我走進餐廳，刻意避開窗前，不讓史都看到我。我看著他開車離去。然後我只是看，繼續看下去。

那晚，我一如往常前往愛比琳家。我同她說了其實只剩十天的事，她差點也哭了。然後我把我以光速完成的露維妮亞原稿拿給她讀。米妮也在，同我們一起坐在廚房桌前，喝著可樂，眼睛看著窗外。我不知道她今晚要來，只希望她就安靜坐著，讓我們專心工作。

愛比琳放下稿子，點點頭。「我覺得很好。同以前慢慢寫的一樣好。」

我嘆氣，往椅背一靠，盤算著接下來還有那些事要做。「我們得決定書名，」我說道，一邊揉著兩邊太陽穴。「我想了幾個。我想我們應該叫它《**黑人家事幫傭與其南方雇主家庭**》。

「啥？」米妮說道，今晚頭一回正眼看我。

「很貼切也很清楚啊，妳不覺得嗎？」我說。

「雞雞歪歪的，彆扭死了。」

「這不是一本虛構小說，米妮。這算是社會學著作。書名就是要恰如其分。」

「就算這樣，也不一定要搞得那麼無聊啊，」

「愛比琳，」我嘆氣道，希望今晚還是能討論出個結論。「妳覺得呢？」

愛比琳聳聳肩，而我已經看到她臉上泛開一抹和事佬式的微笑。看來每回我同米妮共處一室，她就得出面扮演這個角色。「這書名不錯。只是每頁最上頭都得打上書名，可就累人了，」她說道。每頁都得打上書名的事，是我先前同她解釋過的。

「嗯，其實也可以再縮短一點……」我說道，一邊拿出了鉛筆。

愛比琳抓抓鼻子，說道，「妳們覺得如何，欸，如果就叫……**幫手**呢？」

「**幫手**，」米妮複述道，彷彿頭一回聽到這兩個字似的。

「**幫手**，」我說。

愛比琳聳聳肩，害羞地低下頭去，有些發窘。「我不是要給妳出主意，我只是……喜歡把事情弄得簡單明瞭一點，妳懂我的意思吧？」

「**幫手**聽來還算可以，」米妮說道，雙手抱胸。

「我喜歡……**幫手**，」我說，眞心眞意地說道。我補充道，「我想我們還是得在底下再加一條敘述，讀者才不會搞錯。可我眞的覺得這是個好書名。」

「好就對了，」米妮說道。「因爲這書要眞出版了，老天知道，我們還眞需要多一點幫手。」

離截稿日只剩八天的星期天下午，我頂著一顆暈眩的頭走下樓梯，眼睛一邊因為連續盯著打字機的小字而疲倦得眨個不停。聽到史都的車聲時，我幾乎有些高興起來。我揉揉眼睛。也許我就同他坐會吧，醒醒腦，回頭也好熬個通宵。

史都跳下他那輛噴得四處是泥巴痕的卡車。他還穿著上教堂的襯衫領帶，而我試圖忽視他看來有多麼帥氣的事實。我伸伸懶腰。再兩週半就耶誕節了，天氣竟還熱得不像話。母親坐在前廊搖椅上，身上裹著層層毛毯。

「哈囉，菲蘭太太。妳今天感覺如何？」史都問道。

母親莊嚴地朝他點點頭。「尚可。謝謝你的關心。」她的口氣生疏冷靜，倒叫我有些意外。她低頭繼續讀她的教會會訊，而我不住微笑。母親知道史都這幾趟來找我，可她到現在一句也沒過問。我不得不納悶，她什麼時候才要發動攻勢。

「嘿，」他靜靜地對我說道，而我們就並肩坐在最底下一層的台階上。我們沉默地一起看著家裡那隻老貓薛曼躲在樹後，尾巴搖啊搖地，追逐著某個我們看不到的生物。

史都碰碰我的肩膀。「我今天不能久留。我一會就要出發往達拉斯參加一個鑽油會議，要三天才回來，」他說道。「我來只是要告訴妳這個。」

「那就這樣吧，」他說道，起身往卡車走去。

卡車的影子終於消失在泥土路盡頭時，母親清了清喉嚨。我沒有回頭面對搖椅上的她。我不想讓她看見我臉上因為史都匆匆離去的落寞之情。

「妳就說吧，母親，」我終於咕噥道。「想說什麼就說吧。」

「妳可別讓他害妳看輕了自己。」

我回頭看她，滿腹狐疑地打量著她，雖然裹在層層毛毯底下的她看來如此脆弱。傻子才會低估我的母親。

「如果史都還看不清妳的聰明與善良，那他大可大步走回他的史戴街去。」她眯著眼睛，望向冬季的田野。「老實說，我對他沒啥好印象。他不知道自己是交了何等好運，才會同妳在一起。」

我讓母親的話像顆小小的甜糖果般停留在我的舌尖，細細品味。我逼著自己站起來，回頭往前門走。事情還這麼多，時間卻只剩這麼一點點。

「謝謝妳，母親。」我在她頰上輕輕一吻，然後進屋裡去。

我又累又煩躁。一連四十八小時，我除了打字什麼也沒做。我的腦袋因爲塞滿別人的生命故事而麻木遲鈍。我的眼睛讓打字機墨水的味道薰得刺痛不已。我的手指上滿佈紙張劃破的傷痕。誰知道墨水與紙張竟可以如此惡毒。

只剩下六天了。我往愛比琳家去——她不顧伊麗莎白抗議，特地請了一天假在家。我看得出來，我還沒開口，她已經明白我們終究得談到那件事了。她留我一人在廚房裡，回來時手裡拿著一只信封。

愛比琳調整原本放在廚房桌上的筆記本位置，又把兩支黃鉛筆仔細排整齊，「記得嗎，我同妳說過，康絲坦丁有個女兒。嗯，她的名字叫做露拉貝兒。老天，她皮膚眞是白得像雪。後來頭髮長出來，是金褐色的。也不像妳的捲髮，就是又直又順。」

「她眞有那麼像白人？」我問道。打從好久以前在伊麗莎白的廚房裡、愛比琳同我透露康絲坦丁有個女兒後，我便常常想到這問題。我想像康絲坦丁當時有多意外，懷裡這白人模樣的寶寶，竟是自己的女兒。

她點點頭。「露拉貝兒滿四歲後，康絲坦丁……」愛比琳動了動身子。「她把她送進了芝加哥的一家……孤兒院裡。」

「孤兒院？妳是說……她把孩子送人了？」我知道康絲坦丁有多愛我，我只能想像她又會有多愛自己的骨肉。

愛比琳直視我的眼睛。我在她眼裡看到之前從未看到的東西——挫折，反感，厭惡。「多的是黑女人不得不放棄自己的孩子，史基特小姐。把自己的孩子送走，才好繼續照顧她的白人雇主家庭。」

我低下頭去，想著，康絲坦丁可是爲了照顧我們，才會忍痛把自己的孩子送給別人照顧。

「只是大部分的孩子就是送人領養了。孤兒院……這又是另一回事了。」

「她爲什麼不把孩子送到她妹妹那？或者是別的親戚？」

「她妹妹……她就是辦不到。生爲黑人卻有著一身白皮膚……在密西西比，結果就是兩邊都不要妳。這對孩子難，對康絲坦丁更難。她……走到哪都要讓人多看兩眼。白人覺得她可疑，直接擋下她問她做啥帶個白人孩子四處走。甚至只是走在史戴街上，都會讓警察攔下來、要她下回記得穿上白制服。即使黑人……對她也是另眼相待，總沒那麼信任她，好像她做了啥錯事似地。她甚至找不到人幫她看著露拉貝兒。到後來，康絲坦丁被逼得甚至不愛帶露拉出門了。

「她那時已經來我家了嗎？」

「嗯，已經給妳媽媽做了幾年事了。事實上，她就是在妳家遇上孩子的爹的。康納也住熱堆，在妳家的棉花園幹活。」愛比琳搖搖頭。「我們那時都很意外，康絲坦丁怎麼會同他一起，還大了肚子。教會那邊有些人嘴壞，等孩子生出來那麼白後他們更是，唉。即使孩子的爹是黑人也一樣。」

「我想我母親也不會太高興。」我相信母親對這事應該也瞭如指掌。她向來密切留意棉花園裡外所有黑人員工的背景資料——住哪、結婚了沒、有幾個孩子。與其說是關心，還不如說事關掌控。她就是想知道在她家進出的人的一切。

「那是一家黑人孤兒院還是白人孤兒院？」因爲我想，也希望，康絲坦丁是爲了讓孩子擁有更好的生活才把她送走的。也許她認爲孩子可以有機會讓白人家庭收養，不必再爲自己的外表感到那麼格格不入。

「黑人孤兒院。聽說白人孤兒院不願意收她。我猜他們知道……也許這情況他們以前也見過。」

「康絲坦丁帶著露拉搭火車北上時，我聽說到了月台上，都還讓人盯著指指點點，問說白人小女孩怎麼上了黑人車廂。終於到了芝加哥那家孤兒院後……唉，說來，孩子都四歲了才送走，實在遲了些。露拉貝兒尖叫個不停。康絲坦丁後來同個教會朋友說過。說露拉又叫又踢，要媽媽回來帶她。可康絲坦丁，即使女兒聲聲呼喊……終究還是留下她走了。」

我一邊聽愛比琳說，一邊漸漸體悟到一件事。如果沒有那樣的母親，我或許還永遠想像不到。「她把她送走，是因爲……她覺得丟臉？因爲她的女兒長得像白人？」

愛比琳張嘴欲辯，卻又合上嘴，低下頭去。「幾年後，康絲坦丁寫信給孤兒院，說自己錯了，想要接回女兒。可露拉那時已經讓人收養了，不在了。康絲坦丁說，把女兒送走是她一生最大的錯誤。」愛比琳往椅背一靠。「然後她還說，如果有機會讓露拉回到她身邊，她絕對不會再讓她離開了。」

我靜靜坐著，一顆心爲康絲坦丁隱隱作痛。我也開始擔心，這一切同母親又有什麼關聯。

「差不多兩年前，康絲坦丁收到一封露拉貝兒寫來的信。我算過，她那時應該有二十五歲了，說是她的養父母把地址給了她。她倆開始通信，最後露拉貝兒說她想搬來同她住上一陣。老天，康絲坦丁可緊張的，連路都走不穩了。路走不穩，飯吃不下，連喝口水都要吐出來。我那時還把她放上了我的代禱單。」

兩年前。我還在上大學。康絲坦丁怎麼沒在信上提過呢？

「她拿出所有積蓄，給露拉貝兒買了衣服髮飾，還請教會的人給她縫了一件拼花被單。她在禱告會上同我們說，**要是她恨我呢？她一定會問我為什麼要把她送走，而我要同她說了實話……她一定會恨我。**」

愛比琳目光終於從手裡的茶杯上移開，抬頭微微一笑。「她同我說，她等不及史基特從學校放假回來、也見見露拉了。我那時不知道史基特是誰，一直沒想起這件事。」

我想起康絲坦丁的最後一封信，她說她有個驚喜要給我。我現在終於知道了，她是想把我介紹給她的女兒。我嚥下喉頭湧起的淚水。「露拉貝兒來了後，發生了什麼事？」

愛比琳把桌上的信封推到我面前。「這部分，妳回家自己讀吧。」

到家後，我直接上樓。我甚至來不及坐下，便拆開了愛比琳的信。信寫在筆記紙上，弧度優雅的字跡佈滿正反兩面。

終於讀完後，我望著那八張我先前完成有關康絲坦丁的打字稿——從同康絲坦丁一起走回熱堆、寫到我們一起完成的拼圖、再寫到她深深掐進我掌心裡的拇指。我深呼吸，十指在打字機鍵盤上就定位。我不能浪費一分一秒。我必須完成她的故事。

我寫下愛比琳告訴我的一切，寫下康絲坦丁有一個女兒，卻為了繼續給我們家做事而不得不送走了她。米勒家，我以我最喜愛的禁書作家亨利．米勒（Henry Miller）給自己家安了這個假名。我沒有點出康絲坦丁的女兒模樣像白人；我想在她的故事裡說的，只是她對我的愛原來源自於對自己骨肉的思念。也許正因如此，那份愛才會這麼特別，這麼深刻。我是白人一點也不重要。重要的是，在她深深思念著女兒的同時，我也正渴望著母親的認同與讚許。

整整兩天，我娓娓從我的童年說起，說到我離家上大學，說到我倆每週的通信。然而就在此時，我停下打字的手，聆聽樓下傳來母親的咳嗽聲。然後是爹地鼕鼕的腳步，朝著母親跑去。我點菸，又掐熄，想著，**不，不要又來了**。馬桶水聲咻咻傳遍屋內，隨之而去的，是母親又一小部分的身體。我再次點菸，抽到幾乎燒到手指方熄。我不能寫出愛比琳信裡的情節。

那天下午，我打電話到愛比琳家。「我不能把這段放進書裡，」我同她說道。「那段有關母親與康絲坦丁的事。我決定寫到我去上大學爲止。我就是……」

「史基特小姐——」

「我知道我不該有私心。我知道我該同妳和米妮還有所有人一樣，有所犧牲。可我就是不能對母親做出這樣的事。」

「沒有人認定妳該把這段寫進去，史基特小姐。事實上，妳要眞寫了，我還不會這麼看得起妳。」

第二天傍晚，我進廚房沖杯茶。

「尤吉妮亞？是妳下樓了嗎？」

我回頭往母親房間走去。爹地還沒上床。我聽到起居室傳來電視的聲音。「我在這，母親。」

才六點，她已經躺在床上，那只白色臉盆就擱在她床邊。「妳剛哭過是嗎？妳該知道哭對皮膚不好，親愛的。」

我坐在她床邊那張藤椅上。我暗忖著該如何開口。一部分的我完全了解母親爲什麼會那麼做；老實說，露拉貝兒的行爲，任誰都會被激怒。可我必須聽到母親這方的版本。如果愛比琳信中遺漏了任何能爲母親的行爲辯解開罪的部分，我也必須知道。

「我想同妳談談康絲坦丁的事，」我說。

「噢，尤吉妮亞，」母親以責備的口氣說道，拍拍我的手。「都兩年前的事了。」

「媽媽，」我說道，強迫自己看著她的眼睛。雖然她如此單薄瘦弱，薄薄皮膚下的鎖骨聳然可見，眼神卻銳利如昔。「到底發生了什麼事？她的女兒發生了什麼事？」

母親下巴一繃。我感覺得出來，她很意外我竟知道露拉貝兒的事。我等待她一如往常，開口拒絕談論這件事。她深呼吸，把白臉盆挪近了點，說道，「康絲坦丁把她送去了芝加哥。她照顧不了她。」

我點點頭，等著。

「她們在這方面同我們不一樣，妳知道的。那些人只知道把孩子生下來，卻沒想過隨之而來的責任。」

她們，那些人。這讓我想起了希莉。母親讀出了我的表情。

「不，妳想想，我對康絲坦丁眞的是好。噢，她可常回嘴了，我也沒同她多計較。可史基特，她這回讓我無從選擇。」

「我知道，母親。我知道發生了什麼事。」

「誰告訴妳的？這事還有誰知道？」我看到母親眼裡升起的偏執與恐慌。她最大的恐懼終於成眞，而我爲她感到難過。

「我永遠不會告訴妳是誰同我說的。我只能告訴妳，那人無關緊要……至少於妳如此，」我說道。「我不敢相信妳竟選擇這麼做，母親。」

「她做出這樣的事，妳竟還站在這裡指責我。妳眞的知道發生了什麼事嗎？妳親眼看到了嗎？」我看到古老的憤怒，一個苦戰惡毒潰瘍多年的頑強女性。

「那女孩——」她朝著我搖搖她那瘦骨嶙峋的手指。「她就這麼闖了進來。而我請了整個革命女兒會支部的會員來家裡作客。妳那時還在學校，門鈴響個不停，而康絲坦丁又因爲老爺咖啡壺燒焦了前兩壺咖啡，正在廚房裡忙著。」母親揮揮手，彷彿想揮去記憶中那股燒焦的咖啡味。「她們正在客廳裡吃蛋糕，總共九十五個人，而她竟也大搖大擺跟著一起喝咖啡。她同莎拉．凡西斯滕聊天、把自己當客人在屋裡四處走動、往嘴裡猛塞蛋糕，最後甚至塡了份**入會**申請書。」

我再次默默點頭。也許我原先並不知道這些細節，可這些一點也不影響後來發生的事。

「她看來就像白人，她自己也知道。她完全清楚自己在做什麼。我同她說，**幸會**，而她笑了，應說，**幸會**，我又問，**請問妳叫什麼名字？**她說，**妳是說妳還不知道？我是露拉貝兒．貝慈。我長大了，剛剛搬回來同我媽媽住，昨天早上才到的。**說完她又去拿了一塊蛋糕。

「貝慈，」我說道，因爲這又是一個我不知道的細節，儘管無關緊要。「她改回康絲坦丁的姓。」

「感謝老天，她這些話沒讓別人聽到。可她接著竟攀上菲比．米勒，革命女兒會南方支部主席。我於是拉著她進了廚房，同她說道，**露拉貝兒，妳不能在這裡。妳必須離開**，而她看著我那模樣，如此之傲慢！她說，**怎麼，黑人只有打掃的時候才能進妳的客廳，是吧？**就在這時候，康絲坦丁也走進廚房，臉上的表情同我一般驚訝。我說，**露拉貝兒，妳最好趁我打電話給菲蘭先生之前離開這屋子。**可她還是不讓步。說我剛剛還以為她是白人的時候，明明就對她以禮相待。說她在芝加哥加入了什麼地下組織。最後我只好同康絲坦丁說道，**妳現在就把妳女兒趕出我的屋子。**」

母親的眼眶深陷，鼻翼賁張。

「康絲坦丁於是要露拉貝兒先回家去，而露拉貝兒說，**也好，我正打算要走**，說完便朝餐廳走去，而我當然趕緊攔下她。**噢，不**，我說，**妳從後門走，前面還有白人客人在**。我絕不能讓革命女兒會發現這件事。我同那惡形惡狀的女孩說——虧我們每年耶誕節還都會多給她媽媽十塊錢禮金——我要她從此不准再踏進我們家一步。而妳知道她接下來做了什麼事嗎？」

是的，我知道，我心想，可我不作任何表示。我還在等待那足以辯解開罪的部分。

「吐痰。吐在我臉上。一個在我的屋子裡假裝是白人的黑鬼。」

我不住哆嗦。什麼樣的人，竟有膽吐痰在我母親臉上？

「我告訴康絲坦丁，我不要再看到那女孩的臉。不只在這裡、不只在熱堆、也不只在密西西比州。我也不准她再同露拉貝兒有任何瓜葛，只要妳爹地還給她付一天房租就不准。」

「可那樣對妳的是露拉貝兒，不是康絲坦丁。」

「要是她就這麼留下來了呢？我不能讓那女孩留在傑克森市，明明是黑人卻一副白人模樣，到處同人說她在長葉園混進了革命女兒會。我感謝老天，這事到現在還沒傳開。她企圖在我自己家裡羞辱我，尤吉妮亞。才五分鐘前，她讓菲比．米勒親自為她填了入會申請書。」

「她二十年沒見過她的女兒。妳不能……要人不准見自己的女兒啊。」

可母親已經完全沉浸在自己的故事裡了。「康絲坦丁以爲自己能說服我改變主意。**菲蘭太太，求求妳，讓她留在我屋子裡，我保證不讓她再過來。我已經這麼久不曾見到她了啊。**」

「而那露拉貝兒一手叉腰，說道，**是啊，我爹地死得早，我媽媽又病得沒法照顧還是小寶寶我，才不得不把我送人。妳不能再拆散我們母女倆。**」

母親聲音一沉。她突然實事求是了起來。「我看著康絲坦丁，爲她感到可恥至極。先是讓人把自己肚子搞大了，接著還滿口謊話……」

我渾身發熱，頭暈欲吐。我不想再聽下去了。

母親瞇起眼睛。「也該是妳睜開眼睛的時候了，尤吉妮亞，把事情看個清楚。妳一直過度美化康絲坦丁。一直都是。」她手指著我。「她們不像一般人。」

我不能看她。我閉上眼睛。「接下來發生了什麼事，母親？」

「我問康絲坦丁，再單純不過地問她，『妳是這麼告訴她的嗎？妳就是這麼掩飾自己的錯誤的嗎？』」

就是這部分，我滿心希望不是眞的。我希望愛比琳錯了，一直搞錯了。

「我同露拉貝兒說了實話。我同她說，『妳爹地沒**死**。他在妳出生後的第二天跑掉了。而妳媽媽這輩子沒生過一天病。她把妳送走是因爲妳長得像白人。她不想要妳。』」

「妳爲什麼不讓她繼續相信康絲坦丁告訴她的話？康絲坦丁多麼害怕她會恨她，所以才會同她那麼說啊。」

「因爲露拉貝兒必須知道事實。她必須回到芝加哥，那裡才是她的家。」

我以手掩面。這個故事沒有任何辯解的餘地。我知道爲什麼愛比琳一直不願告訴我。孩子不該知道自己母親這一面。

「我完全沒想到康絲坦丁竟會同她去了伊利諾州，尤吉妮亞。眞的，我……我很遺憾她就這麼走了。」

「妳才不，」我說道。我想到康絲坦丁，在鄉下住了五十年，最後卻落到芝加哥某個又窄又小的公寓裡。她會有多寂寞。她的膝蓋又怎麼受得了那樣的地凍天寒。

「我眞的很遺憾。雖然我不准她寫信給妳，可如果還有更多時間，她遲早會寫的。」

「更多時間？」

「康絲坦丁死了，史基特。我後來給她寄了張支票當生日禮物。按我問來她女兒的地址寄去的，可露拉貝兒……把信退了。一起寄回來的，還有張訃聞。」

「**康絲坦丁**……」我哭了。我希望我早一點知道。「妳爲什麼不曾告訴我，媽媽？」

母親抽抽鼻子，兩眼直視前方。她很快地按按眼角。「因爲我知道妳會怪我——雖然這一點也不是我的錯。」

「她什麼時候過世的？她在芝加哥住了多久？」我問道。

母親拉過臉盆，緊摟在身邊。「三個星期。」

愛比琳拉開後門讓我進去。米妮正坐在餐桌前，攪著咖啡。她看到我，不動聲色拉下捲起的洋裝衣袖，可我卻已經瞥見她手臂上的一角白色繃帶。她咕噥著說了哈囉，便回頭專心攪她的咖啡去了。

我砰一聲把一大疊書稿放到餐桌上。

「我明早寄了，那就是有六天的郵寄時間。也許我們眞能趕得上。」我精疲力竭地微笑道。

「老天，瞧瞧這分量，還眞是不少。」愛比琳咧嘴笑開，在凳子上坐定了。「總共兩百六十六頁。」

「我們現在只能……等著瞧了，」我說道。三個人六隻眼睛全落在那疊厚厚的打字稿上。

「總算，」米妮說道，而我看得出她臉上透露著點什麼，還不是微笑，更像是滿足。

小廚房裡一陣沉默。窗外是墨黑的夜色。郵局已經關門了，所以我乾脆把稿子帶過來，寄出前再讓愛比琳與米妮看過最後一次。我之前都只是一章一章地帶過來。

「要是讓人發現了呢？」愛比琳問道。

米妮猛地抬頭。

「要是讓人猜到耐斯維爾就是傑克森市，或是猜出來誰是誰。」

「沒人猜得到，」米妮說道。「傑克森又沒啥了不起。全美國大概有上萬個像這樣的地方。」

我們好陣子沒提到這話題了。而除了溫妮說的割舌頭外，我們也從未討論過除了女傭們丟工作以外的可能後果。過去八個月來，我們一心只想趕緊完成它。

「米妮，妳還有孩子得著想，」愛比琳說道。「還有里洛，要讓他發現了……」

米妮眼裡的自信一掃而空，取而代之的是偏執與恐慌。「不消說，里洛一定會氣瘋了，」她再次扯了扯衣袖。「氣瘋了，然後傷心。要我當眞讓白人逮著了。」

「妳覺得，我們該不該先安排好後路……一旦東窗事發，總好有個地方先避避？」愛比琳問道。她倆同時陷入思考，一會又不約而同搖起頭來。「我知道我們還能往哪去，」米妮說道。

「妳也該想想，史基特小姐。給自己先想好個後路，」愛比琳說道。

「我不能丟下母親，」我說。我原本還站著，這會終於落坐。「愛比琳，妳當眞認為他們眞的會……傷害我們？我是說，就像報紙上寫的那樣？」

愛比琳猛一轉頭，滿臉疑惑地瞅著我。她皺著眉頭，像我倆間起了什麼誤解。「他們會毆打我們。他們會帶著球棒找上門來。他們或許不會殺了我們，可……」

「可究竟是誰做得出這樣的事？書裡寫到的那些白女人……她們該不會同我們動手吧？會嗎？」

「妳難道不知道，白種男人最熱愛『保護』自己城裡的白種女人了？」

我渾身皮膚一陣刺麻。我不怎麼擔心自己，我想到的是自己竟將愛比琳、米妮、露維妮亞、菲貝兒還有其他八位女傭推入了何等的險境。書大刺刺地躺在桌上，而我只想把它收進我的書包裡、藏起來。

結果我只是望向了米妮。因爲，爲著某種理由，讓我相信米妮是我們之中唯一眞正了解可能的後果的人。可她畢竟沒理會我。她自己也陷入了長考裡。她用拇指指甲來回撥弄著下唇。

「米妮，妳覺得呢？」我問道。

米妮望向窗外，一逕朝自己的想法點頭。「我覺得，我們需要買個**保險**。」

「別傻了，」愛比琳說道。「哪來這東西。」

「要是我們把那件**可怕的事**也放進書裡呢？」米妮問道。

「我們不能這麼做，米妮，」愛比琳說道。「那會讓我們全洩了底。」

「可如果我們把那事也寫進去了，希莉小姐就絕不會讓任何人發現這書原來說的就是傑克森市。她絕對不想讓**任何人**發現那故事說的是她。如果有人快要猜出來了，她一定會想辦法再引開。」

「老天，米妮，這太冒險了。沒人拿得準那女人會怎麼做。」

「那事只有希莉小姐本人和她媽媽知道，」米妮說道。「西麗亞小姐也知道，可她反正沒朋友好說嘴。」

「到底是什麼事？」我問道。「眞有**那麼**可怕嗎？」

愛比琳看向我。我眉頭高高揚起。

「她要同誰承認去？」米妮問愛比琳道。「她也不會希望妳和李佛太太讓人認出來，愛比琳，因爲妳倆讓人認出來了，她就只差一步了。聽我說，錯不了的，希莉小姐是我們最好的保險。」

愛比琳搖頭，接著又點頭。一會又搖頭。我們看著她，等著。

「如果我們把那件可怕的事放進書裡，而妳同希莉小姐也**當真**給認了出來，妳的麻煩就大了，」——愛比琳一陣哆嗦——「這世界上甚至沒有字可以形容。」

「這險我願意冒。我已經決定了。要不就把這事寫進去，要不我乾脆退出。」

愛比琳同米妮四目相對，僵持了好一會。我們不能抽掉米妮的部分；那是全書最後一章。那故事說到在同個城裡給人炒了十九次魷魚是什麼景況。說到試圖壓抑卻始終藏不住的憤怒。故事從她母親的女傭守則講起，一直說到瓦特太太爲止。我想說點什麼，可我終究閉上嘴。

終於，愛比琳長嘆一口氣。

「好吧，」愛比琳說道，一邊搖頭。「我想妳最好同她交代清楚吧。」

米妮朝我瞇起眼睛。我拿出紙筆。

「先說好，我同妳說這全是爲了書。可不是啥感人的祕密分享。」

「我來煮壺咖啡，」愛比琳說道。

開車回長葉園的路上，我一想到米妮那個派的故事，就渾身哆嗦。我不知道哪個才是比較安全的做法，把這事寫進書裡還是絕口不提。更別提的是，如果我來不及在明天郵局關門前寫完這部分，那就又得再拖過一天，稿子及時送抵紐約的機會便又小了一些。我可以想像希莉臉上赤紅的憤怒，她依然對米妮懷抱的恨意。我對我這老友知之甚深。萬一東窗事發，希莉會是我們最可怕的敵人。即使事情沒給揭發開來，把派的故事寫進書裡，也會將希莉的狂怒推到一個我們無法想像的高點。可米妮說得沒錯——這是我們最好的保險。

我每隔四分之一哩便不住回頭探望。我只挑小路走，車速也絕對維持在速限以下。**他們會毆打我們**，幾個字不斷在我耳裡迴響著。

我徹夜趕工，一邊讓米妮故事的細節逼得皺眉抿嘴，天亮了再繼續拚下去。當天下午四點，我終於將書稿塞進硬紙板箱裡，快手快腳用牛皮紙包好了。我知道郵寄通常得耗上七到八天的時間，可這稿子無論如何必須在六天內抵達紐約市，才趕得上最後截稿日。

我拋開對警察的顧慮，十萬火急趕往即將在四點半關門的郵局。我衝進門，快步往窗口走去。我已經整整一天一夜沒睡了。我一頭亂髮全站了起來。郵局櫃檯員睜大了眼睛。

「外頭風很大？」

「麻煩你。這要寄到紐約。來得及今天送出去嗎？」

他看了眼地址。「收外地郵件的卡車已經走了。要等明早那班了。」

他蓋下郵戳，而我轉身回家。

一到家，我立刻閃進儲藏室，撥了伊蓮．史丹的辦公室電話號碼。她的祕書為我轉了電話，而我用粗嘎疲倦的聲音告訴她，我剛剛把稿子寄出去了。

「最後一回編輯會議再六天就要開了，尤吉妮亞。妳的稿子不但必須及時送到，還得有時間讓我讀完才可以。我不得不說，這是不太可能的事。」

我已經無話可說，於是只是喃喃應道，「我知道。謝謝妳給我這個機會。」然後我又加了一句，「耶誕快樂，史丹太太。」

「我們管那叫光明節（Hanukkah），可還是謝謝妳，菲蘭小姐。」

第二十八章

掛上電話後，我往前廊去，只是站著，凝望冬季的田野。我累壞了，甚至沒留意倪爾醫生停在屋前的車。應該是我在郵局時到的吧。我倚著前廊圍欄，等著他從母親房裡走出來。透過大開的前門，順著長長的走道往屋後看，我看得到母親緊閉的房門。

一會後，倪爾醫師輕輕關上母親房門，往前廊走來，同我並肩站著。

「我給她開了一些止痛的藥，」他說道。

「止……痛？媽媽今早又吐了嗎？」

上了年紀的倪爾醫師用一雙霧濛濛的藍眼看著我。他看著我，看得那麼深、那麼久，彷彿想藉此決定某件同我有關的事。「妳母親得了癌症，尤吉妮亞，胃癌。」

我伸手扶牆。說震驚，可其實，難道我真的不知道？

「她不想告訴妳。」他搖搖頭。「可因爲她拒絕住院治療，我想還是得讓妳知道。接下來幾個月，不會……太好過。」他朝著我揚起眉毛。「對她對妳都是。」

「幾個月？只剩……幾個月了嗎？」我手掩嘴，聽到自己的輕聲嗚咽。

「也許再多，也許再少，親愛的。」他搖搖頭。「以我對妳母親的了解，」他望向屋裡。「她一定會奮戰到底。」

我恍惚地站著，無法言語。

「隨時打電話給我，尤吉妮亞。打到診所或家裡都可以。」

我進門，往母親房間去。爹地坐在她床邊的長椅上，凝望著眼前的空氣。母親坐在床上，只在看到我進房來時，輕輕翻了翻白眼。

「喏，我猜他都同妳說了。」她說道。

眼淚沿著我的下巴滴落胸前。我緊握住她的手。

「妳知道多久了？」

「兩個月了吧。」

「噢，**媽媽**。」

「不要這樣，尤吉妮亞。誰也幫不了我。」

「可我還能……我不能就坐在這裡看著妳……」我說不出那個字。所有字眼都太可怕了。

「妳當然不能就**坐**在這裡。卡爾頓很快要成爲律師了，而妳……」她朝我搖搖手指。「別以爲我走了妳就輕鬆了。一等我有力氣走到廚房，我就要打電話給芬妮孅，幫妳把到一九七五年的做頭髮的約都約好。」

我落坐在長沙發上，讓爹地摟住我的肩膀。我倚著他，放聲哭泣。

詹姆索一週前在起居室裡立起來的耶誕樹這會竟有些枯了，一有人經過就要掉了滿地針葉。離耶誕節還有六天，卻沒人有那心情給樹澆水。樹下零落地躺著母親七月就買好包好的少數幾份禮物——給爹地的顯然是條上教堂繫的領帶，給卡爾頓的是個方型的小盒子，給我的那只盒子沉甸甸的，我猜是本新聖經。病情一旦公開，母親竟就像給剪斷了線的木偶，也不再費力強撐著自己，甚至連頭子上的人頭也挺不直了。她最多就是起身走到廁所，或是每天在前廊搖椅上坐個幾分鐘。

每天下午，我爲母親送去她的信件，《好主婦》雜誌、教會會訊、革命女兒會刊。

「妳還好嗎？」我問她，一邊由額前往後撫順她的頭髮，而她閉上眼睛，享受著我的撫觸。她現在就像個孩子，而我反倒成了母親。

「我還好。」

帕古拉進房來，在床頭桌上放下一碗雞湯。母親若有似無地搖頭，只在帕古拉走出房間後，茫然地望著空蕩蕩的走道。

「噢，不，」她苦著臉說道。「我吃不下。」

「妳不必勉強自己，媽媽。我們一會再試試看。」

「換成帕古拉，一切都不一樣了，是不是？」她說道。

「是啊，」我說。「是都不一樣了。」這是上回那番可怕的對談後，母親首次提到康絲坦丁。

「我聽人說，好的幫傭就像眞愛。一生只有一回。」

我點點頭，想著我該把這話記下來，放到書裡。不過，當然，已經太遲了，書稿早寄出去了。我已經盡了人事，大家都已經盡了人事，接下來就只能聽天命了。

耶誕夜陰沉沉地下著雨，潮濕而溫暖。父親每半小時便從母親房裡踱出來，走到窗邊往外看，問道，「他到了嗎？」即便旁邊並沒有人。卡爾頓正在從路大法學院開車返家的路上，我們都等不及要看到他了。一整天，母親吐了好幾回，乾嘔則一直沒停過。她幾乎睜不開眼睛，卻也睡不著覺。

「夏綠蒂，妳應該要住院，」倪爾醫師下午過來時說道。過去這一星期裡，這句話已經讓他重複說過無數次了。「至少也讓我請個護士過來照顧妳。」

「查爾斯．倪爾，」母親說道，頭甚至沒離開枕頭。「我不要在醫院度過最後的日子，也不想把自己家變成了醫院。」

倪爾醫師嘆氣，交給爹地更多更新的藥，囑咐他用藥的時間與劑量。

「這藥對她的病情有幫助嗎？」我聽到父親在門外對倪爾醫師輕聲問道。「會讓她病情有起色嗎？」

倪爾醫師一手放在爹地肩上。「不，卡爾頓。」

當晚六點，卡爾頓的車子終於駛上車道，進了門。

「嘿，史基特。」他摟摟我。雖然一趟路不免風塵僕僕，穿著大學毛衣的他卻還是帥氣好看，身上的新鮮空氣味也清新好聞。有人來總是好。「老天，屋裡怎麼這麼熱？」

「她怕冷，」我靜靜說道。「隨時都喊冷。」

我跟在他身後往屋後走去。母親見他來了，趕緊坐起來，朝他伸出瘦弱的雙臂。「噢，卡爾頓，你回來了，」他說道。

卡爾頓一怔，半晌才彎下腰去，動作輕柔地摟住她。他回頭看我一眼，而我看到了他臉上的震驚。我轉過頭去。我壓住口鼻，不讓自己哭出來。我知道我一旦開始就再也停不下來。卡爾頓的表情告訴我的，遠遠多過我想知道的。

史都耶誕節來訪時，我沒阻止他吻我。可我同他說，「我讓你吻我，只是因為我母親已經不久人世。」

「尤吉妮亞，」我聽到母親叫喚道。今天是除夕，而我正在廚房裡給自己泡茶。耶誕節過去了，詹姆索今早終於把樹搬出去。屋裡依然四處散落著針葉，可我總算把耶誕吊飾全收了下來、放回衣櫥裡。這差事瑣碎而累人——我按照母親指示，把吊飾一一包好、好方便明年再拿出來。我努力不去質疑這事的徒勞無益。

史丹太太那邊依然音訊全無，我甚至不知道包裹是否趕在截稿前送到了。就昨晚，我終於忍不住，打電話給愛比琳同她說我至今沒有收到任何回音；光是把話說出來就讓我感覺好多了。「我還是一直會想到可以加進去的東西，」愛比琳說道。「我得一直提醒自己稿子都已經送出去了。」

「我也是，」我說道。「一有消息馬上通知妳。」

我往屋後走去。母親背後墊著枕頭，坐著。坐著時因爲重力作用，對母親的嘔吐症狀多少有幫助。她身邊依然擱著那只白臉盆。

「嘿，媽媽，」我說。「要我幫妳拿點什麼嗎？」

「尤吉妮亞，妳不能穿著這件長褲出席哈布克家的新年派對。」母親眨眼，眼睛合上的時間卻長了點。她精疲力竭。她像包裹在白色長睡衣裡的一具骸骨，讓可笑的緞帶與上過漿的蕾絲層層團簇著。她瘦弱的頸子在過大的領口裡搖晃游移，像隻八十磅重的天鵝。她只能以吸管進食，也已經完全喪失嗅覺。可她卻毫無疑問可以感覺到隔壁房間裡的我是否穿著得宜。

「派對取消了，媽媽。」也許她是想起了希莉去年的派對。史都告訴我，爲了悼念甘迺迪總統，所有派對都取消了。反正我也不在受邀名單上。史都今晚會過來一起收看迪克·克拉克（Dick Clark）的新年特別節目。

母親用她那隻形銷骨立的手覆在我的手上，薄薄一層皮膚底下的關節清晰可見。母親現在的身形大小，約莫同我十一歲時差不多吧。

她定睛看著我。「我覺得我們該把這件褲子加到清單上，現在就加上去。」

「可它眞的很舒服又保暖，而且——」

她搖搖頭，閉上眼睛。「很抱歉，史基特。」

沒有爭辯的餘地。沒有。「好吧，」我嘆氣道。

母親從被單底下掏出一本便條紙。她在她每件衣服和被單裡頭都縫上了隱形小口袋，好讓她收放止吐藥和衛生紙。還有各類規定清單。她伸出一隻骨瘦如柴的手，以意外的平穩，在「不准穿」清單上寫下「灰色、寬鬆、男人樣式的長褲」一項。

聽來或許有些詭異，可當母親明白在她過世後就再也沒人盯著我的穿著時，她便想出了這麼一套聰明的身後監控系統。她基本上假設我不會自己跑去買更多不合身的衣服。或許她想得沒錯。

「今天都還沒吐過？」我問道。已經下午四點了，母親不但已經喝下兩碗雞湯，而且甚至沒吐過。通常到下午這時候，她至少已經吐過三回了。

「一次都沒，」她說道。她閉上眼睛，幾秒後便睡著了。

新年當天，我下樓打算煮些黑眼豆，好爲新的一年帶來好運。帕古拉前晚就先幫我把豆子放到水裡浸著，還教我要如何把它們放到鍋裡、開火、把豬肘子放進去一起煮。不過簡單兩個步驟，所有人卻對我要開火一事感到緊張不已。我記得從前康絲坦丁總會不顧自己放假，在新年當天跑這一趟，爲我們煮鍋可以招來好運的黑眼豆。她煮上一整鍋，卻只在每人盤裡擱上一顆，還非要盯著我們吃下了才安心。她有時還眞是挺迷信的。之後，她把碗盤清洗乾淨，終於才回家去。帕古拉則否，可想到她該是同家人一起過年，我也就沒開口麻煩她。

縱然依依不捨，卡爾頓還是今早就得離開了。有哥哥在家說說話，眞是很棒的事。在他擁抱告別之前，他對我說的最後一句話是，「別把房子燒了。」接著又加了一句，「我明天會打電話，看看她情況如何。」

關掉爐火後，我往前廊走去。爹地倚著圍欄站著，手裡把玩著幾顆棉籽。他凝望著光禿的田野。棉花種植季要再一個月才開始。

「爹地，要進來吃午餐嗎？」我問道。「豆子煮好了。」

他回過頭來，臉上的微笑如此薄弱，顯然欠缺著理由。

「她吃的這種新藥……」他研究著手裡的棉籽。「我想可能眞的有效。她一直說她覺得好多了。」

我無法置信地搖搖頭。他不可能眞的相信。

「她兩天來只吐了一次。」

「噢，爹地。不……那只是……爹地，她的病一直都在。」

可爹地臉上一片空茫，我想他甚至沒聽到我的話。

「我知道妳有自己的生活、不該給綁在這裡，史基特。」他眼底有淚。「可我沒有一天不感謝上帝，感謝有妳在這裡。」

我點點頭，心底有一絲罪惡感，讓爹地以爲這是我的選擇。我摟摟他，告訴他，「我也很高興我在這裡，爹地。」

一月的第一個星期，俱樂部結束新年假期重新開始營業。我穿上我的短裙，拎著球拍，大步走過販賣部，毫不理睬當初棄我而去的網球夥伴派西．喬納、還有其他三個同她一起圍著黑色鐵桌抽菸的女孩。我經過的時候，她們低下頭去一逕交頭接耳。今晚的聯誼會議我打算缺席。事實上，我從今以後都不會再出席了。我終於放棄，在三天前寄出了我的退會信函。

我將網球用力擊向牆板，強迫自己不去想任何事。我近來常常發現自己低聲在禱告，而我甚至不是什麼虔誠的教徒。我發現自己低聲喃喃向上帝訴說著，祈求母親能好過些、祈求書的事能有好消息傳來，有時甚至祈求上帝能給我一點暗示、好讓我知道該拿史都怎麼辦。我暗自禱告，常常甚至不曾自覺自己在做什麼。

從俱樂部回到家的時候，倪爾醫師的車正好跟在我後頭也駛上了車道。我領著他往屋後走，爹地正在母親房裡等著，他倆在我面前關上了房門。我站在門外，像個坐立難安的孩子。我了解爲什麼爹地會緊抓住那一線希望不放。母親已經有四天不曾嘔吐了。她天天吃燕麥粥，幾回甚至吃完又多要了些。

倪爾醫師終於步出母親房門。爹地留在床畔的椅子上，由我送倪爾醫師出門。

「她同你說了嗎？」我問道。「說她覺得好多了的事？」

他點頭，卻又搖頭。「實在沒有必要重拍X光片。太折騰她了。」

「可……她的病情……是不是真的好轉了呢？」

「這情況我以前也見過，尤吉妮亞。有時候病人就是會這樣……迴光返照。來自上帝的禮物吧，我想。好讓他們完成未完的事。可也就僅止於此，親愛的。不要想太多。」

「可你看到她的氣色沒？她看起來好多了，而且東西吃下去——」

他搖搖頭。「就是盡量讓她舒服點吧。」

一九六四年的第一個星期五，我終於等不下去了。我把電話線往儲藏室裡拉。母親剛吃完第二碗燕麥粥，睡了。我沒拉上她的房門，怕她一會醒了喊我。

「伊蓮·史丹辦公室。」

「嗨，我是尤吉妮亞·菲蘭，從密西西比州打來的。請問她在嗎？」

「很抱歉，菲蘭小姐。史丹太太不接任何與待選書稿有關的電話。」

「噢。可是……妳至少可以讓我知道你們收到稿子了嗎？截稿前不久寄的——」

「請稍候。」

話筒陷入沉默。一分鐘後，她回來了。

「我可以跟妳確定書稿在假期中寄到了。等史丹太太有了結論，自會有人通知妳。謝謝妳的電話。」

我聽到電話線彼端傳來喀嚓一聲，掛斷了。

幾天後的晚上，在寫了一下午刺激生動的莫娜小姐專欄後，我同史都一起坐在起居室裡。我很高興見到他，高興有機會暫時逃離屋裡的一片死寂。我們靜靜坐著，一起看電視。螢幕上出現泰瑞登（Tareyton）香菸的廣告——女孩頂個黑眼圈，抽著菸說道，**我們是泰瑞登女孩，寧可奮戰到底也不變心他牌！**

史都同我現在大約每星期見一次面。我們耶誕節後去看過一次電影、還進城吃過一頓晚餐；可因爲我不想離開母親，所以通常還是他過來家裡。他在我面前總顯得有些猶疑，有些拘謹而害羞。他眼裡多了份耐性與包容，安撫了我從前一遇上他便免不了的惶恐不安。我們從不談論任何嚴肅的話題。他同我說他大學暑假在墨西哥灣的海上鑽油平台工作的故事。說淋浴用的也是鹹鹹的海水、說海水如何湛藍清澈通透到底。說其他工人如此賣命全爲養家，而他，史都，出身權貴的富家少爺，暑假過後卻還有學校等著他回去。他說，那是他這輩子頭一回眞正賣力工作。

「我很高興那時就有了鑽油平台的工作經驗。換做現在，我不可能說走就走，」他說道，彷彿五年前是多麼久遠之前的事。他看來比我記得的還老。

「你現在爲什麼不能說走就走？」我問道，因爲我正在摸索自己的未來。我想聽聽別人的各種機會與可能。

他朝我皺起眉頭。「因爲我離不開妳。」

我置之一笑，不敢承認這話聽來有多麼甜蜜美妙。

廣告結束，我們繼續收看新聞報導。越南發生小規模衝突。聽那記者的口吻，越南的問題似乎可以輕易解決掉。

「聽好，」一陣短暫的沉默後，史都開口道。「我之前一直不想提這事，不過……外頭那些有關妳的風言風語，我全聽說了。可我不在乎。我只想讓妳知道這點。」

頭一個閃過我腦海的，是**那本書**。話終究傳到他耳裡了。我渾身一僵。「你聽說了什麼？」

「妳知道的，就希莉那檔事。」

我放鬆了點，卻又不盡然。我不曾同希莉以外的任何人說過這件事。我不知道希莉是否實踐了她的威脅、打了電話給史都。

「我也了解別人可能會怎麼看妳，把妳當成某種瘋狂的自由派份子，扯進那堆亂七八糟的事情裡。」

我看著自己的手，一頭防著他、不知他還聽說了什麼，一頭卻又有些惱怒。「你又怎麼知道，」我問道，「我扯上了哪些事？」

「因爲我了解妳，史基特，」他柔聲說道。「妳太聰明，不可能給扯到那些事情裡。我也是這麼告訴她們的。」

我點點頭，試著微笑。不管他自以爲有多了解我，還有人願意爲我挺身而出，我總是欣慰。

「這話說到這裡爲止，以後不再提了，」他說道。「我只想讓妳知道，如此而已。」

星期六晚上，我前去同母親道晚安。我刻意罩了件長外套，不想讓她看到我底下的洋裝。我還把燈也關了，好讓她對我的頭髮無話可說。她的狀況沒有太大改變。雖然病情沒有惡化——嘔吐症狀暫時是抑制住了——可她蒼白的臉色卻依然泛著慘灰，頭髮也開始一綹綹掉落。我握住她的手，碰碰她的臉頰。

「爹地，有事隨時打電話到飯店給我，可以嗎？」

「我會的，史基特。妳放心去吧。」

我坐上史都的車，讓他帶我上勞勃．李將軍飯店吃晚餐。餐廳裡衣香鬢影，玫瑰紅，銀器鏗鏘作響。空氣中瀰漫著興奮之情，甘迺迪總統遇刺的衝擊終將淡去，一切終將回歸常軌。一九六四年將帶來嶄新的開始。我倆吸引不少的目光。

「妳今晚看起來很……不一樣，」史都說道。我看得出來，這句評論已讓他懲在心裡一整晚了；

與其說欣賞，還不如說他有滿腹不解。「這件洋裝，眞的很……短。」

我點頭，把額前頭髮往後一撥。一如他從前常爲我做的那樣。

今早，我同母親宣布我打算去買衣服。她看來如此疲倦，叫我不禁心念一轉。「也許我該留在家裡。」

可話畢竟已經出口了。母親要我拿來她的支票簿。她撕下一張簽過名的空白支票，另外又從皮夾裡拿出一張折得工工整整的百元紙鈔，一起遞給我。光聽我說要去**買衣服**，她的精神似乎就好了些。「聽好，對自己大方點。還有，不准買長褲。記得找拉瓦小姐陪妳一起挑。」她躺回枕頭上。「她最清楚適合年輕小姐的裝扮了。」

可我無法忍受渾身飄散咖啡與樟腦味的拉瓦小姐和那雙皺巴巴的手。我開車穿過傑克森市區，直上五十一號公路，朝紐奧良疾駛而去。我努力將拋下母親一整天的罪惡感甩到腦後。倪爾醫師下午就到，而爹地也會在家。

三小時後，我大步走進運河街上的白廈百貨。我同母親一起來過這裡無數次、甚至也同希莉和伊麗莎白來過兩回，可那寬敞的白色大理石地板、綿延數哩的帽子手套展示櫃、以及那些看來如此開心**健康**、裝扮得宜的仕女們，卻依然叫我讚嘆不已。在我開口請求協助前，一個高瘦的男人搶一步同我說道，「請跟我來，會場在樓上，」然後便引著我搭乘電梯往三樓、一個叫做**摩登女裝**的部門來。

「這是怎麼回事？」我問道。會場裡播放著搖滾樂，幾十名年輕女性三三兩兩，手捧香檳酒杯，燈光閃亮耀眼。

「艾米里歐・璞吉（Emilio Pucci）啊，達令，總算！」他退開一步，說道，「妳不是來出席貴賓預售會的嗎？請問妳的請柬呢？」

「嗯，就在我皮包裡，」我說道，可在我還埋頭假意搜尋著皮包時，他便踱開了。

我環顧四周，一件件衣服活似在衣架上生了根，鮮花大肆綻放。我想到拉瓦小姐，不禁失笑。這裡可沒有復活節風格的粉色套裝。大朵大朵的花！色彩斑爛的條紋！短到露出**好幾吋大腿**的裙擺！如此震撼人心，又美得叫人目眩神移。艾米里歐．甯吉，這傢伙，想必每早把手伸進插座裡，才生得出這般活跳靈感。

我用我的空白支票，買下足以塞滿凱迪拉克後座的各式衣物。我接著轉往麥格林街，把我一頭亂髮染淺、修剪、熨直。一個冬天下來，我的頭髮長了，顏色卻像骯髒的洗碗水。不到四點，我已經開著車，再次駛過龐迦全（Pontchartrain）跨湖大橋，一邊聆聽收音機裡傳出滾石（Rolling Stones）樂團的歌聲、一邊讓風吹過我閃亮柔順的直髮。而我心裡想著，**今晚，我將卸下一切武裝，在史都面前，讓一切回歸從前**。

史都與我吃了夏多布里昂牛排，微笑著，偶爾交談。他目光飄向別桌，聊起幾名熟人。始終沒人過來同我們打招呼。

「敬嶄新的開始，」史都說道，舉起了手裡的威士忌酒杯。

我點點頭，幾乎衝口告訴他每個開始都是嶄新的。可我畢竟沒有。我只是微笑，舉起我今晚第二杯葡萄酒。在今晚之前，我從不曾喜歡任何酒精飲料。

晚餐後，我們往大廳走去，看到惠沃斯參議員夫婦讓一群人簇擁著，圍桌而坐，杯觥交錯。史都稍早曾告訴我，這週末是參議員夫婦遷往華盛頓後首次的返鄉之旅。

「史都，你爸媽在那邊。我們過去打個招呼吧？」

可史都只是拉著我往門口走，半推半拉地領著我走出飯店大門。

「我不想讓母親看到妳穿著這件這麼短的洋裝，」他說道。「我是說，相信我，妳穿起來眞的很好看，不過……」他低頭看著裙擺。「或許不是今晚的最佳選擇。」回家的路上，我想起了頂著滿頭髮捲的伊麗莎白，想到她多麼害怕讓橋牌聚會的朋友撞見我。爲什麼總是有人以我爲恥？

十一點過後，我們終於返抵長葉園。我順順洋裝，心想，史都說得沒錯，這洋裝是短了點。我父母房裡的燈熄了，我們於是就坐在客廳沙發上。

我揉揉眼睛，打了哈欠。等我再次張開眼睛，史都手裡多了一只戒指。

「噢……老天。」

「我本來在飯店裡就打算拿出來，可……」他咧嘴微笑。「這裡更好。」

我碰碰戒指。冰冰的，好漂亮。主鑽兩旁各鑲著三顆紅寶石。我抬頭看著他，渾身一陣燥熱。我扯掉披在肩膀上的毛衣。一時之間，我想笑又想哭。

「我有些事情必須告訴你，史都，」我脫口而出。「你能保證對別人絕口不提嗎？」

他直視著我，笑了。「等等，妳這算是答應我了嗎？」

「是的，不過……」我必須先確定幾件事。「你保證？」

他嘆氣，有些失望我的不解風情，毀了這一刻。「當然，我保證。」

他的求婚讓我震驚不已，可我還是勉力鎭定，盡我所能解釋給他聽。我看著他的眼睛，一一羅列我能與他分享的事實：有關那本書，有關我過去一年裡的所作所爲。我保留大家的名字，沒同他細說——我對自己的有所保留感到愕然，明白這不是件好事。他請求與我共度餘生，而我對他的了解竟還不足以讓我決定全然信任他。

「過去十二個月來，妳就寫這些？不是……耶穌基督？」

「不，史都。不是……基督。」

當我說到希莉在我書包裡找到那本隔離法的小冊子時，他下巴幾乎要掉下來了。我看得出來，希莉確實同他說了一些事，只是他一直以天眞盲目的信任拒絕相信她。

「那些……流言。我告訴大家他們錯得離譜。可結果，他們竟是……對的。」

當我同他說到那晚禱告會後女傭們魚貫經過我、告訴我她們願意幫忙時，我想到我們終究完成的書稿，驕傲之情油然升起。而他只是看著手中的空酒杯。

然後我告訴他書稿已經寄往紐約。如果他們決定出版，那麼實際出版日期，我猜想，大約會是在八個月之後、甚或更早。我接著又暗自盤算，屆時也差不多是該結束訂婚期、正式舉行婚禮的時候了吧。

「書我是匿名寫的，」我說道，「可有希莉在，被識破的機會還是不小。」

他既不點頭，也不曾伸手爲我將髮絲撥到耳後。他祖母的戒指也像某種可笑的隱喻，一直還躺在母親的天鵝絨沙發上。我倆一逕沉默。他甚至不願看我。他的目光始終聚焦在我臉部右側兩吋遠處。

又一分鐘過去，他終於開口說道，「我只是……我不明白妳爲什麼要這麼做。我甚至不明白，妳爲什麼會……**在乎**這些事，史基特？」

我倏地有些惱怒。我看著那只戒指，冰冷尖銳而閃亮。

「我不是……那個意思，」他繼續說道。「我的意思是，一切都好好的，沒有問題啊。妳爲什麼會想去招惹這樣的麻煩呢？」

我從他聲音裡聽得出來，他是眞心想要一個答案。可我該如何解釋呢？史都是個好人。我對自己的所作所爲感到問心無愧，卻也能了解他的困惑與懷疑。

「我不是在製造麻煩，史都。是麻煩已經在這裡了。」可顯然，這不是他想要聽到的答案。「我不懂妳。」

我低下頭去，想起自己幾分鐘前也曾有過相同的疑慮。「還好我們有半生的時間來解決這問題，」我說道，試著微笑。

「我想……我不該娶一個我不懂的人。」

我吸進一口氣。我張嘴欲言，卻良久說不出話來。

「我不能不告訴你這些事，」我同他說道，卻更像在說服自己。「你必須知道。」

他端詳我的臉。「我承諾過的事不會改變。我會爲妳保守這祕密。」他說道，而我相信他。史都縱然有缺點，可他從不說謊。

他站起身，悵然若失地看了我最後一眼。然後他拿起戒指，走了出去。

那晚，史都離開後，我在屋裡漫無目的地晃蕩著，口乾舌燥，不住發冷。史都頭一回離我而去時，我一心渴望天趕緊涼下來。而今我如願以償。

午夜左右，我聽到母親在她房裡呼喚著我。

「尤吉妮亞？是妳嗎？」

我朝她房間走去。房門半掩著，母親穿著一件上過漿的白色睡衣，坐在床上。她的頭髮披散在肩頭。我驚覺，讚嘆她的美麗。後廊的燈還亮著，在她身形四周投下白色的光暈。她微笑，露出賽門醫師爲她重新訂製的假牙。她的牙齒全讓胃酸侵蝕壞了。她微笑露出的那口貝齒，甚至比她的妙齡小姐選美相片還更顯白皙。

「媽媽，要我給妳拿點什麼來嗎？妳還好嗎？」

「過來這裡，尤吉妮亞。我有話同妳說。」

我靜靜地朝她走去。爹地背向著她，睡得正熟。而我想，我可以修改今晚的故事。她來日無多，我只想讓她盡可能開心度過最後的日子。我可以假裝婚禮即將如期舉行。

「我也有事告訴妳，」我說道。

「噢？那妳先說。」

「史都求婚了，」我說道，擠出一抹微笑。下一刻我卻慌了，明白她會要求看戒指。

「我知道，」她說道。

「妳知道？」

她點點頭。「我當然知道。他兩星期前就來請示過爹地和我了。」

兩星期前？我幾乎失笑。這麼重要的事，母親當然會是頭一個知道的人。我很高興她已經開心這麼久了。

「而我另外有事告訴妳，」她說道。圍繞著母親的光暈是如此地超凡脫俗，不屬於這塵世。我知道這是後廊燈光造成的錯覺，可怎麼我之前從不曾留意過。她握住我的手，穩健的力道，一如任何剛得知女兒訂婚喜訊的母親。爹地動動身子，倏地坐起來。

「怎麼了？」他抽氣道。「又想吐了嗎？」

「沒事，卡爾頓。我沒事。」

他茫然地點點頭，閉上眼睛，甚至來不及躺下便再次陷入了沉睡。

「妳要同我說什麼事，媽媽？」

「我同妳爹地仔細談過，而我也已經做好了決定。」

「噢，老天，」我嘆了口氣。我想像得到那畫面。前來請示求婚一事的史都讓她絆住了，不得不聽她娓娓解釋。「是信託基金的事嗎？」

「不，並不是，」她說道，而我想，**那就是婚禮的事了**。我突然感到一陣錐心的哀傷。母親不能爲我籌畫婚禮的事了。因爲她不會在這裡，也因爲根本不會有婚禮。然而我同時卻也充滿罪惡感地鬆了一口氣，爲了我終究不必忍受同她一起籌畫婚禮的可怕煎熬。

「我知道妳應該也注意到了，過去這幾週，我的病情日有起色，」她說道。「我也知道倪爾醫師是怎麼說的，說這只是迴光返照，眞是胡——」她猛一陣咳，單薄的身子像個貝殼似地弓了起來。我遞給她一張面紙，她皺眉接過去，在嘴邊輕點了幾下。

「可我總之決定了。」

我點點頭，以一如爹地片刻前的茫然聆聽著。

「我決定我不要死。」

「噢……媽媽。老天，求求妳……」

「太遲了，」她說道，揮開我的手。「我已經決定好了，就這樣。」

她摩拳擦掌，彷彿要拋開癌症，扔得遠遠的。她穿著睡衣，模樣得宜地端坐著，一圈光暈圍繞她的頭髮，閃閃發光。我不得不閉上眼睛。我眞是蠢啊。面對死亡，母親當然不可能不戰而降。面對一生大小事，她何時輕言放棄過？

時間是一九六四年一月十八號星期五。我穿著一件A字剪裁的黑色洋裝。我十指指甲全讓我咬到底了。我將永遠記得這一天的每個細節，我想，一如人們宣稱他們將永遠記得得知甘迺迪死訊時，自己正在吃的是哪種三明治、電台又正播放著哪首歌曲。

我走進如今再熟悉不過的地方，愛比琳的廚房。外頭天色已經暗了下來，屋裡的黃色燈泡顯得格外明亮。我看著米妮，而米妮也看著我。愛比琳巧妙地側身，擋在我倆中間。

「哈洛出版社，」我說，「決定出版我們的書。」

沒人說話。連蒼蠅都停止震動翅膀。

「妳開玩笑吧，」米妮說道。

「我今天下午同她通過電話。」

愛比琳以某種我從沒聽她發出過的聲音高聲歡呼。「老天，我真不敢相信！」她呼喊道，然後我們互相擁抱，愛比琳同我、米妮同愛比琳。米妮大致朝我這邊望了一眼。

「大夥都坐下吧！」愛比琳說道。「她是怎麼說的？我們現在怎麼辦？老天，我連咖啡都還沒煮！」

我們坐定了，她倆身子往前微傾，緊盯著我。愛比琳睜大了眼睛。我已經懷抱著這好消息在家裡等了四小時。史丹太太告訴我，這不是什麼了不起的書約，出版社也沒打算付多少錢。她要我們不要期望太高。我感覺自己必須把史丹太太的話照本宣科說給愛比琳聽，以免她日後失望。可其實連我自己都還沒想好到底該怎麼想。

「聽我說，她要我們不要興奮過頭。她說他們只打算印行很少、**很少**的數量。」

我等著愛比琳皺起眉頭，可她卻咯咯笑了。她以手蓋嘴，試圖遮掩。

「可能只有幾千本。」

愛比琳手壓得更緊了。

「少得**可憐**……史丹太太是這麼說的。」

愛比琳的臉這會漲得有些發紺了。她不住又溢出一聲笑。她顯然還沒聽懂我的話。

「她還說，這是她見過最少的一筆稿酬……」我試圖正色直言，可愛比琳那模樣，實在叫我忍俊不住。她眼底甚至有淚了。

「多……少？」她遮著嘴問道。

「八百元，」我說。「十三個人分。」

愛比琳失笑出聲，我不住也跟著笑了。可這實在說不通。區區幾千本、每人區區六十一塊半？眼淚沿著愛比琳臉頰流下來，她終於放棄，直接趴在桌上。「我不知道我爲什麼笑個沒停。我就是突然覺得好好笑。」

米妮朝著我倆翻翻白眼。「我**就知道**妳倆是瘋子。全瘋了。」

我努力轉告她倆所有的細節。我自己同史丹太太講電話時，表現也好不到哪去。她那實事求是的口吻，幾乎不帶任何情感。而我呢？我也同她一樣、沉住氣詢問出版相關事宜了嗎？我感謝她願意冒險出版這樣主題的書了嗎？沒有。我不但沒笑，而且還哭了起來，對著話筒抽抽噎噎的，活似剛打了小兒麻痺疫苗的娃兒。

「冷靜一點，菲蘭小姐，」她說道，「這甚至不太可能成爲暢銷書，」可我還是哭，邊哭邊聽她說。「我們只能先付四百元，等付印後再付剩下四百……妳……有在聽嗎？」

「有的……我有在聽，史丹太太。」

「而且妳還有不少修改工作得做。莎拉的部分寫得最好，」她說道，而我對著又哭又笑的愛比琳轉述道。

愛比琳抽抽鼻子，擦乾眼淚，露出微笑。我們終於冷靜下來，啜飲米妮剛剛不得不起身給我們煮上一壺的咖啡。

「她也很喜歡葛楚德，」我同米妮說道。我拿起下午一邊記下以免遺漏的便條紙，唸道，「葛楚德是所有南方白人女性的惡夢。我敬她三分。」

有一秒之久，米妮正視我的眼睛。她的表情一軟，露出孩子氣的笑容。「她眞這麼說？說我？」

愛比琳笑了。「就好像她隔著五百哩竟也認識了妳。」

「她說從現在到書出版，至少還要六個月的時間。就八月左右吧。」

愛比琳微笑沒停過，不管我說了什麼都不爲所動。而老實說，我很感激她有這樣的反應。我知道她會很高興，可也怕她難免有些失望。看著她讓我明白，我一點也不失望。我只是高興，眞心高興。

我們就這樣坐著，邊喝咖啡和茶，又聊了幾分鐘。然後我低頭看錶。「我同爹地說我一小時內會回家。」爹地在家陪著母親。我冒險給他抄了愛比琳家的電話以防萬一，同他說我去找個叫做莎拉的朋友。

她倆起身送我到門口，這倒是米妮頭一回。我同愛比琳說，一收到史丹太太的書面通知我會馬上打電話過來。

「從現在起的六個月後，我們就會知道答案了，」米妮說道，「不管是好，是壞，還是啥都沒發生。」

「或許根本不會有事吧，」我說道，懷疑這兒有誰眞會買來那本書。

「嗯，那我就說會有好事吧，」愛比琳說道。

米妮舉臂抱胸。「那我就賭壞事。總得有人賭。」

米妮看來一點也不擔心書賣得如何。她只擔心當傑克森市的女人讀到我們筆下的自己時，又將會有什麼樣的反應。

愛比琳

第二十九章

天氣一熱起來，還眞叫人無處躲。整整一星期，氣溫天天破百，溼度則高達百分之九十九。再濕一點，走路都像游泳了。床單怎麼都晾不乾，前門也漲得關不緊。蛋白霜就別提了，怎麼也打不發。我上教堂的假髮甚至還捲了起來。

今早我甚至連絲襪都拉不上來，一雙腿腫得不像話。只能拎著，等到了李佛太太家吹過冷氣再穿上。這鐵定是破紀錄的高溫，因爲我給白太太做了四十一年事，這還是我頭一回光著兩條腿上工去。

結果李佛太太家甚至還更熱。「愛比琳，妳去泡壺茶……沙拉盤……擦乾淨……」她今天甚至拒絕進廚房來。她躲在客廳裡，拉了把椅子坐在通風口前，讓偶爾一陣喘噓噓的熱風吹起她的連身襯裙。她渾身上下就這麼一件襯裙一副耳環。我遇過那種會赤條條從房裡大剌剌走出來的白太太，可李佛太太從來不是那種人。

每隔一陣，冷氣馬達便要咻咻喘上一陣，撐不下去了似的。李佛太太已經給維修工人去了兩通電話，他滿口答應，可我猜這大熱天，他根本沒打算出門。

「還有別忘了……那個銀啥來著——醃瓜夾是吧，在……」

她話說一半就沒了下文，彷彿天已經熱得讓她懶得給我交代事情了。那還眞的是熱了。所有人都給熱得暈頭轉向。往外頭去，街上也是靜得出奇，就像龍捲風來襲之前那種詭異的寧靜。或者一切只是出於我的想像。我坐立難安，因爲書星期五就要正式出版了。

「妳覺得該取消今天的橋牌聚會嗎？」我在廚房朝外頭喊。橋牌聚會已經給改到星期一。客人再二十分鐘就開始陸續抵達了。

「不。事情反正……都張羅妥當了，」她說道，可我不覺得她此時的腦袋有多清楚。

「我一會再試看看，能不能把奶霜打發起來。然後我再去車庫把絲襪穿好來。」

「別麻煩了，愛比琳，這麼熱，還穿什麼絲襪。」李佛太太終於起身，離開通風口，拖著步子朝廚房走來，手裡那把炒炒中國餐館送的紙扇一直沒停過。「老天爺，廚房裡至少比餐廳再高了十五度！」

「烤箱一會就關了。孩子們已經讓我打發去後院玩了。」

李佛太太從窗口望出去，看著院子裡正圍著灑水器玩的兩個孩子。梅茉莉脫得只剩下一件小內褲，羅斯——我都管他叫小傢伙——則穿了尿布。還不滿一歲呢，路已經走得同大男孩一樣好了。他連爬都省了。

「我就搞不懂他們怎麼待得住外頭，」李佛太太說道。

梅茉莉最愛同他的小弟弟玩，像個小媽媽似地照顧他。可現在梅茉莉每早都得上柏德摩浸信會幼稚園，也不同我們一起整天在家了。今天是勞動節，世界上其他勞工都放假了，孩子們也不必上學。

我倒高興。我不知道我還能陪她多久。

「瞧瞧那兩個孩子，」李佛太太站在窗邊說道，我於是朝她走去。灑水器噴得老高、直上樹梢，反射出一道道彩虹。梅茉莉牽著弟弟的手站在水滴底下，閉著眼睛，像在受洗。

「他們眞的很特別，」她讚嘆道，彷彿終於才領悟到這件事。

「沒錯，」我說道。我感覺我同李佛太太剛剛分享了特別的一刻，站在這裡看著窗外那兩個我倆深愛著的孩子。我不住想，或許事情要出現轉機了。畢竟都一九六四年了。在傑克森市區，伍爾沃商店已經開放讓黑人坐在吧台用餐了。

我突然感覺一陣心痛，懷疑自己是不是做得太過火了。因爲等書出來，要讓人揭穿了身分，我恐怕不再有機會看到這兩個孩子。萬一我甚至沒機會同梅茉莉說再見、最後再同她保證一次她是個好女孩呢？還有小傢伙，這下誰來同他說火星路德．金恩的故事呢？

這事已經讓我反反覆覆想過二十多回了。可今天，我才眞的感覺一切可能就要發生了。我碰碰窗框，彷彿在碰著他們。萬一讓她發現了……噢，我眞的會很想念他們。

我回過神來，發現李佛太太低著頭，正打量著我一雙光溜溜的腿。我想她也是好奇，畢竟從不曾近距離看過一雙黑人的裸腿。可就在這時，我看到她眉頭一皺。她抬頭，望向梅茉莉，眉頭依然深鎖。小女娃沾了一身泥巴和草屑，這會還正把弟弟當成豬圈裡的小豬，拿著泥巴往他身上抹。我看到李佛太太臉上那抹專爲女兒保留的嫌惡表情。同小傢伙無關，就梅茉莉獨享。

「她把後院弄得一團糟！」李佛太太說道。

「我這就去處理。我會張羅——」

「還有妳——這一雙腿！一會客人就來了！」

「我同妳說過——」

「希莉再五分鐘就到了，她卻把一切都攪亂了！」她尖聲說道。我猜梅茉莉隔著窗子也聽到了，因爲她這會正朝著我倆看，愣住了。笑容也不見了。又一會，她開始慢慢抹去臉上的泥巴。

我穿上圍裙，打算直接拿水管沖洗這兩個泥娃娃。然後再往車庫去穿上我的絲襪。書再四天就出來了。我可等不及了。

我們都活在熱切的期待中。我，米妮，史基特小姐，所有參與其中的女傭。感覺過去這七個月來，我們彷彿就等著一壺看不到的水，終於要燒開了。等了三個月後，我們乾脆絕口不提。太興奮了。

過去這兩個星期來，我心裡煎熬的，又興奮又害怕，可又不能說出來；搞得給地板上蠟像老牛拖車、手洗貼身衣褲像上坡賽跑。給衣裙熨摺那就眞是度日如年了，可我又能怎樣。我們都知道書就算出來了，剛開始大概也不會有任何消息。就像史丹太太同史基特小姐說的，我們這書上不了暢銷排行榜，要我們「不要懷抱太高的期望」。史基特小姐還說也許根本不會有任何事，因爲南方人大多「生性壓抑」。他們心裡頭有啥感想，嘴裡未必會說出來。反正憋著，感覺再一陣就過去了，就像肚裡的脹氣。

米妮說，「我希望她就憋著，憋到憋不住，炸得滿漢茲郡到處都是。」她說的是希莉小姐。我還想米妮能不能改改性子，多留點口德。可米妮就是米妮，永遠不會變。

「要不要吃點心啊，小女娃？」梅茉莉星期四放學回家時，我問道。噢，她現在可是大女孩了！

都滿四歲囉。她挺高，常讓人當成五六歲的孩子。她媽媽這麼瘦，她倒肉呼呼的。她頭髮最近出了點狀況——這梅茉莉，竟然拿著做勞作的剪刀，把自己頭髮胡亂剪了一通。李佛太太只好拎著她上美容院求救，可她們也無能爲力；小女娃這會頭髮還是一邊長一邊短，瀏海則幾乎給剪光了。

我給她張羅了低卡路里點心，因爲李佛太太現在只准我弄這些給她吃。小餅乾、鮪魚、或是沒加奶油的果凍。

「妳今天學了啥呀？」我問道，雖然幼稚園還不算啥眞的學校。上回我問，她應我說，「清教徒。她們來美國，沒有東西吃，所以就吃了印地安人。」

我至少還知道清教徒沒吃了印地安人。可這不是重點。重點是，我們得留意這些小腦袋裡給裝進了啥東西。每星期，我還是給她上愛比琳課，同她說她的祕密故事。等小傢伙夠大了，我也要同他說去。如果我還給他們媽媽做事的話。可我也知道，小傢伙又會是另一回事了。他愛我，可性子野，像隻小野獸。衝過來朝我膝蓋緊緊一摟，唰地又跑走、找別的事情忙去了。可就算我沒機會同他說這些，我也不會太難過。我知道，我只消起了頭，這小傢伙雖然連個字都還不會說，梅茉莉的話，他倒字字聽得仔細。

我今天又問起學校，梅茉莉只說，「沒什麼，」然後吐吐舌。

「妳喜歡妳的老師嗎？」我問她。

「她很漂亮，」她說。

「很好，」我說。「妳也很漂亮。」

「妳爲什麼是黑人，愛比琳？」

這問題我讓之前帶過的幾個白人孩子都問過。我通常只是笑笑，可這回我想同她說清楚。「因爲上帝把我生成黑人，」我說道。「這是唯一的理由，沒別的了。」

「泰勒小姐說黑人小孩不能上我們學校是因爲他們不夠聰明。」

我從流理台後面走出來。我抬起她的下巴，順順她那頭怪裡怪氣的頭髮。「妳覺得我笨嗎？」

「才不，」她用力用氣音說道，表情好認眞。她似乎很後悔說出那句話。

「這表示泰勒小姐怎麼樣呢？」

她眨眨眼睛，努力認眞聽。

「這意思是說，泰勒小姐說的話不一定都是對的，」我說。

她摟著我的頸子，說道，「妳比泰勒小姐還對。」我一下濕了眼眶。還對，這是我頭一回聽到的新字眼。

那天下午四點，我下了公車，加快腳步往上帝羔羊教會走去。我進門，站在窗邊往外看，等著。整整十分鐘，我努力維持呼吸、手指一邊不住在窗台上敲敲點點，終於看到等待中的車子駛近了。一個白人小姐下了車，而我瞇起眼睛。她穿著件白色短洋裝和涼鞋。她的一頭長髮沒有上膠。頭髮一留長，有了重量，原本毛燥亂翹的問題全都解決了。我雙手掩嘴，笑開了，多麼希望能跑出去，給她一個大大的擁抱啊！打從完成史丹太太交代的最後修改編輯後，我已經有六個月沒見到史基特小姐了。

史基特小姐從後座搬出一個很大的棕色紙箱，抱著走上教堂台階，假裝只是要捐出一箱舊衣。她在門前暫留一刻，看著門，隨即轉身，駕車離去。我很難過，她不得不這麼做。這節骨眼，還是小心別惹事的好。

她一走，我便推門出去，把紙箱搬進來，從裡頭抽出一本，目不轉睛地瞅著。我甚至不想強忍住淚水了。這絕對是我看過最漂亮的一本書。封面是淡藍色的，天空的顏色。一隻大大的白鳥——和平鴿吧——展翅飛翔。書名**幫手**是黑體字，大剌剌地寫在正中央。唯一叫人不滿的是作者姓名部分。**匿名**。我希望史基特小姐能大方寫出自己的名字，可這實在不是我們冒得起的險。

我明天就把書拿去分送給所有提供故事的女傭。史基特小姐會跑趟州立監獄，給亞玫也送一本過去。說起來，其它女傭會同意幫忙，全都是因爲亞玫。可亞玫說不定還是收不到這包裹。我聽說州立監獄的女警衛常常會藉故沒收家屬送去的包裹，送去十件大概只收得到一件。史基特小姐說那麼她就跑個十趟，確保亞玫一定收到。

我把箱子搬回家，抽出一本，然後把箱子往床下推。我出門，往米妮家的方向跑。米妮懷孕六個月了，卻還看不太出來。我到的時候，她正坐在廚房桌前喝牛奶。里洛在房裡睡著，班尼、小甜、琴卓則在後院剝著花生。廚房裡靜悄悄的。我微笑，把書遞過去。

她打量著。「那鴿子模樣還可以。」

「史基特小姐說，和平鴿代表即將到來的美好時代。她說加州那邊很多人衣服上都有這圖案。」

「我才不管啥加州人咧，」米妮說道，目光依然停留在封面上。「我只在乎密西西比州傑克森市的人怎麼說。」

「書店和圖書館都要等明天才上架。密西西比州來了兩千五百本，剩下兩千五百本則供應全美國其他地方。」這數目比史丹太太當初說的大了不少，因爲最近沸沸揚揚的自由巴士（freedom rides）和幾個民權工作者開著旅行車在密西西比州宣告失蹤的事件，她說，讓大家開始對密西西比州投以不少關注。

「傑克森市的白人圖書館會進幾本？」米妮問道。「根本不進？」

我微笑著搖頭。「三本。史基特小姐今早在電話裡同我說的。」

這下連米妮都吃了一驚。白人圖書館開放給黑人使用，也不過是兩個月前的事。我自己已經去過兩趟了。

米妮翻開書，就這麼讀了起來。孩子們進進出出，她連頭都沒抬，只是交代他們做什麼事、事情又該怎麼做。她一頁一頁逐行讀去，連氣也不喘。過去一年來，這書稿我不知讀過了多少回。可米妮一直不肯，說要等印出來了再一口氣讀完。說她不想掃了興。

我又陪米妮坐了會。她時而露齒，時而大笑。更多時候她只是低聲咆哮。我也不問她。我沒說話，靜靜推門離去。晚上寫完禱詞後，我把書擱在枕頭上，上床睡覺。

第二天在李佛太太家，我整天想的就是**我的**書給放到書店架子上的模樣。我拖地、熨衣服、換尿布，可李佛太太家裡沒人說一句話。彷彿一切都沒發生過。我也不知道自己到底期待啥——**多少**有點動靜吧——可這畢竟只是個再尋常不過的週五，只有蒼蠅一逕撞擊著紗門。

那天晚上，六個女傭打電話給我，問我有沒有聽到任何消息。我們握著話筒，不說話也不放，彷彿只要等得夠久，答案就會改變似地。

最後一通電話是史基特小姐打來的。「我下午去了趟書蟲書店。站著等了會，甚至沒看到人把書拿起來。」

「尤拉說她去了黑人書店。情況也差不多。」

「好吧，」她嘆道。

週末和接下來一整個星期，依然沒有任何消息傳來。李佛太太床頭桌上依然是那幾本書：《法蘭西絲‧班頓之禮儀大全》(*Frances Benton's Etiquette*)、《冷暖人間》(*Peyton Place*),再來就是那本做樣子用的聖經。可我忍不住就是把那疊書當成啥去不掉的顯眼污漬,成天往那瞄。

到了星期三,一切依然平靜無波。白人書店的存貨一本都沒賣掉。法立胥街的書店說他們賣出了十多本,銷路挺不錯。可我猜想,應該都是讓女傭們自己買去贈送親友了吧。

星期四也就是第七天,一早還沒出門,電話便響了。

「有消息了,」史基特小姐低聲說道。我猜她又把自己關進了儲藏室裡。

「怎麼了?」

「史丹太太打電話告訴我,我們的書要上丹尼‧詹姆斯(Dennis James)的節目了。」

「妳是說《大家談》(*People Will Talk*)?就電視上那個?」

「嗯,上了書評單元。她說是下星期四下午一點,第三台實況播出。」

老天,我們要上WLBT電視了!這是傑克森當地的節目,緊接在十二點新聞後彩色播出。

「妳覺得書評會是好還是壞?」

「我不知道。我甚至不知道丹尼‧詹姆斯本人是眞的會把書讀過,還只是唸唸別人寫的稿。」

我又驚又喜。上了電視,事情**一定**就會不一樣了。

「史丹太太說,哈洛出版社裡定是有人同情我們,爲我們打了幾通電話。她說,我們是她經手過唯一一本沒編列半毛宣傳費的書。」

我倆一起哈哈笑開,笑聲底下也一樣緊張。

「希望妳在伊麗莎白家有機會看。如果不行,我會打電話給妳,一字不漏同妳轉播。」

星期五晚上，書出版整整一週後，我打點妥當準備上教堂去。湯馬士執事一早打電話來，通知我參加今晚的特別聚會，可當我問他到底是啥特別聚會時，他又支吾其詞，匆匆忙忙掛了電話。米妮說她也接到一樣的電話。於是我熨了件葛琳里太太給我的亞麻洋裝，往米妮家去。我倆打算一起走路過去教堂。

一如往常，米妮家活脫是個失火的雞舍。米妮扯著嗓門嚷叫，東西給扔來扔去，孩子們大聲抱怨抗議。我看到米妮洋裝底下終於開始看得出微微隆起，鬆了口氣。里洛從不對懷孕時的米妮動手。米妮當然也知道，所以我想，寶寶才會這麼一個個蹦出來。

「琴卓！這懶骨頭，快給我站起來！」米妮嚷道。「等會妳爹地起床，那鍋豆子最好還熱著！」

已經七歲的琴卓氣呼呼地往爐邊走，揚著下巴、屁股翹得老高。鍋盆一陣鏗鏗鏘鏘。「爲什麼是我？明明就輪到小甜做晚餐啊！」

「因爲小甜在西麗亞小姐那，而妳還想活著去讀三年級。」

班尼踱進廚房，往我腰間一抱。他抬頭，對著我露齒一笑，讓我看他剛掉的牙，然後便一溜煙又跑掉了。

「琴卓，火關小點，不然房子都要讓妳燒掉了！」

「得走了，米妮，」我插嘴道，不然可沒完沒了了。「要遲到了。」

米妮看看錶，搖搖頭。「小甜怎麼還沒到家？西麗亞小姐從不會把我留到這麼晚。」

上星期起，米妮開始帶著小甜一起上西麗亞小姐家。帶著她讓她學著點，等米妮生寶寶去，小甜才好頂著她的差。西麗亞小姐說今晚有事讓小甜多留一會，晚了會開車送她回來。

「琴卓，一會把廚房收拾乾淨，等我回來最好水槽裡連顆豆子都別讓我瞧見。」米妮摟摟她。

「班尼，去叫你那個蠢爹地起床。」

「喔，媽媽，爲什麼是**我**——」

「去，要勇敢，他醒來時你站遠一點就對了。」

我們終於出門，走到街上時剛好還聽到里洛咆哮著責怪班尼吵醒他。我快步往前走，免得她又回頭賞他一頓罵。

「今晚上教堂其實挺開心的，」米妮嘆道。我們轉進法立胥街，正要開始登上階梯。「一個鐘頭不去胡思亂想也好。」

我倆一走進教堂，布朗家其中一個兄弟便不知從哪竄出來，在我們身後把門鎖上了。我正要問這怎麼回事、搞得我幾乎也要緊張起來時，教堂裡三十幾個人突然全鼓起掌來。米妮同我於是有樣學樣。想該是什麼人讓大學錄取了啥的吧。

「我們這是給誰鼓掌？」我問瑞秋．強森道。她是我們教會的牧師娘。

她笑開來，教堂裡突然一片靜。瑞秋頭同我靠過來。

「親愛的，我們在給妳鼓掌啊。」她說完，探手從皮包裡掏出一本我的書。我轉頭，發現所有人這會手裡都拿了一本。教會所有幹部和執事今晚全到齊了。

強森牧師出現在我身邊。「愛比琳，今晚是妳和我們全體教友非比尋常的一刻。」

「你們一定把書店的書都買光了吧，」我說道，而眾人客氣地笑了。

「我們想要妳知道，爲了妳自身的安全，這將是我們教會唯一公開表揚妳的成就的一晚。我知道這本書是很多人齊心貢獻的成果，可我也聽說，沒有妳，就不會有這本書。」

我回頭，看到米妮滿臉微笑，明白這事她也有份。

「話已經在教會圈和社區裡傳開了，要是有人知道書裡是誰的故事或是誰寫的，也都要封口，絕不公開討論。除了今晚。很抱歉——」他微笑，搖搖頭，「——可我們就是不能讓這事無聲無息地過去，完全不表示一點心意。」

他將手裡那本書遞過給我。「我們知道妳不能在書裡放上妳的眞名，所以我們便爲妳把我們的名字全放上去了。」我翻開書，映入眼簾的是，封面封底和內頁邊緣的空白處，全給簽滿了名字。不只三十個四十個，也不只百個。這裡頭簽滿了至少五百個人的名字。我們教會的全體教友，還有來自其他教會的朋友。噢，我再也忍不住了。過去兩年的所有努力嘗試與期望，一下全部湧上心頭。接著，在場所有人排成一列，依序過來擁抱我、同我說我有多勇敢。我告訴大家，還有更多人值得同樣的稱讚。我不願獨攬一切，可也心懷感激，沒有人提起其他任何名字。我不要任何人惹上麻煩。我猜大家甚至不知道米妮原來也參與其中。

「將來妳或許還得承受不少打擊，」強森牧師同我說道，「如果眞有那麼一天，我們教會將盡一切力量幫助妳。」

就在眾人面前，我止不住地哭了又哭。我轉頭看米妮，她卻止不住地笑著。多麼有趣啊，每個人這些全然不同的表達情緒的方法。我不禁想，如果史基特小姐也在，又會有什麼樣的反應。我不住有些難過了起來。我知道傑克森市沒人給她簽書、稱讚她的勇敢。當然也沒人會同她保證，願意無條件支持保護她。

就在這時，強森牧師遞給我一個包裹，白色的包裝紙上繫著淺藍色的緞帶，同書皮一樣的顏色。他把手擱在上頭，表示祝福。「這本是送給妳那位白人小姐的。請妳轉告她，我們也愛她，一如我們的家人。」

星期四，我天亮即起，比平常還早到了李佛太太家。今天是個大日子。我早早忙完廚房裡的事，不到一點，我已經在李佛太太的電視機前面架好了熨馬，電視也轉到了第三台。小傢伙在睡午覺，而梅茉莉則上學去了。

我試著熨褶，可手抖得厲害，線條全走了樣。我噴水重熨，皺著眉頭手忙腳亂。終於，時間到了。

丹尼．詹姆斯出現在螢幕上，開始同觀眾解釋今天要討論的話題。他的一頭黑髮抹了厚厚的髮油往後梳，動也不動。他說話像連珠炮，全南方沒個男人比得上。聽他說話活似搭上雲霄飛車。我緊張不已，幾乎要吐在羅理先生上教堂穿的西裝外套上。

「……節目最後我們將進行書評單元。」廣告後，他先是聊了會兒貓王（Elvis Presley）在自己豪宅裡弄的啥熱帶叢林廳（jungle room），接著又討論過即將建造的那條從傑克森直通紐奧良的五十五號州際公路。終於，一點二十二分，一個名叫喬琳．法蘭屈、自稱是本地書評家的女人出現在螢幕上，在他一旁的椅子上坐定了。

就在那當兒，李佛太太剛好也進門了。她穿著出席聯誼會議的好洋裝，踩著吵人的高跟鞋，一進門便直往客廳來。

「謝天謝地，熱浪終於過去，我高興得要跳起來歡呼了，」她說道。

丹尼先生忙不迭說起一本叫啥《小巨人》（*Little Big Man*）的書。我試著同李佛太太聊上幾句，卻突然感覺自己臉上肌肉都麻痺了。「我——我先把電視關掉好了。」

「不，別關！」李佛太太說道。「電視上那是喬琳．法蘭屈！我最好趕緊打電話通知希莉。」

她喀噠喀噠踩著高跟鞋往廚房去，同希莉小姐這個月來的第三個女傭通上了話。厄妮絲妲只有一條手臂。希莉小姐的選擇愈來愈少了。

「厄妮絲妲，我是伊麗莎白小姐……噢，她不在家？喏，那妳等她一進門就告訴她，說我們姊妹會的朋友上電視了……嗯，沒錯，謝謝妳。」

李佛太太匆匆回到客廳，碰巧遇上廣告時間。她往沙發上一坐。我開始有些喘不過氣來。她這是做啥？我倆從不曾一起看過電視啊。她偏偏挑上今天，好整以暇坐在電視正前方，彷彿上電視的是她本人似的。

黛爾肥皂（Dial）的廣告突然結束了。丹尼先生再度出現在螢幕上，手裡正拿著一本我的書！白鳥看來甚至更大了。他高舉書，手指著封面上的「**匿名**」二字。整整兩秒鐘，我驕傲得幾乎要忘了恐懼。我多麼想大叫——**那是我的書！電視上是我的書！**可我只能強作鎮定，彷彿正在看啥無聊至極的節目。我幾乎不能呼吸了！

「……《幫手》講的是密西西比州一群家事幫手的眞實故事——」

「噢，眞希望希莉在家！我還能打給誰？瞧瞧她腳上那雙鞋！我敢打賭一定是帕帕葛洛精品店裡買來的。」

求求妳閉上嘴！我彎腰，轉大音量，可一下就後悔了。他們要說起她怎辦？李佛太太認得出自己的故事嗎？

「……昨晚一口氣讀完了，現在換我太太在讀……」丹尼先生連珠炮活似個拍賣官，眉飛色舞，邊笑還邊在書上指指點點。「……眞的很感人。發人深省，我會這麼形容。作者在書裡用了個虛構的地名，密西西比州的耐斯維爾市，可誰知道呢？」他手假意掩嘴，大聲耳語道，「說不定就是咱傑克森哪！」

說啥？

「喏，我可沒說就是了，這誰也拿不準；可爲預防萬一，我建議大家還是趕緊找書來讀，確定自己沒給寫在了裡面！哈─哈─哈─哈─」

我一怔，頸背一陣麻。書裡**哪裡**說是傑克森了？再說一次這誰也拿不準，丹尼先生！

我看著李佛太太對著電視傻笑，彷彿她那朋友看得到她似的。丹尼先生繼續談笑風生，可那位姊妹會出身的喬琳小姐，這會臉已經漲得同暫停標誌一樣紅了。

「──根本是在羞辱南方！羞辱所有盡畢生精力在照顧家庭幫傭的善良南方仕女！我至少知道我自己對待我的女傭有如親人，還有我所有的朋友也是──」

「她怎麼在電視上這麼皺眉呢？」李佛太太對著電視機抱怨道。「喬琳！」她身子往前一傾，手指噠噠點在喬琳小姐的額頭上。「不要皺眉！這樣不好看啦！」

「喬琳，妳讀到最後那段了嗎？那個派的故事？如果我的女傭，蓓西梅，妳正好也在看電視，聽好，我現在對妳每天的工作有了新的了解與尊重。還有，從今以後巧克力派我就敬謝不敏了！哈─哈─哈──」

喬琳小姐捧著書的模樣，像恨不得點火燒了它。「拒購這本書！傑克森市的女性同胞們！不要把妳們先生辛苦賺來的錢花在這──」

「啊？」李佛太太同丹尼先生問道。接著咻地一聲，螢幕換上了汰漬（Tide）洗衣粉的廣告。

「他們剛在聊什麼？」李佛太太轉而問我道。

我沒回答。我心跳得好快。

「我朋友喬琳手上拿著一本書。」

「是的，李佛太太。」

「叫什麼名字來著？**幫手**還是啥的？」

我將熨斗一角摁進羅理先生的襯衫衣領裡。我得打電話給米妮和史基特小姐，問她們聽到沒有。可李佛太太站在那裡，還等著我回答。我知道她不會輕易罷休。她從來不。

「他們剛剛是不是說書裡講的是傑克森市？」

我沒作聲，低頭緊盯手裡的熨斗。

「我想我應該沒聽錯，就是傑克森沒錯。可她爲什麼說要大家拒買呢？」

我雙手不住發抖。事情怎麼會變成這樣？我繼續熨襯衫，試著熨平所有的不平不順。

半晌，汰漬洗衣粉的廣告總算結束，丹尼·詹姆斯再度出現，手裡依然拿著書，而喬琳小姐的臉也依然漲得通紅。「今天節目到此爲止，」他說道，「別忘了到本節目的贊助商史戴街書店購買《小巨人》與《幫手》二書。到底是不是傑克森，各位看倌就自己判斷囉！」接著音樂響起，而他高喊，「日安，密西西比！」

李佛太太望著我，說道，「聽到沒？就說是講傑克森啊！」五分鐘後，她再度一陣風似地出了門，往書店買那本寫著她自己故事的書去。

米妮

第三十章

《大家談》結束後，我抓來空間司令，按下「關閉」鈕。我的肥皂劇播出時間到了，可我也不管了。壯漢醫生和茱莉亞小姐今天就自己看著辦吧，我沒那心情了。

我想過要直接打電話給丹尼·詹姆斯，問他，**你當你誰啊？這麼亂說話，危言聳聽！**你憑什麼同眾人宣稱這書寫的就是傑克森市？你又不知道我們寫的是哪裡！

我可清楚那傻子腦袋裡打啥主意。他**希望**書裡寫的就是傑克森。他希望密西西比州的傑克森市能有趣到足以讓人寫出一本書來。也沒錯，我們寫的就是傑克森……呃，可**他**又不知道！

我往廚房去打電話給愛比琳，可連著兩通都忙線。我掛上電話。回到客廳裡，我熱了熨斗，從籃子裡拉出一件強尼先生的白襯衫。我第一百萬次開始猜想，希莉小姐讀了最後一章到底會有啥反應。她動作最好快一點，說服眾人書裡說的不是傑克森市。還有，她大可以花一下午時間說服西麗亞小姐開除我，反正西麗亞小姐就是不會。那瘋女人現在可同我同仇敵愾了。可這行動失敗後，希莉小姐又會怎麼做，我就不知道了。那將會是我和她之間的戰爭，同別人無關。

噢，我這下心情可糟了。站在這裡熨衣服，我可以看到後院裡的西麗亞小姐，穿了件風騷的粉紅色緞面長褲，手上戴了雙黑色橡膠手套。她一雙膝蓋上全是土。我已經同她說過一百遍了，不要穿著好衣服挖土種花。可這位小姐就是不聽。

游泳池前的草地上堆滿了草耙和各式各樣的工具。西麗亞小姐現在每天只管挖土種花。雖然強尼先生幾個月前才給她請了個名叫約翰·威利斯的園丁。上回的裸男事件後，強尼先生也想多找個人給我倆作伴；只是這約翰·威利斯，年紀大得連腰都打不直，還瘦巴巴的，活似根迴紋針。我不時得去看看他，好確定他沒中風倒在樹叢裡。我猜強尼先生就是狠不下這個心、改請個年輕點的人來。

我在強尼先生的衣領上又多上了點漿。我聽到西麗亞小姐嚷嚷著解釋花要怎麼種。「那邊種繡球花，土裡要多下點鐵肥。可以嗎，約翰·威利斯？」

「沒問題，西麗亞小姐，」約翰·威利斯嚷回去。

「閉上妳的嘴，」我說道。她朝他嚷嚷那樣子，叫他難不以爲耳背的人是她。

電話響起，我跑去接了。

「噢，米妮，」話筒裡傳來愛比琳的聲音。「他們已經猜出了地方，要不了多久他們就會猜出是**哪些人**了。」

「那蠢蛋。」

「要是希莉小姐根本沒打算找書來讀呢？」愛比琳說道，音調揚高了。我希望李佛太太可別聽到。「老天，我們該要把事情想清楚的，米妮。」

我從不曾聽到愛比琳這麼說話。好似她成了我、而我成了她。「聽好，」我說道，腦子愈發清楚起來。「拜詹姆斯先生這張大嘴之賜，我們**可以確定**她一定會讀。傑克森市這會人手一本了。」我邊說邊明白這確實不假。「還不必哭，事情說不定就是該照著這條路走。」

掛上五分鐘後，西麗亞小姐的電話再度響起。「西麗亞小姐公——」

「我剛同露維妮亞通過話，」愛比琳低聲說道。「露安小姐剛剛拎了兩本書回到家。一本自己讀，一本要送給她最好的朋友，希莉・哈布克。」

好戲要上場了。

一整晚，我發誓，我可以感覺到希莉小姐一行一行讀過我們的書。我的腦袋裡迴響著她那冷酷的白種嗓音，一個字一個字讀去。凌晨兩點，我終於忍不住起床，翻開我的書，開始猜想她讀到哪一章了。第一、第二、還是第十？終於，我合上書，只是盯著淺藍色的封面。我從沒見過哪本書封面顏色這麼漂亮的。我擦掉上頭一小塊污斑。

我把書藏回那件我從沒穿過的大衣口袋裡。嫁給里洛後我就再沒讀過一本書，所以也不想招搖惹得他起疑。我回到床上，告訴自己再怎麼樣也只是瞎猜。唯一可以確定的是，她還沒讀到最後的部分——因爲我的腦袋裡還沒響起她的瘋狂尖叫聲。

終於熬到早上，我發誓，我還眞高興有活要幹。今天該刷地板，我樂得有事讓我分神。我把自己擠進車子裡，往麥迪生郡開去。西麗亞小姐昨天下午找了醫生看生孩子的事，而我正打算同她說，我肚裡這個隨時都可以送她。我知道她今天會一五一十把結果同我說個清楚。傻子至少還知道要甩了那個泰特醫師。

我把車停在屋前車道上，因爲西麗亞小姐總算同強尼先生把事情全說開了。上了車道，我才看到強尼先生的卡車竟然還在。我在車裡等了一會。我到時他向來都已經出門了啊。

我走進廚房，站著，四下打量。咖啡已經煮了。我聽到餐廳傳來男人的聲音。事情不對勁。

我耳朵往門邊靠，聽清楚原來是強尼先生的聲音。這非週末的早上八點半，他竟然在家。腦裡有個聲音要我轉身奪門而出。希莉小姐打電話同他說我手腳不乾淨。他知道那個派的事了。他知道書的事了。「米妮？」我聽到西麗亞小姐的聲音。

我小心翼翼地推開門，探頭瞄了幾眼。西麗亞小姐坐在餐桌桌首，強尼先生就坐在她旁邊。他倆同時抬起頭來，看著我。

強尼先生臉色看來比以前住在瓦特太太家後頭那個有白化症的男人還蒼白。

「米妮，麻煩給我端杯水來，可以嗎？」他說道，而我滿心不祥預感。

我倒了水，端去給他。我把水杯擱在桌上的餐巾紙上，強尼先生卻突然站起身。他深深地看了我一眼。老天，該來的就讓它來吧。

「我把寶寶的事全同他說了，」西麗亞小姐低聲說道。「所有的寶寶。」

「米妮，要不是有妳，我早就失去她了，」他說道，猛地緊緊握住我的雙手。「感謝上帝有妳在這裡。」

我轉頭望向西麗亞小姐，只看到她眼底全沒了生氣。我想我已經知道醫生同她宣布的結果了。我看得出來，不會有寶寶了。強尼先生緊握我的手，然後鬆開，朝她走去。他在她面前雙膝落地，把頭輕輕靠在她的大腿上。她用手順過他的頭髮，一次又一次。

「不要離開我。永遠不要離開我，西麗亞，」他哭喊道。

「告訴她，強尼，把你剛剛同我說的話再同米妮說一遍。」

強尼先生抬起頭來。他頂著一頭亂七八糟的頭髮，直視我的眼睛。「這裡永遠歡迎妳，米妮，妳永遠不必再擔心工作的事了。只要妳願意，在妳有生之年，這裡永遠有份工作等著妳。」

「謝謝你，強尼先生，」我眞心說道。這是我今天最需要聽到的一句話。

我轉身正要離去，可西麗亞小姐輕聲說道，「再多陪我們一會，可以嗎，米妮？」

我扶著矮櫃站著，因爲肚裡的寶寶愈來愈重了。我不禁想起，這是多麼不公平的事，我擁有這麼多，她卻什麼也沒有。他哭了，她也哭了。餐廳裡就我們三個傻子，哭成了一團。

「聽我說，」兩天後在廚房裡，我同里洛說道。「只消按個鈕就可以選頻道，你的屁股甚至不必離開椅子咧。」

里洛眼睛還是緊盯著報紙，理都懶得理我。「這說不通，米妮。」

「西麗亞小姐有一個，叫做空間司令。差不多半條麵包大小的方盒子。」

里洛搖搖頭。「這些懶白人。連站起來轉個鈕都懶。」

「我猜再不久人都要飛上月球去了，」我嘴裡隨意說道，腦袋裡卻一片空。我專心聆聽等待著那記尖叫。這女人到底啥時才要把書讀完？

「晚餐吃什麼？」里洛說道。

「是啊，媽媽，晚餐還要多久才會好？」琴卓問道。

我聽到車子開上車道的聲音。我專心聆聽，一閃神，湯匙便掉進滿鍋的豆子裡去。「麥片粥。」

「我才不吃麥片粥當晚餐咧！」里洛說道。

「我早餐才吃過的！」琴卓喊道。

「我是說——火腿。和豆子。」我砰地關了後門，鎖上了。我再次往窗外望去。剛剛的車子這會正在倒車。原來只是要迴轉。

里洛一個箭步，又把後門打開了。「這裡頭熱死人了！」他往我站的爐邊走來。「妳搞什麼鬼？」他問道，離我的臉僅僅一吋。

「沒啊，」我說道，往後退了一步。他通常不對懷孕的我動手。可他再次逼近，一把抓住我的手臂。

「妳這回又幹了啥好事？」

「我——我啥都沒幹啊，」我說道。「我只是有點累。」

他往我手臂重重一捏。一陣劇痛傳來。「妳才不累。不到最後一個月妳從來不累。」

「我啥也沒做，里洛。放手讓我趕緊把晚餐做好。」

他狠狠瞪我一眼，終於鬆開手。我甚至不敢看他的眼睛。

愛比琳

第三十一章

李佛太太每回出門買東西、或是往後院去、甚至只是上個廁所，我都會趁機檢查過她放書的床頭桌。我藉口撣灰，其實是在查看書裡夾的那張第一長老會聖經書籤又往下移動了幾頁。她已經讀了五天，可我今天翻開查看時，書籤卻還夾在第一章的第**十四**頁。還有整整兩百三十五頁。老天，她讀得可眞慢。

可我依然有股衝動，想問問她，難道妳眞讀不出來，這是史基特小姐的故事啊！講康絲坦丁陪著她長大的故事。然後，雖然怕得要死，我卻還是想告訴她，好好讀下去吧，因爲第二章的主角不是別人，就是**妳**。

看著書出現在她屋裡，我其實緊張得像隻驚弓之鳥。一整星期，我就躡手躡腳地進進出出。小傢伙有回從後頭碰了我的腿，我嚇得幾乎跳起來。尤其是星期四那天，希莉小姐來訪，同李佛太太一起坐在餐桌前，討論募款餐會的事。每隔一會，她倆便抬頭對我微笑，讓我去給她們張羅份美乃滋三明治還是冰紅茶。

有兩回，希莉小姐進廚房打電話給她的女傭厄妮絲妲。「海瑟那洋裝妳照我吩咐的先浸著了嗎？嗯哼，天篷床撣過灰了嗎？還沒是吧，那妳現在就去。」

進去收盤子的時候，我聽到希莉小姐說道，「我讀到第七章了，」我一僵，手裡的盤子鏗鏗作響。李佛太太抬頭，衝著我皺鼻子。

而這希莉小姐一逕舉起手指，在李佛太太鼻尖搖了搖。「我覺得他們說得沒錯，**感覺上**確實很像傑克森市。」

「是嗎？」李佛太太問道。

希莉小姐頭一低，低聲說道，「我敢打賭我們甚至認識其中幾個黑人女傭。」

「妳當眞這麼想？」李佛太太問道，而我渾身發冷。我甚至移動不了該往廚房去的腳步。「我才讀了一點……」

「我確實這麼想。還有，妳猜怎麼來著，」希莉小姐露出詭異的笑容。「我決心猜出書裡頭所有人的眞實身分。」

第二天早上在公車站，我一想到希莉小姐終於讀到最後一章後的反應、想到李佛太太不知讀到第二章了沒有，猛地一口氣幾乎喘不過來。而當我終於走進李佛太太家，迎面而來的，便是她坐在廚房桌前低頭讀書的景象。她把原本坐在她大腿上的小傢伙舉起來要我接手，從頭到尾目光始終停留在書頁上。她接著站起來，捧著書，邊讀邊往屋後走去。讓希莉小姐這麼一說，她突然同這書難分難捨了起來。

幾分鐘後，我進到主臥房打算收拾待洗衣物。李佛太太在廁所裡，我趕緊翻開書籤所在那頁。她已經讀到了第六章，溫妮的故事。溫妮那白太太犯了老人癡呆，每早打電話報警說有陌生黑人闖進她屋裡來。這也意味著，李佛太太讀完了自己的故事卻絲毫不察，一路**繼續往下讀**。

我心裡雖怕，卻不住翻了白眼。我猜李佛太太壓根沒想到那故事說的就是她自己。沒錯，我該謝天謝地，不過，唉。她昨晚讀到那段時，說不定還在床上大搖其頭，想那糟糕的女人甚至不知該怎麼愛自己的孩子。

一等李佛太太出門做頭髮，我便打電話給米妮。我們最近最常做的事就是衝高我們白太太電話帳單上的數字。

「妳那邊有消息嗎？」我問道。

「沒，啥都沒。李佛太太讀完了嗎？」她問道。

「還沒，可她昨晚一口氣讀到溫妮那章。西麗亞小姐書買了沒？」

「那女人，專讀些垃圾。**我來了**，」米妮喊道。「那傻子又讓烘髮罩卡住頭了。就說了，上了大髮捲就別硬要用那罩子烘頭髮了。」

「有消息就打電話給我，」我說道。「我也一樣。」

「結果很快要揭曉了，愛比琳。很快。」

那天下午，我大步走進吉尼商店，打算給梅茉莉買點水果和卡堤吉起司。那泰勒小姐又來了。小女娃今天放學一下了車，直接就往她房裡走去，啪地倒在床上。「怎麼了，寶貝？發生啥事了？」

「我把我自己塗黑了，」她哭著說道。

「什麼叫塗黑了？」我問道。「用彩色筆塗的是吧？」我抓起她的手，可上頭並沒有色筆塗過的痕跡。

「泰勒小姐要我們畫出最喜歡自己的地方。」我這時才看到她手裡捏了張皺巴巴的破爛紙頭。我打開一看，果不其然，我這白人小女娃把自己塗成了黑人。

「她說塗成黑色表示我的臉又髒又醜。」她臉埋在枕頭裡，放聲大哭了起來。

泰勒小姐。在我花了這麼多功夫教會梅茉莉對人要一視同仁去愛、不以膚色為判斷標準後。我感到胸口哽著股氣，因為誰不記得自己的一年級老師？學了啥或許早忘了，可我告訴你，我帶大那麼多孩子，一年級老師對孩子們的影響力，我再清楚不過。

至少吉尼商店裡還挺涼快的。是我不該，早上那趟竟忘了給梅茉莉買點心。我加快動作，她才不必同她媽媽獨處太久。她已經把紙藏到床底下去，省得讓她媽媽看到。

我在食品部抓了兩個鮪魚罐頭。然後我回頭去找綠色果凍粉，而就在那裡，好露維妮亞也穿著白制服，正在挑花生醬。終我一生，我想到露維妮亞便要想起第七章。

「羅伯還好吧？」我問道，一邊拍拍她的手臂。露維妮亞給露安小姐做了一天事後，每天下午回到家，還得帶著羅伯上盲人學校，好讓他學會讀點字。我從沒聽露維妮亞抱怨過一個字。

「正在學怎麼自己走動哪。」她點點頭。「妳呢？還好嗎？」

「就緊張吧。妳聽到啥消息了嗎？」

她搖搖頭。「我家太太還正在讀。」露安小姐是希莉小姐橋牌聚會的成員。羅伯剛出事的時候，露安小姐對露維妮亞很好。

我倆拎著籃子沿著走道走。兩位白太太正站在全麥餅乾貨架旁聊天。她倆看來挺面熟，可又想不起名字。我同露維妮亞一走近，她倆便住嘴，只是瞅著我們瞧。怪的是，她倆臉上沒有一絲笑意。

「借過一下，」我說道，同她倆擦身而過。等我離她倆約一呎遠的時候，我聽到其中一個太太說道，「那個就是伊麗莎白家的黑傭……」一輛購物推車晃碌碌經過，遮去了接下來的話聲。

「我想妳說得沒錯，」另一個白太太應道。「就她沒錯……」

露維妮亞同我一語不發繼續往前走，四隻眼睛直視前方。我聽到白太太踩著高跟鞋噠噠走遠的聲音，頸背一陣麻。我知道露維妮亞聽得比我清楚，因爲她有對比我年輕十歲的耳朵。到了走道盡頭，我倆分道揚鑣，卻又不約而同回頭，四目相交。

我有沒有聽錯？我用眼神問她。

妳沒聽錯，露維妮亞的眼睛這麼應我。

求求妳，希莉小姐，讀吧。像風一樣速速讀去吧。

米妮

第三十二章

又一天過去，我依然聽到希莉小姐的聲音，逐字逐行讀去。我還在等待著那記尖叫。還沒有，可也近了。

愛比琳同我說了昨天在吉尼的事，可那之後倒也沒再聽說別的。我心神不寧，手拙得緊，今晚剛把最後一只量杯也摔了，而里洛打量我那模樣，彷彿他啥都知道了。這會他正坐在桌前喝咖啡，而孩子們各自在廚房裡找了地方做功課。

一眼瞥見紗門外的愛比琳時，我嚇得幾乎跳起來。她舉起一隻手指壓在嘴唇上，朝我點點頭。然後她便消失了。

「琴卓，擺盤子，小甜，豆子幫我顧著，菲莉莎，考卷拿給妳爹地簽名去。媽媽出去透個氣。」

我一溜煙消失在紗門外。

愛比琳站在屋側空地，一身白制服還沒換下。

「怎麼了？」我問道。屋裡傳來里洛的吼叫聲，「不及格？」他不打孩子的。他只是大聲叫罵，就一般當爹的該做的事。

「獨臂厄妮絲妲打電話同我說，希莉小姐到處同人瞎猜書裡寫的是誰。她要幾個白太太開除她們的女傭，偏偏還都搞錯人了！」愛比琳難過又著急得渾身打顫。手裡一條白布讓她扭成了麻花繩。我猜她甚至沒發現自己竟把家裡的餐巾順手拎了出門。

「她說了誰？」

「她要辛克萊太太開除安娜貝兒。辛克萊太太於是不但開除安娜貝兒，還把她車鑰匙也拿走了，說那車當初一半車款是她借給安娜貝兒的。安娜貝兒按月還錢其實也還得差不多了，可鑰匙還是給拿走了。」

「那**巫婆**，」我咬牙低聲咒道。

「事情不只這樣，米妮。」

我聽到廚房傳來靴子的踏步聲。「快說，不然里洛出來逮人了。」

「希莉小姐同露安小姐說道，『妳那露維妮亞也有一份。錯不了的，妳一定得開除她。妳根本該把那黑鬼送進牢裡。』」

「可露維妮亞甚至沒說露安小姐半句壞話啊！」我說道。「何況她還有羅伯得照顧！露安小姐怎麼說？」

愛比琳咬著嘴唇。她搖搖頭，眼淚流了下來。

「她說……她再考慮看看。」

「考慮哪個？炒魷魚還是吃牢飯？」

愛比琳聳聳肩。「都有吧，我猜。」

「耶穌基督啊，」我說道，直想找什麼東西來踢上一腳。**什麼人**。

「米妮，要是希莉小姐一直不把書讀完呢？」

「我不知道，愛比琳。我眞的不知道。」

愛比琳的眼睛倏地睜大了。是里洛，隔著紗門，望著我們；他就站在那裡，也不作聲。我同愛比琳說了再見，往屋裡踱去。

隔天清晨五點半，里洛終於上床，往我身旁一躺。我讓床架的嘎吱聲和濃濃的酒氣吵醒了。我咬著牙，暗自禱告他別又鬧了起來。我好累，沒餘力同他吵架了。雖然我反正也睡不好，滿腦子都是愛比琳前晚帶來的消息。對希莉小姐來說，露維妮亞不過是那邪惡女巫受害名單上的另一個名字。

里洛不時翻來覆去，也不管他懷孕的老婆還想睡。等那傻子終於安頓了下來，我卻聽到他的耳語聲。

「到底是啥天大的祕密，米妮？」

我感覺到他的目光，感覺到他的濃濃酒氣吹過我的肩膀。我動也不動。

「妳知道我遲早會發現，」他嘶聲說道。「瞞不了我的。」

十秒後，他的呼吸便緩了下來。他胳臂一伸，橫在我身上。**感謝上帝有這寶寶**，我默禱著。擋在我的祕密和他的拳頭之間的，就只剩我肚裡這孩子了。很醜陋，卻是事實。

我躺在床上，咬著牙，想著，擔心著。這里洛不知懷啥鬼胎。天知道讓他發現了，我又會落得怎樣下場。他當然聽說了書的事，有誰不呢，只是不知道原來他老婆也有一份。其他人大概當我不在乎他知不知道——噢，我可清楚別人怎麼想了。他們想，這天不怕地不怕的米妮，誰欺負得了她。他們不知道的是，在里洛的拳頭底下，我會變成如何可悲的一條可憐蟲。我不敢還手。我怕我一還手，他就會離開我。我知道這一切根本說不通，也痛恨自己的軟弱！我怎麼能還愛著一個痛打我的男人？我為什麼要愛一個酒鬼？有一回，我問他，「為什麼？為什麼你要打我？」他彎下腰來，直直看著我的臉。

「因為如果我不打妳，米妮，天**知道**妳會變成什麼模樣。」

我讓他堵在臥房的角落裡，像條狗，讓他拿著皮帶抽我。那是我頭一回真正想到這問題。天**知道**我會變成什麼模樣，如果里洛該死地停止對我動手。

第二天晚上，我讓孩子們早早上了床，連我自己也一樣。里洛還在工廠，要五點才下工。我這回的肚子大得出奇。老天，拿不準是雙胞胎。我可沒打算付錢讓醫生同我說這壞消息。我只知道，肚裡的寶寶這會已經比前幾胎臨盆的時候還大了，而我甚至才懷孕六個月。

我睡得很沉。我夢見自己坐在一張長長的木桌前，參加一場盛大餐會。我夢見自己狠狠啃著一支老大的烤火雞腿。

我霍然跳坐起身。我呼吸急促。「是誰？」

我的心砰砰撞擊胸口。我四下張望漆黑的房間。午夜十二點半。謝天謝地，里洛還沒到家。可我確實是給吵醒的。

然後，我突然領悟是啥吵醒了我。我終於聽到期待已久的聲音了。我們全都期待已久了。

我終於聽到了希莉小姐的尖叫聲。

史基特小姐

第三十三章

我眼睛猛地睜開，心臟砰砰狂跳。壁紙上的綠色藤蔓悄悄往上攀延。什麼東西吵醒了我？到底是什麼？

我下床聆聽。不是母親的聲音，音調太高了。那是一記尖叫，像什麼東西給撕裂成破碎的兩半。

我坐回床上，一手按壓胸口。心跳依然又急又快。一切都脫了軌。大家已經猜出書裡寫的就是傑克森市。而我不敢相信我竟忘了希莉讀書有多該死地慢。她實際唸完的一定比宣稱的還少。脫了軌，情況並且急轉直下，完全失控了。一個名叫安娜貝兒的女傭丟了差，白女人交頭接耳，說愛比琳說露維妮亞、說還有誰知道誰。諷刺的是，我在這兒咬著指甲等待希莉終於開口，可事實上，我卻是全市唯一一個不再在乎她又說了什麼話的人。

要是一切只是一個可怕的錯誤呢？

我痛苦不堪地深深吸進一口氣。我試著暫時拋開眼前，著眼未來。一個月前，我寄出十五封履歷，地點遍及達拉斯、曼菲斯、伯明罕以及另外五個城市，當然還有少不了的紐約。史丹太太說我可以把她列爲推薦人，而這大概也是我整封履歷上唯一值得注意的地方，一個出版人的推薦。我列出過去一年做過的工作：

傑克森日報每週家事專欄作者
傑克森小聯誼會會訊編輯
《幫手》作者，充滿爭議性的本書描述黑人幫傭及其白人雇主間的故事，哈洛出版社出版

我當然沒把最後一段加上去。我只是想打出來，就一次也好。可現在，即使眞的在哪個大城市找到了工作，我也不能棄愛比琳不顧，在情況如此惡劣的時刻，留她一人在這團可怕的混亂中。

可老天，我必須離開密西西比。除了母親與爹地，我在這裡已經一無所有，沒有朋友、沒有我眞正在乎的工作、沒有史都。卻又不只是離開就好。當我寄出那幾封到《紐約郵報》、《紐約時報》、《哈潑雜誌》、《紐約客》雜誌的履歷時，我感到胸口一陣熟悉的騷動，一如大學時代，那份深深的嚮往。不是達拉斯、不是曼菲斯——是**紐約市**，作家之都。可我至今未收到任何回音。要是我永遠離不開了呢？要是我就此給絆住了，在這裡，永遠？

我躺下，看著第一道晨光射入窗內。我不住打顫。那撕裂的尖叫聲，我終於明白，來自**我自己**。

我站在布藍特藥妝店裡，一邊等著羅勃茲先生備妥母親的處方藥，一邊在貨架上尋找也是母親吩咐的面霜與薇諾雅（Vinolia）香皂。母親說她其實根本不需吃藥了；她說治療癌症唯一的方法，就是有一個不肯剪頭髮、而且連週日都堅持穿著膝上短洋裝的女兒。因爲她要眞死了，我不知會對自己的外表做出什麼更可怕的事來。

至於我，母親病情好轉，我只是心懷感激。如果說我同史都那短短十五秒的訂婚激發了母親的求生意志，那麼，我再度恢復單身的事實便更進一步強化了這股力量。我倆再度分手她當然難掩失望，可一會便又重整旗鼓。她這回甚至企圖撮合我和一個遠房表哥；那表哥三十五歲，斯文俊美，毫無疑問是個同性戀者。「母親，」晚餐結束、表哥也離去後，我不住開口說道。這麼明顯的事，母親怎麼可能看不出來？「他……」可我隨即住口。我只是拍拍她的手，說道，「他說我不是他的型。」

我急著離去，深怕熟人隨時推門進來。我該已經習慣這樣的孤立，可我不。我懷念有朋友相伴的時光。不提希莉，有時我會想伊麗莎白，高中時代那個甜美可人的舊伊麗莎白。自從寄出書稿、再沒理由上愛比琳的門後，日子便更形煎熬。我們一致決定那樣太冒險了。我想念上她家同她聊天說話更勝一切。

每隔幾天，我便會同愛比琳通電話，可這又和見面聊天不一樣。**拜託**，每回她同我一一道來最新消息時，我心裡總暗暗哀求著，**拜託讓好事發生吧**。可到目前爲止，沒有。書讓女孩們當成了某種遊戲，流言滿城飛，猜測著誰又是誰。還有希莉，四處胡亂指控人。當初是我同大家保證不會被發現。這一切都是我的責任。

門鈴一陣輕響。我探頭，看到伊麗莎白同露安·天普敦一起走了進來。我縮回美容面霜的走道，不想被撞見。我透過貨架縫隙偷看。她倆朝午餐櫃檯走去，挽著手，活似一對小女生。大熱天，露安卻依然穿著她的長袖洋裝，臉上掛著不變的微笑。我不住想，她知不知道自己也是書中一角。

伊麗莎白額前頭髮挑得老高，後面則用條絲巾包了起來。我送她的二十三歲生日禮物，那條黃絲巾。我站在那裡，稍候片刻，縱容自己感受眼前這怪異的一幕——我看著她倆，知道我所知道的一切。她已經讀到第十章了，愛比琳昨晚告訴我，卻渾然不察自己讀的是自己和身旁朋友的故事。

「史基特？」收銀機後方的羅勃茲先生喊道。「妳媽媽的藥好了。」

我往前走去，不得不經過午餐櫃檯前的伊麗莎白與露安。她倆背對著我，可我從牆上鏡子看得到，她們的目光始終在我身上。她倆同時低下頭去。

我付了母親的藥和美容面霜的錢，開始沿著走道往門口走。正當我試著從最遠的一條走道逃離現場時，露安・天普敦突然從髮梳貨架後方冒了出來。

「史基特，」她說道。「妳有空嗎？」

我站著，猛眨眼，意外不已。已經八個月沒人理我了，遑論問我有沒有空。「呃，當然，」我小心翼翼地應道。

露安瞄了眼窗外，我順勢看過去：伊麗莎白手裡拿了杯奶昔，正往車子走去。露安作勢要我靠近一點，往洗髮潤絲精這頭來。

「妳媽媽狀況還好吧？」露安問道。她臉上的微笑沒有平日燦爛。她拉拉長長的衣袖，雖然她額頭上覆蓋著一層細細的汗珠。「她很好。還在……緩解期。」

「我真的很高興。」她點點頭，然後我們便這麼彆扭地站著，面面相覷。露安深深吸了一口氣。

「我知道我們很久沒說過話了，不過，」她壓低聲音。「我只是想讓妳知道希莉最近的一些話。她說那本講女傭的書……是妳寫的。」

「我聽說作者不是匿名嗎，」我簡短應道，甚至不確定該不該承認自己讀過這本書。雖然全傑克森的人都在讀。書店賣到缺貨，圖書館則得等上兩個月。

她舉起雙手，阻止我繼續說下去。「我不想知道她說的是不是事實。可希莉……」她朝我走近一步。「希莉．哈布克前幾天打電話給我，要我開除我的女傭露維妮亞。」她咬牙，搖搖頭。

求求妳。我屏息。**求求妳不要說妳真的開除她了**。

「史基特，露維妮亞……」露安直視我的眼睛，說道，「有時候，她是我還能從床上爬起來的唯一理由。」

我不發一語。這說不定是希莉設下的陷阱。

「我知道妳一定覺得我只是個蠢女孩……對希莉唯命是從。」她眼眶裡湧出淚水。她的嘴唇微微顫抖。「醫生要我去曼菲斯接受……**電擊治療**……」她以手掩臉，淚水卻從她指縫間滲了出來。「爲了我的憂鬱症和……自殺未遂，」她低語道。

我望向她的長至腕間的衣袖，懷疑這才是她眞正想遮掩的事情。我希望自己錯了，卻不住一震。

「當然，亨利要我快點振作起來，不然就自己看著辦。」她擺了出走的動作，試著微笑，卻在瞬間垮了台，臉上再度佔滿憂傷。

「史基特，露維妮亞是我見過最勇敢的人。即使已經背負了那麼多，她還是願意爲我坐下來，陪著我談。是她幫著我，我才撐得過每一天。當我讀到她寫我，寫我幫忙她處理孫子的事時，我一生從不曾感到如此心懷感激過。那是我幾個月來感覺最好的一刻。」

我不知該說些什麼。這是我第一次聽到有關那本書的好話，而我多麼想請她再多講一些。我猜愛比琳還不知道這件事。可我也擔心，因爲露安顯然都知道了。

「如果書眞是妳寫的，如果希莉說得沒錯，我只是想讓妳知道，我永遠不會開除露維妮亞。我告訴希莉我會考慮，可如果希莉．哈布克膽敢再同我開口一次，我會當面告訴她，她合該吃了那個派。」

「妳怎麼知——是什麼讓妳覺得那是希莉？」**我們的保護——我們的保險，一旦派的祕密被揭穿，就全都化為烏有了。**

「也許是也許不是。可外頭是這麼傳的。露安搖搖頭。「就今天早上，我聽說希莉到處同人說這本書寫的根本不是傑克森。誰知道又是為哪樁。」

我忍住一口氣，只低聲說道，「感謝上帝。」

「喏，亨利一會到家了。」她把皮包往肩上一提，腰桿一挺。她臉上重新出現那面具似的微笑。她轉身往門口走去，卻在拉開門的一刻再次回頭看著我。「我可以再告訴妳一件事。明年一月聯誼會主席改選，希莉．哈布克休想得到我這票。事實上，她從此都不必想了。」

話聲落地，她大步跨出店門，甩下門後那陣清脆的鈴聲。

我在窗前逗留片刻。外頭這會開始下雨了，毛毛細雨下霧了車子亮晶晶的板金，下滑了黑色的柏油路面。我看著露安的身影消失在停車場裡，不住想，**一個人真的好多妳不知道的地方**。我不知道，如果當初我曾努力一點、對她好一點，是不是能讓她的日子好過一點。而這不就是這本書的重點嗎？讓女人們了解，**我們只是兩個人。我倆之間並沒有那麼多不同。遠遠不如我們想像中的不同。**

可露安，早在她讀過這本書之前，便已經明瞭這一點。這回，錯失重點的人，是我。

那天晚上，我打了四通電話給愛比琳，她的電話卻始終忙線中。我掛上話筒，在儲藏室裡靜坐片刻，望著一罐罐康絲坦丁做的無花果蜜餞。那是她當年趁無花果樹枯死前做好的。愛比琳告訴我，我們的書現在是女傭們的熱門話題。她一晚總要接上六七通電話。

我嘆氣。今天是星期三。明天我會交出早在六星期前就寫好的莫娜小姐專欄。我再次備足了兩打存稿，因為我沒有別的事情可做。除了這，我無事可想，只能擔心。

有時，我會無聊到開始胡思亂想，想如果我沒寫這本書，眼前的生活又會是什麼模樣。星期一，我玩橋牌。星期二晚上，我會出席聯誼會議，交出編好的會訊。然後是星期五晚上，史都會接我去吃晚餐，我倆在外頭待晚了，導致我星期六早上打網球時還疲憊不堪。疲憊而滿足而……**滿心挫折**。

因為那天下午希莉會指控她的女傭手腳不乾淨，而我只能坐著聽她說。而伊麗莎白會太過用力地扯她孩子的手臂，而我只能轉過頭去，假裝沒看見。我會同史都訂了婚，卻不能穿短裙、只能留短髮，也不可能考慮寫一本有關黑人女傭的書、或是從事其他任何太過冒險的行為，就是害怕他會不以為然。雖然我不至於欺騙自己、以為自己改變得了像希莉或伊麗莎白這種人的想法，可我至少不必再假裝同意她們的話。

我惴惴不安地走出擁擠的儲藏室。我套上我的皮編男鞋，往屋外溫暖的夜色走去。一輪滿月照亮大地。我下午忘了拿信，家裡現在也只有我還會去檢查信箱了。我打開信箱，裡頭只躺著一封信。寄信人是哈洛出版社，應該是史丹太太寄來的。我有些意外她把信直接寄來家裡；之前為防萬一，書約都給寄到我在郵局租的信箱去了。就著月光還是不好讀信，我於是把信暫時收進牛仔褲後方的口袋裡。

我沒有沿著屋前小路走去，卻直接穿越母親口中的果園，感覺腳下柔軟的草地，一邊閃避著第一批熟成落地的梨子。又是九月了，而我還在這裡。依然在這裡。連史都都已經離開了。我在一篇訪問參議員的文章裡讀到，史都把他的鑽油公司遷往紐奧良，方便就近關照海上油井。我聽到小路傳來碎石輾壓聲，卻看不清來車；不知什麼原因，車頭燈並沒有打開。

我看著她把她的奧茲牌汽車停在屋前，熄火，卻遲遲沒有下車。前廊的燈亮著，暈黃而閃爍，蟲影幢幢。她趴在方向盤上，似乎在打量著有誰在家。她到底打什麼主意？我觀察了幾秒鐘。然後我想，**先發制人**。不管她打什麼主意，趁她還未出手前，我最好先發制人。

我悄悄穿過前院。她點了菸，火柴往窗外一扔，掉落在車道上。

我從後方接近她的車，可她一直沒發現。

「等人嗎？」我在她窗邊說道。

希莉一跳，手上香菸掉落在碎石上。她掙扎著下了車，甩上車門，往後退了幾步。

「妳最好離我遠一點，」她說道。

我於是站在原地，只是看著她。誰能**不**看她？她的黑髮一團亂，頭頂上鬆垮垮地圈著綹捲髮，頂著腦門亂翹。她的上衣沒塞好，釦子讓贅肉繃得老緊，我看得出她又胖了不少。再來就是那個……爛瘡。就長在她的嘴角，又醜又紅。自從大學和強尼剛分手那段日子以來，我就沒再看她長過這些爛瘡了。

她上下打量著我。「妳這算啥，學人搞嬉皮是吧？老天，妳那可憐的媽媽臉都讓妳丟光了。」

「希莉，妳來做什麼？」

「我來通知妳，我已經聯絡了我的律師，奚比．古德曼。他碰巧就是密西西比州毀謗法的第一把交椅。我告訴妳，妳這下麻煩大了。準備吃牢飯去吧！」

「妳沒有任何證據，希莉。」我和哈洛出版社的法律部門談過了。我們非常小心維護身分的保密。

「哼，我百分之百確定書就是妳寫的，因為全傑克森市也找不出另一個同妳一般自甘墮落的人了。同黑鬼搞在一塊。」

實在難以想像，我們曾經是朋友。我考慮丟下她，進門鎖門。可她手上捏著一只信封，叫我有些放心不下。

「我知道外頭大家都在傳，希莉，流言滿天飛——」

「噢，那些話傷不到我。大家都知道那根本不是傑克森，而是妳那顆邪惡的腦袋憑空捏造出來的地方。而且我也知道誰幫了妳。」

我下巴一緊。她顯然知道米妮，還有露維妮亞。可她知道愛比琳或其他人嗎？

希莉朝我揮揮手裡的信封，紙張劈啪作響。「我來是要通知妳母親，讓她知道妳幹了什麼**好事**。」

「妳打算同我**母親**告我的狀？」我笑了，可事實是，母親對此一無所知。而我希望繼續維持這狀況。她一定會驚駭不已，還會深深引以爲恥……我望向那只信封。要是母親因此癌症復發呢？

「沒錯，我就打算這麼做。」希莉揚著下巴，走上前廊階梯。

我緊跟在她身後，在門前停下腳步。她開門，當成自己家般長驅直入。

「希莉，我並沒有邀請妳進來，」我說道，一把扯住她的手臂。「妳出——」

就在此時，母親突然現身，我趕緊放手。

「是妳啊，**希莉**，」母親說道。她穿著睡袍，枴杖隨著腳步搖搖晃晃。「好久不見了，親愛的。」

希莉朝著她眨了好幾次眼睛。我不知道是希莉對母親外表的改變感到比較震驚，還是兩者對調。母親原本豐厚的棕髮如今雪白而稀薄。握著枴杖的手看在一陣子沒見過她的人眼裡，格外顯得骷髏似的瘦骨嶙峋。可最糟的是，母親一口牙齒幾乎都掉光了，只剩門牙。她的兩頰深深凹陷，幾乎不似活人。

「菲蘭太太，我——我來是想——」

「希莉，妳病了嗎？妳看來糟透了，」母親說道。

希莉舔舔嘴唇。「呃，我——剛沒來得及打點自己就——」

母親搖搖頭。「希莉，**親愛的**。沒有年輕丈夫想要回家看到這樣的老婆。瞧瞧妳這頭髮。還有那個……」母親皺眉，湊近端詳那個爛瘡。「這實在不好看，親愛的。」

我目光始終鎖定在信封上。母親指指我。「我明天就打電話給芬妮嫰，給妳倆都約了時間。」

「菲蘭太太，不必——」

「不必謝我，」母親說道。「妳親愛的母親沒能在身邊指點妳，我至少還能爲妳盡這點心。好了，我要先回房歇著了，」母親拖著蹣跚的腳步往屋後走去。「別聊太晚了，女孩們。」

希莉站在原地，張著嘴。半晌，她終於轉身，開門，走了出去。信依然讓她緊緊握在手裡。

「妳這輩子別想脫身了，史基特，」她嘶聲同我說道。她癟著嘴，幾乎像握拳。「還有妳那些黑鬼朋友也一樣。」

「妳到底在說誰，希莉？」我說道。「妳什麼也不知道。」

「我不知道，是吧？那個露維妮亞，噢，我已經處理好她了。露安不會放過她的。」她點頭，頭頂那絡捲髮跟著彈跳不停。

「還有，妳同那個愛比琳說去，要她下回還想寫我親愛的朋友伊麗莎白的時候，嗯哼，」她說道，臉上泛開一抹粗鄙的微笑。「妳還記得伊麗莎白吧？還請妳出席過她婚禮的伊麗莎白？」

我鼻翼賁張。聽到她嘴裡說出愛比琳的名字，叫我只想狠狠揍她一拳。

「就說那愛比琳實在該放聰明點，怎麼把可憐的伊麗莎白餐桌上那道L形裂縫也寫出來了呢。」

我的心臟停止跳動。那道該死的裂縫。我怎麼會蠢得看漏了呢？

「別當我忘了米妮·傑克森。我對那黑鬼另有**天大的**打算。」

「當心點，希莉，」我咬著牙說道。「妳可別自己洩了底。」我口氣充滿自信，內心卻不住顫抖，不知道她到底打算怎麼對付米妮。

她瞪大眼睛。「**吃了那個派的人**不是我！」

她轉身，朝車子大步走去。她扭開車門。「妳同那些黑鬼說去，要她們背後最好多長隻眼睛。要她們等著看，好戲還在後頭。」

我用顫抖不已的手撥了愛比琳的號碼。我抄起話筒往儲藏室去，關上門。我另一隻手裡抓著那封來自哈洛出版社的信。信已經讓我拆開讀過了。只有八點半的現在感覺卻像過了午夜。

愛比琳接了電話，而我脫口而出。「希莉今晚來過。她都**知道**了。」

「希莉小姐？知道啥？」

然後我聽到話筒傳來米妮的聲音。「希莉？希莉小姐怎麼了？」

「米妮……剛好也在，」愛比琳說道。

「欸，我想這事她也該知道，」我說道，雖然我還是希望愛比琳能等會，等我不在的時候再告訴她。我同她描述希莉怎麼出現在車道上、又怎麼闖進我家，然後等著她把一切同米妮複述一遍。聽愛比琳的聲音描述那一幕，感覺甚至更糟了。

愛比琳回到話筒彼端，嘆了口氣。

「是伊麗莎白餐桌上那道裂縫……希莉是靠這條線索確定一切的。」

「老天，那**裂縫**。我不敢相信我竟把那也寫進去了。」

「不，是**我**該要發現的。我很抱歉，愛比琳。」

「妳想希莉小姐會去同李佛太太說我寫她的事嗎？」

「她不能說，」米妮吼道。「說了就是認了傑克森了。」

我這才了解到，米妮的計畫有多美妙。「我同意，」我說道。「我想希莉嚇壞了，愛比琳。她完全慌了手腳。她竟說要同我**母親**告狀。」

希莉那些話造成的震驚終於過去，我這才看清她這念頭有多可笑。比起來，這甚至不值得我掛心。如果母親活過了我的解除婚約，當然也活得過這件事。事到臨頭再面對就行了。

「我想眼前我們也只能等了，」愛比琳說道，可話聲緊張依然。這或許不是同她提另一個消息的好時機，可我實在忍不住了。

「我今天收到……一封信。哈洛出版社寄來的，」我說道。「我以爲是史丹太太，結果不是。」

「那麼是誰呢？」

「是紐約的哈潑雜誌，他們給了我一個工作。文字編輯……助理。我很確定是史丹太太幫我爭取來的。」

「太好了！」愛比琳說道，然後，「米妮，史基特小姐在紐約找到工作了！」

「愛比琳，我不能接受這工作。我只是想同妳分享這消息。我……」有愛比琳可以分享，我已經心懷感激。

「妳這話啥意思？不能接受？這是妳一直的夢想啊！」

「我不能走，我不能在情況這麼糟的時候一走了之。我不能把妳一個人丟在這團混亂中。」

「可是……妳在或不在，壞事還是會發生啊。」

老天，聽她這麼說，我眼淚幾乎奪眶而出。我溢出一記呻吟。

「我不是那意思。事情怎麼走，沒人拿得準。史基特小姐，妳不能放棄這機會。」

我眞的不知道該怎麼做。一部分的我明白自己根本不該告訴愛比琳，她當然會要我去。可我就是不得不說，我也沒別的人說了。我聽到她同米妮低聲說道，「她說她沒打算去。」

「史基特小姐，」愛比琳再次對著話筒說道。「我這不是故意要在妳傷口上灑鹽，只是……妳在傑克森根本一無所有啊。妳媽媽現在好多了，而——」

我聽到悶聲一串話，接著一陣騷動，話筒彼端的人便突然換成了米妮。「妳給我聽好，史基特小姐。愛比琳有我看著，她也會看著我。可妳呢，啥也沒了。聯誼會裡盡是敵人，而妳那媽媽遲早把妳逼成酒鬼。妳已經沒有後路了。妳在這裡永遠不可能再交到男朋友，這所有人都心知肚明。所以我說，提著妳那白屁股往紐約去吧，別光用走的，**跑，快跑！**」

米妮說完便砰地掛上了電話。我坐在那裡，瞠眼看著手裡沒了聲息的話筒，還有另一手裡來自紐約的信。**真的嗎**？我想著，頭一回認眞考慮起來。**我真的可以嗎？**

米妮說得沒錯，愛比琳也是。除了母親與爹地，我在這裡已經一無所有，而爲了父母強留下來也只會毀了我們的關係，不過……

我倚著牆上的架子，閉上了眼睛。我要去。我要去紐約了。

愛比琳

第三十四章

今天李佛太太的銀餐具上有些奇怪的斑點。一定是濕氣太重了。我繞著橋牌桌，一支一支又擦過一遍，也算又點過一回。小傢伙近來老愛藏東西，啥湯匙銅板髮夾的，全讓他搜括了去，往自己尿布裡塞。有時，換尿布還更像在開藏寶盒。

電話響了，我往廚房去接聽。

「今天剛聽來一條不大的消息，」話筒傳來米妮的聲音。

「妳聽說啥了？」

「倫弗太太說她**知道**是希莉小姐吃了那個派。」米妮顧自咯咯笑起來，可我的心跳一下快了十倍。

「老天，希莉小姐再五分鐘就到了。她最好加快動作滅火。」我這會算是給希莉小姐打起氣來，眞是亂了。我腦袋一時幾乎轉不過來。

「我打電話給獨臂厄妮絲——」米妮猛地住嘴。一定是西麗亞小姐來了。

「好了，她走了。我打電話給獨臂厄妮絲姐，她說希莉小姐整天對著電話尖叫。還有克拉拉小姐，她認出芬妮·阿摩司了。」

「她開除她了嗎？」克拉拉小姐出資幫忙，讓芬妮·阿摩司的兒子讀完了大學。她倆是書裡幾個好故事之一。

「沒。聽說她只是坐著，手裡還捧著書，嘴巴張得老大。」

「感謝上帝。有更多消息就打電話給我，」我說道。「別管電話讓李佛太太接去的事，就說是我妹妹病了。」老天，千萬別爲這謊懲罰我，我現在最不需要的就是一個生病的妹妹。

幾分鐘後，我倆掛上電話，電鈴剛好也響了，我卻假裝沒聽見。聽過希莉小姐同史基特小姐說的話後，再要見她，我心裡可緊張了。我不敢相信自己竟把那個L形的裂縫寫了進去。我往我的車棚廁所去坐著，想著，要是我不得不離開梅茉莉，又會是什麼景況。主啊，我暗自禱告，如果我一定得走，請再給她送個好人來。別讓她身邊只剩個教她黑就是髒的泰勒小姐、一個光會逼她說謝謝的外婆、和個冷冰冰的親娘。前門鈴聲再次響起，可我還是不動。就明天，我同自己說道。爲防萬一，我明天就同梅茉莉說再見去。

我回到屋裡時，一桌太太們聊得正起勁。希莉小姐聲音最是宏亮。我耳朵貼著廚房門，卻拖拉著不願往餐廳去。

「——**不**是傑克森市。我說，這書根本是垃圾。我敢打賭，所有故事都是哪個黑鬼捏造——」

我聽到椅子拖拉聲，知道該是李佛太太來找遲遲不出現的我了。我不能再躲下去了。

我捧著一壺冰茶，推門出去。我繞桌倒茶，視線始終落在自己的鞋子上。

「我聽說書裡頭那個蓓蒂其實就是夏琳，」吉妮小姐睜大眼睛說道。坐在她旁邊的露安小姐凝望遠方，對眼前的討論毫不在意。我希望我能拍拍她的肩膀。我希望我能在不透露身分的情況下告訴她，我有多高興露維妮亞的白太太是她。可我不能。我也不能從李佛太太臉上看出任何端倪，因爲她正一如往常皺著眉。至於希莉小姐的臉，這會已經漲成李子似的深紫色了。

「還有第四章的女傭，」吉妮小姐繼續說道。「我聽西西・塔克說——」

「這本書**說的不是傑克森！**」希莉小姐幾乎嚷了起來，我邊倒茶，身子不住一抖。一滴茶水就這麼不小心滴落在希莉小姐的空盤子上。她抬頭看我，而我也像給吸鐵吸住了似地，朝她看去。她以低沉冷漠的聲音說道，「茶灑了，愛比琳。」

「對不起，我——」

「擦掉。」

我用抖個不停的手，抓著原本包在茶壺把手上的毛巾擦掉那滴茶水。

她瞅著我的臉看。我只能低頭。我感覺得到我倆之間那個滾燙的祕密。「給我拿個新盤子來。沒讓妳那條髒抹布碰過的。」

我換上新盤子。她湊近了檢查，甚至又嗅又聞。然後她轉頭朝著李佛太太，說道，「這些人，想教會她們手腳學著乾淨點，教都教不會。」

那晚李佛太太有事出門，讓我留著給她看家。梅茉莉睡著後，我拿出我的禱詞簿，開始寫我的代禱名單。我眞爲史基特小姐高興。她今早打電話告訴我，她接下那份工作，一星期內就要出發去紐約了！可老天，我還是像隻驚弓之鳥，隨便聲響都可以讓我嚇得跳起來，以爲是李佛太太進門來同我說，她全知道了。終於下工回到家，我心裡還是七上八下，根本睡不著。我決定穿過漆黑夜色，往米妮家後門走去。她正坐在桌前讀報。她一天就這時候，終於不必忙進忙出清這個餵那個、吆喝老的小的。屋子裡靜得叫我以爲出了事。

「其他人呢？」

她聳聳肩，「睡的睡，上工的上工。」

我自己拉來椅子，坐下了。「我只是想知道接下來會發生什麼事，」我說道。「我知道我該心懷感謝，事情到今天還沒讓人整個揭穿開來。可就這麼悶著等，也快把我等瘋了。」

「快了，很快就知道了，」米妮說道，口氣倒像在討論咖啡的牌子。

「米妮，妳怎麼還能這麼鎮定？」

她看著我，一手往她這兩星期突然挺出來的肚子上一擱。「妳知道丘塔太太，就薇麗玫那個白太太？她昨天問薇麗玫說，她對她是不是像書裡寫的那些壞太太一樣糟？」米妮若有似無地冷冷一笑。「薇麗玫同她說，她還有改進空間，可總的算來也不太差。」

「她眞這麼問她？」

「後來薇麗玫就開始同她說以前那些白太太的事，有好事也有壞事，而她也就這麼坐著靜靜聽她說。薇麗玫說，她給丘塔太太做了三十七年事，這竟還是她倆頭一回一起坐在同一張桌子前呢。」

除了露維妮亞，這是我們聽到的第一件好事。我努力開心起來，卻馬上又回到現實。「希莉小姐呢？史基特小姐說的妳也都聽到了。米妮，妳難道一點也不緊張？」

米妮放下報紙。「聽我說，愛比琳，我沒打算說謊。我怕得要死，我怕里洛發現了定要宰了我，也怕希莉小姐放火燒了我家。可是，」她搖搖頭，「我自己也說不上來。我就是有一種感覺。或許事情本來就該這麼走。」

「妳當眞？」

米妮似笑非笑。「老天，我這活脫脫是妳的口氣，可不是？我一定是老了。」

我用腳頂頂她。可我還是試著想去了解米妮的角度。我們確實做了一件勇敢而正確的好事。而米妮，她或許就是不想讓那些隨之而來的雜音，哪怕是壞事，抹煞了我們的原意。可無論如何，我還是體會不到她的那份平靜。

米妮回頭繼續讀報，可又一會，我便明白她根本沒在讀。她只是瞪著那些字，心裡卻想著別的事。隔壁什麼人用力甩上車門，米妮猛一跳。就在那一刻，我看到她極力隱藏的擔憂。可爲啥呢？我暗忖。她爲啥不肯同我承認呢？

我邊想，邊開始了解這是怎麼回事，了解米妮是怎麼回事。我不知道我怎麼會到現在才恍然大悟。米妮堅持把派的故事寫進去，完全是爲了保護我們。不是爲了保護她自己，而是爲了保護我和其他女傭。她知道這舉動只會讓她和希莉之間的情況甚至更糟。可爲了大家，她還是做了，她不想讓人看到她其實有多害怕。

我伸手，捏捏她的手。「妳是個很好的人，米妮。」

她翻白眼，還吐吐舌頭，彷彿我剛端給她一盤狗餅乾。「我就說妳老太太模樣開始跑出來了，」她說道。

我倆咯咯笑開。夜深了，我倆也累了，可她還是起身，給自己又倒杯咖啡，再給我泡了茶。我慢慢啜飲。我們就這麼聊進了深夜。

隔天週六，所有人都在家，李佛一家還有我。連李佛先生都在。床頭桌上已經不見我的書的蹤影。好一陣，我不知道書打哪去了，後來偶然瞥見李佛太太擱在沙發上的皮包，才發現原來是給塞在了皮包裡。這表示書讓她帶去了哪裡。我再一瞥，發現書籤已經不見了。

我試圖從她眼睛裡讀出點端倪，可李佛太太整天待在廚房裡，說是要做蛋糕。也不讓我進去幫忙；她說那是她在《饕客》雜誌上看來的時髦食譜，同我做的那些蛋糕完全兩回事。她明天中午要在家裡宴請教會朋友，餐廳這會堆滿了宴會用的銀餐具。她同露安小姐借來三個保溫鍋，同希莉小姐借來八套銀餐具。明天可是有十四位教友蒞臨用餐，平日那些鐵叉鐵匙怎上得了檯面。

小傢伙待在梅茉莉房裡同姊姊一起玩。李佛先生則在屋裡漫無目的地走動。他幾回駐足小女娃房門口，一會卻又踱開。今天畢竟是星期六，他可能也想該陪孩子玩，可我猜他不知道該怎麼做。

這麼算下來，屋裡還眞沒地方讓我容身。才下午兩點，我已經把屋子裡外都打掃過，刷了廁所也洗了衣服。能熨的東西全讓我熨得比我臉皮還平了。廚房不能去，可我又不想李佛先生以爲我平常沒事只是在陪孩子玩。最後，我竟同他一樣，在屋裡踱起步來。

趁著李佛先生往餐廳去，我朝梅茉莉房裡瞄了一眼，看到她手裡拿著紙，正在教羅斯啥新玩意。她最愛同她小弟弟玩老師教學生的遊戲了。

我回到客廳，開始給書架撢第二次灰。今天家裡人多，我想我是沒機會同她說那個以防萬一的再見了。

「我們來玩遊戲，」我聽到梅茉莉大聲同她弟弟說道。「你坐著，假裝這裡是伍爾沃商店的櫃檯，然後你是黑人。不管我做什麼，你都不能動，不然就要去坐牢。」

我快步趕往小女娃房間，李佛先生卻還是早了一步。他沒出聲，站在房門口，只是看。我站在他身後。

李佛先生雙臂叉在穿著白襯衫的胸前，歪著頭。我一顆心都快跳出來了。我從不曾聽梅茉莉同別人提起我們的祕密故事。她只會同我說，可也都是趁她媽媽不在家、再大聲也只有屋子聽得到的時候。這會她玩得專心入迷，完全沒留意她爹地也在聽。

「好啦，」梅茉莉說道，領著路還走不穩的弟弟往小椅子上坐定了。「羅斯，你就坐在伍爾沃商店的櫃檯，不可以亂動。」

我張口欲言，卻吐不出半個字。梅茉莉躡手躡腳走到羅斯身後，對準頭頂倒下一整盒蠟筆。蠟筆嘩噹噹掉了一地。小傢伙皺眉，可梅茉莉嚴肅地看著他，說道，「你不能動。你要勇敢。不能有**炮**力。」然後她開始朝他吐舌頭扮鬼臉、拿洋娃娃的小鞋子敲他打他。小傢伙瞠眼看著她，彷彿在說，**我為啥要隨妳這麼欺負我啊？**接著便嘀咕著跳下椅子爬走了。

「你輸了！」她說道。「好吧，那我們現在換來玩搭巴士遊戲，你的名字叫做蘿莎·帕克。」

「誰教妳這些東西，梅茉莉？」李佛先生問道，而小女娃猛一轉頭，模樣倒像見鬼了。

我幾乎站不穩。所有理智都要我進房插手，別讓她惹上麻煩。可我偏偏一口氣喘不上來。小女娃望向站在她爹地身後的我，而李佛先生轉頭瞅我一眼，又回過頭去。

梅茉莉抬頭看著她爹地，說道，「我不知道。」她目光隨即移向地板上的一盒桌上遊戲，彷彿現在就想再玩。我看過她這麼做，明白她心裡怎麼想。她以為自己只要專心做別的事不去理他，他或許就會走開。

「梅茉莉，爹地剛剛問妳一個問題。那些事情妳是打哪學來的？」他彎下腰去，同她面對著面。我看不到他的臉，可我知道他一定在微笑，因爲梅茉莉突然害羞了起來，一派爹地的小女孩模樣。她接著口齒清晰地大聲說道：

「**是泰勒小姐教我的。**」

李佛先生唰地挺直腰桿。他大步往廚房跨，而我趕緊跟上腳步。他抓住李佛太太的肩膀，要她轉過身來。「明天。妳明天就給我上梅茉莉的學校去要求轉班。我不准她再待在泰勒小姐班上。」

「什麼？我不能就這麼走進去要求換老師——」

我屏息，禱告，**是的，妳可以的。求求妳。**

「妳去就是了。」李佛先生說完轉身大步離開。一如所有男人，他只給交代，不欠任何人任何解釋。

星期天一整天，我不住感謝上帝，讓小女娃終於擺脫泰勒小姐。**感謝上帝，感謝上帝，感謝上帝**，幾個字在我腦裡一遍又一遍響起。星期一早上，李佛太太盛裝出門，而我不住微笑，明白她這趟是往學校去辦哪些事。

李佛太太出門後，我便專心打理希莉小姐的銀器。李佛太太把昨天午宴用過的銀餐具全排開在廚房桌上。清洗過後，我花了整整一小時擦乾打亮，一邊暗忖這活厄妮絲姐怎麼做得來。擦亮大巴洛克（Grand Baroque）銀器上那些複雜的螺旋渦紋，絕對是需要雙手的細活。

李佛太太終於回到家，皮包往桌上一扔，嘖嘖咂舌。「欸，本來打算早上把這些銀器送回去的，可讓學校的事這麼一耽擱……還有，她打了一早上噴嚏，八成是感冒了。這會都十點了……」

「梅茉莉感冒了？」

「可能吧。」李佛太太白眼一翻。「噢，我做頭髮要遲到了。這些銀器妳趕緊擦好，然後就走路幫我送去希莉家吧。我午餐後回來。」

我拿來一條藍布，把擦好的銀器包了起來。我接著去張羅小傢伙起床。他剛剛又睡了一覺，這會醒來，正衝著我眨眼微笑。

「來吧，小傢伙，我們先換尿布。」我把他抱上尿布台，脫掉濕尿布——喏，就算他尿布裡出現三個小玩具和一支李佛太太的髮夾，我也不會太驚訝。可感謝主，這回當真只有溼透的尿布，沒別的了。

「欸，」我笑道，「你活脫是個諾克斯堡（Fort Knox）呀。」他咧嘴笑開了。他指指嬰兒床，我於是走過去，果然在毯子底下找到一個髮捲、一把量匙、還有一條餐巾。老天，我們真得想點法子了。可也不是現在。我還得跑趟希莉小姐家。

我把小傢伙綁在推車裡，推著他沿街往希莉小姐家走。天氣不錯，街上炎熱而安靜。我們轉上希莉家的車道，厄妮絲妲給我們開了門。她左邊衣袖裡露出一小截瘦巴巴的棕色木棍。我同她不熟，只知道她還挺健談的。她是衛理教會的教友。

「嘿，愛比琳，」她說道。

「嗨，厄妮絲妲，妳剛先看到我們啦。」

她點點頭，低頭看看小傢伙。他瞅著那截木棍，有些害怕地提防著。

「我趕在她前頭過來的，」厄妮絲妲低聲說道。她接著又說，「我想妳該聽說了吧？」

「聽說啥？」

厄妮絲妲回頭張望，然後傾身向前。「芙洛拉露的白太太，赫斯特太太是吧？今早同芙洛拉露攤牌了。」

「她開除她了？」芙洛拉露多的是壞故事可說。她有滿腹苦水。大家都當甜美善良的赫斯特太太以前每早拿罐特製「洗手液」給芙洛拉露洗手，結果哪是啥洗手液呢，根本是沒稀釋過的漂白水。芙洛拉露給我看過她手上的疤痕。

厄妮絲姐搖搖頭。「赫斯特太太拿著書，大吼大叫問說，『這是我嗎？妳寫的是我嗎？』芙洛拉露應道，『不是我，赫斯特太太。我連五年級都沒唸完，寫啥書呢，』可赫斯特太太也不管了，繼續吼道，『我不知道漂白水會灼傷皮膚！我不知道最低薪資是一塊二五！要不是希莉四處同人說這不是傑克森市，我早就開除妳了！』然後咱芙洛拉露就說啦，『妳是說，我沒給炒魷魚囉？』赫斯特太太吼道，『炒魷魚？我絕對不能炒妳魷魚，炒了就是**承認**第十章寫的是我了。妳這輩子都別想離開我了。』赫斯特太太說完往桌上一趴，悶聲要芙洛拉露還不快去洗碗。」

「老天，」我說道，感覺有點暈。「我希望……大家都能有這麼好的結果。」

屋裡傳來希莉小姐高喊厄妮絲姐的聲音。「這就難了，」厄妮絲姐低聲說道。我把沉重的布包遞給厄妮絲姐。她用完好的右手接了過去，可或許出於習慣，左手那截木棍竟也跟著伸了出來。

那晚外頭風大雨大。雷聲隆隆作響，而我坐在廚房桌前，心頭一片亂。我抖著手，試圖寫下今天的禱詞。芙洛拉露運氣好，可接下來呢？太多未知、太多擔憂、太多——

砰砰砰。前門有人敲門。

是誰？我坐直了。爐子上的鐘指著八點三十五分。外頭下著傾盆大雨。任何同我稍熟的人都會直接敲上後門。

我躡手躡腳往前門走去。敲門聲再度傳來，我嚇得幾乎跳起來。

「誰——是誰？」我說道。我檢查過門鎖。

「是我。」

老天。我鬆了口氣，開了門。史基特小姐就站在那裡，渾身溼透，直打哆嗦。她的紅書包就塞在雨衣底下。

「天可憐見——」

「我沒法走到後門。院子泥巴太深，我走不過去。」

她打著赤腳，一雙鞋拎在手裡。我招呼她進門，火速關上門。「沒讓人瞧見吧？」

「外頭伸手不見五指。我本來想打電話，可是電話線也給暴風雨刮斷了。」

我知道一定是有事，卻還是高興有機會在她出發去紐約前再見她一面。我們已經六個月沒見過面了。我狠狠地摟了摟她。

「老天，讓我瞧瞧妳的頭髮。」史基特小姐拉掉雨衣帽子，搖散她那頭過肩長髮。

「眞漂亮，」我眞心說道。

她不好意思地笑了，順手把書包往地上一放。「母親恨死了。」

我笑了，然後深深吸進一口氣，爲接下來要聽到的壞消息做好準備。

「書店都在要求補貨，愛比琳。史丹太太今天下午在電話裡同我說的。」她握住我的手。「出版社已經決定要再刷了。再印五千本。」

我只是看著她。「我不……我甚至不知道還可以這樣，」我說道，不住遮嘴。五千本我們的書，在五千戶人家裡，在他們的書架上、床頭桌上、還有馬桶水箱上？

「當然還有第二筆稿酬。一人至少還有一百元。誰知道呢，說不定將來還有更多。」

我手壓胸前。那六十一元我一毛都還沒動到，現在竟然還有更多？

「還有另一件事。」史基特小姐望向地上的紅書包。「我星期五去報社辭了莫娜小姐的工作。」她深深吸一口氣。「我同戈登先生推薦妳，下一任莫娜小姐應該是妳。」

「**我**？」

「我告訴他一直以來都是妳在幫我。他說他會考慮，而我今天接到他的電話，他答應了。可他希望妳能保密，文章也盡量維持專欄原有的風格。」

她從書包裡抽出一本藍色布面的筆記本，遞給我。「他說他願意付妳同我一樣的稿酬。每週十元。」

我？給白人報社做事？我往沙發去，坐下來，打開筆記本。裡頭是歷來莫娜小姐專欄的來信與文章。史基特小姐在我身旁也坐了下來。

「謝謝妳，史基特小姐。爲這，爲**一切**。」

她微笑，連著深呼吸，像在忍淚。

「不敢相信妳明天就要出發去紐約了，」我說道。

「事實上，我明天會先飛去芝加哥。只待一晚。我想要去看看康絲坦丁，給她上墳。」

我點點頭。「我很高興。」

「母親讓我看了那封訃聞。她的墳離市區不遠。我隔天早上再飛往紐約。」

「妳同康絲坦丁說愛比琳說嗨。」

她笑了。「我好緊張。我從不曾去過芝加哥或紐約。我也從來沒搭過飛機。」

我們就這麼並肩坐了一會，靜靜地，一起聆聽窗外的暴雨狂風。我想起史基特小姐頭一回來家裡找我，想起我倆有多彆扭。如今她就像我的家人。

「妳怕嗎，愛比琳？」她問道。「害怕接下來可能發生的事？」

我轉開頭，不想讓她看到我的眼睛。「我沒事的。」

「有時候，我會開始懷疑，這一切到底值不值得。要是妳出了什麼事……我要怎麼把日子過下去，明白一切都是因爲我？」她手覆在眼睛上，彷彿不想看到接下來會發生的事。

我回房，拿來強森牧師的包裹。她拆開包裝紙，瞠眼看著那本書和上頭密密的簽名。「我本想寄去紐約給妳，可我想，妳現在就需要它。」

「我不……懂，」她說道。「這是給我的？」

「是的，史基特小姐。」然後我同她說了牧師讓我轉告她的話，說她現在是我們的一家人了。

「妳要記得，這裡頭每一個簽名，都代表一切是值得的。」她細細讀了每一句感謝、每一段留言，手指輕輕撫過每一個墨水字。她眼眶裡漲滿了淚水。

「我相信康絲坦丁會深深以妳爲傲。」

史基特小姐笑了，而我才看到她其實有多**年輕**。那些一起工作的夜晚、那些一起分擔的疲累與憂心，叫我好久好久不曾看到這一切底下，那個其實還好年輕的女孩。

「妳確定不會有事嗎？如果我離開妳，而事情又……」

「放心去紐約吧，史基特小姐。去那裡尋找妳的人生。」

她微笑，猛眨眼，試圖嚥下淚水。她說道，「**謝謝妳**。」

那晚我躺在床上，想著。我眞爲史基特小姐高興。她的人生即將重新開始。淚水沿著太陽穴流進我的耳朵。我想像她走在我在電視上看過的都市大道上，甩動一頭披肩長髮。一部分的我也希望自己能有個全新的開始。給報社寫清潔文章，或許是個新開始。可我畢竟不年輕了。我的一生差不多已成定局。

我愈努力試著入睡，就愈明白自己今晚注定失眠。我彷彿可以感覺到那股來自四面八方的騷動，人們竊竊私語，討論著我們的書。叫我怎麼睡得著呢？我想起芙洛拉露。要不是希莉小姐堅決否認書裡寫的是傑克森市，赫斯特太太早開除她了。噢，米妮，我想著。妳做了一件多麼好的事。妳照顧了所有人，卻獨漏了自己。我多麼希望我能保護妳。

希莉小姐情況看來也是岌岌可危。每天都有新的耳語傳出，說又有什麼人認定吃了那個派的人就是她沒錯，而希莉小姐也總是更加奮力地反擊回去。這輩子頭一回，我開始懷疑這場戰爭最後的贏家究竟會是誰。在這之前，我的答案除了希莉小姐不會是別人。可現在我真的不知道了。就這回，希莉小姐有可能全盤皆輸。

我終於在破曉前沉沉睡去。六點整，我再度起身，竟一點不覺得累。我穿上昨晚在浴缸裡洗過的乾淨制服。我往廚房去，用玻璃杯在水龍頭下接了一滿杯冰涼的清水，一口氣喝下肚。我關掉廚房電燈，往門口走去，電話鈴聲卻在這時響起。老天，這未免早了點。

我拿起話筒，聽到一陣**嗚咽**。

「米妮？是妳嗎？怎麼——」

「他們昨晚開除了里洛！里洛追問原因，他老闆說是威廉·**哈布克**先生讓他這麼做的。哈布克同他說里洛那黑鬼**老婆**才是真正的原因，里洛於是回家，赤手空拳就要宰了我！」米妮大口喘息。「他把孩子們趕到後院，把我一個人鎖進廁所裡，威脅說要放火連我一起燒了房子！」

老天，事情眞的**來了**。我以手掩嘴，感覺自己終於跌入自己挖好的無底黑洞。這些日子以來，米妮表現得如此勇敢自信，而現在……

「那**巫婆**，」米妮尖叫道。「都是她，里洛這回定要宰了我！」

「妳現在在哪裡，米妮？孩子們呢？」

「在加油站，我一路赤腳跑過來的！孩子們逃到隔壁鄰居家裡去了……」她喘息、打嗝、咆哮。

「雅克特薇正在過來接我們的路上。她說她會盡快。」

雅克特薇住在坎頓，西麗亞小姐家往北再二十分鐘車程的地方。「米妮，我現在就過去——」

「不，不要掛電話，求求妳。陪我說話等到她來。」

「妳還好嗎？有沒有受傷？」

「我受不了了，愛比琳。我不能再這樣下去——」她再也忍不住，對著話筒失聲痛哭。

這是我頭一回聽到米妮這麼說。我深呼吸，明白自己該怎麼做。該說的話一字字在我腦海裡無比清晰，而**此時此刻**正是我唯一的機會，讓她——赤腳站在加油站、在人生谷底的她——眞正聽到我想說的話。「米妮，聽我說。妳永遠不會丟了西麗亞小姐那邊的差。強尼先生親口同妳承諾過。書的稿費又來了第二筆，史基特小姐昨晚告訴我的。米妮，聽我說，**妳不必再忍受里洛的毆打了**。」

米妮咳出一陣嗚咽。

「時候到了，米妮。妳聽到了沒？妳**自由**了。」

慢慢地，米妮停止啜泣。話筒彼端一片死寂。要不是偶爾傳來的呼吸聲，我會以爲電話已經讓她掛上了。**求求妳**，**米妮**，我想著。求求妳，**把握這次機會**，**跳出來**。

她顫抖著深深吸了一口氣。「我聽到妳的話了，愛比琳。」

「我現在就過去加油站，陪妳一起等。我打電話同李佛太太說我會晚點到。」

「不，」她說。「我妹妹……一會就到了。我們今晚會待在她那。」

「米妮，就今晚，還是……」

她對著話筒吐出長長一口氣。「不，」她說。「我不能。我已經受夠了。」我開始聽到原來的米妮．傑克森漸漸又回來了。她話聲依然顫抖，我知道她還怕，可她說，「上帝幫幫他，可里洛這回眞的不知道米妮．傑克森要變成了什麼模樣。」

我心跳加速。「米妮，妳不能殺了他。殺了他妳就得坐牢，而那正是希莉小姐最想看到的下場。」

老天，接下來那段沉默漫長得可怕。

「我不殺他，愛比琳。我保證。我們會先搬去同雅克特薇暫住，直到找到我們自己的地方爲止。」

我鬆了好大一口氣。

「她到了，」她說道。「我晚上會再打電話給妳。」

李佛太太家今早靜得出奇。小傢伙想必還在睡，而梅茉莉應該已經上學去了。我把皮包拎進洗衣間放好。廚房往餐廳的門關著。此刻的廚房靜悄悄的，清爽而舒適。

我煮了咖啡，爲米妮禱告片刻。她可以先同雅克特薇住上一陣。米妮以前同我提過，雅克特薇住的那幢農舍還挺寬敞的。那裡離西麗亞小姐家甚至更近，只是孩子們上學就遠了點。可重點是，米妮終於離開里洛了。我從來不曾聽她說要離開里洛，而米妮話向來只說一次，那一次說到做到。

我給小傢伙泡了牛奶，然後深呼吸。一早才八點，我卻感覺已經過完了一天。可不知怎麼，我還是不覺得累。

我推開門。就在餐桌前，李佛太太同希莉小姐並肩坐在同一側。她倆同時抬頭看著我。

半晌，我就這麼站著，手裡握著奶瓶。李佛太太穿著藍色鋪棉睡袍，頭上還頂著髮捲；希莉小姐倒妥當，一身藍色格紋褲裝。她唇邊那個紅瘡依然怵目驚心。

「早安，」我說道，開始往屋後走。

「羅斯還在睡，」希莉小姐說道。「不必去吵他。」

我一怔，望向李佛太太，可她一逕盯著餐桌上那道L形裂縫。

「愛比琳，」希莉小姐說道，一邊舔了舔嘴唇。「妳昨天送去我家的銀器少了三件。一把銀叉和三把銀湯匙。」

我猛一抽氣。「我——我去廚房看看，說不定是帶漏了。」我瞄了眼李佛太太，看看她想要我怎麼做，可她目光依然鎖定在那道裂縫上。我頸背一陣涼，又刺又麻。

「妳同我一般清楚，銀器不在廚房裡，愛比琳，」希莉小姐說道。

「李佛太太，妳檢查過羅斯的床了嗎？他最近老愛藏東西——」

希莉小姐大聲冷笑。「聽到沒，伊麗莎白？她竟想把事情怪到個學步小娃頭上。」

我的腦袋飛快運轉，努力回想我把銀器用布包起來前、有沒有再清點過一遍。應該有吧。我向來都會的。老天，請告訴我事情不是我以為的那樣——

「李佛太太，妳檢查過廚房了嗎？銀器櫃呢？李佛太太？」

可她還是不願看我，我不知道還能怎麼辦。我也不知道情況到底有多糟。也許這根本同銀器無關。也許這一切都是因爲李佛太太和**第二章**……

「愛比琳，」希莉小姐說道，「妳可以在今天結束前把銀器送到我家，否則伊麗莎白就要報警處理了。」

李佛太太望向希莉小姐，猛抽了口氣，似乎很意外。我暗忖，這一切究竟是她倆共同策畫出來的，還是希莉小姐一人的主意？

「我沒偷銀器，李佛太太，」我說道。光是說出這幾個字，就讓我想拔腿逃開。

李佛太太低聲說道，「她說東西不在她那，希莉。」

希莉小姐甚至懶得假裝聽到她的話。她眉毛一揚，說道，「那麼我必須通知妳，愛比琳，妳被開除了。」希莉小姐抽抽鼻子。「我會親自打電話報警。他們認識我。」

「媽——媽，」小傢伙在房裡的嬰兒床上呼喊道。李佛太太應聲往屋後看，接著又望向希莉小姐，一派不知所措。我想她這會才開始領悟過來，家裡沒了女傭會是何等光景。

「愛——比——」小傢伙喊道，眼看要哭起來了。

「愛—比，」另一個聲音喊道，我這才發現，**梅茉莉在家**。她今天沒去上學。我手壓著胸口。**主啊，請別讓她看到這一幕。別讓她聽到希莉小姐對我的指控**。走道底，梅茉莉推開門，走了出來。她對著我們眨眨眼，一陣咳。

「愛比，我嚨嚨痛痛。」

「我——我這就過去，寶貝。」

梅茉莉又一陣咳，聲音聽來很不妙，像小狗哮叫。我開始往走道走去，可希莉小姐說道，「愛比琳，妳留著就好，伊麗莎白可以照顧自己的孩子。」

李佛太太看著希莉，像在說，**我一定要嗎？**可她隨即起身，腳步沉重地往屋後踱去。她把梅茉莉帶進小傢伙的房間，關上了門。餐廳裡這下只剩希莉小姐和我兩個人。

希莉小姐身子往椅背一靠，說道，「我不會容忍說謊的人。」

我一陣頭暈，只想坐下。「我沒偷妳的銀器，希莉小姐。」

「我不是在說銀器，」她說道，再度傾身向前。「我說的是妳寫的那堆有關伊麗莎白的東西。她完全不知道第二章寫的是她，而我身爲好朋友當然也不忍心點破。我或許不能爲妳寫的那堆東西把妳送進牢裡，可我當然可以把妳當成小偷送進去。」

我不想坐牢。**絕不**，我滿腦子只剩這麼一個念頭。

「還有妳那朋友，米妮是吧？我也給她準備了一個驚喜。我打算打電話給強尼．傅堤，要他馬上開除她。」

我眼前一片模糊。我搖頭，緊緊握拳。

「我同強尼．傅堤可熟了。我說啥他都——」

「**希莉**小姐。」我清晰而堅定地喊出她的名字。她住嘴。我敢打賭這是她十年來頭一回讓人打了岔。

我說道，「我知道妳一些事情，這點妳千萬別忘了。」

她瞇起眼睛，瞅著我。可她一語不發。

「而且我聽說，在牢裡啥沒有，時間最多，多得可以讓我寫很多封信。」我渾身顫抖，每一口氣都像火燒。「多得可以讓我同傑克森市每個人都寫封信，聊聊妳的眞面目。時間多得用不完，而且白紙不用錢。」

「妳寫的東西沒人相信，黑鬼。」

「這我不知道，可有人說過我的文筆很不錯。」

她伸出舌頭，舔舔那個爛瘡。她終於鬆開目光，低下頭去。

在她再度開口之前，走道底的門砰一聲給推開，穿著睡衣的梅茉莉衝出來，在我面前停下腳步。

她抽抽噎噎地哭著，鼻頭通紅。她媽媽一定同她說了我要走的事了。

上帝，我禱告著，**告訴我她沒把希莉的謊話也同她說了**。

小女娃抓住我制服裙擺，怎麼也不放。我用手碰碰她的額頭，發現她正發著高燒。

「寶貝，妳最好回床上歇著。」

「不要——」她哭號道。「不要走，愛比。」

李佛太太抱著小傢伙，皺著眉，從房裡走了出來。

「愛比！」他喊道，咧嘴笑了。

「嘿……小傢伙，」我低聲說道。我很高興他完全不懂這一切。「李佛太太，讓我帶她去廚房吃點藥，她燒得很厲害。」

李佛太太瞥了希莉小姐一眼，可她依然只是抱胸坐著。「好吧，去吧，」李佛太太說道。

我牽著小女娃滾燙的手，往廚房去。她又一陣可怕的哮咳，而我趕緊抓來嬰兒阿斯匹靈與咳嗽糖漿。同我一起進了廚房，她明顯鎮定了些，豆大淚珠卻依然沿著兩頰一顆顆滾落下來。

我抱著她，讓她坐在流理台上，然後拿來一顆粉紅色的小藥丸，壓碎了和著一匙蘋果泥讓她吞下了。我看得出她喉嚨腫痛，吞得辛苦。我輕撫她的頭髮。那撮讓她用勞作剪刀剪掉的瀏海這會重新長出來了，又短又翹。李佛太太這陣子甚至不怎麼願意正眼看她。

「求求妳不要走，愛比，」她說道，又開始哭了起來。

「我不得不走，寶貝。我很抱歉。」說到這裡，我終於也哭了。我不想哭，哭了只會讓她更難過，可我再忍不住了。

「爲什麼？爲什麼妳不要我了？妳是不是要去照顧別的小女孩了？」她依然皺著額頭，同她媽媽責罵她時一個模樣。老天啊，我感覺我的心要流血至死了。

我用雙手捧起她的小臉，感覺掌心傳來她的駭人高溫。「不，寶貝，不是因爲這樣。我也不想離開妳，只是……」我該怎麼說？我不能告訴她我被開除了，我不想她怪她媽媽，讓她倆之間情況更加惡化。「是我退休的時候到了。妳是我最後一個小女孩，」我說道，因爲事實如此，只是非出於我自願的選擇。

我讓她趴在我胸前哭了一會，然後再度捧起她的臉。我深呼吸，要她也跟我一起做。

「小女娃，」我說。「我要妳記得我同妳說過的話。妳記得我說過的話嗎？」

她眼淚沒停，卻已經不再抽噎。「便便完屁屁要擦乾淨？」

「不是這個，寶貝，是另外一件事。說妳的。」

我深深看進她那雙棕色大眼，而她也直視著我的眼睛。老天，我在她眼底看到如此古老的靈魂，彷彿已活過千年。我發誓，我看到那個她即將長成的女人。那來自未來的影像。高大，自信，驕傲。剪了更美更好的髮型。她**記得**我同她說過的一字一句。成年的她，全都還牢記在心裡。

然後她開口了，說出我要她牢牢記住的每一字每一句。「妳很善良，」她說，「妳很聰明。妳很重要。」

「噢，**老天**。」我緊緊摟住她發著高燒的弱小身軀。我感覺她剛剛送給我一份最好的禮物。「謝謝妳，小女娃。」

「不客氣，」她說道，一如我向來教她的。然後她便將臉埋進我的胸口，我倆就這麼抱著，放聲痛哭，直到李佛太太終於踏進廚房。

「愛比琳，」李佛太太靜靜說道。

「李佛太太，妳……確定這就是妳想要……」希莉小姐出現在她身後，定定看著我。李佛太太點點頭，滿臉歉咎。

「很抱歉，愛比琳。希莉，如果妳打算……提出告訴，我沒意見。」

希莉小姐朝著我猛一抽氣，說道，「不值得我花這功夫。」

李佛太太嘆口氣，彷彿也放心了。我迎上她的目光，明白希莉小姐說得沒錯。李佛太太對第二章一無所知。即使曾經懷疑，她也永遠不會對自己承認，那就是她。

我儘可能溫柔地推開梅茉莉。她看著我，用她那雙因高熱的迷濛渙散的眼睛，然後再看看她的母親。她彷彿在抗拒著接下來十五年的人生，可她輕嘆口氣，疲累得不願再去想它了。我抱著她，讓她重新站穩在地上，然後在她額上輕輕一吻。她伸手向我，我不得不退開。

我往洗衣間去，拿來我的外套與皮包。

我從後門走了出去，屋裡還不斷傳來梅茉莉淒厲的哭聲。我步下階梯，邊走邊哭，知道自己將會有多想念梅茉莉、也禱告她媽媽能多對她表示一點關愛。可在此同時，我也感覺，我自由了，一如米妮。比李佛太太自由，因爲她給鎖在了自己腦袋裡，甚至認不出書中的自己。也比希莉小姐自由。那女人從此必須耗費畢生精力去說服眾人，吃派的不是自己。我想起監牢裡的亞玫。因爲希莉小姐不也形同坐牢，坐無期徒刑的牢。

我在清晨八點半走過暖烘烘的人行道，暗忖著，該怎麼度過這剩下的一天。剩下的一生。我渾身顫抖，淚如雨下，一個路過的白太太衝著我皺眉頭。報社每星期付我十塊錢，然後是稿酬。這些還是不夠我度過餘生。我知道我不可能再找到女傭的工作，因爲李佛太太和希莉小姐定會把話傳出去。梅茉莉就是我最後一個白寶寶了。喏，我卻還剛買了這身新制服。

艷陽高照，我卻睜大雙眼。我站在巴士站，一如過去四十多年歲月。短短三十分鐘，我這一生便……告了段落。也許我該繼續寫，不只給報社寫，而是別的，寫我認識的人、寫我看過做過的事。也許我還沒老，還可以重新開始，我想，我又笑又哭。因爲就在昨夜，我還曾想過，以爲自己一生大局已定。

致謝

感謝我的編輯，Amy Einhorn，沒有她，這些散佈在立可貼上的字句絕無可能獲致今日的成功。Amy，妳是如此地睿智。我何其有幸與妳共事。

感謝：我的經紀人Susan Ramer，感謝妳的冒險相挺與無比耐心；Alexandra Shelley，感謝妳的鐵腕編輯與費心建議；The Jane Street Workshop，感謝你們美好的天分與作品；Ruth Stockett、Tate Taylor、Brunson Green、Laura Foote、Octavia Spencer、Nicole Love、Justine Story，感謝你們的試讀與笑聲，即使是那些未必有趣的部分。感謝爺爺、Sam、Barbara、Robert Stockett，協助我回憶傑克森的舊日時光。還有我最深的感謝，獻給Keith Roger與親愛的Lila，感謝你們的一切。

感謝Putnam出版社全體員工，感謝你們的熱忱與認眞。我在書中擅自更動部分事實的時序：〈*The Times They Are A-Changin'*〉一曲實際出版於一九六四年；「搖搖烤」（*Shake 'n Bake*）其實要到一九六五年才問世；至於書中列出的南方種族隔離法條，雖然都確有其事，卻是我總合南方各地不同時代法條後的簡化與擇取。爲此以及其他更多事實考據，我要感謝文字編輯Dorian Hasting與Elizabeth Wagner無比細心的指正。

感謝《*Telling Memories Among Southern Women*》一書作者Susan Tucker，她書中那些對南方幫傭與白人雇主的優雅描述，帶領我回到一個早已逝去的時空。

最後，我要將這份遲來的感謝獻給荻米崔・麥克隆（Demetrie McLorn）。是她從醫院接過襁褓中的我們，然後耗費一生餵養我們、爲我們收拾善後、愛護我們，以及，感謝上帝，原諒我們。

〔太少，太遲〕

凱瑟琳·史托基特

我們的家庭女傭，荻米崔，以前常說，仲夏在密西西比採棉花大概是世界上最糟糕的休閒活動，如果不把採秋葵——另一種扎手的低矮作物——算進去的話。荻米崔同我們說過她小時候採棉花的種種故事。她大笑，然後舉指朝我們猛搖、警告我們千萬敬而遠之，彷彿我們這一群出身富家的白種孩子除了抽菸喝烈酒外，還可能陷入採棉的萬劫不復境地似的。

「一連幾天，我就是採棉花。然後我低頭，發現身上竟然起了水泡。我趕緊讓我媽媽看了。我同她都不曾見過黑人讓太陽曬得起水泡。那是白人的玩意呀！」

我那時年紀小，還不懂這故事其實並不好笑。荻米崔出生於一九二七年的密西西比州蘭普金鎮（Lampkin）。她生不逢時，出生時正值大蕭條時代之始。這樣的出生時機，讓孩童時期的她，深刻體驗到身為一名貧窮黑人佃農女兒的點滴滋味。

荻米崔在她二十八歲那年開始為我祖父母一家做菜理家。那年我父親十四歲，叔父七歲。荻米崔身形矮壯、膚色深，當時已經嫁給一個刻薄惡毒、名叫克萊德的酒鬼丈夫。我每回問起他的事，荻米崔總不願回答。除了與克萊德有關的話題，荻米崔其實健談得很。

而老天，我多麼喜愛同荻米崔聊天啊。放學後，我同她一起坐在我祖母的廚房裡，聽她說話，看她烤蛋糕做炸雞。她廚藝高超。客人在我祖母的餐桌上品嚐過她的手藝後，總會津津樂道上好一陣。

尤其是她的焦糖蛋糕，入口那種幸福被愛的感覺！

可我和我的哥哥姊姊是被禁止在荻米崔的午餐時間去打擾她的。祖母總說，「別去煩她，讓她吃，這是她的休息時間，」於是我只能站在廚房門口，眼巴巴地等著。祖母希望荻米崔能好好休息，下午才好把該做的事都做好；更別提，黑人用餐的時候，白人本來就不該同桌。

那只是生活中再尋常不過的一部分，黑人與白人之間的規則。小時候，每回在黑人區看到黑人，即使他們衣著體面、舉止得宜，我記得自己還是憐憫他們。如今承認，我羞愧不已。

但我從不憐憫荻米崔。有好幾年的時間，我曾認定荻米崔何其有幸，能在我們家工作。一份在這麼戶好人家裡的穩定工作，爲白種基督徒打理家務。此外，因爲荻米崔未曾生育，我們甚至感覺自己爲她塡滿了生命中的某些空洞。如果有人問起荻米崔有幾個孩子，她總是豎起手指，答說有三個。她說的是我們：我姊姊蘇珊，我哥哥羅伯，還有我。

縱然兄姊拒絕承認，但我確實是同荻米崔最親近的一個。只要有荻米崔在身邊，沒有人敢動我一根寒毛。她常要我站在鏡前，說道，「妳很漂亮。妳是個漂亮的女孩兒。」雖然事實並非如此。我戴著眼鏡，還頂了頭糾結的棕髮。而且我痛恨洗澡。那時我母親經常不在。蘇珊與羅伯嫌我煩，老跟在他們後頭跑。我感覺自己是個沒人要的孩子。這荻米崔都懂。她牽著我的手，告訴我，我很好。

我父母在我六歲時離了婚。荻米崔對我於是更形重要了。每回母親又出遠門，父親便把我們安置在他當時經營的汽車旅館裡，讓荻米崔過來照顧我們。我常常趴在荻米崔的肩上哭了又哭，想念母親想念得發起了燒。

那時，我的姊姊哥哥在某方面來說，已經不需要荻米崔了。他們會躲在旅館閣樓套房裡，拿吸管當籌碼，同櫃檯職員一起玩牌。

我記得自己看著他們，忌妒他們年紀夠大，甚至一度暗想，**我已經不是小寶寶了，我不需要荻米崔在我身旁團團轉。別人都在玩牌了啊！**

當然，我加入牌局不消五分鐘，便把吸管輸光了。我於是回到荻米崔膝上，一派不情不願，繼續看別人打牌。可沒幾分鐘，我的額頭便頂著她的頸項，讓她抱著輕搖，彷彿我倆同乘著一艘小船。

「妳合該在這裡。同我一起，」她說道，拍拍我發燙的腿。她的手總是冰冰涼涼的。我看著大孩子們玩牌，對母親再次遠離一事釋懷不少。我已找到歸屬的地方。

電影、報紙、還有電視上一窩蜂對密西西比的負面描繪，讓我們這些土生土長的密州人成了神經兮兮、防衛心甚重的一群。我們以故土爲傲也爲恥，可多半還是爲傲。

可我終究離開了。我在二十四歲那年搬到了紐約。我發現，在一個充斥過客的城市裡，初識兩人互問的第一個問題往往就是「妳是哪裡人」，而我應以「密西西比」，然後靜待。

有些人會微笑說道，「我聽說那裡很美，」這時我會應道，「我的故鄉在全國幫派相關謀殺案件排行榜上高踞第三。」而對那些同我說「老天，妳一定很高興逃離那鬼地方吧」的人，我則全面備戰，說道，「你又知道了？那裡很美！」

一回在某個屋頂派對上，一個顯然來自城北某富裕白人郊區家庭的醉漢問我哪裡人、而我告之以密西西比後，他竟訕笑，說道，「我很遺憾。」

我用我的細跟高跟鞋釘住他的腳，用接下來十分鐘的時間，平靜地諄諄訓示他，同他說威廉·福克納（William Faulkner）、說尤朵拉·薇爾提（Eudora Welty）、說田納西·威廉斯（Tennessee

Williams）、還有貓王（Elvis Presley）、BB金（B.B. King）、歐普拉・溫菲（Oprah Winfrey）、吉姆・韓森（Jim Henson）、費絲・希爾（Faith Hill）、詹姆斯・厄爾・瓊斯（James Earl Jones）、以及《紐約時報》美食版編輯與評論家葛雷格・克萊朋（Craig Claiborn）。我還告知他，當年首例肺部及心臟移植手術就是在密西西比州進行的，此外密西西比大學還是美國司法系統的制定地。

我思鄉情切，就等這種人上門。

我既不有禮也不淑女，而那可憐的傢伙終於逃走後，一直到派對散場，都還一副戰戰兢兢的模樣。可我就是不得不。

密西西比就像我母親。我愛怎麼嫌她抱怨她都可以，可要有人膽敢在我面前說她一句不好，那就只有上帝幫得了他了。除非，我媽剛好也是那人的母親。

《姊妹》一書寫於紐約。我相信比起置身事中的密西西比，距離所提供的洞察力確實讓事情容易許多。在呼嘯運轉的大城市裡，放慢思緒回想過去，又是何等慰藉。

《姊妹》故事純屬虛構。雖然如此，我在寫作期間卻經常思及我家人對這本書的可能觀感、還有荻米崔又會怎麼想——雖然她早已過世多年。我戒慎恐懼，深怕自己已然越界，擅自以黑人聲音發言寫作。我害怕自己未能完整描述這段影響我生命甚鉅的關係，這段情深意摯、卻屢屢在美國歷史與文學作品中遭到刻板印象扭曲誤解的關係。

我衷心感謝有幸一讀哈沃・雷恩斯（Howell Raines）的普立茲獎得獎作品，《葛蕾迪的禮物》（*Grady's Gift*）一文：

對出身南方的作家來說，最為微妙棘手的題材，莫過於描寫在一個隔離的不公世界裡，黑人與白人之間的情感。那樣一個社會之所奠基的虛假不義，讓所有情感必要遭人質疑，也讓所有人無從得知，流動在兩人之間的究竟是真摯情意，抑或憐憫，還是權宜。

我讀了這段文字，暗忖，**他是如何將一切化為如此精簡扼要的文字的？**同一個滑溜無比的議題，在我手裡卻像條濕淋淋的魚，叫我百般掙扎卻仍無法掌握。雷恩斯先生卻以簡單幾個句子精準中的。我很高興得知，在這樣的掙扎困境裡，我並不孤單。

一如我對密西西比的感情，我對《姊妹》一書的感情同樣充滿矛盾與衝突。關於那條黑白女人之間的界線，我始終害怕自己著墨過深。我自小被教導迴避此類不當話題：它們既俗氣，也不禮貌，而且她們可能會聽到。

我也害怕自己說得太少。對很多在密西西比爲白人家庭工作的黑人女性來說，生活之困頓尤甚；此外，更多白人家庭與黑人幫傭之間的情深義厚，也遠遠超出我有限的時間與筆墨之所能。

我僅能確知以下：我從不妄自認定自己知道身爲一九六〇年代密西西比黑人女性的眞實感受。這是位在黑人女性薪水支票另一頭的白人女性永遠無法確切了解的。可嘗試著去了解卻是人性最基底而不可或缺的一環。《姊妹》書中有一句話，我由衷珍視：

這不就是這本書的重點嗎？讓女人們了解，我們只是兩個人。我倆之間並沒有那麼多不同。遠遠不如我想像中的不同。

我相當確定，我家族成員中，從不曾有人問過荻米崔，身爲密西西比的黑人女性、爲我們這樣一個白人家庭做事，究竟是什麼樣的感受。從沒有人想到要問。這只是尋常日子，尋常生活。這從來不是會逼得人不得不去探究的問題。

曾有很多年的時間，我只希望自己當年曾夠成熟夠細心地去問了荻米崔這個問題。她過世於我十六歲那年。這麼多年來，我一直想像著她的答案。而這正是我寫作本書的原因。

國家圖書館出版品預行編目資料

姊妹／凱瑟琳·史托基特（Kathryn Stockett）著；
王娟娟譯. --初版. --臺北市：商周出版：
家庭傳媒城邦分公司發行，民99.08
面；公分. --（新·小說；5）
譯自：The Help

ISBN 978-986-12-0217-4（平裝）

874.57 99013265

新。小說 005

姊妹

原著書名／The Help
作　　者／凱瑟琳·史托基特（Kathryn Stockett）
譯　　者／王娟娟
選書·責編／劉容安

資深主編／劉容安
總 編 輯／席　芬
版　　權／黃淑敏、葉立芳
行銷業務／何學文、葉彥希
總 經 理／彭之琬
發 行 人／何飛鵬
法律顧問／台英國際商務法律事務所　羅明通律師
出　　版／商周出版
台北市104民生東路二段141號9樓
電話：(02)25007008　傳真：(02)25007759
Blog：http://bwp25007008.pixnet.net/blog
E-mail：bwps.service@cite.com.tw
發　　行／英屬蓋曼群島商家庭傳媒股份有限公司城邦分公司
台北市民生東路二段141號2樓
書虫客服服務專線：02-25007718·02-25007719
24小時傳真服務：02-25001990·02-25001991
服務時間：週一至週五09:30-12:00·13:30-17:00
郵撥帳號：19863813　戶名：書虫股份有限公司
讀者服務信箱E-mail：service@readingclub.com.tw
歡迎光臨城邦讀書花園　網址：www.cite.com.tw
香港發行所／城邦（香港）出版集團有限公司
香港灣仔駱克道193號東超商業中心1樓
電話：(852) 25086231　傳真：(852) 25789337
E-mail：hkcite@biznetvigator.com
馬新發行所／城邦（馬新）出版集團【Cite(M)Sdn. Bhd.(458372U)】
11, Jalan 30D/146, Desa Tasik,
Sungai Besi, 57000 Kuala Lumpur, Malaysia.
電話：(603) 90563833　傳真：(603) 90562833
封面設計／林翠之
內頁排版／黃雅藍（yalan104@yahoo.com.tw）
印　　刷／卡樂彩色製版印刷有限公司
總 經 銷／聯合發行股份有限公司　電話：(02)2917-8022　傳真：(02)2915-6275

2010年（民99）8月6日初版一刷　Printed in Taiwan.
2022年（民111）11月3日二版21.5刷

定價／360元

城邦讀書花園
www.cite.com.tw

ISBN 978-986-12-0217-4